MIRA®

Der Preis dieses Bandes versteht sich einschließlich
der gesetzlichen Mehrwertsteuer.

Umwelthinweis:
Dieses Buch wurde auf chlor- und säurefreiem Papier gedruckt.

Die Söhne der Kings

MIRA®

Autor: Emma Darcy
Titel: Die Söhne der Kings

Titel der nordamerikanischen Originalausgaben:
The Cattle King's Mistress, The Playboy King's Wife,
The Pleasure King's Bride

erschienen bei Harlequin Enterprise Ltd, Toronto
Published by arrangement with
Harlequin Enterprises II B.V., Amsterdam

Konzeption/Gestaltung: fredebold & partner gmbh, Köln
Umschlaggestaltung: pecher und soiron, Köln
Titelabbildung: pecher und soiron, Köln
Redaktion: Ivonne Senn
Satz: Buch-Werkstatt, Bad Aibling
Druck und Bindearbeiten: CPI – Ebner & Spiegel, Ulm
Printed in Germany
ISBN 978-3-89941-531-5

Emma Darcy

Nathan King – der Rinderbaron

Roman

Aus dem Amerikanischen von
Irmgard Sander

MIRA®

1. KAPITEL

Die Geliebte eines verheirateten Mannes? Niemals!

Miranda spürte, wie sie allein bei dem Gedanken erneut die Zähne zusammenbiss, und versuchte, sich zu entspannen. Sie würde ihr Leben lang mit den Zähnen knirschen, wenn sie nicht endlich aufhörte, an Bobby Hewson zu denken und an seine ungeheuerliche Annahme, seine bevorstehende Heirat wäre kein Hindernis für eine Fortsetzung ihrer bisherigen Liebesbeziehung.

Nun, er musste sich eine andere suchen, die ihm das Bett wärmte, wenn er das nächste Mal nach Sydney kam. Ehebruch kam für sie nicht infrage. Sie war vielleicht dumm genug gewesen, sich von Bobby mit leeren Versprechungen drei Jahre lang hinhalten zu lassen, aber für sein außereheliches Vergnügen würde sie sich nicht missbrauchen lassen. Das Beispiel ihrer Mutter war ihr Warnung genug. Niemals würde sie, Miranda, den gleichen entwürdigenden und zerstörerischen Weg gehen.

„Miss Wade, Ihr Gin Tonic."

Miranda blickte zu der freundlich lächelnden Stewardess auf, die ihr den bestellten Drink servierte. Wie angenehm, dass ihre neuen Arbeitgeber ihr einen Flug erster Klasse spendiert hatten! Miranda hoffte, der Drink würde ihr helfen, sich etwas zu entspannen. „Danke", sagte sie, wobei sie das Lächeln erwiderte.

Die Stewardess warf einen interessierten Blick auf das Buch in ihrem Schoß. „‚King's Eden'? Wollen Sie dorthin?"

Elizabeth King hatte ihr das Buch zur Hintergrundinformation gegeben, nachdem sie, Miranda, den Zweijahresvertrag als Managerin des Ferienparks im Outback unterschrieben hatte. Die Lektüre der Geschichte des Ortes und der Familie, in deren Besitz er sich seit Generationen befand, war vielleicht ein etwas trockener Lesestoff, aber unter den gegebenen Umständen ein absolutes Muss und überdies die sinnvollste Art, den mehrstündigen Flug nach Darwin zu nutzen. Miranda ermahnte sich streng, dass es höchste Zeit sei, sich auf ihre zukünftigen Pläne zu konzentrieren und die Vergangenheit ad acta zu legen.

„Ja, allerdings", bestätigte sie. „Kennen Sie die Gegend?"

„Ich war schon dort", antwortete die Stewardess enthusiastisch. „Es ist ein fast schon legendärer Ort in den Kimberleys, im Besitz der Kings, die dort als ungekrönte Könige der Rinderzüchter gelten. Nachdem sie jetzt den Wildpark für Touristen geöffnet und dort eine Ferienanlage gebaut haben, ist es ein sehr beliebtes Ziel im Outback."

„Haben Sie in der Ferienanlage gewohnt?"

„Nicht im Gästehaus." Die Stewardess verdrehte die Augen. „Viel zu teuer. Ich war mit einer Gruppe dort, und wir haben drei Tage in den Zelthütten an der Granny Schlucht gewohnt."

Zelthütten, Campingplätze, Bungalows und Luxussuiten im Gästehaus – das waren vier verschiedene Unterbringungsstandards, um die Miranda sich in Zukunft würde kümmern müssen. Etwas ganz anderes als die Leitung eines Fünfsternehotels! War sie verrückt, sich darauf einzulassen – zwei Jahre in der Wildnis?

„Hat sich die Reise denn Ihrer Meinung nach gelohnt?", fragte sie die Stewardess.

„Oh ja, mehr als das! Ich habe noch nie in meinem Leben so viele Schmetterlinge gesehen. Die Bäume waren voll davon.

Und wir haben in einem herrlichen Wasserloch mit kristallklarem, türkisblau schimmerndem Wasser gebadet, das von malerischen Wasserfällen gespeist wurde. Eine sagenhafte Art zu duschen!"

„Dann würden Sie den Ferienpark also empfehlen?"

„Unbedingt!", bekräftigte die Stewardess. „Und lassen Sie sich auf keinen Fall die Höhlenschnitzereien der Aborigines entgehen, wenn Sie die Schlucht besuchen."

Miranda nickte der Stewardess freundlich zu und nahm zur Kenntnis, dass „King's Eden" zumindest dieser jungen Frau zugesagt hatte. Der einzige Reiz, den es augenblicklich auf sie, Miranda, ausübte, bestand in der Aussicht, ihr ein Leben nach eigenen Vorstellungen zu ermöglichen.

Wenn sie bei der Regency-Hotelkette geblieben wäre, hätte sie vielleicht von der stellvertretenden Managerin in Sydney zu einer leitenden Position in Übersee aufsteigen können, was sie einmal angestrebt hatte. Doch dazu hätte sie sich weiterhin mit Bobby gut stellen müssen – daran hatte er keinen Zweifel gelassen. Er hatte ihr eine vielversprechende Karriere in Aussicht gestellt, um sie mit dem Gedanken an seine bevorstehende Heirat zu versöhnen, die, wie er behauptete, sowieso nur dem Zweck diene, die Allianz zwischen zwei großen internationalen Hotelketten zu zementieren.

Eine weitere Lüge! Ein Foto von seiner französischen Braut in der Zeitung war für Miranda Beweis genug gewesen, dass Bobby seine Flitterwochen nicht als Prüfung empfinden würde. Offensichtlich hatte er sie von Anfang an belogen – drei Jahre lang. Das Einzige, was sie ihm am Schluss noch geglaubt hatte, war seine Drohung, er würde verhindern, dass sie irgendwo anders in der Branche eine gute Stellung bekommen würde, wenn sie ihn jetzt verließe. Miranda hatte nicht daran gezweifelt, dass er alles tun würde, um seinen Kopf durchzusetzen.

„King's Eden" bot ihr den perfekten Ausweg aus dieser Situation. Es war eine eigenständige Ferienanlage, die mit nichts und niemandem in Verbindung stand, worauf Bobby Hewson hätte Einfluss nehmen können. Miranda dachte mit einem bitteren Lächeln an eine der Fragen, die Elizabeth King ihr im Verlauf des Bewerbungsgesprächs gestellt hatte. „Sind Sie … ungebunden?"

„Ja, Mrs. King, ich bin völlig ungebunden", hatte sie fest geantwortet. „Mein Leben gehört ganz allein mir."

Und genauso würde es auf „King's Eden" sein, schwor sich Miranda. Sie würde ihr eigenes Leben führen, ungeachtet der Probleme, mit der diese ungewohnte Umgebung sie konfrontieren würde. Ihre Selbstachtung verlangte von ihr, dass sie kraft ihrer eigenen Leistungen in ihrem Beruf Erfolg haben würde … und nicht weil sie die Mätresse irgendeines unverbesserlichen Playboys war.

Entschlossen öffnete Miranda das Buch in ihrem Schoß. Auf der ersten Seite war eine Landkarte der Kimberleys abgebildet, dreihundertzwanzig Quadratkilometer Land, die sich vom Seehafen Broome oben an der Nordwestküste Australiens bis hinunter zur Grenze des Northern Territory erstreckten. Das Gebiet von „King's Eden" war grün unterlegt – ein gewaltiger Besitz mitten im Outback, der letzte Ort, an dem Bobby Hewson nach ihr suchen würde.

Es war vielleicht nicht unbedingt der Garten Eden, aber wenigstens gab es dort keine hinterhältige Schlange. In dieser Zuversicht blätterte Miranda weiter und begann zu lesen. Ihr war bewusst, dass sie in diesem Moment ein Kapitel in ihrem Leben abgeschlossen hatte und es für sie nur noch einen Weg gab: nach vorn.

„Sag mir nur eines, Mutter: warum eine Frau?"

Weil du eine brauchst. Und nachdem Susan Butler nun endlich aus deinem Leben verschwunden ist, suchst du vielleicht doch nach mehr als bloß einer neuen Geliebten. Dies waren Elizabeth Kings Gedanken, während sie versuchte, das Ausmaß der Verärgerung ihres ältesten Sohnes über ihre Entscheidung abzuschätzen. Sein gereizter Ton und die tiefe Furche zwischen den dunklen Brauen versprachen keinen guten Start zwischen Nathan und Miranda Wade, die er jeden Moment kennenlernen würde.

Die Leitung des Ferienparks gehörte zu Tommys Aufgabe. Nathans war die Leitung der Rinderfarm, und er legte Wert darauf, die beiden Unternehmungen streng getrennt zu halten. Sowieso blieb Nathan am liebsten für sich, doch Elizabeth war der Ansicht, dass sich das ändern müsse. Er war fünfunddreißig – höchste Zeit für ihn, zu heiraten und Kinder zu haben. Für Elizabeth war es keine Alternative, in diesem Punkt auf seine beiden jüngeren Brüder zu hoffen. Nathan war seinem Vater in jeder Hinsicht am ähnlichsten, und sie wollte das Erbe ihres geliebten Lachlan nicht derart vergeudet sehen.

„Ich habe die Person mit den besten Qualifikationen für die Leitung des Ferienparks gewählt", antwortete sie bedächtig, wobei sie ihren Ältesten forschend betrachtete. „Es war mir nicht bewusst, dass du ein Vorurteil gegen Frauen in leitenden Positionen hegst, Nathan."

Er hatte sich in den großen ledernen Lehnstuhl gesetzt, der

selbst einem so stattlichen Mann wie ihm ausreichend Platz bot, und warf ihr einen spöttischen Blick zu. „Nicht einmal du hast es das ganze Jahr über hier ausgehalten."

Das alte Argument, doch es stach nicht. „Ich musste mich noch um andere Interessen kümmern, wie du genau weißt."

Seine Miene blieb skeptisch. „Der Punkt ist doch, dass wir uns darauf geeinigt hatten, ein Ehepaar sei am geeignetsten für diese Stellung."

„Schön und gut, solange die Ehe intakt ist", erwiderte Elizabeth bedeutsam. Nathan wusste genau, dass der letzte Manager gekündigt hatte, weil seine Frau ihm andernfalls mit Scheidung gedroht hatte. „Und wer kann nach einem Vorstellungsgespräch beurteilen, wie gut eine Beziehung ist? Damit sind wir doch schon reingefallen."

„Dann würde meiner Ansicht nach aber ein alleinstehender Mann mit der Abgeschiedenheit dieser Gegend besser zurechtkommen als eine alleinstehende Frau", gab Nathan zu bedenken.

Elizabeth ließ sich nicht beirren. „Die männlichen Bewerber haben mir nicht zugesagt. Sie waren ausnahmslos zu weich für meinen Geschmack."

„Ach ja? Und was haben wir stattdessen? Eine Frau wie Stahl?" Nathan winkte spöttisch ab. „Es wäre ihr zu wünschen, denn ich habe nicht vor, ihr zu Diensten zu stehen und ihr die Probleme aus dem Weg zu räumen. Wenn sie jemand braucht, der ihr die Hand hält, soll Tommy es tun."

„Das kannst du ihr bestimmt klarmachen, Nathan." Elizabeth unterdrückte ein befriedigtes Lächeln, als sie hinzufügte: „Falls du es wünschst."

Sofort horchte er auf. „Was soll das heißen?"

„Ich bezweifle, dass Miranda Wade sich von irgendeinem Mann die Hand halten lässt." Und das, mein Sohn, könnte für dich eine Herausforderung darstellen, der du nur schwer widerstehen kannst, dachte Elizabeth.

„Das passt ja wie die Faust aufs Auge: Eine militante Feministin soll für unsere anspruchsvollen Feriengäste die charmante Gastgeberin spielen!", bemerkte Nathan verächtlich.

„Oh, ich glaube, jemand, der seit zwölf Jahren in der Hotelbranche ist, weiß, wie man Gäste behandelt", widersprach Elizabeth unbeirrt. „Aber mach dir selber ein Bild, Nathan. Es hört sich an, als wäre Tommys Jeep gerade vorgefahren. Ich nehme doch an, dass du dich wenigstens um Höflichkeit bemühen wirst."

Nathan verdrehte die Augen. „Sicher ist Tommy wie stets gut in Form. Er wird bestimmt jedes mögliche Versagen meinerseits in diesem Punkt doppelt wettmachen."

Zweifellos, dachte Elizabeth. Ihr in hohem Maß extrovertierter mittlerer Sohn flirtete vermutlich in diesem Moment bereits nach allen Regeln der Kunst mit Miranda. Tommy liebte es, sich in der Bewunderung der Frauen zu sonnen. Aber an der kühlen Blondine, die sie, Elizabeth, bei dem Vorstellungsgespräch kennengelernt hatte, würde sein Charme vermutlich wirkungslos abprallen. Der Blick ihrer grünen Augen war seltsam nach innen gerichtet gewesen, als wollte sie sich irgendetwas beweisen.

Es blieb abzuwarten, ob Nathan dieser Blondine einen Funken Interesse entlocken konnte. Nathan, der sich stets so gab, wie er war, ob es einem gefiel oder nicht, stellte ebenfalls eine Herausforderung dar – eine Herausforderung, vor der die meisten Frauen kapitulierten. Doch Elizabeth hielt Miranda

Wade nicht für eine Frau, die so leicht aufgab. Damit die Rechnung aufging, musste allerdings die Chemie zwischen den beiden stimmen, und das war etwas, was sich nicht forcieren ließ. Elizabeth konnte nur hoffen …

Miranda hatte den Besitz, der den Ferienpark und die Rinderfarm umfasste, am Morgen bereits aus der Luft gesehen. Erst da war ihr klar geworden, dass die Gebäude, die zu den beiden Geschäftszweigen der Kings gehörten, völlig getrennt voneinander lagen. Das Gästehaus des Ferienparks war ein eleganter, moderner Bau, dazu angelegt, den gut betuchten Gästen selbst hier im Outback jeden erdenklichen Luxus zu bieten. Das alte Farmhaus, dem sie sich jetzt über die Zufahrt näherte, besaß dagegen einen Reiz, der eine ungestillte Sehnsucht in Miranda ansprach.

Die Menschen, die dieses Haus gebaut hatten und bewohnten, waren mit dem Land hier tief verwurzelt – etwas, das Miranda so nie kennengelernt hatte. Im Leben ihrer Mutter hatte es nichts Festes oder Dauerhaftes gegeben, und Miranda war froh gewesen, daraus zu verschwinden. Sowieso war sie für ihre Mutter stets nur der lebende Beweis für deren größten Fehler und deren Alter gewesen und hatte die Aufmerksamkeit der Männer abgelenkt, von denen ihre Mutter sich hatte aushalten lassen.

Mit sechzehn war Miranda von zu Hause fort und hatte seitdem stets in den Hotels gewohnt, in denen sie arbeitete. Ihre wechselnden Unterkünfte hatte sie nur als ein Dach über dem Kopf betrachtet und nichts davon persönlich an sich herangelassen. Begriffe wie Zuhause, Familientradition oder Zugehörigkeit besaßen für sie keine Bedeutung. Sie gehörte ganz allein sich selbst.

So war es ein seltsames Gefühl, plötzlich mit etwas konfrontiert zu werden, was so ganz anders war als ihre persönlichen Erfahrungen. Die stattlichen Bäume, die sowohl zum Schutz als auch zum Schmuck gepflanzt worden waren, hatten schon mehr als ein Menschenleben überdauert, und auch die dichte, prachtvoll blühende Bougainvillea-Hecke, die das Haus umgab, war bestimmt schon Generationen alt. Frei stehend erhob sich das weiße Farmhaus auf einer grasbewachsenen Anhöhe über dem Fluss und wirkte mit seinen kunstvollen schmiedeeisernen Balustraden vor den Veranden wie eine strahlende Krone auf dem Haupt des gewaltigen Anwesens, über das es herrschte.

Als Tommy King den Jeep vor den Eingangsstufen vorfuhr, erkundigte Miranda sich, beeindruckt von den imposanten Ausmaßen des Gebäudes: „Wann ist es erbaut worden?"

„Vor ungefähr neunzig Jahren", antwortete er mit einem gewinnenden Lächeln. „Ich glaube, es war Gerald, einer der ersten der King-Brüder hier, der in Queensland die Villa eines hohen Regierungsbeamten gesehen hatte und davon so beeindruckt gewesen war, dass er den Entwurf kopieren und die erforderlichen Materialien per Schiff nach Wyndham bringen ließ."

Geld spielte keine Rolle, dachte Miranda. In dem Buch hatte sie gelesen, dass die ersten Pioniere der King-Brüder in den Goldminen von Kalgoorlie ein Vermögen gemacht hatten, bevor sie dieses Land gekauft hatten.

„Wirklich sehr beeindruckend", sagte sie bewundernd.

„Nun, in den alten Zeiten diente es vielen Zwecken", erläuterte Tommy ihr bereitwillig. „Alle Familienangehörigen lebten hier, und Durchreisende blieben oft mehrere Tage, um sich auszuruhen. Gastfreundschaft wurde hier im Outback immer großgeschrieben."

„Was vermutlich half, das Gefühl von Isolation zu durchbrechen", warf Miranda verständnisvoll ein.

„Ein Problem, das sich heute durch das Flugzeug als Transportmittel erledigt hat", ergänzte Tommy zufrieden.

Miranda wusste aus ihrer Reiselektüre, dass er eine Fluggesellschaft besaß, die er von Kununurra aus leitete, wobei ein Großteil seines Geschäfts mit dem Ferienpark verknüpft war und in Charterflügen mit kleinen Maschinen und Hubschraubern bestand. Tommy King war mit Anfang dreißig der dynamische, junge Unternehmertyp, selbstbewusst, sympathisch und mit einer Redegewandtheit begabt, die einem alles verkaufen konnte – vor allem sich selber.

Doch Miranda war nicht anfällig für seinen Playboy-Charme, der durch sein angenehmes Äußeres unterstützt wurde: dichte schwarze Locken, die ihm jungenhaft in die Stirn fielen, funkelnde braune Augen, die stets zum Flirten bereit schienen, und ein schlanker, durchtrainierter Körper, der Kraft und Sex-Appeal ausstrahlte. Miranda hatte seine Gesellschaft genossen, seit er sie am Morgen am Flughafen von Kununurra abgeholt hatte. Er hatte sich als ein ausgezeichneter, höchst informativer Fremdenführer erwiesen, aber sie war fest entschlossen, persönlich strikt Distanz zu ihm zu wahren. Männer wie Tommy King konnten sie nicht in Versuchung führen, Geschäft mit Vergnügen zu mischen. Sie hoffte, dass er diese Botschaft auch verstand, damit sich erst gar keine missverständliche Situation zwischen ihnen entwickeln konnte.

„Was mit dem großen Farmhaus heute passiert, kann man

nur als Verschwendung betrachten“, bemerkte Tommy, als er den Motor des Jeeps ausschaltete. „Viele Feriengäste würden vermutlich sonst was darum geben, hier einquartiert zu werden, aber Nathan will nichts davon hören.“ Er zwinkerte ihr verschwörerisch zu. „Mein großer Bruder ist unzugänglich wie ein Fels.“

Nathan King, der älteste Sohn von Elizabeth und Lachlan. Miranda war froh, den Stammbaum in dem Buch über „King's Eden“ studiert zu haben, denn die Leute hier gingen einfach davon aus, dass man alles über die Kings wusste.

„Nun, es ist doch verständlich, wenn er mit seiner Familie ungestört bleiben will.“

„Dem würde ich zustimmen, sollte er jemals heiraten und eine Familie haben“, entgegnete Tommy wie aus der Pistole geschossen. „Tatsächlich lebt er hier aber die meiste Zeit ganz für sich, und es sieht nicht so aus, als würde sich das bald ändern.“

Er stieg aus und kam um den Jeep herum, um Miranda die Tür aufzuhalten. Sie war ein wenig konsterniert. Als sie eingeladen worden war, an diesem Abend mit der Familie in dem alten Farmhaus zu essen, war sie davon ausgegangen, nicht nur zwei alleinstehende Männer als Gesellschaft vorzufinden.

„Ich dachte, Mrs. King würde auch hier leben“, sagte sie, als sie aus dem Wagen stieg.

„Nicht ständig. Mum hat sehr viel mit der Leitung der Zuchtperlenfarm in Broome zu tun.“ Tommy lächelte gewinnend. „Aber sie ist gestern hergeflogen, um Sie zu begrüßen und dafür zu sorgen, dass alles zu Ihrer Zufriedenheit ist.“

Miranda atmete auf. Sie würde also nicht die einzige Frau bei Tisch sein. „Wie nett von ihr!“

Tommy lachte. „Mum ist die geborene Diplomatin.“

Während Miranda mit Tommy die Eingangsstufen hinaufging, überlegte sie, wie unterschiedlich die beiden Brüder vermutlich waren. „Gibt es nicht noch einen dritten Sohn?“, fragte sie zögernd. Nathan, Thomas und Jared – die Namen waren ihr aus der Lektüre des Buches im Gedächtnis geblieben.

„Jared? Oh, der kümmert sich um die Minen und die Vermarktung der Perlen. Er ist ständig auf Achse“, lautete Tommys lakonische Antwort. „Sie werden ihn sicher irgendwann kennenlernen, aber nicht heute Abend. Ich glaube, im Moment ist er in Hongkong.“

Perlen, Minen ... Miranda überschlug rasch, was sie bislang über die Kings wusste. Es handelte sich hier um eine sehr reiche Familie, ähnlich vermögend, wenn nicht vermögender als die Hewsons. Alle drei Brüder waren vermutlich genau wie Bobby daran gewöhnt, stets zu bekommen, was sie wollten. Wenn sie einmal heirateten, dann vermutlich in Familien, die auf die eine oder andere Weise mit ihren geschäftlichen Interessen in Verbindung standen. So funktionierte das in diesen Kreisen. Sie, Miranda, war eine Außenseiterin, eine Angestellte, die von gewissem Nutzen war. Doch sie war fest entschlossen, diesen „Nutzen“ diesmal ganz klar abzustecken. Egal, wie attraktiv die drei King-Brüder auch sein mochten, sie würden für sie in persönlicher Hinsicht tabu sein.

Niemals würde sie sich von Tommys Charme einwickeln lassen, und wenn Nathan unzugänglich wie ein Fels war, dann würde sie nicht versuchen, diese Wand zu durchbrechen. Da Jared anscheinend die meiste Zeit unterwegs war, würde er sowieso kein Problem für sie darstellen. Am besten, sie konzentrierte sich an diesem Abend ganz auf Elizabeth King.

Mit diesem festen Vorsatz betrat Miranda das Haus und

blickte sich neugierig um. Große, bleiverglaste Fenster zu beiden Seiten der massiven Eingangstür ließen warmes Licht in eine geräumige Eingangshalle, deren Wände mit gerahmten Fotografien geschmückt waren. Es handelte sich offenbar um eine Darstellung der Geschichte von „King's Eden“, doch Miranda blieb keine Zeit, sich die Fotos genauer anzusehen, denn Tommy führte sie geradewegs weiter ins Wohnzimmer. Bewundernd ließ Miranda den Blick über die üppige Einrichtung schweifen. Eine Vielzahl von Kunstschätzen überwiegend asiatischer Herkunft verbanden sich zu einem faszinierenden Gesamteindruck.

Im nächsten Moment jedoch wurde Mirandas Aufmerksamkeit ganz von dem Mann in Anspruch genommen, der sich bei ihrem Eintreten aus einem großen Ledersessel erhob. Er musste gut einen Meter neunzig groß sein und war mit seinen breiten Schultern und seiner kraftvollen Statur einer der stattlichsten Männer, die Miranda je gesehen hatte. Mit jeder seiner Bewegungen strahlte er eine unbezwingbare Kraft aus.

Unwillkürlich jagte ihr ein kleiner Schauer über den Rücken. Die Gegenwart dieses Mannes übte ohne ersichtlichen Grund eine beunruhigende Wirkung auf sie aus. Dabei bedrohte er sie doch keineswegs, sondern war aus Höflichkeit aufgestanden, sodass sie keinen Grund hatte, sich so … verletzlich zu fühlen.

Ganz bewusst suchte Miranda seinen Blick und rang sich ein höfliches Lächeln ab. Die markanten Züge ihres Gegenübers wirkten wie aus Granit gemeißelt. Nein, Nathan King hatte nichts „Hübsches“ oder „Playboyhaftes“ an sich.

Sein dichtes schwarzes Haar war glatt, die dunklen Brauen gerade. Und der Blick seiner blauen Augen, die überraschend hell und klar aus seinem gebräunten Gesicht leuchteten, war durchdringend und unergründlich. Miranda fühlte sich wie gebannt, unfähig, sich diesem Blick zu entziehen, bis Elizabeth King sie ansprach.

„Willkommen in ‚King's Eden'…"

Miranda wandte sich der ihr vertrauten Stimme zu. Die Frau, die mit ihr das Vorstellungsgespräch geführt hatte, saß in einem kunstvoll geschnitzten Brokatsessel, ein Bild vollendeter Eleganz: Das weiße Haar gepflegt frisiert, trug sie einen cremefarbenen Hosenanzug, in dessen Ausschnitt eine kostbare Perlenkette schimmerte.

„Es ist mir ein Vergnügen und eine Ehre, Mrs. King", erwiderte Miranda höflich. „Vielen Dank für die Einladung."

Elizabeth King lächelte und deutete mit einem befriedigten Ausdruck auf ihren ältesten Sohn. „Darf ich Ihnen Nathan vorstellen? In seiner Hand ist die Leitung der Rinderfarm. Nathan, das ist Miranda Wade, die neue Managerin unseres Ferienparks."

Er rührte sich nicht von der Stelle, sondern begutachtete sie stumm und herausfordernd. Miranda war es in ihrem Beruf gewöhnt, auf Menschen zuzugehen und sie zu begrüßen. Fast immer war es ein bewährtes Mittel, das Eis zu brechen, wenn man die Initiative ergriff, und sie war für die Zukunft sicher gut beraten, mit diesem Mann ein einvernehmliches Auskommen anzustreben. Doch trotz dieser Überlegungen zögerte sie, auf ihn zuzugehen. Nathan King war zweifellos ein Mann, der alles beherrschte, was er berührte … und sie stand im Begriff, ihm die Hand zu reichen.

2. *KAPITEL*

Nathan war beeindruckt. Er hatte schon viele schöne Frauen kennengelernt, aber keine davon ließ sich mit dieser vergleichen. Sämtliche weibliche Reize vereinigten sich bei ihr zu etwas ganz Besonderem.

Sie war fast so groß wie Tommy, was bedeutete, dass sie annähernd einen Meter achtzig groß sein musste. Ihr schulterlanges blondes Haar war eine seidige Verlockung. Schimmernd umschmeichelte es ein Gesicht, dessen klassisch schöne Züge durch das kleine Grübchen im Kinn erst richtig zur Geltung kamen. Sie trug ein hochgeschlossenes, ärmelloses Kleid, das ihre schlanke, wohlgerundete Figur umspielte und kurz über dem Knie endete. Der betont dezente Schnitt stand in lebhaftem Kontrast zu dem auffälligen abstrakten Blumenmuster des Stoffes in Gelb, Orange, Grün, Türkis und Blau auf schwarzem Untergrund. Dazu trug sie zierliche gelbe Sandaletten.

Eine sehr selbstbewusste Frau, dachte Nathan, die eher bereit ist, sich aus der Masse hervorzuheben, als darin zu verschwinden. Eine starke Persönlichkeit. Ganz bestimmt kein scheues Reh und auch keine Klette. In Nathan regte sich ein Gefühl, das er lange nicht verspürt hatte. Diese Frau war es vielleicht wert, dass man sie näher kennenlernte … eine Erfahrung, die sich lohnen konnte.

Ihr Anblick bereitete ihm ein solches Vergnügen, dass er sich nicht davon lösen wollte, nachdem seine Mutter sie einander vorgestellt hatte, sondern sie weiter studierte, als sie auf ihn zukam. Wunderschöne, mandelförmige grüne Augen, umrahmt von honigbraunen Wimpern. Ob das Blond ihres Haares echt war?

„Es freut mich, Sie kennenzulernen, Mr. King“, sagte sie ruhig und streckte ihm die Hand entgegen.

Ganz bewusst darauf bedacht, persönliche Distanz zu wahren. Das war ihm nur recht, bis er sich über seine weitere Vorgehensweise im Klaren sein würde. Höflich lächelnd nahm er die dargebotene Hand. „Selbst die Kinder auf der Farm nennen mich Nathan“, lud er sie unkompliziert ein. „Und da man sich im Ferienpark auch mit dem Vornamen anspricht, darf ich Sie wohl Miranda nennen, ja?“

„Natürlich“, antwortete sie gelassen, wobei sie ihm ihre Hand entzog.

Nathan ließ es geschehen, vermerkte jedoch interessiert, wie eilig sie es hatte, den physischen Kontakt mit ihm zu unterbrechen. Spürte sie vielleicht, welche Wirkung sie auf ihn ausübte? Ging es ihr vielleicht ähnlich? Ihr Blick verriet lediglich das höfliche Interesse der Angestellten gegenüber einem ihrer Arbeitgeber, nichts darüber hinaus.

Er musste wieder an die Worte seiner Mutter denken: Ich bezweifle, dass Miranda Wade sich von irgendeinem Mann die Hand halten lässt … War sie wirklich eine militante Feministin?

Nathan besann sich auf seine Gastgeberpflichten. „Was darf ich Ihnen zu trinken anbieten? Champagner, vielleicht, wie meiner Mutter …?“

„Ein Glas Wasser genügt“, antwortete Miranda rasch.

Sie will also einen klaren Kopf bewahren, registrierte Nathan und wandte sich seinem Bruder zu. „Du ein Bier, Tommy?“

„Ja, gern“, lautete die prompte Antwort.

Nathan ließ die anderen einen Moment allein, um aus der

Bar im angrenzenden Billardzimmer die Getränke zu holen. Miranda Wade war offensichtlich eine Frau, die man nicht drängen durfte. Er hatte den Eindruck, dass sie eine Persönlichkeit mit vielen Facetten war, nicht leicht einzuordnen.

Wie Tommy wohl mit ihr klargekommen war? Sein Bruder hatte den größten Teil des Tages in ihrer Gesellschaft verbracht. Hatte er ihr etwas Interesse entlocken können? Nathan beschloss, sich erst einmal zurückzuhalten und das Miteinander der beiden zu beobachten. Als er das Tablett mit den Getränken ins Wohnzimmer zurücktrug, überlegte er amüsiert, welchen unerwarteten Ausgang dieses Treffen doch genommen hatte. Seine Verärgerung über die Entscheidung seiner Mutter war in dem Moment, als Miranda Wade auf der Türschwelle erschienen war, wie weggeblasen gewesen.

Tommy hatte es sich auf dem Sofa bequem gemacht und vielleicht insgeheim darauf gehofft, dass Miranda sich neben ihn setzen würde. Doch ihr schöner Gast hatte sich stattdessen dafür entschieden, in einem Sessel neben seiner Mutter Platz zu nehmen – genau gegenüber und möglichst weit entfernt von dem Lehnstuhl, in dem Nathan zuvor gesessen hatte. Sie bedankte sich mit einem freundlichen Lächeln, als Nathan ihr das Glas Wasser auf einen kleinen Beistelltisch stellte, bevor sie das unterbrochene Gespräch mit seiner Mutter wieder aufnahm.

Höflich, aber distanziert, notierte Nathan. Er hielt sich nicht weiter in ihrer Nähe auf und versuchte auch nicht, ihre Aufmerksamkeit zu gewinnen. Ein Zwei-Jahres-Vertrag gab ihm genug Zeit, sie näher kennenzulernen. Lässig ging er zu Tommy und reichte ihm das Bier,

„Und? Bist du zufrieden mit der Wahl?“, erkundigte er sich forschend.

„Bist du zufrieden?“, gab Tommy die Frage zurück, wobei seine dunklen Augen schalkhaft blitzten.

Nathan zuckte die breiten Schultern. „Das ist allein deine Angelegenheit, Tommy.“

„Ich glaube, sie ist ein Gewinn.“ Tommy warf Miranda einen bewundernden Blick zu und fuhr ironisch lächelnd fort: „Ihre Interessen sind ganz auf den Job ausgerichtet.“

„Freut mich zu hören.“ Nathan ging zu seinem Sessel und setzte sich zufrieden. Wie es aussah, hatte der Charme seines Bruders ausnahmsweise einmal nicht gewirkt. Es versprach, ein höchst interessanter Abend zu werden. Predigten Feministinnen nicht, dass man Männer zwar begehren konnte, aber sie nicht brauchte? Sexuelle Freiheit für Frauen? Sich zu nehmen, was man wollte? Was, wenn Miranda genau das wollte?

Das Abendessen war köstlich: Garnelen mit Kokosnuss in Mangosauce, gefolgt von einem Barramunda, der auf der Zunge zerging, und schließlich einer Passionsfrucht-Mousse, die ein wahres Gedicht war. Für Miranda war das Essen mit den Kings dennoch eine Prüfung, vor allem angesichts ihres Gastgebers, dessen bloße Anwesenheit sie entschieden nervös machte. Doch sie war der Meinung, sich bis zum Dessert gut gehalten zu haben.

Zwar hatte sich Nathan kaum am Tischgespräch beteiligt, aber ihr war nicht entgangen, dass er jedes ihrer Worte aufmerksam verfolgt hatte. Sie spürte, dass er versuchte, sich aus ihren Fragen, Antworten und Ansichten ein Bild von ihrer Person zu machen, ohne von sich selber etwas preiszugeben.

Zu ihrem Leidwesen musste sie immer wieder daran denken, wie sich ihre Hand in seiner angefühlt hatte. Vielleicht lag es daran, dass er der Rinderzüchter unter den Kings war, aber sie hatte den Eindruck, als hätte er sie mit seinem Brandzeichen versehen. Nathan King erinnerte sie in einem Maß an ihre Weiblichkeit, wie es nicht einmal Bobby Hewson getan hatte.

Glücklicherweise sorgten Tommy und Elizabeth King mit ihrer lockeren, informativen Unterhaltung dafür, dass sie sich etwas entspannen konnte. Und die geschmackvolle Einrichtung des Esszimmers war auch geeignet, von dem Mann abzulenken, dessen Gegenwart den Tisch beherrschte. Immer wieder ließ Miranda den Blick bewundernd über die schönen Möbel aus poliertem Mahagoniholz und die dekorativen Vogelbilder an den Wänden schweifen. Alles wirkte makellos gepflegt, und sie fragte sich unwillkürlich, wie viel Angestellte nötig waren, um dieses große Haus in Ordnung zu halten. Bislang hatte sie nur Nancy kennengelernt, die das Abendessen serviert hatte.

„Ich denke, es wäre gut, wenn Miranda selber die üblichen Touristenausflüge machen würde, bevor die Saison im Ferienpark richtig beginnt", schlug Elizabeth King plötzlich vor. „Sie sollte das, was sie den Gästen empfiehlt, persönlich kennen."

Tommy machte ein nachdenkliches Gesicht. „Sam ist immer noch durch ihren verstauchten Knöchel außer Gefecht gesetzt …"

Samantha Connelly gehörte als Hubschrauberpilotin zum Stammpersonal des Ferienparks. Miranda hatte sie bereits kennengelernt – eine hübsche, sehr sympathische junge Frau, die jedoch empfindlich auf Tommys Neckereien wegen ihrer vorübergehenden Behinderung reagiert hatte.

„Ich fliege übermorgen zur Bungle Bungle Range. Miranda kann mich begleiten, wenn sie möchte."

Diese beiläufigen Worte, so unerwartet aus Nathans Mund, ließen alle erstaunt aufblicken.

Tommy sah seinen Bruder entgeistert an. „Du?"

Seine Verblüffung vermehrte Mirandas Panik. Sie musste sich zwingen, den Mann anzublicken, der ihr gerade seine Begleitung angeboten hatte. Doch nichts in seinem Gesicht verriet irgendein spezielles Interesse an ihr.

Im Gegenteil, sein Blick drückte milde Verwunderung aus, als er sich an Tommy wandte: „Hast du ein Problem damit?"

„Und nie werden die beiden zusammenfinden außer beim Auftrieb der Herden im Juni", meinte Tommy neckend. „He, es ist erst März, und du bietest mir deine Hilfe für mein Geschäft an?"

„Das hat kaum etwas mit Geschäft zu tun", erwiderte Nathan unbeirrt. „Ich fliege sowieso, sodass sich die Gelegenheit anbietet ... falls Miranda sie ergreifen möchte." Er sah sie fragend an.

Allein mit ihm in einem kleinen Flugzeug oder Hubschrauber? Miranda zerbrach sich fieberhaft den Kopf nach einer plausiblen Ausrede.

„Weshalb fliegst du denn dorthin?", fragte Tommy neugierig und verhalf ihr damit zu einem Aufschub.

Nathan wandte sich wieder seinem Bruder zu. „Der oberste Parkranger möchte sich Sarah Kings Tagebücher über die hiesigen Stämme der Aborigines ausleihen, als Hintergrundinformation sozusagen. Ich habe versprochen, sie ihm vorbeizubringen."

„Schön, dann steht der erste Ausflug ja schon für Sie fest, Miranda", verkündete Elizabeth King lächelnd und sichtlich zufrieden.

„Aber, Mrs. King, schon übermorgen …“ Miranda machte ein zweifelndes Gesicht. „Ich denke, ich werde diese Woche sehr viel damit zu tun haben, mich mit den Abläufen in dem Ferienpark vertraut zu machen und mir einen Überblick über die nötigen Einstellungen für die Saison zu verschaffen. Ich weiß Ihr Angebot wirklich zu schätzen, Nathan …“, sie sah ihn entschuldigend an, „… aber ich bin gerade erst angekommen und werde kaum die Zeit haben …“

„Es ist besser, Sie ergreifen die Gelegenheit beim Schopf, wie sie sich bietet, Miranda“, mischte Elizabeth sich energisch ein. „Außerdem ist es die wirtschaftlichste Lösung, denn auf diese Weise wird weder Samantha noch einer von Tommys Piloten beansprucht.“

Womit Mrs. King ihr sauber den Boden unter den Füßen entzogen hatte. Hätte Miranda auf einem anderen Termin bestanden, wäre damit unnötig das Budget des Ferienparks belastet worden.

„Ein Ausflug im Morgengrauen, Nathan?“, wandte Elizabeth King sich nun unbeirrt an ihren Ältesten.

„Nun, ich denke, wir sollten uns den Sonnenaufgang nicht entgehen lassen“, antwortete er.

Miranda hatte Mühe, ihre Verärgerung zu verbergen, als die beiden über ihren Kopf hinweg entschieden, egal, ob es ihr passte oder nicht. Die Arroganz der Reichen, die es gewöhnt sind, die Menschen ganz nach Belieben wie Schachfiguren herumzuschieben, dachte sie resigniert. Aber sie konnte sich nur schlecht dagegen auflehnen, denn das Outback war wirklich Neuland für sie, und für ihren Job war es natürlich wichtig, dass sic sich gleich persönlich mit den Sehenswürdigkeiten des Parks vertraut machte.

Normalerweise hätte sie sich auch gar nicht dagegen gewehrt, wenn nicht ausgerechnet Nathan ihr seine Begleitung angeboten hätte. Dieser Mann verunsicherte sie. Reiß dich zusammen, Miranda!, ermahnte sie sich streng. Ob es ihr gefiel oder nicht, sie musste mit Nathan King klarkommen. Vielleicht verlor er ja seinen besonderen Reiz, wenn sie ihn näher kennenlernte.

„Ich werde Sie bis mittags wieder im Ferienpark abgesetzt haben", versicherte er ihr jetzt.

Was mindestens sechs Stunden allein in seiner Gesellschaft bedeutete. „Vielen Dank", sagte sie ruhig, obwohl ihr Herz klopfte.

„Was halten Sie davon?"

„Wie bitte?" Worauf wollte er hinaus?

Das spöttische Funkeln in seinen Augen machte sie nur noch nervöser. Spürte er, wie sehr er sie durcheinanderbrachte?

„Nun ja, der Ferienpark. Da Sie bislang immer in der Stadt gearbeitet haben, frage ich mich, welchen Eindruck die Anlage auf Sie macht. Ich nehme an, Tommy hat Sie heute Nachmittag schon etwas herumgeführt."

„Die verschiedenen Bereiche von Unterkünften sind außerordentlich gut geplant", antwortete sie selbstsicher. „Das Gästehaus ist ideal gelegen und in seiner Ausstattung sehr attraktiv. Die gesamte Anlage macht einen erstklassigen Eindruck."

„Keine kalten Füße?", fragte er herausfordernd. „Keine Zweifel nach dem Motto: Was habe ich nur getan?"

Miranda schüttelte lachend der Kopf. „Eher das Gefühl: wie wundervoll! Ich freue mich wirklich darauf, die Leitung zu übernehmen und mein Bestes zu geben."

„Eine ganz neue Welt für Sie?"

„Ja."

„Die meisten Leute halten sich lieber an die Welt, die sie kennen."

„Nun, dann zähle ich wohl nicht zu den ‚meisten Leuten'."

„Eine Abenteurerin? Auf der Suche nach dem anderen?"

„Eher, die sich das Bedürfnis nach etwas anderem erfüllt."

„Dann hoffe ich, dass all Ihre Bedürfnisse hier Erfüllung finden werden."

„Dann wäre es tatsächlich der Garten Eden."

Nathan lachte, so unerwartet und gewinnend, dass Miranda völlig fasziniert davon war. Der kleine Wortwechsel zwischen ihnen schien ihn genauso angeregt zu haben, wie er sie belebt hatte. Seine Augen funkelten vor Vergnügen, als er bemerkte: „Ich neige zu der Ansicht, dass es an jedem Einzelnen liegt, sich seinen eigenen Garten Eden zu schaffen. Das scheint mir der eigentliche Sinn unserer Willensfreiheit: sich so zu entscheiden, dass wir glücklich sind."

Miranda hatte plötzlich das Gefühl, dass dieses Gespräch eine gefährlich vertrauliche Wendung genommen hatte. Die Vernunft verlangte von ihr eine Korrektur. „Nur leider können wir die Entscheidungen anderer Menschen nicht kontrollieren", sagte sie betont kühl, „und das kann uns die Hölle auf Erden bereiten."

„Man hat immer die Möglichkeit wegzugehen."

„Aber wird man das auch respektieren?"

„Sorgen Sie dafür."

„Ich bin nicht ganz so groß und stark wie Sie, Nathan", erwiderte sie locker.

Er lächelte. „Aber Sie haben einen eigenen Kopf, Miranda.

Und der ist sogar sehr interessant."

„Vielen Dank."

„Oh, ich sollte Ihnen danken. Unser gemeinsamer Trip wird bestimmt nicht langweilig werden."

Miranda hielt den Atem an. Sie spürte, dass Nathan King mit seiner Bemerkung nicht nur auf den geplanten Flug zur Bungle Bungle Range anspielte. Nein, er meinte offensichtlich eine viel längere gemeinsame Wegstrecke über die zwei Jahre, die sie in „King's Eden" sein würde ... eine höchst beunruhigende Vorstellung.

„Vergiss bloß nicht, dass du auch den Fremdenführer spielen musst, Nathan", warf Tommy bedeutsam ein. „Schließlich geht es ums Geschäft."

Schwang da eine Spur von Verärgerung in seiner Stimme? Brüderliche Rivalität? Rasch wandte sich Miranda dem Mann zu, dessen Interessen sie vorrangig zu vertreten hatte. „Ich werde den Ausflug so gewinnbringend wie möglich nutzen, Tommy", versprach sie sofort. „Ich weiß, wie wichtig das für meinen Job ist."

Er nickte, und Elizabeth King fügte zustimmend lächelnd hinzu: „Es wird ganz sicher ein wundervolles Erlebnis für Sie werden."

Miranda konnte das nur hoffen. Sie würde jede Ablenkung nötig haben, um Nathan King auf Distanz zu halten.

3. KAPITEL

Um Nathan King aus ihren Gedanken zu verdrängen und sich das Gefühl zu geben, alles im Griff zu haben, setzte Miranda gleich für den ersten Morgen nach ihrer Ankunft in „King's Eden" eine Personalbesprechung an. Da der Ferienpark nur von Anfang April bis Ende November geöffnet war, fehlten noch die vielen saisonbedingten Zusatzkräfte, sodass sich nur das Stammpersonal sowie die Leiter der jeweiligen Unterbringungsbereiche eingefunden hatten, um die neue Managerin zu begutachten.

Miranda war sich bewusst, dass sie im Gegensatz zu den übrigen Anwesenden das Outback nicht aus eigener Erfahrung kannte. Sie hatte auch noch nicht die große Regenzeit erlebt, in der der Monsunregen einen Großteil der Straßen im Norden Australiens während der Sommermonate in Schlammwüsten verwandelte. Aber die drückende Hitze draußen war ihr Beweis genug, dass es nicht ratsam war, in der Zeit zwischen Dezember und März diesen Teil des Outbacks zum Vergnügen zu bereisen. Glücklicherweise besaß das Gästehaus eine erstklassige Klimaanlage.

Man hatte sich in dem großen Aufenthaltsraum des Gästehauses versammelt, der sonst der Entspannung und dem Vergnügen der Gäste in der obersten Preiskategorie diente. Ein blaugrüner Schieferboden verbreitete eine angenehm kühle Atmosphäre, Rattanmöbel mit bunt gemusterten Kissen verliehen dem Raum ein lockeres, tropisches Ambiente. Kunstgegenstände und Gemälde nach der Tradition der Aborigines erinnerten die Gäste an die unmittelbare Nähe zu einer uralten Kultur. Durch die voll verglaste Stirnseite blickte man auf die geräumige Terrasse, und dahinter funkelte der Swimmingpool einladend in der Sonne.

Miranda hatte sich ganz bewusst für diesen ansonsten ausschließlich den Gästen vorbehaltenen luxuriösen Freizeitraum als Versammlungsort entschieden, um eine zwanglose Atmosphäre und Teamgeist zu erzeugen. Während der Saison wurden die regelmäßigen Personalbesprechungen üblicherweise im Parkrestaurant abgehalten, aber hier handelte es sich nur um den engsten Mitarbeiterstab, der ihr persönlich verantwortlich sein würde, und sie wollte diese Leute von Anfang an auf ihre Linie einschwören.

Sie waren alle zwanglos gekleidet in Shorts und T-Shirts und boten somit einen ganz anderen Anblick als das Personal in Uniform, das Miranda aus dem „Regency" gewöhnt war. Sie selbst hatte sich für ein enges, ärmelloses limonengrünes Leinenkleid entschieden, das ebenso elegant wie schlicht wirkte, doch ihr wurde rasch klar, dass in Zukunft auch für sie hier im Ferienpark schicke Safarishorts und eine Bluse angemessener sein würden.

Abgesehen von einigen Männern aus dem Wartungsdienst waren alle jünger als sie – sehr jung für leitende Angestellte. Doch das war hier im Outback wohl verständlich. Wahrscheinlich hatte die Abenteuerlust sie hierher verschlagen – das Gefühl, das Erlebnis „Outback" mitzunehmen, solange sie noch frei und ungebunden waren.

Miranda verbrachte den größten Teil der Besprechung damit, Fragen zu stellen, den Berichten zuzuhören und Lösungsvorschläge für anstehende Probleme zu sammeln. Als ein immer wiederkehrendes Problem wurde von verschiedenen Seiten die Isolation hier draußen im Outback genannt. Vor allem unter dem Saisonpersonal sank die Arbeitsmoral, wenn ihnen nicht regelmäßig freie Tage eingeräumt wurden, an denen sie aus der Routine des abgeschiedenen Ferienparks ausbrechen konnten. Miranda ließ keinen Zweifel daran, dass sie dieses Problem sehr ernst nahm.

Unwillkürlich dachte sie an die Kings – diese Familie führte seit hundert Jahren ein Leben in der Einsamkeit. Nathan King, beispielsweise, leitete die Rinderfarm allein und unverheiratet. Hatte er je das Gefühl, ausbrechen zu müssen? Würde sie, Miranda, hier in „King's Eden" vielleicht von diesem Wunsch gepackt werden?

Paradies oder Hölle? Miranda rief sich energisch zur Ordnung. Es war zu spät für einen Rückzieher. Sie würde sich den Problemen ihres neuen Jobs stellen und die Sache durchziehen. Hatte Nathan nicht gerade das gestern Abend mit leisem Spott infrage gestellt? Sie würde es ihm zeigen!

Zum Abschluss der Besprechung wandte Miranda sich noch einmal mit einer kurzen, persönlichen Erklärung an ihre Untergebenen, in der sie zum einen die Rolle einer funktionierenden Kommunikation als Basis für jede gute Gastlichkeit hervorhob und zum anderen betonte, wie viel Wert sie darauf lege, dass das Personal eines von ihr geführten Hauses den Wünschen der Gäste, wo immer dies möglich sei, zuvorkommen würde. Durch regelmäßige Überprüfungen würde sie dafür Sorge tragen, dass gerade diesen Punkten genügend Beachtung geschenkt würde.

Allseits zufrieden, ging man schließlich auseinander. Ganz bewusst verabschiedete sich Miranda von jedem Einzelnen persönlich und mit Namen. Nur Samantha Connelly, die verletzte Hubschrauberpilotin, blieb sitzen, das Bein mit dem verstauchten Knöchel auf einen Fußschemel gestützt.

„Soll ich Ihnen helfen?“, fragte Miranda freundlich.

„Ich bin hier, um Ihnen zu helfen“, lautete die prompte Antwort, „bis ich diese verdammten Krücken endlich wegwerfen kann.“

Sie beugte sich hinunter und angelte nach den ihr so verhassten Gehhilfen. Miranda versuchte nicht, ihr zuvorzukommen, denn sie spürte, wie wichtig der jungen Frau ihre Selbstständigkeit war. Bewundernd ließ sie den Blick über Samanthas kupferrote Locken und die muskulösen Arme schweifen. Samantha Connelly war zwar kleiner und zierlicher als Miranda, aber zweifellos durchtrainiert und kräftig.

„Ich hasse es.“ Samantha blickte auf und seufzte. „Ich meine, hier im Büro festzusitzen, anstatt über den Wolken zu fliegen.“

„Ich wusste nicht, dass Sie auch Büroarbeiten erledigen“, sagte Miranda überrascht.

„Ach, ich helfe aus, wo es nötig ist, und übernehme zum Beispiel die Ferienparkbuchungen im Hauptbüro in Kununurra während der Regenzeit. Da ist im Charter-Geschäft nicht so viel los. Ich habe alle Daten und Zahlen in den Computer in Ihrem Büro eingegeben und stehe Ihnen zur Verfügung, bis Ihre Sekretärin eintrifft.“

„Vielen Dank“, sagte Miranda erfreut.

„Keine Ursache.“ Samantha hob den verletzten Fuß vorsichtig vom Schemel und richtete sich mit Hilfe der Krücken auf.

Wieder spürte Miranda den unbändigen Stolz der jungen Pilotin und deren Drang nach Unabhängigkeit. Samantha besaß ein schmales, fast jungenhaftes Gesicht, die kleine Stupsnase war mit Sommersprossen übersät, aber der forsche Blick ihrer klaren blauen Augen hätte es jedem verboten, sie als „niedlich" zu bezeichnen.

„Wie sind Sie zum Fliegen gekommen?", fragte Miranda, als sie langsam die große Eingangshalle durchquerten, um in den Bürotrakt zu gelangen.

„Ich wurde dazu geboren", lautete die lakonische Antwort. „Ich nehme an, da ich augenblicklich aus dem Verkehr gezogen bin, hat Tommy sich wohl angeboten, Sie herumzufliegen und Ihnen die üblichen Touristentouren zu zeigen?" Samantha warf Miranda einen spöttischen Blick zu. „Ich wette, er ist ganz wild darauf, Ihnen die Sehenswürdigkeiten der Gegend zu zeigen."

Miranda horchte auf. „Warum sollte er so wild darauf sein, Samantha?"

„Nennen Sie mich Sam. Jeder tut das hier." Die junge Frau warf ihr erneut einen spöttischen Blick zu. „Und wenn es Ihnen nicht aufgefallen ist, wie Tommy gestern hinter Ihnen hergehechelt ist, mir schon. Um ganz ehrlich zu sein, Miranda, Sie sind von der Natur freigiebig mit den nötigen weiblichen Reizen ausstaffiert worden, also erzählen Sie mir nicht, er hätte sich nicht an Sie herangemacht."

Eifersucht? Der Unterton in Sams Worten warnte Miranda, sehr vorsichtig zu taktieren. „Wenn dem so wäre, dann ohne Erfolg", antwortete sie bestimmt. „Ich bin nicht interessiert an einer persönlichen Beziehung zu Tommy King."

„Nicht?" Sam blieb stehen und sah Miranda erstaunt an. „Die meisten Frauen fliegen auf ihn."

Miranda zuckte die Schultern. „Dann vermerken Sie mich als die Ausnahme."

Ein spitzbübisches Lächeln huschte über Sams Gesicht. „Es wäre das erste Mal, dass Tommy nicht bei einer landet. Was für eine wundervolle Delle in seinem Ego!“

„Kennen Sie ihn sehr gut?“

„Zu gut.“ Sam seufzte. „Wir sind praktisch zusammen aufgewachsen. Ich bin sozusagen die kleine Schwester, die er sich immer gewünscht hat. Schon Jahre bevor der Ferienpark aufgemacht worden ist, habe ich auf der Farm der Kings beim Zusammentreiben der Herden geholfen.“

Was den vertraulichen, neckenden Ton zwischen Tommy und Sam erklärte, den Miranda tags zuvor hatte beobachten können. „Dann kennen Sie bestimmt auch Nathan sehr gut.“ Die Worte waren heraus, ehe Miranda es verhindern konnte. Sie wollte keine Neugier in Bezug auf diesen Mann zeigen. Sie wollte nicht einmal an ihn denken.

„Ich kenne alle Kings nur zu gut.“ Sam seufzte resigniert und humpelte langsam weiter. „Wenn ich es genau bedenke ...“ Sie sah Miranda fragend an. „Eigentlich ist es nicht Tommys Art, so leicht aufzugeben. Hat er sich nicht wenigstens zu einem Ausflug mit Ihnen verabredet?“

Miranda zögerte. Doch es hatte keinen Zweck, zu verschweigen, was sowieso bald allseits bekannt sein würde. „Nathan fliegt mit mir morgen zur Bungle Bungle Range“, antwortete sie ruhig.

„Nathan?“ Wieder blieb Sam stehen und sah Miranda mit großen Augen an. „Nathan fliegt mit Ihnen?“

„Er wollte sowieso dorthin, um einem der Parkranger irgendwelche alten Tagebücher über die Aborigines zu bringen“, erklärte Miranda ihr so gelassen wie möglich.

Um Sams Mundwinkel zuckte es belustigt. „Und es hat natürlich nicht das Geringste mit Ihnen zu tun." Sie lachte fröhlich. „Ach, ich hätte zu gern Tommys Gesicht gesehen, als Nathan ihn ausgestochen hat!"

Vergnügt vor sich hin lachend, begleitete sie Miranda zu ihrem Büro. Miranda versuchte, ihre Verärgerung zu verbergen, und zog es vor, auf Sams ganz persönliche Schlussfolgerungen nichts zu erwidern. Aber Tommys missmutiges Gesicht gestern Abend bei Tisch ging ihr nicht aus dem Sinn. Sie hoffte, sie würde nicht zum Zankapfel zwischen den beiden King-Brüdern werden. Würden Nathan und Tommy ihre Entscheidung akzeptieren, sich mit keinem von beiden persönlich einzulassen? Andernfalls konnte die Situation sehr ungemütlich für sie werden.

Mit einem unguten Gefühl nahm Miranda neben Sam an ihrem Schreibtisch Platz und schaltete den Computer ein. Sie musste sich unbedingt auf ihren Job konzentrieren. Die Sache mit Nathan King stand erst morgen früh an. Bis dahin wollte sie sich nicht den Kopf darüber zerbrechen.

„Er ist noch frei", sagte Sam, wobei sie ihr einen vielsagenden Blick zuwarf.

„Wie bitte?", fragte Miranda zerstreut, den Blick fest auf den Computerbildschirm gerichtet.

„Nathan … er ist im Augenblick solo. Die Frau, mit der er zuletzt zusammen war, hat geheiratet, und er hat noch keine neue Beziehung angefangen."

„Dann fühlte er sich wohl abgewiesen", erwiderte Miranda möglichst beiläufig. Insgeheim aber fiel es ihr schwer, sich vorzustellen, dass irgendeine Frau Nathan King wegen eines anderen Mannes sitzen gelassen hatte.

„Oh, sie hat ihn nicht abgewiesen. Die beiden führten eine

ziemlich offene Beziehung … allerdings immerhin über mehrere Jahre."

Miranda presste wütend die Lippen zusammen. Eine offene Beziehung, pah! Es klang eher nach dem typischen Fall einer Geliebten, die doch noch klug geworden war und sich einen Mann gesucht hatte, der sie wirklich liebte. Wenn Nathan King etwa in Erwägung zog, dass sie, Miranda, diese Lücke nun praktischerweise ausfüllen könnte, irrte er sich gewaltig. So oder so würde sie ihm morgen früh ihre Haltung unmissverständlich deutlich machen.

„Können wir uns jetzt dem geschäftlichen Teil zuwenden?", fragte sie so kühl, dass Sam sie verwundert ansah.

„Aber natürlich! Ich dachte nur, das mit Nathan hätte Sie vielleicht interessiert."

„Ich weiß bereits alles über ihn, was ich wissen muss. Er ist ein Mitglied der Familie King. Okay?"

Sam begegnete Mirandas eisigem Blick mit unverhohlener Neugier. „Schön." Sie wandte sich dem Computerbildschirm zu. „Die Buchungen sind nach zeitlichen Abschnitten sortiert …"

Endlich auf sicherem Boden! Miranda fiel ein, dass Tommy seinen älteren Bruder als „unzugänglich wie ein Fels" bezeichnet hatte. Sie schwor sich, dass Nathan King morgen bei ihr auf eine Stahlwand gekrönt von Stacheldraht treffen würde, um jeden einzelnen Versuch, sie zu bezwingen, schon im Ansatz abzuwehren.

4. KAPITEL

Miranda wartete bereits am Hubschrauberlandeplatz des Ferienparks, als Nathan in seinem Jeep vorfuhr. In einem der Gepäck-Buggies, den sie sich für ihren persönlichen Gebrauch reserviert hatte, war sie absichtlich etwas zu früh hinausgefahren, weil sie so das Gefühl hatte, auf die Begegnung mit Nathan King besser vorbereitet zu sein.

Trotzdem hielt sie den Atem an, als Nathan aus dem Jeep stieg. Ungeachtet ihrer festen Vorsätze, war sie gegen die Wirkung seiner geballten Männlichkeit nicht immun. Genau wie sie war er mit Safarishorts, einem leichten Baumwollhemd und robusten Wanderschuhen bekleidet. Von der einen Schulter baumelte ein Rucksack, in der einen Hand hielt er einen breitkrempigen Hut. Er strahlte eine unbezwingbare Vitalität aus, als er mit großen Schritten auf Miranda zukam, während sie wie angewurzelt dastand.

„Guten Morgen.“ Er schenkte ihr ein Lächeln, bei dem ihr Herz Purzelbäume schlug. „Wir haben Glück. Der Himmel ist wolkenlos. An so einem klaren Morgen sind die Farben des Sonnenaufgangs noch intensiver.“

„Ja, es ist ein schöner Morgen“, pflichtete sie ihm bei, obwohl es ein sehr heißer Tag zu werden versprach. Und das in mehr als einer Hinsicht, wenn sie daran dachte, wie heftig sie auf Nathan King reagierte.

„Haben Sie schon etwas über die Bungle Bungle Range gelesen?“, fragte er, als sie zum Hubschrauber gingen.

„Nur, was in der Ausflugsbroschüre steht.“

„Nun, man muss es mit eigenen Augen gesehen haben.“

Nathan war offensichtlich nicht daran interessiert, viel zu

erzählen und mit seinem Insider-Wissen zu prahlen. Dagegen verriet das Leuchten in seinen Augen sein Interesse an ihr, Miranda, was sie entschieden nervös machte.

„Hatten Sie Probleme einzuschlafen?“, fragte er.

„Nein“, leugnete sie prompt, wobei sie sich fragte, ob ihr anzusehen war, dass sie die halbe Nacht wach gelegen hatte aus Sorge wegen des Ausflugs. „Warum sollte ich?“, fragte sie, entschlossen, den Stier bei den Hörnern zu packen.

„Oh, viele Leute aus der Stadt kommen mit der Stille und Ruhe hier draußen nicht klar. Sie vermissen die beständige Geräuschkulisse … und andere Dinge, an die sie gewöhnt sind.“

Wie zum Beispiel Sex? Miranda ermahnte sich sofort, nicht so überempfindlich zu reagieren. Oberflächlich betrachtet, war seine Bemerkung ja völlig vernünftig. Oberflächlich betrachtet, hatte er nichts gesagt, woran sie hätte Anstoß nehmen können. Doch sie spürte die unterschwellige Anspielung, die alles andere als unschuldig war.

„Ich denke, ich hatte in den letzten beiden Tagen so viel zu tun, dass mir die Stille noch gar nicht bewusst geworden ist“, antwortete sie ruhig.

„Das kommt noch“, sagte Nathan überzeugt. „Und dann wird Ihnen die Ruhe hier gefallen, oder Sie werden sie hassen. Eines lässt sich ganz bestimmt über das Outback sagen: Es trennt ganz schnell die bloßen Besucher von denjenigen, die bleiben.“

„Das ist mir auch schon klar geworden. Ich habe mir sagen lassen, dass auch das Personal eine Art Outback-Koller bekommt, wenn man ihm nicht regelmäßige Auszeiten einräumt.“

Wenn Miranda geglaubt hatte, das Gespräch damit auf eine

unpersönlichere Ebene gelenkt zu haben, wurde sie durch Nathans nächste Bemerkung eines Besseren belehrt. „Nicht nur das Personal", erwiderte er trocken, „sondern auch die meisten Frauen, die ich bislang kennengelernt habe."

Der Blick, den er ihr dabei zuwarf, schien abschätzen zu wollen, ob sie den nötigen Mumm hatte, um zu bleiben. Unwillkürlich fiel Miranda die Frau ein, die es vorgezogen hatte, einen anderen zu heiraten. Hatte sie ihr Leben nicht auf einer Rinderfarm im Outback verbringen wollen? Aber warum hätte Nathan King die Beziehung über Jahre fortführen sollen, wenn sie ihm nicht gepasst hätte?

„Es gibt sicher auch Frauen, die für ein Leben im Outback geboren worden sind so wie Sie", beharrte Miranda. „Sam zum Beispiel."

„Ach, Sam …" Er sah sie spöttisch an. „Glauben Sie mir, es gibt nicht viele Frauen wie Sam, und sie hat nur Augen für Tommy. Eines Tages hört er vielleicht endlich auf, dem falschen Flitter nachzujagen, und erkennt das Gold direkt vor seiner Nase."

Miranda nahm diese Information über Sam und Tommy aufmerksam zur Kenntnis, wandte jedoch ein: „Vielleicht will er ja gar nicht genau hinsehen. Manche Männer wollen sich nicht wirklich an eine Frau binden."

„Sprechen Sie aus persönlicher Erfahrung?"

Sie kämpfte die Erinnerung an ihre persönliche Demütigung nieder, denn sie wollte nicht vor einem Mann das Gesicht verlieren, der sich zwei Jahre mit einer Frau vergnügt hatte, die ihm offensichtlich zum Heiraten nicht gut genug gewesen war. Warum sonst hätte er sie an einen anderen Mann abgeben sollen? Nach dem Motto, dass Angriff die beste Verteidigung ist, drehte sie den Spieß bewusst um. „Mir drängt sich da die Frage auf, warum Sie nicht irgendwo in der Weite der Kimberleys längst auf Gold gestoßen sind."

Um seine Mundwinkel zuckte es belustigt. „Das ist so eine besondere Sache mit Gold. Es besitzt eine ganz bestimmte chemische Zusammensetzung. Wenn die entscheidenden Komponenten fehlen, ist es nur Katzengold."

„Nun, vielleicht fehlen ja genau diese Komponenten für Tommy", warf sie ein. Was die Chemie zwischen ihr und Nathan betraf ... darüber wollte sie lieber nicht nachdenken!

„Nein. Er versteckt sich hinter seinen Neckereien, Sam versteckt sich hinter ihrer Aggressivität. Und natürlich steht Tommy seine verdammte Eitelkeit im Weg. Wenn er könnte, würde er auch Sie gern der Liste seiner Eroberungen hinzufügen."

Sie waren beim Hubschrauber angelangt, und Nathan öffnete Miranda die Tür. Doch Miranda rührte sich nicht. Sie dachte plötzlich an das Abendessen bei den Kings. Nathan hatte sich den ganzen Abend herausgehalten, abwartend beobachtet und sich erst eingemischt, als Tommy erwogen hatte, ihr die üblichen Ausflugsrouten der Touristen zu zeigen. Hatte sie Nathans Intention, was sie betraf, vielleicht völlig missverstanden? Hatte es vielleicht gar nichts damit zu tun, dass er sich sexuell zu ihr hingezogen fühlte?

Sie sah ihn direkt an. „Ist das vielleicht der Grund, warum Sie mich heute mitnehmen, Nathan? Wollen Sie sich zwischen mich und Tommy stellen, um Sams Gefühle zu schützen?"

Das Aufleuchten in seinen Augen verriet, dass er ihre Offenheit zu schätzen wusste. „Nun, nach meiner bisherigen Beobachtung fühlen Sie sich nicht besonders zu ihm hingezogen, Miranda. Aber Tommy gibt nicht so leicht auf … und mit der Zeit, wenn Sie anfangen, sich hier im Outback zu langweilen, sehen Sie in ihm vielleicht eine willkommene Ablenkung."

„Ich verstehe. Sie warnen mich also, die Finger von ihm zu lassen."

„Nein. Die Entscheidung liegt bei Ihnen. Ich halte nichts davon, mich in die Entscheidung anderer Menschen einzumischen. Aber es würde mir sehr leidtun, wenn Sams Gefühle verletzt werden sollten. Es ist eine Sache, zu wissen, dass Tommy eine Affäre nach der anderen hat, und eine ganz andere Sache, eine solche Affäre aus nächster Nähe mit ansehen zu müssen."

„Ich akzeptiere, was Sie sagen wollen", gestand Miranda ihm zu, wohl wissend, dass sie sowieso nicht daran interessiert war, sich mit Tommy King einzulassen.

Nathan nickte und lächelte plötzlich. „Außerdem würde ich es viel lieber sehen, wenn Sie sich die Langweile mit mir vertreiben würden."

„Wie bitte?" Miranda sah ihn wie vom Donner gerührt an.

Doch sie hatte kaum Zeit, die Bedeutung seiner Worte zu begreifen, geschweige denn, seinen Absichten zuvorzukommen. Schon umfasste er ihr Gesicht. Seine blauen Augen leuchteten einladend und begehrlich, als er flüsterte: „Wollen wir es ausprobieren?"

Dann küsste er sie, so zärtlich und verführerisch, dass sie überrascht stillhielt. Darauf war sie nicht vorbereitet gewesen. Gerade seine Zärtlichkeit verwirrte und verlockte sie. Sicher, er nahm sich diesen Kuss, ohne zu fragen, doch es war nichts wirklich Anstößiges daran, wie er zart ihre Lippen liebkoste.

Andererseits hatte er kein Recht, das einfach zu tun. Sie sollte es unterbinden. Wo würde das hinführen? Wo konnte es hinführen?

Miranda hob beide Hände, um ihn fortzustoßen. Aber als sie die Wärme seines muskulösen Oberkörpers fühlte, konnte sie nicht anders ... sie ließ die Hände über seine breiten Schultern gleiten. Es war für sie eine neue Erfahrung, dass sie zu einem Mann hochlangen musste, und sie fühlte sich in diesem Moment unglaublich weiblich. Dieser Mann schien wie für sie geschaffen.

Die Verlockung auszuprobieren, wie es mit einem Mann wie Nathan King sein würde ... nur dieses eine Mal ... fegte alle Gegenargumente davon. Es war doch nur ein Kuss, eine zarte Einladung, ihre Neugier zu befriedigen. Ganz ohne Zwang, ohne Gefahr. Sie konnte jederzeit aufhören und die kleine Episode vergessen.

Nathan küsste gut. So gut, dass Miranda es kaum registrierte, als er ihre Taille umfasste und sie an sich presste. An diesem Punkt war sie längst so weit, dass sie mehr von diesem aufregenden Mann spüren wollte. Ihre Küsse wurden inniger, leidenschaftlicher. Miranda legte Nathan die Arme um den Nacken, schob die Finger in sein dichtes Haar und schmiegte sich an ihn. Überwältigt vom Ansturm ihrer Gefühle, kam sie erst zur Besinnung, als sie deutlich Nathans wachsende Erregung fühlte.

Erschrocken umfasste sie sein Gesicht und zwang ihn aufzublicken. In seinen Augen leuchtete ein wildes Verlangen, während er sie immer noch fest an sich presste. Miranda wurde von kalter Panik gepackt. Wie hatte sie dieses ... törichte Experiment nur so weit kommen lassen können?

„Du hast recht", flüsterte Nathan rau, „es ist weder der rechte Zeitpunkt noch der passende Ort."

Ehe sie etwas erwidern konnte, hob er sie hoch und setzte sie in den Hubschrauber. „Wirf deinen Hut und die Tasche auf den Rücksitz", sagte er noch, bevor er die Tür zuschlug.

Miranda zitterte innerlich. Fassungslos suchte sie nach einer Erklärung für ihr ungeheuerliches Verhalten. Wie hatte sie sich derart schamlos in die Arme eines Mannes werfen können, den sie weder kannte noch kennenlernen wollte? Und nicht genug, selbst jetzt sehnte sie sich noch in diese Arme zurück!

Die geheimnisvolle Chemie zwischen Mann und Frau … wie ließ sie sich neutralisieren? Ihr erster Gedanke war, einfach wieder aus dem Hubschrauber auszusteigen. Schließlich musste sie Nathan ja nicht begleiten. Doch ihr Stolz hielt sie davon ab. Davonlaufen war zweifellos die schlechteste Lösung.

Sie, Miranda, musste eine Entscheidung treffen und Nathan King dazu bringen, ihre Entscheidung zu respektieren. Ihr Vertrag für „King's Eden" belief sich auf zwei Jahre, und sie konnte ihm unmöglich zwei Jahre lang aus dem Weg gehen. Ja, sie musste ihm ihren Standpunkt klarmachen, ihn überzeugen, dass für das, was er von ihr wollte, nie der rechte Zeitpunkt kommen würde. Es würde keinen zweiten Bobby Hewson in ihrem Leben geben!

Miranda hatte gerade ihren Hut und ihre Tasche auf den Rücksitz geworfen, als Nathan in den Hubschrauber stieg und sich an den Steuerknüppel setzte. Seine Nähe brachte sie sofort wieder aus der Fassung, doch sie gab sich alle Mühe, es zu ignorieren, und schnallte sich an.

„Wir müssen uns beeilen, wenn wir den Sonnenaufgang

noch erwischen wollen“, sagte Nathan, reichte ihr Kopfhörer und begann, verschiedene Schalter zu betätigen.

Miranda setzte sich die Kopfhörer auf, sagte jedoch kein Wort. Sie würde erst mit ihm reden, wenn sie sich beruhigt hatte und ihre Worte mit Sorgfalt auswählen konnte. Entschlossen, Nathan für die Dauer des Fluges zu ignorieren, wandte sie den Blick zum Seitenfenster hinaus. Sie war hier, um sich die Landschaft anzusehen, die Gegend, die sie ihren Gästen empfehlen würde ... und genau das würde sie tun.

Doch auch, als sie in der Luft waren und Miranda auf die scheinbar unendliche Weite gelbbraunen Grases, hier und da durchsetzt vom Grün der kleinen Outback-Bäume, blickte, blieben ihre Nerven zum Zerreißen gespannt. Sie wartete darauf, dass Nathan etwas sagte, und sie hasste die Vorstellung, dass er sich vielleicht insgeheim gratulierte, ihr diesen Kuss entlockt zu haben, und für die Zukunft womöglich noch mehr von ihr erwartete.

„Du wirst den Anflug auf die Range verpassen, wenn du weiter zum Seitenfenster hinausblickst, Miranda.“

Der Klang seiner Stimme über die Kopfhörer riss sie aus ihren Grübeleien.

„Dort, direkt vor uns beginnt die Bungle Bungle Range.“

Sein sachlicher Ton machte es ihr leichter. Und als sie in die angegebene Richtung blickte, vergaß sie erst einmal alles andere, überwältigt von dem Ausblick, der sich vor ihr eröffnete.

Sie hatte Fotos vom Ayers Rock gesehen, einem gewaltigen Monolithen, der sich aus einer endlosen Ebene erhebt. Die Bungle Bungle Range weckte in dem Betrachter dasselbe Gefühl, irgendwie nicht in diese Landschaft zu gehören. Sie wirkte wie die uralten Relikte einer verlorenen Zivilisation, die Verkörperung von Geheimnissen, deren Lösung keiner mehr kannte.

Die Fotos in der Touristenbroschüre hatten dieses Wunder in all seiner Größe und Faszination nicht einfangen können. Scheinbar aus dem Nichts erhob sich vor dem Auge des Betrachters eine gewaltige Ansammlung von massiven Felsformationen, horizontal orange und schwarz gestreift. Das Licht der aufgehenden Sonne brachte das Orange zum Leuchten und ließ den Kontrast zu den schwarzen Bereichen noch krasser wirken.

Miranda hatte in der Broschüre die geologischen Erklärungen für die auffälligen Farben und Formen gelesen. Dennoch schienen die Streifen so gleichmäßig, wie von Künstlerhand entworfen, und einige der massiven Felsgewölbe am Rand der Formation wirkten durch ihre eigentümliche Maserung wie gemauerte Bauten ... wie Pyramiden, deren scharfe Ecken und Kanten über Jahrtausende hinweg abgetragen worden waren. Natürlich ließ sich das Expertenwissen nicht ignorieren – all das war solider Sandstein, und die gesamte Formation war dreihundertfünfzig Millionen Jahre alt. Trotzdem drängte sich Miranda die Vorstellung von uralten Herrschern auf, die in diesen Felsgewölben begraben lagen.

„Genug? Oder willst du noch mehr sehen?“, fragte Nathan sie.

„Noch mehr, bitte“, antwortete sie sofort.

Nathan flog im Zickzack über die Range, sodass Miranda sie von allen Seiten bestaunen konnte. Sie blickte auf enge Schluchten, die, wie sie wusste, das Wasser in den Fels gegraben hatte, doch die Felswände waren stellenweise so glatt, dass sich der Eindruck von engen Straßen tief unten zwischen versteinerten, fensterlosen Wolkenkratzern aufdrängte – ein unglaubliches Wunderwerk der Natur.

„Es wird Zeit, dass wir landen, wenn wir unseren Zeitplan einhalten wollen", sagte Nathan schließlich.

„In Ordnung." Miranda war klar, dass er das alles schon unzählige Male gesehen und nur ihr zuliebe die zusätzlichen Runden über die Range geflogen hatte. Glaubte er vielleicht, sie würde später zugänglicher sein, wenn er ihr diesen Gefallen tat?

Nathan landete den Hubschrauber in der Nähe einer Gruppe von Gebäuden jenseits des Massivs, dem Hauptquartier der Parkrangers, wie Miranda vermutete. Sie löste ihren Sicherheitsgurt, nahm die Kopfhörer ab und kletterte aus dem Hubschrauber, bevor Nathan den großen Macho spielen und ihr beim Aussteigen helfen konnte.

Nachdem er ebenfalls ausgestiegen war, kam er um den Hubschrauber herum. „Du hast deinen Hut und deine Tasche vergessen."

„Danke." Miranda nahm die Sachen entgegen, verärgert, dass sie in ihrer Hast nicht selber daran gedacht hatte. „Es sah aus der Luft schon so fantastisch aus, dass ich es gar nicht erwarten kann, es vom Boden aus genauer anzusehen", fügte sie hinzu, denn er sollte nicht denken, dass er der Grund für ihre Eile gewesen sei.

„Es hat sich also gelohnt, den Sonnenaufgang mitzubekommen?", fragte er spöttisch.

„Ganz bestimmt."

„Tut mir leid, dass ich dich eben so sang- und klanglos in den Hubschrauber gesetzt habe, aber die Zeit drängte. Die Natur wartet nicht. Wenn wir sie für unsere Zwecke nutzen wollen, müssen wir uns nach ihrem Diktat richten."

Was für eine zweideutige Entschuldigung! Aber Nathan irrte sich gewaltig, wenn er glaubte, sie würde sich auch in sexueller Hinsicht nach dem Diktat der Natur richten! „Ich habe nicht um die Verzögerung unseres Abflugs gebeten, Nathan", erwiderte sie spitz.

„Richtig." Seine Augen blitzten amüsiert. „Aber eine ganze Weile hast du auch nicht protestiert ... was uns ein vielversprechendes Feld für die Zukunft eröffnet, oder?"

„Nur, wenn man den Wunsch verspürt, es zu erkunden", entgegnete sie eisig.

„Von meiner Seite sehe ich da kein Problem", sagte er ungerührt. „Siehst du etwa eines?"

„Wohin könnte denn deiner Ansicht nach eine solche Erkundung führen?", fragte sie nun ihrerseits spöttisch.

„Nun ...", er tat, als würde er angestrengt nachdenken, „... der Beginn deutete etwas Besonderes zwischen uns an. Jetzt streust du eine Prise Geheimnis hinein. Aufregend ist es allemal ... Wer kann schon sagen, was daraus wird?"

Er machte sich über sie lustig, verspottete sie wegen ihrer möglichen Bedenken gegenüber einer Affäre, deren Ende offen war. Nur, dass Miranda dieses Ende nicht als offen betrachtete. Sie wusste ganz genau, wie eine solche Affäre ausgehen würde.

„Das klingt ja recht romantisch. Nur wissen wir beide ganz genau, dass es mit Romantik nichts zu tun haben wird. Ich wette, du malst dir im Moment eine bequeme Affäre für die Dauer von zwei Jahren aus. Aber ich sage dir hier und jetzt ...", ihre Stimme wurde hart, „... ich werde das Spiel nicht mitspielen."

„Spiel?“

Der ungläubige Ton, in dem Nathan das Wort wiederholte, weckte flüchtige Zweifel in Miranda. Hatte sie sich durch ihre Ängste verleiten lassen, seine Absichten zu krass zu deuten?

Angstvoll beobachtete sie den raschen Wechsel in Nathans Gesichtsausdruck: Ungläubigkeit, Skepsis, Abscheu. Er konnte doch unmöglich etwas Ernstes mit ihr im Sinn gehabt haben, oder? Nein, es gefiel ihm nur nicht, dass seine zweifelhaften Motive so unverblümt aufgedeckt worden waren. Vermutlich war es eine völlig neue Erfahrung für ihn, so freiheraus von einer Frau zurückgewiesen zu werden.

Ehe aber einer von ihnen etwas sagen konnte, wurden sie durch ein Rufen unterbrochen. Sie drehten sich gleichzeitig um und sahen einen schlanken, bärtigen Mann, der auf sie zukam und ihnen grüßend zuwinkte. Insgeheim war Miranda froh über diese Störung, die ihr eine Atempause in ihrer Auseinandersetzung mit Nathan King verschaffte.

Miranda schätzte den Neuankömmling auf Anfang dreißig. Er betrachtete sie neugierig, als Nathan sie einander vorstellte. „Jim Hoskins, der Chef der Parkranger. Miranda Wade, die neue Managerin in ‚King's Eden‘.“

Freundlich lächelnd schüttelte Miranda Jim die Hand. Ehe sie jedoch ein Wort mit ihm wechseln konnte, nahm Nathan seine Aufmerksamkeit in Anspruch, indem er einige Bücher aus seinem Rucksack holte. „Hier sind die Tagebücher, Jim. Passen Sie gut darauf auf, ja?“

Der Parkranger nahm die alten Handschriften fast ehrfürchtig entgegen. „Ich bin Ihnen sehr zu Dank verpflichtet, Nathan, und werde die Bücher mit größter Sorgfalt behandeln. Es ist schwer, historische Aufzeichnungen über diese

Gegend zu bekommen."

„Persönliche Tagebücher geben nicht unbedingt historische Fakten wieder", warnte Nathan ihn. „Gut möglich, dass die Aborigines meiner Urgroßmutter ganz schöne Märchen aufgetischt haben. Es war nicht üblich, Weiße in Stammesgeheimnisse einzuweihen."

„Na ja, interessant werden die Geschichten auf jeden Fall sein. Kommen Sie", Jim deutete zum Haus, „ich mache Ihnen einen Tee oder Kaffee." Er lächelte Miranda an. „Sind Sie zum ersten Mal hier?"

„Ja. Es ist ein erstaunlicher Ort."

„Leider haben wir nicht viel Zeit, Jim", mischte sich Nathan wieder ein. „Ich habe Miranda versprochen, ihr die Cathedral-Schlucht zu zeigen und sie bis zum Mittag wieder im Ferienpark abzusetzen. Sie kann es kaum erwarten, sich hier umzusehen, deshalb müssen wir Ihre freundliche Einladung leider ausschlagen. Ich habe selber eine Thermoskanne Kaffee dabei."

Damit hatte er den Parkranger geschickt ausmanövriert. Offensichtlich hatte Nathan es sehr eilig, wieder mit ihr allein zu sein, und gönnte ihr nicht einmal eine kurze Verschnaufpause.

Jim Hoskins schien es ihm nicht übel zu nehmen. „Schade, dass Sie so in Eile sind", sagte er nur und deutete auf einen schweren Geländewagen in der Nähe. „Der Wagen steht bereit, die Schlüssel stecken."

„Danke, Jim. Dann machen wir uns gleich auf den Weg."

„Viel Spaß."

Der Parkranger winkte ihnen noch einmal freundlich zu, und Miranda musste sich damit abfinden, nun wieder allein mit Nathan zu sein.

Wortlos gingen sie zum Wagen. Doch Miranda machte sich nichts vor. Früher oder später würde Nathan sie wegen ihrer Entscheidung auf die Probe stellen. Aber solange er es bei Worten beließ, würde sie ihm – bei aller gebotenen Höflichkeit – die passende Antwort geben. Sollte er doch denken, was er wollte. Hauptsache, sie würde sichere Distanz zu ihm wahren.

Sie waren schon ein ganzes Stück Wegs gefahren, und das Schweigen im Wagen wurde immer bedrückender. Der schwere Geländewagen kämpfte sich durch unwegsames Gelände, durch tiefen Sand, über holprige Bodenwellen und Felsbäche, die den Pfad kreuzten. Es war eine karge, öde Landschaft. Nirgendwo eine Spur von menschlichem Leben, hier und da Büschel von Stachelkopfgras und die hohen, konisch zulaufenden Termitenhügel.

Eine ganz andere Welt. Und Miranda spürte allmählich, dass auch der Mann an ihrer Seite so ganz anders war, als sie es gewöhnt war. Ein Mann, der seine eigenen Regeln schrieb. Nicht sie bestimmte dieses Spiel, sondern er. Er setzte das Tempo fest und die Bedingungen. Eine Erkenntnis, die Miranda frösteln ließ. Nathans geduldiges Schweigen bei Tisch am ersten Abend, sein Schweigen während des Fluges mit dem Hubschrauber und jetzt im Geländewagen … er schien auf etwas zu warten. Auf was?

„Du hast recht“, sagte Nathan unvermittelt, „ich biete dir keine Romantik. Diesen Weg habe ich bereits mehrmals beschritten und bin jedes Mal mit leeren Händen zurückgekommen. Katzengold.“

Sein verächtlicher Ton ließ sie aufhorchen. Nathan warf ihr

einen herausfordernden Blick zu. „Sieh dich um“, sagte er und deutete auf das karge, unwegsame Gelände. „Mein Leben ist mit diesem Land unauflösbar verknüpft. Hier reduziert sich alles auf ganz elementare Bedürfnisse. Ich achte die elementaren Bedürfnisse, und es erscheint mir sehr sinnvoll, sie mit anderen Menschen zu teilen.“

Miranda begriff, dass er von einer krassen Wirklichkeit sprach, mit der er Tag für Tag konfrontiert wurde. Hier war die Achtung … und das Teilen … elementarer Bedürfnisse nicht selten eine Frage des Überlebens. Immer wieder las man von Menschen, die im Outback umgekommen waren, weil sie die Einsamkeit und Weite dieser rauen Gegend unterschätzt hatten.

„Zwischen uns ist nun etwas ganz Elementares, das wir miteinander teilen könnten“, fuhr Nathan ruhig fort.

Aber man kann auch ohne Sex überleben, dachte Miranda insgeheim, hielt es jedoch für klüger, zu schweigen.

„Ein Miteinander-Teilen, kein bloßes Nehmen“, fügte Nathan hinzu.

Miranda schwieg beharrlich und wich seinem forschenden Blick aus.

„Die Spiele, die Männer und Frauen in der Welt spielen, aus der du kommst, interessieren mich nicht. Ich mache keine Versprechungen, die ich nicht halten kann oder will. Ich sage es, wie es ist: Ich will dich … und du willst mich, Miranda.“

Das endlich veranlasste sie zu einer Reaktion. „Oh nein, das stimmt nicht!“, widersprach sie heftig.

Seine Augen leuchteten verächtlich auf. „Du kannst es leugnen, soviel du willst, aber das ändert nichts.“

„Hast du so auch deine letzte … Mätresse überredet, mit

dir ins Bett zu gehen?“

„Mätresse?“

Sein ungläubiger Ton war für Miranda Grund genug, ihre unbedachten Worte zu bedauern. Warum hatte sie sich dazu hinreißen lassen? Sie wandte ihre Aufmerksamkeit wieder der Landschaft zu und hoffte, damit einer weiteren Diskussion aus dem Weg zu gehen.

Weit gefehlt! „Ich weiß nicht, wie das in deiner Welt ist, Miranda“, sagte Nathan scharf, „aber ich bin nicht verheiratet, und wenn ich eine Frau hätte, würde ich mir keine ... Mätresse suchen.“

Mätresse, Geliebte ... was war schon der Unterschied, wenn es im Grunde nur um Sex auf Abruf ging?

„Meine bisherigen Beziehungen waren ausnahmslos von beiden Seiten gewollt, und keine davon war ehebrecherisch“, fuhr Nathan verächtlich fort. „Ich respektiere nämlich zufällig das Band der Ehe. Zu schade, dass so etwas für dich anscheinend nicht gilt!“

„Wie bitte?“ Miranda sah ihn empört an.

„Was ist passiert?“, höhnte er. „Wollte der Typ seine Frau nicht deinetwegen verlassen? Hast du deshalb den Job in ‚King's Eden‘ angenommen und alle Brücken hinter dir abgebrochen?“

Das kam der Wahrheit so nahe, dass Miranda schuldbewusst errötete. Was natürlich Nathan nicht entging. Sofort bohrte er nach. „Oder hast du ihn vielleicht nur herausgefordert und hoffst, dass er dir hierher folgt? Was erklären würde, warum du mich abgewiesen hast.“

„Das geht dich gar nichts an!“

„Nun, ich nehme Anstoß daran, mit einem Mistkerl in einen Topf geworfen zu werden, der die Frauen in seinem Leben nach Lust und Laune betrügt."

„Dann möchte ich mich hiermit für meine Wortwahl entschuldigen", sagte Miranda eisig.

„Und für Tommy ist es ganz sicher von Interesse, falls du vorhast, deinen Zwei-Jahres-Vertrag vorzeitig zu brechen, sollte dein Liebhaber hier auftauchen."

„Ich habe nicht die Absicht, meinen Vertrag zu brechen", stieß Miranda aus. „Und ich verwehre mich gegen all diese Vermutungen."

„Du hast ihnen doch Tür und Tor geöffnet."

„Und ich wäre dir sehr dankbar, wenn du es respektieren würdest, dass ich diese Türen lieber wieder schließen möchte."

Sekundenlang blickten sie sich an. Mirandas Herz pochte wie wild. Dann wandte Nathan seine Aufmerksamkeit wieder der Straße zu. „Ich kann es zwar nicht respektieren, aber sei es so", sagte er schroff.

In dem nachfolgenden angespannten Schweigen hing Miranda bedrückt ihren Gedanken nach. Nathan hatte kein Recht zu diesen wilden Vermutungen, und sie hatte sie nicht einmal richtiggestellt! Schön, sie hätte vielleicht das Wort „Mätresse" nicht benutzen sollen, aber nicht sie hatte eine sein, sondern Bobby hatte sie zu einer machen wollen. Möglich, dass ihre Erfahrung mit Bobby Hewson sie in ihrem Urteil über Nathan King beeinflusst hatte. Andererseits hatte er ihr lediglich Sex versprochen … genau das, was eine Mätresse von einem Mann zu erwarten hatte.

Wenn Miranda aus ihrer Beziehung mit Bobby eines gelernt hatte, dann, dass sie nicht nur wegen ihrer Talente im Bett geschätzt werden wollte. Zwar würde eine Affäre mit Nathan King vermutlich eine ganz besondere Erfahrung sein, aber das genügte ihr nicht. Sie wünschte sich eine dauerhafte, auf tiefen Gefühlen begründete Partnerschaft, die zur Ehe führte, weil man nur mit dem anderen glücklich sein konnte. Und das konnte sie sich von einem Sohn aus der „legendären" King-Familie wohl kaum erhoffen!

Sie grübelte immer noch darüber, als Nathan den Wagen auf einem Campingplatz am Rande der Bungle Bungle Range anhielt. Miranda bemerkte einen weiteren Geländewagen in der Nähe von vier Zelten, aber es war kein Mensch zu sehen.

„Von hier aus gehen wir zu Fuß. Wenn du vorher noch den Waschraum des Campingplatzes aufsuchen möchtest …?"

„Ja, danke."

Sie wartete nicht darauf, dass er aussteigen und ihr die Tür öffnen würde. Aber wahrscheinlich hätte er ihr, nach dem, was er jetzt von ihr dachte, diese Höflichkeit sowieso nicht mehr zuteilwerden lassen. Eine Frau, die keine Bedenken hatte, Ehebruch zu begehen, verdiente seinen Respekt nicht. Die Vorstellung, dass er so von ihr dachte, tat weh. Es kränkte ihren Stolz, schadete ihrem Ruf … traf sie mitten in ihrer Selbstachtung. Sie war nicht wie ihre Mutter, würde nie wie ihre Mutter sein! Sie wollte ihr Leben nach ihren ganz persönlichen Vorstellungen führen. Das musste sie Nathan irgendwie verständlich machen und ihn dazu bringen, es zu respektieren.

5. KAPITEL

Mätresse!

Während Nathan auf Mirandas Rückkehr wartete, grübelte er ärgerlich darüber nach, wie falsch er sie eingeschätzt hatte. Diese Frau war keine Feministin, sondern das genaue Gegenteil ... eine Frau, die verheiratete Männer beglückte. Mit ihrem Aussehen hatte sie sicher keine Mühe, reiche Zielobjekte anzulocken, denen es schmeichelte, eine so schöne Geliebte zu haben.

Wollte sie gegenwärtig vielleicht so einen Kerl unter Druck setzen, indem sie sich ihm durch ihren Wechsel nach „King's Eden" entzogen hatte? Oder betrachtete sie ihre neue Stellung möglicherweise sogar als lohnenswertes Jagdrevier? Die wenigen exklusiven Suiten im Gästehaus kosteten fast tausend Dollar pro Nacht. Wer es sich leisten konnte, dort einige Tage zu wohnen, zählte in der Regel zu den Millionären, und Mirandas Position als Managerin brachte sie in enge Tuchfühlung mit diesen Gästen, schon allein, weil sie jeden Abend die Rolle der Gastgeberin beim Dinner übernehmen würde. Einen so vertrauten Umgang mit den Gästen würde sie in einem großen Hotel in der Stadt nie erreichen.

Doch bei aller Berechnung, heute früh hatte sie gepatzt. Es bestand eine starke Anziehung zwischen ihr und ihm, auch wenn sie dies offensichtlich lieber leugnen wollte. Anscheinend konnte er ihr nicht bieten, was sie sich vom Leben erhoffte, weshalb sie eine Affäre mit ihm als reine Zeitverschwendung betrachtete.

Sieh den Tatsachen einmal ins Auge, Junge!, ermahnte Nathan sich scharf. Du würdest bei dieser Frau doch auch nur deine Zeit verschwenden.

Besser, sie sich jetzt gleich aus dem Kopf zu schlagen, als sich mit einer Frau einzulassen, der Betrug und Ehebruch zur zweiten Natur geworden war.

Als Miranda aus dem Waschraum kam, wandte Nathan sich ihr zu und beobachtete sie forschend. Sie hatte sich die breite Krempe ihres Hutes tief in die Stirn gezogen, sodass ihre Augen im Schatten lagen. Nathan war fest entschlossen, sich nicht noch einmal von ihren weiblichen Reizen verführen zu lassen. Sollte sie sie doch an den Meistbietenden versteigern!

Er sieht mich an, als wäre ich irgendein widerliches Insekt! Miranda verbarg ihre Betroffenheit hinter einer stolz aufgerichteten Haltung, während sie sich insgeheim dafür verwünschte, dass sie diesen Mann so nahe an sich herangelassen hatte. Nun maßte er sich an, ein Urteil über sie zu fällen, und sie hasste sich für ihre Verletzlichkeit. Sie brauchte sich nicht zu verteidigen, und sie würde es nicht tun!

Sie hatte sich für ihre Fehlinterpretation seiner letzten Beziehung entschuldigt. Darüber hinaus gab es für sie keinen Grund mehr, mit ihm über persönliche Dinge zu sprechen. Ein verstohlener Blick auf die Uhr zeigte ihr, dass es fast acht Uhr war. Nur noch vier Stunden in Nathans Gesellschaft, dann hatte sie es überstanden.

„Hier entlang." Er ging los, ohne sich weiter nach ihr umzublicken.

Miranda folgte ihm schweigend. Der Weg zur Cathedral-Schlucht war mit Wegweisern ausgeschildert, sodass sie Nathans Führung eigentlich nicht benötigte. Sowieso lief er so schnell, und sie musste in dem unwegsamen Gelände derart auf ihre Schritte achten, dass ihr kaum noch Zeit blieb, sich umzusehen.

Die gewölbeartigen Felsformationen verschmolzen allmählich zu einer Schlucht, deren Wände sich immer höher auftürmten. Als der Pfad zunehmend enger und schwieriger wurde, ging Nathan voraus mit dem Hinweis: „Am besten folgst du in meiner Spur."

Auch wenn sie seine Arroganz maßlos ärgerte, war es klüger, seiner Aufforderung zu folgen. Nathan wählte zielstrebig den sichersten Weg über Felsen und vorbei an trügerischen Felsspalten. Hin und wieder, wenn es besonders steil wurde, blieb er kurz stehen und vergewisserte sich, ob Miranda allein zurechtkam. Doch Miranda war stolz entschlossen, seine Hilfe nicht zu beanspruchen.

Allerdings hatte sie längst eingesehen, dass es für sie viel zeitraubender und gefährlicher gewesen wäre, sich den Weg ohne Nathan als ortskundigen Führer allein zu suchen. Dann passierte das, was sie unbedingt hatte vermeiden wollen: Sie glitt auf dem Felsgeröll aus, verlor die Balance und stürzte auf Nathan zu, der sich bei ihrem unterdrückten Aufschrei sofort umgedreht hatte.

Miranda prallte gegen ihn und fasste instinktiv Halt suchend nach seinen Armen. Geistesgegenwärtig griff er zu und hielt sie an sich gedrückt, bis sie wieder festen Boden unter ihren Füßen fühlte. Doch auch dann ließ er sie nicht los … und Miranda ihn genauso wenig.

Fest an seinen starken, männlichen Körper gepresst, war es Miranda, als würden ihrer beider Herzen im Einklang pochen. Ihre Hände ruhten auf seinen muskulösen Armen, fühlten deren Kraft und Wärme durch den Stoff seines Hemdes. Wie gebannt hielt sie still und genoss die heiße Erregung, die sie durchströmte.

In ihrer Verwirrung war sie sich nicht einmal bewusst, dass sie ihren Hut verloren hatte. Den Kopf zurückgelehnt, schmiegte sie sich unwillkürlich noch enger an Nathan. Doch das glühende Verlangen, das sie in seinen blauen Augen aufleuchten sah, brachte sie wieder zur Vernunft. Zitternd atmete sie tief ein.

Nathan presste die Lippen zusammen. Sein Blick wurde spöttisch. Ohne große Umstände schob er Miranda von sich, hob ihren Hut auf und reichte ihn ihr. „Pass das nächste Mal besser auf, Miranda", riet er ihr kühl. „Noch so ein Ausrutscher … und wer weiß, was dabei alles in die Brüche gehen kann?"

Zum Beispiel ihre Glaubwürdigkeit, wenn sie weiterhin behauptete, ihn nicht zu begehren! „Danke", sagte sie heiser und zog sich die Krempe des Hutes tief in die Stirn, um ihre Verlegenheit zu verbergen.

„Tommy braucht dich topfit", setzte Nathan noch hinzu, bevor er ihr den Rücken zukehrte und weiterging.

Miranda zitterten die Knie, als sie ihm folgte. Das ist nicht fair!, dachte sie wütend, während sie Nathan beobachtete, der mit kraftvollen Schritten vor ihr herging. Ihr schien diese fatale Umarmung jegliche Kraft geraubt zu haben, wohingegen er stärker denn je wirkte. Aber was war schon fair, wenn es um Sex ging?

Schon zweimal war sie Nathans magischer Anziehungskraft erlegen. Und schon wieder ertappte sie sich dabei, wie sie bewundernd den Blick über seinen muskulösen Rücken schweifen ließ. Irgendwie musste es ihr gelingen, diesen unseligen Bann zu durchbrechen und sich wieder auf ihren Job zu konzentrieren. Schließlich war nicht Nathan King die Sehenswürdigkeit, derentwegen sie diesen Ausflug unternommen hatte!

Die Felswände zu beiden Seiten waren nicht so auffällig geschichtet wie die Gewölbe, aber ihre Farbe war eine nicht minder eindrucksvolle Mischung aus Rot und Orange, Ocker, Beige und Schwarz. Miranda fragte sich gerade, woher wohl der Name Cathedral-Schlucht stamme, als sie den tiefen, vibrierenden Ton hörte, der von den Felsen in einem seltsamen, unirdischen Rhythmus zurückgeworfen wurde. Sie blieb wie angewurzelt stehen und lauschte.

Nathan drehte sich ungeduldig zu ihr um. Doch bevor er etwas sagen konnte, hob Miranda die Hand. „Hörst du das nicht?“, flüsterte sie aufgeregt. „Was ist das?“

Er nickte, sichtlich belustigt. „Ein Didgeridoo. Komm, hinter der nächsten Biegung wirst du es selber sehen. Albert scheint den Touristen eine Kostprobe zu geben.“

Albert? Ein Didgeridoo war ein Musikinstrument der Aborigines. Lebte einer ihrer Stämme vielleicht immer noch hier? Miranda eilte hinter Nathan her. Da plötzlich tat sich das Ende der Schlucht vor ihr auf, eine fantastische, nach oben offene Felsenhöhle, deren nach innen gebogene Rückwand schützend einen Teich umgab, dessen Wasser geheimnisvoll dunkel schimmerte.

Am sandigen Ufer des Teiches saß eine Gruppe von sechs Leuten auf flachen Felsbrocken und lauschte einem Aborigine, der in ein langes, hohles Rohr blies. Das Ende des Rohrs ruhte vor ihm auf dem Boden, während die Hände des Mannes abwechselnd die verschiedenen Löcher des Instruments bedeckten, um die Töne zu variieren.

Wie der mächtige Klang einer Orgel in einer Kathedrale, so hallten die Töne des Didgeridoos von den Felswänden der Höhle wider – ein Echo längst vergangener Zeiten. Wer diesen Klängen lauschte, glaubte sich eins mit dem Herzschlag der Erde selbst.

Es war kein Lied im eigentlichen Sinn, keine wirkliche Melodie. Dennoch berührte diese besondere Tonfolge etwas tief in der Seele, und Miranda dachte plötzlich an Nathans Worte, dass sein Leben mit dem Land und seiner Schönheit unauflösbar verknüpft sei – mit diesem uralten Land, wo Überleben sich häufig auf die Erfüllung der elementarsten Bedürfnisse reduzierte.

Erst jetzt glaubte sie die volle Bedeutung seiner Worte zu erahnen: Entscheidungen, die in ihrer Einfachheit von der Natur vorgegeben wurden, ein Zyklus aus Geburt, Heranwachsen, Paarung, Fortpflanzung und Tod, dem alles Leben folgte – ein ewig währender Prozess, solange die Erde ihn nährte. Kein Platz für romantische Schönfärberei. Nur das blanke Leben, wie es wirklich war, ohne all den Schnickschnack, den die Zivilisation hervorgebracht hatte, um es zu erleichtern.

Noch ein langer, tiefer, melancholischer Ton, dessen Schwingungen Miranda bis in die Tiefen ihrer Seele erzittern ließen. Dann schulterte der Aborigine sein Didgeridoo. Die Touristengruppe applaudierte, doch ihr begeistertes Klatschen klang in Mirandas Ohren völlig fehl am Platz, trivialisierte dieses eindrucksvolle Erlebnis, das sie lieber in ehrfürchtiger Stille ausgekostet hätte.

Nathan betrachtete sie spöttisch. „Nun? War die Darbietung deinen Applaus nicht wert?"

Sie sah ihn an, spürte seine tiefe Verachtung für das mangelnde Verständnis dieser Leute und versuchte zu vermitteln: „Nicht jeder besitzt dein Hintergrundwissen, Nathan."

„Und du hast nicht vor, deine Wertschätzung zu zeigen?"

Miranda versuchte ihre Empfindungen in Worte zu fassen. „Für mich war es mehr eine Art von … Kommunikation als ein Konzert."

„Ach ja? Und was hat es dir mitgeteilt?"

Sein Blick war hart und herausfordernd. Es war klar, dass Nathan nur die Bestätigung des Urteils suchte, das er längst über sie gefällt hatte: dass sie eine herzlose Frau war, die nur an sich dachte und nicht an die anderen, die sie möglicherweise verletzen könnte.

Doch Miranda hielt seinem Blick trotzig stand. „Es hat mir eine Einsicht in dein Leben vermittelt … und in das Leben derjenigen, die dieses Land einst bewohnten. Ein Leben, das ihnen stets abverlangt haben muss, dass sie sich nach seinem Herzschlag richteten."

Sie sah, dass ihre Antwort ihn überraschte. Seine Augen blitzten ungläubig auf, als hätte sie ihn in tiefster Seele getroffen. Sekundenlang bannte er sie mit einem durchdringenden Blick, der an den Grundfesten ihres Seins zu rütteln schien. Dann wandte er sich wortlos ab und ging weiter.

Miranda riss sich zusammen und folgte ihm. Der tiefe Sand machte jeden Schritt mühsam, aber bis in die Höhle war es ja nicht mehr weit, und wenigstens würde sie dort nicht mehr mit Nathan allein sein.

Im Näherkommen bemerkte sie jedoch zu ihrem Leidwesen, dass die sechs Touristen aufstanden und ihre Rucksäcke nahmen. Im Gänsemarsch folgten sie dem Aborigine, der um den Teich herum auf Nathan und sie zuging. Erst da erkannte Miranda, dass er die Uniform eines Reiseführers trug. Offenbar war er von diesen Leuten angeheuert worden.

„G'day, Nathan", begrüßte er Nathan freundlich lächelnd und in vertraulichem Ton.

„G'day, Albert", erwiderte Nathan unerwartet herzlich. „Wenn du weiter so spielst, wirst du die Touristen noch im Schlaf verfolgen."

Der Aborigine tätschelte lachend sein Didgeridoo. „Hab nur gute Geister beschworen." Mit einem vielsagenden Blick auf Miranda fügte er hinzu: „Vielleicht wirst du sie ja noch brauchen."

„Vielleicht", bestätigte Nathan gutmütig. „Dies ist übrigens Miranda Wade. Sie ist die neue Managerin in Tommys Ferienpark. Albert ist einer der Stammesältesten in dieser Gegend, Miranda."

Sie reichte dem Aborigine die Hand. „Vielen Dank für Ihr Spiel. Es war wirklich ... magisch."

Seine dunklen Augen funkelten erfreut. „Immer gute Magie, Miss Made. Sie werden eine Weile hierbleiben?"

„Ja."

Er ließ ihre Hand los, tippte grüßend an seinen Hut und sagte an Nathan gewandt: „Könnte genau der richtige gute Geist für dich sein, oldfella." Dann stapfte er vergnügt lachend davon.

Nathan warf Miranda einen überaus skeptischen Blick zu, bevor er weiter voraus zum Teich ging. Hier, in Ufernähe, wurde der Sand fester, und das Gehen bereitete weniger Mühe. Alberts Touristengruppe kam an ihnen vorbei und begrüßte sie mit einem freundlichen „hi!". Miranda erwiderte lächelnd den Gruß, während Nathan den Leuten lediglich zunickte. Aber Miranda entging nicht, dass die Frauen aus der Gruppe ihm bewundernde Blicke zuwarfen.

Er war ein Mann, der wohl auf jedes weibliche Wesen Eindruck machte, wobei er selber vermutlich nur wenigen Frauen besondere Aufmerksamkeit schenkte. Ein Mann, der gut allein auskommt, überlegte Miranda, während sie ihm um den Teich zu den flachen Felsbrocken folgte, wo sie allem Anschein nach rasten würden. Nathan besaß eine Ausstrahlung, die auf geradezu elementare Weise männlich war, und er hatte natürlich recht: Auch sie, Miranda, konnte seine Wirkung auf sie nicht ernsthaft leugnen.

Vielleicht war es dumm von ihr, eine Affäre mit ihm abzulehnen. Wobei er ihr nach dem Wortgefecht heute früh wohl kaum eine zweite Chance geben würde.

Hätte sich aus einer solchen Beziehung etwas Besonderes entwickeln können? Eine verräterische Stimme flüsterte: „Ja", aber Miranda kämpfte sie energisch nieder. Sexuelle Anziehung war keine Garantie für eine funktionierende Beziehung. Und warum sollte sie glauben, was Nathan von sich und seinen bisherigen Beziehungen mit Frauen behauptet hatte? Zweifelsohne hatte er mit der Frau geschlafen, die sich dann entschlossen hatte, einen anderen Mann zu heiraten. Was verriet das über ihn?

Nathan warf seinen Rucksack auf einen großen flachen Felsbrocken, und Miranda ließ sich ungefähr einen Meter entfernt auf einem anderen nieder. Da sie hier in der Höhle vor der gleißenden Sonne geschützt waren, nahm sie ihren Hut ab und genoss die angenehme Kühle. Um ihre Befangenheit in Nathans Gesellschaft zu überspielen, begann sie, ihren Rucksack gemächlich auszupacken. Die Plastikdose mit den Melonenstücken stellte sie auf einen Felsen zwischen sich und Nathan und trank dann einen großen Schluck aus ihrer Flasche Mineralwasser.

„Möchtest du Kaffee? Ich habe eine Thermoskanne mit", fragte Nathan.

„Ja, danke."

Er stellte die Thermoskanne und die Becher ebenfalls auf den Felsen zwischen ihnen und zog dann noch zwei Plastikdosen mit Sandwiches aus seinem Rucksack. „Schinken, Salat, Tomaten und Käse. Hier, greif zu. Nach dem langen Marsch brauchst du etwas Kräftigeres als bloß Melone."

Miranda kam seiner Aufforderung nach, und eine Weile aßen und tranken sie in angespanntem Schweigen.

„Warum hat Albert dich ‚oldfella' genannt?", fragte Miranda schließlich. „Ich finde dich nicht gerade alt."

„Das hängt damit zusammen, dass meine Familie schon länger mit diesem Land verbunden ist als Albert auf der Welt ist. Langlebigkeit wird hier nach Generationen gezählt, und fünf Generationen hier machen alle Kings zu ‚oldfellas'."

„Ich verstehe." Seine Antwort rief Miranda ins Gedächtnis, welchen Rang die Kings hier in diesem Land einnahmen. Ein King würde niemals erwägen, sich ernsthaft an sie zu binden – genauso wenig wie ein Hewson, was Bobby ihr deutlich gesagt hatte.

„Was verstehst du, Miranda?", fragte Nathan nach.

Sie blickte ihn an und zuckte die Schultern. „Dass ich im Gegenteil zu dir nicht dazugehöre."

„Und wohin gehörst du?"

Miranda schüttelte lachend den Kopf. „Nirgendwohin. Das ist ein Grund, warum ich hier bin. Es ist egal, wo ich bin." Sie warf ihm einen spöttischen Blick zu. „Man könnte sagen, ich gehöre nur mir."

Nathan richtete seinen Blick nachdenklich auf den Teich. Ein tiefer, dunkler Abgrund, dachte Miranda, wie meine Familie. Wobei man es eigentlich nicht Familie nennen konnte – lediglich sie und ihre Mutter, deren wechselnde Männerbekanntschaften ihr nie die Ehe angeboten hatten. Ein trostloses Leben, das vor Jahren ein einsames Ende gefunden hatte. Kaum die Art von familiärem Hintergrund, mit dem die Kings sich in irgendeiner Weise verbinden wollten.

„Also macht es dir nichts aus, das Zugehörigkeitsgefühl anderer zu zerschlagen."

Das war nun wirklich zu viel! „Du hast kein Recht, in meinem Privatleben herumzuschnüffeln. Meine Anwesenheit hier ist rein beruflich begründet", sagte Miranda eisig.

„Mag sein, dass du meine Mutter getäuscht hast …"

Sie sprang wütend auf. „Das genügt! Ich war nie die Geliebte eines verheirateten Mannes und würde mich nie dazu erniedrigen!"

„Und was sollte dann das ganze Gerede von … Mätressen?", entgegnete er scharf.

„Es ging um einen Mann wie dich, der mich genau dazu machen wollte und der die Macht besaß, alles zu zerstören, wofür ich hart gearbeitet habe. Genauso wie du die Macht hast, meinen Vertrag hier in ‚King's Eden' kaputt zu machen."

Nathan erhob sich ebenfalls und sah sie stolz an. „Wie kannst du so etwas von mir denken?“

„Und was hast du von mir gedacht, he? Du hast mich wie den letzten Dreck behandelt, nur weil ich gesagt habe, ich würde dein Spiel nicht mitspielen.“ Ihre grünen Augen funkelten. „Schön, lass dir eins sagen: Ich werde nicht so dumm sein, darauf zu bauen, dass du anders sein könntest als er. Es ist mir egal, wie sexy du bist. Ich werde dein Spiel nicht mitspielen!“

Sie zitterte am ganzen Leib und hatte die letzten Worte förmlich herausgeschrien, sodass sie von den Felsen widerhallten. Wieder hatte Nathan sie dazu gebracht, die Beherrschung zu verlieren. Um wenigstens ein bisschen Würde zu wahren, begann Miranda, ihren Rucksack wieder einzupacken. Doch während sie noch aufgebracht mit dem Deckel der Plastikdose herumfummelte, nahm Nathan plötzlich ihre Hand und hielt sie fest.

„Ich verspreche dir … ich schwöre dir … deine Position in ‚King's Eden‘ ist vor jeglicher Einmischung meinerseits sicher.“

Das Herz klopfte ihr bis zum Hals. Sie brachte kein Wort heraus, sondern blickte stumm auf Nathans starke Hand, die immer noch ihre hielt.

„Und nimm bitte meine Entschuldigung dafür an, dass ich dir dieses Gefühl gegeben habe. Das lag nie in meiner Absicht.“

Es klang aufrichtig. Doch Miranda konnte den Blick nicht von seiner Hand losreißen. Sie spürte ihre Wärme, die sich auf ihren Körper übertrug und ihr ein Gefühl von Zusammengehörigkeit vermittelte, das nicht wahr sein konnte.

„Und was das betrifft, was ich von dir gedacht habe ... Ich bin froh, dass es nicht stimmt. Auch dafür möchte ich mich entschuldigen. Glaub mir, du bist bei mir sicher, Miranda. Okay?"

Sie nickte stumm. Nathan ließ ihre Hand los und begann, ebenfalls seinen Rucksack zu packen. Miranda wagte nicht aufzublicken. Tief im Herzen wusste sie, dass sie sich bei Nathan King niemals sicher fühlen würde. Er bedeutete ihr wesentlich mehr als Bobby Hewson, viel mehr. Und selbst wenn er sie, wie er es ihr soeben versprochen hatte, in Ruhe lassen würde, würde sie sich immer der Macht bewusst sein, die er über sie besaß.

Der Rest des Ausflugs bis hin zum Rückflug zum Ferienpark verlief größtenteils schweigend. Jeder von ihnen schien mit seinen eigenen Gedanken beschäftigt. Als sie sich schließlich auf dem Hubschrauberlandeplatz von „King's Eden" voneinander verabschiedeten, zwang Miranda sich, Nathan direkt in die Augen zu sehen.

„Vielen Dank", sagte sie förmlich.

„Miranda, ich habe mit dem Ferienpark nichts zu schaffen, und Tommy hätte ganz bestimmt entschieden etwas dagegen, wenn ich mich in seine Geschäfte einmischen würde", sagte Nathan eindringlich. „Es liegt ganz bei dir, deine Position hier zu festigen."

Sie nickte befangen.

„Du brauchst etwas Zeit, um dich in deinem neuen Job einzurichten ... okay!", fuhr Nathan fort. „Deshalb werde ich aber trotzdem nicht vergessen, was zwischen uns ist. Und ich glaube, du wirst es auch nicht vergessen können."

Miranda wagte nicht, darauf zu antworten.

„Wir sehen uns, Miranda“, fügte Nathan hinzu und wandte sich ab.

Miranda sah zu, wie er zu seinem Jeep ging und davonfuhr. Erst als er aus ihrem Blickfeld verschwunden war, atmete sie auf. Zwei Jahre in „King's Eden“. Natürlich würde sie Nathan wiedersehen. Und was dann?

6. KAPITEL

Es war schön, Jared wiederzusehen. Nathan überlegte, dass er die Gesellschaft seines jüngsten Bruders stets besonders genossen hatte. Tommy sah sich immer in Konkurrenz zu anderen und wollte vor allem ihm, Nathan, gegenüber Punkte machen, während Jared einfach damit zufrieden war, er selbst zu sein. Vielleicht lag es daran, dass er von „King's Eden" fortgegangen war und sich in die Welt ihrer Mutter in Broome begeben hatte. Aber vielleicht lag es auch einfach in seinem Wesen.

Sie saßen zusammen im Frühstückszimmer, Nathan, Jared und ihre Mutter, und tranken gemütlich noch eine Tasse Tee, während Jared und Elizabeth King Nathan über den neuesten Stand ihrer geschäftlichen Aktivitäten in Broome informierten. Tommy wollte am Nachmittag dazukommen und würde dann, wie es seine Art war, Jareds Aufmerksamkeit ganz für sich pachten. Umso mehr genoss Nathan es, jetzt ungestört den Plänen seines jüngsten Bruders zu lauschen, den bisherigen Großhandel mit Perlen auch auf einen Einzelhandel auszuweiten.

„Und wie läuft's bei dir, Nathan?", erkundigte sich Jared schließlich.

„Ach, hier ändert sich nicht viel", antwortete Nathan, wobei er verschwieg, dass er augenblicklich mit seinen Gedanken nur halb bei der Farm war. Die andere Hälfte wurde von Miranda Wade beansprucht, aber das würde er niemand auf die Nase binden.

Tatsächlich kam ihm in den Sinn, dass dieses Familientreffen auf der Farm – das erste in diesem Jahr – vielleicht die Gelegenheit war, ihn erneut mit Miranda zusammenzuführen, auf eine ganz ungezwungene Weise, die ihre Bedenken zerstreuen würde.

„Mum hat mir erzählt, dass wir eine neue Leitung für den Ferienpark haben“, gab Jared das Stichwort. „Eine Frau?“

„Ja.“ Eine Frau, die ihn nachts in seinen Träumen verfolgte und ihm auch tagsüber nicht aus dem Sinn ging.

„Und? Wie stellt sie sich an?“

„Keine Ahnung.“ Was eine Lüge war. Unzählige Male schon hatte Nathan sich vorgestellt, wie Miranda sich mit all ihrer Energie in ihren Job im Ferienpark stürzte, um an nichts anderes zu denken ... vor allem nicht an ihn. Allerdings glaubte er nicht, dass es ihr besser gelang als ihm, die starke Anziehung, die zwischen ihnen bestand, zu vergessen. Trotzdem wollte er es endlich genau wissen.

„Hast du denn nicht wenigstens einen Eindruck, Nathan?“, mischte sich seine Mutter etwas unwillig ein.

„Warum sollte ich? Ich stecke meine Nase genauso wenig in Tommys Geschäfte, wie ich sie in Jareds stecke.“

Elizabeth sah ihn scharf an. „Aber du hast doch Miranda zu einem Rundflug mitgenommen, oder?“

„Das war vor sechs Wochen.“ Nathan zuckte die breiten Schultern. „Seitdem habe ich sie nicht mehr gesehen.“

Seine Mutter seufzte, sichtlich verärgert.

„Tommy wird deine Neugier sicher in jeder Hinsicht befriedigen, wenn er heute Nachmittag kommt.“ Nathan sah plötzlich eine Möglichkeit, sich ihre Enttäuschung zunutze zu machen, und lächelte. „Ihn kannst du dann nach Herzenslust ausfragen.“

Elizabeth winkte missmutig ab. „Ich hätte gern noch eine andere Meinung gehört.“

„Warum bittest du dann Miranda nicht heute Abend zum Dinner hierher, um dir selbst ein Bild zu machen?“, schlug Nathan beiläufig vor. „Auch Jared könnte so seiner Neugier Genüge tun. Und wenn du schon dabei bist, mach die Party vollständig und bitte noch Sam dazu, um dir auch ihre Meinung einzuholen.“

Seine Mutter sah ihn an, als hätte sie ihn am liebsten übers Knie gelegt. „Ja, und genau das werde ich auch tun, Nathan. Ich werde mir die nötigen Antworten persönlich holen, da ich weder bei dir noch bei Tommy auf eure Vernunft zählen kann, was Frauen betrifft.“

Nathan fiel Susan ein, die seine Mutter zweifellos als reine Zeitverschwendung seinerseits betrachtet hatte. Aber Mütter wussten nicht alles. Dennoch war er froh, dass diese Tür inzwischen geschlossen war, weil sich ihm eine andere Tür geöffnet hatte, deren Verlockungen größer waren als alles, was er bisher erlebt hatte. „Zum Glück hast du ja Jared. Der ist immer vernünftig“, sagte er und warf seinem jüngsten Bruder einen neckenden Blick zu. „Warst du ein braver Junge, ja?“

Lachend lenkte Jared das Gespräch in eine unverfänglichere Richtung, was Nathan nur recht war. So brauchte er nur mit halbem Ohr zuzuhören. Heute Abend, dachte er zufrieden. Heute Abend würde er mehr über die Frau herausfinden, die er begehrte.

Miranda hatte es sich zur Gewohnheit gemacht, die Gäste des Gästehauses persönlich auf der Veranda zu empfangen, wenn sie von ihren Tagesausflügen zurückkamen. Heute hatte eine Angelpartie auf dem Programm gestanden, und Miranda stellte erfreut fest, dass alle Beteiligten, die jetzt aus Sams Jeep ausstiegen, höchst zufrieden aussahen.

„Sehen Sie sich nur dieses Prachtexemplar von einem Barramunda an!“, rief John Trumbell, der als Erster den Pfad heraufkam.

Miranda lachte. „Der größte, den ich je gesehen habe, John.“

„Können wir den Küchenchef bitten, ihn für das Abendessen zuzubereiten?“, fragte Johns Frau Robyn.

„Natürlich. Er wird ein Festessen daraus machen.“

„Es war ein wundervoller Tag“, schwärmte Robyn. „Ich bin noch nie in einem Hubschrauber angeln gegangen.“ Sie drehte sich zu Sam um, die hinter ihnen herkam. „Vielen Dank für den Flug.“

„Der Teil des Flusses ist nicht anders zu erreichen“, erklärte Sam.

Robyn seufzte glücklich und wandte sich dem anderen Ehepaar zu, das John und sie begleitet hatte. „Ist es nicht einfach wundervoll hier im Outback? Es war, als würden wir in unserer ganz eigenen Welt angeln.“

Die beiden pflichteten Robyns begeisterten Kommentaren bei, als sie an Miranda vorbei ins Haus gingen. Sam blieb neben ihr stehen und sagte in gedämpftem Ton: „Ja, wirklich wundervoll, wenn man nicht weiß, was man mit seinem Geld anfangen soll.“ Dabei zwinkerte sie Miranda vielsagend zu.

Sie hatte recht. Die meisten Gäste, die sich eine der Suiten im Gästehaus leisteten, schienen Geld im Überfluss zu haben. Aber Miranda hatte festgestellt, dass auch die Camper gern hier waren und es genossen, die Felsenschluchten zu erforschen, in den klaren Wasserlöchern zu schwimmen und die einzigartige Tierwelt zu beobachten.

„Schön, was steht für morgen an?", fragte Sam.

„Für die vier? Ein Besuch der Bungle Bungle Range."

„Ist Albert schon informiert, sie zu übernehmen, wenn ich sie abgesetzt habe?"

„Natürlich." Miranda verdrängte die Erinnerung an jenen Morgen, als sie zusammen mit Nathan die Range besucht hatte. Die Erinnerung daran verfolgte sie immer noch, obwohl sie Nathan seit sechs Wochen nicht mehr gesehen hatte. Anscheinend hatte er sich entschieden, ihren Entschluss, nicht mitzuspielen, zu respektieren. Das Problem war nur, dass sie in den langen, einsamen Nächten hier die Frage quälte, was hätte sein können, wenn sie sich anders entschieden hätte.

„Da kommt jemand." Sam deutete an Miranda vorbei auf einen Jeep, der sich rasch näherte. „Sieht aus, als wäre es Tommy. Scheint vom Farmhaus zu kommen. Erwarten Sie ihn, Miranda?"

„Nein. Er ist erst Dienstag hier gewesen, um alles mit mir durchzusprechen."

Sam lächelte bedeutsam. „Nun, heute ist Samstag. Vielleicht hat er noch keine Begleitung für heute Abend und hofft, Sie würden sich anbieten."

„Dann hat er Pech gehabt."

Sam schüttelte bewundernd den Kopf. „Es ist wirklich sehr lehrreich, zuzusehen, wie Sie ihn immer wieder abblitzen lassen. Darf ich bleiben und mir den Spaß ansehen?"

„Wenn Sie möchten, Sam."

Miranda fand Tommys pausenlose Flirtversuche keineswegs so vergnüglich und verstand eigentlich nicht, was Sam dabei gewinnen konnte, sie beide zu beobachten. Anscheinend fand sie es amüsant. Aber Miranda hatte nicht vergessen, was

Nathan ihr von Sams Gefühlen für Tommy erzählt hatte. Vor diesem Hintergrund kam ihr Sams Bitte, ihnen beiden zusehen zu dürfen, doch eher masochistisch vor. Oder konnte die junge Frau vielleicht gar nicht anders? Wenn Tommy sie so magnetisch anzog wie ... Miranda jagte ein Schauer über den Rücken. „Aus den Augen, aus dem Sinn" konnte bei ihr und Nathan keineswegs gelten, wenn auch die Anforderungen ihres neuen Jobs ihr geholfen hatten, nicht mehr so oft an ihn zu denken.

Tommy war für sie kein Problem. Sein überschwänglicher Charme prallte an ihrer vollendeten Höflichkeit ab, und er versuchte nie, die Grenzen zu übertreten, die sie ihm vorgab. Sowieso hatte für ihn das Geschäft Vorrang, und er wollte es sich in dieser Hinsicht nicht mit ihr verderben.

„Na, wie läuft's?", rief er fröhlich, als er den Weg zur Veranda heraufkam.

„Bestens", antwortete Miranda.

Er blieb vor der Veranda stehen und betrachtete die beiden lächelnd. „Mum und Jared sind zum Wochenende hergeflogen. Sie sind für heute Abend zum Dinner ins Farmhaus befohlen."

Miranda horchte auf. „Befohlen?" Das klang ganz nach Nathan. Ihr Herz pochte plötzlich wie wild.

„Nun ja, eingeladen", verbesserte sich Tommy trocken. „Aber lassen Sie es sich gesagt sein, vor den Einladungen meiner Mutter können Sie sich nicht drücken."

Elizabeth King, nicht Nathan. Doch Tommys Wortwahl gab ihr zu denken. Offenbar glaubte er, dass sie sich vor seinen Einladungen drücke. Warum konnte er ihr mangelndes Interesse an ihm nicht einfach akzeptieren? Steckte er vielleicht hinter dieser „Einladung"? Oder doch Nathan? Oder wollte Elizabeth King sich persönlich überzeugen, wie sie, Miranda, im Ferienpark zurechtkam?

Warum konnte man sie nicht einfach in Ruhe lassen? Sie leistete ausgezeichnete Arbeit. Und dennoch … es war ein unwiderstehlicher Gedanke, Nathan wiederzusehen. Und es besteht nicht die geringste Gefahr, redete sie sich ein. Schließlich würde nicht nur seine Mutter, sondern auch noch sein jüngster Bruder anwesend sein. Vielleicht würde es sie ja sogar von den lüsternen Gedanken heilen, die sie in den einsamen Nächten plagten, und ihr die Augen öffnen, wie dumm es wäre, sich mit Nathan King einzulassen.

„Was ist mit unseren Gästen hier?", gab sie zu bedenken.

„Sie verbringen die ‚Happy Hour' mit ihnen, und wenn sie dann gut bei Tisch sitzen, überlassen Sie sie sich selbst", antwortete Tommy sofort. „Man hat sich doch schon beim Dinner gestern Abend kennengelernt, oder nicht?" Tommy war über die Buchungen der Suiten im Gästehaus bestens informiert.

Miranda nickte. „Aber ich werde erst nach sieben hier wegkommen."

„Mum weiß das. Deshalb essen wir um acht." Tommy warf Sam einen neckenden Blick zu. „Mum meint übrigens, du solltest auch kommen, Zwerg … wegen der Ausgewogenheit bei Tisch."

„Oh natürlich! Ich kann mir lebhaft vorstellen, wie Elizabeth das gesagt hat!", erwiderte Sam spöttisch.

„Nun ja, ich habe sie gewarnt, dass du vermutlich nicht einmal ein Kleid besitzt, das du anziehen kannst."

„Ich werde eins anziehen, und zwar speziell für Jared!" Sam

tat, als würde sie angestrengt nachdenken. „Oder vielleicht … mache ich mich auch an Nathan ran, nachdem Susan von der Bildfläche verschwunden ist."

Susan … Miranda erstarrte bei der Erwähnung dieses Namens und atmete tief ein. Nathan hatte diese Susan vielleicht nicht als seine „Mätresse" betrachtet, aber er hatte sie auch nicht geheiratet – das durfte sie, Miranda, nie vergessen!

Tommy kam lachend die Stufen herauf und zauste Sam im Vorbeigehen die kupferroten Locken. „Hol ihn dir nur, Rotschopf!", sagte er unbeeindruckt und wandte sich an Miranda: „Ich möchte noch schnell ein Wort mit Roberto sprechen. Er soll heute Abend während des Dinners aus der Küche kommen und den Gästen etwas von seinen kunstvollen Gerichten vorschwärmen. Dann werden sie glücklich und zufrieden sein."

Sam und Miranda blickten ihm nach, als er im Gästehaus verschwand.

„Eines Tages trete ich ihm noch mal, so fest ich kann, gegens Schienbein", stieß Sam gedämpft aus.

Miranda fühlte mit ihr. Sie beide ließen sich von den Männern zum Narren halten. „Sie haben so wunderschöne rote Locken, Sam", versuchte sie Sam zu trösten. „Wissen Sie was, ich glaube, Tommy konnte einfach nicht widerstehen, sie anzufassen."

Sam seufzte wehmütig. „Ich wette, Ihnen hat kein Mann je das Haar gezaust, Miranda."

„Ich habe solche ungezwungenen Freundschaften nie kennengelernt und beneide Sie darum, Sam." Rasch wich sie Sams forschendem Blick aus und sah auf die Uhr. „An die Arbeit. Werden Sie mich zu dem ‚befohlenen' Dinner begleiten, oder fahren Sie allein zum Farmhaus?"

„Ich werde um Viertel nach sieben mit einem der Jeeps hier draußen auf Sie warten. In Ordnung?“

„Ja. Danke, Sam.“

„Jared wird Ihnen gefallen“, sagte Sam noch, bevor sie ging.

„Wir werden sehen“, antwortete Miranda unverbindlich.

Doch sie dachte nicht an Jared, als sie sich für den Abend zurechtmachte. Nicht Jared oder Tommy oder Elizabeth King brachten ihr Herz zum Pochen und ihre Knie zum Zittern.

Nathan. Heute Abend würde sie ihn wiedersehen. Und sie wollte, dass alles gut sein würde. Aber wie sollte das möglich sein? Es war verrückt, zu glauben … sich zu wünschen … und dennoch, wider jegliche Vernunft konnte sie nicht leugnen, was sie fühlte.

7. KAPITEL

Tommy, nicht Nathan, begrüßte Sam und Miranda an der Tür und bat sie einzutreten. Auf dem Weg ins Wohnzimmer lauschte Miranda nur mit halbem Ohr dem üblichen Wortgeplänkel zwischen Sam und Tommy. Aufgeregt und nervös fieberte sie der ersten Begegnung mit Nathan seit sechs Wochen entgegen.

Hinter Sam betrat sie den Raum … und musste feststellen, dass Nathan gar nicht da war. Der große schwarze Ledersessel, in dem er bei ihrer ersten Begegnung gesessen hatte, war leer. Elizabeth King saß in ihrem Brokatsessel, und ein großer junger Mann – vermutlich der jüngste der King-Brüder – erhob sich von dem Chesterfieldsofa und blickte den Neuankömmlingen entgegen.

Sam stürzte sich in Jareds ausgebreitete Arme und umarmte ihn überschwänglich. Während sie herumgewirbelt, gebührend bewundert und geküsst wurde, fühlte Miranda sich seltsam leer und von Enttäuschung überwältigt. Ohne sich dessen bewusst zu sein, war sie wie angewurzelt auf der Schwelle stehen geblieben, Tommy an ihrer Seite. Sie merkte auch nicht, dass Elizabeth King sie aufmerksam beobachtete. Einen Moment lang fragte sie sich, was sie überhaupt hier zu suchen hatte. Das eigentliche Ziel ihres Kommens hatte sich erledigt. Nathan war gar nicht anwesend.

Dann drängte Tommy sie vorwärts, und sie kam zur Besinnung. Elizabeth King hatte sie eingeladen, und es galt, den dritten der King-Brüder kennenzulernen. Sie riss sich zusammen, betrat den Raum und lächelte ihre Gastgeberin an. Elizabeth war wie stets ein Bild makelloser Eleganz: An diesem Abend trug sie ein enges hellgrünes Kleid, in dessen Ausschnitt die unvermeidlichen Perlen kostbar schimmerten.

Miranda hatte sich für ein schlichtes weißes Ensemble entschieden, um Sam das Gefühl zu geben, sie auszustechen. Und das tat Sam in einem hautengen blauen Kleid, das das Blau ihrer Augen leuchten ließ und das wundervolle Rot ihrer Locken hervorhob. Miranda hatte keine Ahnung, und es interessierte sie in diesem Moment auch nicht besonders, ob Sams unerwartet glänzende Erscheinung den gewünschten Effekt auf Tommy ausübte. Sie horchte erst auf, als er sich, eine Spur zu laut, an seinen jüngeren Bruder wandte:

„Jared, wenn du dich für einen Moment von dem sexy Kätzchen befreien könntest, das dir da am Arm hängt …"

Jared lächelte ungeniert. „Eifersüchtig, Tommy?"

„Warte, bis das Kätzchen gleich seine Krallen zeigt, kleiner Bruder."

„Oh, manche Jungs bringen mich zum Schnurren", warf Sam kess ein, wobei sie so übertrieben schnurrte, dass beide Männer lachten.

Miranda lächelte tapfer weiter und gab sich alle Mühe, Interesse zu heucheln, als Tommy sie nun seinem jüngeren Bruder vorstellte. „Dies ist Miranda Wade, die neue Managerin in meinem Ferienpark. Und, Miranda, Sams Opfer heute Abend ist mein Bruder Jared – sonst im Jetset zu Hause, hat er sich heute herabgelassen, bei uns zu landen."

„Komm schon, Tommy, du trägst doch hier den Titel des ‚King' der Lüfte. Ich bin doch bloß ein Passagier", widersprach Jared gutmütig, wobei er Miranda lächelnd die Hand schüttelte. „Es freut mich, Sie kennenzulernen, Miranda."

„Vielen Dank. Das Vergnügen ist ganz meinerseits, Jared."

Von den drei Brüdern kam er am meisten nach seiner Mutter – die gleichen dunkelbraunen Augen, die hohen Wangenknochen, die gerade, aristokratische Nase. Das dichte schwarze Haar fiel ihm in einer sanften Welle in die Stirn, was sein schmales Gesicht etwas weicher wirken ließ. Er war etwas größer als Tommy, obwohl nicht ganz so groß wie Nathan, und wirkte eher drahtig schlank als muskulös.

„Ich hoffe, es wird ein Vergnügen für Sie", antwortete er herzlich. „Manche Leute finden die geballte Masse unserer Familie etwas erdrückend. Sam hier ist ja an uns gewöhnt …", er legte Sam einen Arm um die Schultern und drückte sie lächelnd an sich, „… sie ist praktisch mit uns aufgewachsen …"

Die geballte Masse? Miranda horchte auf. Dann würde Nathan doch noch kommen? Plötzlich verspürte sie ein unerklärliches Kribbeln im Nacken. Sie hörte nur noch halb, was Jared sagte, denn wie von einer unsichtbaren Macht gedrängt, drehte sie den Kopf … da war er. Nathan hatte das Zimmer betreten und verbreitete sofort eine dynamische Ausstrahlung, die Miranda alles andere vergessen ließ.

Unwillkürlich musste sie daran denken, was für ein wundervolles Gefühl es gewesen war, als er sie in seinen Armen gehalten und an sich gedrückt hatte. Die Kraft dieses Mannes weckte in ihr schlummernde Gefühle, die sie all ihre Weiblichkeit und Verletzlichkeit spüren ließen. Heißes Verlangen durchzuckte sie und machte es ihr schwer, die Fassung zu wahren.

Wie gebannt sah sie ihn auf sich zukommen, als ihr plötzlich bewusst wurde, dass er ein Tablett mit Drinks in den Händen trug und nicht wirklich sie anvisierte. „Champagnercocktails für alle!", verkündete er gut gelaunt und erntete dafür begeisterte Zurufe von den übrigen Anwesenden.

Nur Miranda stand stumm da und beobachtete ihn mit pochendem Herzen. Mit ausgesuchter Höflichkeit trug er das Tablett herum und reichte zuerst seiner Mutter, dann Sam und schließlich ihr, Miranda, eines der Gläser. Dann nahm sich jeder der Männer seinen Drink, und Nathan sprach einen Toast aus.

„Auf einen schönen gemeinsamen Abend."

Tommy und Jared nahmen dies zum Anlass, sich mit geistreichen Vorschlägen für einen Toast zu überbieten, sehr zum Vergnügen von Sam und Elizabeth. Nathan nutzte die Gelegenheit, um sich an Mirandas Seite zu gesellen.

„Möchtest du lieber ein Wasser mit Eis?", fragte er. „Mir ist gerade eingefallen, dass du ..."

„Nein, danke", sagte sie atemlos, wobei ihr Blick wie gebannt auf dem offenen Ausschnitt seines Hemdes ruhte. Sie zwang sich aufzublicken, doch das machte es auch nicht leichter für sie. „Es wäre doch nicht das Gleiche, mit einem Glas Wasser anzustoßen, oder?", fügte sie betont heiter hinzu.

Er lächelte. „Die Wahl liegt ganz bei dir."

Sie spürte die Zweideutigkeit in seinen Worten. Bildete sie es sich nur ein, oder war sein Lächeln wirklich einladend und ermutigend?

„Ich bleibe bei diesem hier", sagte sie und nippte vorsichtig an dem Champagnercocktail.

„Gut. Ist im Ferienpark alles so, wie du es dir vorgestellt hast?"

„Im Moment läuft alles bestens für mich."

Er lächelte spöttisch. „Meine Mutter war sehr verärgert, weil ich ihr nichts berichten konnte. Tommy allerdings hat dich in den höchsten Tönen gelobt."

„Ich bin froh, dass er mit meiner Arbeit zufrieden ist."

„Keine Frage", versicherte Nathan ihr, wobei sein Blick sie jedoch mit Fragen zu bombardieren schien.

Miranda errötete unwillkürlich. Glaubte er vielleicht, dass sie Tommy um den Finger wickelte? „Ich mag meine Arbeit", sagte sie trotzig.

„Meine Mutter wird erfreut sein, das zu hören. Sie macht sich gern selber ein Bild."

War das vielleicht ein versteckter Hinweis, dass er nichts mit dieser Einladung zu tun habe? Wollte er sie so wissen lassen, dass sie immer noch sicher vor ihm sei? Und ihr somit bewusst machen, wo sie eigentlich hingehörte?

Miranda blickte verstohlen zu Elizabeth King und errötete noch mehr, als ihr klar wurde, dass Nathans Mutter sie aufmerksam beobachtete. Über Nathan hatte sie, Miranda, ihre Gastgeberin ganz vergessen, was von schlechten Manieren zeugte. Das war umso peinlicher, nachdem Nathan ihr soeben angedeutet hatte, wo ihr Platz war.

„Entschuldige mich, bitte", sagte sie rasch und beeilte sich, zu Elizabeth King zu gehen.

Elizabeth King bedeutete Miranda, in einem Sessel in ihrer Nähe Platz zu nehmen, und Miranda gab sich alle Mühe, sich von ihrer besten Seite zu zeigen, bis zum Essen gerufen wurde. Allerdings schien Elizabeth weniger an geschäftlichen Erkundigungen interessiert. Ihre Fragen waren mehr darauf ausgerichtet, in Erfahrung zu bringen, wie es Miranda in „King's Eden" gefiel und ob sie sich in ihrer neuen Umgebung wohlfühlte. Miranda hoffte, Mrs. King mit ihren Antworten zufriedenzustellen, doch ihre Nervosität blieb.

Als sie schließlich zu Tisch gingen, erwartete sie eigentlich, neben Elizabeth platziert zu werden. Umso verblüffter war sie, als ihr und Sam die Plätze zu beiden Seiten von Nathan zugewiesen wurden, während Tommy und Jared rechts und links von ihrer Mutter Platz nahmen. Eine ausgewogene Tischordnung … Tommys Bemerkung fiel ihr wieder ein, doch sie hatte kein gutes Gefühl dabei. Die drei King-Brüder und Sam waren sich von Kindheit an vertraut. Sie, Miranda, war eine Außenseiterin, die jetzt zwar in ihrer Mitte saß, aber nicht wirklich zu ihnen gehörte. Dieses Gefühl verstärkte sich im Verlauf des Abendessens, als man um sie herum pausenlos von Leuten und Ereignissen sprach, von denen sie keine Ahnung hatte.

Diese Welt war ihr verschlossen. Sie würde nie dazugehören. Irgendwie musste es ihr gelingen, ihre Gefühle für Nathan zum Schweigen zu bringen. Allein in seiner Nähe zu sitzen, wie jetzt, war eine Qual.

Als Jared sie schließlich auf ihre Erfahrungen im Hotelgeschäft in der Stadt im Vergleich zu ihrem jetzigen Job hier im Outback ansprach, ging sie dankbar darauf ein. Endlich etwas, das sie von Nathan ablenkte. Tommy weitete das Gespräch dann auf den Tourismus im Allgemeinen aus, und Sam trug Erfahrungen ihrer Eltern bei, die gegenwärtig Argentinien bereisten.

„Was ist eigentlich mit deiner Familie, Miranda?“, mischte sich Nathan plötzlich ein. Miranda erstarrte und sah ihn mit großen Augen an. Er lächelte freundlich. „Du sitzt hier mitten unter uns. Sam erzählt von ihren Eltern. Ich nehme an, das weckt in dir Heimweh nach deiner Familie.“

„Ganz und gar nicht“, wehrte sie ab. Warum fragte er sie nach ihrer Familie? Sie hatte ihm doch gesagt, dass sie nirgendwohin gehörte. Und trotz seines freundlichen Lächelns verriet sein Blick, dass er einen ganz bestimmten Zweck verfolgte.

„Nun, sie werden bestimmt einmal herkommen und Sie besuchen“, warf Jared ein.

Verwirrt fiel Miranda so schnell keine passende Antwort ein. Sam versuchte, ihr zu helfen. „Sie haben nicht zufällig einen attraktiven Bruder, der noch Junggeselle ist?“, fragte sie mit einem herausfordernden Blick in Tommys Richtung.

„Nein“, sagte sie so kurz angebunden, dass sie hoffte, damit weitere Fragen abzuschneiden.

„Aber hinreißende Schwestern?“, fragte Tommy ziemlich hoffnungsvoll.

„Ich habe keine Familie“, erwiderte Miranda unverblümt, weil sie keinen anderen Ausweg mehr sah.

Sam sah sie überrascht an. „Sie sind eine Waise?“

Wie sollte sie dieses furchtbare Kreuzverhör nur aufhalten? „Als Kind war ich das nicht. Aber ich habe jetzt keine Familie mehr“, antwortete sie fest.

„Heißt das, Sie haben sie alle bei einem schrecklichen Unfall verloren?“

„Sam!“ Nathans Blick warnte sie, mit ihrer Neugier womöglich an alten Wunden zu rühren.

„Es tut mir leid.“ Sam lächelte zerknirscht. „Ich habe wohl zu viel Champagner getrunken.“ Sie sah Miranda entschuldigend an. „Aber Sie waren einfach so geheimnisvoll, Miranda, und haben bisher noch nie etwas Persönliches aus Ihrer Vergangenheit erzählt.“

Damit lenkte sie die Aufmerksamkeit nur noch mehr auf Miranda, und der war klar, dass es für den Rest des Abends für befangene Stimmung sorgen würde, wenn sie Sams Bemerkung unbeantwortet ließ. Außerdem, was machte es schon? Was hatte es für einen Sinn, die Tatsache zu verbergen, dass sie keinen besonderen Stammbaum vorweisen konnte … nichts, was sie – abgesehen von der beruflichen Beziehung – der Gesellschaft dieser Familie hätte empfehlen können?

„Da gibt es kein großes Geheimnis, Sam“, sagte sie und zuckte die Schultern. „Anders als Sie oder alle anderen hier kann ich keine Familiengeschichte vorweisen, die sich Generationen zurückverfolgen lässt. Meine Mutter war eine Waise, ich war ihr einziges Kind. Sie war nicht verheiratet und hat auch nie geheiratet. Man hat mir nie erzählt, wer mein Vater war, und meine Mutter verstarb vor einigen Jahren. Sie sehen also, ich habe einfach nichts über meine Familie zu erzählen.“

Ihrer kleinen Rede folgte ein bestürztes Schweigen. Miranda fand es so bedrückend, dass sie sich gezwungen fühlte, weiterzusprechen, um die schreckliche Leere, die nun wahrscheinlich alle in ihrem Leben vermuteten, zu verkleinern.

„Familie spielt in meinem Leben keine Rolle. Aber es war sehr aufschlussreich, Ihren Erzählungen von der weit zurückreichenden Verbindung zwischen den Connellys und den Kings zuzuhören. Das ist eine ganz andere Welt als die, die ich kennengelernt habe.“

Sie wandte den Blick von Sams betroffenem Gesicht und wappnete sich, um Nathan in die Augen zu blicken – Nathan, der diese peinliche Befragung ihrer Person vom Zaun gebrochen und sie erneut auf dem falschen Fuß erwischt hatte. Deutlicher konnte nicht mehr ausgesprochen werden, dass sie für einen King nicht die geeignete Partnerin war. Jegliche Beziehung zwischen Nathan und ihr konnte nicht von Dauer sein.

„Die eingerahmten Fotos in der Eingangshalle … es muss faszinierend sein, auf eine solche Geschichte zurückblicken zu können, Teil davon zu sein.“

Er hielt ihrem Blick unbewegt stand. „Ja. Und am bemerkenswertesten sind die Frauen, die sich entschlossen, ihren Männern hierher zu folgen und mit ihnen von diesem Land zu leben. Wie zum Beispiel Sarah, die ein Bordell in Kalgoorlie führte, bevor sie ihr Glück mit Gerard wagte.“

„Sarah? Die die Tagebücher geschrieben hat?“, fragte Miranda ungläubig.

„Ja. Vielleicht interessiert es dich, sie irgendwann einmal zu lesen. Dann war da noch Dorothy, Gouvernante auf einer der Rinderfarmen in The Territory“, fuhr Nathan fort. „Eines von neun Kindern. Ihre Familie war so arm, dass sie praktisch zur Sklavenarbeit verkauft wurde. Auf diese Weise war ein Mund weniger zu füttern.“

Er schwieg bedeutsam, um Miranda Zeit zu geben zu begreifen, wie sehr seine Worte jegliche Vornehmheit in Verbindung mit seiner Familie Lügen straften.

„Irene war die Frau eines Farmarbeiters, der vom Pferd fiel und sich das Genick brach. Da sie sonst keinen Menschen auf der Welt hatte, blieb sie einfach hier und heiratete Henry King.“

„Aber das war in den alten Pioniertagen“, wandte Miranda vorsichtig ein. „Ich vermute, damals gab es sicher nicht so viele Frauen, die sich auf das Leben hier draußen einlassen wollten.“

„Heute sind es immer noch nicht mehr“, entgegnete Nathan sofort.

„Da irrst du dich bestimmt. Heute ist das ganz anders.“

Sie wandte sich Elizabeth King zu, deren Perlenkette allein ein Vermögen wert war. „Meinen Sie nicht auch?“

„Es stimmt, dass es heute viele alteingesessene Familien in den Kimberleys gibt, was ihnen gewissermaßen einen Rang über den neu Hinzugezogenen verleiht“, antwortete Mrs. King nachdenklich. „Aber die Bevölkerung hier ist so gering ... Wie viel sind es noch, Nathan? Dreißigtausend Menschen verteilt auf einem Gebiet von über dreihunderttausend Quadratkilometern?“

„Und die auch noch hauptsächlich angesiedelt im Umkreis von sechs der hauptsächlichen Städte“, bestätigte Nathan.

„Meistenteils gilt also die alte Outback-Regel immer noch“, fuhr Elizabeth King fort. „Respekt und Rang verdient man sich nicht so sehr damit, wer man ist oder woher man kommt, sondern damit, was man hier leistet.“

Meistenteils ... Schweigend nahm Miranda diese Einschränkung zur Kenntnis.

„Tatsächlich gibt es in den Kimberleys so viele Leute mit einer äußerst bunten Vergangenheit“, warf Tommy ein, „dass es sogar ratsam ist, jeden so zu nehmen, wie er ist, anstatt zu genau nachzufragen.“

Jared nickte lächelnd. „Der letzte Außenposten der Zivilisation.“

„Voller farbenprächtiger Charaktere“, fügte Tommy hinzu.

„Aber es braucht Zeit, um sich Respekt und Rang zu verdienen“, kam Miranda auf den eigentlichen Punkt zurück. „Die Kings haben in dieser Hinsicht hier eine Investition von einhundert Jahren vorzuweisen. Und wenn ich richtig informiert bin, sind die Perlenfarmen in Broome schon eine ähnlich lange Zeit in der Hand ein und derselben Familie.“

„Die die gleichen Höhen und Tiefen durchlebt haben wie die Familien, die hier das Land bewirtschaftet haben", warf Elizabeth lächelnd ein. „Als ich Lachlan geheiratet habe, lagen die Perlenfarmen in Broome schon seit Jahren praktisch brach. Perlmutt, die Haupteinnahmequelle, war durch das Aufkommen der Kunststoffknöpfe so gut wie verdrängt worden. Erst durch das Aufkommen der Perlenzucht wurden die Farmen zu den Millionengeschäften, die sie heute sind. Als Lachlan mich heiratete, bekam er ... nur mich."

Sie sah ihren ältesten Sohn eindringlich an. „Mein Leben war an der Seite deines Vaters. Er war genau da, wo ich sein wollte. Erst nach seinem Tod bin ich nach Broome zurückgekehrt und habe mich um die Perlenfarmen gekümmert. Du warst da schon alt genug, um die Rinderfarm zu übernehmen, Nathan, das weißt du genau. Und das war es, was ich nicht ertragen konnte ... ‚King's Eden' ohne Lachlan."

Miranda begriff, dass dies schon lange ein Thema zwischen Mutter und Sohn sein musste. Hatte Nathan seine Mutter vielleicht verurteilt, weil sie „King's Eden" verlassen hatte? Hatte dies sein Misstrauen genährt, dass keine Frau auf Dauer hier draußen bleiben würde, wenn es nicht einmal seine Mutter geschafft hatte? Begnügte er sich deshalb mit bloßen Affären, anstatt eine ernstere Beziehung zu suchen?

Sie sah ihn verstohlen an. Seine Miene war unergründlich, während er seine Mutter immer noch unbewegt anblickte. Schließlich brach er das angespannte Schweigen.

„Du hast getan, was du tun wolltest", sagte er ruhig. „Ich hege keinen Groll deswegen. Es ist dumm, zu versuchen, Menschen zu etwas zu bringen, was sie nicht wollen. Man erreicht nie das, was man sich wünscht."

Miranda hatte das Gefühl, als wären diese Worte genauso sehr an sie gerichtet. Als wollte Nathan dadurch seine Behauptung unterstreichen, dass er niemals Druck auf sie ausüben würde, um das zu bekommen, was er von ihr wollte. Sie warf ihm erneut einen verstohlenen Blick zu, doch er sah immer noch seine Mutter an – ein stummer Gedankenaustausch, der vermutlich nichts mit ihr, Miranda, zu tun hatte.

„Entscheidungen werden immer von anderen Dingen beeinflusst", erwiderte Elizabeth bedeutsam. „Deshalb gilt es, diese anderen Dinge von Zeit zu Zeit auf den Prüfstand zu stellen."

„Da stimme ich völlig mit dir überein."

Nathan blickte Miranda an, und sie erkannte mit klopfendem Herzen, dass er sich der Wirkung seiner Worte auf sie durchaus bewusst war. „Ich habe den Eindruck, dass du auf uns ein Wertesystem überträgst, das für eine Gesellschaft gilt, die wesentlich komplizierter ist als unsere hier", sagte er lächelnd. „Ist das so, Miranda?"

Wollte er damit andeuten, dass Reichtum und Macht in ihrem Leben hier, in ihren persönlichen Beziehungen keinen so hohen Stellenwert hatte? „Du kannst wohl kaum behaupten, der Name der Kings hätte in den Kimberleys kein besonderes Gewicht", antwortete sie skeptisch.

Seine blauen Augen funkelten spöttisch. „Oh ja, er besitzt das Gewicht des Überlebens … was hier am meisten geschätzt wird."

„Das ist wahr", bekräftigte seine Mutter. „Die Kings, die Connellys und auch meine Familie … wir alle sind Überlebenskünstler. Es braucht schon einen besonderen Typ Menschen –

ich nenne sie solche mit Mumm –, um in den Kimberleys zu bestehen, in guten wie in schlechten Zeiten. Hier wird einem kein roter Teppich ausgerollt, Miranda. Wenn ich geglaubt hätte, dass Sie einen solchen erwarten würden, hätte ich Sie nicht für ‚King's Eden' eingestellt."

„Ich verstehe", sagte sie leise und atmete erleichtert auf. Elizabeth King betrachtete sie also nicht als eine Außenseiterin, sondern als jemand, der sogar die nötigen Qualitäten besaß, um einmal dazuzugehören. „Ich nehme das als Kompliment."

„Und ich möchte noch hinzufügen, dass nichts von dem, was wir jetzt haben, überleben wird, wenn es keine nächste Generation von Kings mehr gibt." Elizabeth warf ihren Söhnen einen bezeichnenden Blick zu. „Was wird all eure Arbeit und Mühe dann noch wert sein?"

„He, so alt sind wir doch noch nicht", protestierte Tommy spaßhaft.

„Die Zeit bleibt nicht stehen", warnte ihn seine Mutter. „Die Menschen bilden sich immer ein, noch viel Zeit zu haben. Aber lass dir es von mir gesagt sein, Tommy, die Zeit rinnt dir durch die Finger, und was man aufschiebt, wird nie geschehen."

„Was uns wieder zur Frage der Entscheidung zurückbringt", mischte sich Nathan ein. „Sollen wir in den Tag hineinleben oder für die Zukunft planen? Was meinst du, Miranda?"

Das war jetzt eine unmissverständliche Herausforderung an sie, sich auf das einzulassen, was zwischen ihnen war, ohne genau zu wissen, was sich daraus entwickeln würde. Miranda überlegte fieberhaft. Mit ihrer Antwort konnte sie ihn endgültig zurückweisen oder ihm die Tür weit öffnen. Sollte sie es wagen? Die Worte seiner Mutter kamen ihr in den Sinn: „… die

Zeit rinnt dir durch die Finger … was man aufschiebt, wird nie geschehen.“ Sie wusste nicht, welche Richtung ihr Leben nehmen und ob Nathan ein wichtiger Teil davon sein würde. Aber sie wollte die Möglichkeit, dass es so sein könnte, nicht länger verleugnen.

„Ich denke, ich würde gern Sarahs Tagebücher lesen“, antwortete sie vorsichtig, womit sie einem weiteren Kontakt mit Nathan die Tür öffnete.

Im ersten Moment schien ihn ihre Antwort zu verblüffen. Doch dann blitzten seine Augen amüsiert auf. „Ich bin sicher, dein Interesse wird belohnt werden. Ich werde sie dir vorbeibringen, sobald Jim sie mir zurückgegeben hat.“

„Danke. Das weiß ich wirklich zu schätzen.“

Der warme Klang seines Lachens wirkte auf Miranda anregender als jeder Champagnercocktail. War es Freude, Triumph? Sie konnte es nicht entscheiden. Auf jeden Fall sah Nathan unwiderstehlich attraktiv aus, wenn er lachte, und Miranda durchflutete ein warmes Glücksgefühl. Dieser Mann war etwas Besonderes. Und in diesem Moment scherte es sie nicht, welchen Preis sie vielleicht dafür bezahlen musste, ihn näher kennenzulernen.

8. KAPITEL

Tag für Tag ermahnte Miranda sich, dass sie nicht erwarten könne, Nathan wiederzusehen, bevor nicht Jim Hoskins Sarahs Tagebücher zurückgegeben haben würde. Doch alle Vernunft half nicht, ihre erwartungsvolle Vorfreude zu dämpfen, die sie bei der Vorstellung empfand, wieder mit ihm zusammen zu sein, und am Ende jeden Tages war sie enttäuscht, dass er doch nicht gekommen war.

Wenn sie nachts allein im Bett lag, ging sie in Gedanken immer wieder den Ablauf jenes Dinners im Farmhaus durch und versuchte, Nathans Verhalten und seine Worte zu deuten. Sie zweifelte nicht daran, dass er es darauf angelegt hatte, sich eine neue Chance zu eröffnen, in ihrem Leben eine Rolle zu spielen. Und als sie ihm diese Chance gegeben hatte, war er klug – oder schlau – genug gewesen, sie nicht zu sehr auszunutzen. Nachdem er das gewünschte Ziel erreicht hatte, hatte er das Gespräch bei Tisch ganz bewusst auf unverfänglichere Themen gelenkt, bis man sich zum Abschluss des Abends entschied, Kaffee und Likör im Salon zu trinken.

Da hatte er Miranda ganz beiläufig vorgeschlagen, ihr die Fotogalerie in der Eingangshalle genauer zu zeigen. Dabei hatte er ihr all die Personen gezeigt, von denen er ihr zuvor erzählt hatte, ihr einen kurzen Überblick über die bewegte Geschichte der Rinderfarm vermittelt, ein paar interessante Anekdoten eingeflochten und bereitwillig Mirandas Fragen beantwortet, ohne die Situation in irgendeiner Weise auszunutzen. Und obwohl er es die ganze Zeit über vermied, sie zu berühren, hatte sie das Gefühl, als würde er mit jedem Blick mehr von ihr Besitz ergreifen. Die Macht, die er über sie zu haben schien, erregte und erschreckte sie zugleich. Selbst als Sam und sie sich verabschiedeten, wurde sie sie nicht mehr los ... diese Sehnsucht, die alles in den Schatten stellte, was sie bis dahin erlebt hatte.

Glücklicherweise schienen weder Sam noch Tommy und Jared etwas davon bemerkt zu haben, dass sich in dem Verhältnis zwischen Nathan und der neuen Managerin des Ferienparks eine Veränderung anbahnte. Und auch Elizabeth King wirkte einfach nur zufrieden mit dem Verlauf eines gelungenen Abends.

Natürlich würde es sich auf die Dauer nicht geheim halten lassen, nicht, sobald Nathan den nächsten Schritt unternahm. Hier draußen, wo jeder jeden kannte, konnte so etwas nicht unbemerkt bleiben. Aber wenigstens hatte Nathan mit der Führung des Ferienparks nichts zu tun, sodass in ihrem Job keine Unannehmlichkeiten zu erwarten waren, sollte sich die mögliche Beziehung zwischen Nathan und ihr als nicht gut erweisen. Miranda hoffte allerdings von ganzem Herzen, dass sie sich zu etwas ganz Besonderem entwickeln würde.

Nichts, aber auch gar nichts bereitete Miranda auf den Schlag vor, der sie am Donnerstagnachmittag treffen sollte, nur fünf Tage, nachdem sie Nathan die Tür zu weiteren Schritten geöffnet hatte. Sie hatte ihre übliche Runde durch den Ferienpark beendet und sichergestellt, dass alle Unterkünfte für das bevorstehende, ausgebuchte Wochenende gerüstet waren. Es war kurz nach vier, als sie ihr Büro betrat und ihr gerade erst begonnenes neues Leben von der Vergangenheit eingeholt wurde.

Val Warren, ihre Sekretärin, begrüßte sie mit sichtlich zufriedener Miene. „Die Gästehaussuite, die für dieses Wochenende noch frei war, ist jetzt auch gebucht worden, sodass wir wieder ein volles Haus haben."

„Na wunderbar! Obwohl es etwas kurzfristig ist."

„Ich nehme an, dass Leute, die bei uns buchen, sich auch leisten können, spontan zu entscheiden", meinte Val.

„Wofür wir dankbar sein sollten. Ich werde mich bei Roberto vergewissern, dass er in der Küche auf die zusätzlichen Gäste vorbereitet ist. Wie lauten die Namen?"

Val warf einen Blick auf den Computerbildschirm. „Es ist ein Ehepaar, das gegenwärtig noch in dem Park am Ayers Rock wohnt und morgen mit einem gecharterten Flugzeug von dort direkt hierherkommt. Die voraussichtliche Ankunftszeit ist drei Uhr Nachmittag, und die Namen sind Celine und Bobby Hewson."

Miranda spürte, wie ihr das Blut aus den Wangen wich. „Gut", sagte sie heiser und verließ das Büro, ehe Val ihr den Schock ansehen konnte.

Einige Minuten lehnte sie sich matt gegen die geschlossene Tür und rang um Fassung. Vielleicht handelte es sich ja um einen anderen Bobby Hewson, dessen Frau zufällig eben auch Celine hieß. Immerhin waren das keine ungewöhnlichen Namen. Der Ayers Rock, wo sie sich augenblicklich noch aufhielten, war sozusagen das australische Mekka für Touristen … dennoch konnte Miranda sich einfach nicht vorstellen, dass der Bobby, den sie gekannt hatte, auch nur die geringste Lust verspürt hätte, dorthin zu reisen. Andererseits, was war mit seiner jungen Frau? Wenn sie ihn nach Sydney begleitet hatte … eine kleine Rundreise in den Flitterwochen zu den Sehenswürdigkeiten des Landes …

Seine Frau … Miranda schüttelte den Kopf. Waren sie denn

überhaupt schon verheiratet? Die Verlobung war doch erst vor drei Monaten bekannt gegeben worden. Brauchte eine Hochzeit in diesen Kreisen, die ein gesellschaftliches Ereignis war, nicht eine längere Vorbereitungszeit? Es musste sich um ein anderes Paar handeln!

Tatsächlich gab es nur einen Weg, sich Gewissheit zu verschaffen. Entschlossen ging Miranda den Flur entlang zu ihren Privaträumen. Sie würde den Manager des Ferienparks am Ayers Rock anrufen. Der Bobby Hewson, den sie kannte, würde kein unauffälliger Gast sein. Er würde den Manager genau wissen lassen, wer er war, und für sich die beste Suite und den besten Service beanspruchen.

In ihrem Apartment ging Miranda geradewegs ins Schlafzimmer, wo das Telefon auf dem Nachttisch stand. Sie sank auf die Bettkante und atmete tief durch, bevor sie mit zittriger Hand nach dem Telefonhörer griff. Kurz darauf war sie mit dem Mann verbunden, der ihr die für sie so wichtige Information geben konnte.

„Ich bin Miranda Wade, die Managerin des Ferienparks ‚King's Eden'."

„Hallo! Was kann ich für Sie tun?"

„Nun, wir haben heute eine Buchung für Mr. und Mrs. Hewson angenommen …"

„Ach ja, ich habe sie persönlich veranlasst", unterbrach sie der Manager eifrig. „Mr. Hewson und seine Frau wollten eigentlich weiter nach Broome fliegen. Aber ein anderes Paar, das im Moment bei uns wohnt – Sie werden sich sicher an sie erinnern: John und Robyn Trumbell –, haben ihnen so von ‚King's Eden' vorgeschwärmt, dass Mr. und Mrs. Hewson sich kurzfristig entschieden haben, das Wochenende bei Ihnen zu verbringen.

Glücklicherweise konnten Sie sie noch unterbringen."

„Ja. Es handelt sich nicht zufällig um den Bobby Hewson von der Regency-Hotelkette?"

„Um genau den", lautete die Antwort am anderen Ende der Leitung, und Miranda schluckte betroffen. „Seine Frau ist eine Parmentier, die die Soleil-Levant-Hotelkette besitzen", fuhr der Manager fort. „Sie ist zum ersten Mal in Australien und ganz wild darauf, alle Sehenswürdigkeiten zu besuchen."

Zufall ... ein verdammter Zufall hatte sie mit den Trumbells zusammengeführt! Und dass im Gästehaus ausnahmsweise ausgerechnet an diesem Wochenende noch eine Suite frei gewesen war! Miranda brachte kein Wort heraus.

„Mr. Hewson hat erwähnt, dass Sie im ‚Regency' in Sydney zum Manager ausgebildet worden sind", fügte der Mann am anderen Ende der Leitung ahnungslos hinzu. „Ich hatte den Eindruck, als wäre er daran interessiert herauszufinden, wie Sie mit der Leitung eines Ferienparks im Outback zurechtkommen würden."

Kein Zufall. Keine Laune des Schicksals. Bobby wusste, dass sie hier war! Wahrscheinlich hatten John und Robyn Trumbell ihren Namen erwähnt. Deshalb hatte Bobby seine Weiterreise nach Broome kurzfristig verschoben und kam nach „King's Eden". Es hatte nichts mit den Sehenswürdigkeiten zu tun, obwohl er seiner Frau das vermutlich eingeredet hatte. Bobby Hewson, das wusste Miranda mit gnadenloser Gewissheit, hatte nur sie, Miranda, im Sinn!

„Ich hatte mir schon gedacht, dass es sich um ihn handelt", sagte sie nun heiser. „Vielen Dank für die Information."

„Nun, ich nehme an, Sie wissen jetzt, was Sie mogen zu erwarten haben."

„Ja, allerdings. Nochmals vielen Dank."

Sie legte auf und wagte kaum, sich das bevorstehende Wochenende vorzustellen. Ein Albtraum! Ihre Augen füllten sich mit Tränen hilfloser Wut. Bobby Hewson würde ihr natürlich heimzahlen, dass sie mit ihrer Flucht ins Outback seine Pläne durchkreuzt hatte.

Miranda rollte sich auf dem Bett zusammen und weinte still ins Kissen. Sie stand vor einer völlig ausweglosen Situation. Bobby würde morgen ankommen und den ganzen Samstag und Sonntag hier sein, drei Nächte ... und er würde ihr bei jeder Gelegenheit nachstellen, daran zweifelte sie nicht.

Warum hatte sie sich überhaupt jemals mit ihm eingelassen? Es war keine wirkliche Liebe gewesen, das wusste sie längst. Bobby war in ihrem Leben aus und ein gegangen, hatte sie mit seinem Charme geblendet, sie mit süßen Versprechungen verführt und bei jedem Abschied geschworen, bei seinem nächsten Besuch in Sydney mehr Zeit für sie zu haben. Er hatte ihr das Gefühl gegeben, ihm wichtig zu sein.

Dabei hatte sie in Wirklichkeit nur genau seine Bedürfnisse befriedigt. Was sie brauchte, war ihm nie wichtig gewesen und würde ihm auch jetzt nicht wichtig sein. Womöglich würde er sogar versuchen, sie wieder in sein Bett zu bekommen, und sei es nur, um den Triumph auszukosten. Und wenn sie ihm nicht zu Willen sein würde ... Miranda wagte nicht, sich die Folgen auszumalen. Niemand wies schließlich einen Bobby Hewson ungestraft ab.

Ein Klopfen an der Tür ließ Miranda aufschrecken. Sie wischte sich die Tränen aus dem Gesicht und sah auf die Uhr. Es war schon kurz nach fünf! Die Gäste waren vermutlich schon von ihren Tagesausflügen zurück, und sie, Miranda, hatte sie nicht wie üblich empfangen und sich nach ihren Wünschen erkundigt. Anscheinend suchte man schon nach ihr.

Rasch sprang sie aus dem Bett, zog sich die Schuhe wieder an und strich sich glättend übers Haar. Es klopfte erneut, und sie beeilte sich, die Tür zu öffnen. Wahrscheinlich war es Val, die ihr noch eine Nachricht von irgendeinem der Gäste überbringen wollte, ehe sie für heute Feierabend machte.

Doch auf der Schwelle stand nicht Val, sondern Nathan!

„Hi! Hier steckst du also", begrüßte er sie freundlich lächelnd.

Dieses Lächeln war mehr, als Miranda ertragen konnte. Sie spürte, wie ihr die Knie weich wurden, und brachte kein Wort über die Lippen.

„Ich habe dich gesucht, um dir Sarahs Tagebücher zu bringen", fuhr Nathan fort und hielt ihr das Päckchen entgegen.

Irgendwie schaffte sie es, die Hände auszustrecken und das Päckchen entgegenzunehmen. Nathans Anwesenheit nach allem, was soeben über sie hereingebrochen war, erschien ihr irgendwie unwirklich, alle Hoffnungen, die sie mit dem Wiedersehen verknüpft hatte, kamen ihr plötzlich tönern und leer vor. Sie blickte auf die Tagebücher in ihren Händen, Sarahs Tagebücher – Zeugnis eines vergangenen Lebens.

„Miranda?"

Nathans Stimme drang wie aus weiter Ferne zu ihr. Ihre Vergangenheit war leider nur allzu lebendig und bedrohte das neue Leben, das sie sich aufgebaut zu haben glaubte.

„Miranda? Stimmt etwas nicht?"

So viel stimmte nicht, dass Miranda gar nicht wusste, wo sie hätte anfangen sollen, es ihm zu erklären. Nathan, der zu einem so falschen Zeitpunkt zu ihr gekommen war … Bobby Hewson, der zu einem noch unseligeren Zeitpunkt wieder in ihrem Leben aufgetaucht war und alles kaputt zu machen drohte … Sie fühlte, wie ihr erneut die Tränen kamen, und schüttelte stumm den Kopf.

„Du hast doch gesagt, dass du die Tagebücher lesen wolltest. Wenn du es dir inzwischen anders überlegt hast …"

Sie riss sich zusammen und überlegte fieberhaft, wie sie ihm ihr Verhalten erklären konnte. „Es tut mir leid, Nathan. Ich …" Ihr versagte die Stimme, und sie begann erneut: „Es ist einfach ein schlechter Zeitpunkt. Aber vielen Dank für deine Mühe …"

Nathan umfasste ihr Kinn und zwang sie, ihn anzusehen. Ein Blick in ihr verweintes Gesicht genügte ihm. „Du hast ein Problem. Am besten erzählst du mir davon", sagte er sofort.

Ehe sie protestieren konnte, betrat er das Apartment, schloss die Tür hinter sich und drängte Miranda in den nächstbesten Sessel. Dann nahm er ihr die Tagebücher ab und legte sie beiseite.

„Und jetzt erzähl mir, was dich so aufgebracht hat."

Sie schüttelte den Kopf. „Es hat nichts mit dir zu tun, Nathan."

„Wenn es um den Ferienpark geht, würde Tommy von mir erwarten, dass ich dir helfe, Miranda."

Erregt sprang sie auf. „Es ist eine persönliche Sache. Du kannst mir nicht helfen. Bitte …"

„Versuch es!"

Er stand vor ihr, wie der sprichwörtliche Fels in der Brandung, und Miranda spürte, wie ihr Widerstand bröckelte. Sie wusste nicht, was sie tun sollte, sah weit und breit keine Lösung für das, was sich über ihrem Kopf zusammenbraute, und war sich nicht einmal bewusst, wie sehr ihr die Verzweiflung anzusehen war.

Im nächsten Moment kam Nathan zu ihr, nahm sie in seine starken Arme, drückte ihren Kopf an seine breite Schulter und strich ihr tröstend übers Haar. „Alles wird gut", flüsterte er beruhigend. „Gemeinsam lässt sich ein Problem leichter lösen."

„Nein!", widersprach sie schluchzend.

„Vertrau mir. Früher oder später musst du lernen, mir zu vertrauen, Miranda. Also fang besser gleich damit an."

Sie wünschte es sich so sehr, schreckte aber davor zurück, ihm alles erklären zu müssen. Was, wenn er ihre Rolle in dieser Angelegenheit missverstand? Schließlich hatte er nie in der Welt eines Bobby Hewson gelebt.

Ihre Angst, nicht allein mit dieser Situation fertig werden zu können, gab den Ausschlag. „Es … es geht um den Mann, von dem ich dir erzählt habe", gestand sie heiser. „Bobby Hewson. Er kommt morgen hierher. Mit seiner Frau. Und er weiß, dass ich hier bin. Er weiß es."

Miranda spürte, wie Nathan erstarrte. Mit angehaltenem Atem wartete sie auf seine Reaktion. Blanke Panik machte es ihr unmöglich, einen klaren Gedanken zu fassen. Was war nur in sie gefahren, es ihm zu sagen? Aber er hatte es ja unbedingt wissen wollen. Er hatte sie gebeten, ihm zu vertrauen. Die Worte waren ausgesprochen, es gab kein Zurück mehr. Wenn Nathan jetzt wieder schlecht von ihr dachte …

Nathan wiederum durchzuckte im ersten Moment nur ein einziger Gedanke: Ich werde sie ihm nicht überlassen. Ich werde nicht zulassen, dass er ihr wehtut. Wenn er sie auch nur anrührt, ist er ein toter Mann!

Erst allmählich kam er zur Besinnung und ermahnte sich, diese Sache etwas feinfühliger anzugehen. Er hatte Miranda noch nicht für sich gewonnen, und nur der Himmel wusste, was sie für diesen Kerl empfand, der nicht den Anstand besaß, sie in Ruhe zu lassen.

Miranda spürte, wie Nathan tief einatmete. Die Angst, alles zu verlieren, was sie sich für ihr Leben ersehnt hatte, weckte ihren Kampfgeist. Ohne genau zu wissen, was sie unternehmen konnte, blickte sie auf und sah Nathan mit plötzlicher Entschlossenheit an.

„Gut so!“ Er schob sie von sich und erwiderte ihren Blick eindringlich. „Dieser Kerl hat dich also so aufgebracht. Was genau, erwartest du, wird er tun und warum, Miranda? Sag es mir. Ich kann dir am ehesten helfen, wenn ich die Einzelheiten kenne.“

Ihr fiel ein Stein vom Herzen. Nathan verurteilte sie nicht. Er war bereit, ihr zuzuhören und ihr zu helfen. Miranda schluckte und suchte nach den richtigen Worten, ihm die Situation zu erklären. Flehentlich blickte sie zu ihm auf. „Den Hewsons gehört die Regency-Hotelkette. Die Familie ist … sehr reich und einflussreich. Ich wollte jede Beziehung zu Bobby abbrechen, sobald ich erfuhr, dass er Celine Parmentier heiraten würde. Ihrer Familie gehört wiederum die Soleil-Levant-Hotelkette, und Bobby wollte durch diese Heirat seine Macht und seinen Einfluss vergrößern. Er sagte mir klipp und klar, ich hätte die Wahl, mit ihm auf der Karriereleiter ganz noch oben zu gelangen oder …“

Miranda verstummte, erneut überwältigt von jenem Gefühl bitterer Enttäuschung, das sie damals empfunden hatte. Versprechungen, wie sie Bobby Hewson ihr damals gemacht hatte, hatten ihre Mutter in den Untergang gelockt.

„Oder?“, forschte Nathan.

Sie seufzte. „Wenn ich nicht vernünftig sein würde, könnte meine Karriere auf ziemlich wackligen Füßen stehen. Für eine gute Stellung bei einem anderen Arbeitgeber wäre ich schließlich auf gute Referenzen angewiesen.“

Nathan schüttelte verständnislos den Kopf. „Aber anscheinend hat er seine Drohung nicht wahr gemacht. Meiner Mutter zufolge waren deine Referenzen ausgezeichnet.“

„Bobby hatte nicht damit gerechnet, dass ich ihn verlassen würde. Er glaubte, mich eingewickelt zu haben. Deshalb unterließ er es, den Manager des ‚Regency‘ sicherheitshalber zu instruieren, mir gegebenenfalls ein schlechtes Zeugnis auszustellen.“

„Du hast ihn also verlassen, ohne es ihm vorher anzukündigen?“

„Ja, ich habe mit niemandem darüber gesprochen, dass ich mich für die Stelle hier beworben und sie auch bekommen habe. Sobald ich die Zusage hatte, habe ich meine Sachen gepackt, meine Kündigung eingereicht und das ‚Regency‘ und Sydney an ein und demselben Tag verlassen. Im Grunde bin ich einfach von der Bildfläche verschwunden.“

„Ziemlich drastisch“, kommentierte Nathan nachdenklich.

Miranda glaubte aus seinen Worten Kritik herauszuhören. Verunsichert wandte sie sich von ihm ab, ging einige Schritte und drehte sich beschwörend wieder zu ihm um. „Versteh doch, ich wollte einen sauberen Schlussstrich. ‚King’s Eden‘ bot mir genau das. Es lag außerhalb von Bobbys Reichweite und Einflussbereich. Ich dachte, hier könnte er nicht an mich herankommen oder mir durch Rufmord schaden, weil dieser Ferienpark im Outback keinerlei Berührungspunkte mit der üblichen Hotelbranche hat."

„An dich herankommen?", wiederholte Nathan scharf.

Sie errötete. „Wir waren drei Jahre zusammen. Das bedeutet eine Fülle von intimsten Kenntnissen. Und Bobby wird nicht zögern, sie zu benutzen."

Ein missbilligender Ausdruck huschte über Nathans Gesicht, und Miranda wurde plötzlich wütend. Was war denn mit ihm und Susan? Er war doch auch zwei Jahre mit dieser Frau zusammen gewesen. Sie, Miranda, hatte wenigstens ernsthaft gehofft, dass Bobby sie heiraten würde.

„Willst du ihn immer noch?", fragte Nathan unvermittelt.

„Nein!", wehrte sie sofort ab. „Was glaubst du eigentlich, warum ich mich so aufrege? Ich will nichts mehr mit ihm zu tun haben, begreifst du das nicht?"

„Ich sehe nur, wie sehr dich die Nachricht, dass er herkommen wird, aufgebracht hat, und das legt für mich die Vermutung nahe, dass diese Beziehung für dich nicht wirklich vorbei ist. Wenn sie nämlich vorbei wäre, könnte er gar nicht mehr an dich herankommen, Miranda."

„Du verkennst die Tatsachen", widersprach sie heftig. „Nicht für mich, sondern für ihn ist diese Beziehung nicht vorbei. Und wenn du glaubst, er wird mich in Ruhe lassen, nur weil ich ihn darum bitte ...". Sie schüttelte den Kopf. „Mein plötzliches Verschwinden hat ihm doch deutlich genug gesagt, dass ich nichts mehr mit ihm zu tun haben will, doch er ignoriert es einfach. Er verfolgt mich, hat seine Pläne in dem Moment geändert, als er erfuhr, wo ich bin. Ich habe ihn nicht hierher eingeladen!"

„Mag sein, aber das heißt nicht, dass du ihn nicht begehrst, sobald er wieder vor dir steht."

„Er kommt in Begleitung seiner Frau!"

„Miranda, du kannst dir das einreden …" Nathan kam langsam auf sie zu und sah sie eindringlich an. „Du kannst es mir gegenüber behaupten und es auch wirklich ernst meinen. Das bezweifle ich gar nicht."

„Was bezweifelst du dann?", flüsterte sie. Er war ihr jetzt so nahe, dass sie seine Wärme spürte. Heißes Verlangen durchzuckte sie. Sie begehrte Nathan, nicht Bobby! Und es tat ihr weh, dass er etwas anderes auch nur denken konnte.

„Ich meine, dass du in Wirklichkeit deshalb so aufgebracht bist, weil du Angst davor hast, was du wirklich fühlen wirst, wenn er wieder vor dir steht. Gefühle lassen sich nicht so leicht kontrollieren. Was, wenn er dich in die Arme nimmt …?"

Während er das sagte, zog Nathan Miranda dicht zu sich heran. Obwohl er kühl und beherrscht wirkte, bemerkte sie das leidenschaftliche Aufleuchten in seinen Augen. Das, zusammen mit der Wärme seiner Nähe, ließ sie alle Hemmungen vergessen.

„Sag mir, Miranda, als du mich an jenem Morgen neben dem Hubschrauber geküsst hast … hast du da an ihn gedacht?"

„Nein, ich habe an gar nichts gedacht. Ich habe einfach nur …"

„Auf die Gefühle reagiert, die ich in dir geweckt habe?"

„Ja", flüsterte sie erwartungsvoll. Sie sehnte sich danach, ihn jetzt wieder zu küssen und Bobby Hewson aus allem zu vertreiben, was zwischen ihr und Nathan war.

„Dann vergiss das hier nicht, wenn er kommt, Miranda“, sagte er schroff. „Vergiss nicht, was du in meinen Armen fühlst.“

Diesmal war sein Kuss nicht zärtlich und vortastend, sondern wild und alles fordernd, und Miranda erwiderte ihn genauso innig. Atemlos schmiegten sie sich aneinander, berauschten sich an ihren heißen, wilden Küssen, konnten nicht genug davon bekommen. Doch schon bald genügte auch das nicht mehr. Ungeduldig zerrten sie gegenseitig an ihren Kleidungsstücken. Wer wen auszog, konnte später keiner von ihnen mehr sagen. Wie entfesselt, drängten sie danach, einander ganz zu fühlen, ganz zu gehören.

Miranda registrierte kaum, dass Nathan sie hochhob und zum Bett trug. Aber als er sich auf sie legte, kam sie ihm verlangend entgegen. Ein heißes Triumphgefühl durchflutete sie, als er sie nahm. Sie umfing ihn mit den Beinen und drängte ihn, weiterzumachen. In wachsender Erregung kam sie ihm entgegen. Die Welt um sie her hörte auf zu existieren. In diesem himmlischen, wundervollen Moment gab es nur noch Nathan und sie und den unbändigen Wunsch, mit ihm zusammen den Gipfel der Lust zu erstürmen, dem sie unaufhaltsam entgegenflogen.

Mit einem Aufschrei löste sich Mirandas Spannung, als sie den Höhepunkt dieser unbeschreiblichen Ekstase erreichte. Sie fühlte sich auf einer Woge der Lust davongetragen, und der Mann, der sie dorthin gebracht hatte, teilte diesen Augenblick mit ihr, hielt sie ganz fest in seinen Armen und ließ sie auch nicht los, als sie atemlos auf das Bett niedersanken und in den Nachwehen ihrer Leidenschaft erschauerten.

Ganz allmählich beruhigten sich ihr Atem und das wilde Pochen ihrer Herzen. Eine wohlige Mattheit überkam sie, warm und friedlich, und verhinderte ein Nachdenken über das, was soeben geschehen war. Sowieso entzog sich das, was sie miteinander geteilt hatten, jeglicher Beurteilung in Worten.

Miranda wusste nur, dass sie noch nie in ihrem Leben etwas Vergleichbares empfunden hatte … eine derart elementare, hemmungslose Leidenschaft, die dennoch keinerlei Gewissensbisse aufkommen ließ. Es war gut und richtig gewesen … mit diesem Mann. Genauso wie es ein gutes Gefühl war, jetzt in seinen Armen zu liegen, als gehörte sie genau dorthin. Mochte es auch noch so unvernünftig sein, sie war überwältigt von der Macht dieser Gefühle, und je länger Nathan sie in seinen Armen hielt, desto mehr wuchs in ihr die Überzeugung, dass sie füreinander bestimmt waren.

Nathan war der Erste, der etwas sagte. Zärtlich ließ er die Finger durch ihr seidiges Haar gleiten und sagte leise, aber sehr bestimmt: „Du brauchst Bobby Hewson nicht, Miranda."

Bobby? Miranda hatte ihn völlig vergessen, so unwichtig war das, was einmal zwischen ihnen gewesen war, im Vergleich zu dem, was sie gerade mit Nathan erlebt hatte. „Nein, ganz bestimmt nicht", bekräftigte sie von ganzem Herzen.

„Ich werde morgen Abend hier sein, um dafür zu sorgen, dass auch er begreift, dass du ihn nicht brauchst", fuhr Nathan ruhig und entschieden fort. „Ich werde dir und deinen Gästen beim Dinner Gesellschaft leisten, aber etwas früher kommen."

Miranda blinzelte benommen. Nathan beabsichtigte also allen Ernstes, sich dann öffentlich an ihrer Seite zu zeigen und Bobby damit unmissverständlich klarzumachen, dass sie nicht allein war!

„Ich werde rechtzeitig da sein, wenn die Gäste sich zur ‚Happy Hour‘ zusammenfinden“, fügte Nathan hinzu.

„‚Happy Hour‘? Um Himmels willen!“ Miranda setzte sich erschrocken auf und sah auf die Uhr. Es war schon fast sechs Uhr, höchste Zeit für das übliche gesellige Beisammensein der Hausgäste vor dem Dinner. „Ich muss mich beeilen. Man wird mich schon vermissen.“ Errötend fügte sie hinzu: „Das ist mein Job, Nathan.“

Er nickte gutmütig. „Die Pflicht ruft, ich weiß.“

Miranda sprang aus dem Bett, eilte ins Bad und drehte die Dusche auf. Erst unter dem belebenden warmen Wasser wurde ihr bewusst, dass Nathan unmittelbar vorher und nachher nur von Bobby gesprochen, aber kein Wort darüber verloren hatte, was er selber für sie empfand.

War es vielleicht für ihn nur eine Frage der Rivalität unter Männern gewesen? Alles in ihr wehrte sich sofort gegen diesen Gedanken. Nathan hatte sie schon begehrt, als er noch gar nichts von Bobby gewusst hatte. Nein, die Sache hatte nichts mit Bobby zu tun.

Als Nächstes kam ihr in den Sinn, dass sie keinerlei Schutz benutzt hatten. Zwar nahm sie die Pille und konnte sich nicht vorstellen, dass Nathan in irgendeiner Weise ein gesundheitliches Risiko für sie darstellen könnte, denn er hatte ja zuletzt eine lange monogame Beziehung geführt. Dennoch war es sehr unvernünftig gewesen, nicht vorher die nötigen Fragen abzuklären.

Andererseits waren sie beide vom Ansturm ihrer Leidenschaft überrascht worden … was etwas über die Macht ihrer Gefühle füreinander besagte. In dem Moment, als Nathan sie, Miranda, geküsst hatte, hatte sie Bobby, ihren Job, einfach alles andere vergessen. Noch nie zuvor hatte sie etwas Ähnliches erlebt. Es musste bedeuten, dass zwischen ihr und Nathan etwas ganz Besonderes war. Sie konnte es sich einfach nicht anders erklären.

Miranda stieg aus der Dusche und trocknete sich rasch ab. Während sie sich frisierte und schminkte, wuchs ihre Nervosität. War Nathan vielleicht schon fort? Und was bedeuteten seine Pläne für den morgigen Tag? Wollte er ihr damit nur bei ihrem Problem mit Bobby helfen, oder gingen seine Absichten darüber hinaus?

Sie wickelte sich ein Badetuch um, bevor sie das Bad verließ. Zwar war es irgendwie kindisch, sich jetzt noch vor Nathan zu genieren, andererseits – falls er überhaupt noch da war – war die Situation für sie noch so neu, dass sie sich nicht überwinden konnte, nackt vor ihn zu treten. Die Frage, was genau das, was sie soeben miteinander geteilt hatten, ihm bedeutete, brannte ihr auf der Seele. Sie wollte es unbedingt wissen.

Nathan war noch nicht gegangen. Vollständig angezogen, legte er gerade das Päckchen mit den Tagebüchern auf ihren Nachttisch, als Miranda aus dem Bad kam. Er drehte sich zu ihr um und ließ den Blick forschend über sie gleiten.

„Alles in Ordnung?"

„Ja." Sie lächelte befangen. „Nur ein bisschen ... verblüfft."

Er nickte. „Mir geht es ähnlich. Ich habe nicht einmal an den nötigen Schutz gedacht."

Sie atmete erleichtert auf. Auch wenn aus seiner Bemerkung eine eher praktische Fürsorge sprach ... wenigstens war er fürsorglich. „Ich nehme die Pille", sagte sie sachlich.

Nathan lächelte plötzlich. „Normalerweise bin ich verantwortungsbewusster. Aber ich kann dir versichern, dass ich kein Gesundheitsrisiko für dich darstelle, Miranda."

„Genauso wenig wie ich für dich."

„Gut. Dann gibt es kein Problem."

Zumindest nicht für zwei gesunde erwachsene Menschen, die es einfach so hinnehmen, dass die Leidenschaft mit ihnen durchgegangen ist, dachte Miranda, enttäuscht von Nathans kühler Sachlichkeit. Sie sah ihn erwartungsvoll an, als er jetzt auf sie zukam.

„Ich werde jetzt gehen. Du musst dich um deinen Job kümmern." Er legte ihr eine Hand auf die Schulter und küsste sie zart auf die Stirn. „Als Erinnerung für dich, zuallererst an uns zu denken, wenn Bobby Hewson morgen hier eintrifft." Er blickte ihr eindringlich in die Augen. „Rechne mit mir gegen sechs Uhr. Dann werde ich hier sein, um dir zur Seite zu stehen, okay?"

„Ja." Ging es ihm nur darum ... Bobby aus ihren Gedanken zu verbannen? „Danke", sagte sie und versuchte vergeblich, seinen Blick zu deuten.

Er lächelte unvermittelt. „Es ist mir ein Vergnügen."

Miranda sah zu, wie er ihr Apartment verließ, und rührte sich erst, als er die Tür hinter sich schloss. Dann trieb ihr schlechtes Gewissen sie zur Eile an. Rasch suchte sie sich einige Sachen aus dem Schrank und begann, sich anzuziehen.

Nathans Worte – „Ich werde hier sein, um dir zur Seite zu stehen" – gingen ihr nicht aus dem Sinn. Bobby hatte das nie getan, nicht im Sinne einer echten Hilfe, wie Nathan es meinte. Ihre Mutter hatte nie einen Mann gehabt, auf den sie sich wirklich hätte stützen können. Das zumindest war ein gutes Gefühl – Nathan hatte sie in der Gewissheit zurückgelassen, dass sie auf ihn zählen konnte. Und Miranda zweifelte nicht einen Moment daran, dass er zu seinem Wort stehen würde.

Was aber würde sein, wenn Bobby wieder fort war? Würde sie nur eine weitere „Susan“ in Nathans Leben werden? Ein vorübergehendes … Vergnügen?

Miranda scheute vor diesen Fragen zurück. Sie konnte sich jetzt nicht damit befassen. Ihr Job hatte zunächst einmal Vorrang. Die Gäste warteten schon auf sie, alles andere musste fürs Erste in den Hintergrund treten. Bis morgen. Der morgige Tag würde ihr Bobby bringen … und Nathan … und hoffentlich einige Antworten, mit denen sie leben konnte.

9. KAPITEL

Es gehörte zu Mirandas Aufgaben, die neu ankommenden Gäste persönlich zu begrüßen. Genau das wollte sie auch diesmal tun, aber sie hatte ein flaues Gefühl im Bauch, als sie am folgenden Nachmittag auf der Veranda stand und zusah, wie der Buggy vorfuhr, der Bobby Hewson und seine junge Frau nach „King's Eden" brachte.

Bobby sah immer noch wie ein junger Gott aus, wie er als Erster aus dem Buggy stieg: hellbraunes Haar, von sonnengebleichten Strähnen durchzogen, ein gebräuntes, atemberaubend attraktives Gesicht und ein unwiderstehliches, gewinnendes Lächeln, das jede Frau dahinschmelzen ließ. Doch auf Miranda verfehlte es heute seine Wirkung. Es war ein seltsames Gefühl, Bobby wiederzusehen und zu wissen, dass sich hinter seiner strahlenden Fassade ein korruptes Herz verbarg, dem man niemals vertrauen konnte.

„Miranda!", rief er bei ihrem Anblick erfreut. „Wie schön, so weitab von jeglicher Zivilisation ein vertrautes Gesicht zu sehen!"

Sein Charme, mit dem er sie einst so mühelos um den Finger gewickelt und sie alles glauben gemacht hatte, prallte wirkungslos an ihr ab. Ihr Lächeln war gekünstelt, als sie Bobbys Begrüßung erwiderte. „Was für eine Überraschung, dich so weit weg von der großen Stadt zu sehen, Bobby!"

Bekleidet mit exklusiven Shorts, einem Sporthemd und teuren Sportschuhen, vermittelte er auch hier draußen ein Bild städtischer Eleganz. Groß und durch regelmäßiges Training im Fitnessstudio in bester Form, konnte er einfach alles tragen.

„Eine neue Herausforderung belebt den Geist", antwortete

er, wobei er den Blick lüstern über Miranda schweifen ließ und gleichzeitig seiner Frau die Hand reichte, um ihr aus dem Buggy zu helfen.

Verärgert über Bobbys typische Großspurigkeit, wandte Miranda ihre Aufmerksamkeit nun seiner Frau zu. Sie war eine zarte exotische Schönheit, klein und zierlich, hatte einen dunklen Teint und trug leuchtend rote Shorts und ein auffällig gemustertes Designer-T-Shirt, das ihre knabenhaft schlanke Figur betonte.

Im Vergleich zu dieser Frau kam Miranda sich plötzlich in ihren Safarishorts und einer schlichten Bluse wie eine grobschlächtige Amazone vor. Doch sie verbot sich solche Gedanken sofort. Sie stand in keinerlei Konkurrenz zu Bobbys Frau und würde nie ihre Rivalin sein.

Ganz professionell, wandte sie sich freundlich an die junge Frau: „Und Sie müssen Celine sein. Es freut mich, Sie mit Ihrem Mann in ‚King's Eden' willkommen heißen zu dürfen."

„Vielen Dank. Das Outback ist wirklich faszinierend", antwortete Celine schwärmerisch und mit einem reizvollen französischen Akzent. „Ein aufregendes Abenteuer."

„Das sich hoffentlich hier für Sie fortsetzt", erwiderte Miranda höflich, wobei ihr nicht entging, dass Bobby hinter seiner Frau zurückblieb, als diese die Veranda heraufkam. Wollte er sich jetzt schon von seiner Frau absetzen?

„Haben Sie all die Ausflüge buchen können, die ich Ihnen heute Morgen telefonisch durchgegeben habe?", erkundigte Celine sich eifrig.

„Es ist alles arrangiert", bestätigte Miranda.

„Also auch die Bootsfahrt durch die Granny-Schlucht heute Nachmittag?"

„Der Führer wird Sie gleich hier erwarten, sobald Sie eingecheckt haben."

„Wunderbar!" Celine klatschte begeistert in die Hände. „Ich möchte die wenige Zeit, die wir hierbleiben, nicht verschwenden."

Aus der Nähe betrachtet, wirkte Celine jünger, als Miranda sie sich vorgestellt hatte – fast wie ein Teenager. Glänzendes schwarzes Haar, zu einem kurzen Pagenkopf frisiert, umrahmte ein zartes Elfengesicht, das von großen dunklen Augen beherrscht wurde, die jetzt in Vorfreude funkelten.

„Ich glaube, ich werde auf die Bootsfahrt verzichten, Celine", sagte Bobby beiläufig, als er hinter ihr die Stufen zur Veranda emporstieg.

„Aber ich habe sie doch gebucht!", protestierte Celine schmollend.

„Du sollst ja auch gehen, Schätzchen", antwortete Bobby beschwichtigend. „Aber ich möchte mich lieber ein bisschen hier umsehen und mir ein Bild davon machen, wie dieser Ferienpark funktioniert."

„Geschäfte!" Celine seufzte gereizt.

Bobby blickte an ihr vorbei und zwinkerte Miranda zu. „Ich wüsste eine ganz persönliche Führung zu schätzen."

Natürlich mit ihr! Aber Bobby irrte sich gewaltig, wenn er sich einbildete, sie würde ihn noch einmal an sich heranlassen. „Ganz wie du möchtest. Ich werde einen unserer Führer herbitten, der dir alles zeigen wird, was dich interessiert."

„Komm schon, Miranda ..." Bobby drängte seine Frau weiterzugehen und blieb herausfordernd vor Miranda stehen. „Bin ich es etwa nicht wert, von dir persönlich herumgeführt zu werden?"

Sie rang sich ein bedauerndes Lächeln ab. „Es tut mir wirklich leid, Bobby, aber ich habe heute Nachmittag andere Verpflichtungen hier."

„Ach, ich bin sicher, du kannst diese Aufgaben anderweitig delegieren."

„Dies ist kein Großstadthotel, Bobby, und wird auch ganz anders geführt", erklärte sie ihm ruhig. „All meine Angestellten haben ganz spezielle Aufgabenbereiche …"

„Und ich habe eine ganz spezielle Bitte, wofür deine Arbeitgeber sicherlich Verständnis haben würden", unterbrach er sie scharf.

Miranda zuckte unwillkürlich zusammen, obwohl Bobby hier draußen keine Macht hatte, sie zu erpressen. Der Gedanke, dass Nathan ihr zur Seite stehen würde, gab ihr den Mut, sich nicht von Bobby Hewson unter Druck setzen zu lassen. „Ich kann dir einen Führer besorgen", wiederholte sie bestimmt. „Wenn du es jedoch vorziehst, etwas persönlich mit den Kings zu arrangieren, dann wirst du vermutlich heute Abend Gelegenheit dazu haben, denn Nathan King wollte herkommen." Und er wird sich deinem Willen auch nicht beugen, fügte sie im Stillen hinzu.

„Na siehst du? Dann kannst du diese Geschäfte auch bis dahin ruhen lassen, Bobby", mischte sich Celine ein und hakte sich bei ihm ein. „Ich möchte, dass du mich begleitest."

„Nun, wenn es dir so wichtig ist, Schätzchen …" Er tätschelte ihr lächelnd die Hand. Doch das Lächeln verschwand, als er sich wieder Miranda zuwandte. Sein Blick verriet unmissverständlich, dass er so oder so bekommen würde, was er wollte. „Ich freue mich darauf, heute Abend Nathan King kennenzulernen."

„Unsere Gäste finden sich gewöhnlich ab sechs Uhr zu einem Drink vor dem Dinner in der Bar ein“, informierte Miranda die beiden noch, bevor sie den Portier anwies, das Gepäck nach oben zu bringen. „Die Shiralee-Suite, Eddie. Der Schlüssel steckt.“

„Ja, Ma'am. Wenn Sie mir bitte folgen möchten?“

In diesem Moment fuhr ein Jeep vor dem Gästehaus vor. „Da ist schon Ihr Führer für die Bootsfahrt, Celine“, erklärte Miranda. „Sobald Sie fertig sind, kann es also losgehen.“

„Wir werden uns beeilen“, versicherte Celine ihr und zog Bobby eifrig hinter sich her.

Miranda blickte den beiden nach, als sie im Haus verschwanden. Ihr Herz pochte wie wild, denn diese Begegnung mit Bobby hatte sie mehr aufgeregt, als sie sich eingestehen wollte. Sie atmete tief ein und ging zu dem Jeep, um dem Führer einige Anweisungen zu geben. Er konnte im Foyer auf die Hewsons warten. Sie, Miranda, wollte ihnen nicht wieder gegenübertreten, bis es nicht unbedingt nötig war. Und dann würde hoffentlich Nathan an ihrer Seite sein. Nathan …

Je weiter der Tag fortschritt, desto unsicherer wurde Miranda in ihrem Vertrauen auf Nathans Unterstützung. Konnte sie wirklich, was ihn betraf, ihrem Gefühl vertrauen, wo es sie doch bei Bobby drei Jahre lang so schmählich im Stich gelassen hatte?

Nathan ist anders, redete sie sich sofort ein. Nichts an ihm ist Fassade oder Schein. Auf ihn ist Verlass. Oder ließ sie sich von ihren Hoffnungen irreleiten?

Bobby konnte Menschen beeinflussen und manipulieren. Er würde nicht so dumm sein, sich von Nathan in die Karten blicken zu lassen. Er würde von Mann zu Mann, von Gleichgestelltem zu Gleichgestelltem an ihn appellieren. Und er würde es schlau anfangen, Schritt für Schritt ihre, Mirandas, Glaubwürdigkeit zu untergraben – ja, vielleicht sogar den Eindruck erwecken, sie habe sich ihre Karriere übers Bett erkauft.

Würde sich Nathan auch gegen eine vorgeblich so vertrauliche und glaubhafte Information immer noch auf ihre Seite stellen? Was wusste er denn wirklich von ihr, außer dem wenigen, das sie ihm selbst erzählt hatte? Und selbst wenn er Partei für sie ergriff, wie konnte sie sicher sein, dass er es tat, weil er ihr glaubte, und nicht, weil er weiter mit ihr schlafen wollte? Dieser Gedanke bedrückte Miranda am meisten.

Es war zehn nach sechs, und Nathan war noch nicht aufgetaucht!

Miranda hatte inzwischen die Hewsons mit den übrigen neuen Gästen bekannt gemacht, die bereits vor dem Mittagessen angereist waren. Dabei hatte sie ertragen müssen, dass Bobby ihr vertraulich den Arm um die Schultern gelegt und den Anwesenden ihre frühere Geschäftsbeziehung gestanden hatte. Angewidert entkam sie seiner Zudringlichkeit, indem sie vorgab, ein Tablett Horsd'oeuvres holen zu müssen.

Es war ein Fehler gewesen, dieses Kleid anzuziehen, dessen schmale Spaghettiträger viel zu viel nackte Haut freigaben. Aber sie hatte es vor allem wegen seiner leuchtend gelben Farbe gewählt. In diesem Kleid, mit den farblich dazu passenden Sandaletten, hatte sie sich immer besonders optimistisch und selbstbewusst gefühlt. Und heute Abend konnte sie gar nicht genug Selbstbewusstsein aufbieten.

Außerdem hatte sie sich für Nathan besonders schön machen

wollen. War es auch ein Fehler gewesen, auf ihn zu bauen?

Auf halbem Weg in die Küche hörte sie draußen vor dem Haus einen großen Jeep vorfahren. Sie lauschte hoffnungsvoll und atmete erleichtert auf. Das musste Nathan sein! Die Horsd'oeuvres waren vergessen. Miranda machte auf dem Absatz kehrt und lief zur Eingangstür. Ihr Herz pochte wie verrückt. Nathan! Sie wollte ihn, brauchte ihn. Alle Zweifel hinsichtlich seiner Motive waren in diesem Moment vergessen. Sie lief durch die sich automatisch öffnenden Türen auf die Veranda hinaus und blieb stehen.

Ja, er war es. Nathan stieg gerade aus einem großen Geländewagen aus. Er blickte sich um und bemerkte Miranda, die ihn auf der Veranda erwartete. Und sie konnte sich nicht sattsehen am Anblick dieses großen, starken Mannes vor dem Hintergrund der typischen Outback-Landschaft, die Teil seines Lebens war.

Im nächsten Moment kam er den Pfad zum Haus entlang, und Miranda spürte ein erwartungsvolles Kribbeln. Nathan. Nathan. Alles in ihr drängte zu ihm.

Sie hörte nicht, wie sich hinter ihr die Türen erneut öffneten. Aber sie hörte die Stimme, die in ölig selbstsicherem Ton sagte: „Ah, das ist sicher Mr. King, der da gerade angekommen ist, ja?"

Miranda erstarrte, als Bobby Hewson an ihre Seite kam und wieder die Frechheit besaß, ihr besitzergreifend einen Arm um die Schultern zu legen … und das vor Nathans Augen! Gelähmt vor Entsetzen, beobachtete sie, wie Nathan seinen Schritt verlangsamte und prüfend zwischen Bobby und ihr hin- und herblickte. Sie wagte nicht, sich vorzustellen, welche Schlüsse er aus Bobbys Handeln ziehen würde.

„Guten Abend, Miranda“, begrüßte er sie betont kühl.

Das riss sie aus ihrer Starre. „Ich hatte dich bereits früher erwartet, Nathan“, erwiderte sie gereizt. Und plötzlich warf sie alle höfliche Zurückhaltung über Bord, befreite sich energisch aus Bobbys unerwünschter Umarmung und stellte die beiden Männer einander bewusst förmlich vor: „Bobby Hewson, einer unserer Gäste … Nathan King. Nathan, Bobby hat den Wunsch geäußert, mit dir über die geschäftliche Seite des Ferienparks zu sprechen. Wenn ihr mich jetzt entschuldigt … ich muss mich um die übrigen Gäste kümmern.“

Ohne ein weiteres Wort ließ sie die beiden allein. Sollten sie ruhig ihr Gespräch „von Mann zu Mann“ führen! Sollte Bobby doch hinter ihrem Rücken seine bösen Intrigen spinnen! Sollte Nathan glauben, was er wollte! Sie, Miranda, wollte sich, so gut es ging, gegen ihre Angriffe wappnen, sodass keiner der beiden ihr wehtun konnte. Es war dumm, sich darauf zu verlassen, dass irgendjemand für sie einstehen könnte – schon gar nicht, wenn es sich dabei um Männer handelte, die im Grunde nur eine Frau, die ihnen gefiel, in ihr Bett bekommen wollten.

Terry, einer der Ober, servierte gerade eine Auswahl Horsd'oeuvres. Bobbys Frau plauderte gut gelaunt mit einem anderen Paar, das am Nachmittag ebenfalls an der Bootsfahrt durch die Granny-Schlucht teilgenommen hatte. Celine schien ihren Mann überhaupt nicht zu vermissen und warf Miranda nicht einmal einen fragenden Blick zu, als diese in die Runde zurückkehrte. Im nächsten Moment allerdings machte Celine große Augen … Nathan hatte an Bobbys Seite den Raum betreten.

„Oh … magnifique!“, seufzte die Französin wie ein schwärmerischer Teenager, und Miranda musste sich eingestehen, dass

Nathan wohl nicht nur auf sie, sondern auf alle Frauen diese besondere Wirkung ausübte.

Obwohl sich die Blicke aller sofort auf ihn richteten, sah Nathan nur sie, Miranda, an, forschend und eindringlich, als wollte er ihr bis auf den Grund der Seele blicken. Sie zwang sich, dieser Prüfung standzuhalten, und redete sich ein, es wäre ihr egal.

Bobby redete selbstbewusst auf ihn ein. Nathans Miene war keine Reaktion zu entnehmen, aber als sie in Mirandas Hörweite kamen, wandte Nathan sich Bobby zu und sagte vernehmlich: „Sie sprechen mit dem falschen Mann. Dieser Ferienpark gehört zum Geschäftsbereich meines Bruders Tommy, der wiederum die Leitung sehr gern Mirandas fähigen Händen überlässt."

Anscheinend war Bobby schon kräftig dabei, über ihren Kopf hinweg seine Intrigen zu spinnen. Allerdings war Nathan da wirklich die falsche Adresse, was bedeutete, dass Bobby es so bald wie möglich bei Tommy versuchen würde.

Zunächst einmal ließ er sich nicht so leicht abspeisen. „Aber Sie arbeiten doch sicher zusammen?", wandte er ein.

„Als Familie, ja. Aber keiner von uns mischt sich in die besonderen geschäftlichen Interessenbereiche des anderen ein." Mit einer arroganten Handbewegung kam Nathan jeder weiteren Entgegnung Bobbys zuvor. „Wobei ich vielleicht hinzufügen sollte, dass die ganze Familie zusammensteht, um die Interessen jedes Einzelnen von uns zu beschützen, sollten sie bedroht werden." Er sah Miranda bezeichnend an. „Hier draußen in den Kimberleys kümmert man sich um die Seinen."

Miranda überlegte fieberhaft, was sie davon halten sollte.

Betrachtete Nathan sie als „die Seine"? Wollte er ihr auf diese Weise zu verstehen geben, dass sie sich vor Bobby sicher fühlen konnte, egal, was der wem auch immer über sie erzählte?

„Sie sind einer der Kings?", mischte sich ein anderer Gast ein, der Nathans letzte Worte mitbekommen hatte.

Nathan wandte sich ihm lächelnd zu. „Ja. Nathan King. Mein Geschäft ist die Rinderfarm. Und mit wem habe ich die Ehre?"

Man stellte sich gegenseitig vor und schüttelte sich die Hand. Andere Gäste hatten sich dazugesellt und erkundigten sich interessiert, wie das Leben eines Rinderzüchters im Outback aussah.

„Nun, ein wichtiger Punkt ist, dass man immer bereit sein muss, mit Notfällen aller Art fertig zu werden", antwortete Nathan. „Heute Nachmittag zum Beispiel ist einer meiner Viehhüter vom Pferd gestürzt, und es besteht der Verdacht, dass er sich das Rückgrat gebrochen hat."

Jeder in der Runde drückte Betroffenheit und Mitgefühl aus. Miranda schwieg bestürzt. War das der Grund für Nathans verspätetes Eintreffen gewesen?

„Hier draußen hat man nicht die Möglichkeit, einfach einen Krankenwagen zu rufen", fuhr Nathan fort. „Unter Anleitung der Ärzte vom ‚Flying Doctor Service' haben wir den Mann also mit aller Vorsicht zur Landebahn der Farm transportiert, ihn in ein Flugzeug geladen und zum Krankenhaus geflogen."

„Und? Gibt es schon Nachricht?", fragte Miranda schuldbewusst, weil sie nur an ihre Probleme gedacht hatte, während einer von Nathans Männern in diesem Moment vielleicht um sein Leben kämpfte.

„Nein." Nathan sah sie an. „Es war schon halb sechs, als wir ihn endlich sicher im Flugzeug und auf dem Weg zum Krankenhaus hatten. Ich habe darum gebeten, dass ich hier angerufen werde, sobald man etwas Neues weiß."

„Natürlich", sagte Miranda rasch. „Möchtest du jetzt einen Drink?"

„Ja." Er deutete zur Bar. „Soll ich mich selbst bedienen?"

Der Barober war gerade mit einem Tablett voller Drinks zu einer Gruppe von Gästen unterwegs. „Komm mit, ich kümmere mich persönlich darum", schlug Miranda Nathan vor, in der Hoffnung, so einen Moment allein mit ihm sprechen zu können.

„Danke", sagte er nun so kühl, dass ihre Zweifel erneut erwachten.

Der Unfall des Farmarbeiters hatte den Gästen für den Augenblick ein Gesprächsthema geliefert. Sie unterhielten sich angeregt. Miranda war für diese Ablenkung dankbar, obwohl ihr in den Sinn kam, dass genauso gut auch Nathan ein solcher Unfall hätte treffen könne. Wie hätte sie sich dann gefühlt?

„Es tut mir leid … das mit dem Viehhüter", sagte sie schuldbewusst.

„Und mir tut es leid, dass ich nicht pünktlich hier war", erwiderte Nathan ruhig.

„Der Verletzte war wichtiger", versicherte sie ihm.

„Manchmal sind Verletzungen nun mal nicht so einfach zu erkennen."

Miranda schluckte. Meinte er damit sie? Oder sich selbst? Oder Bobby? Sie sah ihn fragend an, während sie um die Bar ging, um ihm einen Drink zu machen. „Was hättest du gern?"

„Ich hätte gern, dass du mich beim Dinner an den Kopf des Tisches setzt mit Bobby und Celine Hewson zu meinen beiden Seiten“, sagte er entschieden. „Jetzt im Moment hätte ich gern einen Whisky, ohne Eis.“

Während sie nach der Flasche griff und den Drink einschenkte, versuchte sie, nicht daran zu denken, welche Lügen Bobby Nathan beim Essen erzählen würde. „Warum wünschst du ausgerechnet diese Sitzverteilung?“, fragte sie heiser.

„Ich wünsche auch, dass du am anderen Ende des Tisches sitzt, so weit wie möglich weg von ihm.“

Und auch so weit wie möglich weg von Nathan. Sie würde nicht hören können, was die beiden Männer vielleicht über sie sprachen. Das war nicht fair! Wie sollte sie sich dann verteidigen? Sie reichte Nathan das Whiskyglas und sah ihn herausfordernd an. „Und was, wenn ich nicht damit einverstanden bin?“

Seine Augen blitzten verächtlich auf. „Gefällt es dir, wenn er dich betatscht?“

„Nein!“, wehrte sie schaudernd ab.

„Möchtest du vielleicht hören, wie sehr er dich immer noch begehrt?“

„Du weißt genau, dass ich es nicht will!“

„Wirklich, Miranda?“ Er trank einen Schluck Whisky und betrachtete sie eindringlich. „Ich habe keine Ahnung, was seit seiner Ankunft zwischen euch gewesen ist. Ich weiß nur, dass du mich da draußen auf der Veranda einfach stehen gelassen hast.“

„Es ist nichts gewesen!“, protestierte sie heftig. „Ich war einfach nur wütend auf Bobby, weil er diese kleine Szene speziell für dich inszeniert hatte.“

„Weglaufen war keine Lösung."

„Vielleicht habe ich einfach den Kopf verloren."

„Ganz offensichtlich. Wie ich sehe, ist seine Frau sehr attraktiv. Bist du eifersüchtig?"

„Ich gönne sie ihm."

„Warum wehrst du dich dann gegen die Sitzordnung, die ich vorgeschlagen habe?"

„Weil …" Miranda verstummte. Es hatte sowieso keinen Zweck, sich dagegen zu wehren. Sollte Bobby sein Gift verspritzen! Sollte Nathan denken, was er mochte! Sie hielt sich da besser ganz heraus. „Na schön", sagte sie schroff. „Ganz wie du willst. Ich hoffe, du amüsierst dich gut bei Tisch."

Miranda nutzte die Rückkehr des Barobers, um sich von Nathan abzuwenden und sich wieder um die übrigen Gäste zu kümmern. Nathan gesellte sich zu der Gruppe um Celine und begann, mit Bobbys hübscher Frau zu plaudern, die ihn schwärmerisch anhimmelte. Bobby schien sich fürs Erste damit zu begnügen, abzuwarten, wann sich ihm eine passende Gelegenheit bot, seine Intrigen weiterzuspinnen.

Als es schließlich Zeit wurde, zu Tisch zu gehen, ergab sich die Sitzordnung ganz von selbst. Nathan nahm ganz selbstverständlich am Ende der großen Tafel Platz. Celine sicherte sich sofort den Platz zu seiner Rechten und Bobby nahm seiner Frau gegenüber Platz. Die übrigen Gäste verteilten sich auf die verbliebenen Stühle, wobei sie den Platz am Kopf des Tisches für Miranda frei ließen, weil sie dort auch schon beim Mittagessen gesessen hatte.

Von da an übernahm Nathan die Regie. Er spielte die Rolle des charmanten Gastgebers vollendet, plauderte interessant und amüsant über sein abwechslungsreiches Leben als Rinderkönig im Outback und ging wohlwollend auf alle Fragen ein. Die Gäste bei Tisch lauschten so gebannt all seinen anregenden Geschichten, dass sie darüber fast das köstliche Essen vergaßen.

Miranda, die sich nur hin und wieder an dem Gespräch beteiligte, beobachtete die Szene skeptisch. Sie dachte an ihre beiden Dinnereinladungen bei den Kings, wo Nathan sich nicht so in den Vordergrund gedrängt hatte. Vermutlich war Bobby der Grund, warum Nathan sich jetzt bei Tisch zum Star aufspielte. Aber warum? Wollte er Bobby damit ausstechen? Wenn er hoffte, damit sie, Miranda, zu gewinnen, war es der falsche Weg. Sie hätte es lieber gesehen, wenn er an ihrer Seite gesessen und ihr etwas ganz persönliche Aufmerksamkeit geschenkt hätte, anstatt vor anderen den großen Mann zu markieren.

Nachdem der Hauptgang abgetragen worden war, entschuldigte Celine sich, um in den Waschraum zu gehen. Vermutlich will sie sich die Lippen nachziehen und noch einmal Parfüm auflegen, um Nathan zu betören, dachte Miranda eifersüchtig. Doch dann forderten einige der Gäste, die sich nach den Vorbereitungen für die geplanten Ausflüge für den nächsten Tag erkundigten, ihre Aufmerksamkeit. Während Miranda die Fragen geduldig beantwortete, sah sie, dass Bobby sich zu Nathan beugte und ihm etwas zuflüsterte. Nathan erstarrte sichtlich. Seine Augen wurden schmal. Dann neigte er sich Bobby zu und erwiderte etwas, das ihren ehemaligen Arbeitgeber blass werden ließ.

Die beiden Männer blickten sich lange schweigend an. Dann wechselten sie noch einige Worte. Nathans Miene wurde hart und abweisend. Was auch immer da zwischen den beiden vorging, es war alles andere als amüsant, und Miranda hatte das unangenehme Gefühl, dass es sich dabei um sie drehte.

Celine kehrte an ihren Platz zurück. Das Läuten eines Mobiltelefons veranlasste alle aufzublicken. Nathan zog ein Handy aus der Jackentasche, und alle sahen ihn erwartungsvoll an, weil ihnen plötzlich der verletzte Viehhüter wieder einfiel.

„Entschuldigen Sie mich bitte", sagte Nathan und stand auf. Er ging auf die Veranda hinaus, um den Anruf ungestört entgegenzunehmen.

Da in diesem Moment der Nachtisch serviert wurde, war für die nötige Ablenkung gesorgt. Miranda war allerdings jeglicher Appetit vergangen. Die unübersehbare Feindseligkeit zwischen Nathan und Bobby, deren Zeuge sie soeben geworden war, machte die Situation für sie nur noch schlimmer. Immerhin musste sie noch zwei weitere Tage – und Nächte – mit den Hewsons auskommen. Während die Gäste also das Zitronensoufflé genossen und Robertos Künste als Küchenchef in den höchsten Tönen lobten, hatte Miranda Mühe, ihre Gedanken von ihren drückenden persönlichen Problemen loszureißen.

„Miranda …"

Sie zuckte zusammen und drehte sich um, als sie Nathans Stimme hörte. Er stand auf der Schwelle zur Veranda und sah sie eindringlich an.

„Könnte ich kurz mit dir sprechen?"

Diese höfliche, vor allen Anwesenden ausgesprochene Bitte konnte Miranda nicht ablehnen. „Ja, natürlich …" Sie entschuldigte sich bei ihren Gästen und stand auf.

Hatte Nathan schlechte Nachrichten erhalten? Dann musste

er vielleicht gehen, und sie wollte nicht, dass er sie allein ließ. Ihr zitterten die Knie bei dem Gedanken, den Abend mit den Hewsons ohne ihn an ihrer Seite überstehen zu müssen.

Nathan führte sie auf die Veranda hinaus und weit genug weg, dass die Türen sich automatisch hinter ihnen schlossen. Miranda wagte nicht, ihn anzublicken.

„Hast du Neuigkeiten wegen des Viehhüters?", fragte sie angstvoll.

„Ja, gute Nachrichten. Sein Rückgrat ist nicht verletzt. Aber deshalb habe ich dich nicht herausgebeten. Sieh mich an, Miranda."

Sie zögerte und ließ den Blick nachdenklich zu Nathans Jeep schweifen. Ihr fiel ein, was sie empfunden hatte, als er am frühen Abend angekommen war. Da war sie noch voller Hoffnung gewesen. Jetzt wurde sie von dunklen Zweifeln erdrückt. Sie nahm all ihren Mut zusammen und blickte Nathan an.

Seine Miene verriet Entschlossenheit. „Du kannst nicht hierbleiben", sagte er ruhig. „Ich habe Tommy angerufen und ihm die Situation dargelegt. Er wird gleich morgen früh hierher fliegen."

Blanke Panik erfasste Miranda. Was hatte Bobby Nathan von ihr erzählt? Warum zog Nathan jetzt auch noch Tommy mit hinein? Sollte sie kurzerhand entlassen werden, nur weil jemand sie schlechtgemacht hatte? Aber natürlich war es nicht irgendjemand, sondern immerhin ihr früherer Arbeitgeber! „Was hast du Tommy erzählt?", fragte sie angstvoll. Sie wollte wissen, wogegen sie sich verteidigen musste.

„Genug, um ihm klarzumachen, dass Hewson sein Geschäft bedroht", antwortete Nathan schroff. „Ich möchte jetzt, dass du hineingehst und ein paar Sachen packst. Ich werde mich um die Hewsons kümmern, bis du zur Abfahrt bereit bist."

„Aber wo soll ich denn hin?" Was hatte Bobby ihm gesagt? Warum stellte er eine Bedrohung dar? Und warum sollte sie fort? „Das kannst du mit mir nicht machen!", protestierte sie. „Ich habe ein Recht auf eine Erklärung."

„Ich beschütze lediglich dich und den guten Namen des Ferienparks", erwiderte Nathan bestimmt. „Und was deine Frage betrifft, du kommst natürlich mit mir. Du kannst das Wochenende im Farmhaus verbringen. Sobald die Hewsons abgereist sind, wirst du deine Stellung hier wieder aufnehmen."

Sie war gar nicht entlassen! „Ich soll … mit zu dir?", wiederholte sie benommen.

„Ja. Ich verspreche dir, dass du bei mir sicher bist, Miranda. Genügt dir mein Wort?"

„Sicher … vor Bobby, meinst du?"

„Auch vor mir, wenn dir das Sorge bereitet", antwortete er scharf.

Sie schüttelte den Kopf. Deswegen machte sie sich bestimmt keine Gedanken. „Ich möchte wissen, was Bobby dir erzählt hat … und was das alles soll", sagte sie drängend.

„Später." Er winkte ungeduldig ab. „Musst du vor deiner Abfahrt noch irgendetwas für die Gäste organisieren?"

Wie es aussah, hatte sie keine Wahl. Nathan und Tommy hatten bereits für sie entschieden. „Nein …", antwortete sie nachdenklich. „Für morgen früh ist alles vorbereitet und arrangiert. Einer der Angestellten wird sowieso hier sein und sich um alles kümmern."

„Gut. Dann geh jetzt, und pack zusammen, was du brauchst. Ich werde die Gäste so lange unterhalten. Und beeile dich, Miranda", fügte er verächtlich hinzu. „Ich habe von den

Hewsons ein für alle Mal die Nase voll."

Noch völlig durcheinander von dieser unerwarteten Entwicklung der Ereignisse, eilte Miranda ins Gästehaus zurück und in ihr Apartment. Sie gab den Versuch auf, ihre Lage einschätzen zu wollen. In ihrem Kopf herrschte ein heilloses Chaos. Nur eines war tröstlich: Nathan war tatsächlich gekommen, um ihr zur Seite zu stehen und sie zu beschützen. Und jetzt holte er sie aus diesem Albtraum heraus, sich noch länger um Bobby Hewson kümmern zu müssen.

Doch ihre Erleichterung darüber war nicht ungeteilt. Denn es war gewissermaßen auch demütigend, dass es überhaupt dazu hatte kommen müssen ... dass Nathan sie von hier fortbrachte und Tommy kommen ließ, und das alles wegen ihrer Vergangenheit mit einem Mann, den sie inzwischen längst verachtete. Sie hatte alles getan, dieser Vergangenheit zu entfliehen. Aber konnte man überhaupt seiner Vergangenheit entkommen?

Andererseits, vielleicht dramatisierte sie ja ihre Rolle bezüglich der Vorgänge. Möglicherweise bestand die Bedrohung, von der Nathan gesprochen hatte, in irgendeinem Konkurrenzplan von Hewson-Parmentier. Bobby konnte mit seiner Bitte um eine eingehende Führung durch den Ferienpark ja auch ganz andere Hintergedanken verfolgt haben als bloß den, mit ihr allein zu sein.

Wie auch immer, sie würde das alles hoffentlich bald von Nathan erfahren. Miranda packte rasch alles zusammen, was sie glaubte, für ein Wochenende im Farmhaus zu brauchen. Natürlich war ihr Ziel viel mehr als nur eine Zufluchtsstätte vor Bobby Hewson. Sie würde das Wochenende mit Nathan verbringen ... in seinem Haus.

Sie würde dort „sicher" sein, hatte er gesagt, und sie wusste, dass sie seinem Wort trauen durfte. Aber konnte sie auch sich selber trauen? Ihr behagte die Kluft nicht, die sich heute Abend zwischen ihnen aufgetan hatte. Aber vielleicht hat diese Kluft ja auch Sinn … vielleicht wollte Nathan sie ja gar nicht mehr überbrücken.

Was hatte Bobby ihm von ihr erzählt?

Miranda fühlte sich tief verunsichert. Dennoch beeilte sie sich, ihre Tasche zu Ende zu packen. Ein Wochenende mit Nathan würde so oder so eine Klärung bringen. Und ob sicher oder nicht, es war auf jeden Fall besser, als hier bei Bobby Hewson zu bleiben.

10. KAPITEL

Nathan hatte sich auf Mirandas Platz am Kopf des Tisches gesetzt und in ihrer Abwesenheit wieder die Rolle des Gastgebers übernommen. Miranda ließ ihre Tasche in der Nähe der Tür stehen und durchquerte den Aufenthaltsraum, um in den durch Pflanzen abgeteilten Essbereich zu gelangen. Dabei fragte sie sich nervös, wie Nathan wohl den Gästen ihre gemeinsame Abfahrt beibringen würde.

Bei ihrem Eintreten stand er auf, zog sie an seine Seite und legte ihr lächelnd einen Arm um die Taille. „Bist du bereit?“, fragte er, wobei er sie vielsagend anblickte.

„Ja“, erwiderte sie heiser.

Nathan wandte sich nun lächelnd den Gästen bei Tisch zu, die die Szene neugierig beobachtet hatten. „Ich muss Sie bitten, uns für den Rest des Abends zu entschuldigen“, sagte er mit gewinnendem Charme. „Die Pflicht ruft mich zurück auf meine Farm. Und da dies Mirandas freies Wochenende ist, habe ich sie überredet, sich aus erster Hand einen Eindruck zu verschaffen, wie das Leben eines Rinderzüchters ist.“

Er lächelte Miranda vertraulich an und fügte hinzu: „Ich kann nach bestem Wissen und Gewissen nicht erwarten, dass sie mich heiratet, ohne dass sie genau weiß, worauf sie sich einlässt.“

Heiraten? Miranda verschlug es die Sprache. Sie besaß gerade noch Geistesgegenwart genug, um Nathans Lächeln zu erwidern.

Einer der Männer am Tisch meinte lachend: „Na, damit haben Sie Ihre Absichten bei der Dame aber wirklich deutlich gemacht, Nathan.“

„Eines lernt man hier im Outback – stets die Gelegenheit beim Schopf zu ergreifen“, erwiderte Nathan gut gelaunt. „Und wenn einem eine Frau wie Miranda über den Weg läuft, wäre man als Mann schon ziemlich dumm, es nicht zu tun.“

Miranda errötete tief, was die Gäste nur noch mehr amüsierte.

„Mein Bruder Tommy wird morgen früh herkommen und sich für den Rest des Wochenendes um Ihr Wohl kümmern“, fuhr Nathan fort. „Haben Sie noch Fragen oder Wünsche an Miranda, bevor ich sie von hier entführe?“

Diese Frage wurde mit wohlwollendem Gelächter quittiert.

„Wir haben alles, was wir brauchen. Viel Glück, Nathan.“

„Ja, alles bestens. Man muss schon sagen, Sie beide sind ein schönes Paar.“

„Kümmern Sie sich nicht um uns, aber lassen Sie sich nicht von ihm überrollen, Miranda.“

„Ich würde an Ihrer Stelle die Nacht beim Schopf ergreifen, Miranda“, sagte Celine spitz, und alle lachten.

Nur Bobby blieb still. Miranda sah ihn nicht an, aber sie spürte, wie er mit versteinerter Miene dasaß. Nathan hatte diese Vorstellung eigens für ihn inszeniert, und Miranda hoffte, dass er damit die gewünschte Wirkung erzielte.

Heiraten! Nathan konnte das unmöglich ernst meinen. Warum war er überhaupt so weit gegangen? Was, in aller Welt, hatte Bobby ihm erzählt?

„Dann verabschieden wir uns jetzt von Ihnen. Amüsieren Sie sich gut“, sagte Nathan und winkte der Gesellschaft mit einer Hand zu, ohne die andere von Mirandas Taille zu nehmen.

„Ja, ich wünsche Ihnen noch eine schöne Zeit hier“, fügte

Miranda rasch hinzu. „Und vielen Dank für all die guten Ratschläge. Es ist wirklich gar nicht so leicht, mit Nathan Schritt zu halten."

Was wiederum mit fröhlichem Gelächter quittiert wurde. Die Gäste konnten ja nicht wissen, wie sehr ihre Worte der Wahrheit entsprachen.

Auf dem Weg zu seinem Geländewagen ließ Nathan Miranda nicht los, als wollte er verhindern, dass sie seine Pläne doch noch durchkreuzte. Sie spürte seine Entschlossenheit, die nichts damit zu tun hatte, dass er sich ihre Gesellschaft wünschte. Nein, er hatte die Sache in die Hand genommen und führte nun zielstrebig durch, was er sich vorgenommen hatte.

Er öffnete die Beifahrertür und drängte Miranda in den Jeep. Ihre Reisetasche verstaute er auf der Rückbank, um sich dann ohne Verzögerung ans Steuer zu setzen und loszufahren. Sein Gesicht war wie versteinert, und Miranda musste all ihren Mut zusammennehmen, um ihn dennoch anzusprechen.

„Was hat Bobby dir erzählt?"

Sein eisiges Schweigen war Beweis genug, wie viel Schaden Bobby angerichtet hatte. Aber sie wollte jetzt endlich Klarheit haben. „Jetzt ist später, Nathan. Ich habe ein Recht, es zu erfahren."

„Er zeigte sich überrascht, dass man dir eine derartige Vertrauensstellung übertragen hatte, ohne deinen Hintergrund sorgfältig zu durchleuchten", antwortete er schroff.

Miranda presste die Lippen zusammen. „In meinem ganzen langjährigen Arbeitsleben hat man mich nicht ein einziges Mal für unzuverlässig gehalten. Deine Mutter hat meine Referenzen gesehen!"

„Er erzählte mir dann, deine Mutter sei kaum besser als eine Nutte gewesen – eine Frau, die verschiedene verheiratete Männer beglückte und sich von ihnen aushalten ließ. Einer davon sei dein Vater gewesen. Darüber hinaus sei deine Mutter Alkoholikerin gewesen und habe sich zu Tode getrunken."

Es tat sehr weh, das Leben ihrer Mutter in so brutalen Fakten zusammengefasst zu hören. Miranda wurde übel, als sie daran dachte, wie Bobby ihr die Wahrheit mit vorgespieltem Mitgefühl entlockt hatte. Sie selbst hatte viele Tränen über das traurige Schicksal ihrer Mutter verloren: Sitzen gelassen von ihrem ersten, verheirateten Liebhaber, schwanger und unfähig, ihr Leben wieder in den Griff zu bekommen, hatte ihre Mutter schließlich ihren Kummer im Alkohol ertränkt.

Miranda schloss die Augen. Wie hatte sie diese zutiefst privaten Dinge nur einem Mann anvertrauen können, der offenbar keine Hemmungen hatte, sie gegen sie zu verwenden? Bettgeflüster. Eine Vertraulichkeit, von der sie überzeugt gewesen war, dass sie ihnen beiden heilig wäre. Und nun dieser Verrat!

„Hat er dir gesagt, ich sei genauso veranlagt?", fragte sie heiser.

„Er sagte mir, du wüsstest genau, wie du deine unübersehbaren Reize zu deinem Vorteil einsetzen könntest … Du hättest ihn selbst in den vergangenen Jahren beglückt, und er würde dir zutrauen, dir auch aus den Gästen die richtigen herauszupicken, um sie zu schröpfen."

Sie errötete gedemütigt. „Das ist nicht wahr", flüsterte sie. „Ich habe mich nie … verkauft. Er sagt das nur, weil er glaubte, mich kaufen zu können, und ich nicht mitgespielt habe."

„Du brauchst dich vor mir nicht zu verteidigen, Miranda. Glaub mir, es macht mir keinen Spaß, diesen Dreck zu wiederholen. Am liebsten hätte ich dem Kerl mit den Fäusten geantwortet."

Miranda fühlte sich erleichtert und getröstet. Nathan hielt das alles für böswillige Verleumdungen. Verstohlen warf sie ihm einen Blick zu. Seine Miene verriet mühsam beherrschten Zorn.

„Ich musste dich da herausholen", sagte er entschieden. „Der Kerl hätte nicht davor zurückgeschreckt, eine sehr hässliche Situation heraufzubeschwören. Ohne deine persönliche Anwesenheit geht sein Angriff ins Leere. Und auf meinem Grund und Boden kann er nicht an dich herankommen."

Miranda war Nathan überaus dankbar, dass er ihr Bobbys weitere Gesellschaft erspart hatte. Dennoch befürchtete sie Probleme. „Das wird ihn aber nicht daran hindern, weiter Lügen über mich zu verbreiten, Nathan. Im Gegenteil, deine Andeutung einer möglichen Heirat wird seine unverschämte Behauptung, ich würde meine Reize berechnend einsetzen, nur noch anheizen."

„Nein. Dadurch wird ihm nur noch deutlicher, wie ernst meine Drohung gemeint war."

„Drohung?" Miranda horchte auf. „Womit hast du ihm gedroht?"

„Ich habe ihm gesagt, wenn mir auch nur noch ein hässliches Wort aus seinem Mund über dich zugetragen würde, würde ich seine Ehe – und damit die für ihn so gewinnträchtige Fusion von Hewson und Parmentier – zerstören unter Einsatz aller mir zu Gebote stehenden Waffen."

Sie sah ihn entgeistert an. „Aber wie könntest du das tun?"

„Über seine Frau."

„Du würdest ihr wehtun?"

„Gegen diesen Kerl ist mir jedes Mittel recht." Er warf ihr einen zynischen Blick zu. „Verschwende dein Mitgefühl nicht an die heißblütige Celine – gerade erst verheiratet und schon bereit, sich auf ein Abenteuer mit mir einzulassen. Das spricht wohl kaum dafür, dass sie ihren Mann aufrichtig liebt."

Es war ja schön und gut, die Moral anderer Menschen zu kritisieren. Aber wenn Nathan Celine ermutigt hatte, war er dann auch nur einen Deut besser? „Hast du mir nicht einmal gesagt, Ehebruch wäre nichts für dich?", fragte sie betroffen.

„Das stimmt auch", antwortete er, ohne zu zögern. „Aber weder Bobby noch Celine wissen das. Ich bluffe, Miranda, und ein Bluff muss glaubhaft sein, um Erfolg zu haben."

„Und du hältst deine Andeutung, mich heiraten zu wollen, für glaubhaft?"

„Unter den Anwesenden bei Tisch war nicht ein Einziger, der mir nicht geglaubt hat", sagte er selbstbewusst.

Ein Bluff … Miranda schloss erschöpft die Augen. Das alles war zu viel auf einmal. Bobbys gemeiner und böswilliger Angriff auf ihren guten Ruf, Nathans Gegenangriff. Allerdings hatte er keine andere Wahl gehabt, als dagegen vorzugehen … schon allein für Tommy. Denn wenn ihr Name in den Schmutz gezogen wurde, konnte das auch dem guten Ruf des Ferienparks schaden. Gerade die reiche Klientel, die im Gästehaus buchte, kam oft aufgrund von Empfehlungen aus dem Freundeskreis.

„Du solltest Tommy besser vorwarnen, dass du angedeutet hast, mich heiraten zu wollen", sagte sie heiser. „Die Gäste könnten ihn darauf ansprechen."

„Er weiß Bescheid und spielt mit."

„Sie werden es vielleicht auch anderswo im Ferienpark herumerzählen … den Fremdenführern, Sam …“

„Ein bisschen freundlicher Klatsch schadet niemandem. Und ich habe ja sehr deutlich gemacht, dass ich es auf dich abgesehen hätte und nicht umgekehrt“, fügte Nathan trocken hinzu.

„Und schließlich entscheide ich mich dann, dich doch nicht zu heiraten?“

Er seufzte. „Wie ich dir schon sagte, Miranda, die meisten Frauen würden sich nicht für das Leben entscheiden, wie ich es hier draußen führe.“

„War es auch bei Susan so?“ Die Worte waren heraus, ehe sie es verhindern konnte. Andererseits wusste Nathan inzwischen ja auch alles von ihr. Warum also nicht wirklich offen miteinander sein? Vielleicht konnte sie sich dadurch Klarheit verschaffen, wo sie wirklich mit Nathan stand.

„Nein“, antwortete er langsam. „Heirat stand bei Susan nie zur Debatte.“

„Es war also nur eine rein sexuelle Affäre“, sagte Miranda, wobei sie daran dachte, wie Bobby Hewson sie ausgenutzt hatte.

„Man könnte es so ausdrücken, obwohl wir darüber hinaus auch Freunde waren und ich immer gern mit Susan zusammen war“, antwortete Nathan ruhig. „Aufgrund eines Unfalls als Teenager konnte Susan keine Kinder bekommen. Deshalb hat sie sich von vornherein ausbedungen, dass ich mich niemals ernsthaft an sie binden sollte. Sie war der unerschütterlichen Ansicht, dass ich eines Tages eigene Kinder haben wollte und sie sich dann dafür hassen würde, weil sie mir keine Kinder schenken könnte.“

„Aber Sam hat mir erzählt, dass sie inzwischen verheiratet ist …?“

„Ja. Sie hat einen Witwer mit zwei kleinen Kindern geheiratet. Susan ist Lehrerin, und eins der beiden Kinder war letztes Jahr in ihrer Vorschulklasse. Sie sagte mir, das sei ihre Chance, doch noch Mutter werden zu können, und sie würde diese Chance ergreifen. Was hätte ich dagegen sagen können, Miranda? Es war ihre Entscheidung."

Fälle nie vorschnell ein Urteil, bevor du nicht alle Umstände kennst, tadelte Miranda sich insgeheim. Nathans Darstellung seines Verhältnisses zu der Frau, mit der er zwei Jahre zusammen gewesen war, hatte sie beschämt. Zwar hatte er nicht von Liebe gesprochen, aber jedes seiner Worte hatte aufrichtigen Respekt und ehrliches Interesse an Susans Person verraten.

Es musste ihn getroffen haben, als sie sich entschieden hatte, den Witwer mit den beiden Kindern zu heiraten und Nathan aus ihrem Leben auszuschließen. Das Ende einer langen Beziehung hinterließ immer eine Leere. Miranda war sogar nach ihrem Bruch mit Bobby sehr niedergeschlagen gewesen, und für Nathan musste es noch schlimmer gewesen sein, da ihm sein persönlicher Anstand gebot, Susan die Chance, die sie für sich sah, nicht zunichte zu machen. Seitdem war er, laut Sam, monatelang allein gewesen und hatte sich für keine andere Frau interessiert.

Bis sie, Miranda, aufgetaucht war und sie beide sich unwiderstehlich zueinander hingezogen fühlten. War es ihm mit Susan genauso ergangen? Das konnte sie ihn unmöglich fragen. Es war falsch, Vergleiche anzustellen. So verschieden die Menschen waren, so verschieden waren ihre Beziehungen. Miranda sah Nathan verstohlen an. Doch der blickte starr geradeaus und konzentrierte sich ganz auf die Straße.

Überrascht bemerkte Miranda, dass sie schon fast am Farmhaus angekommen waren. „Es tut mir leid", sagte sie leise, „ich hätte dich nicht nach Susan fragen sollen."

Nathan zuckte die Schultern. „Es war dir anscheinend wichtig." Er parkte den Geländewagen vor dem Eingang des Farmhauses und blieb einen Moment lang nachdenklich hinter dem Lenkrad sitzen. Dann wandte er sich Miranda zu und blickte sie eindringlich an. „Ich bin kein zweiter Bobby Hewson, Miranda. Ich habe mich nie unehrenhaft gegenüber einer Frau benommen und würde das auch niemals tun. Ich möchte nicht, dass du dich in irgendeiner Weise unsicher fühlst, wenn du mein Haus betrittst. Solltest du auch nur irgendwie das Gefühl haben, es würde dich … kompromittieren, bringe ich dich woandershin. Es wohnen genug Familien auf meiner Farm, die …"

„Nein, nein. Bitte", protestierte Miranda befangen. „Ich vertraue dir, Nathan. Der Himmel weiß, dass du dich mir gegenüber als anständiger Mensch erwiesen hast, und ich danke dir aufrichtig für all die Mühe, die du dir meinetwegen gemacht hast."

Er nickte, ohne den Blick von ihr zu wenden. „Ich werde dich in einer der Gästesuiten unterbringen, und morgen solltest du mich am besten zu meiner Arbeit draußen auf der Farm begleiten. Schaffst du es, um halb sieben am Frühstückstisch zu sitzen?"

„Ja, wenn ich einen Wecker in meinem Zimmer habe."

„Ich werde mich darum kümmern."

Nathan stieg aus, nahm ihre Reisetasche vom Rücksitz und hielt Miranda die Tür auf. „Danke", sagte sie müde, als er ihr aus dem Wagen half.

„Möchtest du dich auf meinen Arm stützen?“, bot er ihr freundlich an.

„Es geht schon. Ich bin nur ein wenig müde.“

Sie war zu müde, um zu ergründen, was Nathan jetzt von ihr denken mochte. Einerseits hätte sie sich sehr gern auf ihn gestützt, andererseits scheute sie davor zurück, ihm womöglich einen Grund zu der Annahme zu geben, sie sei doch so, wie Bobby Hewson sie dargestellt hatte. Eine Frau, die gestern mit ihm geschlafen hatte, damit er, Nathan, sich heute auf ihre Seite stellte.

Natürlich war es nicht so gewesen, und sie hoffte, dass dies auch Nathan klar war. Dennoch, wenn mit Schmutz geworfen wurde, blieb meist auch etwas davon hängen, und Bobby hatte heute Abend zweifellos alles getan, um ihrem Ruf zu schaden.

Deshalb hielt Miranda bewusst Abstand, als Nathan sie ins Haus führte. Schweigend geleitete er sie durch die Eingangshalle und einen Flur entlang. Er öffnete die Tür zur Gästesuite, knipste das Licht an und bedeutete Miranda einzutreten.

Es war ein gemütliches, freundliches Zimmer mit einem alten Messingbett, das eine schöne Patchworkdecke zierte, und Kommoden und Schränken aus poliertem Zedernholz. Nathan, der Miranda ins Zimmer gefolgt war, stellte ihre Reisetasche ans Fußende des Bettes und ging zu dem Radiowecker auf dem Nachttisch.

„Genügt es, wenn ich ihn auf halb sechs stelle?“

„Ja, danke.“

Er stellte den Wecker und deutete auf die Tür zwischen den beiden Schränken. „Dort ist das Bad. Soll ich dir noch einen Schlummertrunk bringen?“

„Nein, ich will nur noch ins Bett. Vielen Dank, dass du dich so lieb um mich gekümmert hast, Nathan. Es tut mir leid, dass ich dir all die Mühe bereitet habe …"

„Das ist nicht deine Schuld", unterbrach er sie. „Vergiss Hewson, Miranda. Du wirst ihn nicht mehr wiedersehen, das verspreche ich dir."

Sie sah, wie er in großem Bogen um sie herumging, um zur Tür zu gelangen, und konnte plötzlich den Gedanken nicht ertragen, dass Bobby doch Zweifel hinsichtlich ihrer Integrität in ihm geweckt haben könnte. „Nathan …"

Er blieb stehen und drehte sich zögernd zu ihr um. Sein Blick war unergründlich.

Miranda sah ihn flehentlich an und nahm all ihren Mut zusammen. „Nathan, ich habe nie Sex dazu benutzt, um …", sie verstummte und suchte verzweifelt nach den richtigen Worten, „… um mir Vorteile zu verschaffen."

„Miranda, wenn das deine Art wäre, hättest du dir Tommy als das geeignete Ziel ausgesucht", erwiderte er ruhig. „Mach dir keine Gedanken. Weder Tommy noch ich lassen uns in dem guten Eindruck beirren, den wir seit deiner Ankunft in ‚King's Eden' von dir gewonnen haben. Du hast dir unsere Unterstützung und unseren Schutz verdient. Also schlaf gut und in der Gewissheit, dass wir dich nie im Stich lassen werden."

Sie nickte mit Tränen in den Augen. Nie zuvor hatte man ihr ein derartiges Maß an Unterstützung, Vertrauen und Loyalität zukommen lassen. Sie hatte fast das Gefühl, dazuzugehören … einer von ihnen zu sein.

Nathan kam noch einmal auf sie zu und streichelte ihr sacht die Wange. „Es muss hart gewesen sein, in derartiger Ungewissheit aufzuwachsen", sagte er mitfühlend. „Umso mehr bewundere ich, was du aus dir gemacht hast, Miranda. Das beweist Mumm ... einen starken Überlebenswillen. Lass dich von diesem schmierigen Kerl nicht unterkriegen, denn du bist tausendmal mehr wert als er. Er ist bloß Flitter, du bist echtes Gold.“ Er legte ihr eine Hand auf die Schulter und drückte sie aufmunternd. „Morgen ist ein neuer Tag. Okay?“

„Ja“, flüsterte sie heiser.

Ein kleines Lächeln huschte über sein Gesicht. „Und wer weiß? Vielleicht versuchen wir es ja doch noch mit einer Heirat, he?“

Ehe sie etwas erwidern konnte, verließ er das Zimmer. Miranda hatte keine Ahnung, ob seine Worte ernst gemeint gewesen waren, aber allein die Möglichkeit ließ es ihr ganz leicht ums Herz werden. Sie berührte sanft die Stelle, wo er ihre Wange gestreichelt hatte, und glaubte immer noch, die Wärme seiner Hand zu spüren. Ein gutes Gefühl. Und morgen war ein neuer Tag.

11. KAPITEL

Am nächsten Tag fiel es Miranda nicht schwer, Bobby Hewson zu vergessen, denn Nathan entführte sie buchstäblich in eine ganz andere Welt. Von Nathans Hubschrauber aus bewunderte sie das unglaubliche Geschick der Piloten in den beiden kleinen Hubschraubern, die dicht über dem Boden waghalsig dahinkurvten und die weit verstreuten Rinder aus dem Busch und von den Wasserläufen aufscheuchten und mit dem ohrenbetäubenden Knattern der Rotoren zusammen- und auf ein Viehcamp zutrieben.

Auf dem Boden wurde die stetig wachsende Herde mithilfe von Zäunen von Koppel zu Koppel geschleust. Bis zum Mittag waren bereits mehrere hundert Rinder zusammengetrieben und auf halbem Weg zu den Viehhöfen, wo die entwöhnten Kälber gebranntmarkt und die Rinder für den Verkauf ausgesucht werden sollten.

Nathan hatte Miranda beim Frühstück erklärt, dass er auf seiner Farm ungefähr sechsunddreißigtausend Rinder hatte, von denen jedes Jahr sechstausend zum Verkauf abtransportiert wurden. Die eigene Nachzucht machte diese Zahl allerdings mehr als wett. In verschiedenen Teilen der Farm wurden Brahmans und English Shorthorns gezüchtet, aber diese hier, deren Auftrieb Miranda jetzt beobachtete, waren Africander, die auch in den trockensten Gegenden überleben konnten.

Es war ein unvergesslicher Anblick, wie diese schönen rotbraunen Rinder in Scharen über die endlose hellgelbe Grasebene jagten. So ein Auftrieb hatte etwas Wildes, Ursprüngliches an sich ... jenen Hauch von Gefahr, wenn der Mensch sich mit der Natur, hier in Gestalt dieser unberechenbaren Rinder, misst, die es die meiste Zeit des Jahres gewohnt waren, ihrem eigenen Willen zu folgen. Aber dem Ganzen haftete auch eine wunderbare Choreografie an, wie Männer und Maschinen am Boden und in der Luft zusammenarbeiteten und allmählich, durch lange Erfahrung geschult, die Oberhand über das scheinbar Unbezähmbare gewannen.

Das ist Nathans Leben, überlegte Miranda, tief beeindruckt. Und während sie gebannt beobachtete, begriff sie auch, dass im Herzen dieses Lebens dieses karge, weite Land stand, das jedem, der darauf überleben wollte, eine gründliche Kenntnis seiner einzigartigen natürlichen Harmonie abverlangte.

Das Mittagessen nahmen sie am Flussufer ein. Nathan pflegte offenbar einen lockeren, entspannten Umgang mit seinen Viehhütern und war in ihrer Gesellschaft gern gesehen. Und auch Miranda wurde ohne großes Getue akzeptiert. Über einem Lagerfeuer wurde ein Topf mit Wasser für den Tee aufgesetzt. Dann suchte man sich einen Platz im Schatten der Bäume, aß Fladenbrot und kalten Braten und fachsimpelte über den bisherigen Verlauf des Auftriebs. Miranda saß nur schweigend dabei und ließ die neuen Eindrücke auf sich wirken.

Hier auf dem Boden hörte sie das Donnern der Hufe und das Muhen der Rinder. Sie roch und schmeckte den Staub der Herden. Irgendwie kam ihr das Leben hier viel greifbarer vor … eine seltsam berauschende Erfahrung.

Die Mittagshitze brachte die Luft zum Flimmern, und als Nathan aufstand und damit das Ende der Mittagspause signalisierte, umgab ihn eine flirrende Aura, die seine Gestalt noch eindrucksvoller wirken ließ. Er wandte sich Miranda zu und sah sie so eindringlich an, als wollte er kraft seines Willens ein

Band mit ihr knüpfen, das über das rein Physische hinausreichte.

Sein Reich hier im Outback war ebenso karg wie schön, und Miranda spürte, dass er sie mit diesem Blick fragte, ob sie ein Teil davon sein könnte, ob sie dieses Land akzeptieren und damit leben könnte, wie er es tat. Sie begriff in diesem Moment, dass es für sie und Nathan keine gemeinsame Zukunft geben könnte, wenn sie diese Frage nicht aus ganzem Herzen bejahen konnte. Es war unmöglich, eine Ehe nur auf sexueller Anziehung aufzubauen – falls Nathan wirklich ernsthaft an eine Heirat mit ihr dachte. Dieses Land hier nahm den ersten Platz in Nathans Leben ein, und wenn sie dies nicht mit ihm teilen konnte, hatte sie nicht verstanden, was ihn zu dem Mann machte, der er war.

„Zeit, wieder aufzubrechen“, sagte er nur und hielt ihr eine Hand hin, um ihr auf die Füße zu helfen.

Er fragte sie nicht, ob sie müde sei und vielleicht lieber in dem Camp am Flussufer bleiben wollte. Indem sie seine Hand nahm, bewies sie ihre Bereitschaft, da zu sein, wo er war, seine Art zu leben aus erster Hand zu beobachten, um dann zu beurteilen, ob sie hineinpasste. Miranda begriff dies intuitiv, aber vor allem spürte sie die Kraft und Wärme, die von seiner Hand ausging und ihr ein erregendes Gefühl der Verbundenheit vermittelte.

Hand in Hand gingen sie zum Hubschrauber zurück, und Miranda hatte das Gefühl, wie auf Wolken zu schweben. Seit gestern Abend war Nathan ihr freundlich, aber betont sachlich begegnet, was sie sehr verunsichert hatte. Es war fast so, als würde er die Leidenschaft, die sie miteinander geteilt hatten, verleugnen, und sie war sich nicht sicher gewesen, ob er ihr dadurch nur die Gewissheit geben wollte, an diesem Wochenende keinerlei sexuellen Druck auf sie auszuüben, oder ob er jede weitere Entscheidung davon abhängig machen wollte, ob er für ihre Beziehung überhaupt eine Zukunft sah.

Nathan King würde ihr keine falschen Versprechungen machen, daran zweifelte Miranda nicht. Aber seine Hand sagte ihr, dass er sie wollte – daran hatte sich nichts geändert. Miranda konnte der Versuchung nicht widerstehen, den Daumen zart über seinen Handrücken gleiten zu lassen.

Nathan sah sie fragend an. „Du warst vorhin so still beim Mittagessen."

„Ich wollte nicht stören."

„Ich möchte nicht, dass du dich wie ein Störenfried fühlst, Miranda."

„Das tue ich auch nicht. Aber ich wollte einfach nur zuhören und alles auf mich einwirken lassen."

„Und? Was meinst du?", erkundigte er sich forschend.

„Ich meine, dass jede Frau, die versuchen würde, dich von alldem zu trennen, blind, taub und dumm sein müsste, weil sie nicht erkennt, dass dies dein Leben ist und du untrennbar damit verbunden bist."

Ein kleines Lächeln huschte über sein Gesicht. „Und? Findest du das abschreckend?"

„Nein. Es macht mich neugierig darauf, alles über dich und dieses Leben zu erfahren", antwortete sie ehrlich.

Er betrachtete sie einen Moment lang nachdenklich und atmete dann tief ein. „Nun, ich denke, ich werde es merken, wenn sich deine Neugier in Langeweile verwandelt. Ich habe bereits einige Erfahrung darin, die Anzeichen zu erkennen."

Aus diesen Worten sprach eine so tief empfundene Skepsis,

begründet in seinen bisherigen Erfahrungen mit Frauen, dass Miranda es für klüger hielt, darauf zu schweigen. Nur die Zeit konnte Nathan beweisen, was sie, Miranda, für ihn empfand. Aber sie war sich jetzt schon sicher, dass sie sich nie mit Nathan King langweilen würde. Er war ein so besonderer Mann, dass sie sich nicht vorstellen konnte, sie würde je aufhören, von ihm fasziniert zu sein.

Und auch das Outback übte eine ganz besondere Faszination aus, der sich Miranda nicht entziehen konnte. Am Ende des Tages waren tausend Rinder aus drei riesigen Koppeln zusammengetrieben worden, und die kleinen Hubschrauber flogen nach Hause, wie dunkle Insekten vor dem Hintergrund der rotglühenden Abendsonne. Auch Nathan lenkte seinen Hubschrauber heimwärts, und sie flogen in der zunehmenden Dunkelheit über eine scheinbar leere, endlose Weite. Doch Miranda wusste jetzt, dass dieser Eindruck trog, dass das Leben hier draußen einfach nur freier war als woanders und seinem ganz eigenen Rhythmus folgte.

Dann tauchten in der Ferne die ersten Lichter auf, die Lichter des Farmhauses und der angrenzenden Gebäude, und Miranda hatte zum ersten Mal in ihrem Leben das Gefühl, nach Hause zu kommen. Anscheinend hatte sich zwischen gestern und heute in ihrem Leben sehr vieles verändert.

Vielleicht symbolisierten diese Lichter in der Dunkelheit aber auch nur das Zuhause, nach dem sie sich immer gesehnt hatte – einen Ort, an den man gehörte, der Bestand hatte in guten wie in schlechten Zeiten und für Miranda unauflöslich verknüpft war mit Nathan, der sie so fürsorglich hierher gebracht hatte. Sicherheit, Geborgenheit, Liebe.

Konnte Nathan sie lieben?

Diese Frage ging Miranda nicht aus dem Kopf, als sie das Haus betraten und sich zurückzogen, um sich fürs Abendessen umzuziehen. Unter der Dusche musste Miranda immer wieder daran denken, wie Nathan sie gestreichelt und liebkost hatte. Es war schwierig, diese Erinnerungen beiseitezuschieben und sich darauf zu konzentrieren, was Nathan auf lange Sicht von ihr erwartete. Sex allein genügte nicht. Aber egal, wie energisch sie sich dies auch einredete, es änderte nichts an ihrer Erregung.

Sie zog sich ein kleines schwarzes Wickelkleid an, das dazu gedacht war, ohne BH getragen zu werden – ein wortloser Hinweis für Nathan, dass sie zu allem bereit war, was er ihr anbieten würde. Das war die schlichte Wahrheit, vor der sie nicht länger zurückscheuen wollte.

Als sie sich im Salon zu einem Drink vor dem Dinner trafen, konnte Miranda kaum den Blick von Nathan wenden. Ihr Herz pochte heftig, als er ihr das Glas reichte. Aber Nathan achtete darauf, sie nicht zu berühren, und setzte sich bewusst weg von ihr. Er schien fest entschlossen, seine Gefühle zu kontrollieren.

Miranda gab sich alle Mühe, es ihm gleichzutun. Sie stellte ihm Fragen zu den Abläufen auf einer so großen Farm und lauschte seinen interessanten Ausführungen aufmerksam. Auch während des Essens hielt Miranda bewusst das Gespräch in Gang. Sie fürchtete, in Momenten der Stille würde das erotische Knistern zu deutlich werden und könnte Nathan den Eindruck vermitteln, Sex sei alles, was sie von ihm wollte. Denn sie wollte mehr, viel mehr. Sie wollte ihn ganz und nicht nur seinen wundervollen Körper, der sie so leidenschaftlich anzog.

Allerdings wirkte auch das anregende Gespräch mit ihm wie ein Liebestrank ganz eigener Art, denn je mehr sie auf diese Weise über Nathan und sein Leben erfuhr, desto mehr fühlte sie sich auch zu ihm hingezogen.

Nach dem Essen führte Nathan Miranda in sein Büro, um ihr eine Karte von „King's Eden" zu zeigen. Er erklärte ihr, wo die verschiedenen Rinderrassen gezüchtet wurden und wie sie im kommenden Monat aufgetrieben werden würden, und gab ihr so einen recht anschaulichen Überblick über den Ablauf und den Umfang des gesamten Unternehmens. Vor Mirandas verklärten Augen entstand ein Königreich, und es hätte auch ein Garten Eden sein können ... ein Paradies mit Nathan.

Sie lauschte nur noch mit halbem Ohr, während sie den Blick bewundernd über seinen Arm und seine breiten Schultern gleiten ließ. Sie merkte gar nicht, dass Nathan irgendwann verstummte, denn sie hörte nur noch das Pochen ihres eigenen Herzens und wünschte sich, es würde im Einklang mit seinem schlagen.

Langsam wandte Nathan sich ihr zu, legte ihr eine Hand auf die Schulter und drehte sie ganz zu sich herum. Miranda blickte schuldbewusst errötend zu ihm auf. „Ich ... fühle mich keineswegs gelangweilt. Ich ..."

Das begehrliche Aufleuchten in seinen Augen ließ sie verstummen. Mit sachter Hand strich Nathan ihr eine Haarsträhne aus der Stirn und ließ die Fingerspitzen dann über ihre Wange und ihre Lippen gleiten. Miranda hielt erwartungsvoll den Atem an.

Doch er küsste sie nicht. Ohne den Blick von ihr zu wenden, streichelte er sie weiter, zart und sinnlich ... streifte ihr die

Träger des Kleides von den Schultern, sodass es langsam bis zur Taille hinunterglitt und ihre vollen Brüste mit den harten Spitzen entblößte. Immer noch blickte Nathan ihr in die Augen, verlangend, herausfordernd, als wollte er ihre Einwilligung erbitten, während er auf erregende Weise ihre seidige Haut liebkoste und erogene Zonen entdeckte, von denen sie selbst keine Ahnung gehabt hatte.

Schließlich ließ er die Hände über die harten Spitzen ihrer Brüste gleiten, und seine Augen leuchteten triumphierend auf, als er spürte, wie sie erschauerte. Heute Nacht würden sie nichts übereilen. Den ganzen Tag über war das Verlangen in ihnen gewachsen, und sie strebten beide danach, die Erfüllung ihrer Leidenschaft bis ins Letzte auszukosten.

Miranda löste den Bindegürtel ihres Kleides, sodass es langsam zu Boden glitt. Der zarte Spitzenslip, den sie trug, konnte kaum ihre Nacktheit verhüllen, aber sie verspürte keinerlei Befangenheit. Nathan blickte ihr immer noch in die Augen, sagte ihr ohne Worte, wie sehr er sich nach ihr sehnte und dass er dieses Gefühl in allem mit ihr teilen wollte. Unwillkürlich tastete sie nach den Knöpfen seines Hemdes, doch er hielt sie zurück.

„Später", sagte er schroff. „Zuerst brauche ich dies …"

Er hob sie hoch und trug sie aus dem Büro in sein Schlafzimmer. Dort legte er sie auf ein riesiges Bett, das mit seidigen Kissen und einer weichen Patchworkdecke bedeckt war. Nur von der Tür drang Licht herein, aber Miranda wollte in diesem Moment sowieso nichts anderes sehen als Nathan.

Er zog ihr den Slip und die Sandaletten aus und ließ die Hände zärtlich streichelnd über ihre Füße und Beine gleiten. Dann trat er langsam zurück und zog sich aus, ohne den Blick von ihr zu wenden.

„Unzählige Male habe ich es mir vorgestellt … wie du hier auf meinem Bett liegst, auf mich wartest, mich begehrst. Ich weiß nicht, warum, aber es ist einfach so. Ein Verlangen, das sich nicht verleugnen lässt."

„Ja", flüsterte Miranda heiser. Ihr war die Kehle wie zugeschnürt bei dem Gedanken, was es ihr bedeutete … was es bedeuten konnte, wenn Nathan ihre Gefühle teilte. Ging das, was er für sie empfand, über alles hinaus, was er je für eine Frau empfunden hatte?

Bitte, lass es so sein!, flehte sie insgeheim.

„An jenem ersten Abend, als du in mein Leben getreten bist", fuhr Nathan wie in Beantwortung ihrer Bitte fort, „da hatte ich sofort das Gefühl: Diese Frau ist für mich geschaffen. Und jedes Mal, wenn ich dich ansehe, ergeht es mir wieder so, egal …"

Egal, was?, lag es ihr auf der Zunge, zu fragen, aber Nathan beugte sich herab und küsste sie so innig, dass sie alles andere vergaß. Er streckte sich neben ihr aus, schob ein Bein zwischen ihre Beine und umfasste zärtlich ihre Brüste.

„Geschaffen für mich", flüsterte er an ihren Lippen und unterstrich seine Worte, indem er die Hand über ihren schönen Körper gleiten ließ, bis Miranda lustvoll aufstöhnte.

„Weißt du, wie sehr ich mich danach sehne, dich ganz zu nehmen?", flüsterte er, während er ihren Hals mit heißen Küssen liebkoste.

Unfähig, noch einen klaren Gedanken zu fassen, brachte Miranda keine Antwort über die Lippen. Nathan hatte sich nun ihren Brüsten zugewandt und saugte in wachsendem Rhythmus an den harten Spitzen, die Miranda ihm begehrlich entgegenhob. Sie stöhnte protestierend auf, als er sich kurz von ihr löste, um im nächsten Moment lustvoll zu erschauern, denn Nathan beugte sich nun über ihren Schoß und begann, sie dort nicht minder erregend zu liebkosen. Schon fühlte Miranda, wie ihre Erregung dem Höhepunkt entgegenstrebte.

„Nein, nein“, flüsterte sie drängend, „ich will dich ... dich ...“, fasste in sein dichtes Haar und zog ihn hoch.

Nathan legte sich auf sie und drang in sie ein. Miranda kam ihm stürmisch entgegen, umfing ihn mit den Beinen und genoss es, ihn tief in sich zu spüren. Doch er stieß nicht weiter zu, wie sie erwartet hatte, sondern hielt sich ganz still in ihren Armen, in dem unbeschreiblichen Gefühl, ganz eins miteinander zu sein, und blickte sie herausfordernd an.

„Bedeutet es etwas Besonderes für dich, Miranda? Mehr als alles, was du je erlebt hast?“

Seine Frage forderte ihre Aufmerksamkeit. „Bedeutet es etwas Besonderes für dich?“, flüsterte sie.

„Würde ich fragen, wenn es nicht so wäre? Ich muss wissen, ob das, was ich fühle, seine Entsprechung in dir findet. Und ich muss die Wahrheit wissen.“

Miranda hielt seinem eindringlichen Blick stand. „Es ist für mich das Gleiche. Ich habe genauso empfunden wie du, vom ersten Moment an ... wie du es beschrieben hast“, antwortete sie ehrlich und umfasste zärtlich sein Gesicht. „Wenn ein Mann für mich geschaffen ist, dann bist du es.“

„Kein wenn mehr, Miranda. Ich bin hier, eins mit dir. Bin ich der Mann, den du willst?“

„Ja“, antwortete sie, ohne zu zögern. „Du bist es, Nathan, ganz und gar.“

„Dann zeig es mir.“

Ohne sich von ihr zu trennen, umfasste er sie und rollte

sich auf den Rücken, sodass Miranda auf ihm zu sitzen kam. Dann sah er sie erwartungsvoll an. Er gab ihr die Möglichkeit, ihrem Verlangen durch Taten Ausdruck zu verleihen, und nach der ersten Überraschung ließ Miranda sich nicht lange bitten.

Sie wollte Nathan nichts beweisen. Aber sie sehnte sich danach, ihn zu berühren, zu streicheln und ihm die gleiche Lust zu bereiten, die er zuvor ihr bereitet hatte, bis sie sich gemeinsam im Rausch ihrer Leidenschaft verlieren würden.

Also begann sie, seinen schönen Körper mit Händen und Lippen zu erkunden, streichelte ihn, liebkoste ihn, küsste ihn, bewegte sich verführerisch und genoss es, seine wachsende Erregung in sich zu spüren. Es war ein unbeschreibliches, himmlisches Gefühl ... Nathan, wie er jetzt ganz ihr gehörte. Heißer Triumph erfüllte sie, als er stöhnend erschauerte. Mit jeder Bewegung wuchs auch ihre Erregung erneut, bis Nathan es nicht länger ertragen konnte.

Er bäumte sich auf, packte sie, drückte sie aufs Bett zurück und übernahm wieder die Initiative. Immer schneller stieß er zu, wild und heftig, getrieben von einem unbändigen Verlangen, das keine andere Frau in ihm entfachen konnte. Nur sie, Miranda, trieb ihn dazu an und erklomm mit ihm den Gipfel der Lust, der ihnen beiden restlose Erfüllung brachte.

Eng umschlungen sanken Miranda und Nathan aufs Bett zurück und hielten sich noch lange in den Armen, als könnten sie nicht genug davon bekommen. Miranda gab sich einer wohligen Schläfrigkeit hin, als Nathan ihr plötzlich ins Ohr flüsterte: „Ist es zu früh, zu hoffen, dass du meine Geliebte werden könntest, Miranda?“

Dieses eine Wort, das so viele schmerzliche Erinnerungen

in ihr weckte, ließ sie zusammenzucken. Es fiel ihr schwer, zu antworten, doch die Vernunft sagte ihr, dass Nathan mehr als eine bloß sexuelle Beziehung im Sinn haben musste. Oder war der Wunsch Vater ihrer Gedanken? „Was meinst du damit?“, fragte sie betont ruhig.

Er ließ die Finger genüsslich durch ihr seidiges Haar gleiten. „Ist es nur flüchtig, oder können wir es auf Dauer bewahren?“ Er seufzte tief. „Ich frage dich, ob du möglicherweise meine Geliebte im umfassenden Sinn des Wortes sein willst … die Herrin meines Herzens, meines Bettes und meines Heims, die Herrin von ‚King’s Eden‘ für all die Jahre, die noch vor uns liegen.“

Miranda hatte das Gefühl, als würde eine unsägliche Last von ihrem Herzen genommen.

„Ich bitte dich nicht, dich jetzt gleich zu entscheiden“, fuhr Nathan fort. „Ich weiß, dafür ist es noch zu früh. Aber ich glaube, du hast verstanden, dass dieses Land hier auch eine Art Herrin ist, deren Macht über mich du akzeptieren musst. Wenn du keine Möglichkeit siehst, mit mir zu teilen, was ich mit dir teilen möchte …“

„Ich würde alles mit dir teilen“, fiel sie ihm rasch ins Wort. „Alles.“ Sie spürte, wie er den Atem anhielt, und dachte plötzlich an etwas, das Elizabeth King von ihrem Mann Lachlan gesagt hatte … Worte, die auch auf ihre, Mirandas, Gefühle für Nathan zutrafen. Sie legte ihm die Arme um den Nacken und blickte ihn an. „Du bist da, wo ich sein möchte. Mit allen Konsequenzen, Nathan.“

Er atmete hörbar auf. „Dann haben wir zumindest einen Anfang“, sagte er zufrieden.

„Und kein Ende in Sicht“, fügte Miranda glücklich hinzu.

Lachend drückte er sie aufs Bett zurück. „Vergiss nicht, ich habe dir die Wahl gelassen."

„Es gab keine Wahl für mich", antwortete sie ehrlich. „Nur dich."

„Nur dich", erwiderte er zärtlich.

Danach liebten sie sich erneut, innig und zärtlich. Es war ein guter Anfang, offen und ehrlich, und Miranda hoffte inständig, dass die Zukunft zeigen würde, dass sie sich in ihren Gefühlen nicht geirrt hatten.

12. KAPITEL

Nathan wartete in seinem Büro auf Tommys Anruf. Das Wochenende war vorbei, und er hatte es mit Miranda ausgiebig genutzt, aber er wollte ganz sicher sein, dass der Mann, der sie zuallererst in sein Leben getrieben hatte, sie nie mehr belästigen würde. Er war sich jetzt ganz sicher, dass Hewson keinen Platz mehr in ihrem Herzen hatte, doch er wollte, dass sie nicht einmal mehr an ihn dachte und mit der Vergangenheit restlos abgeschlossen hatte.

Es erschreckte ihn jetzt, dass er – wenn auch nur kurze Zeit – Miranda in der Rolle gesehen hatte, die Hewson so boshaft von ihr gezeichnet hatte: als eine Frau, die sich nahm, was sie wollte, ohne daran zu denken, wen sie verletzte. Aber an jenem Morgen in der Cathedral-Schlucht hatten seine persönliche Frustration und Mirandas eigene Wortwahl sein Urteil getrübt.

Es war ein völlig falsches Bild, und er hasste Hewson, weil er aus reiner Niedertracht genau dieses Bild von ihr entworfen hatte. Wie feige zudem, eine Frau anzugreifen, die allein dastand! Aber diesmal würden ihr genügend Menschen zur Seite stehen.

Das Telefon läutete. Nathan griff nach dem Hörer. Es war zwanzig vor neun in der Frühe – ungefähr die Zeit, zu der die Gäste abgereist sein sollten.

„Nathan?"

„Ja."

„Das Charterflugzeug der Hewsons hebt genau in diesem Moment, da ich mit dir spreche, ab", verkündete Tommy zufrieden. „Die Vögel sind ausgeflogen."

„Du hast sie persönlich ins Flugzeug gesetzt?"

„Nein, ich habe Sam damit beauftragt. Aber ich kann das Flugzeug von der Veranda des Gästehauses starten sehen."

„Verdammt, Tommy, ich hatte dich doch gebeten, es persönlich zu tun!"

„Nur die Ruhe, großer Bruder. Sam kann die Hewsons nicht ausstehen. Sie hätte die beiden gefesselt und ins Flugzeug getragen, wenn sie nicht freiwillig eingestiegen wären. Und ich habe, ehrlich gesagt, auch genug von denen."

„Ist das Problem geklärt?"

„Oh, ich denke, wir sind zu einem sachdienlichen Einvernehmen gelangt, und Jared wird es während ihres Aufenthalts in Broome noch zementieren." Tommy lachte. „Wenn Bobb erst dort die Rechnung bezahlt hat, wird er wahrscheinlich vergessen wollen, dass er je in ‚King's Eden' gewesen ist."

„Von was für einer Rechnung sprichst du, Tommy?"

„Hör zu, Nathan, dir gebührt die Ehre, Miranda aus der Schusslinie genommen zu haben. Mir gebührt die Ehre, alles für den vernichtenden Schlag in die Wege geleitet zu haben. Bring Miranda jetzt zurück, und ich erzähle dir alles."

Tommy legte auf, bevor Nathan nachhaken konnte. Er konnte nur hoffen, dass Tommy sich in seinem Selbstvertrauen nicht irrte. Schlangen hatten die unangenehme Angewohnheit, sich immer noch zu winden und Gift zu verspritzen, auch wenn sie schon aufgespießt waren. Andererseits war Tommy sehr eigen, was sein Geschäft betraf, und hier ging es nicht nur um Miranda, sondern auch um den Ferienpark.

Lächelnd ging Nathan den Flur entlang zu Mirandas Zimmer, wo sie ihre Sachen packte und sich zur Abfahrt bereit machte. Er hatte seine Vorbehalte gegen Tommys Ferienpark längst abgelegt, auch wenn es immer wieder vorkam, dass Touristen dort herumstreiften, wo sie nichts verloren hatten. Aber der Ferienpark hatte ihm das Gold gebracht, an das er schon nicht mehr geglaubt hatte. Echtes Gold. Und er hatte bereits sein Anrecht darauf geltend gemacht. Sein charmanter, draufgängerischer Bruder sollte sich ruhig so viele Orden an die Brust heften, wie er wollte. Er, Nathan, hatte Miranda gewonnen und war entschlossen, sie nicht wieder herzugeben.

Er klopfte an Mirandas Tür, wobei Erinnerungen an die vergangene Nacht mit ihr in ihm aufstiegen. Zwar hatte er nur wenig Schlaf gefunden, dennoch hatte er sich noch nie in seinem Leben so gut gefühlt. Auf Mirandas „Herein" betrat er das Zimmer und konnte gar nicht erwarten, sie erneut in die Arme zu nehmen.

„Ist alles in Ordnung? Sind sie fort?", fragte Miranda besorgt.

„Ja."

Sie legte ihm die Arme um den Nacken und schmiegte sich an ihn. Nathan hielt sie fest an sich gedrückt.

„Tommy hat mir versichert, dass die Hewsons nicht mehr wiederkommen werden. Du kannst beruhigt in den Ferienpark zurückkehren."

„Wie hat er es angestellt?", fragte sie, immer noch skeptisch.

„Er will es uns persönlich erzählen." Nathan lächelte beruhigend. „Tommy genießt es, sich in Szene zu setzen."

Als sie sich erneut an ihn schmiegte, war Nathan sehr versucht, Tommy noch etwas warten zu lassen. Aber er wusste, dass sein kleiner Bruder nicht begeistert darüber sein würde.

„Ich hoffe nur, dass es nicht noch irgendein hässliches

Nachspiel geben wird", sagte Miranda mit einem Rest von Zweifeln.

„Nicht auf ‚King's Eden'", versprach Nathan ihr zuversichtlich und küsste sie zärtlich. „Bist du bereit?"

„Ja." Sie blickte vertrauensvoll zu ihm auf.

Ein warmes Glücksgefühl erfüllte ihn. Sein Gefühl hatte ihn von Anfang an nicht betrogen. Miranda Wade war für ihn geschaffen. Sie war alles, was er sich je gewünscht und ersehnt hatte.

In dieser wundervollen Gewissheit nahm er ihre Reisetasche und führte Miranda hinaus. Er würde sie zum Ferienpark zurückbringen, und bis zum Ende dieser Saison hatte sie genug Zeit, das Leben, auf das sie sich mit ihm einließ, kennenzulernen. Aber er zweifelte kaum daran, wie ihre Entscheidung ausfallen würde. Es musste einfach gut gehen.

Nathan nahm ihre Hand, und Miranda sah ihn an. Es war mehr als eine Geste, und sie wusste es. Ihr Blick sprach von dem unauflöslichen Band zwischen ihnen. Nichts auf der Welt würde jemals ändern, was sie einander bedeuteten … und dieser Gedanke machte Nathan unaussprechlich glücklich. Er würde nicht allein durch sein weiteres Leben gehen. Miranda würde an seiner Seite sein.

Auf der Fahrt zum Ferienpark dachte Miranda daran, wie sie Freitagabend mit Nathan zur Farm gefahren war … völlig verunsichert und verängstigt. Nun, das Wochenende hatte ihr tatsächlich Gewissheit gebracht, was ihre Beziehung zu Nathan betraf, und sie hätte Bobby Hewson eigentlich dafür dankbar sein müssen, ungewollt ein Resultat heraufbeschworen zu haben, an das sie vor wenigen Tagen noch nicht zu glauben gewagt hatte. Dennoch war ihr Glück von Sorgen getrübt.

Sie hatte diese Probleme nach „King's Eden" gebracht … unbeabsichtigt, aber trotzdem unwiderruflich. Wenn Bobby dem guten Ruf des Ferienparks Schaden zufügte, würde sie sich dafür verantwortlich fühlen, und sie konnte nicht glauben, dass er es nicht versuchen würde. Diesem Mann und all seinen Versprechungen war nicht zu trauen.

Im Gegensatz zu Nathan. Liebevoll betrachtete sie ihn von der Seite. Er war ein ganz besonderer Mann. Bei der Erinnerung an die himmlische Nacht in seinen Armen durchzuckte es sie heiß. Bei ihm fühlte sie sich sicher und geliebt, geborgen durch und durch.

Zwar hatte er ihr bislang nicht ausdrücklich gesagt, dass er sie liebe, aber sie gebeten, darüber nachzudenken, ob sie sein Leben mit ihm teilen wolle. Sie sollte die „Herrin seines Herzens" sein. Warum sollte er sich ihre Liebe wünschen, wenn er sie nicht auch liebte? Wenn der richtige Zeitpunkt gekommen war, würde er die Worte aussprechen, daran zweifelte sie nicht. Obwohl sie das Ende der Saison im Ferienpark nicht abzuwarten brauchte, um zu wissen, was sie jetzt bereits wusste: Nathan war der richtige Mann für sie, die große Liebe ihres Lebens.

Allerdings schuldete sie es Tommy, ihren Vertrag zu erfüllen … falls er es überhaupt wollte. Vielleicht würde es ja auch besser sein, wenn sie darauf verzichtete, sollte die Gefahr bestehen, dass rufschädigende Lügen über den Ferienpark verbreitet würden, weil sie dort die Managerin war. War Nathans und Tommys Zuversicht berechtigt, dass das Problem endgültig aus der Welt sei?

Sie konnte es nur hoffen. Es würde ein gutes Gefühl sein,

endlich mit der Vergangenheit abzuschließen in dem Wissen, dass sie nie wieder auftauchen könnte, um ihr oder den Menschen zu schaden, die ihr wichtig waren … und das schloss alle ein, die in „King's Eden" so loyal zu ihr gestanden hatten. Als Nathan sie jetzt zum Gästehaus des Ferienparks zurückfuhr, hatte sie das Gefühl, wirklich hierher zu gehören. Vielleicht brachte das Leben im Outback genau das mit sich: Es weckte innere Kräfte, um sich der Herausforderung zu stellen.

Sam und Tommy erwarteten sie bereits auf der Veranda des Gästehauses, wie üblich in eins ihrer unvermeidlichen Wortgefechte vertieft. Sie hörten allerdings sofort auf, als Nathan und Miranda aus dem Jeep stiegen, und blickten den beiden neugierig entgegen.

„Bevor ich mich verdrücke, Nathan", sagte Sam ohne Umschweife, „solltest du mich besser aufklären, ob ich die Gerüchte unterdrücken oder ruhig blühen lassen soll. Dieser schmierige Kerl Hewson wollte nicht aufhören, darüber zu quatschen, Miranda hätte dich in ihren Krallen. Und ich habe ihm unverblümt gesagt, wenn es so wäre, dann nur, weil du ihre Krallen gern spüren würdest, denn an dich käme keiner heran, dem du es nicht erlauben würdest."

„Wie scharfsinnig von dir, Sam", erwiderte Nathan gut gelaunt.

„Und?" Sie sah ihn forschend an. „Was soll ich den Leuten nun erzählen?"

„Sag ihnen, dass mir die Spuren von Mirandas Krallen größtes Vergnügen bereiten und ich es nicht erwarten kann, mehr davon zu bekommen."

„Wie?" Sam warf Miranda einen erstaunten Blick zu. „Dann

seid ihr beide jetzt wirklich ein Paar?“

„Ja“, bestätigte Miranda, wobei sie Nathan tadelnd ansah. „Allerdings ist es nicht meine Art, die Krallen zu zeigen.“

„Wunderbar! Toll!“, rief Sam begeistert aus. Dann wandte sie sich Tommy zu, der die Neuigkeiten scheinbar ungerührt zur Kenntnis genommen hatte, und fügte bezeichnend hinzu: „Wie es aussieht, musst du dich damit zufriedengeben, dass Celine dich vergöttert. Und das wird auch nur so lange anhalten, bis sie in Broome auf Jared trifft und sich an ihm versucht.“

„Celine ist mir völlig schnuppe“, entgegnete Tommy gelangweilt. „Das war alles nur Teil der Inszenierung.“

„Und was für ein guter Schauspieler du doch bist!“ Sam verließ die Veranda und ging lächelnd an Miranda und Nathan vorbei. „Ich freue mich für euch beide.“ Sie tätschelte Nathan freundschaftlich die Schulter. „Und ich werde versuchen, Miranda dazu zu überreden, sich die Fingernägel wachsen zu lassen. Wenn ein Mann verdient, was er sich wünscht, dann bist du es!“

Mit diesem letzten Seitenhieb auf Tommy ging sie fröhlich davon.

Tommy blickte ihr wütend nach. „Eines Tages, wenn diese kleine Hexe einmal von ihrem Besen steigt, dann …“

„Dann wirst du sie damit versohlen?“, schloss Nathan messerscharf.

Tommy winkte verächtlich ab. „Sam kann man nicht einmal durch Prügel Gehorsam beibringen.“

„Du willst ja gar keinen Gehorsam, Tommy“, sagte Nathan ruhig.

Sein jüngerer Bruder lächelte schief. „Nein, aber etwas Respekt wäre nicht schlecht.“ Er sah Nathan zufrieden an. „Und genau den habe ich Hewson gelehrt. Darüber hinaus habe ich ihm unmissverständlich klargemacht, dass uns keiner schadet, ohne einen Preis dafür zu bezahlen."

„Ich hatte noch keine Gelegenheit, Ihnen dafür zu danken, dass Sie das Wochenende hier für mich eingesprungen sind, Tommy", sagte Miranda herzlich.

Ein fröhliches Lächeln erhellte sein Gesicht. „Es war einer der denkwürdigsten Augenblicke in meinem Leben ... als Nathan mich tatsächlich bat, Schulter an Schulter mit ihm gegen den Feind vorzugehen. Allein dafür werden Sie für mich immer etwas ganz Besonderes sein, Miranda." Er trat einen Schritt zur Seite. „Bringen wir Ihr Gepäck ins Haus. Die Zeit bleibt nicht stehen, und ich muss gleich fort."

„Nicht, bevor du uns nicht alles erzählt hast", sagte Nathan, als sie das Gästehaus betraten.

„Ich muss erst meine Sachen aus dem Büro holen."

„Tommy ...!"

„Komm schon, Nathan, gib's zu", schmeichelte Tommy, als er vor ihnen her zum Verwaltungsflügel ging, „keiner kann eine Geschichte so gut erzählen wie ich."

„Stimmt."

„Und unsere Gäste lieben Geschichten aus dem Outback." Tommys Augen funkelten triumphierend. „Also habe ich beim Dinner am Samstagabend die Gäste mit der Legende von Lachlans Gesetz unterhalten."

„Lachlans Gesetz?", fragte Miranda verständnislos.

Tommy winkte ab. „Das soll Nathan Ihnen erzählen."

„Und ich vermute, am Sonntag war eine deutliche Veränderung des Verhaltens festzustellen?", erkundigte sich Nathan.

„Wie ein Wunder", bestätigte Tommy. „Sam hatte das fragwürdige Vergnügen, den Hewsons den ganzen Sonntag als Fremdenführerin zu dienen, und hat mir später berichtet, dass Miranda mit keinem Wort mehr erwähnt wurde. Natürlich hatte ich meine Geschichte mit dem Hinweis abgeschlossen, du, Nathan, wärst vom gleichen Schlag wie unser Vater und würdest bei Alberts Stamm das gleiche Ansehen genießen."

„Albert?" Miranda verstand nicht, was der Aborigine mit der Sache zu tun haben sollte.

„Was der Geschichte das nötige Maß an Realitätsbezogenheit verlieh, da die Hewsons Albert am Morgen in der Cathedral-Schlucht kennengelernt hatten", fuhr Tommy fort und lächelte Nathan süffisant an. „Und gestern Abend habe ich dann Celine auf die Perlen scharf gemacht ... Ihre Haut sei wie geschaffen dafür ... Der perfekte Glanz für ihre betörende Schönheit und so weiter und so weiter ... und bot ihr an, Jared zu bitten, ihr die schönsten Perlen der Welt zu zeigen. Und das, mein lieber Bruder, wird Hewson garantiert um viele tausend Dollar erleichtern."

„Der Preis des Stolzes", meinte Nathan lachend. „Ich ziehe den Hut vor dir, Tommy. Vergiss die Schulter-an-Schulter-Geschichte. Du darfst dich jederzeit vor mich stellen."

„Ich nehme dieses Lob an und werde es bei passender Gelegenheit Sam brühwarm auftischen", sagte Tommy genüsslich. „Und inzwischen ...", er sah Nathan und Miranda prüfend an, als sie vor dem Büro stehen blieben, „... muss ich mich vielleicht um einen neuen Manager kümmern?"

„Mit einer Saison kannst du rechnen, Tommy", antwortete Nathan. „Der Rest liegt bei Miranda. Es ist allein ihre Entscheidung."

„Gut." Erleichtert öffnete Tommy die Bürotür. „Dann hole

ich jetzt meine Sachen und verschwinde. Meine Zeit ist kostbar, Nathan."

„Das weiß ich zu schätzen." Nathan schüttelte ihm freundschaftlich die Hand. „Vielen Dank, kleiner Bruder."

„Es war mir ein Vergnügen."

Tommy verschwand im Büro, und Nathan begleitete Miranda zu ihrem Apartment. Miranda war überglücklich, wie offen Nathan Sam und Tommy gegenüber sein Interesse an ihr bekundet hatte. Nur eine Saison ... dann lag die Entscheidung bei ihr.

Sie schloss die Tür zu ihren Privaträumen auf. Nathan trug ihr die Reisetasche hinein und stellte sie ans Fußende des Bettes.

„Was ist Lachlans Gesetz?", fragte Miranda und schloss die Tür, um noch einen Moment mit Nathan allein zu sein, bevor sie ihren Job wieder aufnahm.

Nathan wandte sich ihr zu und sah sie nachdenklich an, als wäre er nicht sicher, wie sie auf seine Erklärung reagieren würde. „Unsere Familie hat im Laufe der Zeit schon viele Schlangen aus dem Garten Eden vertrieben, Miranda", sagte er, wobei er bewusst auf die Parallele anspielte, die sie einmal zwischen „King's Eden" und dem Paradies gezogen hatte. „In alten Zeiten gab es hier kein Gesetz außer den Regeln des Zusammenlebens, die wir selbst initiierten und praktizierten. Wenn eine so isolierte Gemeinschaft wie die auf einer Outback-Farm funktionieren soll, muss man auf allen Ebenen für Harmonie sorgen. Das wird immer so sein."

Miranda nickte. „Es trifft auch für diesen Ferienpark zu, wo man für eine gute Moral unter den Angestellten sorgen muss. Ich weiß, wie wichtig das ist, Nathan."

„Es ist entscheidend, das Gleichgewicht zu wahren", stimmte er zu. „Das Outback gibt uns keine Ausweichmöglichkeiten. Wir müssen mit dem leben, was da ist. Und von Anfang an legten die Kings großen Wert auf eine gute Beziehung zu dem hier ansässigen Stamm der Aborigines. Das war zum beiderseitigen Vorteil. Den Aborigines sicherte es Nahrung und Unterkunft, und da sie mit dem Land auf natürliche Weise eng verbunden waren, waren sie die besten Viehhüter, die wir uns für unsere Herden wünschen konnten."

„Ist das Alberts Stamm, von dem du sprichst?"

„Ja. Vor siebenundzwanzig Jahren war Alberts Vater Vorarbeiter auf der Farm, ein hoch geachteter Stammesältester, dem mein Vater blind vertraute. Eines Tages tauchte ein Herumtreiber auf, der Arbeit suchte und behauptete, ausgebildeter Mechaniker zu sein. Da mein Vater einige Maschinen zu reparieren hatte, gab er ihm den Job. Einige Wochen später, als die Männer alle draußen beim Viehauftrieb waren, brach der Kerl ins Vorratslager ein, stahl eine Flasche Whisky, betrank sich und vergewaltigte Alberts Mutter."

„Oh nein!", rief Miranda entsetzt aus.

„Albert, der damals acht Jahre alt war, half seiner Mutter, zum Farmhaus zu kommen. Meine Mutter nahm sie auf und schickte Albert und mich mit den Pferden zu meinem Vater. Alle Männer kamen zur Farm, weil der Gerechtigkeit Genüge getan werden musste. Der Vergewaltiger vertrat skrupellos die Ansicht, dass ein Vergehen gegen eine Aborigine zulässig sei und nicht bestraft werden dürfe."

„Wie kann man nur so etwas denken?"

„Nicht einer von uns dachte so, und es war wichtig, die

Sache drastisch zu ahnden, um einen sehr ernsten Vertrauensverlust zwischen Aborigines und Weißen zu vermeiden. Ich hoffe, du verstehst das, Miranda, denn seit Generationen gilt in ‚King's Eden', dass sich die Kings um ihre Leute kümmern."

Miranda lächelte. „Da ich gerade erst selbst von diesem Grundsatz profitiert habe, werde ich ihn wohl kaum kritisieren, Nathan."

Er erwiderte ihr Lächeln. „Na ja, und vergiss nicht, dass die Geschichte, von der ich dir hier erzähle, vor fast dreißig Jahren passiert ist und das Urteil einzig dem Wohl der Gemeinschaft diente."

„Willst du mich vorwarnen, dass es sehr hart war?"

„Nun, eher ... primitiv. Aber in mancher Hinsicht ist das Outback eben primitiv. Um den Kerl Respekt für die Menschen zu lehren, die er auf so niederträchtige Weise herabgesetzt hatte, befahl mein Vater, ihn im ödesten Teil der King Leopold Range mitten in den Kimberleys auszusetzen und ihn dort sich selbst zu überlassen, um aus eigener Kraft zu überleben, wie es die Aborigines Tausende von Jahren getan hatten."

„Und? Hat er überlebt?"

Nathan zuckte die Schultern. „Es heißt, er wandert immer noch da draußen in der Wildnis herum. Im Laufe der Jahre hat man dort immer einmal wieder einen Weißen von wildem Äußeren gesichtet."

„Ein Ausgestoßener aus dem Garten Eden", sagte Miranda nachdenklich.

„Er hatte sein Recht, hierzubleiben, verwirkt. Wir können hier viele Grauzonen ertragen, aber sobald die Grenze des Respekts vor anderen überschritten worden ist, muss dagegen vorgegangen werden."

„Das ist also Lachlans Gesetz."

„Und meines", fügte Nathan ruhig hinzu.

„Ich weiß. Und Tommys und Jareds. Euer Vater hat es an euch alle weitergegeben, richtig?"

„So, wie es an ihn weitergegeben worden ist."

Eine Familientradition ... Überleben, gegründet auf gegenseitige Unterstützung und Integrität. „Es ist ein gutes Gesetz, Nathan", sagte sie aufrichtig. „Ich mag deine Welt."

Lächelnd kam er auf sie zu. „Und ich mag ... alles an dir, Miranda Wade." Er streichelte ihr sacht die Wange. „Bist du wegen Hewson jetzt beruhigt?"

„Ja. Er kann nicht gewinnen und wird keine weiteren Niederlagen mehr riskieren."

„Du fühlst dich also wieder sicher?"

„Ganz sicher."

„Dann werde ich jetzt gehen und dich deiner Arbeit überlassen."

„Ja. Gut."

„Ich rufe dich heute Abend an."

„Bitte tu das."

„Und ich hoffe, du wirst nicht aufhören, meine Welt zu mögen, Miranda." Ehe sie es ihm versichern konnte, küsste er sie innig ... und sein Kuss war ein zärtliches Versprechen für die Zukunft.

„Eine Hochzeit!" Elizabeth King gab sich alle Mühe, ihre Freude nicht zu sehr zu verraten.

„Ja, in sieben Wochen", sagte Nathan. „Das Wochenende nach dem Saisonende im Ferienpark. Wirst du dich darum kümmern? Miranda würde dich nie fragen, aber ich wünsche es mir für sie. Eine große Hochzeit mit allem, was dazugehört … ein Festzelt auf der Wiese unten am Fluss und so weiter."

„Nathan, ich habe bisher noch nicht einmal etwas von einer Verlobung gehört. Hast du Miranda denn schon gefragt, ob sie dich heiraten will?"

„Nicht direkt. Ich habe noch auf den Ring gewartet. Jared hat ihn mir heute mitgebracht."

„Und du bist dir ihrer Antwort sicher?"

„Ganz sicher."

Wie er mit seiner unwiderstehlichen Arroganz vor ihr stand, war er ganz sein Vater, und für einen Augenblick fühlte sich Elizabeth King zu dem Abend zurückversetzt, als Lachlan ihr erklärt hatte, sie sei seine Frau und solle keine Zeit damit verschwenden, sich unnötig zu zieren.

„Ich möchte, dass du bei Miranda die Stelle der Mutter vertrittst, weil sie keine mehr hat", fuhr Nathan fort. „Kümmere dich um all die nötigen Vorbereitungen, flieg mit ihr nach Broome, um das Hochzeitskleid zu kaufen, und gib ihr ganz das Gefühl, mit ihr zusammen alles für ihren großen Tag zu planen. Sie kennt keine Familie, wie sie für uns selbstverständlich ist. Ich möchte, dass du es ihr heute Abend vorschlägst und sie davon überzeugst, dass es dein Wunsch ist."

„Aber es ist ja mein Wunsch." Elizabeth King lachte überglücklich. Sie hatte doch das Richtige getan, indem sie Miranda in Nathans Leben gebracht hatte. Es hatte funktioniert! „Meine erste Schwiegertochter …"

„Dann wirst du es also tun?"

„Natürlich. Ich werde mein Bestes tun, um Miranda jeden Traum zu erfüllen." Weil sie mir meinen Traum erfüllt hat, fügte Elizabeth King insgeheim hinzu.

Miranda wurde zunehmend nervös, als sie zum Abendessen mit den Kings zur Farm hinausfuhr. Sie hatte Elizabeth und Jared King seit jenem Abend Anfang Mai nicht mehr gesehen, als sie ihnen gestanden hatte, keinerlei eigene Familie zu haben. Das war jetzt fünf Monate her … fünf Monate, in denen sie alles über „King's Eden“ erfahren und jeden Augenblick davon genossen hatte.

Doch Elizabeth und Jared hatten das nicht miterlebt. Anders als Tommy hatten sie nicht beobachten können, wie sie sich mit jedem Tag mehr dem Leben im Outback verbunden fühlte. Andererseits wussten sie sicherlich von ihrer gegenwärtigen Beziehung zu Nathan. Nathan würde seine Gefühle bestimmt nicht verstecken. Und sie wollte es auch gar nicht. Jareds Reaktion machte ihr weniger Sorge, aber Elizabeth Kings …

Miranda wünschte sich die Zustimmung von Nathans Mutter. Zwar würde es nichts an ihren Gefühlen für Nathan ändern, aber es wäre einfach viel schöner, wenn seine Mutter sie als Teil von Nathans Leben akzeptieren würde.

Nathan musste den Jeep gehört haben. Kaum fuhr Miranda vor dem Eingang vor, da kam er auch schon aus dem Haus. Sie blieb sitzen und sah ihm entgegen. Er holte sie vom Wagen ab und führte sie auf die Veranda, aber nicht ins Haus.

„Was ist? Stimmt etwas nicht?“, fragte sic angstvoll.

„Aber nein.“ Er lächelte. „Ich möchte nur noch einen Moment mit dir allein sein. Dieses gelbe Kleid steht dir wirklich sehr gut.“

Lachend lehnte sie sich an seine Schulter und ließ sich auf die Rückseite der Veranda führen. Von hier hatte man einen wunderschönen Blick auf den Fluss, der wie ein funkelndes Band in den letzten Strahlen der Abendsonne schimmerte. Nathan drückte Miranda an sich.

„Ein goldener Fluss, ein goldener Himmel und eine goldene Frau“, flüsterte er.

„Und du hast gesagt, du seist nicht romantisch“, sagte Miranda neckend.

„Oh, ich bin sogar sehr romantisch, wenn ich es wirklich in meinem Herzen empfinde. Sieh, was ich hier habe, Miranda.“

Sie blickte auf seine ausgestreckte Hand, in der er ein kleines Schmuckkästchen hielt. Sie hielt den Atem an. War es das … der Bund fürs Leben?

„Mach es auf.“

Mit zittrigen Fingern folgte sie Nathans Aufforderung und blickte ungläubig auf den Ring, der ihr entgegenfunkelte: ein großer, ovaler gelber Diamant umgeben von einem Kranz aus weißen Diamanten.

„Trag ihn, und die Sonne meiner Liebe wird nie untergehen, Miranda“, sagte Nathan leise und nahm den Ring aus seinem Samtbett. „Willst du mich heiraten?“

„Ja“, flüsterte Miranda und hielt ihm die Linke entgegen, damit er ihr den Ring anstecken konnte. Wie gebannt blickte sie auf das funkelnde Schmuckstück, konnte es einfach nicht glauben, dass Nathan diesen wundervollen Ring für sie ausgesucht hatte.

„Gefällt er dir?“

Zu überwältigt, um zu sprechen, legte sie Nathan die Arme um den Nacken und gab ihm die Antwort mit einem innigen Kuss. Sie liebte ihn so sehr … und Nathan, der ihr jetzt einen Heiratsantrag machte, noch bevor die Saison zu Ende war, musste ebenfalls überzeugt sein, dass sie füreinander geschaffen waren und nichts je das besondere Band zwischen ihnen zerstören konnte.

„Ich nehme an, das bedeutet ja“, sagte er lächelnd.

„Auch die Sonne meiner Liebe wird nie untergehen“, versprach sie heiser. „Ich werde mit deinem Ring an meiner Hand sterben, Nathan.“

Er lachte. „Es wäre mir lieber, du würdest mich zuerst heiraten. Wenn du einverstanden bist, soll die Hochzeit eine Woche nach dem Saisonende im Ferienpark stattfinden.“

„Ich bin mit allem einverstanden, was du vorhast“, sagte sie glücklich.

„Dann lass uns jetzt hineingehen und meine Mutter darauf ansetzen.“

„Deine Mutter?“

„Sie hatte nie eine Tochter, und du bist die erste Braut in ihrer Familie, Miranda. Sie kann es kaum erwarten, eine denkwürdige Hochzeit vorzubereiten.“

„Wirklich?“ Das hatte Miranda nicht im Traum zu hoffen gewagt. „Und ich hatte Angst, sie wäre vielleicht nicht einverstanden mit uns.“

„Es wird eine ganz große Hochzeit … ein gewaltiges Fest, um die neue Herrin von ‚King’s Eden‘ willkommen zu heißen. Mach dich darauf gefasst, Darling. Es gibt kein Entkommen.“

Aber Miranda wollte gar nicht entkommen. Endlich hatte sie den Ort gefunden, wo sie wahrhaft hingehörte … an die Seite dieses Mannes, in dieses Land, in diese Familie. Und ihre Hochzeit mit Nathan würde dieses Glück besiegeln.

– ENDE –

Emma Darcy

Tommy King – der Playboy

Roman

Aus dem Amerikanischen von
Irmgard Sander

MIRA®

1. KAPITEL

Eine Hochzeit in der Familie King – aber nicht ihre und Tommys, von der sie so oft geträumt hatte.

Obwohl Samantha Connelly sich immer wieder sagte, dass es hässlich sei, Menschen zu beneiden, die sie wirklich mochte und denen sie alles Glück der Welt wünschte, wollte dieses Gefühl nicht verschwinden. In ungefähr einer Stunde würde Miranda Wade mit Nathan King die Ringe tauschen, und Sam wusste, dass sie vor Neid vergehen würde.

Das Schlimmste war, sie musste der Zeremonie auch noch aus nächster Nähe beiwohnen, denn als Mirandas einzige Brautjungfer konnte sie sich nicht einfach verdrücken und in der großen Schar der übrigen Gäste untertauchen. Nein, sie musste ihre Pflichten als Helferin der Braut erfüllen und es ertragen, die ganze Zeit über aufs Engste mit Tommy King, dem Trauzeugen des Bräutigams, verbunden zu sein, wobei sie sich jede Sekunde wünschen würde, sie wäre die Braut und Nathans jüngerer Bruder der Bräutigam.

Tommy – der sie immer noch wie eine kleine Schwester behandelte, die man aufzog und neckte und als selbstverständlichen Teil seines Lebens hinnahm. Tommy – der vermutlich jeder attraktiven Frau auf der Hochzeit schöne Augen machen würde. Aber nicht ihr, Sam. Niemals ihr. Und zu guter Letzt würde sie dann wieder ihre spitze Zunge an ihm ausprobieren, obwohl sie sich eigentlich nach etwas ganz anderem sehnte.

Ein Klopfen an der Tür riss Sam aus ihren düsteren Gedanken. „Bist du angezogen, Sam? Darf ich hereinkommen?“, hörte sie die ihr vertraute Stimme von Elizabeth King.

Sam nahm sich zusammen, denn sie wusste, dass den scharfen Augen von Tommys Mutter so schnell nichts entging. „Ja, ich bin bereit“, rief sie betont fröhlich.

Elizabeth betrat das Zimmer, das vor Jahren Sam zugeteilt worden war, als sie damals angefangen hatte, für die Kings zu arbeiten, zunächst auf der großen Rinderfarm „King's Eden“. Das war schon lange her, dennoch hatte Sam immer noch das Gefühl, hier im großen Farmhaus zu Hause zu sein mit Elizabeth King in der Rolle ihrer Ersatzmutter. Entsprechend liebevoll lächelten sie einander an, als sie sich jetzt in ihrer festlichen Hochzeitskleidung begutachteten.

„Du siehst wundervoll aus, Elizabeth“, sagte Sam, wobei sie den Blick bewundernd über das silbergraue Ensemble aus feinstem Seidenjersey gleiten ließ. Satinbiesen zierten die Säume des Oberteils und des langen Rocks, und im Ausschnitt schimmerte wie üblich eine kostbare Perlenkette. Obwohl schon über sechzig, war Elizabeth King immer noch eine sehr attraktive Frau – groß, schlank, das glänzende weiße Haar elegant frisiert, und in ihrem noch erstaunlich glatten Gesicht funkelten ausdrucksvolle braune Augen, die Tommy von ihr geerbt hatte.

„Du aber auch, Sam“, erwiderte sie herzlich. „Ich habe dich noch nie so schön gesehen.“

Sam lachte verlegen. „Das Wunder der Kosmetik. Ich erkenne mich kaum wieder. Ohne Sommersprossen, das Haar hochfrisiert ...“ Sie drehte sich vor dem Spiegel. „Wie eine Fremde.“

„Nur, weil du dich nie bemüht hast, etwas aus dir zu machen“, sagte Elizabeth und kam an ihre Seite. Ihre Blicke begegneten sich im Spiegel. „Manchmal tut es einer Frau gut, zu sehen, wie schön sie sein kann.“

Würde Tommy sie schön und sexy finden? Das enge, trägerlose fliederfarbene Satinkleid betonte gewiss die sanften Rundungen ihrer zierlichen Figur. Zwar besaß sie nicht die üppigen Reize wie Miranda, dennoch konnte Sam mit ihren Proportionen zufrieden sein, die im Einklang mit ihrer nur durchschnittlichen Größe standen. Das schimmernde lange Kleid ließ sie zweifellos ungewohnt elegant wirken ... aber sexy?

„Nun, wenigstens sehe ich in dem Kleid nicht wie ein Wildfang aus", bemerkte sie mit einem Anflug von Selbstironie.

„Du solltest dich auch nicht wie einer fühlen. Warum genießt du es heute nicht einmal, eine Frau zu sein? Lass dich einfach von dem Bild, das du im Spiegel siehst, bezaubern, und nimm es an."

„Aber das bin ich doch nicht wirklich. Dieses kunstvolle Make-up ..."

„... lässt deine hübschen blauen Augen leuchten und bringt dein zartes Gesicht zur Geltung."

„Ich habe mein Haar noch nie so getragen!" Vorsichtig berührte Sam die kupferrote Pracht, die hochfrisiert und zu einer Lockenkrone oben auf ihrem Kopf festgesteckt worden war. Normalerweise trug Sam ihr Haar offen in einer wilden Lockenmähne, unter der sie sich und ihre Gefühle, wenn nötig, verstecken konnte. So aber fühlte sie sich den Blicken anderer schutzlos ausgeliefert. Überdies zweifelte sie, ob es eine kluge Idee gewesen war, diese fliederfarbene Seidenrose seitlich in die Locken zu stecken. Früher oder später würde sie sich vermutlich aus den Haarklammern lösen und herunterfallen. Aber Miranda hatte ganz bestimmte Vorstellungen vom Aussehen ihrer Brautjungfer gehabt, weshalb Sam es nicht gewagt hatte, der Friseuse zu widersprechen.

„Siehst du denn nicht, wie elegant die Frisur ist?“, sagte Elizabeth nun beschwörend. „Endlich einmal wird dein zartes Gesicht nicht von einem Wust von Locken erdrückt, und die Hochfrisur bringt außerdem die zierliche Silhouette deiner Schulterpartie und deinen makellosen, hellen Teint zur Geltung.“

Sam aber fühlte sich einfach nur sehr nackt, und da sie ein so elegantes Outfit nicht gewöhnt war, hatte sie eine Heidenangst, sich darin lächerlich zu machen. Was, wenn die Seidenrose herunterfallen und sich ihre wilden Locken lösen würden? Sie konnte sich Tommys Lachen lebhaft vorstellen, wenn sich der elegante Schein in nichts auflösen würde!

„Das bin einfach nicht ich“, wiederholte sie seufzend. Bestimmt würde sie früher oder später das kunstvolle Make-up vergessen und es verschmieren und schließlich nur noch aussehen wie ein trauriger Clown!

„Das bist du!“ Elizabeth fasste sie bei den Armen, als wollte sie sie schütteln. Doch dann begnügte sie sich damit, Sam zu zwingen, noch einmal in den Spiegel zu sehen. „Es ist der Teil von dir, der du hättest sein können, wenn du nicht auf einer Rinderfarm im Outback aufgewachsen wärst – immer in Konkurrenz mit den Männern, unter dem Druck, dir und allen zu beweisen, dass du alles, was sie tun, genauso gut, wenn nicht besser machen kannst, angefangen vom Zureiten der Pferde bis hin zum Zusammentreiben der Herden mit dem Hubschrauber.“

Sam errötete trotzig. „Ich habe nicht versucht, ein Mann zu sein, Elizabeth. Ich wollte nur ihren Respekt.“

„Nun, vielleicht warst du so damit beschäftigt, dir diesen Respekt zu erringen, dass du vergessen hast, dass auch Männer sich Respekt wünschen." Elizabeth seufzte und lächelte ironisch. „Du warst immer so wild darauf, ihnen zu beweisen, dass du sie auf ihrem ureigenen Feld schlagen kannst … hast sogar den wilden Junghengst zugeritten, den Tommy für sich reserviert hatte."

Mit nachdenklicher Miene hörte Sam diese ungewohnte Kritik. In ihrer Erinnerung stellte sich die Sache etwas anders dar. Sie war damals achtzehn gewesen und verzweifelt bemüht, Tommys Bewunderung zu gewinnen, in der Hoffnung, dass sich zwischen ihnen eine tiefere, viel persönlichere Beziehung entwickeln würde. „Er hat es falsch angefangen", versuchte sie ihr Handeln zu verteidigen. „Dieser Hengst wollte nicht beherrscht werden."

„Also hast du Tommy gezeigt, wie man es richtig macht", fügte Elizabeth bedeutsam hinzu.

Errötend dachte Sam an Tommys wütende Reaktion, als sie ihm freudestrahlend den gezähmten Hengst präsentiert hatte. „Ich wollte ihn nicht schlagen. Es war als ein Geschenk gedacht", flüsterte sie unglücklich. „Ich dachte, Tommy würde sich freuen."

Elizabeth schüttelte mitfühlend den Kopf. „Tommy hat sein ganzes Leben lang mit Nathan konkurriert. Deshalb hat er sich von Nathans Autorität hier auf der Rinderfarm befreit und sich sein Flugchartergeschäft aufgebaut. Um etwas Eigenes auf die Beine zu stellen. Und er forderte dafür Nathans Anerkennung und Respekt, als er ihn später um Land von ‚King's Eden' bat, um es zu einem Safaripark für Touristen zu machen." Sie sah Sam eindringlich an. „Tommy will keine Frau, die mit ihm konkurriert, Sam. Er will eine Frau, die ihm ein echter Partner ist."

Sam schluckte die bissige Bemerkung herunter, die ihr auf der Zunge lag, denn Elizabeths Vorstellungen von den Wünschen ihres Zweitältesten waren ihrer Meinung nach von der Wirklichkeit weit entfernt. Tommy suchte sich regelmäßig Frauen, die außer einer hübschen Fassade nichts zu bieten hatten, nur dazu gedacht, seinem männlichen Ego zu schmeicheln. Wenn er tatsächlich eine echte Partnerin in all seinen Unternehmungen suchen würde, eine treue Gehilfin, eine, die ihm seelenverwandt war, dann hätte er keine Fähigere und Bereitwilligere finden können als sie, Sam, und er war dumm, es nicht zu erkennen.

Bevor das befangene Schweigen unerträglich zu werden drohte, ließ Elizabeth Sam seufzend los und kramte in ihrer silberfarbenen Handtasche. „Ich habe dir Nathans Geschenk mitgebracht." Sie zog ein purpurfarbenes Samtkästchen hervor und legte es auf den Frisiertisch.

Sam blickte es ungläubig an. Noch nie hatte ihr jemand Schmuck geschenkt. Ein neues Pferd, einen neuen Sattel, ein Motorrad, Flugstunden … alles, was sie sich bislang zum Geburtstag oder auch sonst gewünscht hatte, war auf das gerichtet gewesen, wie sie ihr Leben gestalten wollte, und nicht auf die Betonung ihrer Weiblichkeit. „Das war doch nicht nötig", protestierte sie schwach.

„Es ist Tradition, dass der Bräutigam der Brautjungfer seiner Braut auf diese Weise dankt", erklärte Elizabeth ihr sanft.

„Nun, ich war ja noch nie Brautjungfer …". Etwas nervös öffnete sie das Kästchen. Hoffentlich hatte Nathan nicht zu viel Geld für sie ausgegeben. Der Anblick eines wunderschönen Perlenanhängers an einer feinen Goldkette und der dazu passenden Perlenohrringe raubte ihr den Atem. „Das kann ich nicht annehmen!“

„Unsinn! Es passt perfekt zu deinem Kleid.“ Elizabeth nahm das zarte Collier aus dem Kästchen und hängte es Sam um.

„Aber meine Ohren sind doch gar nicht durchstochen!“

„Es sind Klipps“, antwortete Elizabeth sofort. „Speziell für dich angefertigt. Leg sie an, Sam. Ich möchte sehen, wie es wirkt.“

Sam erkannte, dass jeder Widerspruch zwecklos war, da Elizabeth das Ensemble vermutlich selber ausgesucht hatte. Also befestigte sie sich mit zittrigen Fingern die Klipps an ihren zierlichen Ohren und versuchte nicht daran zu denken, dass diese wunderschönen Perlen normalerweise ein Vermögen gekostet hätten. Natürlich war das für die Kings etwas anderes, denn sie besaßen neben der riesigen Rinderfarm, die Nathan leitete, und Tommys lukrativen geschäftlichen Unternehmungen auch eine Perlenzucht in Broome, von Elizabeths Seite her, und beträchtliche Anteile an Gold- und Diamantminen, um die sich Jared, der jüngste der drei King-Brüder, kümmerte.

Der Reichtum der Kings hatte Sam nie besonders gekümmert … bis heute. Sie hatte sich ihren Unterhalt auf „King's Eden“ immer verdient, zuerst mit ihrer Arbeit auf der Rinderfarm und in den letzten Jahren als Pilotin für Tommys Ferienpark. Aber natürlich konnte sie das Geschenk des Bräutigams, das er ihr als Erinnerung an ihre Rolle auf seiner Hochzeit überreichen ließ, nicht ablehnen.

„Perfekt!“ Elizabeth begutachtete sie zufrieden. „Du hast hübsche kleine Ohren und solltest sie wirklich öfter zeigen.“

„Koboldohren“, wehrte Sam ab. Damit hatte man sie schon

in der Schule immer geneckt. „Diese wunderschönen Ohrringe werden mich bis heute Abend vermutlich umbringen."

„Aber sie schmeicheln deinem zarten Gesicht und deinem schlanken Hals. Lass sie unbedingt an. Du siehst hinreißend aus … strahlend und verführerisch."

Zwar hätte Sam sich nie mit solchen Worten beschrieben, doch sie musste zugeben, dass der schimmernde Perlenschmuck ihrem Outfit einen ganz besonderen Glanz verlieh.

„Die Kosmetikerin sollte in zehn Minuten bei Miranda fertig sein", sagte Elizabeth mit einem Blick auf die Uhr. „Am besten gehst du dann zu ihr und hilfst ihr mit dem Kleid und dem Schleier. Ich werde jetzt nach Nathan und Tommy sehen und mich vergewissern, dass sie den Zeitplan einhalten."

Sie war schon an der Tür, als Sam rasch sagte: „Vielen Dank, Elizabeth, für … alles."

Elizabeth King sah Sam noch einmal eindringlich an. „Versprich mir …" Sie zögerte und besann sich anders. „Ach, das wäre wohl zu viel verlangt."

„Bitte …"

„Nimm es bitte nicht persönlich." Elizabeth King seufzte. „Glaub mir, ich meine es wirklich nur gut. Aber niemand hat Freude an dem ständigen Gezänk zwischen dir und Tommy. Er zieht dich auf, und du beißt sofort an. Du ziehst ihn auf, und er beißt sofort an. Meinst du, du könntest das heute, an Nathans Hochzeit, einmal sein lassen? Ich weiß, es ist dir zur Gewohnheit geworden, aber es ist kindisch …" Sie schüttelte entschuldigend den Kopf und lächelte Sam dann beschwörend an. „Die elegante Frau, die ich hier vor mir sehe, muss mit niemandem konkurrieren. Lass dich von diesem Gedanken tragen, Sam. Gewinne Respekt … einfach dafür, dass du eine Frau bist."

Kindisch ... Dieser Vorwurf ließ Sam nicht los, nachdem Elizabeth King gegangen war. Diese kleinen Wortgeplänkel zwischen Tommy und ihr hatten begonnen, als sie beide noch Teenager gewesen waren – wahrscheinlich als kindischer Versuch ihrerseits, Tommys Aufmerksamkeit zu erringen. Damals war es aber in erster Linie noch Spaß gewesen. Erst nach der Geschichte mit dem jungen Hengst war eine gewisse Schärfe hinzugekommen.

Seitdem lagen zehn Jahre spöttischer Wortgefechte hinter ihnen, und es war ihnen derart zur Gewohnheit geworden, dass Sam bezweifelte, ob sie so einfach damit aufhören könnte. Auf seltsam verdrehte Weise hatte es ihr ein Gefühl von ganz besonderer Nähe zu Tommy gegeben, das keine seiner gezierten „Freundinnen" teilen konnte, weil es viel weiter zurückreichte und auf einer fast schon familiären Vertrautheit gründete.

Doch sie wollte nicht Tommys „kleine Schwester" sein! Verzweifelt wandte Sam sich wieder der Frau im Spiegel zu. Keine Spur von kindischem Trotz war an ihr zu entdecken. Sie war elegant, strahlend, verführerisch ... Konnte sie, Sam, heute diese Frau sein? Würde Tommy ihr anders begegnen, in ihr eine begehrenswerte Frau sehen, mit der er Liebe und nicht Krieg wollte?

Sam atmete tief ein und fasste einen Entschluss. Heute würde sie diese Frau sein, egal, wie schwer es ihr fallen würde. Sie würde dieses Bild in Gedanken festhalten und ihm gerecht werden. Nicht, weil Elizabeth King sie darum gebeten hatte. Nicht, weil es Nathans Hochzeit war. Sondern weil sie es plötzlich als die einzige Chance begriff, an ihrer Beziehung zu Tommy etwas Grundlegendes zu verändern. Und wenn das nicht funktionierte, gab es vielleicht gar keine Hoffnung mehr.

War sie zu hart mit Sam gewesen?

Auf dem Weg zu Nathan grübelte Elizabeth King besorgt darüber nach. Sam war für sie immer eine Kämpfernatur gewesen, eine Überlebenskünstlerin, die auch nach Niederlagen immer wieder trotzig aufstand und am Ende siegte. Doch mit Tommy kämpfte sie den falschen Kampf. Und manchmal, so überlegte Elizabeth energisch, musste man hart sein, um sich als echter Freund zu erweisen.

Dennoch bedrückte es sie, wie … verletzlich Sam ausgesehen hatte. Es gab ihr das Gefühl, dass es diesmal für diese beiden um alles ging – für den Sohn, der sie stets zum Lachen bringen konnte, und für die Kindfrau, die ihm ein Dorn im Auge geworden war, anstatt sein Herz mit Freude zu erfüllen. Die vielversprechende Beziehung zwischen den beiden hatte eine völlig falsche Richtung eingeschlagen, und Elizabeth King wusste nicht, ob sich das durch ihre Einmischung noch korrigieren ließ.

Nachdem sie jahrelang mit ansehen musste, wie die beiden sich in den Haaren lagen, war sie zu dem Schluss gelangt, dass beide zu stolz waren, um von sich aus noch etwas daran zu ändern. Vielleicht war es ja auch zu spät, und die gegenseitigen Sticheleien hatten längst das erstickt, was zwischen ihnen hätte sein können. Vergeblich hatte Elizabeth King versucht, den beiden klarzumachen, dass sie nur wertvolle Zeit vergeudeten, die sich nie wieder einholen ließ. Wenn sie es anlässlich dieser Hochzeit nicht schaffte, Sam und Tommy dazu zu bringen, sich noch einmal mit ganz anderen Augen zu sehen … nun, dann hatte sie es wenigstens versucht.

Letztendlich waren die beiden für ihr Glück allein verantwortlich. Nur traute Elizabeth King es ihnen allmählich nicht mehr zu, von sich aus den richtigen Weg einzuschlagen. Aber sie konnte es auch nicht erzwingen, sondern lediglich einen Anstoß geben.

Elizabeth King fand ihre drei Söhne an der Bar im Billardzimmer. Jared, der jüngste, schenkte ihnen gerade Champagner ein. In ihren schwarzen Hochzeitsanzügen sahen sie alle drei auffallend attraktiv aus, obwohl sie völlig unterschiedlich waren. Nathan, so groß und breitschultrig und beeindruckend männlich, war mit seinen strahlend blauen Augen und dem glatten schwarzen Haar fast das Abbild seines verstorbenen Vaters. Tommy dagegen, schwarz gelockt und stets ein spitzbübisches Funkeln in den dunkelbraunen Augen, versprühte den unwiderstehlichen Charme eines unverbesserlichen Schwerenöters. Jared schließlich schuf nicht nur durch sein Äußeres – dunkle Augen, schwarzes, leicht gewelltes Haar – einen Ausgleich zwischen seinen beiden Brüdern. Er war der Ruhigste und Zurückhaltendste von den dreien.

Einen Moment blieb Elizabeth stehen und betrachtete ihre Söhne voller Stolz. Auch Lachlan wäre stolz auf sie gewesen, dachte sie und wünschte sich, ihr Mann wäre noch am Leben und heute an ihrer Seite, um die Hochzeit seines Erstgeborenen zu feiern. Seine drei Jungs waren inzwischen längst erwachsene Männer, die ihre eigenen Wege gingen, und es tat Elizabeth gut, sie einmal wieder so locker und glücklich beieinander zu sehen, wozu sich leider viel zu selten die Gelegenheit ergab.

„Ich dachte, ihr hättet gestern Abend beim Junggesellenabschied mehr als genug getrunken“, sagte sie laut, und die drei drehten sich zu ihr um.

„Ein letzter Toast auf das Ende meines Junggesellenlebens“,

sagte Nathan lächelnd.

„Zur Beruhigung der Nerven“, fügte Jared scherzhaft hinzu.

„Ich jedenfalls brauche eine Stärkung“, ergänzte Tommy. „Jeder Mann, der Sam als Partner zugeteilt wird, sollte für den Kampf gerüstet sein, und da es mich getroffen hat ...“

„Du könntest es zur Abwechslung ja mal locker angehen lassen“, schlug Nathan vor. „Behandle Sam einmal wie eine Lady anstatt wie einen Sparringspartner, dann hat sie keine Angriffsfläche.“

Elizabeth warf ihrem ältesten Sohn ob dieser unerwarteten Unterstützung einen dankbaren Blick zu.

Tommy aber winkte spöttisch lächelnd ab. „Sam wie eine Lady? Erstens wüsste sie gar nicht, wie sie darauf reagieren sollte, und zweitens würde sie mich beschuldigen, sie aufzuziehen. Oder sie würde mir irgendwelche ruchlosen Absichten unterstellen und hinter allem, was ich tun oder sagen würde, eine Falle vermuten, die ich unerwartet zuschnappen ließe, wenn es ihr am unangenehmsten wäre.“ Er deutete mit einer ausladenden Geste auf Elizabeth und ließ den Blick bewundernd über sie schweifen. „Dort siehst du eine wahre Lady. Du siehst wirklich wundervoll aus, Mum, und machst Nathan heute alle Ehre.“

„Danke, Tommy. Und ich denke, Samantha wird heute dir alle Ehre machen ... wenn du es nur zulässt.“

„Samantha?“ Er sah seine Mutter überrascht an. „Seit wann ist aus Sam Samantha geworden?“

„Das wirst du schon sehen, Tommy“, antwortete Elizabeth mit einem wissenden Lächeln, das bewusst seine Neugier anstacheln sollte.

„Ein Glas Champagner, Mum?“, bot Jared ihr an.

„Nein, danke, ich wollte mich nur vergewissern, dass ihr bereit seid und alles seinen Gang geht.“

„Haben wir die Inspektion bestanden?“, fragte Nathan amüsiert.

In diesem Moment erinnerte er sie so sehr an Lachlan an ihrem Hochzeitstag, dass Elizabeth die Kehle wie zugeschnürt war. Sie nickte stumm.

„Was erwartet mich denn?“, forschte Tommy skeptisch. „Hat Miranda Sam mit einem geheimnisvollen Zauber verwandelt?“

Elizabeth King überging diese spöttische Frage. „Könnte ich dich kurz unter vier Augen sprechen, Tommy?“, bat sie, anstatt zu antworten.

„Ich habe die Ringe.“ Er tastete scherzhaft nach seinen Jackentaschen. „Und ich kenne sämtliche Pflichten des Trauzeugen. Du kannst dich auf mich verlassen. Und egal, wie sehr Sam auch sticheln wird, meine Dankesrede an die Brautjungfer wird ganz deinen Wünschen entsprechen. Ist damit alles gesagt?“

„Nicht ganz. Bitte, Tommy, schenke mir nur einige wenige Minuten“, beharrte Elizabeth und deutete zum angrenzenden Salon.

Tommy verdrehte theatralisch die Augen, erhob sich aber von seinem Barhocker, machte übermütig einige gekonnte Steppschritte und begann zu singen: „Oh, we're going to the chapel, going to get married …“. Und zum großen Vergnügen seiner Brüder nahm er seine Mutter schwungvoll in die Arme und tanzte mit ihr in den Salon – ganz der charmante Playboy, als der er sich in der Öffentlichkeit so gern darstellte.

Elizabeth King hatte sich oft gefragt, was Tommy mit diesem Image bezweckte. Sie glaubte nicht, dass er seinem Wesen nach ein unverbesserlicher Schürzenjäger war. Nein, ihrer Ansicht nach spiegelte sein unstetes Privatleben eher seine rastlose Suche nach einer Frau wider, die ihm etwas geben würde, was Sam ihm nicht geben wollte oder konnte. Oder es war eine Frage des Stolzes, zu beweisen, dass ihm alle Frauen zu Füßen lagen. Ganz sicher aber fand er auf diese Weise nicht, was er sich wirklich wünschte.

„So …". Tommy war mit ihr außer Hörweite seiner Brüder im Salon stehen geblieben. „Was hast du auf dem Herzen?"

Elizabeth atmete tief ein. Es fiel ihr schwer, dem übermütigen Funkeln in seinen dunklen Augen einen Dämpfer verpassen zu müssen. Aber sie liebte Tommy zu sehr, um zulassen zu können, dass er seine tief empfundenen Bedürfnisse hinter einer Fassade aus oberflächlichem Spaß verbarg. „Heute ist Nathans Hochzeit …"

Er legte spöttisch den Kopf schief. „Dessen bin ich mir völlig bewusst."

„Nun ja … ich möchte, dass nichts das Glück dieses Tages trübt. Kein Gezänk, keine Sticheleien."

Tommys Unschuldsmiene war gekonnt. „Ich bin auf Kommando die Liebenswürdigkeit in Person."

„Dann beweise das auch einmal Samantha gegenüber, Tommy. Du hast gehört, was Nathan gesagt hat. Er würde dich nie direkt darum bitten, aber ich tue es hiermit. Lass die Streitereien ruhen, sei freundlich, großmütig …"

Das Funkeln in seinen Augen erlosch, Tommys Miene wurde abweisend.

„Tommy, ich bitte dich doch nur, sie so zu behandeln, wie

du jede andere Frau behandeln würdest. Verpfusch es nicht."

„Was sollte ich verpfuschen?", fragte er scharf.

„Diesen Tag. Du bist älter als sie und hast, weiß Gott, genug Erfahrung mit Frauen, um die Situation mit Feingespür zu meistern. Samantha ist nervös. Sie hat Angst."

„Angst?" Er winkte verächtlich ab. „Sam hat noch nie vor irgendetwas Angst gehabt!"

„Hältst du mich für dumm, Tommy? Glaubst du, ich höre mich nur gern reden?"

Er wich dem Blick seiner Mutter aus und schwieg.

„Ich sage dir, sie ist heute nicht so gerüstet wie sonst", fuhr Elizabeth eindringlich fort. „Sie ist verletzlich, und wenn du ihr wehtust, Tommy, wäre das … sehr, sehr falsch."

„Ich beabsichtige gar nicht, Sam wehzutun", antwortete er heiser.

Elizabeth legte ihm eine Hand auf den Arm. „Ich hoffe sehr, du wirst es sorgfältig vermeiden … um deinet- und um ihretwillen."

Tommy wandte sich ihr wieder zu. Seine dunklen Augen funkelten herausfordernd. „Meinst du, es ist alles nur meine Schuld?"

Die nur mühsam beherrschte Leidenschaft, die aus diesen Worten sprach, verriet Elizabeth mehr, als Tommy ihr je gestanden hätte … all die lang aufgestauten Frustrationen, die sein Verhältnis zu Samantha Connelly kennzeichneten. Aber Schuldzuweisungen führten zu nichts. Genauso wie es nichts half, mit den Fehlern der Vergangenheit zu hadern. „Nein", erwiderte sie liebevoll. „Aber ich halte dich einfach für reif genug, Tommy, heute darüberzustehen … einfach nur zu geben, ohne etwas dafür als Lohn zu erwarten. Denn das ist der Sinn des heutigen Tages: Geben."

Er lächelte widerstrebend. „Okay, abgemacht. Was auch immer es einbringen soll." Spöttisch fügte er hinzu: „Aber dir ist natürlich klar, dass Sam jedes Geschenk von mir vermutlich in der Luft zerfetzt?"

„Dann würde es allerdings allein ihre Schuld sein. Vielen Dank, Tommy."

„Oh, ich werde mit dem größten Vergnügen den Märtyrer spielen", versicherte Tommy, und das schalkhafte Funkeln war in seine Augen zurückgekehrt.

Elizabeth King lächelte. „Habe ich dir eigentlich in letzter Zeit gesagt, wie lieb ich dich habe?"

Er erwiderte ihr Lächeln liebevoll. „Das musst du nicht. Du bist immer auf meiner Seite gewesen, wenn ich dich gebraucht habe. Danke, Mum."

Elizabeth hatte nie gezögert, Tommy das Startkapital für seine Unternehmungen vorzuschießen, sei es für seine Flugchartergesellschaft „KingAir" mit kleinen Flugzeugen und Hubschraubern, oder für den Ferienpark, der genau wie die Rinderfarm „King's Eden" hieß, weil er auf einem Teil des Landes angelegt worden war. Für Tommy war es sehr wichtig gewesen, sich zu beweisen und aus Nathans großem Schatten herauszutreten – Nathan, dem es in die Wiege gelegt worden war, in die Fußstapfen seines Vaters zu treten und der „Rinderkönig" zu werden. Tommy wollte etwas Eigenes auf die Beine stellen, und er hatte es geschafft, hatte sich inzwischen längst erfolgreich im Geschäft etabliert.

Privat allerdings beneidete er Nathan um die Liebe, die dieser bei Miranda gefunden hatte. Elizabeth King hatte es am Abend ihrer Verlobung in Tommys Blick gesehen. Er sehnte sich danach, genauso – um seinetwillen – geliebt, akzeptiert und respektiert zu werden.

„Lass es einen glücklichen Tag werden", sagte sie nun beschwörend.

„Natürlich, der glücklichste ... vor allem für Nathan." Er tätschelte ihr die Wange. „Keine Sorge. Du hast mein Wort. Ich werde dem Tiger ins Gesicht lächeln."

„Danke, Tommy." Schon viel leichter ums Herz, machte Elizabeth sich auf den Weg, um noch einmal nach der Braut zu sehen. Sie hatte ihr Möglichstes getan, um für einen harmonischen Rahmen zu sorgen. Es lag nun bei Tommy und Samantha, etwas daraus zu machen.

Die Brautjungfer und der Trauzeuge. Eine Hochzeit. Da mussten die beiden doch spüren, was ihnen in ihrem Leben fehlte, und den Versuch machen, die trennenden Barrieren zu überwinden und die Chance zu nutzen. Es lohnte sich nicht, aus bloßem Stolz den Verlust der Liebe zu riskieren.

2. KAPITEL

Pünktlich um Viertel vor vier traten Tommy und Nathan auf die Veranda des Farmhauses hinaus. Jared blieb zurück, um Miranda zum Altar zu führen, anstelle ihres Vaters, den sie nie kennengelernt und der nie eine Rolle in ihrem Leben gespielt hatte. Auch wenn sie keinerlei Familie hatte, musste sie diesen für sie so bedeutsamen Weg nicht allein gehen. Sie würde nie wieder allein sein, das hatte Nathan sich geschworen.

Tommy und Nathan gingen hinunter zu der weißen Pergola, die jetzt den Weg in den Garten säumte und in deren Schatten Miranda und Sam warten würden, bis der Zeitpunkt für ihren Auftritt gekommen war. Die uralten Bougainvillea-Hecken zu beiden Seiten leuchteten an diesem sonnigen Samstagnachmittag in voller Blütenpracht. Nathan und Tommy traten durch das weiße Gittertor, das die Braut und ihr Gefolge bis zu dem entscheidenden Moment vor den Blicken ihrer Gäste verbergen würde.

Ein langer roter Teppich führte über den weitläufigen Rasen vor dem Farmhaus direkt zu der großen weißen Gartenlaube, die dort auf der gegenüberliegenden Seite errichtet worden war. Hier spendeten imposante alte Bäume mit ihren ausladenden Ästen den dreihundert Gästen großzügig Schatten, die von überall aus Australien eingeflogen waren.

Viele hatten bereits auf den weißen Stühlen Platz genommen, die vor der Laube so angeordnet worden waren, dass in der Mitte ein Gang für den Einzug der Braut frei blieb. Zu beiden Seiten war jeweils ein Sitzblock mit reservierten Plätzen – einmal für die Angestellten der Farm und des Ferienparks mit ihren Familien, zum anderen für den Stamm der Aborigines aus dieser Gegend, der seit den Anfängen von „King's Eden" vor über hundert Jahren eng mit der Familie verbunden war.

Zweifellos ist dies die größte Hochzeit, die die Kimberleys je gesehen haben, dachte Tommy lächelnd. Stoff für eine weitere Legende, von denen es um die Familie King aus früheren Zeiten schon so viele gab. Aber dies war etwas anderes, und Tommy war stolz, einen beträchtlichen Anteil daran zu haben, denn immerhin hatte „KingAir" viele der Gäste eingeflogen, und sein Ferienpark sorgte für die angemessene Unterbringung. Eine derart große Gesellschaft hätte selbst Nathans Möglichkeiten als Gastgeber gesprengt.

Während die beiden Brüder langsam über den roten Teppich auf den Pavillon zusteuerten, ging ein erwartungsvolles Raunen durch die Gästeschar. Auch die letzten nahmen nun ihre Plätze ein, damit die mit Spannung erwartete Zeremonie ihren Verlauf nehmen konnte. Aus dem Augenwinkel bemerkte Tommy Janice Findlay, die als Einzige immer noch stand und ihn beobachtete. Vermutlich wollte sie so seine Aufmerksamkeit auf sich ziehen.

Doch es war vorbei zwischen ihnen, und er beabsichtigte nicht, sie in irgendeiner Weise zu ermutigen. Hoffentlich würde sie nicht versuchen, ihre Affäre heute wieder aufleben zu lassen. Janice' Problem war, dass sie zu viel trank – ganz amüsant, solange sie nur beschwipst war, aber überhaupt nicht mehr lustig, wenn sie kaum noch auf den Beinen stehen konnte.

Es wäre Öl in Feuer, wenn sie heute vor Sam eine Szene machen würde. Sam würde ihre spitze Zunge dann gewiss nicht mehr im Zaum halten können, und er, Tommy, hätte alle Hände voll zu tun, den Frieden zu wahren, weil er es seiner Mutter versprochen hatte. Nein, er wünschte sich inständig, dass Janice auf Nathans Hochzeit ein anderes Opfer ins Visier nehmen würde. Seine Geduld und sein Langmut würden schon genug auf die Probe gestellt in dem Bemühen, Sam bei Laune zu halten – was vermutlich unmöglich war. Sam war ihrem Wesen nach eine Kratzbürste.

Verletzlich, hatte seine Mutter gesagt? Nun, vielleicht trug sie auf Mirandas Wunsch hochhackige Pumps und hatte eine Heidenangst, bei ihrem Einzug vor der Braut tollpatschig herumzuwackeln oder sogar zu stolpern. Sam hasste es, in irgendeiner Situation unfähig zu wirken, und aller weiblicher Schnickschnack war ihr fremd, weil sie sich vom Tag ihrer Geburt an das Ziel gesetzt zu haben schien, alle Welt vergessen zu lassen, dass sie ein Mädchen und kein Junge war.

Hoffentlich würde sie nicht stolpern und auf die Nase fallen. Diese Demütigung vor all den Gästen und gleich zu Beginn der Hochzeit würde er ihr wirklich nicht wünschen, obwohl Sam selbst verdammt gut im Austeilen von Demütigungen war. Nicht nur, dass sie perfekt die Kunst beherrschte, den anderen stets um eine Nasenlänge voraus zu sein, sie krittelte auch ständig an allem herum, was er tat, als wüsste sie immer alles besser. Und ärgerlicherweise hatte sie oft genug auch noch recht. Was ihn, Tommy, zur Weißglut brachte.

Eines schönen Tages würde er Sam Connelly so richtig eins auswischen. Aber angesichts des Versprechens, das er seiner Mutter gegeben hatte, würde heute nicht dieser Tag sein. Es sei denn … Um seine Mundwinkel zuckte ein Lächeln. Was, wenn er zu diesem besonderen Anlass Sam gegenüber seinen sprichwörtlichen Playboy-Charme ausspielen würde? Sie mit Komplimenten überschütten und ihr jeden Wunsch von den Augen ablesen würde? Kurz gesagt, sie völlig verwirren, bezaubern und blenden würde? Bei der Vorstellung, Sam auf diese Weise die Krallen zu stutzen, lachte er vergnügt in sich hinein.

„Was amüsiert dich so?“, fragte Nathan neugierig.

„Du wirst heute vielleicht nicht der einzige Gewinner sein, großer Bruder“, antwortete Tommy mit einem breiten Lächeln.

Sie hatten jetzt den Pavillon erreicht, und ehe Nathan etwas erwidern konnte, kam der Pastor auf ihn zu, um ihn zu begrüßen. Tommy begnügte sich damit, sich genüsslich auszumalen, wie er Sam mit der geballten Macht seines unwiderstehlichen Charmes den Wind aus den Segeln nehmen würde.

Der Anblick seiner Mutter, die in diesem Moment in den Gang zwischen den Stuhlreihen hinaustrat, lenkte Tommys Aufmerksamkeit wieder auf seine Pflichten als Trauzeuge. Er gab Albert und Ernie, den beiden Stammesältesten der Aborigines, das Zeichen, ihre Plätze zu beiden Seiten des Pavillons einzunehmen. Sie kamen mit ihren Didgeridoos, den langen, zu diesem besonderen Anlass auf Hochglanz polierten Holzinstrumenten, aus dem Kreis ihrer Familien und nahmen würdevoll Aufstellung.

Elizabeth King blieb am Ende des Ganges stehen und breitete einladend die Arme aus. Aufgeregt kamen die Kinder aus dem Schatten der Bäume herbei, alle Mädchen unter zwölf aus den Familien der Farmarbeiter und zwei Jungen vom Stamm der Aborigines. Mit wichtigen Mienen reihten sie sich vor dem Pavillon auf, voran die beiden Jungen. Die braunen Körper in den traditionellen Mustern bemalt, trugen sie jeder stolz einen Stammesspeer in der Hand. Ihnen folgten in Zweierreihen die Mädchen, niedlich anzusehen mit ihren fliederfarbenen Rüschenkleidern. Dazu trugen sie weiße Söckchen und Schuhe und einen Kranz aus Gänseblümchen im Haar, und jedes hielt ein weißes Körbchen mit Rosenblättern in den Händen.

Die Kinder nickten ernst, als Elizabeth King kurz mit ihnen sprach. Dann gingen sie langsam den Gang hinunter. Die Mädchen stellten sich in gleichmäßigen Abständen zu beiden Seiten auf, die Jungen nahmen ihren Platz an dem weißen Gittertor ein, das sie beim ersten Klang der Didgeridoos öffnen sollten. Sobald die beiden Jungen an dem Tor bereitstanden, kehrte auch Elizabeth zu ihrem Platz zurück.

„Bist du bereit?" Tommy warf seinem Bruder einen prüfenden Blick zu.

„Ja", erwiderte Nathan von Herzen.

Tommy gab Albert und Ernie das Zeichen und wurde plötzlich selber von erwartungsvoller Vorfreude ergriffen, als die dumpfen, rhythmischen Klänge der uralten Aborigine-Instrumente anhoben, mit denen die guten Geister der Ahnen beschworen wurden, die bevorstehende Bindung mit langem Leben und Fruchtbarkeit zu segnen. Es war ein Klang, der tief im Herzen widerhallte und den Zuhörern das Gefühl gab, eins mit dem Herzschlag der Erde zu sein.

Zugleich öffneten die beiden Jungen das doppelflügelige Tor, und heraus trat ... Sam?

Tommy blinzelte ungläubig. Sam, die aussah wie ein atemberaubendes Model aus einem Modemagazin.

Ein Schauer von Rosenblättern ließ Tommys Sicht für einen Moment verschwimmen. Aber dann schritt Sam an ihm vorbei – ohne auch nur im Geringsten herumzuwackeln. Sie hielt sich gerade und aufrecht und wirkte ungewöhnlich groß. Groß? Es war ihre Frisur! Der Wust von roten Locken war gebändigt und zu einem kunstvollen, schimmernden Lockentuff auf ihrem Kopf frisiert worden, den seitlich eine fliederfarbene

Seidenrose zierte. Es wirkte zugleich elegant und verführerisch weiblich.

Und ihr Kleid konnte man nur als sexy bezeichnen! Seidig schimmernd schmiegte sich der fliederfarbene Satin an ihre – überraschend – feminine Figur: hohe, feste Brüste, deren Ansatz das trägerlose Top verlockend erahnen ließ, eine zierliche Taille, noch betont durch die perfekt gerundeten Hüften, die bei jedem Schritt aufreizend anmutig schwangen.

Ein zartes Bouquet aus Gänseblümchen und Grün in ihren Händen lenkte den Blick weiter nach unten, wo der enge Rock des Satinkleides in unglaublich sinnlicher Weise ihre schlanken Beine umspielte. Tommy durchzuckte heißes Verlangen, doch ein weiterer Schauer von Rosenblättern erinnerte ihn daran, wo er war und was die Pflichten des Trauzeugen von ihm verlangten. Rasch riss er den Blick von dem gefährlich aufregenden Rock los.

Zierliche Schultern, ein schlanker Hals. Ein zartes Perlencollier schimmerte auf ihrer makellosen hellen Haut und tropfenförmige Perlenohrringe baumelten provokant zu beiden Seiten ihres Gesichts. Wo waren die Sommersprossen geblieben? Auf jeden Fall dachte man bei dieser Sam ganz bestimmt nicht an eine „kleine Schwester"!

Ihr Gesicht wirkte nicht so verschlossen wie sonst, sondern geradezu einladend. Die Lippen schimmerten in zartem Rosé, die Wangen waren apart mit Rouge betont, die Brauen in zierlichem Schwung nachgezogen, und die blauen Augen wirkten strahlend und ausdrucksvoll wie nie. Ihr Blick war auf ihn, Tommy, gerichtet und versetzte ihm einen heftigen Stich mitten ins Herz. Ein unmissverständlich erotisches Versprechen lag in diesem Blick. Tommy spürte, wie es ihn erneut heiß durchzuckte. Unzählige Male hatte er sich gesagt, dass er Sam Connelly nicht begehre. Man musste schon ein Masochist sein, um das zu tun. Aber dies war nicht die Sam, die er kannte. Dies war …

Samantha! Ja, seine Mutter hatte recht gehabt. Und wenn es je eine wandelnde Einladung gegeben hatte, eine ganz andere Seite von Sam zu entdecken, dann hier und jetzt. Auf einmal war es für Tommy King gar keine Belastung mehr, sich auf der Hochzeit seines Bruders um Sam kümmern zu müssen, und er dachte auch nicht mehr daran, sich auf ihre Kosten zu amüsieren.

Sam war während der Trauungszeremonie nicht krank vor Neid, sondern krank vor Aufregung. Ihre Gedanken drehten sich immer wieder darum, wie Tommy sie angesehen hatte, als sie den Gang entlanggeschritten war. So sehr war sie damit beschäftigt, dass sie erst, als Miranda sich zu ihr umdrehte, um ihr den Brautstrauß zu reichen, merkte, dass Braut und Bräutigam bereits so weit waren, sich die Ringe anzustecken.

Kurz darauf erklärte der Pastor Nathan und Miranda zu „Mann und Frau“, und sie wandten sich zu dem Tisch im hinteren Teil des Pavillons, um die Heiratsurkunde zu unterschreiben. Sams Herz pochte heftig, als sie mit Tommy dem Brautpaar folgte. Sie wagte nicht, ihn direkt anzusehen, aus Angst, zu viel in seinen Blick hineininterpretiert zu haben. Jetzt, da die erste Überraschung ihres Anblicks vorüber war, würde sie vielleicht wieder nur das übliche spöttische Funkeln in seinen Augen sehen.

„Eine ziemliche Offenbarung“, flüsterte er ihr zu.

„Was meinst du?“ Argwöhnisch warf sie ihm einen verstohlenen Blick zu.

„Du in all deinem Glanz“, antwortete er, wobei er sie zärtlich bewundernd ansah. Keine Spur von Spott in seinem Blick.

„Miranda hat es ausgesucht“, flüsterte sie befangen, denn sie war überhaupt nicht darauf vorbereitet, ein so persönliches Kompliment von Tommy entgegenzunehmen.

„Du machst ihm alle Ehre“, antwortete er sofort.

„Danke“, sagte sie, diesmal gefasster.

Tommy legte ihr eine Hand an den Ellbogen, um sie hinter die Braut zu führen, die sich zur Unterschrift an den kleinen Tisch gesetzt hatte. Sam spürte die warme Berührung und fragte sich, ob Tommy zu dem besonderen Anlass nur den Kavalier spielen wollte oder tatsächlich den körperlichen Kontakt mit ihr suchte.

„Du siehst in deinem festlichen Anzug aber auch sehr gut aus“, meinte sie spontan, um ihm auch etwas Nettes zu sagen.

„Mm … darf ich das als Ausdruck deiner Anerkennung verstehen?“

Jetzt war es wieder da, dieses spöttische Blitzen in seinen Augen, und Sam parierte sofort: „Ich bin sicher, jede ledige Frau hier wird dir im Nu zu Füßen liegen.“

Ehe sie diese spitze Bemerkung bereuen konnte, beugte Tommy sich zu ihr vor und flüsterte: „Du hast meine Erlaubnis, sie zu verjagen.“

Ihr Stolz fegte alle guten Vorsätze weg. „Warum sollte ich das tun?“

„Weil ich heute dein Partner bin.“

Der Hinweis auf ihre Pflichten als Brautjungfer provozierte sie nur noch mehr. „Vielleicht gefällt mir ja ein anderer besser.“

Er betrachtete sie glühend. „Ich werde jeden davonjagen, der um dich herumscharwenzelt.“

Diese Vorstellung gefiel Sam schon viel besser. Trotzdem beeilte sie sich klarzustellen: „Ich möchte nicht, dass du dich an mich gekettet fühlst, nur weil du der Trauzeuge und ich die Brautjungfer bin."

„Oh, aber ich möchte heute an dich gekettet sein, Samantha." Noch nie hatte er sie „Samantha" genannt, und er begleitete die Nennung ihres vollen Namens mit einem Blick, bei dem es Sam heiß durchzuckte. Sie hatte sich nicht getäuscht. Tommy sah plötzlich eine begehrenswerte Frau in ihr. Und wenn sie ihre dumme Zunge nicht im Zaum hielt, würde sie alles kaputt machen. Tommy bot ihr an, was sie sich immer gewünscht hatte – und auch wenn es vielleicht nur für diesen einen Tag galt, würde sie es sich nie verzeihen, wenn sie dieses Angebot nicht annehmen würde.

Mit einem besonders strahlenden Lächeln versuchte sie, ihre zuvorige Kratzbürstigkeit wieder wettzumachen. „Dann nehme ich deine Gesellschaft mit Freude an, Tommy."

„Ich nehme dich beim Wort", erwiderte er leise, wobei seine dunklen Augen triumphierend funkelten.

Angesichts dieses Beweises seiner ernsthaften Absichten, wallte in Sam ein warmes Glücksgefühl auf. Sie war so versunken in die unglaubliche Vorstellung, dass ihre geheimsten Träume vielleicht doch noch wahr werden könnten, dass sie fast zusammenzuckte, als Nathan sie ansprach.

„Du musst jetzt unterschreiben", sagte er, stand auf und bedeutete ihr, Platz zu nehmen. „Und, Sam, du bist eine wunderhübsche Brautjungfer."

„Nicht wahr?", pflichtete Miranda ihm bei und sah Sam und Tommy strahlend an.

„Atemberaubend!", erklärte Tommy nachdrücklich und

drängte sie nach vorn.

„Danke“, sagte sie heiser. Tommys „atemberaubend“ ging ihr nicht aus dem Kopf, zumal er dicht an ihrer Seite blieb, als sie sich jetzt setzte und mit vor Aufregung zittrigen Fingern die Heiratsurkunde unterschrieb.

Sobald sie fertig war, nahm Tommy ihr den Stift aus der Hand, beugte sich vor und setzte seine Unterschrift schwungvoll neben ihre. Dabei ruhte seine andere Hand zart auf ihrer nackten Schulter, als würde er bewusst die Berührung mit ihr suchen. Sam betrachtete verstohlen sein schönes Profil und spürte, wie ihr ein heißer Schauer über den Rücken jagte.

„So! Alles vorschriftsmäßig bezeugt!“

Tommys Worte rissen Sam aus ihrer Versunkenheit. Rasch stand sie auf und schüttelte so seine Hand ab. Mit klopfendem Herzen wandte sie sich zu Braut und Bräutigam um. Nathan, ein Fels von einem Mann, ein Freund, auf den sie sich immer hatte verlassen können und der bestimmt ahnte, was sie für seinen Bruder empfand.

Ist es gut?, hätte sie ihn am liebsten gefragt. Konnte sie dem trauen, was da ablief? Spielte Tommy nur seinen sprichwörtlichen Playboy-Charme aus, oder beabsichtigte er ernsthaft, eine ganz andere Beziehung mit ihr anzufangen, die nichts mehr mit der „kleinen Schwester“ zu tun hatte?

Sam wusste nicht, ob Nathan die Frage in ihrem Blick richtig verstanden hatte. Aber er lächelte ihr aufmunternd zu und nickte, und Sam war fürs Erste beruhigt. Spontan trat sie vor und drückte Nathan herzlich an sich.

„Ich wünsche euch beiden alles Glück der Welt“, sagte sie und wandte sich der Braut zu. „Miranda, du bist bestimmt die schönste Braut auf der ganzen Welt.“

„Für mich ist sie das auf jeden Fall", sagte Nathan so liebevoll, dass Sam die Tränen kamen. Würde Tommy das je über sie sagen?

Der Fotograf bat nun zu einem Gruppenfoto vor dem Pavillon. Sam besann sich auf ihre Pflichten als Brautjungfer und zupfte Mirandas Schleier zurecht, sodass er in perfekten Falten von der einzelnen weißen Rose herabfiel, die das zu einem Knoten frisierte blonde Haar der Braut zierte, und richtete dann die perlenbesetzte Schleppe des hinreißenden Brautkleides.

„Genug! Das ist perfekt!" Tommy zog Sam für die Fotos an seine Seite.

Auch als der Fotograf fertig war und der Pastor verkündete, die Gäste könnten nun dem Brautpaar gratulieren, ließ Tommy den Arm um ihre Taille gelegt und drückte sie besitzergreifend an sich.

„Sie sind ein tolles Paar, nicht wahr?", meinte er spontan, während er zusah, wie gerade seine Mutter und Jared Nathan und Miranda freudestrahlend umarmten.

„Bedauerst du, sie an Nathan verloren zu haben?", fragte Sam unwillkürlich. Zu lange hatte Tommys Interesse an anderen Frauen sie gequält.

Er blickte sie überrascht an. „Wie kommst du darauf? Miranda stand für mich nie zur Debatte."

Doch so leicht ließ Sam sich nicht abspeisen. „Du warst doch an ihr interessiert, als sie damals hierherkam, um deinen Ferienpark zu leiten." Miranda, elegant und wunderschön mit ihrem blonden Haar, einer aufregenden Figur und diesen faszinierenden grünen Augen, hatte stets Distanz gewahrt, als Tommy sich um sie bemüht hatte. Sam hatte dieses Spiel nervös beobachtet und insgeheim erwartet, dass Miranda letztendlich schwach werden würde, aber es war nie geschehen.

Tommy warf ihr einen herausfordernden Blick zu. „War ich das?"

„Nun, immerhin hast du sie ständig gefragt, ob sie nicht mit dir ausgehen wollte."

Er lächelte spöttisch. „Reine Neugier. Sie war die neue Managerin meines Ferienparks, und ich wollte hinter ihr Geheimnis kommen … eine Frau wie Miranda, die sich privat so völlig abschottet. Du warst doch auch neugierig, hast du das vergessen? Du hast sie doch damals bei dem gemeinsamen Abendessen hier auf der Farm geradewegs nach ihrer Familie gefragt, über die sie nie sprechen wollte."

Sam errötete. „Ja, das war sehr taktlos von mir. Ich war froh, dass Nathan mit alten Geschichten aus eurer Familie die Situation gerettet hat."

„Ich habe doch damals genau wie du nachgefragt. Reine Neugier, Samantha. Kühle Blondinen sind nicht mein Typ." Er lächelte vielsagend. „Ich stehe eher auf feurige Rothaarige."

Sams Herz klopfte schneller, und sie errötete noch tiefer. Sie war es nicht gewöhnt, dass Tommy sie derart mit Komplimenten bedachte, und fragte sich verwirrt, ob sie es für bare Münze nehmen durfte oder nicht. Irgendwie verunsicherte es sie, dass eine oberflächliche Veränderung in ihrem Aussehen einen derartigen Wandel in seinem Verhalten ihr gegenüber bewirkt haben sollte.

Ehe sie ihre Zweifel jedoch genauer überdenken konnte, kam ihre eigene Familie auf sie zu, die unmittelbar nach Elizabeth King und Jared dem Brautpaar gratuliert hatte. Die Freundschaft zwischen den Kings und den Connellys reichte schon drei Generationen zurück. Beide Familien besaßen jeweils eine Rinderfarm in den Kimberleys, und Sam war in der gegenwärtigen Generation die einzige Tochter. Elizabeth und Lachlan King hatten drei Söhne großgezogen, Theresa und Robert Connelly zwei Söhne und eine Tochter.

Widerstrebend räumte Sam ein, dass Elizabeth King mit dem, was sie zuvor gesagt hatte, recht gehabt hatte. Soweit sie zurückdenken konnte, hatte sie, Sam, sich gewünscht, ein Junge zu sein ... oder zumindest so gut wie ein Junge in den Augen ihres Vaters. Bis Tommy angefangen hatte, andere Gefühle in ihr zu wecken, Gefühle, mit denen sie damals nicht klargekommen war ... und heute genauso wenig klarkam.

Um sich abzulenken, wandte sie sich den ihr vertrauten Gesichtern ihrer Familie zu. Ihr Vater, ein Bär von einem Mann, sah in seinem dunklen Anzug richtig vornehm aus. Sein einst flammend rotes Haar war längst schlohweiß, aber immer noch dicht und lockig, das markante Gesicht von Wind und Wetter gegerbt. Seltsam, dass nur sie, Sam, die Haarfarbe und die blauen Augen von ihm geerbt hatte. Greg und Pete, ihre beiden jüngeren Brüder, waren zwar genauso groß und stattlich wie ihr Vater, hatten aber die dunkle Haarfarbe und die braunen Augen ihrer Mutter, und waren, fein herausgeputzt für die Hochzeit, sehr attraktive junge Männer. Ihre Mutter, klein und zierlich, trug ein pfirsichfarbenes Spitzenkleid und war wie stets ein Inbegriff zarter Weiblichkeit.

„Nun, schau dich einer an!", dröhnte Robert Connelly, wobei er Sam mit seinen beiden Pranken packte und stolz bewunderte. „So viel zum Vorwurf deiner Mutter, ich würde aus dir einen Mann machen, weil ich dir in allem deinen eigenen Kopf gelassen habe." Er sah seine Frau triumphierend an. „Meine Sam kann sich jederzeit in eine wunderschöne Frau verwandeln."

Ihre Mutter betrachtete sie nachdenklich. „Ich hätte mir nicht träumen lassen, dass du so hinreißend aussehen kannst", sagte sie liebevoll. „Ja, es war wie ein Traum, als du den Gang entlanggeschritten bist."

„Manchmal werden Träume vielleicht wirklich wahr, Mum", antwortete Sam heiser. Sie war sich immer noch nicht sicher, was sie von Tommys Reaktion halten sollte.

Ihre Eltern plauderten noch einen Moment mit ihr über die Hochzeit. Dann bemerkten sie ein befreundetes Ehepaar und gesellten sich zu ihm. Greg und Pete blieben noch zurück und scherzten mit Tommy, er solle ihre so unerwartet reizvolle Schwester nur ja unter seine Fittiche nehmen. Er erwiderte gut gelaunt, dass sie genau dort und nirgendwo anders hingehöre – nämlich unter seine Fittiche –, und drückte sie, während er das sagte, fest an sich, was Sam erneut in eine ziemliche Gefühlsverwirrung stürzte.

Lachend wünschten ihre Brüder Tommy Glück und tauchten in die Gästeschar ein, um selber ihr Glück zu versuchen. Sam fühlte sich wie im siebten Himmel, so eng an Tommy geschmiegt – wie eingehüllt von seiner vitalen Kraft, die Teil seiner übersprühenden Persönlichkeit war.

„Weißt du eigentlich, dass diese Rose in deinem Haar genau auf der Höhe meines Mundes ist?", flüsterte er ihr ins Ohr. „Ich verspüre den unwiderstehlichen Drang, sie mit den Zähnen herauszuziehen und mit dir einen wilden Tango aufs Parkett zu legen."

„Bitte nicht!"

Sam blickte protestierend zu ihm auf und verstummte. Sein Gesicht war ihr so gefährlich nahe, dass es sie geradezu in den Fingerspitzen kribbelte, seine glatt rasierte Wange zu streicheln. Dieser sinnliche Mund ... wie zum Küssen geschaffen, die schöne, gerade Nase, die samtbraunen Augen ... sündhaft verführerisch, und die dichten schwarzen Locken, die ihm dieses unwiderstehlich jungenhafte Aussehen verliehen.

„Was für ausdrucksvolle Augen!“, sagte er leise. „Warum haben sie mich noch nie zuvor so angesehen, Samantha?“

Sie brachte kein Wort über die Lippen.

„Ich wäre immer auf jede Bitte von dir eingegangen“, fuhr Tommy fort. „So auch jetzt. Deine Rose ist sicher ... bis du dir genauso sehr wünschst, wie ich es tue, dass ich dein Haar löse und ...“

„Tommy!“

Dieser Ruf, laut und scharf, brach den Zauberbann, den seine Worte auf Sam ausgeübt hatten. Es war die Stimme einer Frau, die Tommys Aufmerksamkeit forderte. Sam wandte den Kopf und erstarrte. Janice Findlay, Tommys letzte Flamme. Und flammend war der Blick, mit dem sie Sam begutachtete.

Normalerweise hätte Sam sich sofort von Tommy gelöst und ihn seiner Gespielin überlassen. Niemals hatte sie mit einer anderen Frau um seine Aufmerksamkeit gebuhlt. Aber irgendwie schienen seine Worte ihr das Recht gegeben zu haben, an seiner Seite zu bleiben. Die Art und Weise, wie er die zu erwartende Situation meistern würde, würde ihr vermutlich ziemlich deutlich machen, welchen Rang sie bei ihm einnahm.

„Hallo, Janice“, grüßte er kühl, wobei er Sam noch fester an sich drückte, als wollte er sie unbedingt daran hindern, sich von ihm zurückzuziehen. „Gefällt dir die Hochzeit?“, fügte er so beiläufig hinzu, als wäre Janice für ihn ein Gast wie jeder andere.

Der Rotschimmer ihres kastanienbraunen Haares war gefärbt, da war sich Sam sicher. So viel zu Tommys Schwäche für „feurige Rothaarige“! Dennoch legte Janice es zweifellos darauf an, die Blicke der Männer auf sich zu ziehen … und mit Erfolg. Ihr hautenges schwarzes Kleid schmiegte sich provokant an ihre üppigen Rundungen, und der tiefe Ausschnitt gewährte Einblicke, die bestimmt so manchen Mann zum Träumen brachten.

„Ein einzigartiges Fest, Darling … der malerische Rahmen, der anrührende Outback-Touch durch die Didgeridoos … meine Eltern waren ganz hingerissen“, antwortete sie mit ihrer aufregenden, rauchigen Stimme. „Sie fühlen sich tief geehrt, dazu eingeladen worden zu sein.“

„Freut mich, zu hören, dass es ihnen gefällt“, antwortete Tommy höflich.

Keineswegs entmutigt, lächelte Janice ihn verführerisch an. „Ich habe gesehen, dass die Ober bereits Tabletts mit Champagnergläsern anbieten. Komm, trink etwas Spritziges mit mir, Darling. Du musst doch durstig sein.“

„Ich bin sicher, du findest jemand anderes, der deine Vorliebe für Champagner mit dir teilt, Janice“, entgegnete Tommy energisch und fügte vielsagend hinzu: „Wie du siehst, bin ich … beschäftigt.“

Sogar Sam stockte der Atem angesichts dieser unmissverständlichen Zurückweisung. Sosehr sie sich wünschte, bei Tommy an erster Stelle zu stehen, fand sie es doch ziemlich brutal gegenüber einer Frau, die vermutlich mit Recht erwartete, dass Tommy immer noch eine Schwäche für sie hatte.

Bittere Ironie spiegelte sich in Janice' Lächeln. „Weg mit dem Alten, es lebe das Neue, Tommy?“

„Das Alte ist schon seit geraumer Zeit zu Ende, wie du sehr

genau weißt“, erwiderte er ruhig. „Und du würdest nichts damit gewinnen, wenn du hier eine Szene machst, Janice.“

„Meinst du?“ Ihre Augen funkelten angriffslustig, als sie erst Tommy und dann Sam ansah. „Bilden Sie sich ja nichts ein, Samantha Connelly“, sagte sie verächtlich. „Sie werden hier nämlich auch nichts gewinnen!“

Sichtlich wütend wandte sie sich ab und steuerte geradewegs auf einen der Ober zu. Das erste Glas Champagner trank sie in wenigen Schlucken aus und nahm sich dann ein zweites vom Tablett, ehe sie den Ober weiterziehen ließ.

„Wenn sie in dem Tempo weitermacht, wird sie noch vor dem Dinner unter dem Tisch liegen“, kommentierte Tommy gereizt.

„Du warst ziemlich … abweisend“, gab Sam zu bedenken. Sie verspürte eine Spur von Mitgefühl für die Frau, die er fallen gelassen hatte, denn schließlich wusste sie genau, wie weh es tat, sein Herz an Tommy King zu verlieren, aber nicht an ihn herankommen zu können.

„Ihr selbstsüchtiger Versuch, dich auszustechen, war unverzeihlich unhöflich“, entgegnete er scharf.

„Vielleicht glaubte sie, ein Recht dazu zu haben.“

Tommy drehte Sam zu sich herum und sah sie wütend an. „Warum denkst du immer nur das Schlechteste von mir?“

Tat sie das? Nun, vielleicht … in dem vergeblichen Versuch, ihn weniger begehrenswert erscheinen zu lassen, damit die eigene Enttäuschung nicht so schmerzte. „Verzeih, das war nicht meine Absicht“, sagte sie schuldbewusst. „Vielleicht weiß ich einfach nicht, was ich von dir halten soll, Tommy, und als Janice uns jetzt plötzlich gegenüberstand …“

„Meine Affäre mit Janice war in jener Nacht zu Ende, als

sie auf einer Party einen Striptease aufs Parkett gelegt hat und dabei sturzbetrunken auf die Nase gefallen ist“, erklärte er ihr angewidert. „Damit war sie für mich erledigt. Ich habe sie noch heil nach Hause gebracht, das war’s. Und ich habe ihr das auch unmissverständlich gesagt. Sie hat kein Recht, dich zu kränken oder mich zu verleumden.“

Er schwieg einen Moment, und Sam bemerkte erleichtert, dass aller Zorn aus seinem Blick verschwunden war, als er sie dann erneut eindringlich ansah. Sacht umfasste er ihr Gesicht. „Bitte … lass nicht zu, dass sie das hier kaputt macht.“

Sam erwiderte seinen Blick wie gebannt, obwohl ihr bewusst war, wie gefährlich ihr die Leidenschaft werden konnte, die in seinen dunklen Augen leuchtete. Sie klammerte sich an ihre Überzeugung, dass Tommy im Grunde ein anständiger Mensch war, der kein verlogenes Spiel mit ihr trieb. Er sprach die Wahrheit. Sam war sich nur nicht sicher, was ihm „das hier“ bedeutete.

„Vertrau mir, Samantha“, fügte er beschwörend hinzu. „Ich werde mich heute nicht des Respekts berauben lassen.“

Respekt … Dieses Wort erinnerte sie an das, was Elizabeth King ihr über ihr problematisches Verhältnis zu Tommy gesagt hatte … dass sie, Sam, bislang nicht verstanden hätte, wie viel es für Tommy bedeutete, respektiert zu werden. Aus Angst, noch mehr falsch zu machen, hob sie spontan eine Hand und legte sie beschwichtigend auf seine. „Ich glaube dir“, sagte sie rasch.

Die Anspannung wich aus seinem Gesicht. Er lächelte … ein entwaffnendes, gewinnendes Lächeln, und Sam sonnte sich darin. Alle Last und Nervosität fiel von ihr ab und machte unbändiger Freude Platz. Dies war der Beginn dessen, was sie sich so lange ersehnt hatte. Sie und Tommy würden noch einmal ganz von vorn beginnen.

3. KAPITEL

Ja!

Wilder Triumph durchzuckte Tommy. Sam hatte ihm nachgegeben. Dieses eine Mal hatte sie nicht an seinem Wort gezweifelt, hatte sich nicht über ihn hinweggesetzt, ihn nicht verspottet oder ihm einfach den Rücken gekehrt. Und indem sie ihre Hand auf seine gelegt hatte, hatte sie sein Wort nicht nur akzeptiert. Viel mehr als das! Es bedeutete einen freiwilligen Schritt auf ihn zu.

„Danke", flüsterte er und genoss es, wie sie ihn ansah. Es war der Blick einer Frau, die nicht kämpfen wollte, sondern auf etwas ganz anderes von ihm hoffte und sich zögernd darauf zubewegte.

„Ich habe es dir vielleicht nie deutlich gesagt, aber ich bewundere, was du erreicht hast, Tommy", sagte sie ernst. „Die Charterfluggesellschaft und der Safaripark … beides großartige Ideen von dir, die du mit dem richtigen Vorausblick für den wachsenden Tourismusmarkt hier im Outback umgesetzt hast."

Ein überraschendes Eingeständnis, das ihn sehr freute. Tommy war zwar längst nicht mehr abhängig von dem Lob und der Bewunderung anderer für seine geschäftlichen Unternehmungen. Inzwischen genügte ihm die persönliche Befriedigung, seine Pläne erfolgreich in die Tat umzusetzen. Aber ein solches Lob von seiner bislang größten Kritikerin …

„Es lag nie in meiner Absicht, den Eindruck zu vermitteln, ich würde nur das Schlechteste von dir denken", fuhr Sam entschuldigend fort. „Tatsächlich respektiere ich dein … Urteil in diesen Dingen."

Das war jetzt die reine Schmeichelei, und Tommy glaubte Sam kein Wort davon. Zu oft hatte sie ihn als Prügelknaben benutzt und ihn stets ins schlechteste Licht gestellt. Andererseits war dieses offensichtliche Bemühen um eine Versöhnung nicht ohne Reiz. Was wollte Samantha heute von ihm?

Bislang hatte sie sich ihm gegenüber abweisend verhalten und war vor jedem körperlichen Kontakt eher zurückgeschreckt. Aber kurz bevor Janice störend dazwischengekommen war, waren Sams Reaktionen recht vielversprechend gewesen. Du solltest das Feuer schüren, schoss es Tommy durch den Kopf.

„Sollen wir noch einmal ganz von vorn beginnen?“, schlug er leise vor.

Sam blickte ihn fragend an.

Kurzentschlossen nahm Tommy ihre Hand und führte sie galant an seine Lippen. „Es freut mich wirklich sehr, Ihre Bekanntschaft zu machen, Samantha Connelly“, sagte er mit einer höflichen Verbeugung, „und ich würde Sie gern noch viel näher kennenlernen.“

Sie lachte – überrascht, erleichtert, erfreut und ein wenig verlegen angesichts dieser unerwartet förmlichen Vorstellung. „Ich denke, Sie sind ein wenig zu vorschnell, Sir“, erwiderte sie dann, bereit, sein Spiel mitzuspielen.

Er sah sie gekränkt an. „Sie möchten mir Ihre Hand nicht reichen?“

„Ich befürchte, wenn ich Ihnen den kleinen Finger reiche, werden Sie gleich die ganze Hand nehmen“, antwortete sie tadelnd.

Tommy lächelte. „Und mehr.“

Sie schüttelte bedenklich den Kopf. „Ein höchst gefährlicher Mann!“

Er drückte ihre Hand an sein Herz. „Es ist richtig, dass nur die Starken es wagen, mit mir Schritt zu halten."

Sam schien darüber nachzudenken. „Vielleicht muss man etwas wagen, um zu gewinnen."

„Wenn man eine Herausforderung annimmt, kann man sehr viel gewinnen", versicherte er ihr.

„Übernehmen Sie die Führung, dann folge ich vielleicht."

„Ich gehe davon aus, dass Sie für eine Überredung offen sind."

Sie sah ihn etwas skeptisch an. „Das kommt darauf an, wie überzeugend die Überredung ist."

„Ich werde mich mit meinem ganzen Verstand bemühen."

„Mit Ihrem Herzen auch, Sir, oder ich werde Ihnen meine Hand wieder entziehen."

Er lachte herzlich über ihre Schlagfertigkeit. Aber war sie ihm nicht immer gewachsen gewesen und hatte stets das letzte Wort behalten? Diesmal nicht, so schwor Tommy sich. Diesmal würde er das letzte Wort behalten.

Tommy hob ihre Hand erneut an seine Lippen, drehte sie um und drückte einen langen, sinnlichen Kuss in die Innenfläche. Sam sah ihn mit großen Augen an und atmete bebend ein, und er wusste, dass sie in diesem Moment die gleiche elektrisierende Erregung empfand wie er.

„Zu spät. Deine Hand gehört jetzt mir", erklärte er entschieden und drückte sie fest.

Sam errötete tief. „Ist sie bei dir auch sicher?"

Er gab die Herausforderung sofort zurück. „So sicher, wie du es selber willst, Samantha."

Darauf konnte es keine Antwort geben, denn Tommy überließ die Entscheidung allein ihr. Allerdings wusste er jetzt genau, dass sie das Gleiche wollte wie er, und er hatte ihr signalisiert, dass er bereit war, ihr mehr als nur auf halbem Weg entgegenzukommen.

Für den Moment hatte er die Sache jedoch weit genug vorangetrieben. Er ließ ihre Hand sinken, hielt sie so, dass Sam sich „sicher" fühlen konnte, und deutete auf das Brautpaar. „Ich denke, wir sollten uns wieder dazugesellen. Der Fotograf treibt die Leute zu weiteren Aufnahmen zusammen."

Hand in Hand gingen Tommy und Sam zu dem Pavillon zurück, was Elizabeth King natürlich sofort mit Genugtuung bemerkte.

„Ah, da seid ihr ja", begrüßte sie die beiden erfreut. „Ich wollte gerade die Kinder für einige Fotos vor dem Tor zusammenholen. Die Pergola und die Bougainvillea-Hecke werden einen schönen Rahmen abgeben."

„Ein perfektes Bild", sagte Tommy spöttisch, wobei er unmissverständlich auf seinen und Sams Anblick anspielte. Er wollte seiner Mutter den Triumph aus den Segeln nehmen. Was zwischen ihm und Sam ablief, hatte nichts mit dem Versprechen zu tun, das ihm seine Mutter abgefordert hatte. Es hatte nichts mit „Frieden halten" zu tun, sondern war im Gegenteil eine andere Art von Krieg. Sie bewegten sich auf höchst unsicherem Boden, und diese neue Form der Auseinandersetzung war noch lange nicht entschieden, geschweige denn gewonnen.

„Das denke ich auch", erwiderte Elizabeth King jedoch unbeeindruckt und wandte sich um. „Kommt ihr bitte alle ... Miranda, Nathan, Jared ... Der Fotograf möchte, dass wir uns vor der Pergola aufstellen."

Jared löste sich aus einer Gruppe von Leuten, die alle mit dem Perlengeschäft in Broome in Verbindung standen, wie Tommy bemerkte. Die Lücke, die Jared verursachte, gab den Blick auf eine wahrhaft atemberaubende Frau frei: langes schwarzes Haar, das in schimmernden Wellen fast bis zur Taille reichte, ein ovales, exotisches Gesicht mit dunklen Mandelaugen, hohen Wangenknochen, einer geraden Nase und vollen roten Lippen. Sie trug auffälligen Kupferschmuck, der in seinem Design an den Schmuck der alten Azteken erinnerte, und ihr Kleid war ein ebenso dramatisches wie wagemutiges Ensemble in Orange, Rot, Kastanienbraun und Purpur.

Die Frau warf Tommy einen neugierigen und abschätzenden Blick zu. An jedem anderen Tag wäre er dieser Andeutung eines Interesses vielleicht gefolgt, aber heute hatte er alles, was er wollte, bereits an der Hand. Nichts würde ihn davon abhalten, den eingeschlagenen Weg zu Ende zu gehen und zu sehen, wohin er führte.

„Sam!" Der liebevolle Ton, in dem Jared sie ansprach, versetzte Tommy wie stets einen Stich. Und zu allem Überfluss breitete sein Bruder jetzt auch noch bewundernd die Arme aus und fügte hinzu: „Du hast deine Rolle als Brautjungfer so großartig gespielt, wie du aussiehst!"

Tommy spürte seine innere Anspannung wachsen. Wenn Samantha sich jetzt von seiner Hand losreißen und seinem jüngeren Bruder um den Hals fallen würde, wie sie es praktisch immer bei Jared tat, dann würde er es ihr heimzahlen, indem er sich geradewegs an diese exotische Schönheit halten würde. Bereits einmal hatte Sam heute seine Hand abgeschüttelt, um sich Nathan in die Arme zu werfen. All die Jahre hatte sie sichtbar seine Brüder ihm vorgezogen ... wenn sie jetzt nicht zu ihm stand, sondern vielleicht nur ausprobieren wollte, wie begehrenswert sie auf ihn wirkte …

Doch sie drückte seine Hand! Dann blickte sie zu ihm auf, und ihre blauen Augen blitzten übermütig. „Oh, ich habe mir einfach immer wieder gesagt, dass ich auf keinen Fall Tommy vor die Füße fallen dürfe."

„Da möchte ich dich ganz bestimmt nicht haben", sagte er nachdrücklich und bemerkte erfreut, wie sie bei seinen Worten zart errötete.

„Sie war ein Nervenbündel, bevor sie den Gang entlangschreiten musste", erklärte Jared seinem Bruder gut gelaunt.

„Dann freut es mich umso mehr, dass ich ihr die nötige Inspiration gegeben habe, um den Weg bis zu mir zu schaffen." Den ganzen Weg, ehe dieser Tag vorbei ist, schwor Tommy sich. Mit weniger würde er sich nicht begnügen.

„Ohne auch nur einmal zu stolpern", fügte Jared hinzu, trat lächelnd vor und legte Sam die Hände auf die Schultern. „Eine Supervorstellung, Sam", sagte er liebevoll und küsste sie auf die Stirn.

Sofort war die alte Eifersucht wieder da. „Wer ist eigentlich diese hinreißende Frau bei den Leuten aus Broome?", wandte Tommy sich mit Bedacht an Jared und blickte in die angegebene Richtung.

Die Frage erfüllte ihren Zweck in doppelter Hinsicht. Sein Bruder ließ von Sam ab, und Tommy spürte, wie Sam wiederum erstarrte. Soll sie doch!, dachte er ärgerlich. Er war es gründlich leid, mit anzusehen, wie offen sie seinen Brüdern ihre Zuneigung zeigte.

„Denk nicht einmal daran, Tommy!", warnte Jared ihn sofort scharf.

„Woran?“, fragte er mit Unschuldsmiene.

„Sie anzuvisieren“, antwortete sein Bruder.

„Aber warum sollte ich an so etwas denken, wo Samantha mich doch mit ihrer Gesellschaft beglückt?“, entgegnete Tommy, wobei er Sam gewinnend anlächelte. Sollte sie ruhig ein wenig eifersüchtig werden, das würde ihr Interesse an ihm auf die Probe stellen. Falls dieses Interesse ernsthaft war und Sam sich nicht nur einfach in der neu gefundenen Rolle als Frau gefiel, die jeden Mann reizen konnte … sogar Tommy, den sie unzählige Male vor den Kopf gestoßen hatte.

Dies ist keine Einbahnstraße, mein Schatz, vergiss das nicht!, besagte sein Blick.

„Diese eine nicht, Tommy. In Ordnung?“, beharrte Jared, dem völlig entging, was wirklich ablief.

Tommy sah, dass es seinem jüngeren Bruder todernst war. Offenbar hatte es Jared richtig erwischt. „Wenn du darauf aus bist, sie zu beeindrucken, Jared, würde ich an deiner Stelle damit aufhören, Samantha so anzuhimmeln. Das könnte leicht missverstanden werden.“

Jared machte ein nachdenkliches Gesicht. „Aber das lässt sich doch leicht erklären. Sam gehört praktisch zur Familie.“

„Es besteht keinerlei Blutsverwandtschaft zwischen den Kings und den Connellys. Denk nach, kleiner Bruder.“

„Verdammt, Tommy! Tu mir einfach einen Gefallen und bleib heute bei Sam. Das würde mir sehr helfen.“

„Nur, wenn Samantha bei mir bleibt“, entgegnete Tommy. „Sie hat die dumme Angewohnheit, offen zu zeigen, wie sehr sie dich mag, Jared.“

„Doch nur, weil …“ Jared verstummte und wandte sich an Sam. „Diese Sache ist mir sehr wichtig.“

„Ich bleibe bei Tommy, solange er bei mir bleibt", versicherte sie ihm.

„Dieses Versprechen wärmt mir das Herz", verkündete Tommy, den das Einvernehmen zwischen Sam und seinem Bruder immer noch störte. „Und um ganz deutlich zu machen, wer zu wem gehört ..." Er nahm Sams Hand und zog sie unter seinem Arm hindurch, sodass sie jetzt fest bei ihm eingehakt war. „Du gehst am besten auf meiner anderen Seite, Jared. Das sollte die Dinge ins rechte Licht rücken."

Sam und Jared fügten sich – Tommy ließ ihnen auch gar keine andere Wahl. Er wiederum freute sich, dass Sam sich diesmal so ganz auf seine Seite gestellt hatte, und hatte nicht vor, sie wieder loszulassen. Koste es, was es wolle, heute würde sie sein werden.

„Schön, wer ist also diese neue Sonne in deinem Leben?", fragte er seinen Bruder auf dem Weg zu den anderen. Dabei streichelte er beiläufig Sams Handgelenk und spürte ihren raschen Puls, der sein eigenes Herz schneller schlagen ließ.

„Du wirst sie beim Empfang im Festzelt kennenlernen", antwortete Jared ausweichend.

Eine Antwort, die Tommys Neugier nur beflügelte. Offenbar fühlte Jared sich unsicher, was diese Frau betraf, was an sich schon bemerkenswert war, weil er, als Multimillionär im Perlengeschäft, gemeinhin das Selbstbewusstsein in Person war.

„Nenn uns wenigstens ihren Namen, damit wir uns nicht verhaspeln, wenn sie uns vorgestellt wird."

„Christabel Valdez."

„Klingt interessant. Woher kommt sie?" Tommy spürte,

wie Sam die Fingernägel in seinen Ärmel krallte. Machte sein Interesse an dieser Frau sie eifersüchtig? Fühlte sie sich bedroht? Welch glückliche Fügung, dass ihr Versprechen Jared gegenüber sie daran hinderte, sich mit spitzer Zunge Luft zu machen!

„Brasilien, Holland, Singapur, Australien."

Tommy überdachte die Information einen Moment und suchte nach einer Verknüpfung mit dieser Frau und Jareds geschäftlichen Interessen. „Eine Schmuckdesignerin?

„Ja. Ich habe sie gerade erst eingestellt."

„Was denkt Mum über ihre Arbeiten?"

„Sie hält sie für ein Risiko."

„Das du aber bereit bist, einzugehen."

„Ja."

„Nun, dann viel Erfolg an beiden Fronten."

Jared lächelte flüchtig. „Danke."

Sams Hand auf seinem Arm entspannte sich wieder. Die Bedrohung war vorbei. Tommy aber ärgerte es, dass Sam von ihm glauben konnte, er würde sich kein Gewissen daraus machen, mit seinen Brüdern um eine Frau zu rivalisieren, für die sich einer der beiden ernsthaft interessierte. Tatsächlich war es für ihn jedoch eine Frage der Ehre, das Territorium der anderen zu respektieren und die Grenzen nicht unaufgefordert zu übertreten.

So hatte er gleich am ersten Abend, als Nathan und Miranda sich auf der Farm kennengelernt hatten, gewusst, dass Nathan Miranda für sich beanspruchte. Zwar hatte Nathan es nicht so deutlich ausgesprochen wie Jared im Fall von Christabel Valdez. Das war nicht Nathans Art. Aber die Sache war in dem Moment klar gewesen, als er Miranda eine private

Führung durch den Bungle Bungle National Park angeboten hatte. Allein die Tatsache, dass sich nach diesem Ausflug augenscheinlich nichts weiter zwischen ihnen entwickelt hatte, hatte Tommy dazu veranlasst, Miranda einzuladen, mit ihm auszugehen.

Es war die reine Neugier gewesen, aber Sam hatte natürlich etwas ganz anderes hineingelesen. Genauso bei der kleinen Französin Celine Hewson, mit der er nur geflirtet hatte, um Nathan und Miranda zu helfen. Doch Sam hatte gar nicht erst versucht, die Wahrheit herauszufinden. Sie hatte nur das Schlechteste von ihm gedacht und ihn gleich verurteilt. Wie immer.

Bis heute. Und selbst jetzt musste diese Denkweise bei ihr unterschwellig vorhanden sein … allerdings stand sie in heftigem Widerstreit zu dem erotischen Funken, der zwischen ihnen entflammt war und den Tommy schüren wollte, bis Samantha restlos die Oberhand über Sam gewonnen haben würde.

Der Fotograf dirigierte die Leute nach seinem Gutdünken hin und her, stellte Jared auf die andere Seite neben dem Brautpaar, Elizabeth King an seine Seite und die Kinder zu beiden Seiten der Erwachsenen. Da Jared für den Moment außer Hörweite war, konnte Sam sich eine Bemerkung nicht verkneifen.

„Es ist doch schön, dass Jared offenbar eine Frau gefunden hat, die ihm gefällt, oder?"

„Oh, ich wage zu behaupten, dass ihm in dem Jetset-Leben, das er in den letzten Jahren geführt hat, schon einige Frauen begegnet sind, die ihm gefallen haben", antwortete Tommy ausweichend.

„Aber diese muss etwas Besonderes sein", sagte Sam beschwörend. „Er hat doch gesagt, sie sei ihm sehr wichtig."

„Nun, dann kann man nur hoffen, dass sie das Gleiche will wie er.“ Tommy sah Sam spöttisch lächelnd an. „Das ist schließlich nicht immer der Fall, oder?“

Voller Genugtuung registrierte er Sams sichtliches Unbehagen. Sie konnte unmöglich erwarten, dass er all die Narben, die sie ihm im Laufe der Jahre zugefügt hatte, so mir nichts, dir nichts vergaß und einfach nahm, was sie ihm jetzt anbot. Natürlich würde er ihr Angebot letztlich annehmen … falls sich erwies, dass sie ihn wirklich wollte und es sie nicht einfach nur reizte, zu spüren, wie sehr er sie begehrte.

Christabel Valdez stand nicht weit von ihnen immer noch inmitten der Gäste aus Broome. Ihr exotisches Äußeres mit dem langen schwarzen Haar und dem eher dunklen Teint ließ Tommy spanische Vorfahren vermuten.

„Sie ist sehr sexy“, sagte Sam leise.

„Wer?“

„Na, Christabel Valdez.“

Er tat, als müsste er noch einmal hinsehen. „Findest du?“

„Du etwa nicht?“

„Nun, sie besitzt zweifellos alle erforderlichen weiblichen Reize, aber für mich ist ‚sexy‘, wie eine Frau auf mich reagiert. Wie sie mich ansieht, sich mir gegenüber verhält und mir ganz allgemein zeigt, dass ich der Mann bin, den sie allen anderen vorzieht.“

Sam sah ihn überrascht an, und er erwiderte lächelnd ihren Blick. „Unterm Strich, denke ich, summiert es sich darauf, dass ein Mann von der Frau begehrt werden will, die er begehrt. Ausschließlich. Weil er der Beste für sie ist. Das nenne ich sehr, sehr sexy.“

„Ja … ausschließlich“, wiederholte Sam heiser, wobei ihr

Blick genau dieses Gefühl verriet.

Du hättest es jederzeit haben können, dachte Tommy spürbar erregt. Wenn du je wirklich auf mich zugegangen wärst, anstatt dich stets darum zu bemühen, mir eine Nasenlänge voraus zu sein. Wenn du je wirklich versucht hättest, meine Bedürfnisse zu verstehen.

Er küsste sie auf die Stirn, als wollte er Jareds Kuss damit wegwischen. „Für mich gibt es hier heute keine Frau, die auch nur annähernd so sexy ist wie du, Samantha“, flüsterte er.

Sie atmete tief ein, und ihre blauen Augen leuchteten klar und glücklich.

Tommy bemerkte es befriedigt. Er wollte sie nicht blenden oder verwirren. Sie sollte ihm alles geben, was er sich von ihr wünschte … und schließlich zugeben, dass er für sie der Beste war und immer sein würde.

4. KAPITEL

Sam lächelte pflichtschuldig mit den anderen, als der Fotograf es verlangte, aber in Gedanken war sie bei dem, was Tommy ihr gesagt hatte. Sie sollte ihm zeigen, dass sie ihn begehrte. Doch darin war sie nie gut gewesen. Die Tricks, die andere Frauen einsetzten, um einen Mann auf sich aufmerksam zu machen, hatte sie immer verabscheut. Sie hatte als Person geschätzt werden wollen und nicht als Sexobjekt, das mit seinen Reizen hausieren ging.

Vielleicht sah sie das aber auch ganz falsch. Vielleicht hatte sie nur zu große Angst gehabt, sich vor Tommy hoffnungslos zum Narren zu machen, um es überhaupt zu versuchen. In Momenten großer Verzweiflung hatte sie sich schon das eine oder andere Mal ausgemalt, Tommy nach allen Regeln der weiblichen Kunst zu verführen, doch bis heute hatte sie es nie gewagt. Selbst jetzt hatte sie noch Hemmungen, weil sie im Grunde erwartete, Tommy könnte sie beim Anblick einer attraktiveren Frau … wie Christabel Valdez … einfach wieder fallen lassen.

Andererseits hatte er ihr allen Grund gegeben, sich selbstbewusst und optimistisch zu fühlen. Er schenkte ihr seine ungeteilte Aufmerksamkeit, gab ihr das Gefühl, sexy und begehrenswert zu sein, und räumte ihr ganz unmissverständlich den Vorzug vor Janice Findlay und jeder anderen Frau auf dem Fest ein. Und trotzdem fehlte ihr die Gewissheit, dass Tommy es ernst meinte und nicht nur eines seiner Playboy-Spielchen mit ihr trieb.

Es genügte ihr nicht, begehrt zu werden. Als sie sich nach Mirandas Wünschen für die Hochzeit zurechtgemacht hatte, war sie sich wie ein anderer Mensch vorgekommen. Sie konnte deshalb verstehen, dass Tommy sie heute mit anderen Augen sah. Was aber, wenn sich der Reiz des Neuen verlor?

Hör auf!, ermahnte sie sich energisch. Dies war ihre Chance, aus der Grube herauszuklettern, die sie sich mit all ihrem negativen Denken über Tommy selbst geschaufelt hatte. Vermutlich ihre einzige Chance. Sie musste das Risiko eingehen. Wenn es ihr am Ende nur Schmerz einbrachte, was soll's? Schlimmer als der Schmerz der vergangenen Jahre konnte es auch nicht mehr sein.

„Danke, Kinder. Ihr könnt jetzt gehen", sagte der Fotograf schließlich. „Ich brauche nur noch die sechs Erwachsenen."

In den nächsten zehn Minuten wurden sie in immer neuen Zusammenstellungen abgelichtet, zuletzt die drei King-Brüder allein. Als die drei so zusammenstanden und lachend miteinander plauderten, kam es Sam unwillkürlich in den Sinn, was für ausnehmend attraktive Männer sie doch waren. Seltsam nur, dass weder Nathan noch Jared sie so berührten, wie Tommy es tat.

Was nur machte Nathan zu etwas so Besonderem für Miranda? Warum ließ Jared nicht Mirandas oder ihr Herz schneller schlagen? Sie, Sam, hatte immer nur Tommy beeindrucken wollen. Stets war es nur Tommy gewesen, der ihr Blut in Wallung brachte und ihre Gefühle in ein Chaos stürzte, sodass sie unweigerlich etwas tat oder sagte, was ihn vor den Kopf stieß, anstatt ihn ihr näherzubringen.

„Schön, Gentlemen. Bitte in die Kamera schauen und lächeln", wies der Fotograf die drei an.

Tommy ließ den Blick zu Sam schweifen. Als er bemerkte, dass sie ihn ansah, lächelte er sie so strahlend an, dass sie von heißer Freude und unbändiger Sehnsucht durchflutet wurde.

„Das wär's", rief der Fotograf und ließ die Kamera sinken.

„Ich hätte gern noch einige Aufnahmen von Miranda und mir auf der westlichen Veranda", bat Nathan.

Der Fotograf nickte bereitwillig. „Zeigen Sie mir den Weg."

„Sam, kommst du mit und hilfst mir, damit alles richtig sitzt?", bat Miranda.

„Ich werde auch mitkommen und das Ganze mit dem Auge des Fachmanns überwachen", mischte Tommy sich fröhlich ein. „Als Trauzeuge bin ich der beste Mann dafür."

Miranda tätschelte ihm im Vorbeigehen lachend die Wange. „Der allerbeste. Wirklich, Tommy, du warst wundervoll."

„Es ist heute mein erklärtes Ziel, mich absolut makellos zu benehmen."

Sam blieb wie vom Donner gerührt stehen. Sich makellos zu benehmen ... ihr gegenüber? Keine provozierenden Bemerkungen, keine spöttischen Wortgefechte ...

„Bist du deshalb so nett zu mir?", platzte sie heraus, als Tommy bei ihr stehen blieb.

Er sah sie verständnislos an.

„Hat Elizabeth dich vielleicht gebeten, mir ... das Gefühl zu geben ...?"

„Typisch!", fiel er ihr ärgerlich ins Wort. „Kannst du nicht einfach akzeptieren ..."

„Doch! Doch ich kann es!", unterbrach sie ihn rasch voller Panik. Sie durfte nicht zulassen, dass das negative Denken wieder die Oberhand gewann. Beschwörend legte sie Tommy eine Hand auf den Arm. „Es tut mir leid. Ich bin es einfach nicht gewöhnt, dass du so ..."

„Dass ich so … nett zu dir bin?“, vollendete er ungläubig den Satz. Er nahm ihre Hand und drückte sie fest. „Glaub mir, was ich für dich fühle, ist nicht bloß lauwarme Höflichkeit!“ In seiner Stimme schwang eine Leidenschaft, die Sam keinen Zweifel mehr daran ließ, welches Ziel er ihr gegenüber verfolgte. „Empfindest du es so … als nett?“, fragte er scharf und blickte sie mit glühenden Augen an.

„Bitte, Tommy …“ Ihr Herz pochte wie wild, und sie wagte kaum zu atmen. „Ich möchte diesen Weg mit dir gehen, aber es sind da einige Gespenster in seinem Verlauf. Du hast versprochen, mich an der Hand zu nehmen.“

„Gespenster … ja“, wiederholte er langsam. „Ich muss zugeben, es spuken nicht wenige davon zu beiden Seiten des Weges. Es wird von der Stärke unseres Zusammengehörigkeitsgefühls abhängen, ob wir sie abwehren können.“ Er legte einen Arm um sie und drückte ihr aufmunternd die Hand. „Besser so?“

„Viel besser.“ Sam atmete erleichtert auf.

Energisch führte er sie die Stufen zur Veranda hinauf, und seine Entschlossenheit gab auch Sam die Kraft, mit ihm Schritt zu halten. Sie fühlte sich schwindelig und war froh, aus der Hitze der Nachmittagssonne in den kühlen Schatten der Veranda zu treten.

Auf der rückwärtigen Seite hatten Nathan und Miranda sich bereits probeweise für den Fotografen aufgestellt.

„Sie sollten sie zwischen die Verandapfosten platzieren mit dem Fries genau über ihnen. Das gibt einen wundervollen Rahmen ab“, riet Tommy beiläufig.

Erstaunlich, wie schnell er nach dem Wortgefecht zwischen ihnen wieder zur Tagesordnung übergehen konnte, wohingegen ihr, Sam, immer noch die Knie zitterten. Andererseits war es ja auch nicht seine Schuld gewesen. Sie hätte fast den so kostbaren Frieden zwischen ihnen beiden erneut zerschlagen.

Doch für sie war es kein Frieden, sondern Chaos. Sams Gefühle fuhren Achterbahn, von himmelhoch jauchzend bis hinab in die tiefsten Abgründe der Verzweiflung. Es war eine Sache, davon zu träumen, Tommy näherzukommen, und eine ganz andere, es in der Realität zu erleben.

Miranda rief sie zu sich, um den Schleier und die Schleppe des Brautkleides zu drapieren. Tommy trat hinter den Fotografen, um ihr Tipps für eine möglichst dekorative Anordnung zu geben. Während sie so einvernehmlich zusammenarbeiteten, um die schönsten Fotos des Brautpaars zu erzielen, entspannte sich Sam etwas. Tommy verbreitete aufgeräumt gute Laune, und Miranda und Nathan strahlten so viel Glück und Zufriedenheit aus, dass man in ihrer Nähe einfach nicht an Probleme denken konnte.

Jedes Mal, wenn Sam für den Fotografen aus dem Bild trat und sich in Ruhe umsah, wurde ihr bewusst, warum Nathan diesen Ort für die ganz besonderen Fotos mit seiner Braut ausgesucht hatte. Er hatte sicher weniger an den schönen Rahmen gedacht, den die Verandapfosten und der kunstvolle Fries entlang der Dachtraufe des imposanten alten Farmhauses darboten, sondern an den Blick auf den Fluss, die Lebensader von „King's Eden", und auf die grasbewachsenen Ebenen der großen Rinderfarm, die sich bis zum Horizont erstreckten.

Das war Nathans Land, sein Zuhause, dem sein Herz gehörte – zwei Millionen Morgen Weideland, das seit fünf Generationen vom Vater auf den Sohn weitergegeben worden war. Und Miranda hatte eingewilligt, es mit ihm zu teilen, ihr ganzes gemeinsames Leben, hier in den Kimberleys.

Nathan, Lachlans Erstgeborener. Tommy, sein zweiter Sohn. Plötzlich fielen Sam Elizabeths Worte wieder ein: „Tommy hat sein ganzes Leben lang mit Nathan konkurriert. Deshalb hat er sich von Nathans Autorität hier auf der Rinderfarm befreit und sich sein Flugchartergeschäft aufgebaut."

Beschwor diese Hochzeit für Tommy vielleicht schmerzliche Erinnerungen an das herauf, was ihm verwehrt gewesen war, weil er „nur" der zweite Sohn war? Hatte er darauf angespielt, als er von den Gespenstern zu beiden Seiten des Weges, den sie heute miteinander gehen wollten, gesprochen hatte? Seltsam, all die Jahre hatte sie nie wirklich versucht, die Dinge aus Tommys Sicht zu betrachten.

Er war an ihre Seite gekommen, und als sie ihn jetzt prüfend ansah, konnte sie keine Spur von Neid in dem Lächeln erkennen, mit dem er seinen großen Bruder und seine Schwägerin betrachtete.

„Du freust dich für die beiden, nicht?", fragte Sam leise, bemüht, mehr über das zu erfahren, was ihn bewegte.

„Ja", antwortete er sofort, sah sie dann aber forschend an. „Gäbe es einen Grund, warum ich mich nicht freuen sollte?"

Sam zögerte. Lag sie vielleicht schon wieder völlig falsch? „Ich habe mich nur gefragt, ob es dir etwas ausgemacht hat, dass all das hier … das Farmhaus und die Farm … an Nathan weitergegeben wurde und er und Miranda hier leben werden."

Tommy hielt ihrem Blick stand. „So, wie es dir etwas ausgemacht hat, dass die Connelly-Farm an deine beiden Brüder weitergegeben wird?", antwortete er mit einer Gegenfrage.

Sam errötete, weil er sie durchschaut hatte. „Das war einmal so“, gab sie ehrlich zu. „Aber es ist längst vorbei. Ich habe mir ein eigenes Leben aufgebaut.“

„Genau wie ich, Samantha. Genau wie ich.“

Sein harter, stolzer Gesichtsausdruck, als er sich von ihr abwandte, entmutigte Sam. Offensichtlich hatte sie schon wieder die falschen Töne angeschlagen. Am besten, sie versuchte erst gar nicht mehr, zu ihm vorzudringen, sondern wartete, bis er es für richtig hielt, sich ihr zu öffnen. Was er vermutlich aber nie tun würde, wenn sie weiterhin bei ihm in jedes Fettnäpfchen trat.

Von da an schwieg sie, bis der Fotograf seine Arbeit beendet hatte.

„Ich gehe in mein Zimmer, um mich etwas frisch zu machen, bevor ich mich wieder unter die Gäste mische“, sagte Miranda. „Möchtest du mitkommen, Sam?“

Würde Tommy auf sie warten? „Nein … nicht nötig. Danke.“

„Ich werde dich begleiten“, sagte Nathan sofort und führte seine schöne Braut mit einem vielsagenden Lächeln zur Tür. Lachend verschwand Miranda mit ihm im Haus.

Sam blickte den beiden nach und wünschte sich inständig, das gleiche unbefangene Verhältnis zu Tommy zu haben. Wenn er sie doch nur einfach nehmen und in sein Zimmer bringen würde und …

„Beneidest du Miranda?“

Diese überraschend scharfsinnige Frage ließ sie zusammenzucken. Errötend versuchte Sam die erregenden Bilder zu verdrängen, die ihr so ungebeten in den Sinn gekommen waren. Aus Angst, Tommy könnte ihre Gedanken lesen, wandte sie sich zu dem Fotografen um und sah zu, wie er seine Ausrüstung zusammenpackte und über die Veranda davonging, um sich wieder ins Getümmel der Gäste zu stürzen.

„Ich verstehe dein Schweigen als Zustimmung. Was mich zu der Vermutung veranlasst ... dass du Nathan gern selbst geheiratet hättest."

Entsetzt blickte sie zu ihm auf. „Das ist nicht wahr!"

Tommy betrachtete sie skeptisch. „Du hast doch immer zu ihm aufgeschaut. Wie du mir gerade ganz richtig gesagt hast, erbt er das alles hier, was dich damit hätte versöhnen können, dass du die Farm deiner Familie deinen Brüdern überlassen musst. Und du hast nie einen Hehl daraus gemacht, wie sehr du ihn magst, Samantha."

„Er war mir immer ein sehr guter Freund!", protestierte Sam unglücklich. „Aber ich hatte nie den Wunsch, seine Frau zu werden. Und ich habe nie mit dieser Farm geliebäugelt. Wenn ich Miranda beneide, dann dafür, dass ..."

„Dass sie jetzt allein in den Genuss seiner Umarmungen kommt?" Tommys Augen glitzerten verächtlich. „War das deine Abschiedsumarmung für ihn drüben im Pavillon nach der Trauung? Fühlst du dich jetzt ausgegrenzt, ohne einen ..."

„Hör auf!", rief sie empört. „Nathan bedeutet mir nichts in dieser Hinsicht."

„Arme Samantha!" Er schüttelte den Kopf. „Meinst du, ich hätte nicht bemerkt, wie du uns drei vorhin vor der Pergola begutachtet hast? Was hast du dabei gedacht? Nathan verheiratet, Jared völlig verzaubert von Christabel. Da bleibe nur noch ich, nicht wahr? Ich, Tommy, der dir ja noch nie viel bedeutet hat."

Es verschlug ihr die Sprache, wie sehr er die Situation missverstanden hatte.

„Nun, da du dich anscheinend entschlossen hast, deine weiblichen Reize an mir auszuprobieren …“ Er legte ihr den Arm um die Taille und presste sie unvermittelt an sich. Unwillkürlich hob Sam beide Hände und drückte sie abwehrend gegen seine breite Brust. „… und ich dich offenbar auf jedem anderen Gebiet enttäusche …“, fuhr Tommy fort, wobei er mit der anderen Hand ihr Kinn umfasste und sie zwang, ihn anzusehen.

Sam zermarterte sich den Kopf, wie sie seine zornige Fehleinschätzung ihrer Gefühle richtigstellen könnte. Doch sein Blick ließ ihr keine Zeit, sondern verriet nur allzu deutlich, was er zu tun beabsichtigte.

„… werde ich versuchen, dich wenigstens auf dem einen Gebiet nicht zu enttäuschen, auf dem auch du mich für einen Experten hältst. Der ‚Playboy-King‘, so nennt man mich doch gemeinhin, oder?“

Sie brachte kein Wort über die Lippen.

„Aber dieses Spiel wird immer von zweien gespielt. Wie wär's also, wenn du die Hände um meinen Nacken legen würdest, Samantha? So, wie du es vorhin bei Nathan getan hast … und wie du es schon so oft bei Jared getan hast. Aber noch nie bei mir.“

Seine provozierenden Worte weckten in Sam all die Sehnsüchte, die sie bislang unter Verschluss gehalten hatte. Jetzt meldeten sie sich mit Nachdruck und forderten von ihr wenigstens diese eine kleine Befriedigung. Was sie auch sagte oder tat, sie würde Tommy nie für sich gewinnen. Warum sollte sie also nicht mitnehmen, was sie konnte? Er hatte sie dazu aufgefordert, sei es auch im Zorn, und sie würde sich nicht das Wenige verweigern, was er ihr anbot.

Langsam hob sie die Hände, ohne den Blick von ihm zu lassen. Wag es ja nicht, dich von mir zurückzuziehen, Tommy King! Sie ließ die Hände über seine breite Brust gleiten und weiter hinauf über die muskulösen Schultern. Gleichzeitig schmiegte sie sich enger an ihn, sinnlich und verführerisch, und kostete das elektrisierende Gefühl aus, diesem Mann so nahe zu sein, den sie seit so langer Zeit begehrte.

Seine dunklen Augen leuchteten überrascht auf. Sein Atem wurde schneller, was wiederum Sams Erregung steigerte. Sie spürte, wie Tommy seine Hand auf ihrem Rücken tiefer gleiten ließ und er sie noch enger an sich presste, sodass sie sein wachsendes Verlangen fühlen konnte. Heiße Schauer jagten durch ihren Körper.

Langsam ließ sie die Fingerspitzen über seinen Hals über dem weißen Hemdkragen gleiten und fasste in seine dichten dunklen Locken. Wie oft hatte Tommy ihr im Vorbeigehen die Locken gezaust, und wie sehr hatte sie es gehasst, weil es ihr das Gefühl gab, von ihm als kleines Mädchen betrachtet zu werden! Sie zauste ihm jetzt nicht das Haar, sondern kostete das sinnliche Gefühl aus, es genüsslich durch ihre Finger gleiten zu lassen.

Tommy beugte sich zu ihr herab, und sie sehnte seinen Kuss herbei. Es musste einfach das Richtige sein. Es musste gut zwischen ihnen werden!

In dem Moment, als seine Lippen ihre berührten, wurde Sam von unbändigem Verlangen erfasst. Sie wollte so viel, so viel … Erregt krallte sie die Finger in sein dichtes Haar und erwiderte seinen Kuss so heiß und innig, dass auch Tommy schließlich seiner Leidenschaft freien Lauf ließ. Und Sam vergaß alles um sich her.

Es war mehr als nur ein Kuss. Es war ein Einswerden, das sie ganz vereinnahmte und in unvorstellbarem Maß für Tommys Liebkosungen sensibilisierte. Er streichelte sie, drückte sie an sich, und sein fühlbares Verlangen weckte in ihr eine schmerzliche Sehnsucht, all das in seinen Armen zu finden, was sein Kuss versprach.

„Sollen wir in dein Zimmer gehen?"

Tommys Atem streichelte ihr heiß die Wange, und Sam brauchte, versunken im Rausch der Lust, einen Moment, um die geflüsterten Worte zu begreifen. Bebend atmete sie ein, wünschte sich, Tommy würde sie immer noch küssen.

„Das ist es doch, was du willst, oder?", flüsterte er, wobei er die Lippen zärtlich über ihren Hals gleiten ließ.

Ja!, schrie es in ihr, bevor ihr einfiel, was seine ursprüngliche Frage gewesen war. Wollte sie mit Tommy in ihr Zimmer gehen? Wollte sie das zu Ende bringen, was sie in Reaktion auf seinen Zorn begonnen hatte? Ihr Gefühl sagte Ja. Aber ihr Verstand widersprach. Was würde danach sein? Was würde Tommy von ihr halten, wenn er immer noch glaubte, sie würde ihn als Ersatz für Nathan oder Jared benutzen? Eine schreckliche Vorstellung!

Sie spürte, wie er tief einatmete. Dann blickte er auf. „Hat es dich schockiert, wie stark die Anziehung zwischen uns ist, Samantha?"

Langsam ließ sie die Hände aus seinem Haar sinken, legte sie ihm auf die Schultern und blickte zögernd zu ihm auf. Das spöttische Funkeln in seinen dunklen Augen weckte ihren Trotz. „Du weißt doch genau, wie anziehend du auf die Frauen wirkst. Warum sollte es bei mir anders sein?“

„Du hast es … nett gefunden?“, fragte er scharf.

„Nun, schon etwas mehr als lauwarme Höflichkeit“, erwiderte sie, wie aus der Pistole geschossen. „Eher wie ein Vulkanausbruch. Jedenfalls aber ist es … nett, zu wissen, dass du auf mich nicht mehr wie auf eine ‚kleine Schwester‘ reagierst.“

„Oh, heute bist du zweifellos ganz Frau. Und jetzt hast du auch den nötigen Beweis. Solltest du je den Wunsch verspüren, die Sache fortzuführen …“

Ihr Stolz diktierte ihr die Antwort. „Ich habe eigentlich nicht vor, mich in einer endlosen Schlange einzureihen.“

„In einer Schlange? Du?“ Tommy lachte herzlich, und Sam verspürte große Lust, ihn zu ohrfeigen. War sie nicht gut genug, sich in eine Reihe mit den Frauen zu stellen, die er bereits gehabt hatte?

Er betrachtete sie mit funkelnden Augen. „Weißt du denn nicht, dass du einzigartig bist, Samantha Connelly?“ Sacht umfasste er ihr Kinn und ließ den Daumen über ihre halb geöffneten Lippen gleiten. „Wodurch das, was du mir gerade gegeben hast, zu etwas ganz Besonderem wird. Etwas Einzigartigem.“

Wilde Freude ließ ihr Herz schneller schlagen. Tommy suchte bei ihr nicht nur einen Augenblick sexueller Befriedigung … oder was immer er in den Armen all der anderen Frauen gesucht haben mochte!

„Jetzt komm her.“ Er schob sie an das Geländer der Veranda, stellte sich hinter sie und umfasste das Geländer rechts und links von ihr, sodass sie ihm nicht ausweichen konnte. „Siehst du das Land da draußen? Es ist ein wesentlicher Teil von Nathan. Sein Herz hängt daran, verstehst du?“

„Ja“, flüsterte Sam.

„Jared wiederum ist von allem fasziniert, was von den Kräften der Erde und der Natur geformt wurde“, fuhr Tommy in dem gleichen eindringlichen Ton fort. „Gold, Diamanten, Perlen. Die Schätze aus dem Meer und aus der Erde. Erinnerst du dich noch, wie er immer im Fluss nach Gold gewaschen hat, wenn wir im Sommer dort zusammen am Ufer gespielt haben?“

„Ja.“ Sie hatte es nicht vergessen.

„Solche Schätze zu finden, ihre ganze Schönheit in kunstvoll gearbeitetem Schmuck zur Geltung zu bringen … daran hängt sein Herz. Aber so wundervoll wie diese Perlen heute an dir aussehen, Samantha, ich glaube nicht, dass sie dir etwas bedeuten. Oder?“

„Im Grunde nicht“, räumte sie ein.

„Und jetzt schau nach oben über das Land. Was siehst du?“

Nichts, außer … „Den blauen Himmel.“

„Das ist meine Welt, Samantha. Ich beneide Nathan nicht, und ich beneide Jared nicht. Denn mein Herz hängt daran, dort oben zu fliegen. Der Himmel hat keine Grenzen und keine Materie, aber wenn ich da oben bin, habe ich das Gefühl, er gehört mir. Oder ich ihm.“

Sam hielt den Atem an, weil Tommy genau das ausdrückte, was auch sie jedes Mal empfand, wenn sie in einem seiner kleinen Flugzeuge oder Hubschrauber über den Wolken schwebte.

„Woran hängt nun dein Herz, Samantha?“, flüsterte Tommy dicht an ihrem Ohr. „An dem Land oder an der Freiheit dort oben?“

„An der Freiheit dort oben“, antwortete sie sofort wahrheitsgemäß.

„Dann haben wir auch das gemeinsam … abgesehen von der starken Anziehung zwischen uns“, sagte er leise. „Vielleicht ist eine solche Seelenverwandtschaft aber auch Teil dieser Anziehung.“

Sie spürte, wie er die Lippen über ihren Hals und ihre bloße Schulter gleiten ließ, und erschauerte. Erwartungsvoll hielt sie den Atem an.

Doch es geschah nichts. Tommy wich zurück, stellte sich an ihre Seite, lehnte sich mit dem Rücken gegen das Geländer und betrachtete Sam forschend. „Dein Lippenstift ist verschmiert“, sagte er lächelnd. „Am besten gehst du doch kurz in dein Zimmer, um dein Make-up aufzufrischen. Der Fotograf will sicher am Festzelt noch weitere Fotos schießen.“

Sams Enttäuschung war groß. Was ging in Tommy vor? Das erotische Intermezzo zwischen ihnen war offensichtlich vorüber. Womit musste sie nun rechnen? „Wartest du auf mich?“, fragte sie vorsichtig.

„Ich habe sehr lange darauf gewartet, dich an meiner Seite zu haben, Samantha, und werde jetzt nicht davonlaufen, ehe ich nicht herausgefunden habe, was es mir bringt. Was es uns beiden bringt.“ Er machte eine einladende Geste. „Du solltest auch einmal darüber nachdenken.“

Allerdings. Sie wollte es unbedingt wissen, mehr als er ahnte! War es für Tommy vielleicht nur ein Spiel? Trieb ihn die Neugier herauszufinden, wie weit sie, Sam, gehen würde? Tommy war so schwer einzuschätzen, unberechenbar in seinem Temperament. Hatte eben noch leidenschaftliche Glut aus seinen dunklen Augen gesprochen, so funkelten sie jetzt schon wieder unbeschwert und übermütig.

„Ich brauche nur einige Minuten“, sagte sie rasch und verschwand im Haus.

Die nächsten Stunden musste Tommy sowieso an ihrer Seite verbringen. Während der gesamten Feier im Festzelt würden sie am Tisch des Brautpaars nebeneinander sitzen. In der Zeit würde es ihr sicherlich gelingen, herauszufinden, inwieweit Tommy es ernst meinte oder sich nur einen Spaß mit ihr machte.

Eine Seelenverwandtschaft … einzigartig … etwas ganz Besonderes … Sam klammerte sich an Tommys Worte und baute darauf ihre Hoffnung auf. Sie mussten einfach das bedeuten, was sie sich davon erhoffte!

5. KAPITEL

Bei Sonnenuntergang sollten sich die Gäste in dem riesigen Festzelt versammeln, das am Flussufer aufgestellt worden war. Der Übergang zwischen Dämmerung und Dunkelheit währte in den Kimberleys immer nur sehr kurze Zeit. Obwohl die Sonne also gerade erst am Horizont versank und den Fluss in ihr goldenes Licht tauchte, war das Festzelt deshalb schon von Tausenden bunten Lichtern erleuchtet, die es wie einen Palast aus Tausendundeiner Nacht erscheinen ließen.

Ein Raunen der Bewunderung ging durch die Gäste, die sich in kleinen Gruppen über den Rasen auf den Weg zum Zelt machten. Tommy zwinkerte Sam vielsagend zu. „Meine Mutter hat wirklich ein Gespür für perfekte Organisation und dramatische Effekte."

„Es sieht sehr romantisch aus", erwiderte sie ungewollt wehmütig.

„Das klingt fast, als würdest du dich nach ein wenig Romantik sehnen, Samantha. Ist es so?", fragte er sofort nach.

Nachdem sie sich wieder zu den Gästen gesellt hatten, war Tommy wirklich an ihrer Seite geblieben. Allerdings war er in der Folge seinem Ruf als geselliger Unterhalter gerecht geworden und hatte stets eine ganze Gruppe fröhlicher Leute um sich geschart, die er mit seinem sprichwörtlichen Charme glänzend unterhielt. Nun aber gingen Sam und er etwas abseits von den anderen zum Festzelt, und er hielt wieder ihre Hand.

„Ich glaube, Romantik hat einen ganz bestimmten Platz im Leben … vor allem, wenn zwei Menschen sich lieben", antwortete sie vorsichtig.

„Und wie würdest du Liebe definieren?"

Sein provokanter Ton ließ sie an der Ernsthaftigkeit seiner Frage zweifeln. „Wie definierst du sie denn, Tommy?", antwortete Sam mit einer Gegenfrage.

Er zuckte die Schultern. „Wenn ich das wüsste, würde ich nicht dich fragen."

„Nun, was glaubst du, was Liebe ist?", hakte sie nach, froh, dass er die Antwort offenbar in keiner seiner bisherigen Affären gefunden hatte.

„Ich habe geglaubt, sie könnte alles Mögliche sein, aber jetzt bin ich überzeugt, dass sie alles sein muss. Ich habe die Erfahrung gemacht, dass halbe Sachen letztendlich zu nichts Wirklichem führen. Sie bleiben einfach nur ... halbe Sachen. Und das genügt nicht."

Eine unerwartet ernsthafte Antwort ... nicht ohne einen Anflug von Selbstironie, der unterstrich, wie wenig Illusionen ihm seine Affären gelassen hatten.

„Heißt das, Janice war nur eine ... ‚halbe Sache'?"

„Eher eine viertel Sache", verbesserte er sie spöttisch. „Ich habe mich zu dem Zeitpunkt ziemlich mies gefühlt, und Janice hat eine Weile etwas Spaß in mein Leben gebracht."

„Warum hast du dich mies gefühlt?"

Er warf ihr einen verstohlenen Blick zu. „Ach, unter meinen Angestellten ist so eine kleine, quirlige rothaarige Hexe, der es großen Spaß macht, mich niederzumachen. Selbst wenn ich etwas nur zum Wohl anderer tue, sieht sie das nie so, sondern hackt immer weiter auf mich ein."

Sam machte ein nachdenkliches Gesicht. War das eine faire Beschreibung ihres Verhaltens? Gab sie Tommy wirklich das Gefühl, nichts wert zu sein? Errötend fielen ihr Elizabeths Worte wieder ein ... auch Männer wollten respektiert werden.

Vermutlich hatten all die Frauen, mit denen Tommy in der Vergangenheit zusammen gewesen war, ihn und das, wofür er stand, respektiert, wohingegen sie … Aber verdiente sie nicht auch seinen Respekt?

„Es könnte eine Art Reflex auf dein Verhalten ihr gegenüber sein", wandte sie so sachlich wie möglich ein. „Vielleicht fühlt sie sich von dir … kleingemacht."

„Wie könnte sie das Gefühl haben, dass ich sie kleinmache, wo ich ihr doch die Leitung eines sehr wichtigen Teils meines Unternehmens anvertraut habe und sie stets unterstütze, wenn sie neue Ideen einbringt?", antwortete Tommy skeptisch.

Sein überzeugter Ton verunsicherte Sam. Wusste er denn nicht, dass es angefangen hatte, lange bevor er überhaupt an einen Safaripark gedacht hatte? Seine wütende Reaktion, als sie damals den Hengst für ihn zugeritten hatte, und dann seine ständige, bissige Kritik, als sie in den kleinen Hubschraubern die Herden zusammengetrieben hatten.

Viel später dann, als Tommy ihr anbot, Hauspilotin für seinen Ferienpark zu werden, hatte sie gehofft, ihre Beziehung würde sich endlich auf eine reifere Ebene zuentwickeln … eine Ebene des gegenseitigen Respekts. Aber was hatte er auf ihre Frage, warum er bei dem Job ausgerechnet an sie gedacht habe, geantwortet? Nicht: „Ich will dich an meiner Seite haben" oder „Ich weiß, dass du das gut machen wirst" oder „Ich vertraue dir mehr als irgendeinem anderen Menschen", sondern: „Bei dir ist es weniger wahrscheinlich, dass du dich bei diesem Job umbringen wirst!"

Vielleicht war ihm gar nicht bewusst, was er ihr antat … all die kleinen Seitenhiebe, die ihr immer wieder einen Dämpfer versetzten. Aber wie er ihre Beziehung auch sehen mochte, dies war auf jeden Fall eine einmalige Gelegenheit, zu einem Einvernehmen mit ihm zu gelangen, und Sam wusste, dass sie diese Chance ergreifen musste, egal, wie verletzlich sie sich dabei fühlte. Sorgfältig wählte sie ihre Worte.

„Nun, ich denke, das Geschäft ist eine Sache und die Gefühle eines Menschen eine ganz andere. Zum Beispiel ... lobst du sie jemals? Gibst du ihr das Gefühl, geschätzt zu werden? Hast du ihr je deine Anerkennung gezeigt?"

In der nachfolgenden Stille wurde Sam von einem Wust von Erinnerungen bestürmt. Sie schwankte zwischen Schuldgefühlen und der Selbstrechtfertigung ihres eigenen Verhaltens. Vor allem aber wünschte sie sich unglücklich, es wäre zwischen ihr und Tommy anders gelaufen. Natürlich hatte er ihr einen verantwortungsvollen Job anvertraut und ihre neuen Ideen bereitwillig aufgenommen, aber sie hatte nie einen Lohn für ihre Bemühungen gesehen. Jedenfalls nicht den Lohn, den sie sich ersehnt hatte ... dass Tommy sie so angesehen hätte wie heute und sie mehr als jede andere Frau begehrt hätte.

„Wenn sie sich so ausgenutzt fühlt, warum ist sie dann nicht schon längst gegangen und hat sich einen Job bei einer anderen Fluggesellschaft gesucht?", fragte Tommy schließlich schroff.

Sams Mut sank. Offenbar war Tommy nicht bereit, eine Schuld bei sich zu sehen. Tatsächlich hatte sie unzählige Male daran gedacht, von ihm fortzugehen ... und es einfach nicht übers Herz gebracht. „Wenn du dich so ausgenutzt fühlst, warum hast du sie nicht schon längst entlassen?", entgegnete sie angespannt. Sie hatte das Gefühl, verloren zu haben. Aber was sollte sie tun? Es war doch nicht alles allein ihre Schuld, oder?

Von Panik ergriffen bemerkte sie, dass Elizabeth King und

Jared bereits am Eingang des Festzelts warteten. Es blieb nicht mehr viel Zeit für ein privates Gespräch. Miranda und Nathan standen im Begriff, ihre Plätze für den Empfang einzunehmen, und sie und Tommy mussten sich jeden Moment zu ihnen gesellen, um jeden einzelnen der zahlreichen Gäste auf dem Weg ins Festzelt persönlich zu begrüßen.

Sam warf Tommy einen ängstlichen Blick zu. Er bemerkte es und lächelte unerwartet. Dann nahm er, wie schon zweimal zuvor, ihre Hand und hakte sie unter seinem Arm ein. Die so geschaffene Nähe ließ in Sam erneut Hoffnung aufkeimen.

„Was meinst du, warum kann keiner von uns von dem anderen lassen?“, fragte Tommy sanft.

Es war schon zu dämmrig, als dass sie den Ausdruck in seinen Augen hätte lesen können, aber sie spürte, dass er sie eindringlich ansah. Die Antwort auf seine Frage lag ihr auf der Zunge: Weil ich dich liebe. Ich habe dich immer geliebt. Und ich werde mich nicht eher ganz fühlen, bis du meine Liebe genauso erwiderst … Doch sie brachte diese Worte nicht über die Lippen, aus Angst, Tommy könnte ihre Gefühle nicht erwidern.

„Noch mehr Stoff zum Nachdenken, nicht wahr?“, sagte er leise und führte sie zu ihrem Platz an der Seite von Braut und Bräutigam.

Während des feierlichen Defilees der Gäste blieb Sam und Tommy keine Zeit, über etwas anderes nachzudenken. Mit den meisten tauschte man einige Höflichkeitsfloskeln aus, dann zogen sie weiter. Janice’ Eltern allerdings nahmen Tommys Aufmerksamkeit etwas länger in Anspruch und schwärmten ihm davon vor, wie traumhaft schön diese Hochzeit sei.

Ron und Marta Findlay besaßen eine Kette von Reisebüros oben im Norden … in Cairns, Darwin, Wyndham, Kununurra, Broome … und betrieben verstärkt die Förderung des Tourismus im Outback, was sie für Tommy zu wichtigen Geschäftspartnern machte. Sam fragte sich, was sie wohl über die kurze Affäre ihrer Tochter mit Tommy King dachten. Nichts in ihrem Verhalten verriet, dass sie wussten, dass Tommy Janice den Laufpass gegeben hatte. Zweifellos hätten sie Tommy gern als zukünftigen Schwiegersohn gesehen und schmeichelten seiner Gunst.

Dabei konnte es ihnen nicht ums Geld gehen. Davon hatten sie mehr als genug, wie Sam wusste und wie Martas teurer Brillantschmuck bewies, ebenso wie das elegante Seidenkleid, das einen ähnlich tiefen Ausschnitt vorwies wie das Kleid ihrer Tochter. Aber wenn man auf Status bedacht war, bedeutete es immer noch etwas Besonderes, sich einen der legendären Kings aus den Kimberleys als Schwiegersohn zu angeln.

Sam war erleichtert, als Marta endlich Tommys Arm losließ und mit ihrem Mann weiterging. Sicher war es dumm, aber in Gegenwart solcher Frauen, die überschwänglich und geziert ihre Weiblichkeit zur Schau trugen, fühlte sie sich stets unwohl, und es ärgerte sie maßlos, wie die Männer meist darauf abfuhren. Sie fand es entwürdigend, und das war auch der Grund für ihre spitzen Bemerkungen über die Frauen gewesen, die um Tommy herumscharwenzelt waren. Was wiederum ihn, wie es aussah, direkt in die Arme von Janice Findlay getrieben hatte.

Vielleicht war sie zu vorschnell in ihrem Urteil. Andererseits, Miranda war nie um Nathan herumscharwenzelt, und dennoch hatten beide in dem anderen das gefunden, was sie gesucht hatten. Warum konnte es denn nicht bei Tommy und ihr so sein?

Sams Eltern gingen, ohne stehen zu bleiben, mit einem Lächeln an ihnen vorbei, um die immer noch lange Schlange der Gäste hinter ihnen nicht unnötig aufzuhalten. Unwillkürlich überlegte Sam, dass ihre Mutter keine Spur von affektiertem Gehabe an sich hatte, genauso wenig wie Elizabeth King, obwohl beide sehr feminin und zweifellos stolz auf ihre Weiblichkeit waren. Von diesen beiden galt es, zu lernen, wenn sie, Sam, versuchen wollte, sich so weit zu ändern, um Tommys Interesse an sich zu binden.

„Ich bin Christabel Valdez", sagte in diesem Moment eine sanfte, wohlklingende Stimme.

Sam wandte ihre Aufmerksamkeit der Frau zu, die vor Tommy stehen geblieben war und ihm die Hand reichte.

„Wir sind uns noch nicht vorgestellt worden", fügte sie dabei hinzu.

„Nein, aber Jared hat von Ihnen gesprochen", antwortete Tommy herzlich und schüttelte ihr die Hand. „Willkommen auf ‚King's Eden', Christabel. Ich hoffe, Sie werden sich hier wohlfühlen."

„Danke. Ich verstehe jetzt allerdings, warum Jared meinte, ein Besuch hier könnte inspirierend sein. Ihr ‚King's Eden' besitzt ein ganz eigenes Herz."

Sam, die sie verstohlen betrachtete, musste einmal mehr zugeben, dass Christabel wirklich atemberaubend schön war: ein makelloser dunkler Teint, seidig schimmerndes tiefschwarzes Haar und ausdrucksvolle mandelförmige Augen, deren ungewöhnliche goldbraune Farbe durch einen dichten Kranz schwarzer Wimpern apart zur Geltung kam.

„Allerdings", bekräftigte Tommy, wobei er Christabel sein gewinnendstes Lächeln schenkte, „und es ruft uns von Zeit zu Zeit immer wieder alle hierher zurück."

„Ja, das kann ich mir gut vorstellen", erwiderte sie ernst, entzog ihm ihre Hand und nickte ihm förmlich zu. „Es hat mich gefreut, Ihre Bekanntschaft zu machen."

„Das Vergnügen ist ganz meinerseits", antwortete Tommy galant, aber sie erwiderte sein Lächeln nicht.

Neugierig beobachtete Sam diese Frau, die einen so distanzierten Eindruck machte und ... ganz anders als eine Janice Findlay ... keinen Versuch unternahm, aus ihren augenscheinlichen weiblichen Reizen Nutzen zu schlagen. Insgeheim beglückwünschte Sam Jared für seine Wahl und bemerkte interessiert, dass Christabel sie anlächelte, als sie sich jetzt von Tommy abwandte und ihr die Hand reichte.

Kein Lächeln für Tommy, aber eines für sie? Sam fragte sich unwillkürlich, ob Christabel wohl für Jared lächelte oder allen Männern gegenüber so distanziert war. Das würde Jareds Unsicherheit bezüglich ihrer Gefühle ihm gegenüber erklären.

„Hallo", begrüßte Christabel sie wesentlich lockerer, „Samantha Connelly, nicht wahr?"

„Ja. Schön, Sie kennenzulernen, Christabel", sagte Sam und drückte ihr freundlich die Hand.

Das schöne Gesicht hellte sich merklich auf. „Darf ich Ihnen sagen, dass Ihnen dieser Fliederton ungewöhnlich gut steht? Er bringt Ihre blauen Augen zum Strahlen ... Wenn ich Sie ansehe, muss ich einfach an den Himmel denken. Und das ist doch Ihre große Leidenschaft ... das Fliegen, nicht wahr?"

„Ja", bestätigte Sam begeistert. „Nichts lässt sich damit vergleichen, sich den Himmel zu eigen zu machen. Für mich zumindest."

„Wohingegen ich ...", Christabel zuckte die Schultern und deutete auf ihr apartes Gewand, „... mich den Erdtönen von Broome verbunden fühle. Vielleicht habe ich dort mein eigentliches Zuhause gefunden."

„Das geht vielen Menschen so. Ich glaube, es gibt kaum einen Ort, wo sich mehr Menschen unterschiedlicher Nationalität angesiedelt haben, als Broome. Es ist wie eine eigene Welt. Ich hoffe, Sie werden dort glücklich sein."

„Danke." Mit einem freundlichen Nicken ging Christabel Valdez weiter.

Sam blickte ihr nach und dachte plötzlich an Tommys Worte ... dass sein und ihr Herz am Himmel hinge, während Jareds erdverbunden sei ... ähnlich wie Christabels? Hatte Jared vielleicht endlich die Frau gefunden, die das Leben, das er liebte, mit ihm teilen wollte?

„Was hältst du von ihr?", fragte Tommy gedämpft.

„Ich mag sie. Und was meinst du?", gab sie die Frage neugierig zurück.

„Ich meine, dass Jared Mühe haben wird, sie zu erobern."

„Warum?"

„Sie ist sehr verschlossen."

„Mir gegenüber war sie es nicht."

Tommy sah sie spöttisch an. „Du bist ja auch kein Mann, Samantha."

Ihr lag es auf der Zunge, zu antworten, dass ja nicht jede Frau unbedingt bei seinem Lächeln dahinschmelzen müsse. Gerade noch rechtzeitig verkniff sie sich die kleine Stichelei.

Es wäre nicht fair gewesen, denn Tommy hatte natürlich recht. Der Unterschied in Christabels Verhalten ihr gegenüber und Tommy gegenüber war nicht zu übersehen gewesen. Offenbar wahrte die Schöne Männern gegenüber eine Distanz, die sie bei Frauen nicht für notwendig hielt.

Was mochte sie dazu veranlasst haben? Eigentlich war es nicht fair, aufgrund schlechter Erfahrungen in der Vergangenheit allen Männern die kalte Schulter zu zeigen. Aber verhielt sie, Sam, sich Tommy gegenüber nicht ähnlich unfair, wenn sie jetzt fast schon wieder mit scharfer Zunge auf ihn losgegangen wäre, obwohl er ganz vernünftig mit ihr geredet hatte? Sie musste damit aufhören, wenn sie ihn nicht wieder vertreiben wollte. Denn warum sollte er sich bissige Sticheleien von ihr anhören, wo es unter den Gästen sicher zahlreiche Frauen gab, die nur zu gern Süßholz mit ihm geraspelt hätten?

Hier stand sie, Schulter an Schulter mit dem Mann, den sie liebte, und wusste, dass er sie, trotz allem, was zwischen ihnen vorgefallen war, nicht loslassen wollte. Wenn sie an seiner Seite blieb und ihm die begehrenswerte Frau anstatt der Hexe zeigte, würde sie letztendlich vielleicht gewinnen anstatt zu verlieren.

Zu ihrem Leidwesen sah Sam in diesem Moment ihren Bruder Greg mit Janice Findlay am Arm auf sich zukommen. Janice hatte sich bei ihm eingehakt und drängte die üppigen Brüste an ihn, während sie ihm offensichtlich süße Zweideutigkeiten ins Ohr flüsterte. Greg lauschte mit geröteten Wangen und leuchtenden Augen, und Janice umschmeichelte ihn weiter mit selbstzufriedener Miene. Sam konnte kaum hinsehen, denn ihr war klar, dass dies nur eine Retourkutsche dafür war, dass Tommy Janice den Laufpass gegeben hatte … mit anderen

Worten, Greg war bloß Mittel zum Zweck.

„Oh Sam ...", schnurrte Janice, wobei sie Tommy völlig ignorierte, „ich wusste gar nicht, dass Sie ein solches Prachtexemplar von Bruder haben. Ich liebe ... diese kraftvollen Burschen vom Land!" Während sie das sagte, ließ sie die Fingerspitzen anzüglich über Gregs breite Brust gleiten.

Greg lachte verlegen, aber sichtlich geschmeichelt. Offenbar war er bisher noch nie von einer Frau so direkt angemacht worden.

„Greg ist ein toller Junge, Janice", sagte Sam gespielt ruhig. „Vielleicht sollten Sie sich die Zeit nehmen, ihn wirklich kennenzulernen."

„Oh, das werde ich. Hochzeiten haben etwas an sich, das einen ...", Janice blickte vielsagend zu Tommy und dann wieder zu Sam, „... so himmlisch scharf macht." Mit einem provozierenden Lachen schmiegte sie sich an Greg und zog ihn zum Festzelt.

Ohne zu überlegen, ließ Sam ihren Zorn an Tommy aus. „Und dieser Schmalz von Janice hat dich aufgemuntert?"

Seine dunklen Augen wurden schmal. „Verdamme es nicht, Samantha. Manchmal will ein Mann sich einfach nur begehrt fühlen. Und genauso fühlt Greg sich in diesem Moment."

Sam senkte errötend den Blick, denn ihr war klar, dass sie Tommy nicht das Gefühl gegeben hatte, begehrt zu werden. Bis heute.

„Und was Hochzeiten angeht, hat sie vermutlich sogar recht", fuhr er spöttisch fort. „Ich hatte jedenfalls den Eindruck, dass du ziemlich ‚scharf' warst, als du mich vorhin auf der Veranda geküsst hast."

Das war doch etwas ganz anderes! „Sie benutzt Greg nur

als Ersatz, das weißt du genau, Tommy!", sagte Sam heftig.

„Und du hast mich nicht als Ersatz benutzt?"

„Nein! Ich wollte …"

„Mich?" Er sah sie mit funkelnden Augen an.

Jetzt blieb ihr nur noch die Wahrheit. „Ja. Ich wollte wissen, wie es mit dir sein könnte."

„Und ich umgekehrt mit dir, Samantha", antwortete er zu ihrer Erleichterung sofort. „Möchtest du diese Entdeckungsreise mit mir fortsetzen?"

„Ja", sagte sie, ohne zu überlegen.

„Gut. Denn genau das möchte ich auch."

Ein warmes Triumphgefühl erfüllte sie. Bislang hatte sich alles, was sie gewagt hatte, bezahlt gemacht. Tommy schien ihre Beziehung neu zu bewerten, sich mehr davon zu erhoffen und war bereit, herauszufinden, was sich daraus entwickeln könnte.

Erst auf dem Weg ins Zelt kam Sam in den Sinn, dass die Fragen, die Tommy ihr gestellt hatte, sich genau genommen alle auf das ursprüngliche „scharf sein" bezogen. Hatte sie sich gerade darauf eingelassen, mit ihm zu schlafen? Wollte er mehr als nur das von ihr?

Ihr Herz pochte wie wild, doch sie fasste plötzlich einen Entschluss: Es war ihr egal. Sie würde nehmen, was immer sie von Tommy King bekommen konnte. Dann würde sie zumindest wissen, wie viel sie ihm wirklich bedeutete!

6. KAPITEL

Lächelnd beobachtete Elizabeth King, wie Nathan und Miranda sich aufstellten, um die Hochzeitstorte anzuschneiden. War es wirklich erst zehn Monate her, dass sie mit Miranda das Vorstellungsgespräch für die frei gewordene Position der Managerin des Ferienparks geführt hatte? Gleich auf Anhieb hatte sie damals das Gefühl gehabt, Miranda könnte die richtige Frau für ihren Ältesten sein … die ihn von seiner vorgefassten Meinung befreite, keine Frau könne auf Dauer mit seiner Art zu leben glücklich werden.

Jetzt waren sie verheiratet. Und Elizabeth zweifelte nicht, dass diese Ehe halten würde. Selbst ein Blinder konnte sehen, wie groß ihre Liebe zueinander war, und als starke Persönlichkeiten, die sie waren, würden sie in guten wie in schlechten Zeiten immer fest zueinanderstehen. Elizabeth konnte nicht umhin und beglückwünschte sich, dass sie Miranda nach „King's Eden" geholt hatte.

Sicher konnte sie jetzt auf Enkelkinder hoffen … die nächste Generation. Lachlan hätte sich gewünscht, dass die Familie fortbestehen würde, und jetzt war zumindest ein Schritt in diese Richtung getan. Aber das genügte Elizabeth nicht. Wer konnte wissen, was die Zukunft brachte? Nicht im Traum hätte sie sich vorgestellt, dass Lachlan, ihr starker Mann, so plötzlich und verfrüht aus dem Leben scheiden würde. Alles, was ihr von ihm geblieben war, waren ihre drei Söhne.

Elizabeth wünschte sich, in ihren Enkelkindern Lachlan wiederzufinden. Es sollte nicht einfach so zu Ende sein. Und obwohl Nathan seinem Vater zweifellos am ähnlichsten war, konnte niemand garantieren, dass sich Lachlans Gene auch in seinen Kindern durchsetzen würden. Vielleicht würden ja Tommys Kinder ... oder Jareds mehr auf ihren Großvater kommen. Das Leben war ein Glücksspiel ohne Garantien, und man musste die Chancen ergreifen, wie sie sich boten.

Die Band ließ eine Fanfare erklingen, als die Torte angeschnitten wurde. Nachdem der begeisterte Applaus der Gäste verebbt war, verkündete der Zeremonienmeister: „Mr. und Mrs. King begeben sich nun auf die Tanzfläche zum Brautwalzer."

„Sollen wir uns ihnen anschließen und ihnen zeigen, wie man richtig Walzer tanzt, Mum?", fragte Jared neckend und erhob sich.

Lächelnd ließ sich Elizabeth von ihrem Jüngsten auf die Tanzfläche führen. In mancher Hinsicht stand Jared ihr am nächsten, hatte die Leitung des Geschäfts in Broome übernommen, das sie von ihrem Vater geerbt hatte. Er teilte ihr Interesse an dem Geschäft mit schönen Perlen, in das sie nach Lachlans Tod all ihre Energie gesteckt hatte, um sich von ihrer Trauer abzulenken.

„Weißt du", meinte Jared beiläufig, „Tommy und Sam scheinen endlich einmal gut miteinander auszukommen. Bislang habe ich nicht den kleinsten Streit beobachtet. Und schau, jetzt fordert er sie sogar auf, mit ihm zu tanzen."

Elizabeth blickte zu Tommy und Sam hinüber. Die beiden strahlten sich an und schienen ganz wild darauf, miteinander zu tanzen ... das war echte Freude und nicht bloß eine Wahrung der Form. Der Waffenstillstand, um den sie, Elizabeth, Tommy gebeten hatte, währte nun schon fast sechs Stunden ... ein wahres Wunder, und Elizabeth hoffte sehr, dass es von Dauer sein würde.

„Höchste Zeit, dass sie endlich einen Weg aufeinander zu gefunden haben", meinte sie leise zu Jared.

„Nun, Sam hat Tommy heute zweifellos am Haken", erwiderte er lachend. „Miranda hat mit dem Outfit für ihre Brautjungfer einen glücklichen Griff getan."

„Ich hoffe, Tommy lässt sich nicht nur davon blenden."

Elizabeth nahm sich vor, der Sache so bald wie möglich genauer auf den Grund zu gehen. Während des Brautwalzers war es Tradition, die Partner zu wechseln. Das würde an diesem Abend vielleicht ihre einzige Chance sein, einige ganz persönliche Worte mit Tommy zu wechseln.

Die Band begann einen schwungvollen Walzer zu spielen. Unter den Augen der Hochzeitsgesellschaft schwebten Nathan und Miranda zunächst allein über die Tanzfläche, das Bild eines glücklichen Brautpaars. Schließlich gesellte sich Jared mit Elizabeth dazu, und Tommy wirbelte Sam in der für ihn typischen schwungvollen Art auf die Tanzfläche. Sams Gesicht strahlte vor Glück, was Elizabeth mit freudiger Genugtuung bemerkte.

Sie sah zu Jared hoch und bemerkte, wie er den Blick unwillkürlich zu dem Tisch schweifen ließ, an dem Christabel Valdez saß. Diese Frau nahm ihn sehr gefangen. Ganz gewiss war sie eine höchst kreative, innovative Schmuckdesignerin, aber Elizabeth King war sich nicht sicher, wie sie zu einer möglichen Beziehung zwischen der schönen Brasilianerin und ihrem Jüngsten stehen sollte.

Hinter dem ernsten, distanzierten Ausdruck dieser faszinierenden goldbraunen Augen glaubte Elizabeth viele Geheimnisse zu erahnen, die Christabel offenbar nicht aufdecken wollte. Sie hatte angegeben, verwitwet zu sein ... vielleicht aber auch nur, um ihre kleine Tochter zu legitimieren, die Jared eher zufällig kennengelernt hatte und nicht, weil Christabel sie mit ihm bekannt machen wollte.

Und warum lebte sie trotz ihrer gegenwärtigen gut bezahlten Stellung immer noch in dem Wohnmobil am Town Beach in Broome? Es legte den Verdacht nahe, dass sie Broome nur als vorübergehende Station betrachtete und keine feste Adresse wünschte. Aber Elizabeth war auf Spekulationen angewiesen, denn die junge Frau hatte ihr bislang nicht den kleinsten Einblick in ihr Privatleben gewährt.

Christabel ... sie hatte etwas Exotisches an sich, das Jared offensichtlich stark anzog. Elizabeth konnte das gut verstehen, machte sich aber dennoch Sorgen. Sie wollte nicht, dass es für ihren jüngsten Sohn möglicherweise mit einer tiefen Enttäuschung endete. Doch letztlich würde sie es nicht verhindern können, wenn es denn so kommen sollte.

„Jetzt gebe ich dich an Nathan weiter“, sagte Jared, wirbelte sie noch einmal herum und wandte sich selber Samantha zu, während Tommy die Braut übernahm.

Nathan lächelte seine Mutter liebevoll an. „Du hast dich mit der Hochzeit wirklich selbst überboten, Mum. Genau, wie ich es mir für Miranda gewünscht habe. Und wie du sie dann in deiner Tischrede in der Familie willkommen geheißen hast ...“, er drückte Elizabeth an sich, „... sie war zu Tränen gerührt.“

„Sie ist genau die Frau, die ich mir immer für dich gewünscht habe, Nathan.“

Er seufzte zufrieden. „Und die ich mir immer gewünscht habe. Was für ein Glück, dass du ausgerechnet sie als Managerin für Tommys Ferienpark eingestellt hast, nicht?"

„Ja. Obwohl du damals, wenn ich mich recht erinnere, nicht sehr erfreut warst, dass ich mich für eine Frau entschieden hatte", rief Elizabeth ihm lächelnd ins Gedächtnis.

Er lachte. „Aber ich habe meine Meinung in dem Moment geändert, als Miranda in mein Leben getreten ist."

„Was du ja auch in deiner Tischrede zum Ausdruck gebracht hast", sagte Elizabeth. „Eine wundervolle Rede, Nathan, die übrigens mich zu Tränen gerührt hat."

„So wie Tommy uns alle zum Lachen gebracht hat, als er seine Trauzeugenrede zum Besten gegeben hat. Er ist wirklich ein brillanter Anekdotenerzähler. Die Leute hingen förmlich an seinen Lippen."

„Ja, es war eine tolle Vorstellung", stimmte Elizabeth Nathan zu. Die Frage war, ob die Sache mit Samantha für ihn auch nur eine Vorstellung war. Tommy war ein sehr guter Schauspieler.

„Und was er über Sam gesagt hat, war wirklich nett", fuhr Nathan fort. „Hast du gesehen, wie sie gestrahlt hat, als er sagte, sie sei die beste Helferin, die man sich nur wünschen kann?"

„Ja, ich war froh, dass er so nett zu ihr war."

„Mm ...", Nathans blaue Augen funkelten lausbübisch, „vielleicht war es ja auch ein bisschen mehr als bloß nett, Mum. Aber du kannst ihn ja selber fragen, denn jetzt bist du an der Reihe, mit ihm zu tanzen."

Er reichte seine Mutter weiter an Tommy, der den Walzer in der für ihn typischen, eigenwilligen Weise tanzte und zufrieden lächelte, als Elizabeth sich ihm anpasste. „Ah ... endlich die perfekte Partnerin!"

Sie zog skeptisch die Brauen hoch. „Ich denke, die Rolle sollte bei dir eine Jüngere erfüllen."

Er lachte gut gelaunt. „Und so wird es auch in Kürze sein. Die Macht ist heute mit mir."

„Und was für eine Macht ist das?"

Er zwinkerte ihr zu. „Die Macht, die eine Hexe in eine Prinzessin verwandelt."

Samantha! Aber wie ernst war es ihm mit der Behauptung, sie sei für ihn die perfekte Partnerin? „Und wird diese Macht den Zauber der heutigen Hochzeit überdauern?", erkundigte Elizabeth sich betont beiläufig.

„Wer weiß? Wird sich der Prinz in einen Frosch zurückverwandeln?"

„Ich habe immer die Überzeugung vertreten, dass der Glaube Wunder vollbringen kann."

„Nur, wenn er stark genug ist und niemals wankt."

„Du bist noch nie schwach gewesen, Tommy. Du kannst dafür sorgen, dass dein Glaube stark ist, wenn du es willst."

„Vorausgesetzt, die Gespenster der Vergangenheit halten sich fern. Und es sind sehr viele, Mum."

Ja, Sam und er hatten sich gegenseitig Narben zugefügt, die sicher nicht leicht zu vergessen waren. „Sei vorsichtig, Tommy."

Seine dunklen Augen funkelten. „Nein, heute Abend werfe ich alle Vorsicht über Bord. Heißt es nicht, dass das Leben einem ständigen Wechsel von Flut und Ebbe gleicht? Heute Abend setze ich alles auf eine Karte und lasse mich von den Wogen der Flut treiben. Und wenn sie mich an den Strand einer einsamen Insel spülen … dann habe ich eben Pech gehabt, oder?"

Alles oder nichts. Unbändige Leidenschaft und Stolz sprachen aus seinen Worten – und es war dieser Stolz, der ihm so manches Mal in seinem Leben im Weg gestanden hatte.

„Alle Gäste sind jetzt eingeladen, sich zu den Kings auf die Tanzfläche zu gesellen“, verkündete der Zeremonienmeister in diesem Moment.

„Ab zu Jared!“, sagte Tommy fröhlich und gab Elizabeth an seinen jüngeren Bruder weiter, bevor sie den Versuch machen konnte, mäßigend auf sein Vorhaben einzuwirken.

Sie sah zu, wie er Samantha fest in die Arme nahm – und seine „Prinzessin“ schmiegte sich willig an ihn. In dem Moment begriff Elizabeth, dass sie den Lauf der Dinge nicht aufhalten konnte. Ob gut oder schlecht … die beiden hielten ihr Schicksal selbst in den Händen.

Für Sam war es der schönste Abend ihres Lebens. Seit sie das Festzelt betreten hatten, hatte Tommy sich fast ausschließlich um sie gekümmert. Er war ein charmanter und aufmerksamer Partner gewesen, und wenn er sie einmal geneckt hatte, dann war es ganz anders gewesen, als sie es von ihm gewohnt war – erotisch und prickelnd wie der Champagner in ihren Gläsern.

Mit ihm zu tanzen war für Sam ein Traum. Wie oft hatte sie in all den Jahren voller Neid und Eifersucht zugesehen, wenn er mit anderen Frauen getanzt hatte. Tommy war schlicht und einfach der geborene Tänzer. Der Rhythmus lag ihm im Blut, sodass er ständig eigene Schritte kreierte und das Tanzen mit ihm nicht nur Spaß machte, sondern zu einer echten Herausforderung wurde.

Wie oft hatte Sam ihn dann einen aufgeblasenen Angeber genannt, wohl wissend, dass sie nur neidisch war, weil er nicht sie aufgefordert hatte. Es gab wohl keine Frau, die nicht liebend gern mit Tommy King getanzt hätte. Mit ihm wurde die Musik lebendig.

Und das Beste dabei war natürlich, Tommy so nahe zu sein, die Vertraulichkeit dieses engen Kontakts zu genießen in der Gewissheit, dass er sich ihr diesmal nicht entziehen und sich einer anderen, begehrenswerteren Frau zuwenden würde. Zumindest für heute Abend gehörte er ihr ganz allein.

Im weiteren Verlauf des Abends drehte die Band dann richtig auf und spielte Rocknummern quer durch die vergangenen Jahrzehnte – Bill Haley, Elvis, die Beatles, Abba, Neil Diamond, Michael Jackson. Alle sangen und klatschten mit, die Männer legten ihre Jacketts und Krawatten ab, und die Party kam richtig in Schwung.

Tommy hielt sich zuerst noch zurück. Als er jedoch merkte, dass Sam keine Mühe hatte, seiner Art zu tanzen zu folgen, und sogar selber einige neue Schritte und Drehungen wagte, lachte er übermütig. Dann zeigte er sein ganzes Können und legte einen fetzigen Rock 'n' Roll aufs Parkett, der Sam immer neue Höchstleistungen abforderte. Längst hatten die übrigen Tänzer einen Kreis um die beiden gebildet und spornten sie klatschend an.

Sam achtete nicht auf die Zuschauer. Sie stand völlig in Tommys Bann und vergaß beim Tanzen alles um sich her. Es gab nur noch Tommy und sie, die sich zu den hämmernden Rhythmen der Rockmusik wie entfesselt bewegten. Tommy strahlte eine ungeheure Energie aus … erotisch und erregend, und die glühenden Blicke seiner dunklen Augen verrieten, wie sehr er die Vorfreude auf das, was zwischen ihnen sein würde, auskostete.

Und auch Sam fühlte sich von der gleichen unbändigen Energie besessen. Ihr Herz pochte wie wild. Sie bot sich ihm im Tanz bewusst verführerisch dar und forderte mit koketten Blicken sein Verlangen heraus. Schließlich wirbelte Tommy sie ein letztes Mal herum, zog sie mit Schwung an sich und hielt sie so, dass sie sich weit nach hinten über seinen Arm beugte. Ehe Sam es verhindern konnte, beugte er sich über sie, fasste die fliederfarbene Rose mit den Zähnen und zog sie ihr aus dem Haar. Und während die Band die Nummer mit einem dramatischen Schlagzeugsolo beendete, richtete Tommy Sam wieder auf, trat einen Schritt zurück und überreichte ihr unter dem Applaus und Jubel der Umstehenden mit einer galanten Verbeugung die Rose.

„Champagner für meine Lady?" Er zwinkerte ihr zu und führte sie zu der Bar in der Nähe des Ausgangs.

Sam folgte ihm, atemlos, lachend … und hingerissen von seinem Playboy-Charme, den sie doch immer zu verachten geglaubt hatte. Aber das war natürlich nicht wahr, sondern lediglich ihre enttäuschte Reaktion gewesen, weil er seinen Charme nie an ihr versucht hatte.

Der Barkeeper schenkte ihnen zwei Gläser Champagner ein. Tommy stieß mit Sam an. „Auf die perfekte Partnerin", sagte er leise, wobei er ihr glühend in die Augen blickte.

„Auf den perfekten Partner", erwiderte sie heiser und nippte an dem prickelnden Champagner.

„Ich hatte keine Ahnung, dass du so tanzen kannst, Samantha", meinte Tommy nachdenklich. „Auf den wenigen Partys, die wir zusammen besucht haben, habe ich das nie von dir gesehen."

„Es gibt nicht viele Männer, die so tanzen können wie du",

antwortete Sam ehrlich und fügte schulterzuckend hinzu: „Und du hast es immer vorgezogen, mit anderen Frauen zu tanzen.“

Er lächelte spöttisch. „Ich erinnere mich recht gut, dich einmal aufgefordert zu haben. Du hast mir damals einen Korb gegeben, mit dem Hinweis, es sei nicht deine Absicht, dich zum Gespött der Leute zu machen.“

Sam errötete. Die unselige Episode war ihr nur zu gut in Erinnerung. Es hatte sich auf der Eröffnungsparty für den Safaripark zugetragen. Tommy war in Hochstimmung gewesen, stolz und zufrieden, seinen Traum erfolgreich verwirklicht zu haben. In seiner arroganten Art hatte er ihre Hand genommen und gesagt: „Komm, Sam, lass uns den Tanzboden unsicher machen und allen zeigen, wie toll wir uns fühlen.“ Aber sie hatte gekniffen, weil ihr klar gewesen war, dass sie seinen Tanzkünsten nicht gewachsen sein würde. Es hatte ihr an Selbstvertrauen gefehlt, es einfach zu probieren, und sie hatte wirklich gefürchtet, sich zum Gespött der Leute zu machen.

„Damals konnte ich es noch nicht“, gestand sie jetzt. „Ich bin kein geborener Tänzer wie du. Ich musste es erst richtig lernen.“

„Lernen?“, wiederholte er überrascht.

„Ja. In der Regenzeit im selben Jahr. Ich bin nach Darwin gegangen und habe Tanzstunden genommen. Jazz-Dance und all das moderne Zeug. Ich musste erst lernen, meine Hemmungen abzulegen und einfach der Musik zu folgen.“

Er schüttelte den Kopf. „Du hättest doch mich bitten können, es dir beizubringen.“

Jetzt war es an ihr, spöttisch zu lächeln. „Ich dachte, du würdest dich nur über mich lustig machen. Oder ungeduldig und gereizt reagieren …“

„Nein!“, fiel er ihr scharf ins Wort, und sein Blick wurde vorwurfsvoll. „Du konntest es nur nicht ertragen, mir in einer Sache nicht gewachsen zu sein. Das war es doch, oder?“

Sam schluckte. Ihre überschwängliche Stimmung hatte plötzlich einen Dämpfer bekommen. „Vielleicht“, räumte sie ein. „Ich weiß es nicht mehr. Ich weiß nur … du hast mich danach nie wieder aufgefordert, mit dir zu tanzen … bis heute Abend, und vorhin wollte ich ganz bestimmt nicht mit dir konkurrieren. Ich wollte …“ Sie verstummte verzweifelt. Würden sie sich denn nie verstehen? Beschwörend sah sie ihn an, und ihre Stimme zitterte, als sie fortfuhr: „Es klingt wahrscheinlich verrückt … aber ich wollte etwas mit dir teilen, etwas können, was du kannst und … erreichen, dass du stolz auf mich bist.“

Mit Tränen in den Augen stellte sie ihr Champagnerglas auf die Bar. „Entschuldige mich“, sagte sie stockend und stürzte aus dem Zelt. Ihr war das Herz schwer, weil sie bei Tommy anscheinend immer wieder das Falsche sagte und tat und damit das zerstörte, was sie sich am meisten wünschte. Und es war ihre Schuld. Sie hatte diese hässlichen Dinge zu Tommy gesagt und ihn in ein schlechtes Licht gestellt, weil sie sich ihm unterlegen fühlte und nie glaubte, ihm gerecht werden zu können.

Ohne auf die Tränen zu achten, die ihr über die Wangen rannen, wandte sie sich zum Haus, um dort eine Zuflucht zu finden. Unmöglich konnte sie so irgendjemand gegenübertreten. Ihr Make-up war vermutlich verwischt, und sie musste sich diese dumme Rose wieder ins Haar stecken und sich wappnen, um den Rest der Hochzeit so durchzustehen, wie es von einer guten Brautjungfer erwartet wurde.

Mit Tommy und ihr würde es nie etwas werden. Das Glücksgefühl dieses Abends … es war ein Luftschloss gewesen, eine Seifenblase, die nur zu leicht geplatzt war. Tommy hegte unter seinem ganzen Charme, in dem sie sich gesonnt hatte, einen tief verwurzelten Zorn gegen sie, und das zu Recht. Sie hatte nie etwas getan, um ihm ein gutes Gefühl zu geben. Stattdessen hatte sie auf ihm herumgehackt, wo es ging, hatte ihm seine Brüder vorgezogen … die Liste ihrer Verfehlungen war endlos. Wie sollte er das je vergessen können?

Langsam ging Sam über den großen Rasen, und bei jedem Schritt starb ein wenig mehr von ihr. Sie wusste, dass sie die Uhr nicht zurückdrehen konnte, wünschte sich dennoch, Tommy würde hinter ihr herkommen … und hatte längst akzeptiert, dass es sowieso keine echte Chance für sie gab.

Verletzlich! Tommy stand wie vom Donner gerührt da, als ihm in den Sinn kam, was seine Mutter über Samantha gesagt hatte. Er hatte es nicht geglaubt. Allein den Gedanken, dass Samantha Connelly einen weichen Kern haben könnte, der … so tief verwundbar war, hatte er weit von sich gewiesen.

Doch er hatte sich geirrt. All die Jahre. Sie hatte um seine Anerkennung gekämpft, hatte sich nach seinem Lob, seiner Wertschätzung gesehnt … Und er? Tommy schüttelte den Kopf. Er hatte alles andere darin gesehen, nur nicht das, hatte sich anderen Frauen zugewandt, um dort zu finden, was sie ihm nicht gab. Doch es war nie genug gewesen, denn im Grunde wollte er es ja von ihr.

Kein Zorn ist vergleichbar mit dem einer verschmähten Frau. All ihre Sticheleien über seine zahllosen Affären … wie verständlich waren sie, wenn Samantha ihn begehrt hatte und glauben musste, dass er sie nicht für gut genug erachtete! Hatte sie ihn all die Jahre begehrt? Waren sie beide in einem Netz von Missverständnissen gefangen gewesen?

Sie hatte Tränen in den Augen gehabt. Er hatte Samantha noch nie weinen sehen ... sie war zu stark, zu stolz, besaß zu viel Mumm, um irgendwelche weiblichen Schwächen zu zeigen. Aber heute, am heutigen Abend war alles anders gewesen ... und der Teufel sollte ihn holen, wenn er an diesem Unterschied nicht festhalten würde!

Entschlossen stellte Tommy sein Glas auf die Bar und wollte hinter Samantha her aus dem Festzelt. Er musste sie abfangen und sich mit ihr aussprechen. Am Ausgang lauerte ihm jedoch eine ziemlich betrunkene Janice Findlay auf, klammerte sich an seinen Arm und schien gewillt, ihn nicht so bald wieder loszulassen.

„Nicht so eilig, Geliebter", lallte sie und fügte mit einem provokanten Blick hinzu: „Wir beide haben noch etwas zu bereden."

„Nicht jetzt!", wehrte Tommy scharf ab und versuchte, sich ihrem Griff zu entziehen.

Janice krallte die Fingernägel in seinen Arm. „Glaub nicht, dass du mich einfach so wegwerfen kannst, Tommy King!"

Erst da fiel ihm auf, wie gefährlich betrunken sie war, und er sah sich Hilfe suchend nach Greg um, ob der ihn nicht aus dieser Zwickmühle befreien könnte.

„Du bist ganz scharf darauf, Sam Connelly flachzulegen, stimmt's?", höhnte Janice. „Aber sie ist dir davongelaufen, und ich habe dich erwischt. Den ganzen Abend habe ich darauf gewartet."

Greg war nirgendwo in Sicht, aber Tommy schaffte es, Jared auf sich aufmerksam zu machen, und bedeutete ihm mit einer Grimasse sein Problem. Dann holte er tief Luft und zwang sich, ruhig zu bleiben und den boshaften Bemerkungen seiner Exgeliebten so sachlich wie möglich zu begegnen. Sacht streichelte er ihre Hand, um sie zu veranlassen, seinen Arm loszulassen. „Was willst du denn noch von mir, Janice?“, fragte er bemüht freundlich. „Du weißt, dass es zwischen uns aus ist, und es wird dir gar nichts bringen, mich hier festzuhalten. Was gibt es also noch zwischen uns zu bereden?“

„Du bildest dir wirklich ein, dass du ungeschoren davonkommst, nicht wahr?“, sagte sie giftig. „Einer der großen Kings aus den Kimberleys!“ Verächtlich ließ sie seinen Arm los. „Aber du wirst für das Vergnügen bezahlen, das du bei mir gesucht hast! Wenn nicht, werde ich deinen Namen in den Schmutz ziehen.“

„Ich hoffe sehr, dass du morgen anders darüber denken wirst, Janice. Bis dahin …“

„Ah, da sind Sie ja, Janice!“ Jared war dazugekommen und legte ihr zielstrebig einen Arm um die Taille. „Greg war besorgt, dass Sie auf dem Weg zum Waschraum verloren gehen könnten. Ich habe Christabel gesagt, dass ich Sie sicherheitshalber begleiten würde …“

Den Rest hörte Tommy schon nicht mehr. Er hatte das Festzelt bereits verlassen und blickte sich im Licht der Gartenlampen suchend um. Am Flussufer war kein Schimmer von einem fliederfarbenen Kleid zu sehen. Wie groß war Samanthas Vorsprung? Janice musste ihn einige Minuten aufgehalten haben.

Sein Herz pochte, als er sich umdrehte und über den Rasen zum Haus blickte. Dort, in der Nähe der Bourgainvillea-Hecke … Tommy rannte los. Es war ihm egal, was jemand, der ihn sehen würde, denken mochte. Hier ging es praktisch um sein Leben, wenn seine Überlegungen richtig waren.

Die schattenhafte Silhouette, die er vorauf erblickt hatte, hielt auf das vordere Tor zu. War es Samantha? Sein Gefühl sagte ihm, dass sie es sein musste. Er beschleunigte seine Schritte, doch auf dem Gras hörte sie ihn offensichtlich nicht kommen. Sie hielt nicht inne, drehte sich nicht um. Von plötzlicher Panik ergriffen, rief Tommy laut: „Warte!“

War das Tommys Stimme? Sams Herzschlag stockte. Sie blickte zum Festzelt zurück. Eine Gestalt, bekleidet mit schwarzer Hose und weißem Hemd, kam über den Rasen geradewegs auf sie zugerannt. Es musste Tommy sein. Vermutlich hatte er sich entschlossen, sie zurückzuholen und den Abend mit ihr, koste es, was es wolle, durchzustehen, um als pflichtbewusster Trauzeuge den glücklichen Schein zu wahren.

Sofort fiel Sam in einen Laufschritt, den Pfad hinauf, durch das Gittertor und die Stufen zur Veranda hinauf. Die Vorstellung, Tommy jetzt Rede und Antwort stehen zu müssen, versetzte sie in Panik. Er würde sich sowieso nicht dafür interessieren, was sie wirklich fühlte, sonst wäre er ihr früher gefolgt. Und was das erotische Knistern zwischen ihnen betraf … das war einfach normal für Tommys Verhältnis zu Frauen, nichts Besonderes außer vielleicht einem gewissen Kitzel, der daraus resultierte, dass dies ihrem üblichen Umgang miteinander widersprach.

Sam eilte ins Haus und durch die Flure zu ihrem Zimmer. Sie musste Abstand von Tommy gewinnen, brauchte etwas Zeit, um sich zu fassen und die Spuren ihres Unglücks zu übertünchen … äußerlich wie innerlich. Eine halbe Stunde Atempause, dafür würde sich vor der Hochzeitsgesellschaft eine plausible Ausrede finden lassen.

Sie stürmte in ihr Zimmer und schloss die Tür hinter sich. Endlich in Sicherheit! Ohne das Licht einzuschalten, tastete sie sich zum Bett und setzte sich auf die Bettkante. Es tat so weh! Unglücklich beugte sie sich vor und barg das Gesicht in ihren Händen.

Irgendwie musste sie es schaffen, sich zusammenzureißen und den Abend mit Anstand zu Ende zu bringen. Morgen würde sie mit ihren Eltern und ihren Brüdern nach Hause fliegen. Der Ferienpark hatte bereits geschlossen, die Touristensaison war für dieses Jahr zu Ende. Tommy brauchte sie nicht mehr … in keiner Hinsicht. In seiner „KingAir"-Charterfluggesellschaft konnte er auch ohne sie als Pilotin auskommen. Sie musste weg von ihm und eine ganze Weile nichts mehr mit ihm zu tun haben. Ja, das Beste war es, nach Hause zu fliegen, die Wunden zu lecken und sich innerlich dagegen zu wappnen, dass die Zukunft für sie ganz anders aussehen würde, als sie es sich insgeheim immer noch erhofft hatte.

Sie hielt den Atem an, als sie laute Schritte draußen auf dem Flur hörte. Ehe sie einen Gedanken fassen konnte, wurde die Zimmertür aufgestoßen und das Licht eingeschaltet. Tommy stand auf der Schwelle, schwer atmend. Seine angespannte Miene und sein wilder Blick veranlassten Sam, empört aufzuspringen.

„Das ist mein Zimmer! Du hast kein Recht, hier einfach …"

„Wie ich das sehe, haben wir uns in all den Jahren viel zu viel gegenseitig ausgeschlossen", unterbrach er sie scharf. Nachdrücklich schloss er die Tür und machte damit deutlich, dass er nun auf einer Aussprache bestehen würde, egal, wie sie selbst darüber dachte.

„Ich bin es so leid, mit dir herumzustreiten!“, rief sie wütend aus.

„Mit geht es nicht anders“, entgegnete er.

„Was suchst du dann hier?“ Am liebsten hätte sie sich auf ihn gestürzt und ihn gewaltsam aus ihrem Zimmer vertrieben.

„Ich bin hier, weil ich dich will. Was in der Vergangenheit zwischen uns abgelaufen ist, ist völlig schnuppe! Ich will dich, Samantha Connelly …“

Sein leidenschaftlicher Ton ließ Sam erstarren. Sie konnte nur noch eines denken: Er meinte es wirklich ernst!

„… und ich glaube, dass du mich auch willst!“

7. KAPITEL

Stumm blickte Sam Tommy an. In ihre brennende Sehnsucht mischten sich Zweifel, dass das alles vielleicht nur ein Traum war. Aber sein Verlangen nach ihr in diesem Moment war nur allzu wirklich. Sein glühender Blick verriet es und weckte die gleiche heiße Erregung in ihr wie schon zuvor an diesem Abend. Nur wusste sie jetzt, dass Sex allein ihr nicht genügen würde. Sie wollte alles ... das, was Miranda bei Nathan gefunden hatte. Und wenn Tommy nur die Befriedigung seiner körperlichen Gelüste bei ihr suchte ...

Entschlossen kam er jetzt auf sie zu. Sam wich vom Bett zurück. Sie brauchte Zeit, um sich klar zu werden, was da ablief. Ihr Blick fiel in den Spiegel über dem Frisiertisch, und sie blieb wie erstarrt stehen. Die Frau, die ihr von dort entgegensah, war eine Fremde: große Augen betont durch Make-up, das sie normalerweise nie trug und das momentan von ihren Tränen verwischt war, ein zarter, makelloser Teint ohne eine Spur von Sommersprossen, eine elegante Frisur, teurer Schmuck und ein aufregendes Kleid.

„Das bin ich nicht!" Sie drehte sich zu Tommy um, um ihn mit der Wahrheit zu konfrontieren. „Du hast mich vorher nie begehrt. Es liegt an dieser ...", sie deutete verächtlich an sich herab, „... dieser Aufmachung!"

„Ich habe dich sehr wohl begehrt", widersprach Tommy, ohne mit der Wimper zu zucken. „Ich habe dich immer begehrt."

Nein, das stimmte nicht! Sam schüttelte abwehrend den Kopf. Das war eine schreckliche Lüge. Sie glaubte ihm nicht. Konnte ihm nicht glauben.

Er kam näher.

„Hör auf, Tommy!“, befahl sie empört. Sie tastete nach der Schachtel mit den Papiertüchern auf dem Frisiertisch, zog eine Hand voll heraus und fuhr sich damit über das geschminkte Gesicht, um das Werk der Kosmetikerin zu zerstören. „Sieh mich an! Das bin ich!“, schrie sie ihn an. „Die Sam, die du nicht eines Blickes für würdig hältst.“

Tommy kam unbeeindruckt einen weiteren Schritt auf sie zu.

Sam ließ die Papiertücher fallen und machte sich über die Haarnadeln her, die ihre elegante Hochfrisur zusammenhielten. Energisch zog sie sie heraus und warf sie achtlos weg. „Schau her, das hast du bestimmt nie begehrt … die Frau, die ich wirklich bin: der Rotschopf, den man als Frau doch nicht ernst nehmen kann, der nervtötende Zwerg, die sommersprossige Göre …“

Er nahm ihre Hände und zog sie fest an seine Brust. „Das quirlige, sommersprossige Mädchen, das ich nie beeindrucken konnte, obwohl ich es mir so sehr gewünscht habe“, sagte er bestimmt. „Die verwandte Seele, die sich in der Weite des Himmels genauso zu Hause fühlt wie ich. Die Frau mit den wunderschönen roten Locken, bei deren Anblick es mir in den Fingern kribbelt, sodass ich sie einfach berühren muss … ich musste es durch ein neckendes Zausen verdecken, weil ich glaubte, dass du nicht von mir berührt werden wolltest.“

Tommy atmete tief ein und blickte ihr eindringlich in die Augen. „Aber das ist nicht wahr, oder, Samantha?“

Sie gab ihren Widerstand auf, unfähig, ihre Gefühle noch länger unter Verschluss zu halten. „Es war nicht meine Absicht, dich zu vertreiben, Tommy. Ich wollte wirklich nicht …“ Sie verstummte überwältigt. Unter ihren Händen spürte sie das Pochen seines Herzens. War es kein Traum?

„Sag mir, dass du mich willst", befahl Tommy rau.

Die Wahrheit musste einfach heraus. Ohne zu überlegen, flüsterte Sam: „Ich will dich."

Einen Moment lang blickten Sam und Tommy sich glühend an. Alle trennenden Mauern waren gefallen, ihre Leidenschaft entflammte hemmungslos und vertrieb mit ihrem unbändigen Schrei nach Erfüllung endlich sämtliche Gespenster der Vergangenheit.

Tommy beugte sich herab und küsste Sam fordernd, und Sam schmiegte sich innig an ihn. Entfesselt gab sie ihren Gefühlen nach und legte all die Sehnsucht der vergangenen Jahre in diesen Kuss. Es war ein wildes Geben und Nehmen, das wie ein verzehrendes Buschfeuer von Sam Besitz ergriff. Diesmal würde Tommy ihr gehören, allein und gänzlich ihr. Das unbändige Verlangen, mit dem er sie küsste und liebkoste, verriet es ihr.

Tommy fasste in ihre roten Locken, bedeckte ihr Gesicht mit sehnsüchtigen Küssen und ließ dann die Lippen über ihren Hals und über ihre nackten Schultern gleiten. Sam krallte die Finger in seinen muskulösen Rücken. Heiße Erregung durchzuckte sie, als sie sich an Tommy presste und unmissverständlich fühlte, wie sehr er sie begehrte.

Ungeduldig tastete Tommy nach dem Reißverschluss ihres Kleides und öffnete ihn. Dann hob er sie hoch, sodass das Satinkleid an ihr herab zu Boden glitt, barg sein Gesicht sanft zwischen ihren Brüsten und trug sie zum Bett, wo er sie behutsam niederlegte.

Langsam ließ er den Blick über ihren Körper gleiten. „Schau dich an", sagte er voller Bewunderung, und Sam begriff, dass ihm wirklich gefiel, was er sah. Glücklich und stolz vergaß sie alle Scheu und Befangenheit. Mit sachter Hand zog Tommy ihr erst die Sandaletten, dann die Seidenstrümpfe und schließlich den zarten Spitzenslip aus. Dann ließ er eine Hand zwischen ihre Schenkel gleiten und beugte sich über sie, um die harten Spitzen ihrer Brüste mit seinen Lippen zu liebkosen.

„Bleib so", flüsterte er drängend, als er sich schließlich wieder aufrichtete. „Ich habe mich all die Jahre danach gesehnt, dich so zu sehen … nackt auf einem Bett, bereit für mich."

Ihr Herz pochte in erregender Vorfreude, als sie dabei zusah, wie Tommy sich nun ebenfalls auszog. Verlangend ließ sie den Blick über seinen athletischen sonnengebräunten Körper schweifen, wie er schließlich nackt und unübersehbar erregt vor ihr stand. Das war Tommy, der sie begehrte … der einzige Mann, den sie je begehrt hatte. Sehnsüchtig streckte sie die Arme nach ihm aus und konnte es kaum noch erwarten, ihn endlich zu umfangen und ihm ganz zu gehören.

„Samantha …"

Er legte sich zu ihr und begann mit zärtlichen Händen ihren Körper zu liebkosen. Sam folgte seinem Beispiel, und sie ließen ihren Gefühlen freien Lauf. Leidenschaftlich erkundeten sie sich mit Lippen und Händen und gaben sich ganz der unglaublichen Sinnlichkeit dieser Erfahrung hin … als wollten sie sich das Wissen um die Geheimnisse des anderen für immer einprägen, die Erinnerung an dieses erste Mal, die Erfüllung eines Traums.

Tommy King … ihr König. Sam kam ihm verlangend entgegen, als er sie schließlich nahm. Der kleine Schmerz im ersten

Moment war rasch vergessen, denn Tommy führte sie auf den Pfad, den sie sich mehr als alles andere ersehnt hatte, den Pfad, der sie eins werden ließ mit dem Mann, den sie liebte. Sam vergaß alles um sich her, ließ sich ganz von der berauschenden Flut ihrer Gefühle treiben und folgte Tommy im wachsenden Rhythmus ihrer Leidenschaft auf dem Weg zum Gipfel.

Sie kamen gleichzeitig, ihre Körper erschauerten in Wellen der Lust. Sam hielt Tommy fest umfangen und kostete dieses unbeschreiblich schöne Gefühl des absoluten Einsseins mit ihm bis zum Letzten aus. Und Tommy wiederum drückte sie genauso fest an sich und küsste sie innig, als wollte auch er sie nie wieder loslassen.

Sie und Tommy … von jetzt an konnte sie bestimmt nichts mehr trennen. Was bedeuteten all die Enttäuschungen in der Vergangenheit? Dies war ein neuer Anfang, ein wunderschöner, auf Gegenseitigkeit beruhender Anfang, der alles in neuem Licht erscheinen lassen würde.

Allmählich beruhigte sich ihr keuchender Atem, und ein wohliges, friedvolles Gefühl nahm von ihnen Besitz. Doch mit der Ruhe meldete sich auch die Vernunft zurück und machte Sam und Tommy bewusst, wo sie waren und wo sie eigentlich hätten sein sollen … als Brautjungfer und Trauzeuge im Festzelt, bis Miranda und Nathan die Gesellschaft aufhoben.

„Wir können nicht einfach hierbleiben, Tommy“, flüsterte Sam.

„Mm … ich bin bereit aufzustehen …“, er ließ die Lippen über ihre gleiten, „… vorausgesetzt, du versprichst mir, dass wir dies hier fortsetzen, sobald wir unsere Pflicht erfüllt haben.“

„Ich verspreche es“, erwiderte sie überglücklich.

Tommy stützte sich auf einen Ellbogen auf und blickte ihr tief in die Augen. „Dich zu haben bedeutet mir mehr als irgendeine Hochzeit. Sag mir, dass du mir das glaubst."

Sie legte ihm die Arme um den Nacken und lächelte ihn vertrauensvoll an. „Ich habe nicht vor, dich wieder gehen zu lassen, Tommy. Mir ist, als hätte ich mein ganzes Leben auf diesen Moment gewartet."

Er erwiderte ihr Lächeln. „Genau das gilt auch für mich."

Diese Behauptung und dieses Lächeln kamen ihm für Sams Geschmack eine Spur zu leicht von den Lippen. „Und was ist …?" Sie verstummte und schluckte die Kritik, die ihr auf der Zunge gelegen hatte, hinunter.

„… mit den anderen Frauen, mit denen ich meine Zeit verschwendet habe?", vollendete Tommy ihre Frage. „Jedes Mal hat irgendetwas Entscheidendes gefehlt. Aber diesmal nicht, nicht mit dir, Samantha. Du bist die Frau, die alles hat. Verstanden?", fragte er beschwörend.

Sie wollte es glauben, musste es glauben, denn sonst wäre alles, was sie soeben in seinen Armen empfunden hatte, entwertet worden … und es war perfekt gewesen. „Ja", flüsterte sie zufrieden.

Tommy nickte. „Dann sorg dafür, dass diese Erinnerung alles überstrahlt, bis wir frei sind, alles daraus zu machen, was wir uns je erträumt haben, ja?"

„Ja."

Er küsste sie zart auf den Mund, wie um so ihr Versprechen zu besiegeln. „Dann sollten wir uns jetzt besser anziehen und uns wieder auf dem Fest zeigen."

Zeigen? Sam setzte sich auf und schlug erschrocken die Hände vors Gesicht. „Oh nein, was soll ich tun? Ich habe bestimmt mein ganzes Make-up ruiniert … und dann mein Haar!“

Tommy, der schon aus dem Bett gesprungen war, zog sie auf die Füße und hielt sie in seinen Armen. Liebevoll lächelnd ließ er den Blick über sie schweifen. „Dein Haar ist wundervoll so, wie es ist … zerzaust und sehr sexy. Und du brauchst kein Make-up. Ein bisschen Lippenstift wird für den Rest des Abends genügen.“

„Bist du sicher?“

Er lachte. „Du meinst, ob die Leute uns nur anzusehen brauchen und wissen, dass wir uns geliebt haben? Na und? Mir ist danach, es in die ganze Welt hinauszuposaunen.“

Geliebt … was für ein wundervolles Wort! Und plötzlich war es ihr wie Tommy egal, wenn es die ganze Welt erfahren würde. Allerdings musste man es ja nicht gleich „hinausposaunen“! „Wag es nicht, dich damit zu brüsten, Tommy King!“, warnte sie ihn.

Er betrachtete sie skeptisch. „Heißt das, ich soll verbergen, was ich für dich empfinde?“

Sie errötete erfreut. „Nein. Ich meine nur …“

„Es gibt Dinge, die ganz persönlich sind und es auch bleiben sollen“, sprach er aus, was sie dachte, und tippte ihr mit einem Finger auf die Nasenspitze. „Keine Sorge, Samantha. Ich bin kein ungehobelter Playboy, der mit seinen Eroberungen prahlt. Und was zwischen dir und mir ist, Darling, gehört uns ganz allein und niemandem sonst.“

Darling. Sam seufzte zufrieden. Sie wusste natürlich, dass sie sich schnell anziehen und ins Festzelt zurückkehren sollten, aber als Tommy sie jetzt küsste, vergaß sie alles andere und schmiegte sich verlangend an ihn.

Tommy setzte der Sache schließlich ein Ende, indem er sie sacht von sich fortschob und warnend sagte: „Wenn du nicht im nächsten Moment wieder auf dem Bett da liegen willst …"

„… sollten wir uns jetzt besser anziehen", vollendete sie seinen Satz resigniert.

„Und führe mich nicht in Versuchung", fügte er neckend hinzu.

Lachend entzog sie sich ihm, überglücklich, dass sie Tommy King in Versuchung führen konnte. In Hochstimmung machte sie sich daran, ihr Aussehen wieder in respektable Form zu bringen, während Tommy ihr dabei bewundernd zusah. Es war etwas sehr Vertrauliches, sich voreinander anzuziehen. Wie Mann und Frau, dachte sie, obwohl sie vorläufig ja erst ein Liebespaar waren.

Glücklicherweise hatte die Kosmetikerin ihr eine Auswahl an Kosmetika dagelassen, sodass Sam ihr Make-up recht gut wieder restaurieren konnte. Ihr Haar allerdings ließ ihr nur die Möglichkeit, es einfach auszubürsten, bis es glänzte. Aber da Tommy inzwischen angezogen hinter ihr stand und immer wieder die Finger durch ihre seidigen roten Locken gleiten ließ, war es ihr egal. Er liebte ihr Haar, liebte sie … Was war daneben noch wichtig?

Hand in Hand verließen sie das alte Farmhaus. Es war eine milde, klare Sternennacht. Sam war noch nie in ihrem Leben so glücklich gewesen und hatte das Gefühl, diese Nacht sei ganz speziell für sie und Tommy da und selbst die Sterne würden nur zur Feier ihrer Liebe funkeln.

Über den Rasen schallte aus dem Festzelt Rockmusik herüber, und der Geräuschkulisse nach zu urteilen, waren die Gäste zu dieser vorgerückten Stunde schon in ziemlich feuchtfröhlicher Stimmung. Sam kam zu dem Schluss, dass man sie und Tommy gar nicht vermisst haben würde. „Wie viel Uhr ist es eigentlich?“, fragte sie neugierig.

Tommy warf einen Blick auf die Uhr. „Noch eine halbe Stunde, bevor Nathan und Miranda sich verabschieden werden.“ Er lächelte sie an. „Keine Sorge, den letzten Teil der Show bekommen wir noch mit.“

Die Hochzeitsparty sollte um ein Uhr früh zu Ende sein. Für den Morgen war dann noch ein großes Frühstücksbüfett vorgesehen, und danach würden Miranda und Nathan in die Flitterwochen fliegen und die Gäste den Heimweg antreten.

Tommy drückte Samanthas Hand. „Ich möchte, dass du morgen hier bei mir bleibst. Wirst du das tun?“ Sein glühender Blick war ein Versprechen für sich.

„Ja“, antwortete sie schlicht und warf ihre ursprüngliche Entscheidung, mit ihrer Familie nach Hause zu fliegen, über Bord. Tommy bedankte sich dafür bei ihr mit einem Lächeln, bei dem ihr ganz warm ums Herz wurde.

„Schau, schau, wer da kommt, Greggie! Deine kleine Schwester mit aufgelöstem Haar und Tommy, der wie ein zufriedener Kater lächelt“, ertönte plötzlich Janice Findlays Stimme aus der Dunkelheit.

Sam zuckte zusammen und blickte zu der Baumgruppe in der Nähe des Festzelts. Im Schatten der Bäume löste sich Janice aus einer engen Umarmung mit Greg und kam hervor. Der eine Träger ihres Kleides war ihr über die Schulter gerutscht, sodass das sowieso schon ausladende Dekolleté noch tiefere Einblicke gewährte.

„Oh! Hi, Sam.“ Hinter ihr tauchte etwas verlegen Greg auf

und legte Janice stützend einen Arm um die Taille.

Tommy atmete hörbar ein, hielt jedoch den Mund, um eine unnötige Auseinandersetzung zu vermeiden. Doch er beschleunigte seine Schritte und zog Sam mit sich, um einem längeren Disput mit den beiden aus dem Weg zu gehen. Aber Sam zögerte, besorgt über die plötzlich so enge Beziehung zwischen ihrem Bruder und Tommys Exgeliebten.

„Geh und hol uns eine Flasche Champagner, Greggie, Darling", lallte Janice. „Wir wollen unsere kleine Privatorgie doch mit Stil begehen." Dabei tätschelte sie ihm das Gesicht und schob ihn zum Eingang des Festzelts.

„Eine Privatorgie mit Schampus", bekräftigte Greg, strahlte Sam und Tommy an und ging leicht wankend davon.

„Er ist betrunken", flüsterte Sam beunruhigt.

„Sie auch", erwiderte Tommy ungerührt.

„Sollten wir nicht etwas tun?"

„Und was schlägst du vor? Sie sind beide volljährig."

„Na, nicht mehr so scharf wie vorhin, Tommy?", höhnte Janice und kam schwankend auf sie zu.

„Sie wird noch fallen", meinte Sam besorgt und blieb stehen.

„Du hast sie dir genommen, nicht wahr?", fuhr Janice fort. „Ja, du kannst sie alle haben … brauchst nur mit dem Finger zu schnippen, und sie liegen dir zu Füßen."

Tommy seufzte gereizt. „Warum passt du nicht etwas besser auf dich auf, Janice?"

Sie lachte verächtlich. „Das ist dir doch schnuppe. Machst mir ein Kind und lässt mich einfach sitzen! Am liebsten würdest du mich gar nicht mehr kennen."

Sam hielt entsetzt den Atem an. Ihr Glücksgefühl war mit

einem Mal wie abgestorben.

„Wie bitte?“, fragte Tommy scharf.

„Na, Volltreffer. Ich bin schwanger.“ Janice zeigte anklagend auf ihn. „Und es ist dein kleiner Bastard, Tommy King.“

War das wirklich wahr? Sam warf Tommy einen flehentlichen Blick zu. Es musste eine Lüge sein!

„Oh nein, das kannst du mir nicht anhängen, Janice“, wehrte Tommy auch sofort energisch ab. „Das nehme ich dir nicht ab, denn ich habe besser auf dich aufgepasst als du.“

„Dann ist dir wohl ein kleiner Schnitzer unterlaufen, nicht wahr?“

„Auf keinen Fall.“

Betrunken wie sie war, wandte Janice sich jetzt in ihrer ganzen Boshaftigkeit Sam zu. „Sehen Sie jetzt, was für ein schäbiger Schuft er ist? Ich wette, er hat überall im Outback seine kleinen Bastarde verteilt und verleugnet sie. Wahrscheinlich hat er Ihnen gerade auch einen gemacht ...“

„Das genügt!“, fiel Tommy ihr grob ins Wort.

Janice wankte vor und zurück und versuchte krampfhaft, ihren Blick zu fixieren. Sam stand wie erstarrt da. Sie wusste nicht mehr, was sie glauben sollte, und wagte nicht darüber nachzudenken, was das alles bedeuten konnte.

„Ich rate dir, wenn du wieder nüchtern bist, darüber nachzudenken, was eine Klage wegen übler Nachrede bedeutet, falls du irgendeinem anderen Menschen gegenüber das wiederholst, was du gerade gesagt hast“, warnte Tommy Janice kalt.

Sie blickte ihn mit schmalen Augen an. „Ich werde dir eine Vaterschaftsklage anhängen.“

„Wenn du glaubst, irgendetwas dadurch zu gewinnen, irrst du dich gewaltig. Du brauchst dringend Hilfe, ehe du für dich alles nur noch schlimmer machst."

„Wenn du damit andeuten willst, ich solle mich um eine Abtreibung kümmern ..."

„Ich will damit sagen, dass du professionellen Rat brauchst, um dein Leben wieder in den Griff zu bekommen. Du verbringst inzwischen die halbe Zeit im Alkoholrausch und weißt nicht mehr, was du tust."

„Oh doch!" Janice hob trotzig den Kopf und machte ein gerissenes Gesicht. „Du hast sie ...", sie lachte Sam höhnisch an, „... und ich habe ihren Bruder. Und drücke dem vielleicht dein Kind aufs Auge. Na, wie schmeckt dir das?"

„Du entlarvst dich nur selbst, Janice", antwortete Tommy verächtlich, „nämlich als verlogenes Miststück."

Sie schnitt eine hässliche Grimasse. „Nun, immerhin war ich dir zum Bumsen gut genug, mein Geliebter. Und Greg Connelly ist auch ganz scharf darauf." Sie warf Sam einen geringschätzigen Blick zu. „Keiner von den beiden ist besser als ich, vergiss das nicht, kleine Schwester."

„Ich hab den Schampus!" Greg kam in diesem Moment aus dem Festzelt zurück und schwenkte triumphierend eine Flasche über dem Kopf. „Und auch zwei Gläser", fügte er stolz hinzu und zeigte sie Janice wie Trophäen.

„Guter Junge!", flötete Janice und fügte dann an Sam und Tommy gewandt giftig hinzu: „Nachschub, ihr beiden!" Dann ging sie schwankend zu Greg, legte ihm die Arme um die Taille und drängte ihn kichernd und neckend in den Schatten der Bäume zurück.

„Ich bin Gregs große Schwester und nicht seine kleine", sagte Sam besorgt, „und ich sollte die Sache unterbinden, ehe er in

Schwierigkeiten gerät."

„Lass die beiden in Ruhe. Er würde es dir nicht danken", widersprach Tommy angespannt.

„Aber ..."

„Er ist ein erwachsener Mann." Tommy sah sie zornig an. „Hast du denn nichts dazugelernt?"

Seine scharfe Reaktion verschlug Sam die Sprache. Auch wenn sie in der Vergangenheit die Männer offenbar vielfach falsch beurteilt haben mochte, hatte er kein Recht, so mit ihr zu sprechen, wenn sie nur verhindern wollte, dass ihr Bruder möglicherweise in einen Skandal verwickelt wurde. Zorn regte sich in ihr, und Janice' gehässige Worte kamen ihr in den Sinn: „Keiner von den beiden ist besser als ich!"

War es nicht im Grunde alles Tommys Schuld? Er hatte sich auf eine unüberlegte Affäre mit Janice Findlay eingelassen, ohne an die Konsequenzen zu denken. Angriffslustig sah sie ihn an. „Soll ich etwa einen Mann respektieren, der für etwas schnellen Sex die Augen vor den Folgen verschließt?"

Tommys Gesicht war wie versteinert. „Du solltest sein Recht respektieren, seine Entscheidungen selbst zu treffen."

„Und wie gefallen dir jetzt die Folgen deiner Entscheidungen, Tommy? Was, wenn Janice wirklich schwanger von dir ist?"

„Das ist sie nicht!"

„Wie kannst du dir so sicher sein?"

„Du hast sie doch gehört!", entgegnete er gereizt. „Die ganze Geschichte ist nur eine boshafte Retourkutsche dafür, dass ich mich lieber für dich entschieden habe, als mein Verhältnis mit ihr wieder aufleben zu lassen."

Ließ sich diese hässliche Episode wirklich so leicht abtun?

Tommy fasste sie bei den Armen und blickte sie beschwörend an. „Willst du sie gewinnen lassen? Siehst du denn nicht, dass sie genau das will ... zerstören, was zwischen uns ist?"

Sam atmete tief ein, von Zweifeln bestürmt. Ein neuer Anfang ... verzweifelt versuchte sie sich an das zu klammern, was sie empfunden hatte, bevor Janice ihr Gift verspritzt hatte. Tommy gehörte jetzt ihr. Ein Traum war wahr geworden. Aber würden sie sich wirklich von der Vergangenheit frei machen können, zumal, wenn diese sich möglicherweise in Gestalt eines Kindes, das Tommy mit einer anderen Frau gezeugt hatte, zwischen sie drängen würde?

„Wie kannst du so sicher sein, dass sie kein Kind von dir erwartet?", fragte sie noch einmal besorgt.

Er winkte ungeduldig ab. „Es ist über drei Monate her, dass ich zuletzt mit ihr geschlafen habe. Warum sollte sie bis heute gewartet haben, um mir die Neuigkeit mitzuteilen? Glaub mir, es ist Janice' Art, sich zu rächen, nicht mehr und nicht weniger, Samantha."

Hatte er recht? „Aber wenn sie im Augenblick die meiste Zeit im Alkoholrausch verbringt, hat sie ihren Zustand vielleicht erst kürzlich bemerkt", wandte Sam ein. „Und dann hat sie vielleicht geglaubt, heute wäre ein guter Tag, um dich darauf anzusprechen."

„Auf der Hochzeit meines Bruders?", meinte Tommy skeptisch.

„Möglicherweise wollte sie erst testen, wie zugänglich du sein würdest", gab Sam zu bedenken. Sie stellte es sich sehr schwierig vor, einem Mann, der mit einem Schluss gemacht hatte, mitzuteilen, dass er der Vater eines ungeplanten Kindes sei. Und Tommy hatte Janice heute ziemlich abblitzen lassen.

War das nicht Grund genug für Rachegelüste?

„Du machst dir unnötig Sorgen“, beharrte er. „Abgesehen von der langen Zeit, die vergangen ist, habe ich nie ohne Kondom mit Janice geschlafen. Mit keiner Frau, übrigens.“

Außer mit ihr! Die Erkenntnis traf Sam wie ein Schlag. Keiner von ihnen hatte daran gedacht, sich zu schützen!

„Es besteht wirklich keine Chance, dass sie von mir schwanger ist. Ich schwöre es dir, Samantha.“

Wie sollte sie ihm glauben? Konnte er nicht auch bei Janice einmal alle Vernunft vergessen haben? Vielleicht nach einer Party, in angetrunkenem Zustand?

„Vergiss die Sache jetzt“, forderte er sie auf. „Ich verspreche dir, sie ist es nicht wert, auch nur einen weiteren Gedanken daran zu verschwenden.“ Tommy legte ihr einen Arm um die Taille, zog sie fest an sich und ging mit ihr langsam auf den Eingang des Festzelts zu. „Es ist höchste Zeit, dass wir uns drinnen wieder blicken lassen und Nathan und Miranda zur Seite stehen.“

Damit zumindest hatte er recht. Sam widersprach deshalb nicht, aber sie hatte das bedrückende Gefühl, als hätte sich eine dunkle Wolke über ihre gemeinsame Zukunft gelegt.

Tommy hatte ohne Kondom mit ihr geschlafen. War ihm das wirklich zum ersten Mal passiert … weil sie ihm etwas Besonderes bedeutete? Weil es keine seiner üblichen Playboyaffären für ihn war? Weil sie die einzige Frau war, mit der er sein ganzes Leben verbringen wollte?

Sam wollte es glauben. Sie wollte glauben, dass Janice gelogen hatte. Was aber, wenn es nicht so war?

8. KAPITEL

Tommy wusste, dass Sam nicht überzeugt war. Er spürte ihre innere Anspannung, als sie sich langsam von ihm zum Festzelt führen ließ, und verwünschte sich aus den verschiedensten Gründen.

Janice hatte mit ihrer Boshaftigkeit einen Keil zwischen sie getrieben.

Nein, verdammt, es war seine Schuld! Weil er überhaupt so dumm gewesen war, sich mit Janice Findlay einzulassen. Und weil er heute nicht etwas freundlicher zu ihr gewesen war. In dem Bestreben, das, was sich zwischen ihm und Samantha entwickelte, zu beschützen, hatte er allen Takt vergessen lassen, und nun musste er mit den Folgen fertig werden.

Wie hatte er nur so verrückt sein können, Samantha dann auch noch zu rügen, die Entscheidungen eines Mannes zu respektieren? Angesichts dessen, was heute Abend geschehen war … und wie er sich bei ihr gefühlt hatte … konnte er seine früheren Entscheidungen doch selber nicht mehr respektieren! Vor allem nicht seine Affäre mit Janice.

Allerdings war und konnte sie nicht von ihm schwanger sein. Darüber brauchte er erst gar nicht nachzudenken. Doch wie sollte er Samantha die Zweifel nehmen?

Die schlichte Wahrheit war, dass er all die Jahre ein blinder Idiot gewesen war, der mit unzähligen Frauen herumgemacht hatte, die Samantha nicht das Wasser reichen konnten. Und diese Gespenster der Vergangenheit meldeten sich nun mit Macht zurück. Warum sollte Samantha ihm glauben, dass er sich in Bezug auf Verhütung stets verantwortungsvoll verhalten hatte? Sicher überlegte sie, dass er bei ihr heute Abend auch kein Kondom benutzt hatte. Aber dieser Moment war für ihn einfach zu bedeutsam gewesen, um an Vorsichtsmaßnahmen zu denken. Verstand Samantha, wie viel es ihm bedeutete? Dass es hier nicht um ein rein körperliches Verlangen ging?

Wie konnte er es ihr beweisen, wenn sie gerade eben erst sehr drastisch an seine unbestreitbar sexuelle Affäre mit Janice Findlay erinnert worden war? Und er hatte der Sache auch noch die Krone aufgesetzt, dadurch dass er Gregs Bestreben, ebenfalls mit Janice intim zu werden, mehr oder weniger unterstützt hatte. Und warum? Weil er Janice aus dem Weg haben wollte, so weit wie möglich von Samantha weg. Noble Ideale wie das Recht jedes Einzelnen, seine Entscheidungen selbst zu treffen, hatten damit wenig zu tun!

Schuldbewusst blieb Tommy am Eingang des Festzelts stehen. Er musste Samantha beweisen, dass er wenigstens etwas Anstand besaß, bevor sie sich wieder unter die Gäste mischten. „Geh schon mal vor“, sagte er. „Ich suche Greg und spreche ein paar klärende Worte mit ihm.“

Verwirrt blickte sie zu ihm auf. „Aber du sagtest doch …“

„Ich hab mich geirrt. Wenn Janice Greg zum Sündenbock für meine Verfehlungen macht, sollte er das doch wenigstens wissen.“

Sam lächelte scheu. „Er wird es dir aber vermutlich nicht danken.“

„Es ist immer besser, gut informiert zu sein, bevor man sich entscheidet“, räumte Tommy ein und streichelte ihr zart die Wange. „Es tut mir leid, dass ich meinen Zorn über Janice’ Anschuldigung an dir ausgelassen habe. Aber sie hat gelogen, Samantha … lass es also bitte nicht zwischen uns kommen.“

Erleichterung … Hoffnung … Unsicherheit.

„Heb den letzten Tanz für mich auf", bat Tommy nachdrücklich, und sein beschwörender Blick schien ihr Vertrauen erzwingen zu wollen.

Sam rührte sich nicht von der Stelle, als Tommy gegangen war. Sie konnte sich einfach nicht entscheiden, was sie tun sollte. Wenigstens war ihr die Sorge um Greg abgenommen, wofür sie dankbar war.

Vom Eingang aus beobachtete sie die fröhliche Gästeschar im Zelt, selbst zu aufgewühlt, um sich davon angezogen zu fühlen. Ihre Gedanken drehten sich immer wieder um die hässliche Szene mit Janice. Es war richtig, dass die Menschen gelegentlich aus Boshaftigkeit und Enttäuschung die gemeinsten Dinge sagten, vor allem, wenn ihr Stolz verletzt war und Neid und Eifersucht an ihnen zehrten. Das hatte sie, Sam, ja leider in Bezug auf Tommy an sich selbst beobachten können. Vielleicht wollte Janice ja wirklich nur verletzen, und es war falsch, sie gewinnen zu lassen.

Ein pochender Kopfschmerz meldete sich in ihren Schläfen, und die laute Musik aus dem Zelt machte es nicht besser. Unglücklicherweise legte der Schlagzeuger der Band gerade ein virtuoses Solo hin, und Sam hatte das Gefühl, er würde geradewegs auf ihrem armen Kopf herumtrommeln.

„Sam?" Elizabeth King war plötzlich neben ihr aufgetaucht und legte ihr besorgt eine Hand auf den Arm. „Ist alles in Ordnung?"

Sie rang sich ein mattes Lächeln ab. „Ich habe schlimme Kopfschmerzen."

„Oje, du Arme … waren die Haarnadeln in deiner Frisur zu fest gesteckt?"

Sam machte sich diese Ausrede dankbar zu eigen. „Ich war wohl einfach nicht daran gewöhnt. Deshalb habe ich sie auch herausgenommen. Ich hoffe, es macht Miranda nichts aus."

Elizabeth deutete lächelnd zur Tanzfläche. „Ich bezweifle, ob Miranda im Moment überhaupt für etwas anderes Augen hat als für Nathan. Sie werden sich jetzt bald verabschieden."

„Ich weiß, deshalb bin ich ja zurückgekommen."

„Aber wenn es dir wirklich nicht gut geht …"

„Nein, nein. Es ist schon in Ordnung."

Elizabeth war nicht ganz überzeugt, drängte aber nicht weiter. „Ich dachte, ich hätte Tommy mit dir kommen sehen?"

„Ja. Aber es gab da draußen ein Problem, und er hielt es für besser, sich darum zu kümmern. Keine Sorge, er wird rechtzeitig zur Verabschiedung des Brautpaars da sein."

„Was für ein Problem?"

„Ach, nichts Schlimmes", versicherte Sam ihr rasch. „Ich habe mir etwas Sorgen um Greg gemacht. Er ist … ein wenig betrunken, und Tommy ist fort, um ihm zu helfen. Ein Gespräch unter Männern sozusagen."

„Ach so."

Elizabeth gab sich mit dieser Erklärung offenbar zufrieden, und Sam wechselte schnell das Thema. „Christabel Valdez hat sich mit uns bekannt gemacht. Jared scheint ja sehr beeindruckt von ihr zu sein."

Sofort ließ Elizabeth den Blick wieder über die Tanzfläche schweifen und richtete ihn auf den Sohn, der mit ihr zusammenarbeitete, und auf die Frau, die selbst beim Tanzen spürbare Distanz zu ihm wahrte. Während Jareds Gesicht vor Freude strahlte, wirkte Christabel lediglich aufrichtig interessiert. Aber es war unmöglich, zu entscheiden, ob dieses Interesse rein höflicher oder persönlicher Natur war.

„Was hältst du von ihr, Sam?“

Diese Frage überraschte Sam. Elizabeth King war ein Mensch, der sich in der Regel am liebsten auf sein eigenes Urteil verließ. Es schmeichelte Sam, dass Tommys Mutter sie um ihre Meinung fragte.

„Sie hat auf mich den Eindruck eines sehr besonnenen, abgeklärten Menschen gemacht. Was sie tut, ist wohlüberlegt. Ich mag sie“, antwortete sie schlicht.

„Ja … es ist fast so, als hätte sie ihre Bedürfnisse bewusst beschränkt“, überlegte Elizabeth nachdenklich.

Oder Christabels Bedürfnisse waren einfach schlicht. Jareds Andeutungen nach schien sie bislang ein ziemlich kompliziertes Leben geführt zu haben. Wenn man ständig von Land zu Land zog, lernte man vermutlich, seine Bedürfnisse auf ein Mindestmaß zu reduzieren. Sam kam das einleuchtend vor, andererseits war es für sie schwer vorstellbar, sich für ein so einsames Leben, fernab von jeglicher Familie zu entscheiden. Aber vielleicht ging es Christabel ja wie Miranda, und sie hatte gar keine Familie.

„Magst du sie denn auch?“ Für Sam war das die wichtigere Frage, wenn Jared sich ernsthaft zu der schönen Brasilianerin hingezogen fühlte. Er stand seiner Mutter in jeder Hinsicht sehr nahe und würde sich sicher wünschen, dass sie seine Wahl akzeptierte.

„Es gibt nichts an ihr, was man nicht mögen könnte. Weshalb es mich umso mehr verwundert, warum sie sich so krampfhaft darum bemüht.“ Elizabeth zuckte die Schultern. „Es liegt allein an Jared, das herauszufinden, wenn er es wirklich genug will.“

Die Entscheidungen anderer Menschen zu akzeptieren … hatte Elizabeth das ihren Söhnen beigebracht? Es war eine gute, faire Lebensphilosophie, solange die Leute auch bereit waren, die Konsequenzen ihrer Entscheidungen anzunehmen.

„Christabel hat ein Kind."

Diese ruhige Feststellung traf Sam ziemlich unvorbereitet. Ein Kind, das nicht von Jared war, meinte Elizabeth natürlich. Und was stand ihr, Sam, möglicherweise bevor? Ein Kind von Tommy, das nicht ihres war! Gequält schloss sie die Augen. Wie würde er das einfach ignorieren können? Ein Kind, ein Junge oder ein Mädchen, das seine Gene in sich trug. Sie würde nie ein gutes Gefühl dabei haben können. Niemals!

Bitte, lieber Gott, lass es nicht wahr sein!, flehte sie inständig.

„Sind die Kopfschmerzen schlimmer geworden?"

Elizabeths besorgte Frage veranlasste Sam, die Augen rasch wieder zu öffnen. „Nein", wehrte sie unüberlegt ab und fügte dann schnell hinzu: „Ich habe nur über etwas nachgedacht. Es … es muss doch ziemlich schwer sein als alleinerziehende Mutter."

„Ja. Obwohl sie es offenbar nicht von Anfang an war." Elizabeth wandte sich wieder zur Tanzfläche, um die Frau zu beobachten, über die sie sprachen. „Christabel war verheiratet und ist verwitwet."

Verwitwet … vielleicht trauerte sie ja immer noch um ihre große Liebe, was erklärt hätte, warum sie diese auffällige Distanz zu Männern wahrte. Vielleicht war Christabel eine Frau, für die es nur eine große Liebe gab … so wie es ihr, Sam, mit Tommy ging. Der Verlust dieses Menschen hinterließ eine Lücke, die kein anderer jemals wieder füllen konnte. Wenn es so war, war Jared zu bedauern. Der Weg, den er verfolgte, würde ins Nichts führen.

„Ist Christabels Kind ein Junge oder ein Mädchen?“, fragte sie, wobei sie überlegte, wie Jared wohl mit dieser Situation umging … ein Kind von einem anderen Mann. Aber wenigstens war der eigentliche Vater des Kindes nicht mehr physisch da. Bei Janice würde das anders ein.

„Ein kleines Mädchen.“ Wieder beschränkte Elizabeth sich auf diese sachliche Feststellung und fügte keine persönliche Wertung hinzu.

Das Kind würde nie eine blutsverwandte Enkelin für Elizabeth sein. Wohingegen Janice’ Kind, wenn es denn von Tommy war, ein King sein würde. Niemals würde Elizabeth sich von einem Enkel von Lachlan abwenden. Er würde immer einen Platz in der Familie haben … zu Recht. Die nächste Generation.

Ach, das alles war so ungerecht und unfair! Ein Kind sollte aus einer Liebe wie der zwischen Miranda und Nathan entspringen. Was auch immer Tommy einmal für Janice gefühlt haben mochte, es war gestorben. Dennoch kamen solche ungeplanten Geburten immer wieder vor, und wenn man nur eine Spur von Gewissen hatte, durfte man die Bedürfnisse eines Kindes nicht ignorieren.

„Versteht sich Christabels Tochter gut mit Jared?“, erkundigte Sam sich interessiert.

„Ich weiß es nicht.“ Wieder klang Elizabeths Antwort seltsam kühl. „Ich habe das Kind noch nicht kennengelernt. Christabel schottet ihr Privatleben sehr ab.“

Elizabeth macht sich Sorgen, dachte Sam. Sie hat Angst, wo diese Geschichte für Jared hinführen wird. Und ich sorge mich, ob es für Tommy und mich eine gemeinsame Zukunft geben wird. Ich bin ihm wichtig!, beruhigte sie sich energisch. Wichtig genug, dass er Greg für mich suchen gegangen ist. Oder ist er nur fort, um ohne mein Beisein ungestört mit Janice reden zu können?

Die Musik im Zelt verstummte, aber keiner verließ die Tanzfläche. Die Paare unterhielten sich und warteten auf das nächste Stück. „Das wird der letzte Tanz sein", sagte Elizabeth leise. „Ich hoffe, Tommy kommt jetzt bald." Sie sah Sam prüfend an. „War es doch ein schlimmes Problem?"

„Du wartest ja immer noch hier am Eingang auf mich!" Tommy war unbemerkt hinter ihnen aufgetaucht, und Sam war froh, die heikle Frage seiner Mutter nicht mehr beantworten zu müssen. Mit dem ihm eigenen Ungestüm nahm er sie in den Arm und führte sie ins Zelt. „Es ist der letzte Tanz", rief er seiner Mutter lächelnd zu, und wie auf ein Stichwort stimmte die Band in diesem Moment einen romantischen langsamen Walzer an.

Auf der Tanzfläche nahm Tommy Sam sofort in seine Arme und drückte sie besitzergreifend an sich. Seine Wärme umfing Sam wie ein schützender Mantel, das unselige Chaos in ihrem Kopf löste sich in nichts auf, und sie schmiegte sich verlangend an ihn. Ohne zu zögern, legte sie ihm die Arme um den Nacken und blickte zu ihm auf. Dieser Tanz gehört mir, dachte sie entschlossen. Was auch immer danach kommen würde, dieser letzte Tanz mit Tommy gehörte ganz allein ihr.

Sie sagten beide kein Wort, aber die Sprache ihrer Körper war umso beredter, als sie eng umschlungen miteinander tanzten, völlig versunken in die erotische Erinnerung an das, was sie erst kurz zuvor miteinander geteilt hatten. Sams Verlangen, wieder mit Tommy zusammenzukommen … immer mit ihm zusammen zu sein … war überwältigend. Zärtlich streichelte sie ihm den Nacken. Seine Haut und seine dunklen Locken waren feucht. War er gerannt, um rechtzeitig zu ihr zurückzukommen? Sie lauschte auf den pochenden Schlag seines Herzens, spürte, wie Tommy das Gesicht in ihrem Haar barg, und war sich sicher, dass er sie genauso sehr begehrte wie sie ihn.

Als sie sich noch enger an ihn schmiegte, bemerkte sie, dass Elizabeth sie beobachtete, ein glückliches und zufriedenes Lächeln auf dem Gesicht. Das ist gut, so sollte es zwischen euch sein, schien ihr Blick zu besagen. Sam musste daran denken, wie Elizabeth mit ihr über Christabel gesprochen hatte – ein vertrauliches Gespräch wie von Mutter zu Tochter. Tommys Mutter vertraute ihr offenbar … und plötzlich begriff Sam: Elizabeth wollte diesen Bund. Deshalb hatte sie vor der Hochzeit so offen mit ihr geredet, weil sie wollte, dass sie und Tommy endlich die Hindernisse, die sie zwischen sich aufgebaut hatten, aus dem Weg räumen würden. Hatte Tommys Mutter von Anfang an gespürt, was sie, Sam, und Tommy wirklich füreinander empfanden?

Wenn das, was Tommy gesagt hatte, wahr war – dass sie für ihn die eine, ganz besondere Frau sei –, dann waren sie beide all die Jahre furchtbar dumm gewesen. Und sie hatte das Gefühl gehabt, es sei ehrlich gewesen. Sie hatte immer noch dieses Gefühl, während er sie jetzt wieder in den Armen hielt. Also musste es doch mit ihnen gut gehen, oder?

Sam schob alle Zweifel beiseite und gab sich ganz diesem himmlischen Augenblick hin. Der Mann, den sie so liebte, tanzte mit ihr zu romantischer Musik und hielt sie, als wollte er sie nie wieder loslassen. Sie wünschte sich, dieser Tanz würde nie zu Ende gehen, wollte diesen Traum weiterträumen, den sie all die Jahre gehegt hatte: von einer Partnerschaft, von Liebe zusammengeschmiedet, unauflöslich.

Die Musik verstummte, aber Tommy ließ Sam nicht los, und auch sie rührte sich nicht. Eng umschlungen blieben sie stehen, ohne sich darum zu scheren, was die anderen denken mochten.

„Meine Damen und Herren, das war der letzte Tanz“, verkündete der Zeremonienmeister. „Wenn Sie jetzt bitte einen Kreis bilden würden, um die Braut und den Bräutigam zu verabschieden …“

Tommy seufzte tief. „Bist du bereit, dich wieder unters Volk zu mischen?“

„Es muss wohl sein“, flüsterte Sam widerstrebend.

„Sam, hier ist dein Bouquet.“

Elizabeths Stimme brachte Sam zur Besinnung. Sie war die Brautjungfer, und es wäre ihre Aufgabe gewesen, sich um die Bouquets zu kümmern! Rasch schob sie Tommy von sich fort und drehte sich zu seiner Mutter um, die lächelnd mit dem Bouquet der Brautjungfer und dem Brautstrauß dastand.

„Entschuldige, ich hatte meine Pflichten ganz vergessen“, sagte Sam bestürzt und nahm ihren Strauß entgegen.

„Ich werde Miranda ihren bringen“, sagte Elizabeth verständnisvoll. „Ihr beiden gesellt euch am besten zu Jared am Ausgang. Das wird die Gäste zum Aufbruch veranlassen.“

Einen Arm um ihre Taille gelegt, führte Tommy Sam von der Tanzfläche. Sam ließ den Blick über die Gästeschar schweifen, um festzustellen, ob Greg und Janice inzwischen ins Festzelt zurückgekommen waren. Insgeheim befürchtete sie, der eine oder andere von ihnen könnte in seinem angetrunkenen Zustand während der Abschiedszeremonie eine unangenehme Szene machen. Aber sie konnte weder ihren Bruder noch Janice entdecken.

„Sie sind nicht hier“, sagte Tommy, der ihre Gedanken gelesen zu haben schien.

Sam warf ihm einen besorgten Blick zu. „Du hast doch mit Greg gesprochen?“

Er schüttelte den Kopf. „Ich konnte die beiden nirgends finden. Vermutlich haben sie sich irgendwo verkrochen, um ungestört zu sein.“

In gewisser Weise war Sam erleichtert. Greg hätte sich bestimmt in seinem Stolz verletzt gefühlt und wäre in seinem benebelten Kopf womöglich wütend auf Tommy losgegangen. Außerdem wollte sie jetzt nicht an Janice denken. Es war leichter, die Sache aufzuschieben.

„Ich hoffe nur, die beiden kommen nicht noch hereingetorkelt, bevor Miranda und Nathan gehen“, sagte sie leise.

„Und ich bezweifle, dass sie überhaupt wiederkommen“, lautete Tommys lakonische Antwort.

Wahrscheinlich hatte er recht, denn den beiden hatte nach eigenem Bekunden der Sinn nach einer „Privatorgie mit Schampus“ gestanden. Allerdings blieb das Problem so zunächst ungelöst. Andererseits, wie hätte sich Janice’ Behauptung, schwanger zu sein, an diesem Abend überprüfen lassen können? Janice hätte schon schwarz auf weiß das Ergebnis eines Schwangerschaftstests bei sich haben müssen – und das hätte sie Tommy ganz gewiss unter die Nase gehalten.

Es war eine Lüge. Eine zerstörerische Lüge. Und Sam wollte sich das, was jetzt zwischen ihr und Tommy war, nicht kaputt machen lassen. Nicht heute Abend. Niemals. Und aus moralischer Sicht war es so oder so nicht verwerflich, wenn sie … sich wieder liebten. Schließlich war Tommy nicht mit Janice verheiratet, ja, sie waren nicht einmal mehr zusammen.

Aber würde sie, Sam, sich wohl dabei fühlen, solange das Gespenst von Janice' Schwangerschaft noch über ihnen schwebte?

Sam versuchte, sich darüber klar zu werden, während die Abschiedszeremonie schon in vollem Gang war. Miranda und Nathan machten die Runde durch ihre Gäste, umarmten, küssten und schüttelten Hände. Von allen Seiten wurden ihnen fröhliche Ratschläge zugerufen, und Sam lachte mit den übrigen und tat ihr Bestes, die unbeschwerte Fassade aufrechtzuerhalten.

Da die engste Familie sich am Ausgang aufgestellt hatte, waren sie die Letzten, um dem Brautpaar alles Gute zu wünschen. Nathan drückte Sam brüderlich an sich und flüsterte ihr zu: „Du hast Tommy eingefangen. Halt ihn fest, Sam."

Sie errötete, als er sie wissend anlächelte, bevor er sich seinem Bruder zuwandte. Sie konnte nicht hören, was er ihm zuflüsterte, weil Miranda sie in diesem Moment auf beide Wangen küsste und sagte: „Vielen Dank für deine Freundschaft und Hilfe, Sam. Und viel Glück mit Tommy. Bleib dran!"

Ziemlich benommen sah Sam zu, wie das Brautpaar sich zuletzt von Elizabeth verabschiedete. Die Band spielte einen ziemlich rockigen Abschiedsmarsch, und die Gäste sangen und applaudierten, als das Brautpaar nach draußen in Richtung Haus verschwand … zu seiner Hochzeitsnacht.

Eine Weile standen die Gäste noch in Gruppen am Ausgang, tranken das letzte Glas aus, plauderten und suchten ihre

Sachen zusammen. Der Aufbruch zu den zugewiesenen Unterkünften begann erst, als Nathan und Miranda schon längst das alte Farmhaus erreicht hatten. Immer wieder wurden Sam und Tommy von Gästen aufgehalten, die ihnen versichern wollten, was für ein wundervolles Fest es gewesen sei.

Sam lächelte, plauderte, nickte, und Tommy versprühte seinen sprichwörtlichen Charme. Ihn schien die hässliche Szene mit Janice überhaupt nicht beeindruckt zu haben. Ganz augenscheinlich hatte er die Sache bereits abgehakt.

Halt ihn fest ... bleib dran ... Nathans und Mirandas Ratschläge gingen Sam nicht aus dem Sinn. Energisch verdrängte sie ihre Ängste und Zweifel. An ihrer Seite stand der Mann, den sie liebte. Sie musste seinem Wort vertrauen. Ganz sicher hatte ihm das, was heute Abend zwischen ihnen geschehen war, mehr bedeutet als all seine Affären zuvor. Wie sie war er von seinen Gefühlen überwältigt worden und hatte deshalb nicht daran gedacht, ein Kondom zu benutzen.

„Samantha ...?" Ihre Mutter kam besorgt um das Zelt herum. „Hast du Greg irgendwo gesehen?"

„Er ist schon früher gegangen", antwortete Tommy ihr gelassen.

Sams Mutter machte ein missbilligendes Gesicht. „Er hätte sich wirklich noch von Nathan und Miranda verabschieden können."

„Tommy!"

Der laute Ruf veranlasste Tommy, sich suchend umzublicken und einen Arm zu heben. „Hier!"

Es war Jim Hoskins, der Chef der Parkranger in den Bungle Bungles, der sich da einen Weg durch die Gäste bahnte. Seine sichtbare Eile verhieß nichts Gutes, sodass Sam und Tommy unwillkürlich aufhorchten.

„Ein Unfall", berichtete Jim, als er bei ihnen angekommen war. „Auf der Straße zum Ferienpark ist ein Jeep gegen einen Baum gefahren. Doc Hawkins ist bereits an der Unfallstelle, weil er und seine Frau zufällig in meinem Wagen waren, als ich dort vorbeikam. Er hat mich geschickt, Sie zu holen, Tommy. Er meint, die Verletzten müssen ins Krankenhaus geflogen werden."

„Wie viele Verletzte sind es?", fragte Tommy.

„Zwei. Sie sind beide bewusstlos. Der Doc vermutet innere Verletzungen, und der Unfall muss schon vor einer ganzen Weile passiert sein. Wir haben jedenfalls nichts gehört, sondern sind rein zufällig vorbeigefahren."

„Wer ist es? Wer sind die Verletzten?", fragte Sam, die wusste, dass viele der Gäste sich Sorgen machen würden, wenn die Namen der Unfallopfer nicht bekannt gegeben würden.

Jim Hoskins wandte sich ihr zu und sah sie mitfühlend an. „Es ist Ihr Bruder, Sam. Es sind Greg … und Janice Findlay."

9. *KAPITEL*

Im ersten Moment war Sam vor Schreck wie gelähmt. Doch dann hatte sie sich wieder im Griff. Dies war nicht der rechte Zeitpunkt für einen Schock, denn es musste gehandelt und geholfen werden. Hier draußen in den Kimberleys gab es keinen Krankenwagen, den man rufen konnte, sondern die nötige Rettungsaktion musste hier und jetzt organisiert werden.

„Mum …“ Sam sprach ihre Mutter bewusst scharf an, um sie aus ihrer apathischen Starre zu reißen. „Würdest du bitte Dad und Pete suchen. Hol sie her … und Jim …“, sie wandte sich wieder dem Parkranger zu, „… haben Sie Ihren Wagen hier am Festzelt abgestellt?“

Er nickte.

„Wären Sie dann so nett, meine Familie zur Unfallstelle zu fahren?“

„Selbstverständlich.“

„Und die Findlays“, wies Tommy ihn an. „Bitten Sie meine Mutter, ihnen die Nachricht beizubringen, Jim.“

„Gut.“

Tommy blickte Sam eindringlich an. „Wir werden zwei Flugzeuge brauchen: Nathans, bei dem man die Sitze zum Lastentransport ausbauen kann, und eine sechssitzige Maschine.“

„Dads. Er hat sie in der Nähe des Hangars abgestellt. Kein Problem. Ich gehe zum Flugplatz und mache sie fertig.“

„Du willst selber fliegen?“

„Es ist ein Nachtflug, und es gibt niemanden, der besser dafür wäre.“

Tommy lächelte anerkennend. „Nein, niemanden. Ich hole den Vorarbeiter der Farm, stelle ein Team mit Tragbahren zusammen und besorge den Pritschenwagen, um die Verletzten zum Flugplatz zu transportieren. Wir schicken Männer zum Hangar, um die Sitze aus Nathans Flugzeug auszubauen. Ich werde die Verletzten ins Krankenhaus fliegen, und du nimmst die Angehörigen mit, okay?"

„Okay."

Er drückte ihr die Hand und war fort, um die Rettungsaktion zu organisieren. Jim war bereits auf dem Weg zu Elizabeth. Sam drehte sich wieder zu ihrer Mutter um, die sich noch nicht von der Stelle gerührt hatte.

„Schaffst du das, Mum? Oder soll ich Dad holen?"

Ihre Mutter schluckte und sah sie gequält an. „Nein, nein, ich mache das. Ich kann es nur noch nicht fassen. Greg ..."

Sam kämpfte ihre eigenen Ängste nieder. „Ich weiß", sagte sie drängend. „Aber er braucht uns jetzt, Mum."

„Ja." Ihre Mutter riss sich sichtlich zusammen. „Wir treffen uns am Flugzeug, Sam. Dein Vater hat die Schlüssel stecken lassen."

„Das tut er doch immer."

„Geh und tu, was du tun musst."

Sam machte sich auf den Weg, obwohl ihr die Knie zitterten. Jared gesellte sich an ihre Seite. „Tommy schickt mich, damit ich dich begleite und dir behilflich bin."

Sie war dankbar für Tommys Umsicht. „Wir sollten einen der Lieferwagen des Partyservice beschlagnahmen. Dann ersparen wir uns den Weg den Hügel hinauf, um einen anderen Wagen zu holen."

Als sie im Laufschritt um das Festzelt herumkamen, fuhr einer der Lieferwagen gerade mit Vollgas davon.

„Tommy hatte anscheinend die gleiche Idee", bemerkte Jared und nahm von dem herbeieilenden Angestellten des Partyservice die Schlüssel von dem anderen Lieferwagen entgegen. „Danke, Junge. Ich fahre, Sam."

Widerspruchslos rutschte sie auf den Beifahrersitz und schlug die Tür zu, während Jared bereits Gas gab. Der Flugplatz lag auf der anderen Seite des Farmhauses hinter den Maschinenschuppen, und Jared vergeudete keine Zeit, um dorthin zu kommen.

„Ich hole Dads Flugzeug und rolle damit auf die Startbahn", wies sie Jared an, als sie den Flugplatz Minuten später erreichten. „Wenn du dich darum kümmern könntest, dass die Sitze aus Nathans Flugzeug entfernt werden ..."

„Natürlich. Alles in Ordnung, Sam?"

„Ja", antwortete sie fest.

Und so blieb es auch, solange ihre Hilfe gefordert war. Ruhig und effektiv erledigte Sam, was sie tun musste, ohne sich einen Fehler zu erlauben. Die beiden Verletzten wurden vorsichtig in Nathans Flugzeug geladen. Tommy und Doc Hawkins flogen mit ihnen davon. Sam flog das Flugzeug ihres Vaters mit den Angehörigen an Bord. Sie verschloss die Ohren Marta Findlays hysterischem Weinen und Jammern und war dankbar, dass ihre eigene Familie sie so gefasst unterstützte. Pete und ihre Eltern verstanden, dass sie diese schreckliche Zeit der Ungewissheit gemeinsam durchstehen mussten.

Der Flughafen von Kununurra und das Krankenhaus waren bereits über den Notfall informiert worden, sodass Krankenwagen und weitere Fahrzeuge bereitstanden. Es bestand ein laufender Funkkontakt. Sobald Tommy mit seinem Flugzeug die Landebahn frei gemacht hatte, setzte Sam mit ihrem auf.

Bis alle Passagiere ausgestiegen waren, waren die Krankenwagen mit den Verletzten in Begleitung von Doc Hawkins jedoch schon auf dem Weg zum Krankenhaus. Tommy wartete, um Sam und den übrigen den Weg zu den Fahrzeugen zu zeigen.

Sams Vater fasste ihn beschwörend am Arm. „Wie geht es den beiden?“

„Sie sind am Leben“, sagte Tommy beruhigend.

Sam sah, dass ihre Mutter erleichtert aufatmete, und sie selbst drohten plötzlich die Kräfte zu verlassen. Tommy warf einen Blick in ihr bleiches Gesicht, kam zu ihr und nahm sie in die Arme. „Schon gut. Du hast es geschafft“, flüsterte er und streichelte sie tröstend, womit er ihr neue Kraft gab.

Er führte die Familien zu einem bereitstehenden Minibus, der sie geradewegs zum Krankenhaus bringen würde, und ging dann mit Sam zu seinem Privatwagen, der hinter dem Büro der „KingAir“-Fluggesellschaft geparkt war. Sam stützte sich dankbar auf seinen starken Arm. Sie fühlte sich unendlich müde und erschöpft.

Tommy öffnete die Beifahrertür und half Sam beim Einsteigen. Er schnallte sie sogar an. Seltsam … all die Jahre hatte sie so stolz auf ihrer Unabhängigkeit beharrt, und jetzt machte es ihr gar nichts aus, dass Tommy sie wie ein kleines Kind umsorgte. Sie wusste, dass er es gut mit ihr meinte, und es fiel ihr nicht schwer, einmal Schwäche zu zeigen.

Zärtlich streichelte er ihr die Wange und sah sie noch einmal prüfend und besorgt an, bevor er die Beifahrertür schloss. „Du kannst dich jetzt ausruhen, Samantha. Der Rest liegt in den Händen anderer.“

Ja, so war es. Ihre Aufgabe war erledigt. Aber in dem Maß, wie die eiserne Beherrschung schwand, die sie während des

Flugs aufrecht gehalten hatte, kehrten die Gefühle und Selbstvorwürfe zurück, die sie bis dahin unterdrückt hatte. Mochte sie auch nach dem Unfall alles richtig und gut gemacht haben … was war vor dem Unfall gewesen, als sie nichts unternommen hatte, um zu verhindern, was hätte verhindert werden können? Wo fing Verantwortung an, und wo endete sie? Sie, Sam, war älter als Greg. Aber wie hätte sie ahnen können, dass er so dumm sein würde, sich in seinem betrunkenen Zustand ans Steuer eines Jeeps zu setzen? Oder war Janice gefahren?

„Wer ist gefahren?“, fragte sie, als Tommy sich hinters Lenkrad gesetzt hatte.

Sein Gesicht war ernst. „Ich vermute Janice“, sagte er ruhig. „Sie wurden bei dem Aufprall beide aus dem Wagen geschleudert, aber Janice lag auf der Fahrerseite.“

Sam schüttelte fassungslos den Kopf angesichts einer derartigen Verantwortungslosigkeit. Doch Greg war um keinen Deut besser … sich zu einer volltrunkenen Frau ins Auto zu setzen, noch dazu in einen offenen Jeep, der überhaupt keinen Schutz bot. Heller Wahnsinn! Und wofür das alles? Für die Aussicht auf ein bisschen Sex?

Wie viel ist den Männern doch der Sex wert!, dachte sie traurig. Es erschien ihr verrückt, dafür Leben und Gesundheit zu riskieren, aber Greg hatte sich in seinem Rausch womöglich für unverwundbar gehalten … zumal ihm das, was er sich wünschte, praktisch auf einem silbernen Tablett serviert worden war. War es bei Tommy auch so gewesen … hatte er einfach seinem Verlangen nachgegeben, ohne an die Konsequenzen zu denken?

Tommy, der sie aufmerksam beobachtete, nahm ihre Hand und drückte sie. „Quäl dich nicht mit Selbstvorwürfen und ‚was wäre wenn …‘“, riet er ihr sanft. „Ziemlich sicher hätten sie sich sowieso nicht anders entschieden, wenn einer von uns vorher noch mit ihnen gesprochen hätte. Und es war ihre Entscheidung, Samantha."

„Bitte mich nicht, diese Entscheidung zu respektieren, Tommy", entgegnete sie heftig. „Betrunken Auto zu fahren …"

„Ist mehr als dumm, ist verantwortungslos, ja. Aber keiner von uns war dabei, um sie daran hindern zu können."

„Ich hätte gleich mit Greg reden, hätte ihm sagen sollen, dass er für Janice nur eine Trophäe ist."

„Und woher willst du wissen, ob sie nicht auch nur eine Trophäe für ihn war? Ein flüchtiges Abenteuer für eine Nacht, das er genießen wollte?"

Dieses unbestreitbare Argument rief all ihre früheren Bedenken wieder wach. „War sie das für dich?"

Er seufzte. „Ist das so wichtig? Worauf sich meine Affäre mit Janice auch gegründet haben mag … sie ist Vergangenheit."

„Die Janice heute Abend wieder heraufbeschworen hat."

Tommy erstarrte sichtlich. „Willst du alle Schuld mir geben? Ist es das, was du denkst?"

„Nur du kannst wissen, wie gut dir dieser Schuh passt", antwortete sie aufgewühlt.

„Ich verstehe." Er zog seine Hand zurück und fügte gekränkt hinzu: „Du vertraust mir nicht."

Ohne eine Antwort abzuwarten, wandte er sich mit versteinerter Miene ab, startete den Motor und fuhr los.

Sam schloss die Augen und verwünschte sich selbst. Sie hatte wieder genau das getan, was sie sich geschworen hatte, nicht zu tun. Es konnte für sie keine glückliche gemeinsame Zukunft mit Tommy geben, wenn sie ihm nicht vertraute. Warum schlug sie immer wieder diesen zerstörerischen Weg ein?

Wurde sie denn niemals klug? Tommy hatte ihr alle Fragen wegen Janice beantwortet. Wenn sie immer wieder davon anfing, trieb es nur einen Keil zwischen sie, den sie nicht haben wollte. Sie wollte Tommy, wollte ihn so, wie er eben noch zu ihr gewesen war: liebevoll, fürsorglich und aufmunternd.

Die angespannte Atmosphäre auf der Fahrt ins Krankenhaus zehrte an ihren Nerven. Dazu kamen quälende Schuldgefühle. Sie sollte eigentlich an Greg denken, anstatt mit Tommy herumzustreiten. Außerdem war es wirklich nicht seine Schuld. Schließlich hatte er sich nicht sinnlos betrunken. Er hatte sich nicht ans Steuer dieses Jeeps gesetzt und war damit frontal gegen einen Baum gekracht. Im Gegenteil, er hatte sich ja noch auf die Suche nach Greg und Janice gemacht, um vernünftig auf sie einzuwirken. Gut vorstellbar, dass die beiden sich sogar ganz bewusst vor ihm versteckt hatten. Nein, sie, Sam, hatte keinen Grund, Tommy zum Hauptschuldigen dieser unseligen Folge von Ereignissen abzustempeln. Was in den Köpfen anderer Leute vorging, wurde von vielen Faktoren bestimmt. Und in ihrem Kopf herrschte im Moment ein heilloses Chaos.

Um diese frühe Stunde war der Parkplatz des Krankenhauses fast leer. Tommy lenkte seinen Range Rover zu einer Parkbucht in der Nähe des Eingangs zur Notaufnahme. Der Minibus stand bereits da, leer. Die beiden Familien waren anscheinend schon im Krankenhaus und warteten auf den Bericht der Ärzte. Sam dachte mit Entsetzen an die bevorstehende Wartezeit. Tommy hatte recht. Sie konnten nichts mehr tun. Aber dieses Wissen machte es ihr nicht leichter.

Als Tommy den Motor abschaltete, wandte Sam sich ihm zu. „Es tut mir leid.“ Beschwörend legte sie ihm eine Hand auf den Arm. „Es war falsch von mir …“ Sie schüttelte gequält den Kopf. „Es ist nicht deine Schuld. Es tut mir so leid.“

„Schon gut“, unterbrach er sie rau. „Mir tut es auch leid. In den vergangenen zwölf Stunden ist so viel geschehen … es kommt mir wie ein ganzes Leben vor.“ Ein kleines Lächeln huschte über sein Gesicht. „Es ist ziemlich schwierig, ein ganzes Leben ins Gleichgewicht zu bringen und zu einem perfekten Resultat zu gelangen, wenn sich so viele Faktoren störend einmischen.“

Sam atmete tief ein. „Ich möchte dir vertrauen“, flüsterte sie und sah ihn flehentlich an.

Er nickte. „Gib uns eine Chance, Samantha.“

„Das will ich ja auch. Aber ich habe es mir schon so lange gewünscht, Tommy, dass es mir Angst macht. Ich habe das Gefühl, dass es einfach nicht wahr sein kann … dass irgendetwas es kaputt machen oder mir wieder wegnehmen wird.“

Tommy löste seinen Gurt, beugte sich zu ihr herüber und umfasste ihr Gesicht. „Nichts kann uns das wieder nehmen“, sagte er eindringlich und küsste sie so innig, dass sie alles andere vergaß.

Sam erwiderte seinen Kuss in dem sehnsüchtigen Wunsch, der Traum möge für sie wahr werden. Tommy und sie sollten ihr ganzes weiteres Leben in Liebe verbunden sein. Für einen Moment vertrieb ihre flammende Leidenschaft die kalte Realität … wo sie sich befanden und warum sie dort waren. Sam suchte und brauchte die Bestätigung ihrer Gefühle, und für kurze Zeit lösten sich die dunklen Wolken dieser Nacht in nichts auf, als die beiden Liebenden sich gegenseitig Kraft gaben.

„Halt daran fest, Samantha“, sagte Tommy, als er sich schließlich von ihr löste. „Ich bin für dich da, verstanden? Was heute

Nacht auch geschehen mag, versprich mir …", er strich ihr sacht eine Locke aus der Stirn und blickte sie eindringlich an, „… versprich mir, dass du nichts zwischen uns kommen lässt."

„Meine Familie braucht mich jetzt, Tommy", wandte sie zögernd ein.

„Ja, in diesem kritischen Augenblick", stimmte er ihr zu, „und ich werde dich unterstützen, wo ich kann. Was ich meinte, war, dass du an dem Glauben festhältst, dass aus dem, was wir heute angefangen haben, mehr werden kann. Viel mehr, Samantha."

Sam seufzte zufrieden und beruhigt, dass Tommy wirklich eine reelle Chance für ihre weitere Beziehung sah. „Ich bin für dich da, Tommy", flüsterte sie. „Ich war es immer."

„Gut zu hören." Er lächelte aufmunternd. „Willst du jetzt hineingehen?"

Nein, sie wollte es nicht. Sie wollte bei ihm bleiben, aber sie unterdrückte diesen egoistischen Wunsch. „Sie werden schon auf mich warten."

Tommy löste ihren Gurt und stieg aus. Sam folgte ihm, ohne darauf zu warten, dass er ihr die Tür aufhielt. Ihre Eltern und Pete brauchten jetzt wirklich ihren Trost und ihre Unterstützung, und sie stellte beruhigt fest, dass ihre Knie nicht mehr zitterten. Dank Tommy hatte sie ihre Kraft wiedergefunden.

Hand in Hand betraten sie das Krankenhaus, und selbst die nüchterne Krankenhausatmosphäre konnte Sam das wunderbare Gefühl nicht nehmen, dass sie mit Tommy an ihrer Seite gegen alles gewappnet war, was noch kommen würde. Sie fanden die Connellys und die Findlays in einem Aufenthaltsraum. Pete und Sams Eltern saßen an einem der Tische, eine Tasse Kaffee vor sich, Ron und Marta Findlay hatten sich auf einer Couch niedergelassen. Marta lehnte matt an der Schulter ihres Mannes, alle wirkten erschöpft und angespannt. Die feine Hochzeitskleidung, die sie alle noch immer trugen, schien in dieser Situation wie der blanke Hohn.

„Gibt es schon Neuigkeiten?“, fragte Sams Vater Tommy.

„Nein.“

„Man hat sie zum Röntgen gebracht.“

„Eigentlich müssten wir bald etwas hören.“

Sam setzte sich neben ihre Mutter, und Tommy ging zu den Findlays, um ihnen Trost zuzusprechen. Pete stand auf und holte Kaffee für Sam und Tommy, froh, etwas zu tun zu haben. Das Warten zehrte an den Nerven. Spekulationen führten zu nichts. Erst wenn man das genaue Ausmaß der Verletzungen von Janice und Greg kannte, würde man weitersehen können.

Tommy informierte die Findlays und die Connellys, dass im Kununurra Lakeside Resort Zimmer für sie gebucht worden seien. Sie nickten dankbar. Früher oder später würden sie alle Schlaf brauchen, und eine Rückkehr nach „King’s Eden“ noch heute Nacht stand außer Frage. Jetzt schon fielen einigen von ihnen die Augen zu.

Endlich erschien Doc Hawkins, und bei seinem Anblick waren alle mit einem Schlag wieder hellwach. Angespannt blickten sie ihm entgegen. Er war ein schlanker, drahtiger Mann in den Fünfzigern, der mit seinen freundlichen Augen und seinem einnehmenden Wesen einen ungemein beruhigenden und vertrauenerweckenden Eindruck auf die Menschen machte.

„Sie werden beide wieder ganz gesund“, verkündete er sofort, um den Angehörigen die schlimmsten Ängste gleich zu nehmen.

Alle atmeten auf. Die lähmende Starre fiel von ihnen ab, und jeder reckte die steifen, müden Glieder.

„Wie sieht es mit den Verletzungen aus?", fragte Sams Vater und stand auf. Es war typisch für ihn, dass er den Stier gleich bei den Hörnern packte.

„Nun, glücklicherweise haben sie keinerlei Schädelfrakturen oder Rückgratverletzungen davongetragen, obwohl sie beide eine schwere Gehirnerschütterung erlitten haben."

„Was ist mit Gregs linkem Bein?"

„Ein zweifacher Bruch. Außerdem hat er sich drei Rippen gebrochen. Keine ernsthaften inneren Verletzungen, aber eine Reihe von schweren Prellungen. Die Kopfwunde muss genäht werden, weitere Schnitt- und Schürfwunden sind bereits versorgt. Er wird noch eine ganze Weile jammern und leiden, aber der Heilungsprozess sollte eigentlich ohne Komplikationen ablaufen."

„Gott sei Dank!", flüsterte Sams Mutter mit Tränen in den Augen. „Können wir zu ihm?"

„In Kürze. Aber erwarten Sie nicht, dass Sie mit ihm sprechen dürfen."

„Und was ist mit Janice?", fragte jetzt Ron Findlay, der ebenfalls aufgestanden war.

Doc Hawkins wandte sich ihm mitfühlend zu. „Leider muss ich Ihnen sagen, dass es Ihre Tochter härter getroffen hat. Abgesehen von einigen oberflächlichen Verletzungen sind der rechte Arm und die Hüfte gebrochen. Es gibt auch einige innere Verletzungen. Nichts Lebensbedrohliches, aber …"

„Aber was?", warf Marta hysterisch ein.

Doc Hawkins zögerte, bevor er mit ruhiger, ernster Stimme die Bombe platzen ließ: „Wir konnten nichts tun. Die Blutung war nicht zu stoppen …" Er schüttelte traurig den Kopf. „Sie hat das Baby verloren."

10. KAPITEL

Das Baby!

Im ersten Moment war Tommy vor Schock wie gelähmt. Dann regten sich Unglauben und Empörung in ihm. Er sprang auf. Es war nicht wahr. Es konnte nicht wahr sein! Alles in ihm wehrte sich gegen die Vorstellung, dass Janice tatsächlich schwanger gewesen war.

„Was für ein Baby?", rief Marta Findlay bestürzt aus.

Tommy sah sie an. Sie war genauso bleich geworden wie er, erhob sich wankend vom Sofa und zerrte ihren Mann am Arm. „Ron ... Ron ... weißt du etwas davon?"

„Nein." Er nahm seine verzweifelte Frau tröstend in den Arm und wandte sich stirnrunzelnd an den Arzt. „Sie sagen, Janice war schwanger?"

„Da gibt es keinen Zweifel", antwortete Doc Hawkins bestimmt.

Nicht für mich!, dachte Tommy abwehrend. Aber er hatte auch nie ohne Kondom mit ihr geschlafen. Es musste ein anderer Mann gewesen sein ... irgendein verantwortungsloser Bursche, vermutlich genauso betrunken wie Janice, ähnlich wie Greg es heute Abend gewesen war.

„Sie war etwa Ende des dritten Monats", fügte Doc Hawkins hinzu.

Es traf Tommy wie eine Ohrfeige. Ende des dritten Monats! Sosehr er sich auch dagegen wehrte, plötzlich tauchte die entsetzliche Möglichkeit vor ihm auf, dass Janice tatsächlich mit seinem Kind schwanger gewesen sein könnte, und ihm fiel ein, wie unfreundlich er heute zu ihr gewesen war. Was, wenn sein Kondom wirklich einmal versagt hatte? Kein

Schutz war hundertprozentig.

„Im dritten Monat schon", wiederholte Ron Findlay, sichtlich bestürzt, dass seine Tochter sich weder ihm noch ihrer Mutter anvertraut hatte.

„Sie hätte es uns sagen müssen!", jammerte Marta.

„Es tut mir leid, dass es für Sie so ein Schock ist", sagte Doc Hawkins mitfühlend. „Ich hatte keine Ahnung ..." Er seufzte. „Vermutlich wollte sie die Dinge erst mit dem Vater des Kindes klären. Ganz privat."

Warum hätte Janice ihn erst heute damit konfrontieren sollen? Tommy wollte sich einfach nicht mit dem Unerträglichen abfinden. Er war nicht der Vater. Das sagte ihm sein Gefühl ... Was aber, wenn er sich irrte?

„Drei Monate ..." Ron Findlay schien angestrengt nachzudenken. Und plötzlich blickte er auf und sah Tommy an. Janice hatte die Affäre mit einem der King-Brüder ganz bestimmt nicht geheim gehalten. Ihr Vater brauchte nicht lange, um nachzurechnen. „Wissen Sie vielleicht etwas von dieser Sache, Tommy?"

Tommys Herz krampfte sich zusammen. Wie sollte er sein Wissen leugnen? Und damit würde er in den Augen aller schuldig sein. Vor allem für Samantha. Sie hatte ja alles aus Janice' Mund erfahren und würde ihm jetzt angesichts dieses medizinischen Beweises gewiss nicht mehr glauben.

Er hörte, wie sie ihren Stuhl zurückschob und aufstand, und drehte sich verzweifelt zu ihr um. Starr und aufrecht stand sie da, kreidebleich im Gesicht. Sie sah ihn an, und er wusste, dass sie sich von dem zurückzog, was sie beide heute Abend miteinander geteilt hatten. Der Blick ihrer klaren blauen Augen war eine unmissverständliche Herausforderung: Sag du es ihnen, oder ich werde es ihnen sagen!

Für sie war das eine Frage der Integrität. Er konnte dem nicht entkommen. Es gab keine Ausflucht dafür, dass er sich vor dem gedrückt hatte, was sie als seine Verantwortung betrachtete. Er musste jetzt Janice' Anschuldigung auf sich nehmen, ob sie wahr war oder nicht. Allein dadurch, dass er Janice fortgestoßen und als Lügnerin abgestempelt hatte, war er in Samanthas Augen vermutlich schon ein unverbesserlicher Schuft.

Tommy atmete tief ein und wandte sich wieder den Findlays zu. „Janice hat mir irgendwann heute Abend gesagt, dass sie schwanger sei", erklärte er ausdruckslos. „Offen gestanden habe ich ihr nicht geglaubt. Ich dachte, es wäre wieder nur eins ihrer Spielchen."

„Spielchen!", wiederholte Marta schrill und sah ihn verächtlich an. „Es hat Ihnen wohl eher nicht gepasst, ihr zu glauben!"

„Wann war das?", fragte Ron heiser, wobei er den Blick zu Samantha schweifen ließ. Offenbar war ihm nicht entgangen, wie eng sie und Tommy während der gesamten Hochzeitsfeier miteinander gewesen waren. „Wann genau hat Janice es Ihnen gesagt?"

Der Zeitpunkt würde noch mehr gegen ihn sprechen. Automatisch würde man ihm die Schuld für all das geben, was danach geschehen war: dass Janice mit Greg davongefahren und anschließend der Unfall passiert war.

„Verzeihung", mischte sich jetzt Samantha förmlich ein. „Doc, ich glaube, das ist eine Privatangelegenheit zwischen Tommy und den Findlays. Könnten Sie uns vielleicht schon zu Greg bringen, während sie sich in Ruhe aussprechen?"

„Ja, natürlich", stimmte der Arzt erleichtert zu und winkte den Connellys, ihm zu folgen.

Tommy blickte Sam nach. Sie machte einen großen Bogen um ihn, als wollte sie ihm auf keinen Fall zu nahe kommen. Nein, wie es aussah, stand Samantha Connelly nicht zu ihm, wie er gekränkt und stolz registrierte. Allerdings – konnte er es in dieser Situation fairerweise wirklich von ihr erwarten?

Doch! Er hätte zu ihr gestanden, koste es, was es wolle!

Sie aber folgte ihren Eltern und ihrem Bruder aus dem Raum, ohne sich noch einmal nach ihm umzublicken, und überließ ihn seinem Hinrichtungskommando allein. Seine Argumente waren es nicht wert, gehört zu werden. Keine Verteidigung wert. Sie schenkte ihm nicht einmal einen Blick, der ihm verriet, dass er ihr immer noch etwas bedeutete. Ging einfach aus seinem Leben, als wäre er nichts für sie. Null.

„Ich bin gleich zurück, um Sie zu Janice zu bringen", versicherte Doc Hawkins den Findlays, bevor er sich entschuldigte und taktvoll die Tür hinter sich schloss.

Tommy wappnete sich innerlich gegen das, was ihm jetzt bevorstand, und wandte sich wieder Janice' Eltern zu. Er war bereit, einiges auf sich zu nehmen, aber er würde nicht mehr Schuld auf sich laden lassen, als gerecht war. Ron und Marta wollten von ihm die Wahrheit hören. Er würde sie ihnen sagen und dazu ein paar nicht so angenehme Wahrheiten über ihre Tochter. Denn schließlich kämpfte Janice nicht um ihr Leben.

Das Baby ... er schreckte davor zurück, über diesen Verlust nachzudenken. Immer noch wusste er nicht, ob es nicht vielleicht doch sein Kind gewesen war. Er wusste nur, dass er heute Nacht mehr als nur ein Kind zu verlieren hatte.

Sam erinnerte sich später nicht mehr, wie sie es geschafft hatte, aus dem Flur herauszukommen. Ihr schwirrte der Kopf, sie fühlte sich elend und unglücklich und entsetzlich dumm, weil sie Tommy King geglaubt hatte. Weil sie ihm hatte glauben wollen.

Der Playboy-King.

Woher sollte sie wissen, ob er nicht wirklich noch andere Frauen geschwängert hatte, wie Janice so gehässig nahegelegt hatte? Er konnte sogar heute Abend mit ihr ein Kind gemacht haben … was allein seine Behauptung, er hätte stets ein Kondom benutzt, Lügen strafte. Würde er auch ihr Kind verleugnen, sollte sie wirklich schwanger geworden sein? Würde er sie so behandeln, wie er Janice behandelt hatte, sobald ihm eine andere besser gefiel?

Sam schwankte und lehnte sich Halt suchend gegen die nächstbeste Wand. Ihr wurde schwarz vor Augen, und sie spürte, wie ihr der kalte Schweiß ausbrach. Doc Hawkins ging voran, um sie und ihre Familie durch die weitläufige Klinik zu Greg zu führen. Sie musste sich nur einen Augenblick ausruhen, dann würde sie die anderen schon wieder einholen …

„Sam!"

Die Stimme ihres Vaters drang wie aus weiter Ferne in ihr Bewusstsein. Sam registrierte undeutlich, dass alle stehen blieben und sich zu ihr umdrehten. „Ich komme gleich", rief sie zurück und bedeutete ihnen matt, weiterzugehen.

Doch ihr Vater ignorierte ihre Geste. Ehe Sam wusste, wie ihr geschah, war er bei ihr, hob sie hoch und drückte sie an seine breite Brust.

„Pete, geh schon mal mit deiner Mutter vor, und sieh nach Greg", rief Robert Connelly laut. „Ich bringe Sam nach draußen. Mein kleines Mädchen braucht etwas frische Luft."

Sein kleines Mädchen … Sam spürte, wie ihr die Tränen

kamen. Diese liebevollen Worte waren einfach zu viel für sie. Schluchzend barg sie das Gesicht an der Schulter ihres Vaters und weinte um ihren verlorenen Traum. Es war ihr unmöglich, Tommy noch einmal zu glauben. Er hatte einfach nur das gesagt und getan, was ihn der Erfüllung seiner Wünsche näher brachte.

Überwältigt von ihrem Elend, achtete Sam gar nicht darauf, wohin ihr Vater sie trug. Sie merkte nur, dass er sich irgendwann draußen mit ihr auf eine Bank setzte. Er hielt sie auf seinem Schoß und tätschelte ihr tröstend den Rücken, wie er es immer getan hatte, wenn sie sich als kleines Mädchen wehgetan hatte.

„Entschuldige, Liebes", sagte er sanft, „ich war in Gedanken so mit Greg beschäftigt, dass ich gar nicht gemerkt habe, dass dich da drinnen der härteste Schlag getroffen hat. Greg wird wieder ganz gesund, aber du …" Er seufzte schwer. „Es war immer Tommy für dich, nicht wahr?"

„Ja", schluchzte sie und schmiegte sich noch enger an seine breite Schulter, als wäre sie wieder das kleine Mädchen, das in seinen liebevollen Armen Geborgenheit fand. Ihr Vater hatte sie nie im Stich gelassen. Niemals.

„Es sah ganz so aus, als hättest du ihn heute Abend endlich für dich eingefangen. Deine Mutter und ich haben uns sehr für dich gefreut. Ich nehme an, diese Geschichte mit Janice … eine unangenehme Sache. Allerdings wäre es nicht das erste Mal, dass ein Paar sich irrt. Vielleicht …"

Er versuchte nur, sie zu trösten, und Sam konnte es nicht ertragen. „Nein, Dad!", schluchzte sie. „Ich war dabei, als sie ihm sagte, dass sie schwanger und er der Vater des Kindes sei. Er nannte sie eine Lügnerin … und ich … habe ihm geglaubt.

Ich wollte ihm glauben."

Sie brach erneut in Tränen aus. All ihre ursprünglichen Zweifel kehrten mit Macht zurück. Schlimmer noch, jetzt sah sie die Dinge auch mit Janice' Augen … wie furchtbar es sein musste, schwanger von einem Mann zu sein, der einen nicht mehr wollte, der nicht einmal zugeben wollte, dass er der Vater des Kindes sein könnte. Wie elend musste sie sich angesichts dieser Kälte und Gefühllosigkeit gefühlt haben!

„Schon gut, schon gut", sagte ihr Vater tröstend. „Weißt du, sie ist zweifellos schwanger gewesen, aber Tommy muss nicht notwendigerweise der Vater des Kindes sein. Sie schien mir doch ein etwas leichtlebiges Mädchen zu sein … wenn man allein bedenkt, wie sie sich Greg an den Hals geworfen hat."

„Ach Dad!" Schaudernd dachte sie an die unselige Ereignisfolge an diesem Abend. „Tommy war so kalt und abweisend zu ihr, als sie versuchte, mit ihm zu sprechen. Ich glaube, Greg war bloß … Janice war tief in ihrem Stolz verletzt und wollte Tommy treffen. Und mich auch, weil ich ihn ihr weggenommen hatte."

„Mm … nicht gerade ein bewundernswertes Verhalten, wenn du mich fragst. Vielleicht hatte Tommy ja allen Grund, mit ihr zu brechen, wenn sie in der Weise mit anderen Männern herumgemacht hat, als er noch mit ihr zusammen war. Du solltest ihn nicht vorschnell verurteilen, Sam."

Sie schüttelte heftig den Kopf. „Ich kann ihn nicht mehr entschuldigen, Dad. Da waren auch noch andere Dinge …"

„Willst du mir davon erzählen? Willst du es dir von der Seele reden?"

„Das würde auch nichts helfen."

„Dann ruh dich einfach aus. Es war ein sehr langer Tag. Zu

viel auf einmal ist passiert. Aber ich bin wirklich sehr stolz auf dich … wie du dich gehalten und das alles durchgestanden hast. Sehr stolz.“

Er küsste sie auf die Stirn und zauste ihr die Locken. „Du bist schon aus dem rechten Holz geschnitzt, Sam. Deine Mutter sähe ja gern ein wenig mehr weiblichen Firlefanz an dir, aber in meinen Augen zählt das nicht viel. Was zählt, ist das Herz. Du hast ein Herz so groß wie das Outback, und wenn Tommy King das heute Abend nicht gemerkt hat …“. Er spürte, wie sie erstarrte, und tätschelte ihr beruhigend den Rücken. „Aber wir reden jetzt nicht mehr von ihm, sondern lieber von den guten alten Zeiten, ja? Habe ich dir je gesagt, was für eine Freude du vom Tag deiner Geburt an für mich gewesen bist? Die beste Tochter, die ein Mann sich nur wünschen kann …“

Aufgewühlt eilte Tommy durch die Korridore der Klinik. Er musste irgendetwas für sich aus dieser katastrophalen Nacht retten, und wenn es nur ein Urteilsaufschub war. Den Gedanken, Samanthas Respekt gänzlich verloren zu haben, konnte er nicht ertragen. Das war nicht recht. Sie musste begreifen, dass nicht alles schwarz oder weiß war. Verdammt, er war integer! Noch nie in seinem Leben hatte er sich vor seiner Verantwortung gedrückt.

Entsetzt stellte er fest, dass keiner der Connellys bei Greg im Zimmer war. Wo waren sie? Wie lange hatte er mit den Findlays geredet? Von der Angst getrieben, dass er keine Chance mehr bekommen könnte, die Dinge mit Samantha zu klären, machte er kehrt und suchte sich den Weg zurück zu dem Ausgang zum Parkplatz. Wenn Samantha heute Abend hier weggefahren war mit dieser schlechten Meinung von ihm …

Nein!, machte er sich energisch Mut. Sie hatte versprochen, immer für ihn da zu sein. Die Gespenster der Vergangenheit durften nicht gewinnen. Er würde es nicht zulassen.

Er stürmte durch die Glastür nach draußen und rannte los. Denn vor sich sah er, wie Robert Connelly gerade als Letzter in den Minibus einsteigen wollte.

„Warte!"

Der große Mann hielt inne und drehte sich zu ihm um. Erleichtert, die Abreise der Familie zumindest aufgehalten zu haben, verlangsamte Tommy seinen Schritt etwas und überlegte, was er Samantha sagen sollte. Anstatt jedoch an dem Minibus zu warten, kam Robert Connelly ihm entgegen.

„Schon gut", sagte Tommy rasch, „ich wollte nur mit Samantha sprechen."

„Nichts ist gut, Tommy", entgegnete Sams Vater schroff. „Du lässt sie jetzt erst einmal in Ruhe."

Robert Connellys Miene war streng und unbarmherzig. Tommy hob flehentlich die Hände. „Robert, du verstehst nicht ..."

„Oh doch, ich verstehe sehr gut, mein Junge. Du willst meine Tochter ... also bring erst einmal deine Angelegenheiten in Ordnung."

Tommy fühlte sich, als hätte man ihm einen Tiefschlag versetzt. Verzweifelt zermarterte er sich den Kopf nach überzeugenden Argumenten. „Ich schwöre dir, es ist nicht so, wie es aussieht!"

„Das hoffe ich ... für dich und für Sam", lautete die gelassene Antwort. „Dein Vater war mein bester Freund, und ich kann nicht glauben, dass Lachlans Persönlichkeit nicht auf dich abgefärbt hat ... sein tief verwurzelter Anstand, sein Ehrgefühl ..."

„Vergiss nicht seinen Grundsatz, jedem ein faires Urteil zuzugestehen“, fiel Tommy ihm gekränkt ins Wort.

„Ja, genau.“ Robert Connelly nickte ernst. „Ein faires Urteil für jedermann, das war Lachlans Gesetz. Erzähl mir nicht, du hättest es vergessen.“

Seine Worte trafen Tommy tief. Offenbar hatte er in Samanthas Augen diese Prüfung nicht bestanden.

„Was immer heute Abend recht oder unrecht sein mag“, fuhr ihr Vater fort, „es ist an dir, die Dinge zu klären. Zieh mein kleines Mädchen nicht durch einen Schmutz, mit dem sie nichts zu tun hat, verstanden?“

„Ja. Aber wird Samantha in der Zwischenzeit die Zweifel zu meinen Gunsten auslegen?“, fragte Tommy, verzweifelt auf der Suche nach einem kleinen Hoffnungsschimmer.

„Vielleicht wird die Zeit helfen, die Dinge geradezurücken. Ich nehme sie jetzt morgen erst einmal mit nach Hause, und ich bitte dich, deine Angelegenheiten in Ordnung zu bringen, bevor du dich wieder mit ihr in Verbindung setzt. Meine Sam ist zu gut, um mit ihr herumzuspielen, Tommy. Und ich stehe mit dem Gewehr vor dir, wenn du ein falsches Spiel mit ihr treibst, verstanden?“

„Ich habe nicht mit ihr gespielt … und würde das niemals tun!“, protestierte Tommy scharf.

„Sorg einfach dafür, dass du genau weißt, worauf du dich einlässt, bevor du noch einmal in ihr Leben trittst.“ Robert Connelly nickte als Zeichen, dass er das Gespräch als beendet betrachtete. „Wir sind jetzt fort, und ich hoffe, dass du die Dinge so klären kannst, wie es dein Vater immer getan hat. Das ist absolut nötig, Tommy.“

Nach diesem abschließenden Rat wandte Robert Connelly

sich ab und kehrte zu dem Minibus zurück, um mit seiner Familie davonzufahren.

Resigniert blickte Tommy den Rücklichtern nach, bis sie in der Dunkelheit verschwanden. Es hatte keinen Sinn, dem Bus nachzufahren. Sams Vater hatte recht. Man konnte die Zukunft nicht erzwingen, sondern musste sie sich aufbauen. Und eine starke Zukunft ließ sich nicht auf einem wackligen Fundament aufbauen.

Lachlans Gesetz … welch eine Ironie, dass er es vor nicht allzu langer Zeit selbst zitiert hatte, um zusammen mit Nathan Miranda in einer unangenehmen Situation beizustehen. Im Grunde hatte er lange nicht an seinen Vater gedacht, weil es eigentlich ja Nathan war, der in seine legendären Fußstapfen getreten war.

Trotzdem, auch er, Tommy, war einer von Lachlan Kings Söhnen und stolz darauf. Mochte er auch kein Rinderzüchter sein, so war er doch auf seine Weise der Pionier eines neuen Industriezweigs im Outback, und er zweifelte nicht, dass sein Vater seinem Tatendrang und Unternehmergeist Lob gezollt hätte.

Was aber sein Privatleben betraf … hätte das auch Lachlans Anerkennung gefunden?

Der Playboy-King. Was hatte ihm dieser zweifelhafte Titel eingebracht? Nichts von wirklichem Wert. Nichts, was ihm bleiben würde. Nichts als Schmerz für die Frau, die er wirklich wollte.

Die entscheidende Frage war jedoch, was hatte es ihn gekostet … und konnte er den Verlust wieder wettmachen, den er sich heute Abend selbst zugefügt hatte?

11. KAPITEL

Weihnachtsmorgen …

Sam spürte nichts von der erwartungsvollen Vorfreude, die sie früher beim Aufwachen empfunden hatte. Es drängte sie nicht, aus dem Bett zu springen und nachzusehen, ob die übrige Familie schon wach war. Es fiel ihr schwer, ein glückliches Gesicht zu machen, deshalb schob sie es lieber ein wenig auf.

Ganz still lag sie in dem großen, altmodischen Messingbett und ließ den Blick über all die Erinnerungen an ihre Kindheit und Jugend schweifen. Alles stand noch an seinem Platz, und in gewisser Weise war die Rückkehr hierher wie die Rückkehr in ein früheres Leben, obwohl sie, Sam, sich im Grunde nicht verändert hatte.

Oben auf der Kommode saß noch immer die schöne Puppe, die ihre Mutter ihr geschenkt hatte, als sie vier Jahre alt gewesen war. Sam hatte nie damit gespielt, keinen Sinn darin gesehen. Und so waren die kastanienbraunen Locken der Puppe immer noch mit grünen Satinschleifen zusammengebunden, und das grüne Satinkleid mit den Rüschen und Spitzen war immer noch in dem gleichen makellosen Zustand wie an jenem Weihnachtsmorgen vor vierundzwanzig Jahren, als sie die Puppe bekommen hatte.

An der Wand gegenüber von ihrem Bett hingen die Schleifen, die sie auf Rodeos gewonnen hatte, im Sattel von Lightning. Er war ein wundervolles Pferd gewesen, das beste, das sie je besessen hatte, und sie hatte viele Tränen vergossen, als er an einer Infektion gestorben war, die der Tierarzt nicht in den Griff bekommen hatte.

Doch das Leben ging weiter. Tragödien wurden Vergangenheit, und andere Dinge wurden wichtig. Auf dem Frisiertisch stand das Foto von ihr mit dem Pilotenschein in der Hand. Das war einer der stolzesten Augenblicke in ihrem Leben gewesen. Ein Flugzeug zu fliegen war noch aufregender, als ein Pferd zu reiten. Sich in die Lüfte zu erheben und sich den Himmel zu erobern ... wie Tommy.

Sam seufzte. Wie lange war es jetzt her? Etwas über sieben Wochen? Die Hochzeit war am vierten November gewesen. Seitdem hatte Tommy keinen Versuch unternommen, mit ihr in Kontakt zu treten. Von ihrer Mutter wusste sie nur, dass er einige Male Janice im Krankenhaus besucht und dabei auch kurz bei Greg hereingeschaut hatte.

Es war leichter für sie gewesen, solange ihre Mutter und Greg noch in Kununurra waren und sie die Erinnerung an jenen schrecklichen Abend sozusagen nicht vor Augen hatte. Ihr Vater und Pete ließen sie in Frieden. Aber als Greg nach Hause entlassen wurde, suchte er natürlich ihre Gesellschaft, weil er mit seinem Gipsbein ans Haus gebunden war und sich langweilte. Er und ihre Mutter kamen dann immer wieder auf die Hochzeit und auf Tommy zu sprechen, sosehr Sam auch versuchte, einem Gespräch über ihn auszuweichen.

Sie informierten Sam jedoch vielsagend darüber, dass die Findlays Janice mit nach Hause nach Cairns genommen hatten, was weit von Kununurra entfernt an der Ostküste lag. Mit anderen Worten, weit weg von Tommy, was Sam jedoch egal war. Tommy hatte in geradezu brutaler Weise deutlich gemacht, dass er Janice nicht in seinem Leben haben wollte, und es war gerade diese gefühllose Brutalität, die Sam nicht vergessen konnte. Und auch Greg schien nicht besonders traurig über den Verlust seiner „Fastgeliebten“ zu sein. Was bewies, wie viel beiläufiger Sex wert war. Nichts, was über den Augenblick hinaus Bestand hatte. Es sei denn, es führte zu einer ungewollten Schwangerschaft.

Es konnte Sam nicht wirklich trösten, dass diese Schwangerschaft durch den tragischen Unfall beendet worden war. Auf diese Weise war lediglich auch das Kapitel in Tommys Leben abgeschlossen worden. Ein bequemes Ende für ihn, dachte Sam bitter.

Und was den Rest von seinem ... von ihrem Leben betraf, so wollte der quälende Schmerz nicht aufhören. War es richtig von ihr gewesen, in jener Nacht einfach davonzugehen und all das hinter sich zu lassen? Aus reinem Überlebenstrieb heraus hatte sie sich von allem abgeschottet und rein mechanisch den Haushalt der Farm übernommen, solange ihre Mutter bei Greg in Kununurra geblieben war. Sie hatte geschuftet, um abends todmüde ins Bett zu fallen ... zu erschöpft zum Nachdenken.

Sie wollte auch jetzt nicht an Tommy denken. Nach Weihnachten war früh genug. Im neuen Jahr. Dann würde sie sich allmählich entscheiden müssen, ob sie weiter für ihn arbeiten wollte oder ... Sie scheute davor zurück, diesen Gedanken zu Ende zu führen. Es war besser, jetzt aufzustehen, sich zu duschen und sich anzuziehen. Sie würde ein Kleid anziehen, weil es Weihnachten war. Ihre Mutter wurde sich darüber freuen.

Eigentlich hätte es ein frohes Weihnachtsfest sein sollen, dachte Elizabeth King. Aber irgendwie war es doch nicht so glücklich, obwohl Nathan und Miranda am Morgen verkündet hatten, dass sie ein Baby erwarteten. Eine wundervolle Neuigkeit, Lachlans erstes Enkelkind. Tommy hatte einen wahren Freudentanz aufgeführt, weil er endlich Onkel wurde. Doch Elizabeth war das schmerzliche Aufleuchten in seinen dunklen Augen nicht entgangen, bevor er temperamentvoll loslegte, wie man es von ihm erwartete.

Tommy war ein sehr guter Schauspieler. Und er blieb es auch während des festlichen Mittagessens. Zusammen mit Jared brachte er die Familie bei Tisch unaufhörlich zum Lachen. Kein Zweifel, die beiden Brüder freuten sich aufrichtig für Nathan und Miranda. Elizabeth wünschte sich nur, Tommy und Jared wären selber so glücklich gewesen, doch dem war leider nicht so.

Jared hatte sie vor Weihnachten gefragt, ob er Christabel Valdez und ihre kleine Tochter zu Weihnachten nach „King's Eden" einladen könnte. Sie hatte bereitwillig zugestimmt und gehofft, er habe ihre persönlichen Bedenken hinsichtlich dieser Beziehung nicht gespürt. Tatsächlich war es ein ungewöhnlicher Schritt von Jared gewesen. Auf „King's Eden" waren zu Weihnachten eigentlich immer alle Freunde willkommen gewesen. Hatte Jared vielleicht auf diese Weise testen wollen, wie sie dazu stand, Christabel in die Familie aufzunehmen?

Das war bei Jared schwierig zu sagen. Er hatte seine ganz eigene, ruhige Art, die Dinge nach seinen Vorstellungen zu regeln. In der Geschäftswelt galt er als ein beeindruckender Spieler, aber da war er ja auch nicht gefühlsmäßig beteiligt. Unerfüllte Leidenschaft würde vielleicht auch ihn die Geduld und Beherrschung verlieren lassen.

Elizabeth wusste nicht, ob er Christabel dann tatsächlich auch eingeladen hatte. Möglicherweise hatte er es sich auch anders überlegt und war nicht bereit gewesen, sich schon derart zu verpflichten, oder ihm war klar geworden, dass Christabel die Einladung vermutlich sowieso ausgeschlagen hätte. Es war nicht Jareds Art, sich auf eine Verliererposition zu manövrieren. Trotzdem war er sicher enttäuscht, weil Christabel nicht da war.

Und was Tommy betraf, so fürchtete Elizabeth, dass die Auswirkungen der unseligen Affäre um Janice Findlay für ihn und Sam zu tiefgreifend gewesen waren, als dass die beiden noch einmal zusammenfinden würden. Am Montag nach der Hochzeit war Elizabeth selbst nach Kununurra geflogen. Da war Sam bereits mit Robert nach Hause abgereist, ein Schritt, der Elizabeth schon alles sagte, noch bevor sie ein ehrliches Gespräch unter Frauen mit Tess Connelly geführt hatte.

Sie beide hatten die Hoffnung geäußert, dass die Zeit letztendlich auch diese Wunden heilen würde. Aber die Zeit konnte auch den Dämon Stolz nähren, wie Elizabeth inzwischen dachte. Sowohl Tommy also auch Sam hatten sich schon zuvor durch ihren Stolz den Weg zueinander verbaut. Würden sie es noch einmal wagen, ihr Herz aufs Spiel zu setzen, wenn sie den Ausgang jener schicksalsvollen Nacht als gegenseitigen Verrat betrachteten?

Wenn die Gespenster der Vergangenheit fernbleiben, hatte Tommy gesagt, als er auf der Hochzeit mit ihr, Elizabeth, getanzt hatte. Und Janice hatte zweifellos einige dieser Gespenster wieder zum Leben erweckt. Nur leider konnten Wahrheit und Gerechtigkeit den Schaden nicht wiedergutmachen, der den Opfern eines Verbrechens zugefügt worden war. Nichts konnte das Zerstörte zurückbringen. Aber ließ sich wahre Liebe überhaupt restlos zerstören?

Tommy war plötzlich am Tisch ungewöhnlich schweigsam geworden, und Elizabeth sah, dass er Nathan und Miranda beobachtete. Jared hatte sie gedrängt zu verraten, welche Namen sie sich für ihren Sohn oder ihre Tochter überlegt hätten, und ihre Gesichter strahlten in Liebe und Vorfreude, ihrem gemeinsamen Kind einen Namen geben zu können.

Urplötzlich presste Tommy die Lippen zusammen, schob seinen Stuhl zurück und stand auf. „Noch einen letzten Toast auf Weihnachten", sagte er und hob sein Glas. „Wenn dies ein Tag des Friedens und des guten Willens ist, dann soll es so geschehen. Dann soll es so geschehen", wiederholte er entschlossen und trank, ehe die anderen eingestimmt hatten.

Verwundert über seinen unerwarteten Stimmungswandel, blickten sie ihn an. Er stellte sein Glas auf den Tisch, ließ den Blick durch die Runde schweifen und verkündete: „Und jetzt entschuldigt mich bitte. Ich muss noch woandershin. Und wer weiß?" Mit einem unbekümmerten Lächeln wandte er sich zum Gehen. „Vielleicht bringe ich das Geschenk des Lebens mit!"

„Klingt, als würde ein Flugzeug landen", bemerkte Pete.

Sofort verstummte das Tischgespräch, und alle lauschten. Es war ein Flugzeug.

Sams Herz klopfte wie wild. Hoffnung keimte in ihr auf, weil sie dieses Geräusch automatisch mit Tommy in Verbindung brachte. Dann meldete sich ihre Vernunft zurück. Warum sollte Tommy am Weihnachtstag „King's Eden" verlassen? Das ergab keinen Sinn. Nur keine Aufregung! Vermutlich hatte sich bloß jemand verflogen und brauchte Hilfe.

„Ich sehe nach, wer es ist", sagte sie und stand auf. Ein bisschen Bewegung würde ihr helfen, ihre Nervosität zu bezwingen. Die alte Wanduhr zeigte zwölf Minuten nach drei an. Tommy saß vermutlich noch mit seiner Familie beim Festessen, genau wie sie. Sobald sie den wahren Piloten dieses Flugzeugs festgestellt hatte, konnte sie Tommy wieder in die hintersten Schubladen ihres Bewusstseins verdrängen und für den Rest des Tages nicht mehr herauslassen.

„Vielleicht sollten wir alle gehen", sagte ihr Vater, schob seinen Stuhl zurück und tätschelte seinen Bauch. „Etwas Bewegung nach dem guten Essen kann nicht schaden."

„Du hast beim Pudding aber auch wie ein Scheunendrescher zugelangt, Dad", meinte Pete und erhob sich ebenfalls.

„Weihnachten ist schließlich nur einmal im Jahr", antwortete Robert Connelly ungerührt. „Deshalb muss ich das Beste daraus machen."

Lachend stand auch der Rest der Familie auf und folgte Sam auf die Veranda, von wo aus man die Landebahn sehen konnte. Sam war zu nervös gewesen, um mitzulachen. Der Wunsch zu erfahren, wer da auf der Connelly-Farm landete, hatte sie nach draußen getrieben.

Gerade als sie auf die Veranda hinaustrat, setzte das kleine Flugzeug auf der Landebahn auf. Ohne sich dessen bewusst zu sein, umklammerte Sam das Geländer und spähte angestrengt zum Flugplatz.

Das große „K" am Heck war unverkennbar. Und darunter stand deutlich „KingAir" zu lesen. Konnte es ein Charterflug sein? Oder war es wirklich Tommy? Und was sollte sie tun, wenn es Tommy war?

Sam schwankte zwischen unbändiger Sehnsucht und heftiger Ablehnung. Sie fühlte sich hin- und hergerissen. Und dann kam ihre Familie hinter ihr auf die Veranda, gut gelaunt und bereit, jeglichen Besucher herzlich willkommen zu heißen, wie es hier im Outback Tradition war.

„Hast du irgendein Logo auf der Maschine erkannt?", fragte Pete gespannt, während das Flugzeug gerade am Ende der Rollbahn drehte.

Es wäre sinnlos gewesen, es zu verschweigen. Sam schluckte und sagte so gelassen wie möglich: „‚KingAir'."

„Tommy", erklärte ihr Vater befriedigt.

Sams Nerven waren zum Zerreißen gespannt. Sie hatte ihren Vater nie gefragt, was er zu Tommy gesagt hatte, kurz bevor sie mit dem Minibus vom Krankenhaus weggefahren waren. Damals war sie einfach nur dankbar gewesen, dass ihr Vater ihr jede weitere Auseinandersetzung mit Tommy erspart hatte.

„Warum glaubst du das, Dad?", fragte sie jetzt angespannt.

Das Flugzeug rollte langsam zurück, um in der Nähe des Farmhauses stehen zu bleiben. Aber immer noch konnte man nicht sicher sein, wer als Pilot am Steuerknüppel saß.

„Ach, es scheint mir einfach ein passender Tag dafür."

Sam blickte sich um und sah ihren Vater misstrauisch an. „Ein passender Tag für was?"

Er zuckte die breiten Schultern. „Für Frieden und guten Willen", lautete die lakonische Antwort.

„Tommy hat mich öfter im Krankenhaus besucht", warf Greg ein. „Ich werde ihm entgegengehen." Er war schon auf den Stufen der Veranda …

„Nein! Warte!"

Sams protestierender Ausruf veranlasste Greg, stehen zu bleiben und sich verwundert zu ihr umzublicken.

„Warum?", fragte er, als sie nichts hinzufügte.

Sam schluckte. Sie wusste nicht, was sie tun oder sagen sollte. Sie war einfach nicht darauf vorbereitet!

„Ich glaube, Sam hat etwas Persönliches mit Tommy zu klären, Greg“, erklärte ihr Vater für sie. „Vielleicht ist es das Beste, wenn sie ihm entgegengeht ... um einige Dinge zwischen ihnen in Ordnung zu bringen.“

„Oh!“ Greg begriff und trat zur Seite, um Sam vorbeizulassen. „Ich gebe dir den Vortritt, große Schwester.“

Was bedeutete, dass sie nun losgehen musste. Sam zwang sich dazu. Ihr Vater hatte recht. Wenn Tommy in dem Flugzeug war, dann war es sicher besser, sich ihm da draußen zu stellen, außerhalb der Hörweite ihrer Familie. Allerdings würden sie natürlich auf der Veranda stehen und aus der Ferne alles neugierig mitverfolgen.

Der Motor des Flugzeugs erstarb. Vielleicht ist es gar nicht Tommy, dachte Sam, während sie entschlossen weiterging, den Kopf trotzig erhoben. Die Hitze des Nachmittags ließ die Luft flimmern. Sam hätte gern die Augen mit einer Hand gegen die gleißende Sonne abgeschirmt, aber es kam ihr wie eine Schwäche vor, deshalb ließ sie es bleiben. Ihr Stolz erstickte die aufkeimende Panik. Wenn es wirklich Tommy war, würde sie erst einmal ihn reden lassen. Die passende Antwort würde ihr dann schon einfallen.

Die Cockpit-Tür ging auf, und Tommy stieg heraus und betrat Connelly-Land.

Sam blieb wie angewurzelt stehen. Er war wirklich gekommen. Er hatte die familiäre Weihnachtsfeier auf „King's Eden“ verlassen, um hierher zu fliegen ... zu ihr.

Tommy war ebenfalls dort stehen geblieben, wo er ausgestiegen war, und sah sie an. Da der Abstand zwischen ihnen einige Meter betrug, konnte sie den Ausdruck in seinen Augen nicht erkennen, aber sie glaubte die beschwörende Kraft seines Blickes zu spüren. Sie zwang sich, seinem Blick standzuhalten, und wünschte sich gleichzeitig, dieser Mann hätte nicht so eine Macht über sie. Würde sich daran denn nie etwas ändern? Würde Tommy immer dieses Gefühl in ihr wecken, als würde ihre Kraft und Lebensfreude von ihm abhängen? Ja, sie konnte ohne ihn zurechtkommen, aber sie wollte es nicht! Er machte ihr Leben strahlend und aufregend … oder düster und elend, rief sie sich energisch ins Gedächtnis.

Da stand er, das hübsche Gesicht von wilden schwarzen Locken umrahmt, die seinen unbezähmbaren Geist zu verkörpern schienen. Sein athletischer Körper strahlte Männlichkeit und Sex-Appeal aus. Und sie war dafür genauso empfänglich wie jede andere Frau, die bislang bei ihm schwach geworden war. Aber mit seiner erotischen Ausstrahlung würde er sie nicht auf seine Seite ziehen. Nicht heute. Niemals wieder.

Sie wollte von Tommy mehr als nur das. Viel mehr. Wenn er sich einbildete, sie würde die Kluft zwischen ihnen überbrücken und ihm zu Füßen fallen, dann hatte er sich geirrt. Ihr pochendes Herz verlangte, dass er ihr bewies, wie viel sie ihm wert war. In jeder Hinsicht.

Tommy spürte dort, wo er stand, wie stark er sich zu Sam hingezogen fühlte. Sein leidenschaftliches Verlangen nach ihr, das am Tag von Nathans Hochzeit nur so kurz Erfüllung gefunden hatte, erwachte mit Macht. Er brauchte diese Frau. Sie war die Antwort auf alles, was er sich je ersehnt und bei keiner anderen Frau gefunden hatte. Und auch nie finden würde, wobei er sich durch seine Vergangenheit fast jegliche Hoffnung auf eine gemeinsame Zukunft mit ihr verbaut hätte. Und noch war es nicht entschieden, denn möglicherweise war sie inzwischen gänzlich gegen ihn eingenommen.

Seltsam … er hatte sie nie schön gefunden, all die Jahre, die er sich eingeredet hatte, dass andere Frauen viel attraktiver und erotischer und natürlich ihn als Mann viel besser zu schätzen wüssten als Samantha Connelly. Aber sie war schön. In seinen Augen jetzt schöner als alle anderen Frauen.

Sie strahlte förmlich. Ihre roten Locken schimmerten in der Sonne. Tommy liebte das klare Himmelblau ihrer Augen, und die niedlichen Sommersprossen, die sie so hasste, weckten den Beschützerinstinkt in ihm. Ja, dieses Gesicht konnte ihn mehr gefangen nehmen als jede so genannte „klassische" Schönheit.

Das blaue Kleid mit Petticoat, das sie trug, rief in ihm die Erinnerung an die weiblichen Reize ihres Körpers wach. Erneut wurde er von heftigem Verlangen ergriffen, aber er wusste, dass er es beherrschen musste. Er war nicht gekommen, weil er Samantha Connelly in sein Bett locken wollte. Denn er wusste, dass er dafür zuerst ihr Herz gewinnen musste. Gewinnen und festhalten.

Als sie ihm zunächst entgegenkam, hatte er schon gehofft, sie sei ihm wohlgesinnt und würde ihn mit offenen Armen willkommen heißen. Doch dann blieb sie so abrupt stehen, und er verwarf diesen Gedanken als Illusion. Wie in steingemeißelter Stolz, dachte er und fühlte, wie sich sein eigener Stolz regte.

Wenn sie ihm jetzt nicht glaubte … wenn sie ihm jetzt nicht vertraute …

Er war schon zu weit gegangen und musste dieses Risiko jetzt eingehen. Tommy atmete tief ein und ging langsam, aber zielstrebig auf Sam zu. Zwar kam sie ihm nicht entgegen, aber immerhin drehte sie sich auch nicht um und lief davon. Sie blieb reglos stehen und ballte die Hände zu Fäusten, als er näher kam. Ihr Blick war herausfordernd, das Kinn angriffslustig erhoben, und Tommy wusste, dass sie zurückschlagen würde, sollte er die von ihr gesetzten Grenzen übertreten.

Doch er besaß nur eine Waffe, um zu ihr durchzudringen. Mit bloßem Reden würde er es nicht schaffen, und jegliche Berührung würde sie sicher als eine nicht zu tolerierende Grenzüberschreitung betrachten. Er musste spielen und alles auf die eine Möglichkeit setzen, ihr Vertrauen in sein Wort zurückzugewinnen.

Es widerstrebte ihm zutiefst, dass sein Wort nicht genügen sollte. Er hatte Sam nie angelogen, nicht ein einziges Mal. Aber unselige Umstände hatten genau jene Gespenster der Vergangenheit beschworen, die sie in jener Nacht schon endgültig vertrieben zu haben glaubten. Zweifellos waren sie Sam seitdem nicht mehr aus dem Sinn gegangen.

Tommy blieb in gehörigem Abstand von ihr stehen, um sicherzugehen, dass sie sich nicht bedroht fühlen konnte. Ohne ein Wort zog er den Umschlag aus der Tasche und hielt ihn ihr aus respektvoller Entfernung hin. Sam blinzelte und blickte zögernd auf den schon etwas verknitterten Brief.

„Was ist das?“, fragte sie heiser.

„Sei einfach so nett, ihn anzunehmen und zu lesen, Samantha. Es erklärt sich dann von selbst.“

Widerstrebend nahm Sam den Umschlag aus seiner Hand entgegen. Tommy beobachtete sie angespannt. Jetzt lag es allein an ihr … ob es eine gemeinsame Zukunft für sie beide geben würde oder nicht. Er konnte nur noch abwarten.

War das das Ende? Sam blickte unschlüssig auf den Umschlag. Enthielt er vielleicht ihre Abfindung und ihre Entlassung als

Pilotin in Tommys Diensten? Andererseits fehlte jeglicher Hinweis auf eine Adresse oder einen Absender, was sie bei einem Brief von offizieller Natur erwartet hätte. Und warum brachte Tommy ihn ihr ausgerechnet jetzt zu Weihnachten … und persönlich?

Die Antwort steckte in diesem Umschlag. Nervös öffnete Sam ihn und zog mehrere Bögen von Hand beschriebenes Papier heraus. Als sie sie auseinanderfaltete, stellte sie zu ihrer weiteren Verblüffung fest, dass es sich um einen persönlichen Brief handelte, der schon vor Wochen datiert war, wobei als Absender unter dem Datum „Kununurra Hospital" stand. Verwundert begann sie zu lesen:

> *Liebe Samantha,*
> *zuerst möchte ich Ihnen sagen, wie leid es mir tut, dass ich Ihnen so viel Kummer und Schmerz bereitet habe. Meine Eltern haben mir erzählt, dass Sie sie in der Nacht des Unfalls zum Krankenhaus geflogen haben. Ich weiß das sehr zu schätzen, vor allem, nachdem ich zuvor so hässlich zu Ihnen war.*

Janice … es war ein Brief von Janice Findlay! Überrascht las Sam weiter:

> *Ich schreibe Ihnen, weil ich es endlich loswerden möchte und weil ich es Ihnen auch schuldig bin. Sie haben mir nie etwas Böses getan, und wie soll ich einen neuen Anfang machen, wenn ich nicht mein Gewissen erleichtere? Also, los geht's, und ich hoffe, Sie lesen immer noch.*

Ich habe natürlich gelogen, als ich behauptet habe, Tommy sei der Vater meines Kindes. Ich denke, die Schwangerschaft hat mir erst richtig bewusst gemacht, wie kaputt mein Leben war. Nein, das stimmt nicht, ich habe mich dem damals gar nicht gestellt. Ich habe mich einfach an Tommy geklammert, den einzigen anständigen Mann, mit dem ich je zusammen war, und gehofft, er würde mir schon dadurch helfen.

Als er mit mir Schluss machte, hat er versucht, mich dazu zu überreden, mir professionelle Hilfe zu suchen. Aber ich hasste ihn für diesen Rat und zog von Party zu Party, um ihn zu vergessen. Eines Abends habe ich dann dabei einen Touristen aufgerissen und bin mit ihm im Bett gelandet. Ich konnte mich danach nicht einmal mehr an seinen Namen erinnern, so schlimm war es schon mit mir. Dann stellte ich fest, dass ich schwanger war, und geriet in Panik. Ich wollte meinen Eltern nicht gestehen, dass ich nicht einmal den Namen des Vaters kannte.

Natürlich wusste ich, dass es nicht richtig war, Tommy das Baby anzuhängen, aber zu der Zeit, als Nathans Hochzeit stattfand, sah ich einfach keine andere Lösung. Ich redete mir ein, dass es immerhin sein Kind hätte sein können, also sei es nur fair. Obwohl er tatsächlich nie ohne Kondom mit mir geschlafen hatte, würde er nichts dagegen vorbringen können, dass kein Empfängnisschutz hundertprozentig sicher sei. Ich hatte einfach nur nicht mit Ihnen gerechnet und damit, wie sehr Tommy Sie begehrte.

Das haute mich völlig um. Es war für mich Grund

genug, mich erneut sinnlos zu betrinken und mich einem jungen Mann an den Hals zu werfen, der sich für mich zu interessieren schien. Ich habe mir nicht bewusst Ihren Bruder herausgesucht, sondern erst erfahren, wer er ist, als wir schon eine ganze Weile miteinander geplaudert hatten. Ich fand Greg wirklich nett, aber das Leben draußen im Outback ist nichts für mich.

Auf jeden Fall brannte ich vor Wut, als ich sah, wie Tommy während des Empfangs Ihnen seine ganze Aufmerksamkeit schenkte. Ich versuchte ihm aufzulauern, als Sie das Festzelt verlassen hatten, aber er schob mich an Jared ab und lief Ihnen nach, was mich nur noch wütender machte.

Dann sah ich Sie beide zurückkommen, Arm in Arm, und Ihr Haar war aufgelöst. Mir war klar, dass Sie miteinander geschlafen hatten, was die Chancen für mein Vorhaben zunichte machte. Da bin ich einfach ausgeflippt. Ich hatte so viel darüber nachgedacht, dass ich schon selbst überzeugt war, Tommy wäre der Vater meines Kindes und hätte mich schmählich sitzen gelassen, und ich habe meinen Zorn auch an Ihnen ausgelassen, weil ich das Gefühl hatte, Sie hätten mir Tommy weggenommen.

Inzwischen ist mir klar, wie furchtbar falsch das war. Ich hatte längst keine Ansprüche mehr auf Tommy, und Sie waren an alledem sowieso unschuldig. Ich schäme mich meines Verhaltens in jener Nacht, wodurch ich nicht nur viele Menschen gekränkt und verletzt, sondern sogar das Baby getötet habe, weil ich so betrunken und verantwortungslos war.

Nun, das hat mich jedenfalls gründlich aufgeschreckt. Ich hoffe, dieser Brief trägt etwas dazu bei, die Dinge zwischen Ihnen und Tommy wieder geradezurücken. Tommy hat mich übrigens nicht gebeten, diesen Brief zu schreiben, aber ich habe ihm von meinem Vorhaben erzählt, weil er wissen sollte, dass ich wirklich bemüht bin, den von mir angerichteten Schaden wiedergutzumachen.

Seit dem Unfall war er so nett zu mir und hat mir geholfen, meinen Eltern alles zu erklären, damit sie mich endlich so sehen, wie ich bin … auf dem besten Weg, eine Alkoholikerin zu werden und auf jeden Fall ein Mensch, der dringend eine Therapie benötigt und die häusliche Unterstützung, um sie durchzustehen. Ich habe Tommys Freundlichkeit nicht verdient und bin ihm wirklich dankbar, dass er hier war und mir die Hand gehalten hat, als ich es dringend brauchte.

Morgen fliege ich mit meinen Eltern nach Hause. Fort aus Tommys Leben. Fort aus Ihrem Leben, Samantha. Ich hoffe, ich habe mit meinem Netz aus Lügen nicht etwas endgültig zerstört, was ich nicht hätte zerstören dürfen. Ich möchte mir gern vorstellen, dass Sie und Tommy wieder glücklich miteinander sind – so glücklich, wie Sie an jenem Abend aussahen, bevor ich mich eingemischt und alles kaputt gemacht habe.

Es tut mir aufrichtig leid. Bitte schenken Sie Tommy ein Lächeln. Er hat es verdient.
Janice Findlay

Sam brachte kein Lächeln zustande. Stattdessen füllten sich ihre Augen mit Tränen, und sie schluckte mühsam. Tommy hatte sie gebeten, ihm zu vertrauen, und sie hatte es nicht getan. Sie hatte den Anschuldigungen, die gegen ihn vorgebracht wurden, geglaubt und ihm schreckliches Unrecht getan. Wie hatte sie sich so irren können, wo sie ihn doch fast ihr ganzes Leben kannte und hätte wissen müssen, was für ein anständiger, großherziger Mensch er im Grunde war?

Hatte es Sinn, ihn um Verzeihung zu bitten? Würde er ihr noch eine Chance geben? Sie dachte an die Worte ihres Vaters: Weihnachten … Fest des Friedens und des guten Willens … und ein Fünkchen Hoffnung keimte auf. Warum sollte Tommy ausgerechnet heute zu ihr gekommen sein, wenn nicht in friedfertiger Absicht?

Langsam faltete sie den Brief zusammen. Bitte, lass Tommy hergekommen sein, weil er mich trotz allem immer noch will!, flehte sie inständig. Dabei war sie sich gar nicht bewusst, dass ihr die Tränen über die Wangen rannen.

„Nicht! Weine nicht." Ehe Sam wusste, wie ihr geschah, war Tommy vorgetreten, zog sie in seine Arme und drückte sie so fest an sich, dass sich all ihre Ängste in nichts auflösten. „Sag, dass du mich immer noch willst", flüsterte er ihr ins Ohr.

Diese Worte nahmen ihr eine solche Last vom Herzen, dass sie, ohne zu zögern, antwortete: „Ja, ich will dich, Tommy."

Und sie besiegelten ihre Versöhnung mit einem innigen Kuss. Keiner von ihnen dachte mehr an die Gespenster der Vergangenheit. Nie wieder würden sie sich davon trennen lassen, das wussten sie.

12. KAPITEL

„Wirst du mit mir kommen?“

Glücklich, wie sie war, zögerte Sam nicht einen Moment mit der Antwort, egal, wohin Tommy sie auch mitnehmen wollte. „Ja.“

Sie spürte, wie er erleichtert aufatmete. Ehe sie sich versah, hob er sie dann hoch und trug sie zum Flugzeug. „Ich bringe dich an einen ganz besonderen Ort.“

Glücklich lachend legte sie ihm die Arme um den Nacken. Über Tommys Schulter hinweg sah sie ihre Familie, die immer noch auf der Veranda stand und die ganze Szene sicher sehr aufmerksam beobachtet hatte. Sam wusste, dass ihre Brüder und ihre Eltern sich für sie freuen würden. „Du hast meine Familie noch gar nicht begrüßt, und ich habe mich gar nicht von ihnen verabschiedet“, erinnerte sie Tommy.

„Wir winken ihnen“, antwortete er ungerührt.

Sam richtete sich etwas auf und winkte ihren Eltern und ihren Brüdern zu, und die winkten sichtlich übermütig zurück. Wie sie es erwartet hatte, freute sich ihre ganze Familie, dass sie und Tommy sich offensichtlich versöhnt hatten, und nahm es ihr anscheinend überhaupt nicht übel, dass sie jetzt ausgerechnet am Weihnachtstag mit ihm verschwand.

Tommy hob sie ins Cockpit, und Sam rutschte lächelnd auf den Fluggastsitz. Es war für sie ein ganz neues Gefühl, einmal nicht selber am Steuerknüppel zu sitzen. Heute flog sie nicht für Tommy King, sondern mit ihm hinauf in die unendliche Weite des blauen Himmels – wo immer er sie hinbringen wollte.

Er winkte den Connellys auf der Veranda zu, bevor er sich

ebenfalls ins Cockpit setzte und den Start vorbereitete. Ehe er den Motor anließ, warf er Sam noch einen prüfenden Blick zu. „Irgendwelche Fragen?“

„Nein“, antwortete sie sofort. „Überhaupt keine.“ Sie wollte ihm beweisen, dass sie nie wieder das Vertrauen in ihn und in seine Liebe zu ihr verlieren würde.

Er lächelte sie strahlend an. „Und dabei bleibt es jetzt, Samantha Connelly. Ich werde dir keinen Rückschritt mehr erlauben.“

Was sie schmerzlich an das Versprechen erinnerte, das sie ihm gegeben und dann im Krankenhaus nicht gehalten hatte. „Und du? Hast du irgendwelche Fragen an mich?“, fragte sie ernst. Wie tief mochten die Narben sein, die ihr Mangel an Vertrauen bei Tommy hinterlassen hatte?

Sein Lächeln wurde ein wenig wehmütig. „Wie hättest du mir glauben sollen, wo ich dir allen Grund gegeben hatte, an meinen Worten zu zweifeln? Ich bin ein Glückspilz, dass du ein so treues Herz besitzt, und ich hoffe, ich werde es nie wieder auf die Probe stellen.“

„Aber, es tut mir leid …“

„Nein.“ Er legte ihr entschlossen einen Finger auf den Mund. „Wir lassen die Vergangenheit jetzt endgültig ruhen. Vor uns liegt noch unser ganzes Leben, Samantha. Lass es uns hier und jetzt beginnen, okay?“

Sie nickte dankbar und glücklich.

Tommy lehnte sich entspannt zurück und schenkte ihr ein strahlendes Lächeln. „Keine Wolke am Himmel. Komm, flieg mit mir.“

„Ja“, stimmte sie von ganzem Herzen zu.

Sie flogen nach Kununurra, wo Tommy das Flugzeug gegen einen Hubschrauber eintauschte und rasch einen Picknickkorb aus seinem Büro abholte. Sams Neugier wuchs, aber Tommy wollte sie ganz offensichtlich überraschen und ließ sich nicht dazu verleiten, ihr etwas zu verraten.

Es war ein kurzer Flug. Tommy setzte den Hubschrauber auf der Kuppe eines Hügels mit Blick auf den Lake Argyle ab – der größte von Menschenhand geschaffene See in Australien, der immer fantastisch aussah: ungefähr zweitausend Quadratkilometer groß und geradezu ideal zum Schwimmen, Bootfahren und Angeln. Unzählige Buchten und kleine Inseln brachten Abwechslung in die gewaltige Wasserfläche, die ihrerseits zweifellos einen mäßigenden Effekt auf die Hitze im Outback hatte. Sam wusste das immer zu schätzen, wenn sie mit Touristen hierher flog.

Allerdings nicht genau hierher. Auf diesem Hügel war sie noch nie gelandet. Es war kein Touristenort, und die Tatsache, dass sie diese schöne Aussicht ganz für sich allein hatten, machte diesen Ort nur noch attraktiver. Sam strahlte Tommy an, als sie sich auf die Decke setzte, die er im Schatten einiger Eukalyptusbäume ausgebreitet hatte. „Hast du die ganze Umgebung des Sees abgeflogen, um diesen Hügel zu finden?“

„So ungefähr“, räumte er ein.

„Es ist wunderschön hier, Tommy.“

„Freut mich, dass es dir gefällt, denn ich habe diesen Ort auch für etwas ganz Besonderes ausgesucht.“

„Und wofür?“

Tommy setzte sich zu ihr, legte ihr einen Arm um die Taille und lächelte sie an. „Dieses Land gehört mir, Samantha. Sofort, als ich es entdeckt hatte, habe ich mich darangemacht, es zu erwerben. Für mich, denn es war perfekt für das, was ich mir vorgestellt habe.“

Sam sah ihn fragend an. „Etwa Ferienwohnungen für Touristen?“

Er schüttelte den Kopf und blickte ihr tief in die Augen. „Um ein Haus darauf zu bauen. Ein Zuhause für mich und meine Frau und meine Familie.“

Sam schluckte gerührt.

Tommy streichelte ihr sacht die Wange. „Würdest du dieses Haus mit mir teilen, Samantha?“

„Ja, flüsterte sie.

„Mich heiraten und Kinder mit mir haben?“

„Ja.“

Er seufzte zufrieden. „Ich werde dich mein ganzes Leben lang lieben.“

Sam zweifelte nicht eine Sekunde an seinem Versprechen. Zärtlich legte sie Tommy die Arme um den Nacken und zog ihn zu sich heran. „Und ich werde dich immer lieben, Tommy. Immer und ewig.“

Und diese Worte, so ausgesprochen und empfunden, ließen sie beide schon den Zauber dieser gemeinsamen Zukunft ahnen. Sie küssten sich leidenschaftlich und innig und genossen es, sich endlich frei und entfesselt ihrer Liebe hingeben zu können. Noch lange lagen sie eng umschlungen dort oben auf ihrem Hügel, wo sie ihr gemeinsames Haus bauen würden, und liebten sich in der wundervollen Zuversicht und Gewissheit, dass sie von nun an nichts mehr trennen würde.

– ENDE –

Emma Darcy

Jared King – der Unternehmer

Roman

Aus dem Amerikanischen von
Irmgard Sander

MIRA®

1. KAPITEL

Ein Mann im Anzug!

Niemand in Broome trug einen Anzug, schon gar nicht an einem Sonntagnachmittag.

Von kalter Angst gepackt, richtete Christabel sich in dem hüfttiefen Wasser auf, wo sie geschwommen war. Sie brauchte einen besseren Blick auf den Mann, der soeben den Park oberhalb des Strandes durchquerte … in einem Anzug!

War er einer von ihnen? Hatten sie sie aufgespürt?

Bevor sie ihn genauer sehen konnte, war er hinter dem Block mit den öffentlichen Einrichtungen verschwunden. Christabel wartete angespannt. Ihr Herz pochte wie wild angesichts der Möglichkeit, dass man sie trotz all ihrer Vorsichtsmaßnahmen gefunden haben könnte.

Seit sechs Monaten war sie jetzt hier … vielleicht schon zu lang. Jedenfalls lang genug, dass sie angefangen hatte, sich sicher zu fühlen … was immer ein Fehler war. Wie dumm von ihr, sich vor ihnen sicher zu fühlen, wo für diese Leute so viel auf dem Spiel stand! Obwohl sie eine echte Chance darin gesehen hatte – so weit weg von allem, was für diese Leute wichtig war, gestrandet in einem Außenposten der Zivilisation an der Küste des gewaltigen australischen Outbacks.

Broome – eine bunt zusammengewürfelte, multikulturelle Gemeinde, die um die Perlenindustrie gewachsen war, als die Menschen hier noch nach Perlen tauchten und an der Taucherkrankheit starben – lag am anderen Ende der Welt, weit weg von den Finanzhaien in Europa. Seine Geschichte und tropische Lage, weit oben an der Westküste der Kimberleys, zog Touristen an, aber niemand trug hier einen Anzug, weder die

Einheimischen noch die Besucher. Allein schon die Hitze hier erforderte eine möglichst leichte Bekleidung.

Da war er wieder. Christabel erhaschte einen Blick auf den Mann, als er das offene Gelände zwischen den Einrichtungen und dem Café überquerte. Er hatte das Gesicht zum Parkplatz gewandt, sodass Christabel ihn nicht erkennen konnte, aber sein Anzug verriet ihr genug.

Dies war jemand, der auf das tropische Klima hier nicht vorbereitet war. Jemand, der es zu eilig gehabt hatte, um sich umzuziehen. Jemand, der zielstrebig auf den Wohnwagenpark zuhielt, der an den Strand grenzte.

Und Alicia war gerade zum Wohnwagen zurückgegangen, um einige Dosen mit kühlen Getränken zu holen!

Von Panik getrieben, watete Christabel an Land, rannte über den feuchten Sand, bis sie die felsigen Ausläufer erreichte, die zu dem Campingplatz hinaufführten.

Er war einer von ihnen, war gekommen, um Alicia zu holen und sie in jenes andere Leben zurückzubringen ... Nein!

Wild entschlossen sprang Christabel von Fels zu Fels, entschlossen, um ihre Tochter zu kämpfen, entschlossen, sie vor diesem Albtraum von einem Leben zu bewahren, das diese Männer für sie vorsehen würden. Sie würde nicht zulassen, dass man Alicia nach Europa zurückbringen würde. Niemals! Ihre Tochter war hier sicher. Wenn man sie beide doch nur in Ruhe lassen und ihnen einfach erlauben würde, ein ganz normales Leben zu führen!

Christabel hatte den grasbewachsenen Rand des Wohnwagenparks erreicht und rannte mit klopfendem Herzen weiter. Ihr langes, feuchtes Haar peitschte ihr ins Gesicht. Leute aus benachbarten Wohnwagen riefen sie überrascht an, um den

Grund für ihre auffällige Hast zu erfahren. Doch Christabel blieb nicht stehen, um zu antworten. Zuerst musste sie zu Alicia gelangen, bevor der Mann im Anzug sie finden würde. Wusste er, wo er suchen musste, in welchem Wohnwagen sie lebten? Sie konnte ihn nicht entdecken, aber er musste hier irgendwo sein.

Jetzt hatte sie es fast geschafft. Ein letzter Spurt, Christabel sprang über Zeltleinen und Heringe, bog um die Ecke ihres Wohnwagens … und blieb wie angewurzelt stehen.

Er war da, der Mann im Anzug, und sprach mit ihrer Tochter. Aber er war nicht einer von ihnen.

Es war Jared, ihr Arbeitgeber in Broome. Jared King, der aber auch gar nichts mit denen zu tun hatte! Und wenn Christabel ehrlich war, war er der Hauptgrund, warum sie hiergeblieben war, länger, als es vielleicht klug gewesen war.

„Stimmt etwas nicht?“, fragte er, als er ihre Erregung bemerkte.

Christabel lehnte sich erleichtert an den Wohnwagen, presste eine Hand auf ihr wild pochendes Herz und fuhr sich mit der anderen durch das zerzauste schwarze Haar, das ihr in feucht schimmernden Kaskaden bis zur Taille reichte. Es war ihr peinlich, dass Jared sie so sah – ungeschminkt und ungekämmt, nur mit einem Badeanzug bekleidet und innerlich zu aufgewühlt, um ihre Gefühle zu verbergen.

„Warum bist du so gerannt, Mummy?“

Christabel atmete tief ein und rang sich für ihre fünfjährige Tochter ein Lächeln ab, das hoffentlich beruhigend wirkte. „Ich dachte, du hättest dich verlaufen.“

Alicia winkte empört ab. „Ich bin doch kein Baby!“

Das war ihre Tochter, ein reizendes, aufgewecktes Mädchen, das zarte Gesicht von braunen Locken umrahmt. In den großen goldbraunen Augen war keine Spur von Furcht, und Christabel war wieder einmal überrascht und dankbar, welch ein Selbstbewusstsein Alicia entwickelt hatte, seit sie hier in dem Wohnwagenpark in Broome lebten.

„Du warst schon so lange fort, und ich war halb verdurstet", sagte Christabel nun besänftigend. Ihr war nicht entgangen, dass Jared sie forschend beobachtete, und sie wünschte sich, sie hätte ihre Angst nicht so offen gezeigt. Er war beunruhigend scharfsinnig, und sie konnte es sich einfach nicht leisten, zu viel von sich zu verraten. Sobald bekannt werden würde, wer sie, wer ihre Tochter war, würde sich alles für sie verändern.

„Ich habe alles, siehst du?" Alicia hielt ein Netz mit einigen gekühlten Getränkedosen hoch. „Und ich war schon auf dem Weg zurück ..."

„Ich muss mich wohl dafür entschuldigen, dass ich sie aufgehalten habe", mischte sich Jared nun ein und hielt eine geöffnete Getränkedose hoch. „Alicia war so freundlich, mir auch etwas zu trinken zu holen."

„Warum tragen Sie einen Anzug?" Die vorwurfsvolle Frage war heraus, ehe Christabel sich besann.

Das trug ihr einen erneuten kritischen Blick von Jared ein, noch nachdenklicher als der zuvor. Tatsächlich hatte Jared sich das Jackett inzwischen lose über eine Schulter gehängt, die Krawatte gelockert und die Hemdsärmel aufgekrempelt. Eine starke männliche Ausstrahlung ging von ihm aus, die allen drei King-Brüdern eigen schien und die Christabel wiederum ihre eigene Weiblichkeit umso bewusster machte.

„Ich meine, bei der Hitze“, fügte sie rasch hinzu, „ist es doch verrückt, so herumzulaufen. Kein Wunder, dass Sie durstig sind.“

Er lächelte ein wenig spöttisch. „Ich muss zugeben, dass ich auch lieber Badekleidung tragen würde.“ Während er das sagte, ließ er den Blick bewundernd über sie gleiten.

Es war kein anzüglicher Blick. Jared King war nicht der Typ dazu. Aber Christabel spürte, dass er es genoss, sie so zu sehen … bekleidet mit nur einem glänzenden gelben Badeanzug, der noch feucht war vom Schwimmen und sich eng an die reizvollen Rundungen ihrer schlanken Figur schmiegte. Und Jareds offensichtliche Freude daran rief in ihr, wie so oft, ein beunruhigendes Gefühlschaos hervor. Ein Schauer der Erregung jagte ihr über den Rücken, ihre Brustspitzen wurden hart. Wenn er nur nicht so attraktiv wäre, in so vielfältiger Hinsicht so unwiderstehlich für sie!

„Ehrlich gesagt, ich komme gerade vom Flughafen und war auf dem Weg nach Hause“, fuhr er fort.

Natürlich! Er sollte ja heute von einer Geschäftsreise aus Hongkong zurückkommen. Sie hatte den Anzug nur einfach nicht mit Jared in Verbindung gebracht. Aber bei seinen geschäftlichen Verhandlungen mit den Chinesen hatte er natürlich einen getragen, um in jeder Hinsicht Autorität zu vermitteln. „Perlenkönig“ nannte man ihn gemeinhin, weil er das Perlenimperium seiner Familie leitete, aber Christabel hatte ihn insgeheim „König der Sinnenlust“ getauft. Aus seinen braunen Augen sprach etwas so Warmes, Zärtliches, Sinnliches.

„Dann fiel mir ein, dass meine Mutter gar nicht da ist …“

Seine Mutter … Elizabeth King. Eine intelligente Frau mit einem scharfen Urteilsvermögen und einer Lebenserfahrung, die Christabel als beständige Gefahr für sich betrachtete.

„Es wäre also niemand da, mit dem ich reden und in dessen Gesellschaft ich mich entspannen könnte …"

Das klang, als fühlte er sich einsam. Aber ein Mann wie Jared King musste nicht einsam sein. Wollte er vielleicht nur auf eine Gemeinsamkeit mit ihr und ihrer vermuteten Einsamkeit anspielen?

„Also habe ich mich gefragt, ob Sie mir vielleicht beim Abendessen Gesellschaft leisten und gern etwas darüber hören würden, wie Ihre Entwürfe, die ich nach Hongkong mitgenommen habe, angekommen sind?" Sein Lächeln war gewinnend, aber seine Augen leuchteten herausfordernd. Da sie sich bislang beharrlich geweigert hatte, sich außerhalb des rein Geschäftlichen mit ihm zu verabreden, probierte er jetzt diese Taktik … und war gespannt auf ihre Reaktion.

„Hat mein Schmuck den Chinesen gefallen?", fragte Christabel, unfähig, ihre Neugier zu bezwingen, denn sie war sehr stolz auf ihre Entwürfe, bei denen Jared ihr freie Hand gelassen hatte.

„Abendessen?"

Die Versuchung war groß. Wie konnte ein Mann nur so attraktiv und sexy sein? Jared war groß und schlank und hatte dichtes, fast schwarzes Haar, das ihm in einer sanften Welle in die hohe Stirn fiel. Während seine markanten Gesichtszüge Spiegelbild seiner Entschlossenheit und Zielstrebigkeit waren, verrieten sein schöner Mund und die warmen dunkelbraunen Augen die sinnliche Seite seines Wesens. Und der Blick dieser Augen ruhte jetzt verheißungsvoll auf Christabel.

Sie atmete tief ein und wünschte sich, sie hätte dem Verlangen, das er in ihr weckte, nachgeben können. „Sicher werden Sie mir morgen in der Firma alles berichten“, sagte sie ausdruckslos.

„Ich hatte auf einen angenehmen gemeinsamen Abend gehofft.“

Mehr denn je war sie versucht, sein Angebot anzunehmen. Aber er würde zu viel von ihr wollen. Jared King war nicht der Mann, der sich mit weniger zufriedengab, als er anstrebte. Hinter seiner ruhigen, liebenswürdigen Art verbarg sich ein eiserner Wille.

„Vikki Chan kocht zur Feier meiner Rückkehr immer etwas ganz Besonderes“, fügte er jetzt schmeichelnd hinzu, womit er ihr beiläufig zu verstehen gab, dass seine chinesische Haushälterin – sozusagen als Anstandsdame – im Haus sein würde. „Es wird Ihnen bestimmt schmecken. Vikkis gedünsteter Fisch ist ein Gedicht!“

Das Essen war nicht das Problem, wie er genau wusste.

„Ich mag chinesisches Essen“, rief Alicia dazwischen.

Jared wandte sich ihr sofort mit einem gewinnenden Lächeln zu. „Und was ist dein Lieblingsgericht?“

„Krabben in Honig“, lautete die prompte Antwort.

„Sehr köstlich“, pflichtete Jared ihr lächelnd bei. „Ich bin sicher, Vikki würde sie für dich zubereiten, wenn deine Mutter dich heute Abend zum Essen mitbringen würde.“

Ihre Tochter direkt in seine Einladung mit einzubeziehen war ein unerwarteter Tiefschlag. Bislang hatte er das noch nie getan, und Christabel kochte innerlich vor Wut über diesen unfairen Trick. Beide wandten sich ihr nun erwartungsvoll zu.

„Oh bitte, Mummy, können wir hingehen?“, fragte Alicia in argloser Vorfreude.

„Ich glaube nicht“, antwortete Christabel schroff.

„Warum nicht?“, fragte ihre Tochter verblüfft.

„Ja … warum nicht?“, wiederholte Jared freundlich.

Christabel sah ihn ärgerlich an, weil er sie in dieses Dilemma gebracht hatte. „Alicia isst immer sehr früh und geht um acht Uhr ins Bett.“

„Kein Problem.“ Jared blickte auf die Uhr. „Es ist jetzt kurz vor fünf. Wenn Sie um sechs Uhr zu mir kommen …“

„Hören Sie auf, Jared!“, stieß sie hervor.

Er sah sie erneut an, und diesmal sprach aus seinem Blick der glühende Wunsch, alle Barrieren niederzureißen, die sie zwischen ihnen errichtet hatte. Jared gab sich keine Mühe mehr zu verbergen, dass er sie genauso begehrte wie sie ihn. „Manche Dinge lassen sich nicht aufhalten, Christabel“, sagte er ruhig.

Und auf diese unbestrittene Wahrheit wusste sie nichts zu antworten. Angespannt versuchte sie, die Gefühle, die er in ihr wachrief, niederzukämpfen. Sie wollte diesen Mann, wollte ihn so sehr, dass sie glaubte, in zwei Stücke gerissen zu werden. Denn ihre Vernunft sagte ihr, dass eine enge Beziehung mit Jared unweigerlich dazu führen würde, dass er und Alicia eine gefühlsmäßige Bindung zueinander entwickeln würden. Und das würden die Finanzhaie auf lange Sicht nicht zulassen, sodass es nur in Schmerz und Unglück enden konnte.

Jared machte eine einladende Geste mit seinen schönen, schlanken Händen. „Die Wahl liegt natürlich ganz allein bei Ihnen.“

Wie würde es wohl sein, von diesen Händen gestreichelt zu werden und sich geliebt und umsorgt zu fühlen? Ein heißes Verlangen durchzuckte sie, dies zu erfahren … vom „König der Sinnenlust" geliebt zu werden und ihn – wenigstens für kurze Zeit – ganz für sich zu haben. Ihr pochendes Herz drängte sie, ihre ganz eigene Wahl zu treffen – eine Wahl, die all die anderen Faktoren ausschloss, die nun schon so viele Jahre ihr Leben bestimmt hatten.

„Ich würde so gern hingehen, Mummy!"

Und warum nicht?, dachte Christabel plötzlich, während sie ihre kleine Tochter liebevoll betrachtete. Warum sollte sich Alicia nicht an der Gesellschaft eines Mannes erfreuen, der sie nicht als Pfand in einem monströsen Spiel um Geld, Gier und Macht betrachtete? Es würde ihrem Leben hier in Broome etwas Normalität verleihen. Warum also nicht?

„Schön, einverstanden", sagte sie entschlossen und bot den bösen Geistern trotzig die Stirn.

Alicia klatschte vergnügt in die Hände und strahlte Jared an. „Krabben in Honig", erinnerte sie ihn.

Er lachte, sichtlich befreit. „Ich habe noch nie ein Versprechen gebrochen. Du wirst die Krabben bekommen."

„Und Eiscreme mit Schokoladensplittern?"

„Alicia!", mahnte Christabel tadelnd.

„Ich hab ja nur gefragt", verteidigte sich die Kleine rasch.

„Du weißt, das ist schlechtes Benehmen."

Ihre Tochter seufzte betrübt. „Tschuldigung."

Auch Christabel seufzte, denn sie hatte Angst, spontan etwas ganz Verrücktes zu tun, das sie unweigerlich bereuen würde. Als sie aber Jared ansah und das glückliche Leuchten in seinen Augen bemerkte, brachte sie es nicht mehr über sich, an die Konsequenzen ihrer Entscheidung zu denken. „Halb sieben würde uns besser passen", sagte sie, denn sie wollte noch Zeit haben, sich die Haare zu föhnen und sich voller Vorfreude auf einen Abend mit einem Mann zurechtzumachen, der nur sie begehrte und nicht ihre Verbindung zu einem geradezu unanständig gewaltigen Vermögen.

„Ist mir recht." Er lächelte so gewinnend, dass es Christabel ganz warm ums Herz wurde.

„Danke", sagte sie heiser.

„Es ist mir ein Vergnügen", antwortete er und zwinkerte Alicia zu. „Mit Schokoladensplittern?"

Sie hob die kleinen Hände. „Oh bitte, ja?"

„Ich besorge welches auf dem Weg nach Hause."

„Danke!"

Jared winkte ihnen beiden zu und ging langsam davon mit dem Flair eines Mannes, der die ganze Welt erobert hatte und sie nun als sein Eigen betrachtete.

Leider ist es nicht so, dachte Christabel wehmütig. Nur ein kleiner Teil der Welt gehörte Jared King. Sie erinnerte sich daran, wie sie die große Rinderfarm im Outback besucht hatte, die seiner Familie gehörte, ein gewaltiger Landstrich auf der Broome gegenüberliegenden Seite der Kimberleys. „King's Eden" lautete der bezeichnende Name. Sie, Christabel, war zusammen mit einigen anderen Angestellten des Perlenimperiums zur Hochzeit von Jareds ältestem Bruder Nathan eingeladen gewesen, einem traumhaften, tief beeindruckenden Fest, dem Aborigines mit ihren Didgeridoos eine ganz besondere Atmosphäre verliehen hatten.

Sie war froh gewesen, dass sie die Einladung angenommen und auf diese Weise einen einzigartigen Einblick in die Traditionen des Outback und das uralte Erbe, das unauflöslich mit diesem Land verknüpft war, gewonnen hatte. Dabei ging es nicht um den Reichtum, den dieses Land den Kings gebracht hatte, sondern um das Land selbst. „King's Eden".

Würde sie, Christabel, sich als Schlange in Jareds Garten Eden erweisen?

Früher oder später würden sie kommen, die mächtigen Männer in Anzügen. Und sie würden die Normalität des Lebens zerstören, das sie sich hier aufgebaut hatte, und alle Beziehungen unterbinden, die sie zu anderen Menschen geknüpft hatte. Christabel erschauderte. „Manche Dinge lassen sich nicht aufhalten." Das waren Jareds Worte gewesen, aber sie galten nicht nur für ihre gegenseitigen Gefühle. Dennoch, für eine kleine Weile ... Trotzig begehrte Christabel gegen das Unvermeidliche auf. Wenigstens für kurze Zeit würde sie haben, was sie sich wünschte. Und Jared ebenso.

Es war auch seine Wahl.

2. KAPITEL

Sie hatte Angst gehabt … weil er einen Anzug trug.

Jared dachte auf der Rückfahrt über diese überraschende Erkenntnis nach. Ein weiteres Stück in dem Puzzle, das er zusammenzusetzen versuchte, seit er Christabel Valdez kennengelernt hatte. Je mehr er darüber nachdachte, desto mehr glaubte er, jetzt das Schlüsselstück gefunden zu haben.

Sie hatte seine unerwartete Aufmachung als Bedrohung empfunden. War der Anzug einfach nur Sinnbild für etwas, das schlechte Erinnerungen in ihr wachrief? Oder steckte mehr dahinter … vielleicht die Angst davor, dass jemand, der immer einen Anzug trug, wieder in ihrem Leben auftauchte?

Die zweite Möglichkeit wollte Jared gar nicht gefallen. Allerdings passte sie gut zu der Tatsache, dass Christabel in einem Wohnwagen lebte, der es ihr ermöglichte, von einem Moment auf den anderen umzuziehen, wenn sie es für nötig hielt. Andererseits fanden viele Leute aus ganz harmlosen Gründen Gefallen an der Freiheit eines Nomadenlebens. Nicht jeder wollte an einem Ort Wurzeln schlagen, und er war, was Christabel betraf, auf reine Spekulationen angewiesen.

Im australischen Outback galt es als verpönt, in der Vergangenheit der Menschen herumzuschnüffeln, die hierherkamen, um zu arbeiten. Es gab viele Gründe, sich aus den Ballungszentren der Zivilisation hierher zurückzuziehen. Manchmal war es einfach nur der Wunsch nach einem ganz anderen Leben, das Bedürfnis nach mehr Raum und Freiheit, das Verlangen, etwas völlig anderes zu erleben. In diesen Fällen sprachen die Menschen meist freimütig darüber. Aber es gab auch solche, die schwiegen und das, was sie hinter sich gelassen hatten, offensichtlich vergessen wollten ... und hier im Outback respektierte man das als reine Privatsache.

Christabel vermittelte oberflächlich die erste Einstellung, gab aber so wenig von ihrer Vergangenheit preis, dass Jared längst den Schluss gezogen hatte, dass sie die Tür dazu endgültig verschließen wollte. Schwierig für ihn war gewesen, dass sie jeden, ihn eingeschlossen, auf spürbare Distanz hielt, als könnte sie sich nicht überwinden, zu irgendeinem Menschen eine enge, vertrauensvolle Beziehung aufzubauen, sosehr sie sich das auch wünschen mochte.

Und sie wollte ihn, daran zweifelte er nicht. Heißer Triumph durchzuckte ihn. Endlich hatte er ihren Widerstand gebrochen. Sie hatte nachgegeben. Warum allerdings ausgerechnet heute? Er schüttelte den Kopf. Es war egal.

Vielleicht war es ja die Erkenntnis gewesen, dass ihre Angst ... was immer der Grund dafür sein mochte ... bei ihm unbegründet war. Wenn es so war, umso besser. Angst sollte keine Rolle in ihrer Beziehung spielen. Er würde das klarstellen, nun, da er die Chance hatte, ihr nahezukommen ... nachdem er sich fünf Monate lang vergeblich bemüht hatte, zu ihr vorzudringen.

Christabel ... allein beim Gedanken an ihren Namen huschte ein Lächeln über sein Gesicht. Ein Name, von dem er geglaubt hatte, er würde ihn bis ans Ende seines Lebens verfolgen, begleitet von der Erinnerung an wundervolle Augen, die geheimnisvoll golden funkelten. Eine Frau mit dem Herzen einer Tigerin, hatte er oft gedacht und sich vorgestellt, wie sie schläfrig ausgestreckt auf seinem Bett liegen würde ... der Blick dieser faszinierenden Augen einladend auf ihn gerichtet, ihre dunkle Haut wie Samt und Seide schimmernd, das glänzende schwarze Haar wie ein Fächer auf den Kissen ausgebreitet ... ein verführerisches, exotisches Geheimnis.

Ein betörender Name, ein betörendes Bild ... und die ganze Zeit hatte es den Anschein gehabt, als würde diese Frau sich ihm in der Realität für immer entziehen.

Jetzt nicht mehr. Heute Abend würde sie für ihn greifbar werden. Heute Abend ...

Nur mit Mühe gelang es Jared, seine leidenschaftlichen Gefühle zu bezwingen und sich auf ganz praktische Dinge zu konzentrieren. Mit zittrigen Fingern schaltete er sein Autotelefon ein und wählte die Nummer seines Hauses.

„Vikki hier", meldete sich die melodiöse Stimme seiner alten chinesischen Haushälterin.

„Wir haben Gäste zum Abendessen, Vikki. Christabel Valdez und ihre Tochter." Es gelang ihm nicht, seine Freude zu verbergen.

„Ah! Sie haben also gewonnen. Ich habe es Ihrer Mutter ja gesagt. ‚Jared wird gewinnen. Der Junge weiß gar nicht, wie man verliert. Er gibt nicht auf, bis er gewinnt.'"

Jared lachte. Vikki Chan gehörte zur Familie, seit er denken konnte. Sie war schon Köchin und Haushälterin bei seinem verwitweten Großvater gewesen und nach Angus Picards Tod auf dem alten Familiensitz der Picards geblieben, um für seine Mutter zu sorgen. Es überraschte Jared nicht im Geringsten, dass sie von seinem Interesse an Christabel wusste. Vikki verfügte über ein ausgedehntes Nachrichtennetz, und Jared hegte den Verdacht, dass sie so ziemlich alles wusste, was in Broome vor sich ging. Überdies vertraute seine Mutter ihr regelmäßig ihre Sorgen an.

„Ich werde jetzt auf dem Weg das Eis besorgen, das ihre Tochter sich gewünscht hat“, informierte er die alte Haushälterin. „Außerdem habe ich Alicia Krabben in Honig versprochen.“

„Kein Problem. Ich werde anrufen und die besten frischen Krabben liefern lassen. Und noch etwas Fisch. Ihre Christabel mag doch Fisch, oder?“

Seine Christabel … Nun, er hoffte es inständig. „Ganz bestimmt. Sie kommen übrigens schon früh. Um halb sieben. Alicia geht um acht ins Bett.“

„Ich werde mich um die Kleine kümmern und ihr ein Schlafzimmer in der Nähe von meinem geben.“

„Aber sie bleiben vielleicht nicht über acht Uhr hinaus, Vikki.“ Er durfte nicht zu viel erwarten, auch wenn er es sich noch so sehr wünschte.

„Ich werde es so einrichten, dass Sie Zeit mit ihr allein haben werden, Jared“, lautete die vielsagende Antwort. „Ich kann immer noch sehr gut mit Kindern umgehen, und ich glaube nicht, dass Sie vergessen haben, wie man gewinnt.“

Vikkis Vertrauen in ihn brachte ihn zum Lächeln. „Sie haben es faustdick hinter den Ohren, Vikki Chan.“

Vergnügt lachend legte sie auf, und Jared sah es förmlich vor sich, wie ihre schwarzen Augen unternehmungslustig funkelten, als sie sich jetzt daran machte, alles für den Abend vorzubereiten.

Vikki Chan hätte nie jemandem ihr wahres Alter verraten. Jared vermutete, dass sie schon über achtzig war, aber immer noch unglaublich rüstig und voller Lebensfreude. Es bereitete ihr ein stilles Vergnügen, ihre eigenen kleinen Geheimnisse zu bewahren, während sie die aller anderen früher oder später unweigerlich herausbrachte. Allerdings war es nicht einmal ihr gelungen, mehr über Christabel in Erfahrung zu bringen als das, was Jared bereits wusste.

Und das war nicht viel. Christabel kannte Amsterdam, wie Jared in einem Gespräch mit ihr über Diamanten herausbekommen hatte. Singapur war ein weiteres Stück in dem Puzzle, obwohl vielleicht auch nur ein Zwischenstopp auf dem Weg nach Australien. Auf jeden Fall besaß sie beachtliche Kenntnisse über Schmuck, wo immer sie sie erworben haben mochte.

Jared parkte den Wagen in der Carnarvon Street und ging rasch hinüber zum „Cocos Ice Cream Parlour“, um zwei Schalen Eiscreme mit Schokoladensplittern zu kaufen, für den Fall, dass Christabel auch eines mögen würde. Dazu nahm er noch mehrere Waffeltüten, falls Alicia ihr Eis lieber schlecken wollte.

Von dort war es nur noch eine kurze Fahrt hinauf zu der Klippe, auf der sich der alte Familiensitz der Picards erhob mit einem herrlichen Blick über die Roebuck Bay. Eine ausgesuchte Lage, dachte Jared jedes Mal, wenn er sich dem Haus näherte, obwohl das Haus an sich nicht einmal besonders beeindruckend war – lediglich ein großer, schon ziemlich verwitterter Holzbau, der auf drei Seiten von breiten Veranden umgeben war, die bei rauem Wetter mit hölzernen Läden verschlossen werden konnten.

Für Jareds Mutter lag sein Wert jedoch vor allem in ganz persönlichen Erinnerungen, und es bot mehr als ausreichend Platz für die ganze Familie, wenn Jareds Brüder einmal wieder nach Broome kamen. Heute Abend würden nun Christabel Valdez und ihre Tochter darin zu Gast sein, so lange sie bleiben wollten. Solange ich sie bewegen kann zu bleiben, schwor

Jared sich insgeheim, als er das Haus betrat und das Eis in die Küche brachte.

Vikki war gerade emsig damit beschäftigt, das Gemüse zu hacken.

„Alles in Ordnung?“, fragte Jared auf dem Weg zum Gefrierschrank.

„Natürlich.“ Sie betrachtete ihn kritisch. „Sie brauchen eine Dusche und müssen sich rasieren.“

Jared verstaute das Eis, legte die Waffelhörnchen auf die Anrichte und wandte sich Vikki lächelnd zu. „Und ich darf nicht vergessen, mir die Zähne zu putzen.“

Sie sah ihn ungerührt an. „Das After Shave, das Sie benutzen, ist gut. Sehr sexy.“

„Freut mich, dass meine Wahl Ihren Beifall findet. Sie haben also daran geschnuppert, ja?“

Die alte Haushälterin schnaufte verächtlich. „Sie brauchen alle Hilfe, die Sie kriegen können, um aus diesem Abend das Beste zu machen.“

„Aber keine künstliche Hilfe. Damit werde ich Christabel überhaupt nicht beeindrucken. Ehrlich gesagt, habe ich sie bislang mit nichts beeindrucken können … weder mit dem, wer ich bin oder was ich bin, noch mit irgendwelchen materiellen Vorteilen, die sie durch mich erhalten könnte.“

„Mag sein … vielleicht aber auch nicht. Ich glaube, eine kluge Frau lässt dem Mann, den sie will, eine lange Leine, aus der er sich dann schon selbst einen Strick dreht. Sie sind ein Hauptgewinn, Jared, und mir scheint, keiner anderen Frau ist es je zuvor gelungen, Sie so zu fesseln.“

Er schüttelte den Kopf. „Sie betrachtet mich aber nicht als einen Hauptgewinn.“

Vikki zog ungläubig die Brauen hoch. „Den Vorstandsvorsitzenden von ‚Picard Pearls'? Einen Mann mit eigenem Learjet? Einen der Kings aus den Kimberleys?"

„Das alles ist ihr egal. Ich wüsste es, wenn es anders wäre, Vikki. Ich bin kein Dummkopf."

„Verliebte Männer können sehr blind sein."

„Nicht so blind."

Es klopfte vernehmlich an der Hintertür. „Ah, die Krabben und der Fisch!" Vikki schob Jared ungeduldig beiseite. „Ab mit Ihnen, Jared. Und wenn Sie meine Meinung hören wollen ... wenn Ihre Christabel nicht weiß, dass Sie ein Hauptgewinn sind, dann ist sie ein Dummkopf."

Kein Dummkopf, dachte Jared auf dem Weg in seine Zimmer. Christabel legte Wertmaßstäbe an, die nichts mit Reichtum zu tun hatten. Das war ihm von Anfang an klar gewesen, und an ihrem Beharren auf Unabhängigkeit hatte sich seitdem nichts geändert. Christabel Valdez war eine Frau, die eigenständig dachte und handelte und sich hütete, ihr Leben von äußeren Einflüssen bestimmen zu lassen.

Jared brachte seinen Aktenkoffer ins Arbeitszimmer, zog sich in seinem Schlafzimmer aus und ging dann geistesabwesend ins Bad, um zu duschen und sich zu rasieren, während er in Gedanken seinen Erinnerungen nachhing ...

Die Kette ... Jared hatte von seiner Arbeit am Schreibtisch aufgeblickt und sie am Hals seiner Sekretärin entdeckt.

„Woher haben Sie diesen Schmuck?"

„Oh, verzeihen Sie!" Die Sekretärin war schuldbewusst errötet. „Ich weiß, ich sollte eigentlich Perlen tragen, aber ..."

„Schon gut. Ich will wirklich nur wissen, woher Sie die

Kette haben. Es ist ein außergewöhnlicher Entwurf."

„Nicht wahr? Mir hat sie auch auf Anhieb gefallen. Ich musste sie einfach kaufen."

„Und wo?"

„Auf dem Markt am Town Beach Freitagabend."

„Auf dem Markt?" Das war keiner der üblichen Marktartikel, sondern eine erstklassige Arbeit!

„Ja. Normalerweise findet man da nur billigen Tinnef, aber der Stand mit den Schmuckbeuteln aus Samt bot diesmal diese kleine Auswahl an erstklassigem Modeschmuck an. Ich hätte mir gern noch mehr gekauft, doch die Kette allein hat schon siebzig Dollar gekostet."

„Stammt sie von einem hiesigen Künstler?"

„Nun ja, die Frau ist ein Neuankömmling, obwohl sie jetzt schon eine ganze Weile hier ist. Sie lebt in dem großen Wohnwagenpark und sieht sehr exotisch aus. Es heißt, sie sei Brasilianerin."

Exotisch ... Jared wusste nicht recht, was er sich darunter vorstellen sollte, aber der ausgefallene Entwurf dieses Schmucks lockte ihn am nächsten Freitag zu den Marktständen am Town Beach.

Als er Christabel dann zum ersten Mal erblickte, fühlte er sich gleich magisch von ihr angezogen. Sein Herz hämmerte wie wild. Sie unterhielt sich gerade mit der Mitinhaberin des Standes. Hatte sie sein Kommen gespürt? Auf jeden Fall wandte sie ganz plötzlich den Kopf, und sie sahen sich an. Sofort lag da eine fast greifbare erotische Spannung in der Luft. Wie lange hatte der Blickkontakt zwischen ihnen gedauert? Mehrere Sekunden? Urplötzlich erstarrte Christabel, als spürte sie eine drohende Gefahr, senkte schnell den Blick und schloss ihn, Jared, aus.

Obwohl er am liebsten direkt auf sie losgestürmt wäre, mäßigte er sein Verlangen, weil er fühlte, dass er mit einer aggressiven Taktik bei dieser Frau nichts gewinnen würde. Langsam näherte er sich ihrem Stand und begutachtete wie beiläufig die Schmuckstücke, die sie auf dem Tisch vor sich ausgelegt hatte. Jedes der Stücke war einzigartig und verriet eine Kunstfertigkeit und Kreativität, die er fast genauso aufregend fand wie die Frau, die diesen Schmuck geschaffen hatte. Es war, als hätte sie etwas von ihrem exotischen Wesen in diesen kleinen Kunstwerken eingefangen. Jared konnte der Versuchung nicht widerstehen, den Schmuck zu berühren.

„Ist das Ihre Arbeit?"

Sie blickte auf. „Ja." Wie erstarrt stand sie da, die Augen wachsam wie die einer Katze, die auf die nächste Bewegung ihres Gegenübers wartete.

Jared lächelte. „Nach eigenen Entwürfen?"

„Ja." Sie erwiderte sein Lächeln nicht, sondern wartete angespannt. „Sind Sie an einem Kauf interessiert?"

Ihr offensichtliches Bestreben, ihn rasch wieder loszuwerden, faszinierte Jared nur noch mehr. „Sie müssen eine ausgezeichnete Ausbildung genossen haben."

Sie zuckte die Schultern. „Jetzt bin ich selbstständig. Möchten Sie etwas kaufen?"

„Ich habe mir sagen lassen, dass Sie aus Brasilien kommen. Haben Sie vielleicht bei H. Stern in Rio de Janeiro gearbeitet?"

Ihre innere Anspannung wuchs sichtlich, doch ihr Blick blieb ausdruckslos und unbewegt. „Warum stellen Sie Erkundigungen über mich an? Wer sind Sie?"

„Jared King. Ich stehe der ‚Picard Pearl Company' hier in Broome vor und suche schon eine ganze Weile nach … jemand Besonderem. Ich glaube, Sie sind es."

Er sah so etwas wie Angst und Ablehnung in ihren Augen aufleuchten und beeilte sich, seine Bemerkung auf das rein Geschäftliche einzugrenzen: „Mir schwebt eine einzigartige Schmuckkollektion vor, die unsere Perlen auf besondere Weise zur Geltung bringt. Ich glaube, Sie wären die Richtige dafür."

Sie zögerte nicht eine Sekunde. „Tut mir leid, Mr. King, aber ich bin nicht die Person, die Sie suchen."

„Nun, ich sollte schon selbst beurteilen, was ich will", antwortete Jared ruhig.

„Und ich sollte beurteilen, was ich will", lautete die scharfe Antwort.

„Es könnte sich für Sie lohnen …"

„Nein", unterbrach sie ihn bestimmt, „es gefällt mir selbstständig zu sein. Wenn Sie also nichts kaufen wollen …"

„Ich nehme die ganze Kollektion."

Im ersten Moment war sie sichtlich verblüfft, doch dann sah sie ihn herausfordernd an. „Sie erkaufen sich damit nur diesen Schmuck, nicht mehr, Mr. King."

„Nichts anderes hatte ich im Sinn, Miss …?"

„Valdez", sagte sie widerstrebend.

Jared zückte seine Brieftasche. „Wie viel?"

Sie packte die einzelnen Stücke in Seidenpapier, addierte die Preise und zeigte ihm den Zettel, sodass er die Summe überprüfen konnte. Jared bezahlte und reichte ihr dann noch seine Visitenkarte. „Ich bin ernsthaft an Ihren Talenten als Schmuckdesignerin interessiert", sagte er noch einmal beschwörend. „Bitte, überlegen Sie es sich. Überprüfen Sie meine Referenzen. Über jede der Nummern auf der Karte können Sie mit mir in Verbindung treten."

„Danke", antwortete sie förmlich und reichte ihm die Tüte mit den Schmuckstücken.

Jared ging, fest entschlossen, sich wieder bei ihr zu melden, wenn sie ihn nicht aufsuchen würde. Er räumte ihr zwei Wochen ein, um ihn zu überprüfen und die Vor- und Nachteile seines Angebots zu überdenken. Doch sie zeigte nicht eine Spur von Interesse. Auch im weiteren Verlauf ging jede Initiative allein von ihm, Jared, aus. Allein seiner Hartnäckigkeit und seinem Verhandlungsgeschick war es zu verdanken, dass Christabel nach einem Monat endlich einwilligte, ihm auf einer freischaffenden Basis Entwürfe einzureichen, die er dann nach Bedarf erwerben konnte. Aber sie achtete darauf, die Beziehung streng geschäftlich zu halten, und wehrte jeden Versuch ab, in ihr Privatleben einzudringen.

Umso wundervoller war es für Jared gewesen, auf Nathans Hochzeit mit Christabel zu tanzen und diese Frau endlich in den Armen zu halten – obwohl nicht annähernd so eng, wie er es sich gewünscht hätte.

„Gefällt Ihnen Ihr Besuch auf ‚King's Eden'?"

Sie lächelte und entspannte sich etwas, ohne jedoch ihre sichere Distanz aufzugeben. „Sehr. Man könnte es eine Offenbarung nennen … eine ganz eigene Welt."

Zum ersten Mal strahlte ihr schönes Gesicht, als sie von den Eindrücken dieser ersten Erfahrung mit dem Outback schwärmte. Ihre ehrliche Begeisterung nährte Jareds Hoffnung, dass sie doch ein Teil seines Lebens und glücklich dabei werden könnte.

„Und jetzt haben Sie auch meine ganze Familie kennengelernt", warf er vorsichtig ein.

Sie lächelte hintergründig. „Ja. Ihre Mutter muss sehr stolz auf ihre drei Söhne sein – und sehr glücklich über Nathans Hochzeit."

Jared, der auf eine mehr persönliche Einschätzung gehofft hatte, war erneut frustriert. „Und wie sieht es mit Ihrer Familie aus, Christabel?"

Ihre goldbraunen Augen leuchteten warnend auf. „Ich gehöre zu niemandem außer zu meiner Tochter. Und es gefällt mir so."

„Sie hätten sie mitbringen können." Eigentlich seltsam, dass sie es nicht getan hatte, wenn man bedachte, wie überaus fürsorglich und besorgt sie sonst um ihre Tochter war.

Christabel schüttelte den Kopf. „Sie ist sicher untergebracht. Ich kenne die Familie vom Markt. Es sind gute Menschen, die schon seit vielen Jahren in Broome heimisch sind."

„Dann wollten Sie also allein kommen?"

Ein spöttisches Lächeln huschte über ihr Gesicht. „Ich wollte einfach meine Neugier befriedigen, Jared. Interpretieren Sie nicht zu viel hinein."

„Und? Ist Ihre Neugier … restlos befriedigt?", fragte er bedeutsam.

Sie zuckte die Schultern. „Wie sollte ich eine Legende voll einschätzen können, die ich nicht selbst gelebt habe? Die ‚Kings der Kimberleys' – einhundert Jahre, in denen Ihre Familie das hier und Ihren Besitz in Broome aufgebaut hat. Ich kann nur erahnen, was eine solche Familiengeschichte umfasst."

Diese ausweichende Antwort veranlasste ihn nachzuhaken: „Empfinden Sie denn die Vorstellung, irgendwo fest verwurzelt zu sein, als Fessel?"

„Für Sie ist es ein unverbrüchlicher Teil Ihres Lebens, nicht wahr?", antwortete sie mit einer Gegenfrage, die mehr eine Feststellung war.

„Ja."

„Dann sollten Sie auch so glücklich weiterleben."

Der resignierte Unterton frustrierte Jared erneut. Warum wahrte sie diese strenge Distanz zu ihm? Warum konnte sie ihren Gefühlen nicht einfach freien Lauf lassen? „Kann man überhaupt vollständig glücklich sein ohne einen Partner, der das Leben mit einem teilt?", fragte er angespannt und blickte zu dem Brautpaar, das ganz in der Nähe tanzte. „Sehen Sie sich Miranda und Nathan an. Das ist Glück, Christabel! Können Sie sich nicht vorstellen, dass Sie sich so etwas auch für sich wünschen?"

Ein wehmütiger, trauriger Zug huschte über ihr schönes Gesicht, bevor sie sich Jared mit ausdrucksloser Miene zuwandte. „Ich war verheiratet, Jared. Mein Mann ist tot, aber ich lebe immer noch mit ihm. Ich werde immer mit ihm leben."

„Er ist tot, Christabel. Vergangenheit", entgegnete Jared schroff, denn diese Frau in seinen Armen war so warm und lebendig und erregte ihn wie keine zuvor.

„Glauben Sie mir", sagte sie verächtlich, „Sie würden sich nicht wünschen, in seinem Schatten zu leben."

Er glaubte ihr nicht. Jared hatte die Trauer seiner Mutter nach dem Tod seines Vaters miterlebt. Christabel Valdez war keine trauernde Witwe, die sich ihren Mann zurückwünschte. Sie wollte ihn, Jared, und es musste tatsächlich schon mit dem Teufel zugehen, wenn er sich von einem Schatten vertreiben lassen würde!

Jared wischte sich den restlichen Rasierschaum aus dem Gesicht und betrachtete sich nachdenklich im Spiegel. Heute Abend sollte sich nichts zwischen ihn und Christabel Valdez stellen! Allerdings würde sie ihre Tochter mitbringen, die Tochter des Mannes, mit dem sie verheiratet gewesen war.

Er hatte das Kind benutzt. Vielleicht würde Christabel das heute Abend auch versuchen. Aber er hatte Vikki auf seiner Seite. Lächelnd warf er das Handtuch beiseite und griff nach der Flasche mit dem After Shave, das die alte Chinesin so gelobt hatte. Er war gut beraten, in diesem Krieg alle Waffen einzusetzen, die er besaß. Denn er war es leid, gegen Schatten anzukämpfen. Er wollte die direkte Konfrontation, und es durchzuckte ihn heiß bei dem Gedanken daran. Vikki hatte recht. Er würde nicht aufgeben, bis er gesiegt hatte.

3. KAPITEL

Christabel parkte ihren Geländewagen am Ende der Straße, die parallel zu dem alten Anwesen der Picards verlief. An der Vorderseite führte keinerlei Straße entlang. Nichts störte die herrliche Aussicht über die Roebuck Bay. Das Haus selbst galt als historisches Wahrzeichen, 1919 von Captain Trevor Picard erbaut, dem Besitzer von vierzig Perlenfischerkuttern, wie Christabel in einer Stadtgeschichte von Broome gelesen hatte.

Hier wohnte Jared. Hier wartete er auf sie.

Die Hände am Lenkrad, blieb sie sitzen und versuchte, ihre Nervosität zu bezwingen. Seit sie seine Einladung angenommen hatte, hatte sie sich immer wieder vor Augen gehalten, dass sie ein Recht auf all das hatte, was sie sich bislang verboten hatte. Sie war jetzt siebenundzwanzig und hatte nie einen Liebhaber gehabt, lediglich einen Ehemann, der stets nur an sein Vergnügen und nie an ihres gedacht dachte. Jared würde ganz sicher anders sein.

„Ist es das, Mummy?"

„Ja." Ja, das ist es, dachte Christabel entschlossen.

„Und warum steigen wir dann nicht aus?"

„Tun wir ja."

Als Christabel ausstieg und auf die Beifahrerseite ging, warf sie einen Blick auf das Haus, in dem Jared lebte. Es war ein großer, solider alter Bau. Andere Leute, die den Reichtum einer Familie King-Picard angesammelt hatten, hätten es längst abgerissen und an seiner Stelle eine imposantere und modernere Villa errichtet, doch die wäre dann lediglich ein Symbol ihres Reichtums gewesen. Wie das ehrwürdige alte Farmhaus, das sie auf „King's Eden" gesehen hatte, stand dieses Haus für etwas, das das Leben und den Tod einzelner Menschen überdauerte.

Alles wirkte liebevoll gepflegt – das Haus mit seinem sorgfältigen Anstrich, der Garten mit den Bougainvillea-Hecken, den üppigen Farnen und tropischen Gewächsen. Und urplötzlich wurde Christabel bewusst, dass das, was sie da vor sich sah, für etwas stand, was sie nie würde mit Jared teilen können, und dass sie nun im Begriff stand, einen großen Fehler zu machen.

Sie hätte diese Einladung nicht annehmen dürfen. Jared King war ein zu guter, anständiger Mann, um ihn für eine flüchtige, lustvolle Affäre zu benutzen und dann fallen zu lassen. Vielleicht würde es ihm ja genügen ... aber was, wenn nicht?

Christabel blieb an der Beifahrertür stehen. Alicia zappelte schon ungeduldig auf ihrem Sitz herum. Sollte sie wieder einsteigen und wegfahren? Aber wie sollte sie ein derart schlechtes Benehmen ihrer Tochter erklären? Unmöglich. Andererseits, die Sache durchzuziehen, so, wie sie aufgemacht war ... Ihre Kleidung war ein unmissverständliches erotisches Signal, das ihre Bereitschaft verriet, diesem quälenden Warten endlich ein Ende zu setzen. Jared würde es nicht übersehen können. Und sie schämte sich jetzt ihrer lüsternen Gefühle, die sie veranlasst hatten, Jared durch ihre provokante Kleidung einzuladen, das Verlangen zu befriedigen, das sie ineinander weckten.

Alicia klopfte ungeduldig an das Seitenfenster. „Komm schon, Mummy."

Sie musste die Wirkung ihrer Aufmachung irgendwie herunterspielen und mit ihrer Tochter so bald wieder aufbrechen, wie es möglich war, ohne unhöflich zu erscheinen. Es war ein

Fehler gewesen, dieser verrückten Versuchung nachzugeben. Es war Jared gegenüber nicht fair. Er verschwendete nur seine Zeit mit ihr und sollte sich eine Frau suchen, die sein Leben voll und ganz mit ihm teilen konnte.

Ja, es würde das Beste sein, die Verbindung zu ihm nach dem heutigen Abend ganz abzubrechen. Oder noch mehr als bisher einzuschränken, sodass Jared verstehen musste, dass es keine Chance für sie beide gab. Vielleicht konnte sie schon an diesem Abend den Weg dorthin ebnen.

Christabel atmete tief ein, öffnete die Beifahrertür und löste Alicias Sicherheitsgurt. Sie war froh, dass sie ihre Tochter als Puffer zwischen sich und Jared mitgebracht hatte, und fest entschlossen, jedes Angebot, Alicia nach acht Uhr ein Bett im Haus zu bereiten, abzulehnen. Sie durfte es nicht riskieren, mit Jared allein zu sein.

„Das sind große Bäume, nicht, Mummy?" Alicia blickte staunend zu den Bäumen hoch, als Christabel sie aus dem Wagen hob.

„Sicher älter als alle anderen, die ich bislang in Broome gesehen habe", antwortete sie, um Gelassenheit bemüht, und folgte dem Blick ihrer Tochter.

Entlang dem weißen Zaun, der das Anwesen umschloss, war eine Reihe einheimischer Eukalyptusbäume gepflanzt worden. Ihre gewaltigen Stämme und ausladenden Äste verrieten, wie viele Jahre sie hier schon standen, während anderswo in der Stadt Bäume solchen Ausmaßes zweifellos gefällt worden waren, um als Baumaterial für die wachsende Gemeinde Verwendung zu finden. Diese alten Bäume waren wiederum Zeugnis einer Familie, die das, was sie besaß, pflegte und für die tiefe Wurzeln und langfristige Bindungen Teil ihres Lebens waren.

„Mir gefällt's hier", verkündete Alicia und nahm Christabel bei der Hand, um mit ihr zum Eingangstor zu gehen. Ihr Gesichtchen strahlte, als sie voller Vorfreude den Weg entlanghüpfte.

Christabel betrachtete sie mit liebevollem Stolz. Ihre kleine Tochter sah wirklich niedlich aus, bekleidet mit einem limonengrünen Hängerkleidchen, das sie auf dem Markt für sie erstanden hatte, und den kleinen Sandalen, deren Riemchen mit Muscheln verziert waren. Christabel fand es viel gesünder für Alicia, nicht als kleine Prinzessin heranzuwachsen, für die die teuersten Designermodelle gerade gut genug waren.

In diesem Moment wünschte sie sich nur, sie hätte sich selber genauso schlicht gekleidet. Aber ihr Kleid aus dunkelrotem Seidenjersey schmiegte sich hauteng an ihre reizvollen Rundungen, um in einen koketten, kurzen Rock überzugehen, der nur bis zur Mitte ihrer schlanken Oberschenkel reichte. Das Kleid war zweifellos sehr sexy, ärmellos und hatte einen tiefen runden Ausschnitt, der den Ansatz ihrer hohen, straffen Brüste erahnen ließ. Sie hatte auf einen BH verzichtet und trug nur einen zarten Spitzentanga, und der enge Schnitt des Kleides ließ für den Betrachter keinen Zweifel aufkommen, wie wenig sie darunter anhatte.

Trotz der Hitze trug sie ihr Haar offen. In glänzenden schwarzen Kaskaden umspielte es ihre Schultern und reichte im Rücken fast bis zur Taille. Zierliche schwarze Sandaletten zierten ihre nackten Füße. Als einzigen Schmuck trug sie an einem schwarzen Lederband um den Hals eine Sonnenscheibe aus Kupfer, die in zwei Hälften gespalten war und durch eine

Mondsichel zusammengehalten wurde, von der kleine Dreiecke in unterschiedlicher Größe herabbaumelten. Es war ihr eigener Entwurf, und sie liebte seine elementare Symbolik.

Elementar waren auch ihre Gefühle gewesen, als sie sich entschieden hatte, sich so zu kleiden. Eine Frau, voller Vorfreude auf die Begegnung mit einem Mann, entschlossen, diese Begegnung auf der elementarsten Ebene auszukosten, auf der Mann und Frau sich begegnen konnten. Es war nur zu leicht gewesen, alle Vorsicht in den Wind zu schlagen und sich dem Glauben hinzugeben, dass sie das Recht dazu hatte. Das Recht einer Frau. Die Tatsache, dass sie Mutter war, bedeutete nicht, dass sie ihre eigene Sexualität verleugnen musste, und sie hatte noch nie einen Mann so begehrt, wie sie Jared King begehrte.

„Sieht aus, als würde ein Sturm aufziehen, Mummy."

Christabel schreckte aus ihren Gedanken hoch und blickte auf die Roebuck Bay hinaus. Am Horizont waren bedrohlich schwarze Wolken aufgezogen. Also kein romantischer Mondaufgang heute Nacht, dachte sie spöttisch. Aber ein blitzartiger tropischer Sturm passte auch besser dazu, wie sie sich ihre Beziehung mit Jared vorgestellt hatte ... ein kurzer, heftiger Sturm, der schon Vergangenheit sein würde, wenn sie weiterziehen würde. War es möglich? Sorgte sie sich unnötig? Oder würde dieser Sturm eine Spur der Verwüstung hinterlassen?

„Wir sollten besser hineingehen, bevor es anfängt", sagte sie und beschleunigte ihre Schritte.

„Können wir den Sturm von der Veranda aus beobachten?", fragte Alicia eifrig, denn sie war jedes Mal fasziniert von dem Vorspiel von Blitz und Donner, bevor der schwere Regen einsetzte. Sie hatte diesen Sommer schon viele solcher

Stürme beobachten können, obwohl man es hier nicht „Sommer“ nannte, sondern „Regenzeit“. Und der Rest des Jahres war dann einfach die „Trockenzeit“.

„Ich denke schon“, antwortete Christabel. Jared würde dem Wunsch ihrer Tochter sicher nachgeben.

Am Eingangstor angekommen, langte Christabel über den weißen Zaun, um das Tor zu öffnen. Doch der Riegel klemmte. Sie ließ Alicias Hand los, um beide Hände zur Verfügung zu haben, und fragte sich unbehaglich, ob dies ein schlechtes Omen wäre. Das Tor wollte sie nicht einlassen. Es schützte die Menschen, die es zu ihrem Schutz gebaut hatten.

„Warten Sie, ich öffne es!“

Christabel blickte auf und sah Jared die Stufen von der Veranda herunterkommen.

„Es klemmt wahrscheinlich, weil es nicht mehr geöffnet worden ist, seit der Zaun zuletzt gestrichen wurde“, erklärte er ihr, als er auf sie zukam. „Wir benutzen meist den Nebeneingang.“

Er sah sehr sexy aus, bekleidet mit einem weißen, offenen Hemd und kurzen weißen Shorts. Bewundernd ließ Christabel den Blick über seinen tief gebräunten Oberkörper und die muskulösen Beine gleiten und wich erst zurück, als er schon dicht vor ihr stand. Seine männliche Ausstrahlung raubte ihr den Atem. Es kribbelte sie in den Fingerspitzen, sein dichtes dunkles Haar und seine glatt rasierten Wangen zu berühren. Ein Hauch von After Shave wehte zu ihr herüber – verlockend und sinnlich, ganz Jared.

„Geschafft!“ Lächelnd öffnete er ihnen das Tor.

„Danke“, sagte Alicia artig.

„Gern geschehen", antwortete er und bedeutete ihnen einzutreten, wobei Triumph in seinen dunklen Augen aufleuchtete, als er den Blick von der Tochter zur Mutter wandte.

„Glücklicherweise sind Sie noch vor dem Sturm eingetroffen", sagte er. „Ich wollte gerade die Läden an der Veranda schließen."

„Wir mögen Stürme", erklärte Alicia ihm selbstbewusst.

„Nun, in dem Fall lassen wir die Läden natürlich auf, es sei denn, der Regen schlägt herein."

Zufrieden hüpfte Alicia den Pfad vorauf. Christabel wartete, bis Jared das Tor wieder geschlossen hatte. In ihrem kurzen, engen Kleid brachte sie es nicht über sich vorauszugehen. Er musste ihre Aufmachung ja als offene Provokation empfinden.

Doch als er sich wieder zu ihr umwandte, schien sein gewinnendes Lächeln darauf abzuzielen, ihr jegliche Ängste und Vorbehalte bezüglich seiner Einladung zu nehmen. „Sie tragen da einen schönen Anhänger", sagte er.

„Er passt zu dem Kleid", antwortete sie und bereute ihre Worte sofort.

Zu ihrer Erleichterung ließ Jared den Blick jedoch nicht über sie schweifen, sondern sah ihr nur bewundernd direkt in die Augen. „Wieder einmal beweisen Sie Ihr unfehlbares Gespür für perfekte Wirkung."

„Ich bin alles andere als perfekt, Jared", wehrte sie schuldbewusst ab, weil sie ja gerade in diesem Moment Erwartungen in ihm weckte, von denen sie nicht wusste, ob sie sie würde erfüllen können. Würde er mehr von ihr wollen als nur die Befriedigung seiner Leidenschaft?

„Sie haben mir mit Ihren Entwürfen genau das Schaufenster für unsere Perlen verschafft, das ich mir vorgestellt habe, Christabel. Die Schmuckstücke sind jetzt in Hongkong ausgestellt und erregen weitaus mehr Aufmerksamkeit auf dem Markt als ich es mit einer Ausstellung unserer Großhandelsprodukte je erreicht hätte."

„Dann habe ich Ihnen für all die Zeit, die Sie auf mich verschwendet haben, wenigstens etwas von Wert zurückgegeben", antwortete sie erfreut.

Er sah sie prüfend an. „Ich will noch mehr."

Der bedeutsame Unterton in seinen Worten zielte geradewegs auf den eigentlichen Grund, warum sie gekommen war und warum er sie eingeladen hatte. Er wollte mehr, genauso wie sie, und es hatte nichts mit Perlen und Geschäften zu tun. Christabel spürte das quälende Verlangen in sich und wünschte sich sehnlichst, es könnte Erfüllung finden. War es das Risiko wert?

„Es muss Ihnen doch auch etwas bedeuten, zu wissen, dass Ihre kreativen Entwürfe ein derartiges Interesse gefunden haben", fuhr Jared nun forschend fort.

„Es macht mir einfach Spaß, Schmuck zu entwerfen. Was Sie dann mit meinen Arbeiten machen, ist Ihre Sache, Jared", erwiderte sie betont abgeklärt. „Es betrifft mich nicht mehr."

„Aber Sie könnten sich einen Namen damit machen."

Sie horchte beunruhigt auf. „Sie haben doch nicht etwa meinen Namen benutzt?"

Sein Blick wurde nachdenklich. „Nein. Unserer Vereinbarung gemäß ist der Schmuck lediglich unter ‚Designs by Picard' ausgestellt. Aber ich meine, Sie sollten die gerechte Anerkennung dafür bekommen, Christabel."

Sie schüttelte entschieden den Kopf. „Das will ich nicht."

„Warum nicht?"

Weil man sie dann durch ihn aufspüren würde. Aber das konnte sie ihm nicht sagen. Es würde nichts bringen, ihn in ihre Probleme mit hineinzuziehen. „Es gefällr mit einfach besser so."

„Aber Sie könnten eine große Karriere machen."

„Ich brauche keine Karriere. Ich möchte frei sein, Jared. Können Sie das nicht verstehen?", begehrte sie auf. „Ich will nicht gefesselt sein und mein Leben von anderen bestimmen lassen. Also rechnen Sie nicht mit mehr von meiner Seite. Niemals. Ich habe versucht, Ihnen verständlich zu machen ..."

„Ja", unterbrach er sie freundlich, „und es tut mir leid, wenn Sie den Eindruck haben, ich hätte Ihre Gefühle nicht respektiert."

Sie seufzte resigniert. „Warum bin ich dann hier?"

„Weil Sie es so wollen."

So einfach war das. Nur, dass im Leben selten etwas so einfach war. Christabel sah ihn zweifelnd an.

„Lassen wir es für jetzt gut sein, Christabel. Kommen Sie ...", er deutete lächelnd zur Veranda, „... es ist doch nur ein Abend."

Nur ein Abend ... er hatte recht. Nur eine kurze Zeitspanne, in der nichts geschehen musste, was sie nicht wollte. Und sie hatte Alicia dabei. Christabel ging neben Jared her und blickte suchend zur Veranda. Alicia redete mit einer kleinen alten Frau, die sich interessiert zu dem kleinen Mädchen vorbeugte.

„Vikki Chan", erklärte Jared. „Vermutlich erkundigt sie sich, wann sie die Krabben in Honig servieren soll."

Die alte Frau trug wie die meisten Chinesen in Broome

eine weite Baumwollhose und darüber einen hochgeschlossenen Kasack mit Seitenschlitzen. Das graue Haar hatte sie zu einem festen Knoten im Nacken gebunden, und ihr runzliges Gesicht lächelte freundlich. Alicia fühlte sich offensichtlich sehr wohl in ihrer Gesellschaft.

„Ich finde es immer wieder erstaunlich, dass so viele Chinesen und Japaner hier westliche Vornamen angenommen haben", meinte Christabel auf der Suche nach einem unverfänglichen Thema.

„Die meisten sind Nachfahren der Perlentaucher aus längst vergangenen Zeiten und leben schon sehr lange hier."

„Ja, aber viele andere Bräuche haben sie sich doch bewahrt. So hinterlassen sie immer noch Geld auf den Gräbern ihrer Angehörigen."

„Stimmt, nur hat das mit ihrer Religion zu tun und nicht mit ihrem alltäglichen Zusammenleben mit anderen Menschen. Die Kapitäne der alten Perlenfischerkutter gaben ihren Tauchern westliche Vornamen, damit sie sie leichter auseinanderhalten konnten. Diese Praxis wurde akzeptiert und an die Nachkommen weitergegeben."

„Eine ziemlich arrogante Praxis, einfach die eigene Kultur einer anderen aufzudrücken."

„Nicht eine Kultur, sondern nur einen Namen", widersprach Jared. „Die chinesische Kultur blüht und gedeiht immer noch in Broome. Und ich bezweifle, dass Sie von Vikki in diesem Punkt Kritik hören würden. Sie ist sozusagen die Bienenkönigin innerhalb der chinesischen Gemeinde."

Haushälterin bei den Picards zu sein brachte sicher einen gewissen Status mit sich, und dazu kam Vikkis respektables Alter. Was Christabel nicht erwartet hatte, war der kluge, scharfe

Blick, mit dem die alte Chinesin sie begutachtete, als sie sich jetzt mit Jared der Veranda näherte. Diesen hellwachen Augen entging so schnell nichts. Sie blickten ihrem Gegenüber bis in die Seele.

Christabel fühlte sich befangen angesichts dieser gründlichen Musterung und fühlte sich an ihre erste Begegnung mit Bernhard Kruger erinnert, nachdem sie seinen Sohn geheiratet hatte. War sie akzeptabel? Würde sie sich in ihre Rolle fügen und liefern, was man von ihr erwartete?

Damals hatte sie keine Vorstellung von dem gehabt, was sie erwartete. Heute, was Jareds Welt betraf, wusste sie es. Und unabhängig von ihren Gefühlen drängte sich ihr plötzlich der Gedanke auf, dass es falsch von ihr war, diese Welt auch nur am Rande zu berühren.

„Vikki Chan … Christabel Valdez", stellte Jared sie einander vor. „Und ihre Tochter Alicia, die Sie ja schon kennengelernt haben, Vikki."

Die alte Frau verbeugte sich. „Es ist mir eine Ehre."

Christabel nickte ihr höflich zu. „Die Ehre ist ganz meinerseits. Es ist sehr freundlich von Ihnen, mich willkommen zu heißen."

Vikki Chan blickte lächelnd auf. „Ihre Tochter meint, sie würde gern hier draußen essen, um dem Sturm zuzusehen. Ziehen Sie es vor, wenn ich den Tisch im Haus decke?"

„Nein, es ist bestens so", versicherte Christabel ihr rasch. Der Tisch auf der Veranda war bereits gedeckt, und von hier draußen würde es ihr vermutlich viel leichter fallen, aufzubrechen.

„Wie Sie es wünschen. Ich hoffe, Sie werden den Abend sehr genießen."

Nur ein Abend, rief Christabel sich ins Gedächtnis, während sie Vikki nachblickte, die im Haus verschwand. Ein ohrenbetäubender Donner hinter ihr ließ sie zusammenzucken. Es klang wie ein warnender Schicksalsschlag. Aber es war doch wirklich nur ein Abend. Wenn sie einen kühlen Kopf bewahrte, konnte nichts Schlimmes geschehen. Entschlossen wandte sie sich um ... Jared und dem Sturm entgegen.

4. KAPITEL

Bizarre Blitze zuckten über den schwarzen Himmel, begleitet von bedrohlichem Donnergrollen, ein beeindruckendes Schauspiel der Natur. In Europa hatte Christabel solch heftige Gewitterstürme nie erlebt, aber sie erinnerte sich an ähnliche aus ihrer Kindheit in Brasilien – und an die nachfolgenden Regenfluten, die eine Spur der Verwüstung hinterließen.

Alicia war völlig fasziniert und deutete immer wieder begeistert auf die grellen Blitze. „Schaut! Schaut!“, rief sie und klatschte vergnügt in die Hände. „Oh, das war ein großer!“

Jared erfreute sich lachend an ihrem Spaß, während er gleichzeitig den perfekten Gastgeber spielte. Er schenkte Alicia Fruchtsaft und Christabel und sich Weißwein ein und reichte eine Schale mit Nüssen und Reiscrackern herum. Schließlich setzte er sich an das andere Ende des Tisches, Christabel gegenüber, und ließ den Platz zwischen ihnen für Alicia frei, die immer wieder zwischen dem Tisch mit dem Fruchtsaft und den Crackern und der obersten Stufe der Verandatreppe, von wo aus sich der Sturm am besten beobachten ließ, hin- und hersprang.

Der Tisch war schlicht gedeckt mit Bambussets, Essstäbchen und Besteck, falls Christabel und Alicia nicht darin geübt sein sollten, mit Stäbchen zu essen. Servietten aus feinstem Damast und ausgesuchte Kristallgläser verliehen der entspannten Atmosphäre, die Jared offenbar schaffen wollte, den nötigen Stil.

Er hob sein Glas und blickte Christabel über den Tisch hinweg vielsagend an. „Es ist schön, Sie hier zu haben.“

Sie schluckte befangen und spielte mit dem Stiel ihres Glases. „Sie können nicht wirklich einsam sein, Jared.“

„Nun, es gibt Leeren in meinem Leben. In Ihrem nicht?“

Sie zuckte die Schultern. „Ich denke, es ist unmöglich, sie alle immer zu füllen."

„Manche davon für gewisse Zeit zu füllen würde schon etwas helfen, meinen Sie nicht?"

„Zeitlich begrenzt?"

„Wenn es so sein muss. Es wäre besser als nichts."

„Aber vielleicht würde die Leere danach noch größer sein."

„Wer kann schon wissen, was danach ist? Ich könnte morgen schon tot sein."

„Ziemlich unwahrscheinlich", entgegnete sie.

Jared blickte hinaus auf den Sturm. „Mein Vater starb, als sein Flugzeug beim Anflug auf Broome von einem Blitz getroffen wurde."

„Es tut mir leid", sagte Christabel entsetzt. „Das wusste ich nicht."

Er sah sie eindringlich an. „Keiner von uns kennt den Tag oder die Stunde, Christabel. Ich glaube deshalb, dass jeder Mensch seine Zeit so gut wie möglich nutzen sollte, solange er es kann."

Ihr Mann hatte gewiss nicht erwartet, so früh zu sterben, noch vor seinem Vater. Nein, Laurens hatte fest damit gerechnet, all das Geld und die Macht zu erben, nachdem er Bernhards Forderung erfüllt hatte, zu heiraten und wenigstens ein Kind zu zeugen. Dennoch hatte er seine kurze Lebensspanne sicher nach seinem Verständnis mehr als genutzt – mit jeder Frau, die ihm gefiel, und allen erdenklichen Vergnügungen. Wobei Christabel die damit verbundene Einstellung zum Leben nicht bewunderte, weil sie die Gefühle anderer Menschen außer Acht ließ.

Sie war sich nicht bewusst, dass sich diese bitteren Erinnerungen in ihrem Gesicht spiegelten, bis Jared plötzlich fragte: „Woran denken Sie?"

Christabel wich seinem Blick aus. „Mein Mann starb auch bei einem Unfall – mit einem Rennboot. Nicht in einem Sturm, sondern durch menschliches Versagen." Sie nippte an ihrem Wein und hoffte, Jared würde das Thema nicht weiter verfolgen. Es war ein Fehler, über Einzelheiten ihrer Ehe zu sprechen. Der Rennbootunfall war damals weltweit in den Nachrichten gewesen und stellte eine Verbindung zu all dem da, dem sie entfliehen wollte.

„Wie lang ist das her?"

Jareds mitfühlender Ton kam ihr wie blanke Ironie vor. Sie trauerte nicht um ihren Mann. Laurens war sie leid gewesen, sobald ihr Babybauch sichtbar geworden war, und hatte durch sein nachfolgendes Verhalten alle Gefühle getötet, die sie einmal für ihn gehegt haben mochte. „Ich war im achten Monat schwanger mit Alicia", antwortete sie bewusst ungenau.

Er schien einen Moment über ihre Antwort nachzudenken. „Dann hat Alicia ihren Vater nie gekannt?"

„Ich glaube nicht, dass sie in diesem Punkt eine Leere fühlt", erwiderte Christabel sofort und sah ihn herausfordernd an.

„Sie meinen, Sie sind alles, was Alicia braucht?"

„Wir kommen gut miteinander zurecht."

„Und ist sie alles, was Sie brauchen, Christabel?"

„Sie ist alles, was ich habe", antwortete sie rasch, wobei sie versuchte, seinem glühenden Blick auszuweichen, der die Leere in ihr aufdeckte und versprach, sie zu füllen.

Jared war hier, bereit, zumindest einen Teil ihrer Sehnsüchte zu erfüllen. Heute Nacht, wenn sie einwilligte. Wieder wurde Christabel von der heftigen Versuchung gepackt, es zu tun – sich zu nehmen, was sie konnte, solange sie es konnte. Hatte er ihr nicht genau das angeboten, als er gesagt hatte, niemand könne wissen, was später sei?

Diese gefährlichen Gedanken wurden durch Vikki Chan unterbrochen, die mit einem Servierwagen auf die Veranda kam, Alicia zu ihrem Platz rief und die Laterne über dem Tisch einschaltete. Dann stellte sie eine Platte mit Krabben in Honig auf den Tisch und dazu eine Schüssel Reis.

„Es ist mehr als genug für die Kleine", wandte sie sich an Christabel. „Sie und Jared können es also als ersten Gang essen, wenn Sie mögen."

„Danke. Es sieht köstlich aus."

Die alte Chinesin lächelte liebevoll in die Runde. „Bedienen Sie sich", lud sie ein und verschwand wieder im Haus.

Kein Zweifel, Vikki Chan war eine hervorragende Köchin. Die Krabben in Honig waren besser als alles, was Christabel je gekostet hatte, und Alicia vergaß sogar den Sturm, während sie ihre Portion mit großem Appetit verspeiste.

Es war Christabel nicht entgangen, dass sich Vikki Chans Verhalten ihr gegenüber geändert hatte. Diesmal hatte die alte Chinesin sie nicht mehr prüfend begutachtet, sondern sie schien ihre Anwesenheit bei Jared zu akzeptieren und brachte ihrer Tochter liebevolle Nachsicht entgegen.

Alicia plauderte während des Essens unbefangen mit Jared und genoss es sichtlich, wie selbstverständlich er auf sie einging. Christabel kam unwillkürlich in den Sinn, dass er einen guten Vater abgeben würde, liebevoll und fürsorglich, der jedem seiner Kinder das Gefühl geben konnte, geliebt und etwas ganz Besonderes zu sein. Laurens dagegen hätte ihre Tochter einer Armee von Kindermädchen übergeben und dann vergessen, dass sie überhaupt existierte. Sie war ein Mittel zum Zweck für ihn gewesen … mehr hatte seine Tochter ihm nie bedeutet und seine Frau auch nicht.

Geliebt und etwas ganz Besonderes … diese Vorstellung weckte in Christabel eine unbändige Sehnsucht, genau dieses Gefühl in Jareds Armen zu erleben.

Als hätte er ihre Gedanken erraten, sah er sie plötzlich an. Und sein glühender Blick verbot ihr zu leugnen, was zwischen ihnen war. Christabel durchzuckte es heiß, ihre Brustspitzen wurden hart. Doch trotz der gefährlichen Signale, die ihr Körper ihr sandte, konnte sie sich nicht von Jareds Blick lösen, der ihr die Erfüllung ihres Verlangens versprach. Sie wünschte sich, dass er dieses Versprechen einlösen und ihr alles geben würde, was sie sich von ihm ersehnte … all das Wirklichkeit werden ließe, was sie sich erträumte und was Laurens ihr nie gegeben hatte, nicht einmal in ihren Flitterwochen.

Ja. Christabel fühlte Jareds Zusage, ohne dass er das Wort laut ausgesprochen hätte. Eine wilde, erregende Freude durchflutete sie und hieß alle Vernunft schweigen. Ein plötzlicher Windstoß zauste ihr das Haar und streichelte kühl ihre nackte Haut. Ein heftiger Donnerschlag ließ sie zusammenzucken. Aber immer noch hielt Jareds Blick sie in Bann.

Vikki Chan erschien, um die Teller abzuräumen, und Alicia plauderte aufgeschlossen mit ihr. Da die Kleine ihre Krabben mit den Fingern gegessen hatte, schlug die alte Chinesin ihr vor, mit ihr in die Küche zu kommen, um sich dort die Hände zu waschen.

„Sie sollten besser die Läden auf der Südseite schließen,

Jared", sagte die Haushälterin noch, bevor sie mit Alicia verschwand. „Der Wind wird den Regen hereintragen."

Christabel bekam das alles nur am Rande mit.

Jared war aufgestanden. Groß und attraktiv und unglaublich männlich, war er wie ein Magnet, der ihre Aufmerksamkeit an sich band. Manche Dinge ließen sich nicht aufhalten. Sie waren genauso unausweichlich wie der Regen, der jetzt schwer auf das Blechdach niederprasselte. Der Wind wehte Jareds Hemd auseinander, und sein tief gebräunter Oberkörper schimmerte im sanften Licht der Laterne.

„Ich muss die Läden schließen", sagte Jared leise, rührte sich aber nicht. Auch er schien unter dem Bann dieser unausweichlichen Anziehung zwischen ihnen zu stehen.

„Ich helfe Ihnen", sagte Christabel, ohne zu überlegen, und stand ebenfalls auf.

„Kommen Sie mit mir."

Und sie folgte ihm mit klopfendem Herzen. Die hölzernen Läden wurden von Metallstangen offen gehalten. Diese mussten ausgehakt und eingeholt und die Läden dann mit Riegeln gesichert werden. Der stürmische Wind trieb Christabel und Jared den Regen ins Gesicht, als sie nebeneinander die insgesamt sechs Läden an der südlichen Veranda schlossen.

Jared half Christabel beim letzten. Er war ihr jetzt so nahe, dass sie seine Wärme spüren und den Duft seines After Shaves riechen konnte, doch sie wich nicht zurück. Sie hielt den Atem an, als Jared den letzten Laden zuzog. Dunkelheit hüllte sie ein, warm und vertraulich. Wind und Regen waren ausgesperrt, konnten ihnen nichts mehr anhaben.

Christabel hörte, wie der letzte Riegel einrastete. Alles war nun fest und gesichert außer ihren Gefühlen, die Amok liefen und sie drängten, die Dunkelheit dazu zu nutzen, das herauszufinden, was sie so sehnlichst wissen wollte. Die Art, wie Jared tief einatmete, verriet ihr auch seine große Anspannung. Dann drehte er sich zu ihr um, und sie wartete atemlos auf die erste Berührung, den ersten Beweis, dass das, was geschehen würde, richtig war. Es musste richtig sein. Es musste es wert sein, all die Regeln zu brechen, die sie für sich aufgestellt hatte. Es musste das sein, wonach sie sich in all den zahllosen, einsamen Nächten gesehnt hatte.

Nimm mich!, flehte sie insgeheim. Nimm mich!

Und Jared nahm sie in die Arme, drückte sie an sich und griff mit einer Hand in ihr langes, seidiges Haar. Dann beugte er sich herab und küsste sie mit einer Leidenschaft, die alles, was sie erwartet hatte, übertraf. Kuss um Kuss weckte er ihre schlummernden Gefühle, die nun mit Macht an die Oberfläche drängten und ihr Recht forderten. Es war so unbeschreiblich schön, dass Christabel jede Sekunde auskostete und sich ganz von ihrem Verlangen treiben ließ, alles zu erleben und zu genießen, was sie in den Armen dieses Mannes genießen konnte.

Sie krallte die Finger in sein dichtes Haar und drängte ihn, nur ja nicht aufzuhören. Lustvoll schmiegte sie sich an seinen kraftvollen Körper, und als er ihre Hüften umfasste und sie noch fester an sich presste, sodass sie seine Erregung spüren konnte, wuchs ihre eigene ins Unermessliche.

„Bleib heute Nacht bei mir."

Er flüsterte die Worte an ihren Lippen. Leidenschaftliche Worte, die wie aus weiter Ferne zu ihr drangen und die Flut der Gefühle unterbrachen.

„Bleib", wiederholte Jared drängend. „Wir können Alicia

hier ein Bett machen."

Alicia! Wo …? Christabel hatte Mühe, einen klaren Gedanken zu fassen. Natürlich, ihre Tochter war mit Vikki Chan in der Küche, um sich die Hände zu waschen.

„Du willst es doch auch, Christabel."

Er presste sie bedeutsam an sich, sodass es keinen Zweifel geben konnte, wie erregt sie beide waren. Christabel wünschte, er hätte nicht gesprochen, sondern einfach weitergemacht. Aber der Zeitpunkt war noch nicht richtig. Alicia … Und Vikki Chan würde bald den nächsten Gang ihres Abendessens servieren. Wie lange hatten sie, Christabel, und Jared sich so selbstvergessen geküsst?

Er blickte auf. „Sieh mich an!"

Seine dunklen Augen schienen zu glühen. Sacht berührte er ihre Wange, und seine geflüsterten Worte schlichen sich in ihr Herz: „Wir begehren uns. Daran ist nichts Verwerfliches, Christabel, also lass es einfach zu. Etwas Zeit nur für uns beide, in der wir tun, was uns gefällt, und uns von allem anderen befreien. Lass uns diese Nacht zu unserer Nacht machen."

Frei sein … nur für eine Nacht …

„Sag Ja, Christabel. Sag, dass du bei mir bleibst."

„Ja", flüsterte sie. Mehr als Jared je ahnen konnte, drängte sie, sich diese Zeit für sich zu stehlen aus einem Leben, das auf immer von ihrer unseligen, naiven Entscheidung bestimmt werden würde, einmal Laurens Kruger geheiratet zu haben. „Ich will diese Nacht mit dir, Jared."

Eine gestohlene Nacht. Was konnte daran Schlimmes sein? Nur Vergnügen und Lust … mit dem „König der Sinnenlust". Und jetzt küsste er sie erneut, wie um ihr einen Vorgeschmack davon zu geben.

5. KAPITEL

Christabel und Jared mussten sich jedoch zunächst gedulden. Noch waren sie nicht allein, jedenfalls nicht wirklich, auch wenn Christabel Mühe hatte, sich in ihrer Rolle als Mutter oder als Gast wieder zurechtzufinden, nachdem Jared King sie so geküsst hatte.

Es kam ihr so seltsam unwirklich vor, sich wieder an den Tisch zu setzen, als wäre nichts geschehen, und insgeheim ihre aufgewühlten Gefühle zu genießen, während Vikki Chan mit dem Servierwagen auf die Veranda kam und den nächsten Gang auftrug. Alicia folgte ihr, eine Waffeltüte mit dem geliebten Eis mit Schokoladensplittern in der Hand, und hüpfte zu Jared, um sich noch einmal artig bei ihm für das Eis zu bedanken.

Christabel konnte den Blick nicht von Jared wenden, während sich ihr erotische Bilder davon aufdrängten, was sie miteinander tun würden, wenn sie endlich wirklich allein waren. War er immer noch erregt? Sie versuchte sich auszumalen, wie er ohne Kleidung aussehen würde und wie es sich dann anfühlen würde, in seinen Armen zu liegen. Ein Mann wie er würde sich nichts beweisen müssen, sondern einfach er selbst sein … und ihr erlauben, ganz sie selbst zu sein.

„Das sieht ganz wunderbar aus, wie immer, Vikki“, bemerkte er, als die alte Chinesin ihnen gedünsteten Fisch und geschmortes Gemüse auf die Teller füllte und es mit einer Sauce übergoss.

„Vikki hat extra einen chinesischen Topf mit Bambusstöcken darin, um den Fisch zu kochen, Mummy“, erklärte Alicia ihrer Mutter eifrig. „Sie hat mir viele ganz besondere Sachen gezeigt. Das Haus hat eine toll große Küche. Größer als unser ganzer Wohnwagen."

„Wie schön!", antwortete Christabel zerstreut. Der Anblick ihrer Tochter, die hingebungsvoll ihr Eis schleckte, weckte in ihr die Erinnerung an Jareds Küsse. Würde er ihre Brüste genauso küssen, die Zunge über die harten Spitzen kreisen lassen und ...

„Und Vikki hat auch eine Muschelsammlung", fuhr Alicia begeistert fort. „Sie hat versprochen, sie mir zu zeigen, wenn sie mit dem Kochen fertig ist."

„Wie schön!", hörte Christabel sich erneut antworten und riss sich zusammen. Lächelnd wandte sie sich an Vikki Chan. „Vielen Dank, dass Sie Alicia so viel Zeit opfern."

„Das mache ich gern. Es ist ein Vergnügen mit anzusehen, wie sie sich an allem freut. So sollte es bei Kindern sein."

„Ja", stimmte Christabel zu, froh, dass Alicia keine Probleme machte. Sie wollte an diesem Abend frei sein – frei von allen Problemen, frei, um sich mit Jared King zu lieben und all die Freuden zu genießen, die er ihr mit seinen Blicken und Küssen versprochen hatte.

„Deine Mutter bleibt heute länger hier, als du aufbleiben darfst, Alicia", wandte Jared sich nun mit einem freundlichen Lächeln an ihre Tochter. „Wenn du dir die Muschelsammlung angesehen hast, findet Vikki sicher ein schönes Zimmer für dich, in dem du schlafen kannst."

„Ein ganzes Zimmer allein für mich?", fragte Alicia mit großen Augen, bevor ihr ein anderer Gedanke kam: „Und wo wirst du sein, Mummy?"

„Hier", antwortete Christabel beruhigend. „Bei Jared", fügte sie noch hinzu, und heiße Freude durchzuckte sie bei dem Gedanken. Heute Nacht würde sie sich nicht mit Träumen begnügen müssen, sondern den Mann, den sie so sehr begehrte, leibhaftig in den Armen halten.

„Es steht ein Bett in dem Zimmer, wo meine Muschelsammlung ist", wandte sich Vikki Chan vielversprechend an Alicia. „Vielleicht möchtest du ja da schlafen. Sollen wir es uns mal ansehen?"

„Oh ja!", rief die Kleine begeistert, offensichtlich ganz wild darauf, zusammen mit der alten Köchin das große Haus weiter zu erforschen.

Die beiden verschwanden wieder und ließen Christabel und Jared mit dem Essen allein.

Jared schenkte ihnen Wein nach und hob sein Glas. „Auf die Freiheit", sagte er und sah sie forschend an.

„Für diese eine Nacht", antwortete sie und nippte an dem feinen, würzigen Chardonnay.

Der Fisch war superb, saftig und zart, und das Gemüse und die Sauce bildeten die perfekte Ergänzung dazu. Christabel hatte sich für das Besteck entschieden, aber sie beobachtete bewundernd, wie geschickt Jared mit den chinesischen Essstäbchen umging.

Sie konnte einfach nicht genug davon bekommen, ihn anzusehen. Alles an ihm bereitete ihr Vergnügen, und es war eine Lust, endlich keine künstlichen Mauern mehr errichten zu müssen, Ja zu sagen anstatt Nein und einfach der Natur ihren Lauf zu lassen. Bereits jetzt gefiel ihr alles, was sie von Jared King wusste. Und heute Nacht würde sie noch mehr über ihn erfahren … so viel wie möglich. Und sie würde all dieses Wissen als wertvollsten Schatz für immer in ihrer Erinnerung bewahren.

Jared legte die Essstäbchen beiseite und deutete auf Christabels fast leeren Teller. „Schmeckt es dir?"

„Großartig!", antwortete sie ehrlich begeistert.

Zufrieden lächelnd nahm er sein Glas, lehnte sich zurück und sah zu, wie sie die letzten Bissen verspeiste. Christabel fragte sich, woran er wohl denken mochte. Erinnerte er sich daran, wie wenig sie unter ihrem Kleid anhatte? Er musste es gespürt haben, als er sie in den Armen gehalten hatte. Malte er sich aus, wie sie nackt aussah?

Ihr Herz schlug schneller, als sie nun ihrerseits das Besteck beiseitelegte und ihr Glas hob. In wachsender Vorfreude blickte sie Jared über den Rand hinweg an.

„Sollen wir aufstehen und ein wenig den frischen Regen genießen?" Ohne ihre Antwort abzuwarten, hatte Jared sich bereits erhoben.

Sie sah ihn überrascht an. „Du meinst, wir sollen in den Regen hinausgehen?" Donner und Blitz waren inzwischen einer wahren Sintflut gewichen, die unbarmherzig auf das Blechdach der Veranda niederprasselte.

„Nein, nur an den Rand der Veranda." Er kam lächelnd auf sie zu. „Ich kann es einfach nicht ertragen, noch länger den Tisch zwischen uns zu haben."

„Oh!"

Ihre Erregung wuchs, als Jared hinter ihren Stuhl trat, sich herabbeugte und sie sacht auf den Scheitel küsste. „Nimm dein Weinglas mit", flüsterte er.

Ohne zu überlegen, folgte sie seiner Bitte und stand mit dem Weinglas in der Hand auf. Jared zog den Stuhl fort, legte ihr einen Arm um die Taille und zog sie aus dem Licht der Laterne fort in den Schatten zu einer breiten Balustrade.

Der Regen hatte die drückende Hitze vertrieben und den Staub gebunden, sodass die Luft frisch und klar war. Immer noch war der Himmel schwarz und wolkenverhangen. Weder Mond noch Sterne waren zu sehen. Christabel hörte, wie sich unterhalb in der Bucht die Wellen der sturmgepeitschten See am Strand brachen. Aber das alles nahm sie nur am Rande wahr, denn all ihre Sinne waren auf Jared ausgerichtet, der hinter ihr stand, den Arm um ihre Taille gelegt, und an ihr vorbeilangte, um sein Glas auf die Balustrade zu stellen.

Dann umfing er sie mit beiden Armen, barg das Gesicht in ihrem Haar und flüsterte ihr ins Ohr: „Du hast mich so lange von dir ferngehalten, dass ich mich einfach vergewissern muss, dass es kein Traum ist."

„Ja", flüsterte sie sehnsüchtig.

„Ich möchte den Duft deines Haars einatmen, möchte es fühlen …" Während er das sagte, bedeckte er ihr Haar und dann ihren Hals mit heißen Küssen.

Christabel lehnte sich zurück und genoss seine sinnlichen Liebkosungen. Er drückte sie an sich, umfasste eine ihrer Brüste mit einer Hand und ließ den Daumen über die Spitze gleiten, die sich hart unter dem feinen Stoff ihres Kleides abzeichnete. Christabel schloss die Augen, um sich ganz diesen wundervollen Gefühlen hingeben zu können. Unwillkürlich rieb sie sich an Jared und kostete den Triumph aus, ihn derart erregen zu können. Sie sehnte sich danach, dass er auch die andere Brust umfassen würde, doch Jared ließ die Hand über ihren flachen Bauch gleiten und presste sie noch enger an sich, um sie das Maß seiner Erregung spüren zu lassen.

„Ich muss dich berühren und kann nicht mehr warten", flüsterte er warnend, wobei er ihr Kleid hochstreifte. „Sag es mir also jetzt, falls du deine Meinung geändert haben solltest."

Sie hatte nicht die Absicht, ihre Meinung zu ändern. Mit angehaltenem Atem wartete sie, als Jared ihr die Hände unter den Rock schob und ihre nackten Schenkel streichelte. Ehe sie dann richtig begriff, was geschah, hakte er mit den Daumen unter den schmalen Gummi ihres Spitzentangas und streifte ihn ihr herunter, sodass er im nächsten Moment um ihre Fesseln hing.

„Tritt heraus, Christabel."

„Jared ...", protestierte sie schwach.

Ihr Kleid war wieder heruntergeglitten, sodass ihre Blöße bedeckt war, als Jared sie erneut verlangend an sich drückte und ihr schmeichelnd zuflüsterte: „Ich werde den Slip in meine Tasche stecken. Weder Vikki noch Alicia werden etwas davon bemerken. Keiner wird wissen, dass du unter diesem Kleid nackt bist außer dir und mir. Und ich will es wissen, Christabel. Ich will wissen, dass du deine Meinung nicht mehr ändern wirst, wenn Alicia kommt, um dir Gute Nacht zu sagen. Ich will wissen, dass deine Antwort immer ja lautet."

„Das wird sie", antwortete Christabel heiser.

„Du warst dir unsicher, als du hergekommen bist. Triff jetzt eine endgültige Entscheidung. Spiel nicht mit mir, Christabel, sondern beweise es."

Sie errötete schuldbewusst. Ihre Kleidung und Aufmachung konnte er nur als Spiel interpretieren, wenn sie nicht Taten folgen ließ. Außerdem hatte er recht, niemand würde es wissen außer ihnen. Und die Vorstellung, unter ihrem Kleid gänzlich nackt und jederzeit für seine Zärtlichkeiten erreichbar zu sein, hatte etwas ungemein Erotisches an sich. Sie zögerte nur kurz und trat dann aus dem Slip heraus.

Jared bückte sich und küsste ihr zart die Kniekehlen, als er den Spitzenslip aufhob und in seine Hemdtasche steckte. Dann ließ er die Fingerspitzen über ihre Beine gleiten, während er sich langsam wieder aufrichtete. Christabel erschauerte, als sie seine Hand unter ihrem Kleid auf ihren Oberschenkeln spürte, und sehnte sich danach, dass er sie noch weiter hinaufgleiten lassen würde.

Doch in diesem Moment wurde ihre traute Zweisamkeit durch sich nähernde Stimmen aus dem Haus gestört. Jared zog seine Hand zurück, trat beiseite und lehnte sich mit dem Rücken gegen die Balustrade. Gelassen nahm er sein Glas und betrachtete Christabels Gesicht, während sie darauf warteten, dass Vikki und Alicia wieder auftauchten. Christabel hielt ihr Weinglas verkrampft in der Hand und merkte erst jetzt, dass sie es die ganze Zeit über gehalten hatte.

„Du bist die schönste Frau, die mir je begegnet ist", sagte Jared leise. „Und ich will diese Nacht mit dir mehr als alles andere auf der Welt."

Die Leidenschaft in seinen Worten machte ihr plötzlich Angst, dass er danach auf mehr drängen würde. „Du bist auch etwas ganz Besonderes für mich", gestand sie heiser. „Aber bitte, versteh doch …"

Er legte ihr sacht einen Finger auf die Lippen und hieß sie so schweigen. „Du hast ein Kind und ein Leben, das du nicht mit mir teilen wirst. Das musst du mir nicht sagen, Christabel. Du hast es mir auf unzählige Weise zu verstehen gegeben."

„Ich will es nicht, Jared, aber es ist einfach so", sagte sie flehentlich.

Er nickte. „Aber du sollst wissen, dass ich dieses Geschenk

mehr zu schätzen weiß, als ich es in Worten auszudrücken vermag."

Dieses Geschenk ... was für eine wundervolle Weise auszudrücken, was sie miteinander tun würden. Das Wunder, die Lust, die Befriedigung, sich gegenseitig das zu geben, was sie sich am meisten wünschten.

„Mummy ... weißt du was?"

Widerstrebend wandte Christabel sich dem Kind zu, das niemals Jareds Kind sein konnte. Alicia gehörte ihrem Erbe, und nicht einmal sie, ihre Mutter, würde auf lange Sicht verhindern können, dass dieses gewaltige Vermögen Einfluss auf das Leben ihrer Tochter nehmen würde. Ihrer beider Leben war davon bestimmt, und Christabel begehrte in diesem Moment gegen dieses Schicksal auf. Gewaltsam musste sie sich daran erinnern, dass ihre Tochter selbst ein unschuldiges Opfer in diesem grausamen Spiel des Schicksals war, um das Kind anlächeln zu können, das sie liebte und das jetzt Vikki Chan eifrig dabei half, den Tisch abzuräumen.

„Was sollte ich denn wissen, Alicia?" Christabel stellte ihr Weinglas auf die Balustrade und schenkte der Kleinen ihre ganze Aufmerksamkeit.

„Du musst mir heute keine Gutenachtgeschichte erzählen, weil Vikki mir eine versprochen hat. Sie kennt Geschichten von Drachen."

„Das klingt aber wirklich aufregend."

„Und ich werde in dem Muschelzimmer schlafen."

„Dann ist also schon alles geklärt?"

„Ja", mischte sich Vikki Chan ein. „Ich bringe die Kleine ins Bett und sorge dafür, dass sie einschläft."

„Das ist wirklich sehr freundlich von Ihnen."

„Es ist mir ein Vergnügen."

„Und ich möchte mich auch noch für das köstliche Essen bedanken", fügte Christabel hinzu, wobei sie sich fragte, wie viel die scharfsinnige alte Chinesin von dem, was zwischen ihr und Jared ablief, mitbekommen hatte. Im Grunde konnte es ihr aber egal sein, denn sie würde Vikki Chan vermutlich nie wiedersehen. Eine Nacht war eine Nacht.

„Wir werden uns selbst um den Kaffee kümmern, Vikki", sagte Jared nun beiläufig. „Vielen Dank für alles."

Die alte Haushälterin sah ihn bedeutsam an. „Dann ziehe ich mich jetzt auch zurück." Sie stellte die letzten Teller auf den Servierwagen und wandte sich lächelnd an Alicia. „Du solltest deiner Mutter besser jetzt gleich Gute Nacht sagen. Wir haben noch viel zu tun."

„Ja, wir haben noch viel zu tun", pflichtete die Kleine ihr eifrig bei. „Gute Nacht, Mummy!" Sie stürmte mit ausgebreiteten Armen auf Christabel zu.

Christabel gelang es, ihre kleine Tochter auf den Arm zu heben und an sich zu drücken, ohne ihre verräterische Blöße zu enthüllen. Zärtlich küsste sie Alicia auf die Wange.

„Bekomme ich auch einen Gutenachtkuss?", fragte Jared neckend und rückte näher.

Kichernd beugte sich Alicia vor, um ihm einen Kuss auf die Wange zu drücken. Obwohl Jared kein Fremder für sie war, war es doch ungewöhnlich, wie selbstverständlich und vertraut sie ihm begegnete. Sie schien ihn zu mögen und ihm zu vertrauen.

Doch es konnte keine gemeinsame Zukunft für sie beide und Jared King geben. Christabel rief es sich energisch ins Gedächtnis, als sie ihre Tochter wieder auf die Füße stellte. Es hatte keinen Sinn, darüber zu spekulieren, wie gut er vielleicht für ein vaterloses Kind sein könnte.

„Ab mit dir“, drängte sie Alicia. „Ich komme dich holen, wenn es für uns Zeit ist, aufzubrechen.“

„Vergiss nicht, ich schlafe im Muschelzimmer, Mummy.“

„Ich werde ihr zeigen, wo es ist“, versprach Jared ihr gutmütig.

„Gute Nacht, Ihnen beiden.“ Vikki Chan verbeugte sich höflich, bevor sie den Servierwagen ins Haus schob. Alicia lief hinter ihr her und bestürmte sie mit Fragen über Drachen.

Wir müssen gegen zu viele Drachen ankämpfen, dachte Christabel plötzlich wehmütig. Geld war ein schrecklicher Fluch, und sie besaß nicht die Macht, ihn zu vertreiben. Und abgesehen von allem anderen, blieb da immer noch die Frage: War Laurens’ Rennboot damals sabotiert worden?

Nachdem Laurens tot und Bernhard inzwischen auch trotz der besten medizinischen Behandlung an Krebs gestorben war … Wer sollte noch kontrollieren, was die Finanzhaie mit dem Kruger-Vermögen anstellen würden, jetzt, da Bernhard nicht mehr war? Der Erbe dieses gewaltigen Vermögens war ein Kind, das sich kontrollieren und manipulieren ließ … und, wenn nötig, auch beiseiteschaffen?

Christabel schauderte bei dem Gedanken.

Jared legte ihr einen Arm um die Schultern. Er schien ihre Ängste zu spüren, auch wenn er sie nicht verstand. „Sie ist bei Vikki sicher.“

Sicher? Nicht einmal eine Armee von Leibwächtern konnte, wenn es darauf ankam, ihrer beider Sicherheit garantieren! Und was für ein Leben war das … eingesperrt in einem goldenen Käfig und nie zu wissen, wem man vertrauen konnte, wo doch derart viel Geld auf dem Spiel stand?

Heute Abend würde sie sich ein kleines Fenster zur Freiheit aufstoßen. Energisch verdrängte sie ihre Ängste. Die Zeit mit Jared war ihr zu kostbar, um sie davon beeinträchtigen zu lassen.

„Jetzt sind wir allein“, sagte sie, ließ die Hand über seinen Oberkörper gleiten und lächelte zu ihm auf. „Ich möchte dich auch berühren.“

6. KAPITEL

Die Augen einer Tigerin lächelten ihn an …

Dieser Gedanke kam Jared in den Sinn, als Christabel ihn so zärtlich berührte. Sie hatte sich entschieden und nahm nun die Ausführung ihres Vorhabens in Angriff. Aber geschah es auch mit dem Herzen einer Tigerin, die ihr Opfer stellte, packte, sich daran labte und dann wieder verschwand, sobald sie ihren Appetit gestillt hatte?

Nein! Diese Nacht würde nach seinen Regeln ablaufen.

Eine Nacht, hatte Christabel gesagt. Aber eine Nacht würde ihm niemals genügen. Er musste in ihr das Gefühl wecken, dass es auch für sie nicht genug sein würde.

Sie ließ die Hände nun verführerisch über seine Schultern gleiten und begann, ihm das offene Hemd herunterzustreifen. Er musste die Sache in die Hand nehmen und verlangsamen, bevor Christabel ihm jegliche Kontrolle rauben würde. Bevor er sie jedoch daran hindern konnte, ließ sie die Zunge über seinen Oberkörper gleiten und …

Er konnte sich nicht rühren. Heißes Verlangen durchzuckte ihn, als sie ihn so erotisch liebkoste. Dabei streifte sie ihm das Hemd vollends herunter. Ohne zu wissen, warum, fing Jared es mit einer Hand auf, als könnte er sich daran festhalten. Christabel streichelte inzwischen seinen flachen Bauch und presste die geöffneten Lippen auf seine warme Haut. Jared hatte keine Kontrolle mehr über die Reaktionen seines Körpers. Er wünschte sich, dass sie die Hände tiefer gleiten lassen und ihn auch dort berühren würde, obwohl er wusste, dass es dann im nächsten Moment vorbei sein würde. Schon fühlte er, wie sie die Hand in den Bund seiner Shorts schob …

Er musste sie aufhalten! Sofort!

Jared nahm sie, hob sie hoch und küsste sie wild und leidenschaftlich. Sie drängte sich an ihn, krallte die Finger in seinen muskulösen Rücken und stand ihm an Leidenschaft in nichts nach. Jared trug sie zur Balustrade, warf sein Hemd über das blanke Holz, setzte Christabel darauf und blickte keuchend auf. Die Lippen noch halb geöffnet, sah Christabel ihn benommen und unverwandt an. Ihm wurde klar, dass sie ganz spontan und gefühlsmäßig gehandelt hatte, von Wünschen getrieben, die ihr gar nicht bewusst gewesen waren, geschweige denn, dass sie ihr Vorgehen geplant hätte.

„Christabel …"

Sie blinzelte und schien aus einem tiefen Traum zu erwachen. Jared rührte die ungeheure Verletzlichkeit, die aus dem Blick ihrer schönen Augen sprach. Sacht berührte er ihre Wange. „Ich will dich lieben … nicht dich einfach nehmen."

„Habe ich etwas falsch gemacht?", fragte sie besorgt.

Mit was für einem Mann war sie verheiratet gewesen, dass sie sich ihrer Sexualität so unsicher war? Jared wollte jetzt nicht darüber nachdenken. Für ihn war nur wichtig, dass er offensichtlich der erste Mann war, der sie so erregt hatte. Diese Erfahrung war für sie genauso einzigartig wie für ihn, und sie brauchte jetzt seine Ermutigung.

„Nein, du hast nichts falsch gemacht. Es geht nur zu schnell. Auf diese Weise wäre ich gekommen, bevor ich es für dich zu etwas Besonderem hätte machen können", erklärte er ihr sanft.

„Oh!"

Er beugte sich vor und küsste sie zärtlich, sinnlich und fest entschlossen, sein Verlangen zu beherrschen, um ihr zu zeigen, wie wundervoll es für sie beide sein konnte, sich zu lieben. Ganz sacht streifte er ihr den Ausschnitt ihres Kleides über die Schulter und über den Arm hinab, um ihre eine Brust zu entblößen. Christabel stöhnte sehnsüchtig, als er sie dann zärtlich umfasste. Jared beugte sich herab, umschloss die dunkle Spitze mit den Lippen, ließ die Zunge darübergleiten und saugte sacht daran. Christabel krallte die Finger in sein Haar und drängte sich stöhnend an ihn.

Sie wollte mehr, flehte um mehr. Als Jared ihr das Oberteil des Kleides nun gänzlich bis zur Taille herunterzog, umfasste sie seinen Kopf, zog diesen an ihre andere Brust und seufzte lustvoll, als er ihrem Verlangen nachkam und nun auch diese Brust mit Lippen und Zunge liebkoste. Er spürte, wie ihre Erregung wuchs, und als sie ihn dann mit ihren Beinen umfing und sich zurücklehnte, wusste er, dass sie kurz vor dem ersten Höhepunkt stand.

Jared hob sie von der Balustrade und presste sie fest an sich, als er sie davontrug, das Gesicht zwischen ihren vollen, straffen Brüsten geborgen.

„Jared … wo …?“, flüsterte sie verwirrt.

„Ich knipse nur das Licht über dem Tisch aus“, antwortete er liebevoll.

„Ach so! Sag, hast du vorhin dasselbe empfunden, als ich …“

„Ja.“

„Ich habe noch nie etwas so Wundervolles gefühlt.“ Es klang benommen und ungläubig.

„Mir geht es nicht anders.“

Es war die Wahrheit. Jared fühlte sich von dem unbändigen Wunsch beseelt, Christabel all das zu geben, was sie noch nie erlebt hatte. Sie sollte ihn nie vergessen, ihren ersten wahren Liebhaber. Den Mann, dem sie sich nicht verweigern konnte … und den sie dann für immer in ihrem Leben würde behalten wollen.

Er schloss die Tür zum Haus, knipste die Laterne über dem Tisch aus und legte Christabel behutsam auf den Tisch.

„Was tust du?“, fragte sie verwirrt.

„Ich brauche zwei freie Hände, um dir das Kleid ganz auszuziehen.“

Sie lachte überrascht und half ihm nach Kräften. „Aber deine Shorts auch. Du sollst genauso nackt sein wie ich.“

Bereitwillig entledigte er sich seiner restlichen Kleidung, bevor er ihr auch noch die Sandaletten von den Füßen streifte. „Berühre deine Brüste, Christabel“, flüsterte er, wobei er sich zwischen ihre geöffneten Beine stellte und die Innenseiten ihrer Oberschenkel streichelte. „Liebkose sie, so wie ich sie liebkost habe … sie sind wundervoll weiblich und sinnlich. Streichle sie, während ich …“ Er ließ die Hand höher gleiten. „Schließ die Augen. Gib dich ganz deinen Gefühlen hin …“

Dann beugte er sich herab zwischen ihre Beine und liebkoste sie mit Lippen und Händen, wie sie es sich in ihren erregendsten Träumen nicht ausgemalt hätte. „Jared …!“

Sie erschauerte und wand sich vor Verlangen, und Jared wurde von heißem Triumph gepackt, dass er solche Leidenschaft in ihr wecken konnte. Christabel, seine Christabel, stöhnte seinen Namen … den Namen des einzigen Mannes, der ihr diese Lust bereiten konnte.

„Jared, bitte … Ich kann es nicht mehr ertragen …“

„Oh doch, du kannst es“, widersprach er sanft. „Gib dich ihm hin. Lass es einfach geschehen.“

Langsam richtete er sich auf und ließ die Lippen über ihren

Körper nach oben gleiten. Dann gab er ihr, wonach sie sich so sehr sehnte, nahm sie, und sie kam ihm bebend vor Verlangen entgegen.

„Oh!“ Christabel drängte sich in Ekstase an ihn.

Jared hielt inne und küsste die harten Spitzen ihrer vollen Brüste.

„Oh ...“ Wellen der Lust durchfluteten ihren Körper. Plötzlich umfasste sie seinen Kopf und zog ihn zu sich hoch. „Mehr, Jared ... mehr!“

Er stieß zu, machtvoll und tief, und Christabel kam ihm erneut stöhnend vor Lust entgegen. Jared küsste sie innig auf den Mund. Sie legte ihm die Arme um den Nacken, umfing ihn mit den Beinen und hielt ihn so fest, als wollte sie dieses Gefühl ... und ihn für immer festhalten.

„Jared, es ist so unglaublich, so unbeschreiblich schön“, flüsterte sie atemlos an seinen Lippen.

Ihre ungehemmte Freude drängte ihn einmal mehr, seine eigenen Bedürfnisse zu zügeln, um ihr das größtmögliche Vergnügen zu bereiten. „Du wirst es wieder erleben“, versprach er ihr. „Lass dich einfach davontragen.“

Ein Höhepunkt, auch wenn es der erste in ihrem Leben gewesen sein mochte, genügte Jared nicht für diese wundervolle Frau. Mal langsam, mal schneller führte er sie immer wieder zum Gipfel der Lust, angefeuert durch ihre hemmungslose Hingabe und ihr lustvolles Stöhnen. Auch für ihn war es das erregendste Erlebnis. Schließlich war es dann auch um seine Beherrschung geschehen, und er ließ sich vom Ansturm seiner Gefühle mitreißen und zu einem unglaublichen Höhepunkt tragen. Stöhnend sank er auf Christabel nieder, und sie umfing ihn, streichelte ihn, küsste ihn zärtlich. Für Jared war es der schönste Augenblick in seinem Leben.

„Du bist wirklich der ‚König der Sinnenlust'", flüsterte sie fast ehrfürchtig, während sie sein Gesicht mit zarten Küssen bedeckte.

„Denkst du so von mir?", fragte er verblüfft.

„Es ist in deinen Blicken, deinen Berührungen. Schon am ersten Abend, als du zum Markt gekommen bist, habe ich gesehen, mit welcher Lust du die Finger über meine Schmuckstücke hast gleiten lassen. Und als du mich dann angesehen hast …" Sie seufzte tief.

„Es hat mir ein ungeheures Vergnügen bereitet, dich anzusehen, Christabel, und ich will es jetzt wieder empfinden … will dich ansehen, wie du auf meinem Bett liegst. Unzählige Male habe ich es mir ausgemalt, und genau dahin bringe ich dich jetzt."

Sie lachte übermütig, als er sie nun auf seine Arme hob und zielstrebig mit ihr über die Veranda zu den Terrassentüren ging, die in sein Schlafzimmer führten. Heißer Triumph durchzuckte ihn. Alles entwickelte sich zum Guten. Christabel schmiegte den Kopf an seine Schulter und wollte genau das, was auch er wollte.

„Der Regen hat aufgehört", bemerkte sie überrascht.

„Stimmt."

„Ein denkwürdiger Sturm", flüsterte sie.

Jared lächelte, denn für ihn waren ihre Worte der Beweis, dass es ihm gelungen war, sich unauslöschlich ihrem Gedächtnis einzuprägen.

Im Schlafzimmer legte Jared Christabel auf sein Bett und knipste eine Tischlampe an, um das Bild Wirklichkeit werden zu lassen, das er sich so oft in seinen Träumen ausgemalt hatte. Er ging langsam um das Bett herum auf die andere Seite und ließ den Blick bewundernd über ihre unvergleichliche Schönheit gleiten.

Ihr herrliches Haar lag, genau wie er es sich vorgestellt hatte, wie ein glänzender schwarzer Fächer auf den Kissen ausgebreitet, ihre seidige Haut schimmerte wie Honig. Ihr wunderschöner Körper war mit seinen üppigen Rundungen und langen, schlanken Beinen der Inbegriff weiblicher Schönheit. Aber Jared konnte keine Spur von der Tigerin entdecken, die er stets in seiner Vorstellung mit Christabel verbunden hatte.

Im Gegenteil, sie wirkte eher ein wenig befangen und unsicher, wie sie dalag und darauf wartete, dass er zu ihr kommen würde. Warum? Wie konnte eine solche Frau nicht um die Macht ihrer erotischen Ausstrahlung wissen? Was hatte ihren Stolz und ihr Selbstbewusstsein derart untergraben?

Ihr Blick ruhte auf ihm, bewundernd, fast ehrfürchtig. Jared erkannte, dass diese Situation völlig neu für sie war … so mit ihm zusammen zu sein, sie beide völlig nackt und ungehemmt. Es rührte ihn, welch großen Gefallen sie offensichtlich an ihm fand … wie ein Kind, das unerwartet mit Geschenken überschüttet wird. Er streckte sich neben ihr aus und stützte sich auf einem Ellbogen auf, um ihr Gesicht betrachten zu können. Christabel lächelte ihn an, aber nicht geheimnisvoll exotisch, sondern eher glücklich und ein wenig schelmisch.

„Darf ich dich jetzt berühren?“, fragte sie.

Er lächelte einladend. „Alle Verbote sind aufgehoben. Los, lass dich nicht aufhalten.“

„Überall?“

„Wo immer du willst.“

Sofort setzte sie sich energisch auf und betrachtete ihn mit diebischem Vergnügen. „Dann leg dich einfach hin, Jared, und lass mich gewähren."

„Darf ich dich auch berühren?", fragte er neckend, während er sich entspannt auf dem Rücken ausstreckte.

Sie legte den Kopf schief und überlegte. „Nein, besser nicht. Du würdest mich nur ablenken und die Initiative ergreifen, und jetzt bin ich an der Reihe."

Ein wenig amüsiert, aber auch gespannt, fragte sich Jared, was sie wohl vorhaben mochte.

Es wurde sehr rasch zu der erotischsten Erfahrung seines Lebens. Christabel berührte ihn mit einer Hingabe, die ihn ganz gefangen nahm. Völlig auf ihn konzentriert, ließ sie die zarten Fingerspitzen sinnlich und verführerisch über seinen ganzen Körper gleiten und überging keine Stelle. Und genauso hingebungsvoll küsste sie ihn, schien jedes Mal auf seine Reaktion zu lauschen, begierig zu erfahren, was ihm Lust bereitete, und offensichtlich erfreut, dass sie ihn erneut erregen konnte.

Sie kniete sich zwischen seine geöffneten Beine, ließ die Fingerspitzen über seine muskulösen Oberschenkel gleiten und beobachtete bewundernd die unübersehbare Wirkung ihrer Liebkosungen. Schließlich legte sie die Hand auf ihn, umfasste ihn sacht, beugte sich herab und umschloss ihn fest mit ihren Lippen.

Ihr Haar war wie ein Fächer auf ihm ausgebreitet und streichelte seine warme Haut, während sie ganz in ihrem Liebesspiel aufging. Und dieser Anblick steigerte Jareds Erregung in einem Maße, wie er es nie für möglich gehalten hätte. Lustvoll stöhnend rief er immer wieder verlangend ihren Namen.

Christabel richtete sich auf, setzte sich rittlings auf ihn und nahm ihn in sich auf. Unendlich langsam kostete sie es aus und ließ es ihn auskosten, bis er heftig erschauerte und zu einem unglaublichen Höhepunkt gelangte. Dann beugte sie sich über ihn, und der seidige Schleier ihres Haars umfing sein Gesicht, als sie ihn tief und innig auf den Mund küsste.

Jared vergaß all die ungeklärten Fragen, die ihn wegen Christabel gequält hatten. Für den Rest der Nacht schwelgten sie in einem Fest der Sinnlichkeit und liebten sich mit scheinbar unersättlichem Appetit, von dem Bestreben getrieben, zumindest die erotischen Geheimnisse des anderen restlos zu erforschen.

Sie sprachen kaum. Worte schienen unbedeutend angesichts dieser tieferen, elementareren Kommunikation zwischen ihnen, die befriedigender und erfüllender zu sein schien, als Worte es hätten sein können. So jedenfalls empfand es Jared, und zumindest bis dahin hatten ihn seine Gefühle bezüglich Christabel nicht betrogen. Sie war die richtige Frau für ihn, so wie er der richtige Mann für sie war.

Als die Erschöpfung sie schließlich übermannte, schlief Jared in der Zuversicht ein, dass die Frau, die er in den Armen hielt, auch noch da sein würde, wenn er wieder erwachte. Ihm kam nicht in den Sinn, dass Christabel ihn verlassen könnte, sobald die Nacht vorbei war. Was sie früher am Abend angedeutet hatte, war vergessen, verdrängt durch das Gefühl, unauflöslich zusammenzugehören.

Jared verstand einfach nicht, konnte es nicht verstehen, dass es für Christabel bleiben musste, was sie von Anfang an gesagt hatte: nur eine Nacht.

7. KAPITEL

Irgendetwas stimmte nicht.

Nur mühsam erwachte Jared aus seinem tiefen Schlaf. Unwillkürlich tastete er neben sich ... und fühlte nur Leere.

Schlagartig war er wach und schlug die Augen auf. Helles Tageslicht blendete ihn. Er war allein in seinem Bett. War Christabel aufgestanden, um nach ihrer Tochter zu sehen? Wie spät mochte es sein?

Jared blickte zu dem Radiowecker auf seinem Nachttisch, der ihn immer um sieben Uhr weckte. Es war zwölf Minuten vor sieben. Noch früh, aber das Kind war sicher schon wach. Christabel würde wissen, wie es für ihre Tochter sein würde, in einem fremden Haus aufzuwachen. Vermutlich würde die Kleine versuchen, ihre Mutter zu finden. Vielleicht war sie hier im Schlafzimmer aufgetaucht ...

Er dachte darüber nach und verwarf den Gedanken. Vikki Chan hatte wie alle alten Leute einen leichten Schlaf. Sie hätte Alicia gehört und sich um die Kleine gekümmert. Nein, Christabels starke Fürsorge musste sie getrieben haben, nach ihrer Tochter zu sehen.

Jared stand auf, um sie zu suchen. Er wollte an ihrer Seite sein, wollte auch eine gute Beziehung zu ihrer Tochter aufbauen. Er war schon auf dem Weg ins angrenzende Bad, um sich rasch zu duschen und zu rasieren, als ihm ein anderer Gedanke kam. Christabel wäre niemals nackt zu Alicia gegangen. Aber sie beide hatten ihre Kleidung auf der Veranda zurückgelassen. Hatte Christabel die Sachen geholt?

Er wandte sich zu den Terrassentüren um und spähte hinaus. Seine weißen Shorts und sein Hemd hingen über der Armlehne eines Stuhls in der Nähe der Türen. Christabel hatte aufgeräumt. Er öffnete die Türen und suchte in der Hemdtasche nach dem Spitzentanga, den er gestern Abend dort hineingesteckt hatte. Die Tasche war leer. Genauso leer wie sein Bett.

Ein Gefühl von Unsicherheit beschlich ihn, und es gelang ihm nicht, es abzuschütteln. Jared ging zu seinem Schrank, holte einen leichten Morgenmantel aus Baumwolle heraus, zog ihn sich an und ging mit klopfendem Herzen auf schnellstem Weg zum Muschelzimmer.

Keine Christabel. Keine Alicia.

Jared machte kehrt und begab sich in die Küche. Vikki Chan füllte gerade Kaffee in die Kaffeemaschine. „Wann sind sie fort?“, fragte er ohne Einleitung.

„Bei Tagesanbruch“, antwortete die alte Chinesin und betrachtete ihn mitfühlend.

„Haben Sie mit ihr gesprochen?“

„Nein. Ich hatte die Tür zum Muschelzimmer offen gelassen, falls die Kleine in der Nacht aufwachen würde. Aber sie ist nicht aufgewacht. Bei Tagesanbruch kam dann ihre Mutter und nahm sie mit. Ich habe den großen Geländewagen, mit dem sie gekommen ist, davonfahren hören.“

Jared atmete tief ein.

„Es stand mir nicht an, sie zu hindern, Jared.“

Er schüttelte den Kopf. „Sie hätte sich sowieso nicht aufhalten lassen.“

Die Nacht war beim Morgengrauen vorbei. Und genau da hatte sie ihn verlassen. Bei Tagesanbruch. Nichts hatte sich für sie geändert. Absolut nichts!

„Es ist Montag, Jared. Das Kind muss in die Schule“, erinnerte Vikki ihn sanft.

„Wenn es das war, hätte Christabel es mir gesagt."

Vikki nickte. Das Argument schien ihr stichhaltig. „Diese Frau trägt viele Lasten mit sich herum. Sie weiß nicht, was Freiheit ist."

Vergangene Nacht hatte sie es gewusst. Zumindest für eine kleine Weile. Jared verspürte das unbändige Verlangen, das, was sie miteinander geteilt hatten, nicht aufzugeben. Unwillkürlich ballte er die Hände zu Fäusten.

„Es hat keinen Sinn, ihr Verantwortungsgefühl zu bekämpfen, Jared", riet Vikki ihm weise. „Wenn Sie gewinnen wollen, müssen Sie es ihr von den Schultern nehmen."

„Ich weiß doch gar nicht, worum es geht!"

„Hat sie denn nicht mit Ihnen gesprochen?"

„Nicht darüber. Seit ich sie kenne …"

„Bleibt sie immer einen Schritt aus Ihrer Reichweite", vollendete Vikki seinen Satz. „Ja, ich habe es gestern Abend beobachtet. Mein Verdacht, dass sie eine berechnende Frau ist, die nur mit Ihnen spielt, war falsch. Sie will Sie, aber …"

„Aber was?", drängte Jared.

Die alte Chinesin zuckte die Schultern. „Das müssen Sie herausfinden. Ich weiß nur so viel: Das gute, gesunde Wesen des Kindes kommt von der Mutter. Christabel Valdez besitzt eine starke Integrität, die sich nicht brechen lässt. Ich glaube, sie wird immer das tun, was sie für richtig hält."

Aber es war doch richtig, dass sie sich liebten! Wie konnte Christabel einfach dem den Rücken kehren, was sie vergangene Nacht miteinander geteilt hatten? Wie konnte sie es einfach so aufgeben?

Vielleicht hatte sie es ja gar nicht. Es war Montag, ein normaler Schultag. Und außerdem hatte Christabel heute Vormittag einen Termin mit ihm im Büro. Er hatte dieses Treffen noch vor seiner Reise nach Hongkong arrangiert, um ihr die Fotos von der Ausstellung ihrer Entwürfe in Hongkong zu zeigen und auch in der Hoffnung, weitere Aufträge mit ihr auszuhandeln und ihr die Aussicht auf eine eigene Karriere innerhalb von „Picard Pearls“ nahezubringen.

Gestern Abend hatte sie zwar den Gedanken an eine Karriere weit von sich gewiesen, aber da waren immer noch die Fotos von der Ausstellung, die er ihr gestern noch nicht gezeigt hatte. Wenn Christabel also vorhatte, ihn bei „Picard Pearls“ zu treffen, sobald ihre Tochter in der Schule war, hätte er ihren Aufbruch im Morgengrauen völlig falsch interpretiert.

Er riss sich zusammen. Die vergangene Nacht hatte ihm so viel bedeutet, dass es ihn wie ein Schock getroffen hatte, Christabel heute früh nicht mehr vorzufinden. Aber es bestand kein Grund, diese Tatsache zu dramatisieren. Vikki Chan besaß eine ausgeprägte Menschenkenntnis. Christabel würde tun, was sie für richtig hielt … und Alicia auf diese Weise zunächst aus ihrer Beziehung heraushalten, bis man klarer sah.

„Ich mache viel zu viel Aufhebens davon“, sagte er.

Vikki sah ihn fragend an.

Er lächelte. „Sie haben recht, Vikki. Es ist ein Schultag … und ein Arbeitstag für mich.“

„Dann also Frühstück wie gewöhnlich?“

„Ja. Danke.“ Er wandte sich ab, um wieder ins Badezimmer zu gehen.

„Ihre Mutter kommt heute zurück“, rief Vikki ihm nach.

„Ach ja.“

Es war ihm egal, was seine Mutter über Christabel erfuhr.

Sollte sie ruhig den ganzen Tag mit Vikki über ihre Beziehung spekulieren. Jared wusste, dass seine Mutter sich nicht einmischen würde, bis er sie ausdrücklich um Rat bat – und er hatte nicht vor, das zu tun.

Vikki hatte ihm nichts gesagt, was er nicht schon wusste. Seine Mutter war auch nicht im Besitz von besseren Informationen. Die einzige Person, die ihm sagen konnte, was er wissen musste, war Christabel selbst, und es war höchste Zeit, dass sie endlich anfing, mit ihm über die Lasten zu reden, die sie mit sich herumschleppte.

Der lange Schatten ihres verstorbenen Ehemannes. Ihre Angst vor Männern in Anzügen.

War eine der Lasten während ihrer langen Liebesnacht leichter geworden? Auf jeden Fall rechnete Jared damit, dass sie zumindest ihm gegenüber offener sein würde, wenn sie sich später am Vormittag treffen würden. Vergangene Nacht hatte er ihr Vertrauen gewonnen. Mehr als nur ihr Vertrauen. Sie hatten sich Stunden geliebt. Es musste ihr mehr bedeutet haben als nur eine Nacht voller Sex.

Es wurde elf Uhr. Der Termin mit Christabel kam und verstrich. Die Fotos lagen ausgebreitet auf Jareds Schreibtisch, aber die Minuten tickten vorbei, ohne dass Christabel auftauchte. Jareds Anspannung wuchs, und seine ursprünglichen Zweifel kehrten wieder.

Er dachte daran, wie er gestern Abend mit Christabel auf die Freiheit angestoßen hatte. „Für diese eine Nacht“, hatte sie geantwortet.

Eine Nacht. Er war sich so sicher gewesen, mehr daraus machen zu können. Irgendwie musste er es immer noch schaffen!

Ein Klopfen an der Tür ließ ihn erfreut zusammenzucken. Sie war doch gekommen. Etwas spät, aber …

Seine Mutter betrat das Büro. Jared lehnte sich enttäuscht zurück.

„Wie war die Reise?", fragte Elizabeth King.

Er riss sich zusammen. „Großartig!" Dann fiel ihm ein, dass seine Mutter das Wochenende bei den Connellys verbracht hatte, um die Hochzeit zwischen Samantha Connelly und seinem Bruder Tommy zu planen. In dem Fall hatte die wahre Liebe am Ende doch gewonnen. Nicht ohne Neid fragte er: „Habt ihr die Hochzeit unter Dach und Fach?"

„Sie haben sich jetzt entschieden, sie in Kununurra auszurichten." Elizabeth trat an den Schreibtisch ihres jüngsten Sohnes. „Sind das Fotos von Christabels Entwürfen?"

„Ja. Sie sind bei den Händlern in Hongkong ganz groß eingeschlagen."

Elizabeth blätterte die Fotos durch. „Sie sehen fantastisch aus. Du hattest recht, was ihr Talent betrifft, Jared." Sie blickte auf und sah ihn forschend an. „Wird sie weitere Aufträge für uns annehmen?"

Er lächelte spöttisch. „Wer kann das bei Christabel schon sagen?"

„Sie fällt in deinen Aufgabenbereich, Jared."

Er zuckte die Schultern. „Ich hatte vor, heute Vormittag einen neuen Vertrag mit ihr auszuhandeln. Sie ist nicht gekommen … noch nicht."

„Und wenn sie gar nicht kommt?"

„Ich habe kein Recht, über ihre Zeit zu bestimmen, das weißt du. Die Wahl liegt allein bei ihr."

„Es hat sich also nichts geändert?"

Das war natürlich eine dezente Andeutung auf die vergangene Nacht. Seine Mutter war sicher schon zu Hause gewesen und hatte sich umgezogen, bevor sie ins Büro gekommen war. Und Vikki hatte ihr sicher alles brühwarm erzählt.

„In dieser Hinsicht nicht“, antwortete Jared bewusst ausweichend.

Elizabeth blinzelte ärgerlich, wahrte jedoch wie stets äußerlich die Fassung. Jared wusste, dass ihr die Situation mit Christabel Valdez gar nicht gefiel. Zu viele unbekannte Faktoren verursachten ihr Unbehagen, und Jared konnte das sogar verstehen. Aber das würde ihn nicht aufhalten. Manche Dinge ließen sich nicht aufhalten.

Seine Mutter lächelte plötzlich. „Nun ja, eigentlich wollte ich dir nur schnell hallo sagen. Ich muss jetzt gehen und meine Post durchsehen. Wir können deine Hongkong-Geschäfte ja nach dem Mittagessen besprechen.“

„Gut“, stimmte Jared zu.

Ein taktvoller Rückzug … falls Christabel ja an diesem Vormittag doch noch auftauchen sollte. Obwohl es inzwischen schon zwanzig vor zwölf und die Aussicht darauf höchst unwahrscheinlich war.

Jared blickte seiner Mutter nach, als sie sein Büro verließ. Sie bewegte sich immer noch mit Würde und Anmut. In den Kimberleys galt sie überall als „die große Lady“ – Elizabeth Picard-King, die Herrin von „King’s Eden“ und „Picard Pearls“ in Broome. Sie war inzwischen zweiundsechzig, aber der einzige Tribut an dieses Alter war ihr weißes Haar, das in elegantem Schnitt ihr immer noch schönes, fast faltenloses Gesicht umrahmte – ein Gesicht, das von dunklen Augen dominiert wurde, deren Blick Entschlusskraft und Charakterstärke verriet.

Er liebte und bewunderte seine Mutter. Mochte sein Vater den Haupteinfluss auf das Leben seiner beiden älteren Brüder gehabt haben – auf jeden Fall auf Nathans, der der Älteste war, aber vielleicht auch auf Tommys. Lachlan King war schon zu seinen Lebzeiten eine Legende gewesen wie alle Kings vor ihm, die die große Rinderfarm „King's Eden" geführt hatten. Jared hatte seinen Vater geliebt und respektiert, aber er hatte nie den Wunsch verspürt, in seine Fußstapfen zu treten. Ob es daran gelegen hatte, dass er der jüngste der drei Söhne gewesen war, oder daran, dass er sich von jeher mehr zu dem Familienunternehmen der Picards in der Perlenindustrie hingezogen gefühlt hatte – auf jeden Fall hatte er sich seiner Mutter immer näher gefühlt als seinem Vater. Seine Mutter war für ihn ein ganz besonderer Mensch, der wichtigste in seinem Leben, bevor er Christabel kennengelernt hatte.

Nun musste er die Antworten finden, die ihm Christabels Entscheidungen erklärbar machten. Er konnte sie nicht zwingen, ihm diese Antworten zu geben. Also brauchte er mehr Zeit mit ihr zusammen. Heute früh hatte sie ihn verleugnet. Vielleicht hatte die Macht der Gefühle zwischen ihnen vergangene Nacht sie abgeschreckt. Möglicherweise glaubte sie, er fühle sich aufgrund dessen berechtigt, Forderungen zu stellen und ihre Unabhängigkeit, auf der sie so beharrt hatte, zu unterminieren.

Das wäre ganz gewiss kein kluger Schachzug bei Christabel. Wenn sie sich so verletzlich fühlte, war es besser, es ihr zu überlassen, wann sie den nächsten Schritt tun wollte. Und sie wollte sicher auch mit ihm zusammen sein, daran zweifelte Jared nicht. Genauso sehr, wie er mit ihr zusammen sein wollte. Also musste er ihr nur die Tür offen lassen, sodass sie eintreten konnte, wann immer es ihr behagte.

Um zwölf Uhr griff er zum Telefon und wählte die Nummer des Wohnwagenparks am Town Beach. Brian Galloway, der Manager, war selbst am Apparat. Er war ein Bär von einem Mann mit dröhnender Bassstimme und einem gewaltigen Bierbauch. In Broome kannte und mochte ihn fast jeder.

„Brian, hier ist Jared King."

„Was kann ich für Sie tun?", lautete die prompte Antwort.

„Ich hatte eigentlich heute Vormittag einen Termin mit Christabel Valdez hier im Büro von ‚Picard Pearls'. Sie hat mich leider versetzt. Könnte ich bei Ihnen eine Nachricht für Christabel hinterlassen, dass sie mich anruft, wenn es ihr passt, um einen neuen Termin mit mir zu vereinbaren?"

„Natürlich. Überlassen Sie das nur mir. Ich werde dafür sorgen, dass die junge Dame Ihre Nachricht erhält."

„Danke, Brian. Es ist wirklich wichtig."

„Kein Problem. Ich erledige es so bald wie möglich."

„Ich bin Ihnen wirklich sehr verbunden."

Christabel hatte gestern durchaus Interesse an den Fotos verraten. Sicher würde sie ihre Neugier über die Ausstellung ihrer Entwürfe in Hongkong früher oder später befriedigen wollen. Und ein geschäftliches Treffen konnte sie nicht als bedrohlich empfinden. Wenn sie also nervös war und Angst davor hatte, welche Rechte er aus den Ereignissen der vergangenen Nacht für sich ableiten könnte, musste die Bitte um einen rein geschäftlichen Termin ihr eigentlich genug Selbstvertrauen verleihen, damit sie wieder bei ihm auftauchte.

Und was dann? Sollte er sie packen und auf dem Schreibtisch lieben? Sie so verrückt nach ihm machen, dass sie ihm endlich verriet, warum es keine gemeinsame Zukunft für sie beide geben sollte? Jared ballte die Hände zu Fäusten. Er würde bis ans Ende seines Lebens um Christabel kämpfen. Sie war seine Frau, und nach der vergangenen Nacht hatte er jedes Recht, um sie zu kämpfen. Wenn sie es nur zuließe und ihm sagte, gegen wen er antreten musste!

Jared atmete tief ein. Bislang hatte es immer noch funktioniert, wenn er ihr genügend Zeit und Raum gelassen hatte. Er würde es noch einmal auf diesem Weg versuchen, bevor er selbst die Initiative ergreifen würde. Aber wie viel Zeit sollte er ihr lassen? So viel, bis er es nicht mehr ertragen konnte?

An diesem Tag rief Christabel jedoch nicht mehr an und genauso wenig am Dienstag.

Am Ende des Tages konnte Jared seine Enttäuschung über ihr Schweigen kaum noch verhehlen. Immerhin hatten sie einen geschäftlichen Termin. Sie hätte wenigstens aus Höflichkeit anrufen können.

Falls sie seine Nachricht erhalten hatte. Er griff nach dem Telefon und rief noch einmal Brian Galloway an.

„Jared King hier, Brian. Haben Sie Christabel Valdez meine Nachricht geben können?“, fragte er, bemüht, seine Ungeduld zu verbergen.

„Ja. Ich habe es ihr gestern Nachmittag ausgerichtet, als sie mit ihrer Tochter von der Schule kam. Allerdings war sie heute auch den ganzen Tag unterwegs, sodass sie es vielleicht nicht geschafft hat, Sie anzurufen. Aber jetzt ist sie zu Hause. Soll ich sie noch einmal erinnern?“

„Nein, nein, schon gut. Ich wollte mich nur vergewissern, dass sie meine Nachricht auch wirklich bekommen hat. Vielen Dank, Brian.“

Sie war jetzt zu Hause. Er verspürte den starken Wunsch, direkt zum Town Beach hinauszufahren. Aber was konnte er vor Alicia schon sagen oder tun? Nein, das wäre ein schlechter Schachzug. Er musste warten, bis Christabel zu ihm kam. Er brauchte etwas Zeit mit ihr allein, um irgendeinen Fortschritt zu erzielen.

Außerdem bedeutete die Tatsache, dass sie an beiden Tagen unterwegs gewesen war, bis Alicia von der Schule kam, dass sie einem persönlichen Besuch seinerseits bewusst ausgewichen war. Vielleicht brauchte sie etwas Zeit, um über alles nachzudenken. Er konnte nur hoffen, dass sie zu einem positiven Schluss kommen würde.

Mittwoch. Jared saß bereits eine Stunde an seinem Schreibtisch, als ihm einfiel, dass Alicia ihm etwas von einem Schulausflug zu einer Vogelwarte erzählt hatte, der Mittwoch stattfinden sollte. Was möglicherweise bedeutete, dass Christabel die Klasse begleiten würde, denn zu solchen Ausflügen wurden immer Mütter um Hilfe gebeten.

Er hatte lange genug die Papiere auf seinem Schreibtisch herumgeschoben und auf einen Anruf gewartet, der nicht kommen würde. Kurzentschlossen stand Jared auf und ging hinüber zum Büro seiner Mutter. Nach kurzem Anklopfen steckte er den Kopf zur Tür herein. „Ich fahre zur Perlenfarm hinaus und sehe nach, wie die Muschelernte voranschreitet. Wahrscheinlich bin ich am Nachmittag wieder zurück."

Elizabeth King nickte nur, denn sie spürte, dass ihm nicht der Sinn danach stand, lange mit ihr zu plaudern.

Eine halbe Stunde später war Jared auf der Beagle Bay Road, die aus Broome herausführte. Er rechnete nicht mehr mit einem Anruf von Christabel. Deshalb zuckte er zusammen, als unerwartet das Autotelefon läutete.

„Jared King", meldete er sich wie gewöhnlich.

„Jared ..." Es war die Stimme seiner Mutter. „Ich habe hier einige Herren in meinem Büro, die sich nach Christabel Valdez erkundigen."

Sofort horchte er beunruhigt auf. Er lenkte seinen Geländewagen an den Straßenrand, hielt an und überlegte fieberhaft. „Herren in Anzügen?", fragte er vorsichtig.

„Ja."

„Woher kommen Sie?"

„Nun, soweit ich verstanden habe, sind Mr. Santiso, Mr. Vogel und Mr. Wissmann den weiten Weg aus Europa hierher geflogen, um mit Christabel zu sprechen. Im Augenblick versuchen sie, sie ausfindig zu machen. Brian Galloway vom Wohnwagenpark am Town Beach hat die Herren über Christabels Verbindung zu ‚Picard Pearls' informiert und gemeint, dass sie sich vielleicht heute bei dir gemeldet haben könnte."

Schwere Geschütze aus Europa. Der förmliche Ton seiner Mutter verriet, dass sie es mit Macht und Einfluss zu tun hatte. Der lange Schatten von Christabels verstorbenem Mann?

„Ja, das hat sie tatsächlich", schwindelte Jared drauflos. „Ich treffe mich in ungefähr einer Stunde mit ihr." Lange bevor diese Männer in Anzügen sie finden würden!

„Auf der Perlenfarm?", erkundigte seine Mutter sich ruhig. Ihr war natürlich auch klar, dass die Herren Christabel keinesfalls vor ihm erwischen konnten, selbst wenn er die Wahrheit sagte.

„Ja. Ich nehme an, Christabel wird rechtzeitig wieder in Broome sein, um ihre Tochter von der Schule abzuholen. Wenn die Herren ihr jedoch etwas ausrichten lassen wollen ...?"

Er hörte, wie seine Mutter in gedämpftem Ton mit ihren Besuchern sprach. „Nein", meldete sie sich dann wieder. „Keine Nachricht, Jared. Und vielen Dank für deine Auskünfte."

Sie brauchten ihr keine Nachricht zu hinterlassen, denn sie glaubten, mit Alicia ein sicheres Faustpfand zu haben, dass Christabel nach Broome zurückkehren würde.

Santiso, Vogel, Wissmann … Jared prägte sich die Namen ein, während er den Wagen wendete und so schnell wie möglich nach Broome zurückfuhr. Die Vogelwarte befand sich achtzehn Kilometer entfernt auf der anderen Seite der Stadt. Er konnte nur hoffen, dass Christabel dort bei ihrer Tochter war.

Die Stunde der Entscheidung war gekommen. Jared spürte, dass jetzt alles darauf ankam. Christabel hatte große Angst vor den Männern in den Anzügen. Sie musste sich nun für ihn entscheiden.

8. KAPITEL

Die großen Schwärme von Wattvögeln am Crab Creek waren wirklich ein unglaublicher Anblick. Doch Christabel hörte nur mit halbem Ohr hin, als die Lehrerin den Kindern die verschiedenen Arten erklärte. Sie konnte in diesen Tagen an kaum etwas anderes denken als an Jared King, und mit jedem Tag, der verging, wuchs der Druck, sich zu entscheiden.

Sollte sie gehen oder bleiben?

Fast unaufhörlich kreisten ihre Gedanken um diese Frage. Sie konnte Jared nicht ewig hinhalten, wie sie es seit Sonntagnacht getan hatte. So oder so musste sie sich entscheiden und handeln. Nach dem, was sie und Jared miteinander geteilt hatten, war es nicht fair, einem Treffen mit ihm noch länger auszuweichen oder gar, ihn wieder auf Distanz zu halten, wie sie es zuvor getan hatte.

Die Nacht mit ihm bereute sie nicht. Niemals!, dachte sie leidenschaftlich. Es war die schönste Nacht ihres Lebens gewesen, und sie würde von der Erinnerung noch lange zehren. Aber es war so schwer, das alles hinter sich zu lassen. Sie wollte nicht von bloßen Erinnerungen leben, sondern das fortführen, was sie mit Jared begonnen hatte.

Würde sie das Schicksal versuchen, wenn sie hierbliebe, um einfach nur die Frau zu sein, die Jared King liebte? War es möglich, dass sie und Alicia hier ein ganz normales Leben führen konnten, unbeeinträchtigt von einem Erbe, das alles verzerrte? Wenn sie vorsichtig genug war … Immerhin hatte man sie bislang hier im Outback nicht aufgespürt. Konnte sie das Risiko eingehen?

Sie sehnte sich danach, noch länger bei Jared bleiben zu

können. Er hatte ihr eine ganz neue Welt der Zärtlichkeit und Sinnlichkeit eröffnet. Wenn sie nur gemeinsam einen Stück des Weges weitergehen könnten ... Vielleicht würden sich dann die Antworten auf ihre Probleme mit der Zeit von selber finden und die Last auf ihren Schultern geringer werden.

Das Rauschen von Flügeln lenkte ihre Aufmerksamkeit auf einen Vogelschwarm, der gerade hinter ihr zum Himmel aufflog. War es ein gutes Omen? Doch ihr Herz setzte für einen Schlag aus, als sie bemerkte, was die Vögel aufgeschreckt hatte. Ein Mann kam mit schnellen Schritten zielstrebig auf die Schulklasse zu. Der Mann, den sie zuletzt nackt gesehen hatte: Jared King.

Wie es aussah, wollte er ihre Entscheidung nicht abwarten, sondern er war gekommen, um sie, Christabel, für sich zu fordern.

Christabel stand wie angewurzelt da und spürte wider alle Vernunft erregende Freude in sich aufsteigen. Jared sollte nicht hier sein ... aber er war es, und selbst über die Entfernung strahlte er eine unwiderstehliche Kraft und Energie aus, die sie gefangen hielt. Christabel blickte ihm gebannt entgegen.

Er trug seine Geschäftskleidung – ein Sporthemd, Shorts, Strümpfe und Schnürschuhe –, kam also direkt aus dem Büro, und seine grimmig entschlossene Miene verriet, dass er sich nicht abweisen lassen würde. Doch plötzlich wurde Christabel von Panik gepackt. Sie hatte sich eine Nacht mit Jared gestohlen. Konnte sie wirklich ernsthaft damit rechnen, sich weitere Zeit mit ihm stehlen zu können, ohne nicht schließlich eine schreckliche Strafe für sie beide heraufzubeschwören?

„Christabel ...“

Jared war bei ihr angelangt und winkte sie energisch von

der Gruppe mit Kindern weg. Sein Ton und sein Blick duldeten keinen Widerspruch. Christabel folgte ihm außer Hörweite der Klasse und versuchte, sich gegen das zu wappnen, was er ihr sagen würde. Doch was er dann sagte, kam so unerwartet, dass der Schock nicht größer hätte sein können.

„Was sagen dir die Namen Santiso, Vogel und Wissmann?"

Ihr stockte der Atem. Sie waren also gekommen. Zu lange hatte sie sich hier in Broome in Sicherheit gewiegt, und jetzt hatten sie sie gefunden. „Alicia ...", flüsterte sie und blickte sich instinktiv suchend nach ihrer Tochter um.

Jared legte ihr beruhigend eine Hand auf die Schulter. „Sie ist dort bei ihrer Lehrerin. Keiner der Männer, von denen ich gesprochen habe, weiß, wo ihr seid. Sie glauben, Alicia sei in der Schule und du seist mit mir auf der Perlenfarm. Ich habe dir etwas Zeit erkauft, wenn es das ist, was du willst."

Sie sah ihn benommen an. „Wo sind sie jetzt?", fragte sie heiser.

„Als ich zuletzt von ihnen hörte, waren sie im Büro meiner Mutter bei ‚Picard Pearls'. Ich war gerade auf dem Weg zur Perlenfarm, als meine Mutter mich anrief, und habe ihr gesagt, ich würde dich dort treffen."

„Warum hast du dich zwischen mich und sie gestellt?", rief Christabel angstvoll aus. Das war das Letzte, was sie wollte, dass Jared die Aufmerksamkeit eines Mannes wie Rafael Santiso auf sich lenkte! Gerade das hatte sie ja davon abgehalten ... Jetzt war es zu spät. Verzweifelt versuchte sie, ihm die Lage zu erklären. „Du verstehst nicht ..."

„Ich weiß, dass du Angst vor diesen Männern hast", unterbrach er sie energisch. „Du bist vor ihnen davongelaufen, Christabel. Ich weiß zwar nicht, wie lange du schon vor ihnen auf der Flucht bist, aber deshalb bist du doch hier, nicht wahr? Das australische Outback schien dir ein sicherer Zufluchtsort."

„Man ist nirgendwo vor ihnen sicher", flüsterte sie resigniert. Es war vorbei ... ihre Chance auf eine gemeinsame Zukunft mit Jared. Vorbei, bevor es erst richtig begonnen hatte.

„Oh doch, du irrst dich."

Sein Widerspruch klang wie Hohn in ihren Ohren. Sie wusste es besser. Niedergeschlagen schüttelte sie den Kopf. „Sie werden diesmal noch besser aufpassen. Ich werde nicht noch einmal die Chance bekommen, ihnen zu entwischen."

„Wir werden keine Sekunde warten. Hol Alicia, und sag der Lehrerin, dass ihr beide mit mir fortmüsst."

Seine Dickköpfigkeit machte es nur noch schlimmer! „Ich kann nicht zulassen, dass du dich da einmischst!", rief sie. „Es ist schlimm genug, dass ..."

„Ich bin bereits beteiligt, Christabel", fiel er ihr ins Wort.

„Aber das ist unnötig!", widersprach sie heftig. „Du könntest sagen, dass ich unsere Verabredung auf der Perlenfarm nicht eingehalten hätte. Ich werde dich nicht in diese Sache hineinziehen, Jared."

„Und ich werde nicht gehen. Nicht, solange du in Schwierigkeiten steckst und ich dir heraushelfen kann." Er blickte sie entschlossen an. „Du bist mit dem Exkursionsbus hergekommen. Sie werden dich sofort erwischen, wenn du mit diesem Bus nach Broome zurückkehrst. Ich kann dich an einen sicheren Ort bringen. Das wird dir die nötige Zeit verschaffen, um deine weiteren Schritte zu planen."

„Aber wo können wir denn hin, Jared?", fragte sie zweifelnd. „Diese Straße führt doch nur nach hier und wieder zurück nach Broome."

„Zum Flughafen." Jared zog sein Handy aus der Tasche. „Ich rufe jetzt sofort ‚KingAir' an, dass sie ein Flugzeug startklar machen sollen."

„KingAir" – die Charterfluggesellschaft, die seinem Bruder Tommy gehörte. Natürlich! Sie und Alicia würden an jeden Ort ihrer Wahl fliegen können. Und Jareds Anteil an ihrer Flucht würde sich hoffentlich vertuschen lassen. Charterflugzeuge standen jedem zum Gebrauch offen, und allein die Tatsache, dass sie eines benutzen würde, musste nicht notwendig eine persönliche Verwicklung der Familie King in die Angelegenheit bedeuten.

„Ich kann das Flugzeug bezahlen. Wenn ich eines reichlich zur Verfügung habe, dann Geld", sagte sie nicht ohne Ironie.

„Schön. Hol Alicia, und wir brechen sofort auf."

Während sie seiner Aufforderung Folge leistete, telefonierte Jared schon mit „KingAir". Christabel zweifelte nicht, dass es ihm gelingen würde, ihnen rechtzeitig ein Flugzeug zu beschaffen. Er wirkte so überzeugt, dass er sie und Alicia an einen sicheren Ort bringen würde, dass sie zu hoffen begann, es könnte wirklich so geschehen.

Während sie sich der Lehrerin näherte, arbeitete ihr Verstand bereits fieberhaft an einem Plan. Hinter dem Futterstoff ihrer Handtasche hatte sie genügend Geld für den Notfall versteckt, um mit Alicia zunächst einmal an jeden Fluchtort ihrer Wahl zu gelangen und dort alles Lebenswichtige zu kaufen, bis sie einen sicheren Weg gefunden haben würde, an ihr Bankschließfach in Sydney heranzukommen. Den Gelände- und den Wohnwagen musste sie natürlich zurücklassen.

Die Lehrerin erwies sich als sehr verständnisvoll und fragte nicht lange nach, als Christabel ihr erklärte, sie müsse mit ihrer Tochter sofort nach Broome zurück. Alicia dagegen war nicht so leicht zufriedenzustellen. „Warum können wir nicht noch bleiben, Mummy?“, beschwerte sie sich, als Christabel sie bei der Hand nahm und von ihren Freunden fortzog.

„Weil wir gehen müssen.“

„Aber wir wollten doch gleich noch ein Picknick am Strand machen!“

„Wo Jared uns hinbringt, ist es noch schöner.“

„Und wohin bringt er uns?“, fragte die Kleine hartnäckig weiter.

„Es ist eine Überraschung.“

„Ich will aber gar keine Überraschung. Mir gefällt es hier sehr gut.“

„Widersprich mir nicht, Alicia. Wir gehen mit Jared, Punktum!“

Doch Alicia schmollte weiter.

„Hör zu, meine Tochter, blamiere mich nicht vor Jared mit deinem schlechten Benehmen“, tadelte Christabel sie streng. „Er war immer sehr nett zu uns.“

Alicia seufzte resigniert. Dann leuchteten ihre Augen auf. „Fahren wir wieder zu seinem Haus?“

„Warten wir es ab.“

Jared steckte sein Handy gerade wieder ein, als Christabel und Alicia bei ihm ankamen. Aufmunternd lächelte er Alicia an. „Es tut mir leid, dass ich dich von deinen Freunden wegholen muss, aber ich habe etwas ganz Besonderes für dich vorbereitet.“

Ihr Gesichtchen hellte sich sofort auf. „Was ist es denn?“, fragte sie neugierig.

„Nun …“, er nahm ihre andere Hand und führte Mutter und Tochter mit raschen Schritten zu seinem Wagen, „anstatt Vögel zu beobachten, dachte ich, du würdest vielleicht gern einmal selbst wie ein Vogel in den Himmel fliegen.“

„Du meinst in einem Flugzeug?“, rief sie aufgeregt.

„Ja, in einem kleinen Flugzeug. Von dort aus kannst du alles, was unter dir ist, aus der Vogelperspektive betrachten.“

Während Jared auf diese Weise angeregt mit Alicia weiterplauderte, zwang Christabel ihre Gedanken in eine ganz andere Richtung. Perth oder Darwin waren groß genug, um sich dort eine Weile zu verstecken, aber sie würden natürlich auch die ersten Orte sein, die Rafael Santiso anvisieren würde. Und da er nun schon von so weit gekommen war, um sie wieder unter seine Knute zu bekommen, würde er vor nichts haltmachen, um sie aufzuspüren. Alice Springs, im Herzen von Australien, war da unauffälliger.

Christabel erinnerte sich, gelesen zu haben, dass es von dort einen berühmten Zug gab – den Ghan –, der direkt nach Adelaide in Südaustralien führte. Um Zugfahrkarten zu kaufen, brauchte man keinen Pass vorzulegen. Vielleicht konnte sie so ihre Spur verwischen.

Nachdem dieser Entschluss feststand, wandte Christabel ihre Gedanken Rafael Santiso zu, dem Furcht einflößenden Argentinier, der ursprünglich die südamerikanischen Geschäfte des Kruger-Imperiums geleitet hatte. Nach Laurens' Tod war er dann sehr schnell zu einer wesentlich einflussreicheren Position aufgestiegen und hatte gegen andere Interessenvertretungen erfolgreich seine Aufnahme in den engsten Vertrautenkreis von Bernhard Kruger durchgesetzt, um dann nach dem Ableben des alten Herrn sofort die Zügel der Macht in die Hand zu nehmen. Christabel hatte ihm nie getraut. Er war derjenige, der am augenscheinlichsten von dem tragischen „Unfall“ ihres Mannes profitiert hatte.

Besorgt sah sie Jared an. Er wusste nicht, auf was er sich da einließ. Es war ein gefährliches Spiel, ihr zu helfen und sich damit so mächtigen Interessen zu widersetzen. Es schmerzte sie sehr, ihn verlassen und aus ihrem Leben ausschließen zu müssen – diesen wundervollen Mann, der ihr gezeigt hatte, wie glücklich man sein konnte. Aber es würde von jetzt an nie wieder so für sie sein.

Wenn sie sich noch weitere Zeit mit ihm stahl, konnte das alles, was ihm lieb war, gefährden. Egal, wie stark er war, das Kruger-Imperium würde alles überrollen, um seine einflussreichen Interessen zu wahren, ohne Rücksicht auf das, was dabei zerstört würde. Irgendwie musste sie einen Weg finden, Jared aus ihren Problemen herauszuhalten.

Als sie schließlich in Jareds großem Range Rover saßen, war Christabel so weit, Jared ihren Plan darzulegen. Da Alicia auf dem Rücksitz saß und sie vorn, konnten sie einigermaßen ungestört reden. Sobald sie also auf dem Weg zurück nach Broome waren, sprach sie das, was ihr auf der Seele brannte, vorsichtig an.

„Jared, die Lüge, die du deiner Mutter über unsere angebliche Verabredung auf der Perlenfarm erzählt hast ... Wie willst du das erklären?“

Er warf ihr einen spöttischen Blick zu. „Ich muss überhaupt nichts erklären, Christabel.“

„Du hast mir einmal gesagt, es würde Dinge geben, die sich nicht aufhalten ließen. Santiso kannst du beruhigt zu diesen

Dingen zählen“, warnte sie ihn.

Seine Miene wurde hart. „Dann sag mir, warum du ihn so fürchtest.“

Sie ignorierte seine Aufforderung und begann stattdessen eine plausible Ausrede für ihn zu erfinden: „Du könntest sagen, ich hätte mich nach dem Anruf deiner Mutter gemeldet und die Verabredung auf der Farm abgesagt ... wegen des Schulausflugs. Sag ihnen, ich hätte die Verbindung zu schnell abgebrochen, sodass du mir nichts davon erzählen konntest, dass ... einige Leute nach mir gefragt hätten. Deshalb wärst du zu der Vogelwarte hinausgefahren, um mich darüber zu informieren und mir und Alicia anzubieten, uns in die Stadt mit zurück zu nehmen. Ich glaube, das klingt nachvollziehbar.“

„Ich brauche keine Ausrede“, wehrte Jared gereizt ab. „Ich brauche die Wahrheit über diese Männer und welche Rolle sie in deinem Leben spielen.“

„Das ist nicht wichtig“, widersprach sie besorgt. „Wichtig ist nur, dich da herauszuhalten.“

„Aus was, Christabel?“

Sie schüttelte den Kopf. „Bitte, hör auf mich, Jared. Es ist zu deinem Besten, glaub mir. Sobald wir in Broome sind, kannst du mich an der Schule absetzen, wo ich meinen Wagen geparkt habe. Ich werde dann zum Flughafen fahren und mich wegen des gecharterten Flugzeugs im Büro von ‚KingAir‘ melden. Auf diese Weise kannst du mit ... meiner Flucht ... nicht persönlich in Verbindung gebracht werden.“

Er warf ihr einen ungläubigen Blick zu. „Du hast Angst um mich?“

Sie schloss verzweifelt die Augen. „Bitte, Jared, tu einfach, was ich dir sage!“

Er schwieg eine ganze Weile, und Christabel wartete angespannt auf seine Antwort. Sie hoffte inständig, dass er sich bereit erklären würde, sich von ihr und Alicia zu lösen.

„Gib mir deine Autoschlüssel“, forderte er sie schließlich schroff auf.

Sie sah ihn erstaunt an. „Wie bitte?“

„Deine Autoschlüssel“, wiederholte er. „Ich werde dafür sorgen, dass dein Wagen vor den Büros von ‚KingAir‘ geparkt ist, sobald du sicher im Flugzeug sitzt. Das wird deine Geschichte glaubhaft machen, falls dich das beruhigt.“

„Aber …“

„Mich wird es beruhigen, dich und Alicia persönlich in ein Flugzeug zu setzen und damit die Gewissheit zu haben, dass du außer Reichweite dieser Männer bist, die du so fürchtest.“ Sein entschlossener Ton duldete keinen Widerspruch. „Ich lasse dich nicht aus diesem Auto, bevor wir nicht am Flughafen sind. Also tu, was ich sage, und gib mir deine Autoschlüssel.“

Sie musste einräumen, dass sein Plan das Risiko ausschloss, dass sie ungewollt den Männern begegnete, denen sie aus dem Weg gehen wollte. Froh, dass Jared anscheinend bereit war, ihre Geschichte ansonsten mitzutragen, kramte sie in ihrer Handtasche nach ihren Schlüsseln.

„Sorg dafür, dass der Schlüssel im Zündschloss steckt“, bat sie, als sie Jared den Schlüsselbund reichte.

„Ich brauche nur den Autoschlüssel.“

„Es ist egal, weil ich die anderen nie mehr benutzen werde. Ich komme nicht mehr zurück, Jared.“

„Du bist also bereit, alles hinter dir zu lassen?“

„Ja.“

„Mich eingeschlossen?“

Sein Blick schien die Tiefen ihrer Seele erforschen zu wollen. Es tat ihr so weh, sich von dem abzuwenden, was zwischen ihnen hätte sein können. Minutenlang war Christabel versucht, die Hand auszustrecken und ihn festzuhalten, sich in seine starken Arme zu schmiegen und ihm zu sagen, dass niemand ihr je würde geben können, was er ihr gegeben hatte.

Ihre Augen füllten sich mit Tränen. Sie wandte den Blick ab, atmete tief ein und zwang sich zu der einzig möglichen Antwort, wenn sie sein Leben nicht für immer zerstören wollte. Denn am Ende würde er sie dafür verfluchen, dass sie ihn in ihre Probleme mit hineingezogen hatte. „Es gibt für uns keine Zukunft", sagte sie bestimmt. „Es hat sie nie gegeben. Du hast mich um eine Nacht gebeten. Ich werde sie nie vergessen. Und ich danke dir für diese Erinnerungen."

Damit war alles gesagt. Es war sinnlos, ihm ihre Gefühle zu erklären. Das hätte ihn womöglich nur veranlasst, ihr noch weiter zur Seite zu stehen, und das durfte sie nicht zulassen. Wenn ihre Worte kalt und herzlos geklungen hatten, umso besser. Es würde ihm leichter fallen, sie gehen zu lassen, wenn er glauben musste, ihr gleichgültig zu sein.

Christabel blickte starr geradeaus, entschlossen, ihm keine Schwäche zu zeigen, die ihn verführt hätte, auf ein anderes Ende zu hoffen. Jared King war ein guter, anständiger Mann. Sicher verletzte sie seine Gefühle, indem sie ihre Beziehung so abrupt beendete, aber wenigstens konnte sie auf diese Weise sicher sein, dass ihm ihretwegen nichts Schlimmeres passierte.

Eigentlich hätte sie froh sein müssen, als sie endlich den Stadtrand von Broome erreichten, weil die Sache nun bald ein Ende haben würde. Doch ihr Schmerz wuchs bei dem Gedanken an den bevorstehenden Abschied. Ein Abschied für immer, dachte Christabel unglücklich. In wenigen Minuten würde Jared King nur noch Erinnerung für sie sein. Am liebsten hätte sie ihn angesehen, um sich sein schönes Gesicht noch einmal einzuprägen, denn sie besaß nicht einmal ein Foto von ihm.

Doch wenn sie ihn anblicken würde, würde er spüren, was sie fühlte, einfühlsam und scharfsinnig, wie er war. Sie durfte es nicht wagen. Um seinetwillen, sagte sie sich immer wieder. Um seinetwillen musste sie sich mit der Erinnerung an die eine wundervolle gemeinsame Nacht begnügen.

Der Wagen bog auf die Straße zum Flughafen ein. Christabel blickte sich um, weil ihr plötzlich bewusst wurde, wie still Alicia während der ganzen Fahrt gewesen war. Der Kopf war ihr auf die Brust gesunken. Sie war eingeschlafen, müde von dem Ausflug zur Vogelwarte. Christabel fragte sich bedrückt, wie lange sie von ihrer kleinen Tochter die Probleme würde fernhalten können, die ihr gewaltiges Erbe mit sich brachte.

Jared fuhr direkt vor den Büros von „KingAir“ vor. Davor stand ein kleines Flugzeug, bereit, auf die Startbahn hinauszurollen. Verzweifelt bemüht, einer schmerzlichen Abschiedsszene aus dem Weg zu gehen, sagte Christabel rasch: „Ich bringe Alicia schon zum Flugzeug, während du dem Pilot unsere Ankunft meldest.“

„Sie ist eingeschlafen. Ich werde sie zum Flugzeug tragen und dafür sorgen, dass ihr beide sicher an Bord kommt“, entgegnete Jared bestimmt.

„Okay“, gab sie sich geschlagen. Auf diese Weise würde Alicia wahrscheinlich gar nicht aufwachen, was ihr, Christabel, einen Wust von unbequemen Fragen ersparte.

Sie stiegen beide aus, sobald Jared den Motor abgeschaltet

hatte. Jared schien genauso begierig, die Sache so schnell wie möglich hinter sich zu bringen. Sie sprachen kein Wort. Was immer Jared von ihrer Entscheidung halten mochte, er behielt es für sich, und Christabel war dankbar, dass er keine Auseinandersetzung mehr mit ihr suchte.

Schweigend gingen sie zum Flugzeug. Ein Angestellter von „KingAir" – der Pilot? – hatte sie vom Fenster des Büros bemerkt und eilte heraus, um ihnen die Tür des Flugzeugs aufzuhalten. Er half Christabel in die kleine Maschine und trat dann zurück, damit Jared Alicia auf den Sitz neben sie heben konnte. Als er den Arm von ihrer Tochter zurückzog, nahm Christabel seine Hand, um ihn noch ein letztes Mal zu berühren. „Danke", sagte sie heiser. „Vielen Dank für alles, Jared."

Er lächelte ironisch. „Es war mir ein Vergnügen."

Doch sein Blick war hart und ausdruckslos. Christabel hatte das Gefühl, dass sich dahinter der eiserne Entschluss verbarg, zu Ende zu führen, was zu Ende geführt werden musste – nämlich, sie genauso aus seinem Leben auszuschließen, wie sie ihn aus ihrem Leben ausgeschlossen hatte.

„Schnall dich und Alicia an", wies er sie an und sprang aus der Maschine. „In fünf Minuten wird gestartet."

Er schloss die Tür des kleinen Flugzeugs und ging mit dem Angestellten von „KingAir" zu dem Büro zurück. Dieser unerwartet abrupte Abschied hatte Christabel nicht einmal die Zeit gelassen, Jared daran zu erinnern, ihren Geländewagen auch wirklich vor dem Flughafengebäude parken zu lassen. Er würde es sicher nicht vergessen … aber vielleicht alles andere.

Traurig saß sie da und wartete auf das Erscheinen des Piloten. Ihr war das Herz schwer, und sie hätte gern geweint, doch sie riss sich zusammen. Schließlich musste sie dem Piloten noch die nötigen Anweisungen über ihren Bestimmungsort geben. Später, wenn sie erst hoch über den Wolken waren, würde sie noch genug Zeit haben, sich ihrer Trauer hinzugeben.

Christabels Herzschlag stockte, als sie Jared plötzlich zurückkommen sah. Allein. Gab es Probleme? Eine Verzögerung? In ihrer Angst und Besorgnis registrierte sie nicht einmal, was los war, als Jared auf der anderen Seite in das Flugzeug einstieg und sich auf den Pilotensitz setzte.

„Gibt es ein Problem?", fragte sie heiser.

„Keines, das sich nicht lösen ließe", antwortete er und schaltete die Zündung ein.

„Jared?" Ihre Verwirrung wich blankem Entsetzen. „Nein, du kannst doch nicht ..."

„Dies ist meine Maschine, Christabel, und ich fliege dich und deine Tochter an einen sicheren Ort. Wie ich es dir versprochen habe."

„Aber du warst doch einverstanden ..."

„Dein Geländewagen wird zum Flughafen gebracht, damit wir Zeit gewinnen. Und wenn das auch nicht genügt, wird meine Mutter wissen, wie sie mit deinen Besuchern fertig wird."

Ihre Panik wuchs. Jared zog seine ganze Familie mit in diesen Schlamassel! „Deine Mutter weiß doch gar nicht, worauf sie sich da einlässt!"

„Das ist nicht nötig. Sie weiß, dass ich dich an einen Ort bringe, wo du unangreifbar bist ... wo nur Lachlans Gesetz Gültigkeit hat", fügte er befriedigt hinzu. „Wir handeln aus Stärke heraus, Christabel, eine Stärke, die einzig aus dem Outback erwächst."

„Du hast keine Vorstellung von den Möglichkeiten dieser Männer!"

„Genauso wenig wie sie eine Vorstellung von unseren haben", entgegnete er ungerührt und ließ das Flugzeug zur Startposition rollen.

„Bitte, hör auf mich", flehte Christabel. „Du weißt nicht, was da auf dich zukommt."

„Aber ich werde es bald wissen. Entweder von ihnen oder von dir."

Christabel gab es auf. Zwangsläufig musste sie einsehen, dass Jared offenbar nicht die Absicht hatte, sie gehen zu lassen, bevor er nicht alles herausgefunden hatte, was er wissen wollte.

„Lehn dich zurück und entspann dich", riet er ihr, als er die Maschine zum Start ausrichtete.

„Wo, glaubst du denn, könnten sie uns nicht finden?", fragte Christabel resigniert.

„Auf ‚King's Eden'. Wir fliegen nach ‚King's Eden', Christabel. Tommy kann den gesamten Luftraum überwachen, Nathan herrscht auf dem Boden. Niemand kann ohne unser Wissen nach ‚King's Eden' gelangen, und wenn sie kommen, wird es zu unseren Bedingungen sein."

Er klang so unerschütterlich überzeugt und selbstsicher. Vielleicht stimmte es ja. Die Kings aus den Kimberleys besaßen praktisch einen legendären Status und herrschten in ihrem Gebiet schon seit über hundert Jahren. Waren sie unangreifbar in ihrem stattlichen alten Farmhaus, das schon so viele Generationen einer Familie beherbergt hatte, die sich diesem harten, urwüchsigen Land verbunden fühlte?

Hart und urwüchsig … trotz all seiner weltmännischen Bildung stammte Jared von jenen ersten Pionieren ab, die für alles, was ihnen einmal gehörte, gekämpft hatten. Menschen, die trotz aller erdenklichen Härten und Unbilden erfolgreich überlebt hatten. Christabel dachte daran, wie die Aborigines auf Nathans Hochzeit mit ihren Didgeridoos die Geister der Vergangenheit beschworen hatten. „King's Eden" war ihr damals zeitlos vorgekommen, und sie hatte eine Ahnung von der Kraft verspürt, die von Nathan King und seinen Brüdern, wie sie Schulter an Schulter zusammenstanden, verkörpert wurde. Sie erinnerte sich, mit welchem Stolz Elizabeth King ihre drei Söhne betrachtet hatte ... mit der Haltung einer Königin, die wusste, dass sie Könige geboren hatte. Die Kings des Outbacks.

Das Flugzeug erhob sich in die Lüfte. Konnte diese Familie es wirklich schaffen ... das Machtkartell des Kruger-Imperiums zu brechen? Christabel schüttelte zweifelnd den Kopf. Warum sollten sie es überhaupt versuchen, wo sie weder für sie, Christabel, noch für ihre Tochter verantwortlich waren und ihr nichts schuldeten?

Sie musste Jared darüber aufklären, worauf er sich jetzt mit seiner Familie einließ und was eine Zukunft mit ihr für ihn bedeuten würde. Dann konnte er selber entscheiden, ob es ihm wert war, dafür zu kämpfen. Jetzt lag die Wahl bei ihm, nicht mehr bei ihr.

Christabel gab es auf, sich gegen ihre Tränen zu wehren. Jared mochte vielleicht glauben, dass „King's Eden" die perfekte Zufluchtsstätte sei. Er meinte es sicher nur gut. Aber Christabel konnte nicht daran glauben, dort wirklich sicher zu sein. Für sie und Alicia würde es das Ende der Straße bedeuten.

9. *KAPITEL*

Elizabeth King wartete gespannt auf Vikki Chans Einschätzung des Mannes, der sie in ihrem Haus aufgesucht hatte. Es war ein befremdliches, ja beunruhigendes Gefühl, sich nach all den Jahren wieder zu einem Mann hingezogen zu fühlen – auch körperlich. Nach Lachlans Tod hatte sie geglaubt, zu derartigen Gefühlen nie wieder fähig zu sein. Ihr verstorbener Mann war für sie immer ein unvergleichlicher Mensch gewesen, aber Rafael Santiso brachte ihr Blut zweifelsohne in Wallung.

Seine funkelnden dunklen Augen hatten sie genauso intensiv und durchdringend angesehen, wie sie es von Lachlan gekannt hatte – prüfend, herausfordernd und uneingeschränkt selbstbewusst. Ein spanischer Aristokrat, hatte sie heute Morgen beim Anblick seiner eleganten, stattlichen Figur sofort gedacht. Inzwischen wusste sie, dass er Argentinier war, und fragte sich, ob er wohl aus einer der alten Familien stammte, die jene großen Rinderfarmen in Südamerika besaßen. Er hatte etwas Zähes, Unnachgiebiges an sich – aber es war vermutlich töricht, ihn mit Lachlan zu vergleichen.

Ein gefährlicher Mann, wie Jared sie gewarnt hatte. Ein Meister der Manipulation, Treuhänder des Multimillionen-Dollar Kruger-Erbes. Und Christabels Tochter, Alicia Kruger, nicht Valdez, war die Alleinerbin. Seit über zwei Jahren war Christabel vor Rafael Santiso und seinen einflussreichen Machenschaften auf der Flucht gewesen, und Christabel war nicht dumm. Ihr rätselhaftes Benehmen hatte jetzt eine Erklärung gefunden, und in Anbetracht der Geschichte, die sie Jared erzählt hatte, waren ihre Ängste nicht unbegründet.

Doch Elizabeth liebte die Gefahr, dieses Gefühl, wachsam

sein zu müssen, um jederzeit mit eigenen Mitteln zurückschlagen zu können. Schon lange hatte sie sich nicht mehr so lebendig gefühlt. Ja, es bereitete ihr ungeheures Vergnügen, zu wissen, dass Rafael Santiso draußen auf der Veranda auf sie wartete und ihr letztendlich mit all seiner Macht nichts würde anhaben können.

Sie hörte, wie Vikki ins Haus zurückkam, und wartete gespannt, wie das Urteil der alten Chinesin ausfallen würde. „Nun?“, fragte sie neugierig, als die Haushälterin lächelnd die Küche betrat.

Vikkis Augen funkelten amüsiert. „Er ist es nicht gewöhnt, dass man seine Pläne durchkreuzt. Aber er ist sehr schnell von Begriff. Im Handumdrehen hat er seine fordernde Haltung abgelegt und es mit gewinnendem Charme probiert.“

„Aber zunächst hat er versucht, Sie einfach zu überrollen, stimmt’s, Vikki?“

„Ich nehme an, die Enttäuschung hat ihm zunächst den Blick versperrt, aber er besitzt eine ausgezeichnete Menschenkenntnis. Und obwohl er ursprünglich fordern wollte, Sie zu sprechen, hat er sich rasch besonnen und es als Bitte geäußert.“

„Und was halten Sie persönlich von ihm?“

Den scharfen Augen der Chinesin entging nichts. „Er ist ein Mandarin.“

Elizabeth sah die Haushälterin erstaunt an. Das war ein alter chinesischer Ausdruck für einen Regierungsbeamten. Dieses Bild wollte ihr gar nicht passen.

„Ein Mandarin mit rotem Korallenknopf“, fuhr Vikki bezeichnend fort. „Ein schlauer Gouverneur und ein sehr tüchtiger General.“

„Er trägt die Verantwortung für ein gewaltiges Finanzimperium“, erinnerte Elizabeth sie.

„Ein Treuhänder, kein Imperator.“

„Christabel vertraut ihm jedenfalls nicht. Eine derartige Macht kann einen Menschen korrumpieren.“

„Ich spüre nichts Böses in ihm. Und Ihnen geht es genauso, Elizabeth. Sie fühlen sich zu ihm hingezogen.“ Ihre kleinen dunklen Augen blitzten. „Sie haben sich sogar ein korallenrotes Kleid angezogen, um zu ihm zu passen.“

Elizabeth lachte. „Ihnen entgeht aber auch gar nichts!“

„Er ist allein hierhergekommen. Interessant, oder?“

„Wir werden sehen, Vikki. Bringen Sie die Erfrischungen in ungefähr zehn Minuten auf die Terrasse.“

„Sie wollen ihn nicht ins Haus bitten?“

„Nein. Christabel betrachtet ihn als ihren Feind. Bis ich nicht vom Gegenteil überzeugt bin, wird er kein Gast in meinem Haus sein.“

Elizabeths Herz klopfte schneller, als sie zur vorderen Verandatür ging. Es war tatsächlich interessant, dass Rafael Santiso allein gekommen war. Ihre Sekretärin hatte ihr nämlich berichtet, dass alle drei Männer gegen vier noch einmal in ihr Büro gekommen waren. Zweifellos hatten sie inzwischen von Alicias Lehrerin erfahren, dass Jared mit den Gesuchten schon lange über alle Berge war.

Elizabeth selbst war ganz bewusst nach Hause gegangen, nachdem Jared sie von „King’s Eden“ aus angerufen und ihr alles erklärt hatte. Santiso sollte ihr ruhig hinterherlaufen. Die Art, wie er es tun würde, würde ihr viel über ihn verraten. Heute Vormittag hatte er seinem Auftreten durch den Schweizer Steuerberater und den deutschen Rechtsanwalt Gewicht verliehen. Genauso nachmittags um vier. Jetzt war es fünf, und er war allein gekommen. Was vermuten ließ, dass er inzwischen viel nachgedacht hatte.

Sie öffnete die Verandatür. Rafael Santiso stand ein gutes Stück entfernt, halb abgewandt, und schien den Blick auf die Roebuck Bay zu genießen. Bei ihrem Erscheinen drehte er sich um, und Elizabeth fühlte sich für einen Moment an einen Torero erinnert, der seinen durchtrainierten Körper zur Schau stellte und sich für den Kampf wappnete.

Vielleicht lag es an seiner veränderten Kleidung. Er hatte sich umgezogen und trug jetzt ein weißes Hemd mit offenem Kragen und eine schwarze Hose. Vielleicht war es aber auch der glühende Blick seiner faszinierenden dunklen Augen oder das Gefühl von nur mühsam gebändigter Macht, das dieser Mann vermittelte … Auf jeden Fall schien seine erotische Ausstrahlung noch stärker als am Vormittag und verfehlte ihre Wirkung auf Elizabeth nicht.

Dabei fiel überhaupt nicht ins Gewicht, dass dieser Mann schon über sechzig war und sein Haar von grauen Strähnen durchzogen. Er besaß einen ungeheuren Sex-Appeal, und Elizabeth begriff plötzlich, dass er ihn bewusst gegen sie ausspielte.

„Mrs. King …“ Er bot ihr seine Rechte. Sogar seine Stimme klang wärmer und tiefer und nicht so hart und kurz angebunden wie am Morgen.

„Mr. Santiso …“ Sie schüttelte ihm die Hand und registrierte erstaunt, wie elektrisierend diese Berührung auf sie wirkte.

„Da ich feststellen musste, dass Ihr Sohn mit Christabel

und ihrer Tochter davongeflogen ist, weiß ich hier in Broome nichts Rechtes mehr anzufangen." Er lächelte schmeichelnd. „Deshalb habe ich mich gefragt, ob ich Sie überreden könnte, mir heute Abend beim Essen Gesellschaft zu leisten."

Elizabeth entzog ihm ihre Hand und deutete anmutig zum Tisch. „Ein reizvoller Vorschlag, Mr. Santiso, aber da müssen Sie sich schon noch etwas mehr bemühen. Vielleicht möchten Sie sich jetzt setzen und noch ein wenig die schöne Aussicht genießen?"

„Ich bewohne die Nolan-Suite im ‚Cable Beach Resort'. Sie besitzt ein eigenes Esszimmer, und ich habe mir sagen lassen, dass man von dort einen herrlichen Blick auf den Sonnenuntergang haben soll."

„Das stimmt. Und ich gehe davon aus, dass Sie noch viele Sonnenuntergänge sehen werden, wenn Sie darauf warten, dass Christabel mit ihrer Tochter zurückkehrt." Elizabeth ging vielsagend lächelnd zum Tisch. „Von dieser Seite der Halbinsel aus können wir den Mondaufgang genießen."

Rafael Santiso folgte ihr lachend. „Sie räumen also ein, dass zwischen Ihrem Sohn und Christabel mehr als nur eine rein geschäftliche Beziehung besteht?"

„Mr. Santiso, Jared bedeutet mir sehr viel, und das schon seit über dreißig Jahren." Elizabeth setzte sich an das eine Ende des Tisches und blickte den Mann, der glaubte, sie im Bett gewinnen zu können, herausfordernd an. „Meinen Sie wirklich, eine Einladung in die Nolan-Suite würde mich das vergessen lassen?"

Er lächelte ungerührt. „Sie sind ohne Zweifel die aufregendste Frau, die mir je begegnet ist."

„Warum setzen Sie sich dann nicht und versuchen, unsere

Bekanntschaft zu vertiefen, Mr. Santiso?“, erwiderte Elizabeth und bemühte sich, seine Schmeicheleien zu ignorieren. Es war seine Taktik, ihr Komplimente zu machen.

Santiso war hinter dem Stuhl am anderen Ende des Tisches stehen geblieben und betrachtete Elizabeth forschend. „Warum glauben Sie mir nicht?“

„Weil Ihr Besuch hier einen Zweck verfolgt, und dieser Zweck bin nicht ich.“

„Christabel muss sich bei Ihrem Sohn sehr sicher fühlen.“

„Ich glaube schon. Aber bei Ihnen fühlt sie sich nicht sicher, Mr. Santiso.“

„Rafael. Mein Name ist Rafael.“

„Ich weiß.“

„Darf ich Sie Elizabeth nennen?“

„Wenn Sie es wünschen.“

„Mir wurde die Verantwortung für die Sicherheit des Kindes anvertraut. An ihrem achtzehnten Geburtstag wird Alicia ein Vermögen von sechshundert Millionen Dollar erben.“ Er blickte sie erwartungsvoll an. „Wie ich sehe, überrascht Sie das nicht?“

„Jared hat mich vor zwei Stunden davon unterrichtet.“

„Und er ist immer noch entschlossen, selbst für ihre … Sicherheit zu sorgen?“

„Wir sind nicht ganz mittellos“, antwortete sie spöttisch, wobei ihr klar war, dass angesichts einer so gewaltigen Summe wie sechshundert Millionen Dollar der Reichtum der Kings eher unbedeutend wurde. Doch es gab auch Mittel, die sich nicht mit Geld erkaufen ließen. Elizabeths Augen leuchteten selbstsicher, als sie hinzufügte: „Dies ist nicht Ihre Welt,

Rafael, sondern unsere."

„Die Kings aus den Kimberleys", sagte er nachdenklich. Ein kleines Lächeln huschte über sein Gesicht, als er jetzt zur Balustrade ging und sich wieder zu Elizabeth umdrehte, sodass er ihr den Blick auf die Aussicht versperrte. „Ich bin hergekommen, um mir von Ihrer Familie ein Bild zu machen. Das ist der Zweck meines Besuches, Elizabeth. Ich bin seit Monaten über Christabels Beziehung zu Ihrem Sohn informiert … von den ersten Anfängen an. Ich wusste von ihrem Besuch auf ‚King's Eden' zur Hochzeit Ihres ältesten Sohnes. Und am Montagmorgen habe ich einen Bericht erhalten, dass sich inzwischen eine intime Beziehung zwischen Christabel und Ihrem Sohn entwickelt hat."

War das alles wahr? Hatte er Christabel all die Zeit beobachten lassen? Oder hatte er diese Informationen erst nach seiner Ankunft heute zusammengetragen? „Sind Sie gekommen, um diese Beziehung zu unterbinden?"

„Möchten Sie, dass sie unterbunden wird?", entgegnete er.

„Hören Sie, ich glaube, dass Jared Christabel mehr liebt als irgendeine andere Frau zuvor. Keine der Barrieren, die sie ihm in den Weg gelegt hat, haben ihn abschrecken können. Ob Sie es glauben oder nicht, das Erbe des Kindes ist ihm dabei völlig egal. Manche Dinge lassen sich nicht aufhalten."

„Und Sie werden hinter Ihrem Sohn stehen?"

Sie nickte. „Genauso wie seine Brüder."

„Ein derartiges Vermögen bringt mehr Probleme als Vorteile", warnte er sie.

Elizabeth war sich durchaus bewusst, welche Macht und welcher Einfluss dem Kruger-Kartell zukam, das praktisch den gesamten Diamant- und Goldmarkt und den Edelsteinmarkt in der Schmuckbranche weltweit kontrollierte – mit Ausnahme der Perlen. Die Perlenfarmen von Broome produzierten die besten Perlen auf der Welt und waren allein im Besitz australischer Familien.

„Sie stellen für unser Geschäft keine Bedrohung dar, Rafael", sagte Elizabeth kalt. „Jeden Versuch einer Einmischung würden wir im Ansatz bekämpfen, und ich bezweifle nicht, dass Angebot und Nachfrage für uns entscheiden würden."

Er schüttelte den Kopf. „Ich drohe nicht, sondern beschreibe nur den tatsächlichen Zustand. Dieses Erbe ist mehr ein Fluch als ein Segen. Und es wird nicht einfach von selbst verschwinden, Elizabeth. Früher oder später werden Sie sich mit den Belastungen auseinandersetzen müssen."

Und wir werden irgendwie damit fertig werden, dachte Elizabeth, die zum ersten Mal wirkliches Mitgefühl mit Christabel empfand. Und außerdem befanden sie sich nicht in Europa. Wenn Christabel bei Jared bleiben wollte, hatte das Outback seine eigenen Möglichkeiten, die Seinen zu beschützen. Alicia würde hier weitab von all jenen sein, die ein Stück von dem großen Kuchen abhaben wollten.

Die Frage war: Welche Rolle spielte Rafael Santiso in dieser Sache? Wo lagen seine Interessen? „Wenn dieses Erbe wirklich eine solche Last ist, warum haben Sie die Treuhandschaft nicht längst abgetreten?"

Er lächelte ironisch. „Ich bin ein geradezu besessener Krisenmanager."

„Und trotzdem haben Sie zugelassen, dass Christabel aus Angst vor Ihnen davongelaufen ist. Verstehen Sie das unter Problemlösung?"

Er ließ sich bewusst Zeit mit seiner Antwort. Dies war die

Crux des Konfliktes zwischen ihnen, und sie wussten es beide. Sie musste befriedigend gelöst werden. „Sie hatte Grund, sich zu fürchten ... aber nicht vor mir“, erklärte er schließlich schroff. „Es gab gewisse Leute, deren Interessen am besten damit gedient war, Christabel gegen mich einzunehmen. In der Konsequenz wehrte sie sich gegen meine Bemühungen, ihre Sicherheit und die des Kindes zu garantieren, was die Situation noch schwieriger gestaltete.“ Rafael Santiso zuckte spöttisch die Schultern. „Vertrauen lässt sich nicht erzwingen. Ich erkannte, dass es einfacher sein würde, ihr die Flucht aus den Fängen des Kruger-Imperiums zu erleichtern, die sie als Gefängnis empfand.“

„Sie haben ihre Flucht geplant?“

„Und gelenkt, bis in jede Einzelheit. Die Diamanten, die sie als Währung benutzt hat, die Leute, die sie ihr abgekauft haben, die Leibwächter, die ohne ihr Wissen jeden ihrer Schritte überwacht haben. Ich kann das alles beweisen, Elizabeth.“

„Dessen ungeachtet, hat sie dennoch in ständiger Angst vor Ihnen gelebt“, gab Elizabeth zu bedenken.

„Daran konnte ich nichts ändern, und die Flucht war ihre Entscheidung. Sie wollte ein Gefühl von Freiheit, und ich habe es ihr gegeben“, antwortete er scharf. „Wenn sie wirklich Grund gehabt hätte, mich zu fürchten, glauben Sie, ich hätte dann zugelassen, dass sie irgendeine Beziehung zu Ihrer Familie knüpft?“

„Ich weiß es nicht. Sie sind jetzt hier.“

Er lehnte sich sichtlich entspannt zurück und sah Elizabeth warm an. „Mir gefällt diese Verbindung. Immer mehr sogar, Elizabeth.“

„Und ich glaube, Sie müssen noch einiges mehr erklären“,

antwortete sie betont kühl.

Rafael Santiso machte eine einladende Geste. „Tatsache ist, Christabels und Alicias sorgfältig inszeniertes Verschwinden diente zwei Zwecken. Es entzog die beiden einer akuten Gefahr und gab mir die nötige Handlungsfreiheit, um gegen diejenigen vorzugehen, die Bernhards Testament anfochten."

„Ist die Gefahr jetzt vorüber?"

„Bei einer Millionenerbin wird immer die Gefahr von Kidnapping bestehen, aber ich bin insoweit zufrieden, dass das Haus Kruger inzwischen von allen … unzufriedenen Elementen gereinigt ist." Seine dunklen Augen blitzten verächtlich. „Natürlich werden sich von Zeit zu Zeit immer wieder Gruppen bilden, die die bestehenden Regeln verändern wollen." Er lächelte. „Aber ich bin ein guter Wachhund."

Mehr als das, dachte Elizabeth. Dieser Mann war nicht nur ein besessener Krisenmanager, sondern er liebte die Gefahr. Vielleicht machte ihn gerade das so aufregend.

„Wir wären gute Partner, Elizabeth", sagte er sanft.

Sie sah ihn an und schluckte, als sie die unmissverständlich erotische Aufforderung in seinem Blick las. „Partner in dem Bestreben, Alicia zu beschützen?", entgegnete sie prompt.

„Partner in jeder Hinsicht. Sie wissen es. Ich sehe es Ihnen an. Wie oft im Leben begegnet einem dieses Gefühl gleich auf den ersten Blick? Es ist selten, Elizabeth. Mir ist es heute zum ersten Mal passiert."

„Es fällt mir schwer, das zu glauben, Rafael."

„Oh, ich bin Witwer, und ich habe meine Frau mit der Leidenschaft eines jungen Mannes geliebt. Aber bei Ihnen habe ich das Gefühl … eine wahre Partnerin gefunden zu haben. Ich hätte um Sie gekämpft, wenn Ihr Mann noch am Leben wäre."

Lachlan. Elizabeth durchzuckte es schmerzlich. Aber Lachlan war schon lange nicht mehr bei ihr. Vikki kam mit einem Tablett in den Händen auf die Veranda. Waren wirklich erst zehn Minuten vergangen?

„Warum setzen Sie sich nicht, Rafael?", lud Elizabeth ihn erneut ein. Sie brauchte noch etwas Zeit, um über alles nachzudenken.

Rafael Santiso schickte sich ins Unvermeidliche und nahm auf dem Stuhl am anderen Ende des Tisches Platz.

Elizabeth dachte an die langen, einsamen Jahre seit Lachlans Tod und an die Jahre, die noch vor ihr lagen. Ihre Söhne brauchten sie nicht mehr. Sie hatten alle gute Frauen gefunden. Und die Enkelkinder ... würden sie die Leere in ihrem Leben gänzlich füllen können? Lachlans Erbe würde weitergegeben werden. Es blieb nichts mehr zu tun.

Andererseits war es auch möglich, dass Rafael sie belog. Einen „Meister der Manipulation" hatte Jared ihn genannt. Aber was konnte so Schlimmes passieren, wenn sie einen Abend mit ihm verbrachte? Sie würde sich nicht verführen lassen, weder körperlich noch gefühlsmäßig. Ein Abend verpflichtete sie zu gar nichts. „Danke, Vikki", sagte sie, als die alte Chinesin die Erfrischungen auf den Tisch gestellt hatte. „Bereiten Sie kein Abendessen für mich vor. Mr. Santiso hat mich eingeladen, ihm beim Essen im ‚Cable Beach Resort' Gesellschaft zu leisten. In der Nolan-Suite." Sie blickte lächelnd in Rafaels dunkle Augen, die triumphierend aufleuchteten. So einfach wirst du es nicht mit mir haben, Rafael, versprach sie ihm insgeheim. „Und ich vermute, er wird mir die Sydney-Nolan-Gemälde zeigen, nach der die Suite benannt ist."

10. KAPITEL

Sie waren so gelassen, so überzeugt, dass sie mit allem fertig werden könnten – Jared, Nathan und sogar Miranda, Nathans Frau, die gerade mit heiterer Miene den Kaffee nach dem Abendessen servierte. Der Anruf um sechs mit den neuesten Nachrichten aus Broome hatte sie nicht im Mindesten beunruhigt.

Christabel hätte die drei am liebsten angeschrien, dass sie nicht wussten, was für ein Mann Rafael Santiso war. Sie wusste genau, wie dieser Abend mit Elizabeth King enden würde. Schon morgen am Tag würde Santiso hier mit Elizabeths Segen auf „King's Eden" auftauchen, ohne mit irgendeinem Widerstand rechnen zu müssen. Dann würde er alle überzeugen, dass er sie, Christabel, und Alicia wieder nach Europa mitnehmen musste. Nur zu ihrem Besten natürlich. Ein Mann, der Bernhard Kruger dazu überreden konnte, ihn zum alleinigen Treuhänder seines gewaltigen Erbes zu bestimmen, konnte jeden zu allem überreden – und immerhin hatte er sechshundert Millionen Gründe, sich ins Zeug zu legen.

Die Vorstellung, in das gefängnisähnliche Herrenhaus in Amsterdam oder auf die wie eine Festung bewachte griechische Insel zurückzukehren, ließ Christabel erschaudern, sodass sie fast den Kaffee verschüttete. Mit zittrigen Fingern stellte sie die Kaffeetasse auf den Tisch.

„Vielleicht ist Kaffee heute Abend nicht gerade das Richtige. Er wird dich wach halten", meinte Jared und stand auf. „Wie wär's mit einem kleinen Spaziergang, Christabel. Etwas frische Luft und Bewegung wird dir vor dem Schlafengehen guttun."

„Ja, gern", sagte sie dankbar.

„Ich sehe nach Alicia“, bot Miranda an.

„Danke.“ Christabel sprang nervös auf. „Sollte sie aufwachen …“

„Werde ich mich um sie kümmern“, versicherte Miranda ihr lächelnd. „Es ist mir eine Freude, Christabel. Ich kann nur hoffen, dass ich es schaffe, unser Kind so gut zu erziehen, wie Sie es mit Alicia getan haben.“

Der großen, schönen Blondine sah man die Schwangerschaft gerade erst an, und es war offensichtlich, dass sie und Nathan sich wahnsinnig auf ihr Baby freuten. Für einen Moment wurde Christabel von heftigem Neid gepackt. Laurens wäre als Vater nutzlos gewesen. Schlimmer als das, verheerend. Wohingegen Nathan bestimmt ein genauso lieber und fürsorglicher Vater sein würde wie Jared … Jared, der immer noch nicht einsehen wollte, dass Alicias Erbe alles hoffnungslos verkomplizierte.

Christabel nickte Miranda zu. „Sie sind sehr freundlich.“ Seit sie auf „King’s Eden“ angekommen waren, hatte Miranda Alicia ganz selbstverständlich unter ihre Fittiche genommen und ihr die Farm gezeigt, während Christabel Jared und Nathan ihre Situation erläutert hatte.

Keiner der beiden hatte die Sache auf die leichte Schulter genommen. Dennoch hatte es Christabel erstaunt, wie gelassen sie die Fakten akzeptiert hatten, um dann in aller Abgeklärtheit Pläne zu schmieden, die sicherstellen sollten, dass ihre, Christabels, Entscheidungen respektiert werden würden. Sie schienen an dem Ausgang nicht zu zweifeln, und Christabel wollte fast selber daran glauben, bis Elizabeths Anruf um sechs Santisos geschicktes taktisches Vorgehen aufgedeckt hatte, direkt das Oberhaupt der Familie für seine Zwecke einzuspannen.

Jared legte ihr einen Arm um die Schultern, und sie schmiegte sich an ihn, als er sie aus dem Farmhaus führte. Aber nicht einmal seine Wärme und spürbare Kraft konnten sie trösten.

„Es wird alles gut", flüsterte er und drückte sie an sich. „Meine Mutter ist nicht dumm, Christabel."

Nein, Elizabeth King war alles andere als dumm, aber Rafael Santiso war gewieft genug, selbst den Klügsten zu täuschen. „Sie kennt ihn nicht so gut, wie ich ihn kenne", antwortete sie matt.

„Wenn unsere Familie sich in etwas auskennt, dann in der Kunst zu überleben", versicherte Jared ihr. „Wir geben nie auf. Niemals."

Aber sie können nachgeben, dachte Christabel unglücklich.

Es war eine klare, milde Nacht. Doch Christabel dachte an den Sturm, der aus Europa hereingebrochen war und ihr die schwärzesten Wolken gebracht hatte. Sie blickte zu dem funkelnden Sternenhimmel auf und erinnerte sich an die Diamanten in ihrem Bankschließfach in Sydney. Es bestand keine Aussicht mehr, sie zu holen. Die Flucht war vorüber.

Ihr blieb nur noch diese eine letzte Nacht in Freiheit. Santiso würde morgen kommen. Er und Elizabeth würden Jared davon überzeugen, dass sie, Christabel, und Alicia nicht hierher gehörten. Eine kleine Indiskretion, die an die Presse durchsickerte, würde genügen, um den Kings sehr rasch begreiflich zu machen, wie drastisch sich ihr Leben verändern würde, wenn sie die Erbin der Kruger-Millionen unter ihrem Dach beherbergen würden. Santiso war rücksichtslos und erbarmungslos in der Verfolgung seiner Ziele. Und wenn er sie erst wieder in seiner Gewalt hatte ... würden sie dann bei einem Unfall sterben wie Laurens?

„Lass uns zum Fluss gehen, wo an Nathans und Mirandas Hochzeit das Festzelt aufgebaut war", bat sie spontan. Dort hatte Jared sie zum ersten Mal beim Tanzen in den Armen gehalten.

„Ständig auf der Flucht ist kein Leben für dich, Christabel, und auch nicht für Alicia", sagte Jared ruhig. „Ich weiß, dass du Angst davor hast, aber du musst dich den Dingen stellen."

Sie schwieg. Was hatte es für einen Sinn, gegen die Situation aufzubegehren, die er ihr aufgezwungen hatte? Es ließ sich nicht mehr ändern. Ihr blieb als einziger Trost diese eine Nacht mit ihm, und die wollte sie nicht mit Reden vergeuden.

Zärtlich legte sie ihm einen Arm um die Taille, und er rieb die Wange an ihrem Haar, als sie langsam über den großen Rasen zum Flussufer gingen. Christabel konnte Jared keinen Vorwurf machen, dass er so gehandelt hatte. Es lag ihm wirklich viel an ihr, und ihre Angst hatte seinen Beschützerinstinkt geweckt und ihn zum Handeln getrieben.

„Hast du geglaubt, das Erbe würde etwas daran ändern, was ich für dich empfinde?", fragte er leise.

„Du hast seine Wirkung noch nicht gespürt", antwortete sie zögernd. „Vermutlich erscheint es dir noch völlig unwirklich. Aber es wird sehr real, wenn du damit leben musst, Jared. Es beherrscht alles."

„Dann würdest du also lieber ohne es leben?"

„Wenn ich wählen könnte."

„Und deshalb bist du immer weiter davongelaufen."

„Ja."

„Aber hier in Broome bist du am längsten geblieben."

„Ja." Sie seufzte. Wie es aussah, war sie zu lange in Broome geblieben und hatte damit dieses Unheil heraufbeschworen.

Jared blieb stehen und wandte sich ihr zu. „Meinetwegen?"

Christabel berührte zärtlich seine Wange. Dies war der Tag der Wahrheit. Es gab keinen Grund mehr, irgendetwas vor Jared zu verstecken. Ohne zu überlegen, machte sie ihrem Herzen Luft: „Ich habe noch nie für einen Mann gefühlt, was ich für dich empfunden habe. Ich hätte es nicht zulassen dürfen, aber … du warst da, und ich konnte dich einfach nicht vergessen, konnte der Versuchung nicht widerstehen, mir alles zu nehmen, was ich von dir bekommen konnte."

„Das Gleiche gilt für mich", flüsterte Jared, nahm ihre Hand, küsste sie sacht und führte sie dann an den offenen Ausschnitt seines Hemdes. „Ich kann es nicht ertragen, dich … nicht zu haben."

„Dann nimm mich. Hier, jetzt, die ganze Nacht", flüsterte sie leidenschaftlich und tastete ungeduldig nach den Knöpfen seines Hemdes. „Hilf mir! Nichts soll zwischen uns sein."

Unfähig, noch länger zu warten, zog sie sich das T-Shirt und die Shorts aus, und Jared entledigte sich ebenso rasch seiner Kleidung, von dem gleichen Verlangen getrieben, das Wunderbare, das sie miteinander geteilt hatten, noch einmal zu erleben. Christabels Herz pochte wie wild, als sie den Blick bewundernd über Jareds schönen, nackten Körper gleiten ließ. Was für ein Mann!, durchzuckte es sie. So stark, so schön, so vital … bereit, sie auf dieser uralten Erde unter dem funkelnden Sternenzelt zur Frau zu nehmen.

Sie sehnte sich so sehr danach. So sollte es immer sein – einfach, ehrlich, elementar wie diese Erde und der Himmel darüber. Zeitlos.

Jared zog sie zu sich heran. Sie schmiegte sich verlangend an ihn, legte ihm die Arme um den Nacken und küsste ihn mit aller Leidenschaft, die sie aufbringen konnte. Dies war ihr Mann, sie spürte es mit ihrem ganzen Körper, und sie wollte ihm noch einmal alles geben, alles von ihm bekommen, um es als kostbaren Schatz in ihrem Herzen zu bewahren. Lustvoll rieb sie sich an ihm, genoss die Wärme seiner samtenen Haut, streichelte ihn und spürte triumphierend, wie er erschauerte und sie noch fester an sich drückte.

Sie wollte, dass er sie festhielt, wollte, dass er sie nahm und besaß, so wie sie ihn besitzen wollte.

„Bleib so stehen, Jared", bat sie heiser. „Bleib so stehen, und lass mich dich lieben."

„Christabel ..."

Verlangend flüsterte er ihren Namen und krallte die Finger in ihr Haar, als sie an ihm hinabglitt und seinen Körper mit heißen Küssen bedeckte. Sie presste ihre Brüste an ihn, umfasste seine Hüften und umschloss ihn mit ihren Lippen. Jared stöhnte auf, als sie sich zwischen seine Beine kniete, und ließ die Finger durch ihr seidiges Haar gleiten, während er sich den unbeschreiblich erregenden Gefühlen hingab, die ihr erotisches Liebesspiel in ihm weckte.

Mit einem unterdrückten Aufschrei zog er sie schließlich hoch, kniete selber nieder, nahm Christabel auf den Schoß und drang schnell und machtvoll in sie ein. Und als sie ihn umfing und sich ihm entgegenschob, beugte er sich vor und küsste ihre vollen, straffen Brüste. Nacheinander umschloss er die harten Spitzen mit seinen Lippen, liebkoste sie mit der Zunge und saugte sacht daran. Gleichzeitig drang er immer wieder und immer schneller in sie ein, bis ihr Körper in Wellen der Lust erschauerte.

Dann erhob Jared sich auf den Knien, bettete Christabel behutsam auf das kühle Gras und schob sich zwischen ihre geöffneten Beine. Jetzt war seine Zeit gekommen, und Christabel ließ sich bereitwillig von seinem Rhythmus leiten. Und noch einmal nahm er sie mit auf den Gipfel der Lust, während er seinem eigenen Höhepunkt entgegenstrebte.

Für Christabel war er der beste Liebhaber der Welt – der „König der Sinnenlust" –, und sie wünschte sich nichts sehnlicher, als für immer so mit ihm eins zu sein. Eng umschlugen rollten sie zur Seite, hielten sich, wollten sie einander nie wieder loslassen, küssten und streichelten sich selbstvergessen.

So verging eine ganze Weile, bis Jared als Erster sprach und sie damit auf den Boden der Wirklichkeit zurückholte.

„Heirate mich, Christabel", bat er leise. „Ich kann mir das Leben ohne dich nicht mehr vorstellen."

Kalte Panik ergriff ihr Herz. Sie wollte noch nicht damit anfangen, sich das Leben ohne ihn vorzustellen. Es würde früh genug kommen. Konnten sie nicht diese eine letzte Nacht genießen, ohne an die Zukunft zu denken?

„Wir sind füreinander geschaffen. Du weißt es", fuhr Jared fort, nahm ihre Hand und drückte sie an sein Herz.

Christabel seufzte tief. „Frag mich morgen Abend, Jared", flüsterte sie. „Nicht jetzt."

Sie spürte, wie er tief einatmete, und wünschte sich sehnlichst, er würde es dabei belassen und diese friedvolle Idylle nicht zerstören, die sowieso nur noch kurze Zeit währen würde. Aber Jared rollte sie auf den Rücken, beugte sich über sie und sah sie entschlossen an.

„Warum nicht jetzt?“, fragte er, wobei er ihr sacht das Haar aus dem Gesicht strich, um sie besser beobachten zu können.

Christabel blickte zu ihm auf und verwünschte die Umstände, die es ihr unmöglich machten, seinen Antrag mit gutem Gewissen anzunehmen. „Ich kann mich nicht an dich binden, bevor ich nicht weiß, was Rafael Santiso will. Weshalb er gekommen ist.“

„Und was willst du, Christabel?“

„Ich bin nicht frei in meinem Handeln, Jared. Alicia ist mein Kind, und ich werde sie nicht der Obhut anderer überlassen.“

Jared sah sie erstaunt an. „Das würde ich auch nie von dir verlangen. Aber ich würde sie gern adoptieren und die Verantwortung der Elternschaft mit dir teilen. Ich würde alles in meiner Macht Stehende tun, um sie zu beschützen und ihr ein gutes Zuhause zu geben.“

Heirat, Adoption … gesetzlich verankerte Bindungen, die Rafael Santiso zweifellos als potentielle Bedrohung seiner Treuhandschaft betrachten würde. Und Jared war kein leichtes Opfer. Gerade jetzt bewies er bereits seinen eisernen Willen, für das zu kämpfen, woran er glaubte – und seine Befähigung, ein Millionen-Dollar-Unternehmen zu führen, hatte er bereits zur Genüge bewiesen. Unter fairen Bedingungen hätte er vielleicht sogar gegen Santiso gewinnen können, aber Christabel war sich sicher, dass der Argentinier nicht fair spielen würde, und Jared war zu integer, um schmutzige Tricks anzuwenden.

„Alicia mag mich. Das weißt du“, fuhr Jared schmeichelnd fort. „Ich bin sicher, sie wird mich als Daddy akzeptieren.“

Doch Alicias Vater zu sein konnte sehr schnell seinen Tod bedeuten … Christabel schauderte es bei diesem Gedanken. Zärtlich ließ sie die Fingerspitzen über Jareds Lippen gleiten, um wenigstens noch etwas von der Sinnlichkeit einzufangen, die sie eben noch so warm umhüllt hatte. „Du würdest bestimmt ein wundervoller Vater sein", sagte sie heiser.

„Dann sag, dass du mich heiratest, Christabel."

„Bitte, lass mir etwas Zeit, darüber nachzudenken, Jared. Gib mir die heutige Nacht …"

„Nein." Er schüttelte den Kopf und nahm energisch ihre Hand. „Diesmal wirst du mir nicht entwischen wie Sonntagnacht. Sag mir, was an meinem Vorschlag nicht stimmt."

Die Stimmung hatte sich unwiderruflich gewandelt. Christabel begriff, dass es in dieser Nacht keine Fortsetzung ihres Liebesspiels geben würde, wenn sie Jared nicht nachgab. Aber sie konnte nicht einwilligen, ihn zu heiraten.

„Mir ist kalt, Jared." Was nicht gelogen war. Ihr Herz fühlte sich plötzlich wie ein Eisblock an. „Ich möchte mich anziehen. Lass mich aufstehen."

Er zögerte, weil er spürte, dass sie ihm wieder auswich, doch es entsprach nicht seinem Wesen, seine Ziele mit Gewalt durchzusetzen. Überredungskunst, Beharrlichkeit, Entschlossenheit – das waren seine Waffen. Auch heute Mittag hatte er sie nicht gezwungen, in sein Flugzeug einzusteigen, sondern einfach nur im entscheidenden Moment die Initiative ergriffen, sie an einen Ort seiner Wahl zu fliegen, weil er überzeugt war, damit das Beste für alle Beteiligten zu tun.

Jared stand auf, ein stolzer, wundervoller Mann, der seine Verärgerung in diesem Moment nur mühsam beherrschte. Er hielt Christabel die Hand hin, um ihr aufzuhelfen, doch sie nahm sie nicht, weil sie ahnte, dass er sie nur erneut in seine Arme nehmen und so überreden wollte nachzugeben. Sie rollte zur Seite und sprang in sicherer Entfernung von ihm auf.

„Du misstraust meiner Hand?“, fragte er scharf.

„Das ist keine Frage von Vertrauen“, entgegnete sie ebenso heftig, ehe ihr bewusst wurde, wie tief sie ihn verletzt hatte. Reumütig versuchte sie, es ihm zu erklären. „Ich bin Gift für dich, Jared. Ich bin wie die Schwarze Witwe, die ihr Männchen verspeist. Schlimm genug, was ich mir bereits von dir genommen habe. Aber wenn du mich heiratest, zerstöre ich dein Leben.“

„Ich bin bereit, dieses Risiko einzugehen, Christabel.“

„Ich nicht.“

„Und warum verschiebst du deine Antwort dann auf morgen?“

„Weil ich egoistisch und selbstsüchtig bin und noch mehr von dir haben wollte, bevor es morgen wird.“

Mit Tränen in den Augen wandte sie sich von ihm ab, bückte sich, sammelte ihre Kleidungsstücke vom Boden auf und zog sich wieder an.

„Nichts wird sich morgen ändern“, behauptete Jared eigensinnig.

„Warte es ab!“, entgegnete sie verbittert.

„Ich habe schon viel zu lange abgewartet, Christabel! Sag mir, was du erwartest, was passieren wird.“

„Sie werden kommen“, stieß sie hervor. „Deine Mutter wird sie mitbringen. Santiso wird sie mühelos dazu überredet haben. Und auf die eine oder andere Weise wird er im Handumdrehen euch alle davon überzeugen, dass es für alle Beteiligten besser ist, wenn er mich und Alicia wieder mit nach Europa unter seine Fittiche nimmt.“

„Dazu lasse ich mich niemals überreden!“, widersprach Jared heftig.

Christabel, inzwischen wieder völlig bekleidet, drehte sich

zu ihm um und sah ihn an. Er war immer noch nackt, schenkte jedoch dieser Tatsache im Eifer des Gefechts keinerlei Beachtung. „Du wirst gar keine Wahl haben, Jared“, sagte sie ruhig. „Die Entscheidung liegt bei mir.“

„Du würdest mir das Recht bestreiten, das Leben zu wählen, das ich will? Ein Leben mit dir, Christabel, wo auch immer? Das wünsche ich mir mehr als alles andere!“

Seine leidenschaftlichen Worte bohrten sich wie ein Dolch in ihr Herz. „Ich könnte mit diesem Opfer nicht leben, Jared“, sagte sie beschwörend. „Bitte mich nicht darum.“

„Auch wenn du mit Santiso gehst, werde ich dir folgen. Ich werde dich nicht aufgeben.“

„Und würdest uns vielleicht damit töten, Jared!“, rief sie verzweifelt aus.

„Töten?“, wiederholte er ungläubig.

„Der Mann, den ich geheiratet habe, Alicias Vater, stand Santisos ehrgeizigen Zielen im Weg. Er flog mit seinem Rennboot in die Luft.“

Jared schüttelte entgeistert den Kopf. „Aber du sagtest doch, es sei ein Unfall gewesen.“

„Offiziell wurde es als Unfall hingestellt. Aber ich glaube nicht daran, obwohl ich keinen greifbaren Beweis für meinen Verdacht habe. Stell dich Santiso nicht in den Weg, Jared. Ich würde mir das nie verzeihen.“ Sie wandte sich ab und ging langsam den grasbewachsenen Hang zum Farmhaus empor, auch wenn es ihr noch so schwerfiel, Jared zurückzulassen.

Er musste sie gehen lassen. Es hatte keinen Sinn, noch länger gegen diese Wahrheit zu kämpfen.

11. KAPITEL

Jared ließ Christabel gehen.

Das Mordszenario, das sie beschworen hatte, hatte ihn wie ein Schock getroffen. Reglos stand er da und blickte ihr nach, wie sie langsam über den weitläufigen Rasen hinauf zum Farmhaus ging – eine einsame Gestalt, die in der Dunkelheit verschwand, aus der es für sie kein Entkommen gab.

Jared hätte sie so gern aus dieser Dunkelheit gerissen und ihr ein anderes Leben versprochen, doch er wusste, dass es für sie nur leere Worte sein würden. Bedeutungslos auch für ihn, solange er keinen Weg fand, diese letzte, fatale Barriere zu durchbrechen.

Er hatte ihren verstorbenen Ehemann vergessen, als unbedeutend aus seinen Gedanken verbannt, sobald er erfahren hatte, dass dieser schon vor Alicias Geburt ums Leben gekommen war. Fünf Jahre ... längst Teil der Vergangenheit. Aber für Christabel mussten diese fünf Jahre die Hölle gewesen sein, denn die Erinnerung an ihren ermordeten Mann hatte sie wie ein Schreckgespenst auf ihrer langen Flucht begleitet. Und es war kein Ende abzusehen. Die Kruger-Millionen samt der dahinterstehenden unbarmherzigen Macht waren nicht zu leugnen. Vor diesem Hintergrund mussten die Gefühle, die Christabel in den vergangenen Monaten für ihn entwickelt hatte, eine fortgesetzte Qual für sie gewesen sein. Deshalb durfte er sie im Moment nicht noch mehr bedrängen, bis er nicht eine überzeugende Antwort auf ihre quälenden Zweifel gefunden hatte.

Jared sah ihr nach, bis das Dunkel der Nacht sie verschluckte. Ein Gefühl von Verlust und unerträglicher Einsamkeit beschlich ihn. Er blickte zu den funkelnden Sternen auf – unerreichbar fern und dennoch eine Einladung für all jene, die mutig genug waren, es zu wagen, sich den Raum dazwischen zu erobern.

Und plötzlich fasste er einen Entschluss. Er würde nicht akzeptieren, dass sich seine und Christabels Wege trennen mussten. Er hatte es auf sich genommen, sie und ihre Tochter nach „King's Eden“ zu bringen, um ihrer jahrelangen Flucht ein Ende zu setzen. Jetzt würde er Santiso nicht gewinnen lassen. Wenn es wirklich bereits einen Mord gegeben hatte, wie Christabel glaubte, dann musste diese Bedrohung für alle Zukunft endgültig ausgeräumt werden.

Wenigstens konnte er jetzt verstehen, warum sie auf der Flucht war und warum sie versucht hatte, die Gefühle zwischen ihnen zu verleugnen. Er verstand auch, warum sie sich diese eine letzte Nacht mit ihm gewünscht hatte. Das war nicht egoistisch oder selbstsüchtig. Es war völlig natürlich, der Wunsch, etwas so unglaublich Schönes bis zur Neige auszukosten. Und dabei hatte sie ihm genauso viel geschenkt, wie sie von ihm genommen hatte.

Doch Jared hatte nicht die Absicht, die Sache da enden zu lassen. Entschlossen suchte er seine Sachen zusammen und zog sich an. Christabel besaß ihre eigenen Prinzipien und Wertvorstellungen. Andere Menschen nicht zu verletzen stand ganz oben auf ihrer Liste. Vielleicht war das die Art der Frauen, ihr Möglichstes zu tun, diejenigen, die sie liebten, vor Schaden zu bewahren. Aber wenn man einem räuberischen Angreifer den Sieg überließ, schob man das Unheil nur auf. Der Schmerz würde dennoch kommen. Und dem musste ein Riegel vorgeschoben werden.

Während Jared langsam zum Farmhaus zurückging, versuchte er, einen Plan für sein weiteres Vorgehen zu entwickeln, falls Christabel die Situation richtig einschätzte. Die Angst mochte ihre Sicht der Dinge verzerrt haben, aber er wollte ihre Besorgnis nicht als unbegründet abtun. Immerhin war ihre Furcht so groß, dass sie entschlossen war, ihr persönliches Glück völlig zurückzustellen.

Im Wohnzimmer brannte noch Licht. Nathan und Miranda warteten dort sicher auf ihn. Jared warf einen Blick auf das beleuchtete Zifferblatt seiner Uhr. Es war Viertel vor zehn. Er blieb an der Bougainvillea-Hecke stehen, die den Vorgarten des Hauses umsäumte, zog sein Handy hervor und wählte die Nummer seines Hauses in Broome. Er wollte erst mit seiner Mutter sprechen, bevor er sich mit Nathan beriet.

Doch nicht seine Mutter meldete sich am anderen Ende der Leitung, sondern Vikki Chan.

„Ich bin's, Vikki. Jared."

„Sie ist noch nicht zu Hause und hat mir auch nicht gesagt, wann sie kommt", kam die alte Chinesin ohne Umschweife auf den Grund seines Anrufs zu sprechen.

„Wo kann ich sie erreichen?"

„Ich glaube, Sie sollten Ihrer Mutter vertrauen, Jared, und warten, bis sie Sie anruft."

„Sagen Sie mir, wo ich sie erreichen kann, Vikki", wiederholte er schroff. „Bitte stellen Sie sich nicht zwischen uns. Es ist zu wichtig für mich."

„Vielleicht ist es für Ihre Mutter auch wichtig."

„Aber sie trifft sich doch meinetwegen mit Santiso!"

„Nicht nur, Jared. Rafael Santiso ist ein sehr attraktiver

Mann. Und auch wenn Sie es als Sohn nicht unbedingt so sehen, hat Ihre Mutter als Frau noch sehr viel zu bieten."

Jared schwieg verblüfft. Da er den Mann bislang nicht persönlich kennengelernt hatte, musste er Vikkis Urteil in diesem Punkt wohl glauben, aber es fiel ihm ungeheuer schwer, sich seine Mutter mit einem anderen Mann vorzustellen. Ihm graute vor dieser Vorstellung. Vikki musste sich irren! Vielleicht kokettierte seine Mutter nur mit Santiso, um ihn in Sicherheit zu wiegen. Andererseits ging ihm Christabels Warnung nicht aus dem Sinn: „Santiso wird sie überreden. Auf die eine oder andere Weise wird er euch alle überzeugen ..."

„Wo sind sie?", fragte er scharf.

Vikki seufzte. „Er hat Ihre Mutter heute eingeladen, mit ihm in der Nolan-Suite im ‚Cable Beach Resort' zu Abend zu essen."

„Sie ist bei ihm in seiner Privatsuite?", fragte Jared außer sich.

„Sie haben kein Recht, über das Tun Ihrer Mutter zu urteilen", antwortete Vikki tadelnd. „Ich darf Sie daran erinnern, dass sie Ihre Wahl respektiert hat, obwohl wir nur sehr wenig über Christabel wussten."

„Aber wir wissen genug über Santiso, oder nicht?", entgegnete er wütend. „Christabel hat uns doch alles erzählt."

„Vertrauen Sie Ihrer Mutter. Sie ist nicht dumm."

Seine eigenen Worte, doch sein Vertrauen in das Urteilsvermögen seiner Mutter war nun erheblich erschüttert. „Sie kennt ihn nicht so, wie ich ihn kenne", hatte Christabel ihm geantwortet. Und nun musste er annehmen, dass seine Mutter sich tatsächlich von diesem Mann hatte einwickeln lassen, der skrupellos seine Ziele verfolgte.

„Ich werde abwarten, was morgen passiert", sagte Jared kurz angebunden und legte auf. Unverzüglich wählte er Tommys Nummer, entschlossen, für alle Möglichkeiten vorzubauen.

„Im Luftraum tut sich noch gar nichts", berichtete sein Bruder, sobald Jared sich gemeldet hatte.

„Santiso ist mit Mum zusammen. In der Nolan-Suite des ‚Cable Beach Resorts', immerhin. Und halte dich fest, Tommy – sie findet ihn attraktiv."

„Du machst Witze!"

„Vikki Chans Urteil. Möchtest du es anzweifeln?"

Am anderen Ende der Leitung herrschte betretenes Schweigen. Beide Brüder wussten, wie nahe sich ihre Mutter und die alte Haushälterin standen und dass ein solches Urteil wohl begründet sein musste.

„Christabel beschreibt Santiso als einen ‚Meister der Manipulation'", fuhr Jared fort. „Sie rechnet damit, dass er Mum überredet, ihn und seine beiden europäischen Begleiter morgen nach ‚King's Eden' zu bringen. Wenn das wirklich im Schwange ist, möchte ich, dass du morgen früh in Broome bist, um sie persönlich herzufliegen. Kein Charterpilot. Wir regeln diese Sache in der Familie."

„Recht so. Sam allerdings werde ich einweihen."

„Sie gehört ja zur Familie." Tommys Verlobte war im Hause der Kings schon als Mädchen ein- und ausgegangen und für Jared immer wie eine kleine Schwester gewesen. Er vertraute ihr blind und hatte ihr sogar eine ganz wesentliche Rolle in seinem Plan zugedacht. „Ich habe für Sam übrigens auch einen Job, Tommy", fuhr er deshalb fort und erläuterte ihm genau seinen Plan.

„Kein Problem“, versicherte sein Bruder ihm. „Und wie, erwartest du, wird diese Sache letztlich ausgehen?“

„Das weiß ich noch nicht. Ich hoffe, dass ich morgen der Wahrheit auf den Grund komme. Eines steht jedenfalls fest: Ich werde nicht zulassen, dass die Frau, die ich liebe, in Angst leben muss.“

„Ich bin auf deiner Seite, Jared.“

„Danke, Tommy.“

Zufrieden, die nötigen Sicherheitsmaßnahmen in die Wege geleitet zu haben, betrat er das alte Farmhaus, das der Familie King seit über hundert Jahren ein Heim und Schutz geboten hatte. Hier herrschte immer noch der Geist seiner legendären Vorfahren, ein Geist sprichwörtlicher Gastfreundschaft, die jedoch an unverrückbare Regeln gebunden war. Sollte Santiso ruhig kommen, sie würden vorbereitet sein. Und wenn der Treuhänder des Kruger-Erbes und seine Handlanger versuchen würden, Gift zu verspritzen, würden sie aus dem Garten Eden in eine Wüste verbannt, wie sie sie noch nie zuvor kennengelernt hatten.

Es würde nicht das erste Mal sein, dass ein Übeltäter am eigenen Leib erfuhr, wie hart das Überleben im Outback war, und auf diese Weise ganz allmählich Respekt vor dem Leben und dem Leben anderer entwickelte. Alles Geld der Welt konnte einem bei dieser Erfahrung nicht helfen. Lachlans Gesetz orientierte die Strafe immer an der Art der Verfehlung und sorgte dafür, dass der Gerechtigkeit Genüge getan wurde.

So war Jared zu dem Schluss gelangt, dass Santiso, wenn es hart auf hart käme, am eigenen Leib erfahren sollte, was Angst bedeutete und das Gefühl, in einer ausweglosen Lage zu sein. Einige Jahre auf sich gestellt im australischen Outback würden ihn zum gründlichen Umdenken veranlassen, und er würde begreifen, was er Christabel angetan hatte. Allerdings musste Jared sich erst ganz sicher sein, bevor er zu derart drastischen Maßnahmen griff.

Natürlich galt es auch, die Gefühle seiner Mutter zu bedenken. In diesem Punkt fühlte er sich völlig verunsichert. Er konnte sich einfach nicht vorstellen, dass ihr messerscharfes Urteilsvermögen sie im Stich gelassen hatte. Hatte sie sich wirklich so von Santiso täuschen lassen?

Wie Jared vorausgesehen hatte, warteten Nathan und Miranda in dem großen, gemütlichen Wohnzimmer des Farmhauses auf ihn. Unwillkürlich schweifte sein Blick zu dem alten, mit Brokat bezogenen Lehnstuhl am Kamin, dem Lieblingsplatz seiner Mutter. Er wünschte sich, dieser Platz wäre heute nicht leer gewesen.

Miranda blickte ihm besorgt entgegen. „Christabel kam allein zurück und ist sofort in ihr Zimmer gegangen. Es sah aus, als hätte sie geweint, Jared."

Es tat ihm weh, dass er ihr diesen Schmerz bereitet hatte, weil er Antworten von ihr gefordert hatte, anstatt ihr den Trost seiner Liebe zu bieten. Aber wenigstens wusste er jetzt genauer, gegen was es zu kämpfen galt. Er wandte sich an Nathan, der ruhig abwartend dasaß und seinen jüngeren Bruder aufmerksam beobachtete.

In kurzen Worten umriss Jared die Lage, wie sie sich nach den jüngsten Informationen für ihn darstellte, wobei er nervös im Zimmer auf und ab ging. „Also, wo stehst du in dieser Sache, Nathan?", beendete er schließlich seinen Bericht und sah Nathan herausfordernd an.

„Auf deiner Seite", antwortete Nathan, erhob sich, baute sich in seiner ganzen stattlichen Größe vor Jared auf und legte ihm eine Hand auf die Schulter. „Wir werden alles tun, was nötig ist."

Uneingeschränkte Unterstützung. Jared las dieses Versprechen in Nathans klaren blauen Augen und atmete erleichtert auf. Sie waren sich in dieser Angelegenheit einig ... alle drei Brüder, Söhne ihres Vaters, wie Jared es im Grunde nicht anders erwartet hatte. Lediglich die Tatsache, dass ihre Mutter anscheinend zur Gegenseite tendierte, hatte sein Vertrauen in die Einigkeit der Familie zuletzt erschüttert.

„Was ist mit Elizabeth?", fragte Miranda, die seine Gedanken gelesen zu haben schien.

Nathan antwortete an seiner Stelle. „Wir beschützen die Unseren", sagte er bestimmt. „Das schließt auch Mum ein. Wenn sie in ihrem Urteil fehlgeleitet ist ... welches Glück könnte sie dann bei diesem Mann finden?"

Miranda schüttelte den Kopf. „Es ist so schwer zu glauben. Eure Mutter ist ..."

„Einsam", fiel Nathan ihr ins Wort. „Rafael Santiso steht einem gewaltigen Finanzimperium vor und hält es seit Jahren erfolgreich zusammen, was nur einer besonders starken Persönlichkeit gelingen kann." Er wandte sich Jared zu. „Wer weiß, vielleicht sieht sie in ihm etwas, das sie an unseren Vater erinnert? Sein Tod hat eine große Leere in ihrem Leben hinterlassen."

Endlich begann Jared zu verstehen, warum sich seine Mutter möglicherweise zu diesem Mann hingezogen fühlte ... einem Mann von eiserner Willensstärke, der Elizabeth herausforderte. Und was die Leere in ihrem Leben betraf ... Jared konnte ihr dieses Gefühl nur allzu gut nachempfinden. Dankbar nickte er Nathan zu.

„Wir werden in diesem Punkt sehr behutsam vorgehen“, sagte sein großer Bruder beschwörend. „Es gilt, jedes Gefühl von Demütigung zu vermeiden, falls Mum wirklich von Santiso getäuscht wurde. Wir dürfen ihre Selbstachtung nicht verletzen. Hast du das auch Tommy deutlich gesagt?“

„Nein, ich war zu wütend“, gestand Jared. „Ich … habe mich verraten gefühlt.“

Nathan nickte verständnisvoll. „Du warst ihr ja auch immer am nächsten. Und wenn es hart auf hart kommt, wirst du für sie wieder an erster Stelle stehen, da bin ich sicher. Ich werde Tommy anrufen und noch einmal mit ihm darüber sprechen, okay?“

Es war fast wie in ihrer Kindheit, als Nathan ständig die Dinge für seinen kleinen Bruder in Ordnung gebracht hatte. Jared lächelte. „He, ich bin inzwischen erwachsen.“

Nathan lachte gutmütig. „Das weiß ich. Ich wollte dir nur Zeit ersparen.“ Sein Gesicht wurde wieder ernst. „Miranda hat recht, Christabel kam ganz verweint ins Haus zurück …“

„Es wäre sehr nett, wenn du Tommy anrufen würdest, dann kann ich mich jetzt um sie kümmern. Und … danke, Nathan.“ Er legte seinem großen Bruder eine Hand auf die Schulter und schluckte. „Du hast mich nie im Stich gelassen, und es ist gut zu wissen, dass du immer noch für mich da bist.“

„Wir sind füreinander da“, antwortete Nathan nun schroff. „Immer.“

Jared winkte Miranda zu, wandte sich ab und verließ das Wohnzimmer, überwältigt von Gefühlen, die ihm das Leben lebenswert machten. Gefühle, an denen er Christabel teilhaben lassen würde, sobald sie mit ihm verheiratet sein würde. Sobald und nicht falls!

Entschlossen ging Jared in den Schlafzimmerflügel, wo Christabel und Alicia in zwei benachbarten Zimmern untergebracht worden waren. Alle Möglichkeiten waren berücksichtigt, die notwendigen Maßnahmen in die Wege geleitet. Seine Brüder standen zu ihm. „King's Eden" war „King's Eden". Es würde früh genug und unweigerlich morgen werden, aber zunächst einmal galt es, diese Nacht durchzustehen, und Christabel brauchte seine Liebe.

Und nicht nur das. Er musste erreichen, dass sie an seine Liebe glaubte. Dazu war Handeln erforderlich.

Jared klopfte sacht an Christabels Tür, um Alicia im Nebenzimmer nicht zu wecken, wartete einige Sekunden und klopfte erneut, als sich nichts rührte. Wieder lauschte er vergebens. Schlief sie vielleicht schon? Er blickte auf die Uhr. Immerhin war schon über eine Stunde vergangen, seit Christabel von ihm fortgegangen war.

Doch plötzlich wurde die Tür einen Spaltbreit geöffnet. „Wer ist da?", flüsterte Christabel heiser.

„Ich bin's. Jared."

Sie atmete tief ein. „Für heute Abend ist alles gesagt", antwortete sie dann ausdruckslos und resigniert.

„Ich möchte einfach nur mit dir zusammen sein, Christabel", erklärte er beschwörend.

Jared spürte, wie sie mit sich kämpfte, und drückte die Tür kurz entschlossen auf. Ihm begegnete kein Widerstand, aber auch kein Willkommen. Im sanften Licht einer Tischlampe sah er Christabel an der Wand hinter der Tür lehnen, blass und matt, als wäre ihr alles egal. Sie hielt den Kopf gesenkt, Tränen rannen ihr über die Wangen. Ihr langes schwarzes Haar war wild zerzaust. Miranda hatte ihr ein weißes Satinnachthemd geliehen, das überaus sexy war, doch Christabel war sich in diesem Moment ihrer erotischen Ausstrahlung nicht bewusst. Sie hielt die Augen fest geschlossen, als wollte sie Jared ausschließen.

Er machte die Tür zu und zog Christabel in seine Arme. Sie ließ es willenlos geschehen und lehnte den Kopf matt an seine breite Schulter. Jared streichelte sie zart und hüllte sie in die tröstliche Wärme seiner Liebe ein.

Schließlich seufzte sie tief und legte ihm die Arme um die Taille. „Es tut mir leid, dass es so ist … wie es ist", flüsterte sie. „Es war nie meine Absicht, dich … oder deine Familie … mit hineinzuziehen."

„Ich weiß", sagte Jared sanft. „Und es tut mir leid, dass du das alles so lange allein ertragen musstest."

„Ich habe ja Alicia." Sie schien sich damit abgefunden zu haben, dass der Fluch des gewaltigen Kruger-Erbes der Preis war, den sie für ihre geliebte Tochter bezahlen musste.

„Gab es denn von deiner Seite keine Familie, die dir hätte helfen können?", fragte er vorsichtig.

Christabel blickte traurig zu ihm auf. „Sie haben mir geholfen … als ich nach Rio zurückgegangen bin." Sie löste sich aus seiner Umarmung, wandte sich ab und ging zum Bett. „Über Familienkontakte konnte ich etwas von meinem Schmuck verkaufen, um an Geld und einen Pass mit anderem Namen zu gelangen. Aber mir war klar, dass ich dort nicht lange sicher sein würde. Meine Familie war bekannt. Ich musste sie verlassen." Sie drehte sich zu ihm um und sah ihn an. „So, wie ich dich verlassen muss."

Er schüttelte den Kopf. „Nicht um meinetwillen, Christabel. Und nicht, weil ich dein Leben oder das deiner Tochter gefährden könnte, denn das werde ich nicht." Er ging zu ihr und blickte sie beschwörend an. „Du musst mich nur verlassen, wenn du es willst. Und das glaube ich nicht."

Er sah das sehnsüchtige Aufleuchten in ihren Augen und hielt sie fest, bevor sie sich wieder von ihm abwenden konnte.

„Jared ..."

„Nein. Genug geredet. Sag mir morgen Abend, dass du mich verlassen musst, wenn du es dann noch für erforderlich hältst, aber liebe mich jetzt, Christabel, so wie ich dich lieben werde."

Er brauchte sie nicht zu überreden. Sobald er sie küsste, kam sie ihm leidenschaftlich entgegen. Diese Liebe ließ sich nicht verleugnen – für Jared Grund genug, alles zu tun, um ihm und Christabel eine gemeinsame Zukunft zu sichern.

12. KAPITEL

Der Tag, den Christabel während ihrer jahrelangen Flucht stets gefürchtet hatte, war gekommen. Es war ein seltsames Gefühl, nicht mehr davonzulaufen … einfach dazusitzen, zu warten und die Verantwortung anderen zu überlassen. Sie versuchte, sich an die Hoffnung zu klammern, dass Jared alles im Griff haben würde, wenn die Männer in den Anzügen kamen. Die Uhr lief gnadenlos ab. In weniger als zwei Stunden würden die Männer auf „King's Eden" landen.

Es fiel Christabel zunehmend schwer, ihre aufkommende Panik zu unterdrücken. Welch ein Unterschied zu den beiden anderen Frauen, die mit ihr an dem großen Küchentisch im Farmhaus saßen und die gleiche Gelassenheit und Ruhe ausstrahlten wie die King-Brüder! Jared und Nathan waren vor geraumer Zeit aufgebrochen, um ihren Plan mit den Aborigines zu besprechen, die auf der Rinderfarm lebten. So saß Christabel nun mit Nathans Frau und Tommys Verlobten zusammen, die fröhlich plauderten, als gäbe es keinen Grund, sich um irgendetwas Sorgen zu machen.

Sie sprachen über die bevorstehende Hochzeit von Samantha und Tommy in Kununurra, über das Haus, das die beiden sich gerade auf einem Hügel mit Blick auf den Lake Argyle bauen ließen, und während Christabel nur mit halbem Ohr hinhörte, zeigte sich ihre kleine Tochter höchst interessiert.

Für Alicia war Miranda eine wunderschöne Lady, Königin auf dieser riesengroßen Rinderfarm, und Samantha – die alle Sam nannten – mit ihren roten Locken, den blitzenden blauen Augen und dem zarten, sommersprossigen Gesicht eine aufregende Abenteurerin, die sogar einen richtigen Hubschrauber fliegen konnte! Und beide hatten sichtlich Spaß an den Fragen der aufgeweckten Fünfjährigen.

Der bevorstehende Besuch aus Europa schien sie nicht im Geringsten zu bekümmern. Christabel nahm an, dass Miranda und Sam vermutlich noch nie etwas mit Männern vom Schlage eines Rafael Santiso zu tun gehabt hatten und sich deshalb gar nicht klarmachten, dass er, Wissmann und Vogel keineswegs auf Vergnügungsurlaub hierherkamen.

Es gibt keinen Ort, an dem ich sicher bin, dachte sie betrübt. Elizabeth King hatte sich überreden lassen, die Männer nach „King's Eden" zu bringen, genau wie sie, Christabel, es prophezeit hatte. Allein die Tatsache, dass Tommy sie persönlich flog, entzog der Familie nicht gänzlich die Kontrolle.

„Nun, ich breche jetzt wohl besser auf. Ich muss zur Baustelle unseres Hauses fliegen und die Zimmermannsarbeiten überwachen", sagte Sam überraschend, stand auf und wandte sich lächelnd an Christabel. „Da Sie heute genug mit den Männern beschäftigt sein werden, dachte ich, Alicia würde mich vielleicht gern begleiten. Ich habe einen Picknickkorb im Hubschrauber."

„Oh bitte, Mummy, darf ich?", rief Alicia aufgeregt.

„Sie können mich jederzeit erreichen", sagte Sam beruhigend und deutete auf das Handy, das am Gürtel ihrer Jeans hing. „Es sind nur fünfzehn Minuten Flug mit dem Hubschrauber, und ich bin sicher, Alicia und ich würden viel Spaß miteinander haben."

„Ja, ja!", bekräftigte Alicia eifrig.

Christabel dämmerte es, dass Sam nur aus diesem Grund auf die Farm gekommen war. Sie sollte Alicia außer Reichweite bringen, bis der Interessenkonflikt beigelegt war.

„Keine Sorge“, meinte Sam jetzt mitfühlend, „sie ist bei mir sicher.“

Sicher … Christabel fiel ein Stein vom Herzen. Wenigstens Alicia würde an diesem Tag vor einer traumatischen Erfahrung bewahrt bleiben. „Danke“, sagte sie aufrichtig und wandte sich lächelnd an ihre Tochter: „Versprich mir, dass du lieb bist und auf Sam hörst.“

„Ich verspreche es.“ Alicia war schon aufgesprungen und hüpfte ungeduldig herum.

Miranda reichte ihr lachend die Hand. „Komm, wir holen deinen Hut aus deinem Zimmer.“

Sobald die beiden aus der Küche waren, kam Sam auf das Eigentliche zu sprechen. „Ich kenne Nathan, Tommy und Jared schon von klein auf. Sie könnten sich keine besseren Männer auf Ihrer Seite wünschen, Christabel. Sie werden tun, was getan werden muss, um eine gemeinsame, glückliche Zukunft für Sie und Jared sicherzustellen.“

Noch hatte sie nicht eingewilligt, Jared zu heiraten. Christabel versuchte, Sam ihre Lage zu erklären. „Es gibt da Risiken zu bedenken …“

„Wer nicht wagt, der nicht gewinnt“, entgegnete Sam bestimmt. „Tommy wird Ihre Besucher über die unzugänglichsten Gegenden der Kimberleys fliegen – keine Straßen, kein Anflug von Zivilisation, nur uralte Felsformationen und weites, ödes, unbewohntes Land. Er möchte ihnen einen bleibenden Eindruck davon vermitteln, was es heißt, hier zu überleben und wie die Einsamkeit dieses Lebens allein sich in den Verstand und die Herzen der Menschen fressen kann. Es ist erstaunlich, wie schnell das die Wahrnehmung, die Reaktionen und die Wertvorstellungen verändert."

„Es wird diesen Leuten nichts bedeuten", wehrte Christabel ab. Finanzhaie interessieren sich nur für Geld, dachte sie zynisch.

Sam sah sie nachdenklich an. „Es kann aber rückblickend bedeutsam werden, vor allem für Leute, die unterschätzen, worauf sie sich einlassen, wenn sie sich ins Outback wagen. Hier bestimmt das Land die Regeln und nicht der Mensch. Das verändert die Bedingungen."

Christabel horchte auf und glaubte plötzlich zu verstehen, was Rafael Santiso drohen könnte. „Wollen Sie damit andeuten ... dass man sie hierbehalten könnte, bis sie die Dinge anders sehen?", fragte sie ungläubig.

„Nun, ich gehe davon aus, dass sie auf diesem Rundflug etwas über ganz grundlegende Werte lernen werden." Sam nickte zufrieden. „Ja, ich glaube, Ihr Mr. Santiso wird sich seine Entscheidung sehr sorgfältig überlegen, noch bevor dieser Tag zu Ende geht."

Oder er würde entführt und eine lehrreiche Lektion erhalten? Christabel hatte immer noch Schwierigkeiten mit dieser Vorstellung. „Jared, Nathan und Tommy ..."

„Werden nicht zulassen, dass Sie und Alicia schikaniert werden", fiel Sam ihr ins Wort.

„Aber ... die möglichen Auswirkungen ...?"

Sam zuckte die Schultern. „Ich gehe zunächst einmal davon aus, dass es einfach eine ganz andere Chose wird und es gar keine Auswirkungen gibt. Die Kings haben ihre eigene Art, ihr Territorium und ihre Leute zu beschützen. Glauben Sie mir, bei ihnen sind Sie sicherer als irgendwo anders."

Jared glaubte das auch. Seltsam, Sams Überzeugung verlieh

seinem Glauben mehr Substanz, vermutlich weil Sam nicht ganz so persönlich beteiligt war – auch wenn sie sich heute um Alicia kümmerte. Sam Connelly war im Outback geboren und wusste, nach welchen Regeln das Leben hier ablief. „Sie werden tun, was getan werden muss." Diese Worte der sympathischen Pilotin gingen Christabel nicht aus dem Sinn. Das traf auf Jared von Anfang an zu. Er hatte nie aufgegeben. Und das Gleiche galt, Sams Worten nach zu urteilen, auch für Nathan und Tommy.

Sie, Christabel, war so sehr in der Sorge gefangen gewesen, was Santiso den Kings antun könnte, dass sie gar nicht darüber nachgedacht hatte, was die Kings dem Mann antun könnten, vor dem sie all die Jahre geflohen war. Es war schon ein außerordentlicher Gedanke, das Outback selbst als Waffe zu benutzen, als Mittel zur Überredung, um die Bedingungen zu verkehren!

Rafael Santiso war ihr immer wie eine unaufhaltsame Macht vorgekommen – aber die Kings waren ein ganz anderer Schlag Menschen als die, mit denen Santiso gewöhnlich zu tun hatte. Christabel wagte nicht, sich vorzustellen, was passieren würde, wenn diese Gegner aufeinanderprallten, und war froh, dass in diesem Moment Miranda mit Alicia zurückkam, sodass sie ihre Tochter zum Hubschrauber begleiten musste.

Es tat gut, in Alicias strahlendes, unbefangenes Gesicht zu blicken. Die Kleine war noch völlig unbelastet von den Auswirkungen des Erbes, von dem sie nicht einmal wusste. Christabel wünschte sich so sehr, es könnte so bleiben – wenigstens noch einige Jahre, damit sich ihre Tochter unbeeinflusst von den Versuchungen und Belastungen dieses gewaltigen Reichtums zu einer freien, starken Persönlichkeit entwickeln konnte.

Ein völlig normales, glückliches Kind flog mit Sam Connelly davon. Voller Sorge überlegte Christabel, wohin die Reise wohl am Ende dieses Tages für Alicia gehen und wie ihre Tochter davon beeinflusst werden würde.

„Es ist alles arrangiert, sodass Alicia die Männer erst trifft, wenn Sie es für richtig halten", sagte Miranda, als sie beide dem Hubschrauber nachblickten.

Christabel horchte auf. „Wie arrangiert?"

Nathans Frau lächelte beruhigend. „Die Herren werden nicht hier wohnen. Tommy fliegt sie zu seinem Safaripark, der an die Farm grenzt. Waren Sie nicht anlässlich meiner Hochzeit auch dort untergebracht?"

„Ja, aber ich dachte, der Park wäre in der Regenzeit geschlossen."

„Nun, es bleibt immer eine Basiscrew dort. Ihre Besucher werden für die Dauer ihres Aufenthalts auf ‚King's Eden' im Gästehaus des Parks wohnen."

„Ich bezweifle, dass sie vorhaben, lange zu bleiben."

„Nun, ich nehme an, das wird von dem Ausgang des Treffens heute Vormittag abhängen – das natürlich ganz unter unserer Kontrolle ist."

Christabel blickte erstaunt in die schönen grünen Augen ihrer Gastgeberin. Nichts schien ihre Gelassenheit trüben zu können. Die Kings stellten die Schachfiguren für den bevorstehenden Kampf auf, wobei sie Alicia – die Königin sozusagen – vor jedweden Angriffen in Sicherheit brachten und den gegnerischen König und seine zwei Läufer an einen Ort ihrer Wahl, um der gegnerischen Partei ihren Heimvorteil gleich unmissverständlich vor Augen zu führen. Und Christabel fragte sich plötzlich, was Jared und Nathan noch als Rückversicherungen mit den Aborigines absprachen.

Ein beunruhigendes Gefühl beschlich sie. So viel war arrangiert worden, ohne sie einzuweihen – aber was, wenn Rafael Santiso ebenfalls für irgendeine Rückversicherung gesorgt hatte, bevor er heute früh in Tommys Flugzeug gestiegen war? „Sie kennen diese Männer nicht!“, stieß sie besorgt hervor.

„Aber ich kenne unsere“, antwortete Miranda unbeirrt. „Ich weiß, wovor sie mich gerettet und wie wirkungsvoll sie es damals getan haben. Im Bewusstsein ihrer Stärke haben sie vor nichts Angst, Christabel. Ich glaube, das ist für die ‚zivilisierteren‘ Männer etwas gänzlich Ungewohntes und Unerwartetes.“

Es war aus anderem Blickwinkel das Gleiche, was Sam gesagt hatte. Sie waren die Erben der frühen Pioniere. Das harte Land hatte sie gelehrt, alles zu ertragen, um überleben zu können. Vielleicht konnte dieses Land auch diesmal die Bedingungen vorgeben und es den Kings ermöglichen, gegen Rafael Santisos Mächte die Oberhand zu behalten.

„Wovor haben sie Sie denn bewahrt, Miranda?“, erkundigte sich Christabel neugierig.

„Vor einem Mann, der alles daransetzte, mein Leben zu zerstören, weil ich sein Spiel nicht mitmachen wollte. Er war der Erbe einer großen internationalen Hotelkette und hatte die Macht des Geldes auf seiner Seite. Er dachte, er könnte sie benutzen, um die Kings gegen mich zu beeinflussen.“ Miranda schüttelte den Kopf. „Aber es hat sie überhaupt nicht beeindruckt. Glauben Sie mir, das Kruger-Erbe wird sie genauso wenig beeindrucken.“

Sie hakte sich bei Christabel ein und ging langsam mit ihr zum Farmhaus zurück. „Die drei werden hinter Ihnen stehen, einmütig und in jeder Lebenslage."

„Das ist so furchtbar viel verlangt", sagte Christabel zweifelnd. „Das Millionenerbe wird bestehen bleiben, und nach Santiso werden andere Männer kommen."

„Jared liebt Sie", antwortete Miranda bestimmt. „Nathan liebt mich. Tommy liebt Sam. Und jeder von ihnen weiß, was es den anderen bedeutet. Nichts auf der Welt könnte sie bewegen, ihre Frauen im Stich zu lassen."

Eine derart große, selbstlose Liebe ... konnte sie dieses Geschenk annehmen, egal, was kommen mochte? Sie wollte es so sehr.

Wer nicht wagt, der nicht gewinnt. Sie blickte zu dem alten Farmhaus, Sinnbild der Standhaftigkeit dieser Familie seit über hundert Jahren. Es war liebevoll gepflegt. Das Dach glänzte in der Morgensonne, und die weißen Verandaposten und die schmiedeeisernen Verzierungen entlang der Traufen ließen es wie eine imposante Krone aussehen, die sich auf dem gewaltigen Land ringsum erhob.

Eine Krone für die Kings des Outback. Christabel hoffte inständig, dass nicht sie diese wundervollen Menschen zu Fall bringen würde. Sie wünschte sich sehnlichst, dass sie auch diesmal standhalten und einen Weg finden würden, damit sie und Alicia zusammen mit Jared glücklich werden konnten.

Sie liebte ihn. Aber ob diese Liebe all die Risiken wert sein würde, konnte nur die Zeit erweisen.

13. KAPITEL

Christabel atmete tief ein, als der Kleinbus aus dem „King's Eden" Safaripark vor dem Farmhaus vorfuhr. Jared hatte ihr den Arm um die Taille gelegt und drückte sie an sich, um sie daran zu erinnern, dass sie nicht allein war. Sie hatten sich auf der vorderen Veranda aufgestellt, er und Nathan nebeneinander, sie und Miranda zu beiden Seiten der Männer.

Vor vierzig Minuten hatten sie Tommys Maschine landen sehen – und für Christabel waren es sehr lange vierzig Minuten geworden. Jetzt beobachtete sie fast erleichtert, wie das Kruger-Triumvirat aus dem Kleinbus stieg, und zu ihrer Überraschung trugen alle drei diesmal keinen Anzug. Bekleidet mit Hemden mit offenem Kragen und leichten Baumwollhosen, wirkten die drei Herren weniger Furcht einflößend, aber Christabel machte sich nichts vor. Und die schwarzen Lederkoffer, die sie trugen, straften jeden Eindruck von einem zwanglosen Besuch Lügen.

Rafael Santiso und Elizabeth King führten die kleine Prozession an, gefolgt von Vogel und Wissmann und zuletzt Tommy, der das Tor mit der zufriedenen Miene eines Schäfers schloss, der seine Schafe alle in den vereinbarten Pferch getrieben hatte.

Nur leider hat er den Wolf auch hereingebracht, dachte Christabel, die bei jedem Schritt, den Santiso sich ihr näherte, immer nervöser wurde. Der Blick seiner dunklen Augen schweifte über die vier Personen, die ihn auf der Veranda erwarteten, und verweilte kurz auf Christabel, bevor er sich wieder Elizabeth zuwandte, die mit ihm sprach. Ein Lächeln spielte um seine Mundwinkel. Amüsierte er sich etwa über die

Kings? Würde er eines Besseren belehrt werden?

Elizabeth führte ihn die Stufen der Veranda empor und stellte ihn zunächst Nathan und Miranda vor. Der Argentinier war nicht so groß und breitschultrig wie Nathan – eher elegant und schlank wie Jared –, aber er wirkte nicht im Mindesten eingeschüchtert von Elizabeths ältestem Sohn, und Miranda begrüßte er mit einem bewundernden Lächeln, als wäre der Anlass seines Besuchs rein geselliger Natur.

Jared begutachtete er mit schärferem Blick, bevor er Christabel zufrieden zunickte. „Christabel, es freut mich, Sie so wohl zu sehen."

Beim Klang seiner kultivierten Stimme jagte ihr ein Schauder über den Rücken. Schweigend und voller Verachtung sah sie ihn an.

Er zog spöttisch die Brauen hoch. „Alicia ist nicht hier bei Ihnen?"

„Nein, das ist sie nicht!", stieß sie wütend hervor und machte dieser höflichen Farce ein Ende. „Sie ist außer Ihrer Reichweite, Rafael."

„Wie ich sehe, ist es zu spät, das Thema ‚Vertrauen' anzusprechen", erwiderte er ironisch lächelnd.

„Viel zu spät", bekräftigte Jared provozierend.

Der kurze Wortwechsel wurde unterbrochen, weil Elizabeth nun Hans Vogel und Pieter Wissmann vorstellte. Dann bat Nathan alle ins Haus.

Jared hielt Christabel einen Moment zurück und sah sie eindringlich an. „Ich weiß, dass du besorgt bist, aber ich weiß auch, dass du das Herz einer Tigerin hast. Zusammen können wir alles schaffen", sagte er überzeugt.

Das Herz einer Tigerin? Hatte er recht? Im Nebel ihrer

Ängste formte sich plötzlich ein Gedanke: Wenn je der rechte Zeitpunkt gekommen war, die Krallen zu zeigen und sich die Freiheit zu erkämpfen, dann jetzt! „Ich werde kämpfen, Jared“, versprach sie ihm, und seine dunklen Augen leuchteten zufrieden auf.

Das große Speisezimmer diente als Konferenzraum für dieses alles entscheidende Treffen. Als Christabel und Jared eintraten, hatten Santiso, Vogel und Wissmann bereits an der gegenüberliegenden langen Seite des großen Mahagonitisches Platz genommen und die Papiere aus ihren schwarzen Aktenkoffern vor sich gestapelt. Nathan saß am Kopf des Tisches mit Miranda zu seiner Linken, Elizabeth am Fuß mit Tommy zu ihrer Rechten. Zwei leere Stühle zwischen Tommy und Miranda warteten darauf, dass Christabel und Jared direkt gegenüber von Santiso Platz nehmen würden.

Jared wies Christabel den Platz zwischen ihm und Tommy zu. Ihr Stolz veranlasste Christabel, dem Blick des Argentiniers nicht auszuweichen, und als Jared demonstrativ ihre Hand nahm, fühlte sie neue Zuversicht. Sie würde ihr Leben nicht von dem Treuhänder des Kruger-Kartells bestimmen lassen. Sie gehörte zu Jared.

„Welche Angelegenheit führt Sie zu uns, Rafael?“, eröffnete Jared die Runde und machte so von Anfang an deutlich, dass Christabel nicht allein dastand.

„Viele ernsthafte Erwägungen“, antwortete Rafael. „Zunächst einmal möchte ich zum Ausdruck bringen, wie sehr es mich freut, auf diese Weise die Familie King fast vollständig kennenzulernen.“ Sein Blick schweifte zufrieden in die Runde und verweilte schließlich auf Tommy. „Ich nehme an, Ihre Verlobte Samantha Connelly hat Alicia in ihrer Obhut?"

„Ja, allerdings. Alicia ist bei ihr bestens aufgehoben", erwiderte Tommy, anscheinend unbeeindruckt davon, wie gut der Argentinier informiert war.

„Alicia weiß nichts von ihrem Erbe, und Christabel möchte das so belassen", sagte Jared und lenkte damit Rafaels Aufmerksamkeit wieder bewusst auf sich.

„Das wird auf lange Sicht unmöglich sein", entgegnete der sofort.

„Es ist unser Ziel, sie so lange wie möglich frei davon zu halten", beharrte Jared.

Christabel wartete gespannt auf die Reaktion des Treuhänders. Was immer wer auch vorbringen würde, es würde vernünftig klingen. In all ihren Verhandlungen mit ihm war er ihr nie unvernünftig begegnet, weshalb es so unmöglich war, gegen ihn anzukämpfen. Seine Argumentation war stets lückenlos und unangreifbar.

„Ein interessanter Vorschlag", sagte er schließlich in wie erwartet vernünftigem, ja verständnisvollem Ton. „Ein Grund für meine Anwesenheit hier ist, dass ich mich vergewissern möchte, ob Sie in der Lage sind, Christabel und Alicia ein relativ sicheres und glückliches Leben zu garantieren."

Das war das Letzte, was sie alle zu hören erwartet hatten. Angesichts der Arroganz und Anmaßung dieses Anspruches verschlug es ihnen für einen Moment die Sprache. Welch eine kühne Strategie! Er wich der Frage nach seiner Verantwortlichkeit aus, indem er die Familie King auf den Prüfstand stellte. Empört beugte Christabel sich vor, aber Jared drückte ihr beruhigend die Hand und kam ihr zuvor.

„Das geht Sie nichts an, Rafael", sagte er schroff. „Es ist allein meine, Christabels und Alicias Sache. Sie sind nicht der Vormund der beiden."

„Ich habe dem Großvater des Kindes versprochen, dass ich für seine Sicherheit sorgen würde", lautete die ruhige Antwort.

„Und auf diese Weise sichergestellt, dass das Kruger-Erbe in Ihren Händen bleibt", antwortete Jared unverblümt.

Das hatte gesessen! Rafael hob stolz den Kopf. „Es ist in meinen Händen sicher. Viel sicherer als in denen irgendeines anderen."

„Schön." Jared klopfte angriffslustig auf den Tisch. „Aber Sie werden Christabel und Alicia nicht als Faustpfand für Ihre persönlichen oder finanziellen Interessen benutzen. Die beiden sind jetzt frei von Ihnen und werden von nun an frei von Ihnen bleiben."

Rafael beugte sich spöttisch vor. „Aber sind sie auch frei von anderen, Jared? Meinen Sie wirklich, ich sei der Einzige, der persönliche oder finanzielle Interessen an dem Kruger-Erbe hat? Alicia ist ein Faustpfand für jeden, der ein Stück von den Millionen abhaben will."

Jared beugte sich ebenfalls vor. „Aber Sie sind derjenige, den Christabel am meisten fürchtet. Vor Ihnen ist sie davongelaufen."

Der Argentinier winkte geringschätzig ab. „Ein Missverständnis."

„Dann klären Sie es auf, Rafael. Hier und jetzt!"

Jared lehnte sich zurück, wie um entspannt zuzuhören, aber die Atmosphäre zwischen ihm und Rafael Santiso war spürbar geladen. Christabel wiederum hatte das Wort „Missverständnis“ mit großer Empörung zur Kenntnis genommen und machte sich bereit, alle fadenscheinigen Erklärungsversuche des Argentiniers in der Luft zu zerreißen.

Rafael überlegte einen Moment und breitete dann die Hände aus, als hätte er nichts zu verbergen. „Zunächst sollte ich wohl etwas zu der Situation nach Bernhard Krugers Tod sagen. Die Verfügungen, die er in seinem Testament getroffen hatte, waren nicht nach dem Geschmack zweier mächtiger Splittergruppen innerhalb des Konzerns. Es war ... eine gefährliche Zeit.“ Er wandte sich nun Christabel direkt zu. „Die Vorsichtsmaßnahmen, die ich traf, um Sie und Alicia zu beschützen, waren notwendig. Ich weiß, dass Sie sich eingesperrt fühlten und mich als Ihren Gefängniswärter betrachteten, aber ich konnte nichts daran ändern. Damals glaubte ich, es sei der einzige Weg, meine Pflicht als der von Bernhard bestimmte Treuhänder zu erfüllen.“

Wenn dies ein Appell an ihr Verständnis sein sollte, fiel er bei Christabel auf steinigen Boden. Unbewegt hielt sie dem Blick des Argentiniers stand. Sie war sich sicher, dass Laurens’ Blut an seinen Händen klebte und es nur eine Frage der Zeit sei, wann er auch Alicias Ableben planen würde.

Rafael Santiso, der ihren Widerstand spürte, wägte seine weiteren Worte sorgfältig ab. „Mir war damals stärker bewusst als Ihnen, wie schnell und rücksichtslos ein Leben ausgelöscht werden kann, wenn damit der Einfluss auf ein gewaltiges Vermögen verknüpft ist.“

Wollte er sie warnen? Ihr drohen? Christabels Herz pochte wie wild, doch sie war fest entschlossen, sich dem Druck dieses Mannes nicht zu beugen. Jared würde es irgendwie verhindern. Jared und seine Brüder.

„Denken Sie an Laurens“, fuhr Rafael nun in sanfterem Ton fort. „Es war kein Unfall, der Ihren Mann das Leben kostete, Christabel.“

Dieses unerwartet offene Eingeständnis ließ Christabel alle Zurückhaltung vergessen. „Das habe ich nie geglaubt!“, schleuderte sie Rafael entgegen. „Die Frage war nur … wer steckte hinter diesem Anschlag? Und die Antwort …“, sie sprang erregt auf, „die Antwort, Rafael, ergab sich aus dem Ergebnis.“

Sie beugte sich eindringlich vor, um ihrer Argumentation Nachdruck zu verleihen, deren Logik unmöglich von dem Mann geleugnet werden konnte, der am meisten von Laurens’ Tod profitiert hatte. „Sein Tod passte doch hervorragend in Ihre Pläne, denn Sie übernahmen die Leitung der Südamerika-Geschäfte – seinen Platz, der Sie direkt in den Kreis der engsten Vertrauten um Bernhard Kruger manövrierte. Dadurch hatten Sie die Gelegenheit, sein Vertrauen zu gewinnen – und darin sind Sie ja, wie wir wissen, ein Meister, Rafael. Sie haben alles erreicht, was Sie wollten, nicht wahr? Und bevor Alicia achtzehn ist, werden Sie zweifellos einen Weg finden, auch sie aus dem Weg zu räumen.“

Rafael Santiso zeigte keine äußerliche Regung ob dieser ungeheuren Anschuldigung. Im Raum hatte sich betroffenes Schweigen ausgebreitet. Christabel spürte, wie sie am ganzen Leib zitterte, und setzte sich wieder hin. Jared nahm erneut ihre Hand und drückte sie aufmunternd.

Hans Vogel räusperte sich, beugte sich vor und schien protestieren zu wollen. Er war ein schwergewichtiger Mann mit Brille und Glatze und von einer bulligen Autorität. Doch Rafael Santiso hob die Hand, und der deutsche Anwalt lehnte sich wieder zurück.

„Dann war ich also die ganze Zeit der Inbegriff des Bösen …" Rafael blickte sich fragend in der Runde um. „Und Sie alle haben es gewusst? Dass Christabel glaubt, ich hätte ihren Mann ermordet?"

Nathan, Miranda, Jared und Tommy schwiegen, sahen ihn nur an und boten ihm keine Angriffsfläche.

Elizabeth aber sagte hörbar entsetzt: „Davon hast du mir nichts erzählt, Jared."

„Ich habe es selbst erst gestern Abend erfahren", antwortete er ruhig. „Und es war für unser Vorhaben heute unwichtig. Ich wollte, dass du die Herren herbringst. Es ist der beste Ort, um die Sache ein für alle Mal zu klären. Und da du jetzt weißt, worum es geht …", er blickte den Mann, der seine Mutter um den Finger gewickelt hatte, direkt an, „… lass ihn auf die Anschuldigung antworten."

Jareds harter Ton ließ keinen Zweifel daran, dass jetzt Rafael in die Enge getrieben war und nicht mehr Christabel und Alicia. Und Christabel fasste neuen Mut.

Rafael Santiso aber schüttelte ungläubig den Kopf. Sein Blick schweifte prüfend zu Nathan und Tommy. Kein Zweifel, die King-Brüder saßen über ihn zu Gericht!

Christabel, die ihn beobachtete, fragte sich, ob er sich in diesem Moment vielleicht an das weite, öde Land erinnerte, über das er geflogen war, und ihm die Abgeschiedenheit und Einsamkeit dieser Gegend bewusst wurde. Als er den Blick plötzlich auf sie richtete, war sie sofort wieder hellwach. Er hielt sie für schwach, glaubte, sie einwickeln zu können. Heute nicht!, schwor sie sich insgeheim.

„Sie haben Ihr Misstrauen gut überspielt", bemerkte er ruhig. „Ich hätte es richtiggestellt oder Bernhard gebeten, es richtigzustellen, wenn ich von Ihrem Verdacht geahnt hätte, dass ich hinter Laurens' Tod stecken würde."

„Sie wissen sehr wohl, dass Bernhard tot ist und nicht mehr für Sie sprechen kann", entgegnete Christabel skeptisch.

Er zuckte die Schultern. „Der Gang der Ereignisse wird für ihn sprechen. Tatsächlich wurden Sie damals ganz bewusst von allem abgeschirmt. Sie waren hochschwanger, und man fürchtete um Ihre Gesundheit und die des Kindes."

Wieder ein sehr vernünftiges Argument, aber Christabel war es leid. „Als ich meine Zweifel an dem Unfall Bernhard gegenüber geäußert habe, tat er es als Hirngespinst ab, Rafael. Warum sollte ich Ihnen jetzt ein Wort glauben?"

„Es war eine reine Männersache, Christabel. Sie waren damals eine sehr junge Frau, erst zweiundzwanzig Jahre alt. Fast drei Jahre haben Sie in Bernhards Haus gelebt. Sagen Sie selbst aus Ihrer Erfahrung, können Sie sich wirklich vorstellen, dass er etwas so Persönliches wie den Mord an seinem Sohn und Erben mit Ihnen besprochen hätte?"

Rafael schwieg und gab ihr Zeit, sich an die patriarchalische Arroganz des alten Mannes und seiner begrenzten Einstellung zu seiner Schwiegertochter zu erinnern, bevor er etwas sagte, was sie nicht abstreiten konnte: „Für Bernhard Kruger bestand Ihre einzige Funktion darin, seiner Enkelin eine gute Mutter zu sein." In sanftem Ton fügte er hinzu: „Und ich darf sagen, in diesem Punkt haben Sie sich stets ausgezeichnet bewährt."

„Ich möchte Sie darauf hinweisen, dass es zu nichts führt, wenn Sie Bernhard Krugers Einstellung zu Christabel zitieren", mischte sich Jared eisig ein. „An diesem Punkt wären Ihnen Fakten dienlicher als die bloße Wiedergabe von Meinungen, die lediglich Christabels Rolle als Mutter betonen und ihr den Respekt als Person verweigern."

Wieder einmal überraschte und ermutigte es Christabel, wie genau Jared ihre Gefühle zu lesen verstand.

Rafael aber sah Christabel herausfordernd an. „Habe ich Ihre Situation im Haus Kruger treffend zusammengefasst?"

„Ja. Vor und auch nach Bernhards Tod, als Sie die Zügel in die Hand nahmen", antwortete sie verbittert. „Ich war sehr jung, und es war sehr naiv von mir, Laurens überhaupt geheiratet zu haben. Aber darauf hatten Sie ja spekuliert, nicht wahr?"

Er schien wirklich überrascht, welch gewichtige Rolle sie ihm in dieser Sache zumaß. „Es war Ihre Entscheidung, Christabel."

„Unter dem Druck meiner Eltern." Ihr vorwurfsvoller Blick verriet, dass sie in Rafael den wahren Urheber für diesen Druck vermutete. „Sie haben es doch mit meinem Vater ausgehandelt. Geben Sie sich keine Mühe, es abzustreiten! Er hat es mir gestanden, nachdem ich nach Rio geflohen war, um bei meiner Familie Hilfe zu suchen. Ein größeres, lukrativeres Juweliergeschäft im Austausch gegen eine Tochter, die der Kruger-Dynastie einen neuen Erben bescheren sollte."

Sie spürte, wie alle am Tisch aufhorchten, denn dies war auch für Jared und seine Brüder neu. Christabel hatte bislang mit niemandem darüber gesprochen, weil sie sich ihrer damaligen Dummheit und Naivität schämte.

Rafael, der spürte, dass die Stimmung noch mehr gegen ihn umschlug, versuchte zu beschwichtigen. „Sie wissen, dass es in den alten südamerikanischen Familien Tradition ist, es so zu arrangieren. Ich wurde nur geschickt, um den Brautpreis zu offerieren, mehr nicht. Die Entscheidung lag allein bei Ihnen, und Sie schienen sehr in Laurens verliebt zu sein."

„Sie haben ja bereits darauf hingewiesen, wie jung ich damals war, Rafael. Ich fühlte mich geschmeichelt, war überwältigt. Aber Sie wussten, was für ein Mensch Laurens war und was mich erwartete."

Er schüttelte den Kopf. „Ich kannte Sie ja kaum, und Sie hätten es auch genauso gut als eine vorteilhafte Partie betrachten können. Viele Frauen hätten die Heirat mit dem Kruger-Erben als Eintrittskarte zu einem Leben angesehen, das sie beneideten. Es war Ihre Entscheidung, Christabel."

„Die für Sie zweifelsohne vorteilhaft war! Eine Braut aus Südamerika, die den Segen von Bernhard Kruger fand – mit anderen Worten, ein weiterer wichtiger Schritt auf Ihrem Weg nach oben."

„Es hatte keinerlei Auswirkung auf meine Position", widersprach Rafael zunehmend gereizt. „Die hat sich erst nach Laurens' Tod geändert."

„Der Sie ans Ziel Ihrer Wünsche brachte – was ich von Anfang an gesagt habe", sagte sie wie aus der Pistole geschossen.

„Nur, dass Sie es auf falsche Voraussetzungen gründen", entgegnete er scharf. „Ich hatte nichts mit Laurens' Tod zu tun, Christabel."

„Dann beweisen Sie es!"

Christabels Forderung hallte in der nachfolgenden Stille wider.

Es war Rafael Santiso anzusehen, wie wütend er war, als er schließlich wieder das Wort ergriff. „Sind Sie jetzt endlich bereit, mir zuzuhören?"

„Oh ja, legen Sie endlich Ihren ‚Gang der Ereignisse' offen!“, antwortete Christabel heftig.

Rafael wandte sich zunächst ausdrücklich an die Kings. „Ich kann verstehen, dass Christabel ihren Verdächtigungen, die sie so lange gequält haben, Ausdruck verleihen musste. Aber es sind bloße Verdächtigungen, entschuldbar in ihrer Lage, aber durch keinen Beweis zu belegen. Bitte behalten Sie das im Hinterkopf.“

Dann wandte er sich an den Rechtsanwalt an seiner Seite. „Hans, geben Sie ihnen bitte eine Zusammenfassung der Ereignisse, die auf Laurens' Tod folgten.“

Der Rechtsanwalt musste schon über siebzig sein, ein alter Weggefährte von Bernhard Kruger und zweifellos in viele Geheimnisse eingeweiht. Dass Rafael Santiso seine Verteidigung diesem alten Mann überlies, war angetan, Christabels Interesse erneut zu wecken.

„Bernhard vermutete sofort, dass das Boot, bei dessen Explosion Laurens ums Leben kam, sabotiert worden war“, trug Hans Vogel in ausdruckslosem Ton vor. „Er setzte eine gewaltige Belohnung für die Ergreifung der Saboteure aus. Die Informationen ließen nicht lange auf sich warten. Und die Männer, die unmittelbar für Laurens' Tod verantwortlich waren, verrieten den Namen ihres Auftraggebers. Bernhard deckte eine Konspiration innerhalb des Kruger-Kartells auf. Gewisse Gruppen planten eine Aufsplittung der Interessen, die für die Beteiligten höchst profitabel gewesen wäre.“

Der Anwalt richtete den Blick seiner hellblauen Augen direkt auf Christabel. „Diese Konspiration drehte sich um unsere Südafrika-Geschäfte und hatte gar nichts mit Südamerika zu tun.“

„Aber das Boot ist in der Karibik explodiert“, wandte Christabel rasch ein.

„Die Karibik ist ein internationaler Tummelplatz“, lautete die prompte Antwort. „Der ideale Ort für Jetsetter, den neuesten internationalen Klatsch auszutauschen. Laurens hatte auf einer Party Gerüchte über diese Konspiration gehört und unklugerweise einige indiskrete Fragen gestellt, anstatt mit seinen Informationen zu seinem Vater zu gehen. Sie waren mit ihm verheiratet und wissen, wie gern er sich wichtig machte. Es erwies sich als fataler Fehler.“

Ja, Christabel musste einräumen, dass dies gut vorstellbar war. Laurens hätte es genossen, seinen Vater über etwas aufzuklären, was der noch nicht wusste. Er hatte jede Gelegenheit benutzt zu beweisen, wie wichtig er war. „Kenne ich die Konspiratoren?“, fragte sie.

Hans Vogel zuckte die Schultern. „Das bezweifle ich. Ich habe die vollständige Liste nicht bei mir. Sie liegt in meinem Bürosafe. Aber ich versichere Ihnen, Rafael Santiso ist nicht darunter. Ich kann Ihnen allerdings die entsprechenden Berichte vorlegen, wenn Sie es wünschen. Nur leider wird es Ihnen nicht möglich sein, mit irgendeinem auf dieser Liste über die damaligen Vorfälle zu sprechen.“

„Warum nicht?“

„Bedauerlicherweise sind sie inzwischen alle verstorben … tragische Unfälle“, fügte der Anwalt bezeichnend hinzu. „Der verlängerte Arm der Gerechtigkeit, nicht wahr?“

Oder der verlängerte Arm eines alten Mannes, der Vergeltung an jenen geübt hatte, die seinen einzigen Sohn ermordet hatten! Christabel hätte eigentlich schockiert sein müssen, aber das alles schien ihr jetzt so weit entfernt – ein anderes Leben, eine andere Welt, in die sie nicht mehr zurückkehren wollte.

Pieter Wissman, der Schweizer Steuerberater, beugte sich vor. Er war ein blasser, dünner Mann von Anfang fünfzig und wirkte durch und durch penibel. „Wenn Sie eine objektive Bestätigung der Ereignisse wollen, die auf Bernhards interne Untersuchung folgten ..." Er sah Nathan und Tommy und dann Jared an. „Als Geschäftsleute werden Sie wissen, dass Zahlen ihre eigene Geschichte erzählen. Damals erfolgte eine ziemlich drastische Umorganisation der Südafrikageschäfte, der Aufbau eines völlig neuen Netzes unter Eliminierung der korrupten Verbindungen. Wenn Sie die Bücher daraufhin überprüfen wollen, werde ich sie Ihnen gern offenlegen."

Angesichts dieser unerwarteten Enthüllungen hatte Christabel Mühe, einen klaren Gedanken zu fassen. Es fiel ihr nicht leicht, sich einzugestehen, dass sie sich all die Jahre in Bezug auf Rafael Santisos Schuld geirrt haben sollte. Aber hier wurden ihnen freimütig höchst vertrauliche Informationen angeboten, die keinen Zweifel an der Richtigkeit des Dargestellten mehr zulassen konnten. Zu viele Beweise deuteten darauf hin, dass Santiso nicht in den Mord an Laurens verwickelt war – unwiderlegbare Beweise und keine bloßen Verdächtigungen.

Jared räusperte sich. „Darf ich aus Ihren Äußerungen entnehmen, dass alle Umstände, die zu Laurens Krugers Tod geführt haben, noch zu Lebzeiten von Bernhard Kruger aufgedeckt und die entsprechenden Maßnahmen ergriffen wurden?"

„Ja, die Konspiration wurde unverzüglich und höchst effektiv ausgeräumt", antwortete Hans Vogel.

„Die Umstrukturierung des Konzerns brauchte etwas länger, aber alles war bereits zu Bernhards Zufriedenheit in die Wege geleitet, bevor er starb", bestätigte Pieter Wissmann.

„Danke, meine Herren. Wir wissen Ihre Offenheit und Kooperation zu schätzen", versicherte Jared ihnen, bevor er sich vorbeugte und Rafael Santiso ansah. „Ich habe aber noch zwei Fragen."

„Nur zu", erwiderte Rafael selbstbewusst.

„Wenn wir uns einig sind, dass die Konspiration vollständig ausgeräumt wurde, warum war es dann für Christabel und Alicia so gefährlich, dass Sie sich zu ihrem ‚Gefängniswärter' aufspielen mussten, als Sie nach Bernhards Tod die Treuhandschaft übernahmen? Und angesichts Christabels offensichtlichem Wunsch, von Ihnen und allem, wofür Sie stehen, frei zu sein ... warum haben Sie ihre Entscheidung nicht respektiert, wie Sie es taten, als sie Laurens Kruger heiratete?"

Nach einer kurzen Pause fügte Jared ruhig hinzu: „Und bedenken Sie, dass Christabel das Recht hat, sich für ein Leben zu entscheiden, wie sie es will. Und als Alicias Mutter hat sie auch das Recht zu entscheiden, was für ihre Tochter das Beste ist. Das ist unser Anliegen hier. Ihr Anliegen müssen Sie uns erst noch verständlich machen ... welchen Zweck Sie nämlich mit diesem ungebetenen und unwillkommenen Eindringen in ein Leben verfolgen, das Sie nichts angeht."

Christabel hatte voller Liebe zugehört, wie überzeugend Jared für ihre Sache eingetreten war. Als sie jetzt Rafael Santiso anblickte, fragte sie sich, ob er spürte, dass ihm kein Ausweg mehr blieb. Kein Ausweg, dachte sie erstaunt. Nie hätte sie geglaubt, diese Worte einmal auf den mächtigen Mann anzuwenden, vor dem sie all die Jahre geflohen war. Vielleicht waren sie und Alicia ja doch hier sicher. Oder freute sie sich vielleicht schon zu früh?

14. KAPITEL

Jared wusste, dass er vor der schwierigsten Aufgabe seines Lebens stand. Er hatte im Perlengeschäft schon mit einigen skrupellosen Geschäftsleuten zu tun gehabt, aber diese drei Herren rangierten auf einer ganz anderen Ebene. Es verriet genug, dass sie offenbar ohne Frage akzeptiert hatten, wie rücksichtslos Bernhard Kruger sämtliche Verschwörer ausgelöscht hatte, die für den Tod seines Sohnes in irgendeiner Weise verantwortlich gewesen waren.

Christabel hatte zwar damals von diesen Einzelheiten nichts geahnt, aber sie hatte instinktiv gespürt, wie gefährlich diese Männer waren. Mochte Rafael Santiso auch für den Tod ihres Ehemannes nicht verantwortlich sein, so bestand immer noch die Möglichkeit, dass sie sich in seiner Gefährlichkeit, was Alicia betraf, nicht täuschte. Würde er zugestehen, dass er das Leben des Kindes nicht nach seinem Belieben bestimmen konnte? Und wenn er dazu bereit war, konnte man ihm dann glauben?

Jared beobachtete aufmerksam, wie der Argentinier über seine Fragen nachdachte. Seine Mutter fühlte sich zu diesem Mann hingezogen. Vikki Chan hatte keinen Grund gesehen, vor ihm zu warnen. Normalerweise konnte man dem Urteil dieser beiden klugen Frauen vertrauen. Aber für Jared stand zu viel auf dem Spiel, als dass er sich blindes Vertrauen hätte leisten können.

„Vielleicht war ich übereifrig in meinem Bemühen, Christabel und Alicia zu beschützen, aber ich bedauere nicht, was ich getan habe“, räumte Rafael jetzt freimütig ein. „Meine Vorsichtsmaßnahmen waren nur deshalb so extrem, weil die Verantwortung für die Sicherheit der beiden so schwer auf meinen Schultern lastete – denn ich wusste ja, was mit Laurens geschehen war, und war mir überdies bewusst, dass mir Bernhards Schuhe eine Nummer zu groß waren. Diejenigen, die seine Macht fraglos respektiert hatten, waren nur allzu bereit, meine jederzeit anzugreifen."

Ein so plötzlicher Wechsel an der Spitze eines gewaltigen Konzerns brachte immer Probleme mit sich. Jared konnte das nachvollziehen.

Hans Vogel mischte sich ein. „Bernhard war noch nicht einmal unter der Erde, als die Führer der einflussreichen Interessengruppen innerhalb des Konzerns bereits sein Testament anfochten. Der König war tot und sein Thron ihrer Ansicht nach verwaist, obwohl Bernhard Rafael zum alleinigen Treuhänder seines Erbes bestimmt hatte." Der bullige Anwalt wandte sich Christabel vorwurfsvoll zu. „Sie schulden Rafael mehr, als Sie ahnen! Ohne ihn …"

„Genug, Hans!" Rafael hieß den Anwalt mit einer Handbewegung zu schweigen. „Das Gefängnis, in dem Christabel leben musste, war nicht ihr Werk." Er sah sie forschend an. „Und die Angst, die Sie vor mir hatten, muss es noch schlimmer gemacht haben. Ich wusste, dass Sie hassten, was ich repräsentierte, und ablehnten, was ich tat, aber … ich hatte keine Ahnung, dass Sie Angst vor mir hatten."

„Ich möchte nicht, dass Sie in Zukunft noch irgendwelchen Einfluss auf mein Leben nehmen", erwiderte Christabel stolz.

Rafael nickte nachdenklich und wandte sich wieder Jared zu. „Wie ich bereits sagte, nach Bernhards Tod begann eine gefährliche Zeit. Viele hatten erwartet, dass er ein Treuhändergremium einsetzen würde, und die Ehrgeizigsten unter ihnen betrachteten Alicia natürlich als ein mögliches Mittel, mehr Macht zu bekommen. Was hätten Sie an meiner Stelle getan, Jared? Hätten Sie Christabel und ihre Tochter ohne Schutz belassen und damit Kidnapping, ja vielleicht sogar Alicias Leben riskiert? Denn ihr Tod hätte unmittelbar eine Aufsplittung des Konzerns zur Folge gehabt, was für manche Leute sehr profitabel gewesen wäre."

Jared dachte daran, dass er gestern in ganz ähnlicher Weise die Initiative ergriffen und Christabel, ohne sie zu fragen, nach „King's Eden" geflogen hatte, weil er sie hier am sichersten glaubte. Aber auch „King's Eden" konnte zu einem Gefängnis werden. Der Unterschied war nur, dass Christabel vor ihm keine Angst hatte, sondern bei ihm sein wollte.

„Genau wie Sie hätte ich auch einen schützenden Mantel um sie gelegt", antwortete er nachdenklich.

„Wie Sie es ja auch hier getan haben", bekräftigte Rafael triumphierend.

„Aber ich bin kein Unterdrücker", wandte Jared sofort ein. „Und in Christabels Augen waren Sie das, weil Sie ihr ein Leben aufdrängten, das sie hasste."

„Ihr Leben war zumindest sicher."

„Aber unerträglich für sie."

„Das wurde mir auch klar, als ihr die Flucht gelang", räumte Rafael ein. „Es war ein Akt der Verzweiflung, denn auch sie war sich der Gefahren bewusst. Zuerst dachte ich ... Nun ja, als ich feststellte, dass sie ihren Schmuck mitgenommen hatte, war mir klar, dass sie nicht in ein anderes Lager übergelaufen war, sondern nur ihre persönliche Freiheit suchte."

Er lehnte sich lächelnd zurück. „Was hätten Sie getan? Sie laufen lassen? Oder hätten Sie versucht, sie zu finden, und sie zurückgeholt? Was, Jared?“

Urplötzlich begriff Jared, was Rafael Santiso getan hatte und warum er jetzt hier war und sich mit den Kings an einen Tisch gesetzt hatte. Ein Stein fiel ihm vom Herzen. Christabel und Alicia waren sicher, und seine Mutter und Vikki Chan hatten sich nicht getäuscht. Erleichtert atmete er auf – und betrachtete Christabels langjährigen Widersacher mit ganz anderen Augen. Rafael Santiso war ein Mann, der seine Verantwortung ernst nahm, mit einer Menschlichkeit, die Jared nur bewundern konnte. Das Einzige, was er übersehen hatte, war Christabels Angst vor ihm, zum Teil, weil sie sie vor ihm versteckt hatte, zum Teil, weil er nichts von ihren Verdächtigungen ahnte.

„Haben Sie die Berichte mitgebracht?“, fragte Jared.

Rafael Santiso verstand sofort, und sein Blick verriet Respekt vor dem jüngeren Mann. Er nahm einen dicken Ordner von dem Stapel mit den Unterlagen vor ihm und schob ihn über den Tisch. „Das sind im Wesentlichen Zusammenfassungen. Wenn Sie weitere Einzelheiten wünschen, wenden Sie sich an Hans.“

Jared nahm den Ordner und stand auf. „Ich möchte Sie bitten, meiner Familie Ihr Sicherheitsprogramm zu erläutern, während ich mit Christabel unter vier Augen spreche.“

„Ich stehe für alle diesbezüglichen Fragen gerne zur Verfügung.“

„Danke.“

Rafael lächelte. „Es ist gut, einmal einen Mann von echtem Schrot und Korn kennenzulernen, der tut, was getan werden muss.“

Jared reichte Christabel die Hand. Sie stand zwar bereitwillig auf, schien jedoch völlig verwirrt.

„Schon gut", sagte Jared beruhigend, „wir kommen zurück, wenn wir uns unterhalten haben."

„Ehe Sie gehen ..." Rafael wandte sich noch einmal direkt an Christabel. „Ich hatte keine Ahnung, dass Sie solche Angst vor mir hatten, aber diese Angst war auf Ihren Reisen sehr von Vorteil für Sie, weil Sie deshalb sehr vorsichtig waren und keine unnötige Aufmerksamkeit auf sich und Ihre Tochter gelenkt haben. Ich möchte Ihnen noch sagen, dass ich in den vergangenen Jahren dem Kruger-Konzern meine Autorität aufgedrückt habe, sodass Ihnen aus dem Konzern heraus keine Gefahr mehr droht. Etwas anderes sind mögliche Gefahren von außen, aber darüber reden wir später."

Christabel schüttelte benommen den Kopf. Dieser Wechsel vom Feind zum Verbündeten kam ihr einfach zu schnell. Nur allzu gern ließ sie sich von Jared aus dem Zimmer führen, denn sie wollte sich endlich frei fühlen, wollte ohne Angst der Stimme ihres Herzens folgen.

Als hätte er ihre Gedanken gelesen, führte Jared Christabel auf die Veranda hinaus. Frische Luft und eine grenzenlose Aussicht. Das Land von „King's Eden" erstreckte sich bis zum Horizont und noch weiter. Das Land meiner Väter, dachte Jared, stolz auf sein Erbe, das ihn zu dem gemacht hatte, der er war. Christabel würde die Seine werden und auf immer bleiben – ein wunderbares Gefühl.

„Was sind das für Berichte?", fragte sie ihn nun besorgt.

„Glaubst du immer noch, dass Rafael den Tod deines Mannes verursacht hat?", fragte er forschend.

Sie atmete tief ein. „Nein. Aber ich halte ihn immer noch für gefährlich."

„Ja, das ist er … für jeden, der die Grenzen, die er bestimmt, überschreitet. Aber nicht für dich oder für Alicia, Christabel."

„Wie kannst du so sicher sein?", rief sie zweifelnd aus.

„Weil er dich die ganze Zeit über beschützt hat. Hier sind die Berichte seiner Leute. Er hat dich in dem Glauben gelassen, frei zu sein, weil du es dir so sehr gewünscht hast, aber er hat dich auf deiner ganzen Flucht bis hierher nicht aus den Augen gelassen, Christabel. Und er ist jetzt hergekommen, weil er sich persönlich davon überzeugen wollte, dass ich gut genug bin, um ihm diese Aufgabe abzunehmen."

Christabel blickte ungläubig zu ihm auf. „Er hätte mich und Alicia jederzeit zurückholen können?"

Jared nickte. „Ich vermute, ab Rio. Wahrscheinlich hat er deine Familie von dem Moment an observieren lassen, als er feststellte, dass du mit deinem Schmuck auf und davon warst."

Sie wurde blass. „Die ganze Zeit!", flüsterte sie matt.

„Um deine Sicherheit zu garantieren und dir gleichzeitig die Freiheit zu gewähren, die du so brauchtest."

„Ich kann es nicht glauben!" Ihr Blick fiel auf den Aktenordner in seiner Hand. „Zeig es mir. Ich muss es mit eigenen Augen sehen."

Sie setzten sich an einen Tisch auf der westlichen Veranda, wo sich seine Familie normalerweise am Ende des Tages einfand, um den Sonnenuntergang zu beobachten. Christabel hatte das Gefühl, am Ende eines sehr langen, ermüdenden Weges angekommen zu sein.

Jared sah zu, wie sie die Berichte las, lauschte ihren Bemerkungen und erlebte, wie ihre anfängliche Ungläubigkeit rasch einem respektvollen Verständnis wich. Rafael Santiso hatte ihr nicht nur die Flucht ermöglicht, sondern sie auch bei jedem ihrer Schritte sozusagen als Schutzengel im Hintergrund begleitet, ohne sich einschränkend in ihr Leben einzumischen. Und doch waren sie und Alicia die ganze Zeit über nie ohne Schutz gewesen. Sogar in Broome hatten Rafaels Leibwächter in dem Wohnwagen neben ihr gewohnt.

Es gab auch einen Bericht über die Kings – die Geschichte ihrer Familie, eine Aufstellung ihres Besitzes und eine Einschätzung zu ihrer voraussichtlichen Reaktion, wenn sie erfahren würden, dass Alicia die Erbin der Kruger-Millionen war. Der Verfasser des Berichts kam zu dem Schluss, dass es gar keinen oder nur sehr geringen Einfluss auf ihre Entscheidungen haben würde. Die Kings der Kimberleys waren fest mit ihrem Land verwurzelt.

„Siehst du?", bemerkte Christabel reumütig. „Die Einmischung in dein Leben und das deiner Familie hat bereits begonnen, Jared." Sie blickte ihn forschend an. „Willst du das wirklich auf dich nehmen?"

„Was auch kommen mag, Christabel." Er nahm ihre Hand. „Sie sind jetzt hier, um uns alles, was mit Alicias Erbe zusammenhängt, zu erläutern – Wissmann den finanziellen Teil, Vogel den rechtlichen und Santiso die Fragen des Personenschutzes."

Christabel seufzte bedrückt. „Ich habe mich so geirrt!"

„Nicht in mir. Wir gehören zusammen, Christabel." Er lächelte, weil er ihre Besorgnis spürte. „Erinnerst du dich an Vikki Chan?"

„Ja."

„Eine sehr weise alte Dame. Sie hat von dir gesagt – und ich zitiere wörtlich: ‚Christabel Valdez besitzt eine starke Integrität, die sich nicht brechen lässt. Ich glaube, sie wird immer das tun, was sie für richtig hält.'"

Ihre schönen goldbraunen Augen leuchteten auf. „Ich hatte schon das Gefühl, dass sie sehr bemüht war, sich ein Bild von mir zu machen. Aber eine derart tiefe Einsicht in so kurzer Zeit?"

„Ich habe nicht einmal erlebt, dass Vikki sich in einem Menschen getäuscht hätte. Deshalb frage ich dich jetzt …", er blickte sie liebevoll an, „… glaubst du, dass es richtig ist …?"

Nein, er musste sie dafür in die Arme nehmen.

„Glaube ich was?", flüsterte sie und schmiegte sich an ihn.

„Ich muss es aus deinem Mund hören, dass du es für richtig hältst, wenn wir heiraten", sagte er eindringlich. „Denn ich empfinde es so und muss es einfach von dir hören, dass du es genauso empfindest!"

Sechs Monate später …

„Mummy sieht so schön aus", flüsterte Alicia begeistert.

Vikki Chan beobachtete lächelnd, wie die Kleine ihre Mutter bestaunte, die wirklich so schön war, wie eine Braut nur sein konnte. Wahrhaft Jareds Braut, dachte Vikki liebevoll. Ein Perlendiadem hielt den Schleier, ein herrliches Perlencollier schimmerte an ihrem Hals, und das Miederoberteil ihres Brautkleides war mit Perlen bestickt. Der lange Rock aus Seidentaft bauschte sich über ihren schlanken Hüften … extravagant, anmutig und ungeheuer sinnlich. Alles in allem bot Christabel einen hinreißenden Anblick.

Sie ist die Richtige für ihn, dachte Vikki Chan zufrieden. Die Richtige für ihren wundervollen kleinen Jungen, der inzwischen längst ein ebenso wundervoller Mann geworden war. Tommy war eine Freude, Nathan war das Ebenbild von Lachlan, aber Jared war immer ihr Liebling gewesen. Sein Feingefühl und seine Empfindsamkeit, sein hellwacher Blick für alle Facetten des Lebens kamen ihrem chinesischen Naturell am nächsten.

Jared, der Junge mit dem Talent zum Sieger. Heute Abend sah er zweifellos wie einer aus – groß und elegant und attraktiv in seinem silbergrauen Frack. Vikki Chan war sehr stolz auf ihn.

Noch lange würde ihr diese Hochzeit Gesprächsstoff bei den Treffen mit ihren alten Freundinnen sein. Eine so prächtige Hochzeit hier in Broome, sodass die ganze Stadt zusehen konnte. Der große Park am „Mangrove Hotel“ mit Blick auf die Roebuck Bay … einen romantischeren Ort hätte Jared nicht wählen können. Überall waren chinesische Laternen aufgehängt, was Vikki Chan besonders freute. Und bald würde der Mond aufgehen …

„Alicia King“, trällerte Christabels Tochter und blickte mit ihren großen braunen Augen aufgeregt zu Vikki auf. „Jetzt, wo Mummy mit Jared verheiratet ist, werde ich nicht länger Alicia Valdez sein. Ich finde, King klingt viel besser, oder?“

Die alte Chinesin strich ihr lächelnd übers Haar. „Es ist ein guter, ehrenhafter Name, Alicia, und ein Segen, zu den Kings der Kimberleys zu gehören. Das ist eine Familie, auf die man stolz sein kann.“

„Ich finde es toll, jetzt eine richtige Familie zu haben“, erklärte das Mädchen freimütig. „Jetzt habe ich endlich einen Vater wie all die anderen in meiner Klasse. Und wenn ich mit Tommy und Sam nach der Hochzeit nach ‚King’s Eden‘ zurückfliege, darf ich Miranda mit dem Baby helfen."

Vikki nickte weise. Menschen, nicht Geld, waren der wahre Reichtum des Lebens.

Rafael Santiso hatte das Gefühl, schon sehr geduldig gewesen zu sein. Es war an der Zeit, dass Elizabeth sich entscheiden würde.

„Also", wandte er sich ihr spöttisch zu, „vor vier Monaten haben wir Tommys Hochzeit erfolgreich hinter uns gebracht. Nathans Sohn ist heil auf die Welt gekommen, und Miranda kommt mit der Mutterrolle glänzend zurecht. Jareds Hochzeit wurde in allen Einzelheiten geplant und heute hier perfekt inszeniert. Auch dein jüngster Sohn ist jetzt verheiratet. Samanthas Baby wird erst in fünf Monaten erwartet, und – wenn ich dich darauf hinweisen darf – anders als Miranda hat Samantha eine Mutter, die ihr in der ersten Zeit mit dem Baby helfen kann." Er zog herausfordernd die Brauen hoch. „Gibt es noch irgendeinen Grund, warum du die Kimberleys nicht verlassen und mit mir nach Griechenland kommen kannst?"

Elizabeth King tat, als wäre sie überrascht. „Ich dachte, du wolltest nach Amsterdam zurück!"

Er zuckte die Schultern. „Griechenland liegt auf dem Weg. Ich verwalte da treuhänderisch eine kleine griechische Insel. Sehr privat, sehr schön. Der ideale Ort, um sich nach derart anstrengenden sechs Monaten zu entspannen."

„Ja, es waren wirklich anstrengende sechs Monate."

„Und frustrierende", fügte Rafael finster hinzu.

Ihre schönen dunklen Augen funkelten verführerisch. „Ich bin noch nie auf einer griechischen Insel gewesen."

Hoffnung keimte in ihm auf. „Du musst nur Ja sagen."

Ich kann mich mit gutem Gewissen jetzt an die erste Stelle setzen, dachte Elizabeth. Zwar wusste sie nicht, wie es mit Rafael sein würde – es war ein völlig anderes Leben als das von ihr gewohnte. Aber sie wollte es versuchen, wollte die Gefühle erkunden, die er in ihr weckte. Es war noch nicht zu spät, einen neuen Weg einzuschlagen. Es ist nie zu spät, dachte sie. Viel zu lange hatte sie nichts Neues mehr gewagt. Ihr Leben brauchte wieder etwas Pep.

Sie lächelte Rafael an und überlegte, was für ein wundervolles Gefühl es doch für eine Frau war, von einem so faszinierenden, begehrenswerten Mann begehrt zu werden. „Mir fällt nichts mehr ein, was mich hier festhalten könnte. Also ja, ich werde mit dir kommen."

„Wirklich?" Ein triumphierendes Lächeln erhellte sein markantes Gesicht.

Ich habe nichts zu verlieren und alles zu gewinnen, dachte Elizabeth King und nickte. „Ja."

Jared legte Christabel einen Arm um die Taille, als sie an dem Zaun des Hotelparks standen, den Blick auf die Bucht gerichtet, wo jetzt der Vollmond wie ein rotglühender Ball ganz langsam über dem Horizont aufging.

„Glücklich?", flüsterte Jared.

Sie lächelte. „Das weißt du doch. Obwohl ich mich frage, wie deine Mutter sich jetzt fühlt, da wir in dem alten Picard Haus wohnen. Es hat ihr so lange gehört."

„Und nun gibt sie es an uns weiter, Christabel. Sie wird schon fort sein, wenn wir aus unseren Flitterwochen zurückkommen."

„Fort?", fragte Christabel überrascht. „Wohin?"

„Mit Rafael."

„Sie wird wirklich ihre ganze Familie verlassen und mit ihm gehen? Er führt ein so aufreibendes Leben, Jared."

Jared lächelte zuversichtlich. „Herzerfrischend, behauptet Vikki Chan, und sie hat mir prophezeit, dass Rafael meine Mutter wie eine Königin behandeln wird."

Christabel seufzte zufrieden. „Ich muss zugeben, dass er zu mir sehr gut gewesen ist. Erstaunlich, wie er sich um das Sicherheitsproblem für Alicia gekümmert hat."

„Und es macht dir nichts aus, deine Familie in Rio aufzugeben?", fragte Jared besorgt.

„Nein. Denen ging es immer nur ums Geld. Als ich zu ihnen geflohen bin und sie um Hilfe gebeten habe, meinten sie, ich sei verrückt, einen Millionenerben zu verlassen. Nur Rafaels Einfluss im Hintergrund habe ich es zu verdanken, dass sie mir geholfen haben. So war es auch, als Laurens bei ihnen um meine Hand angehalten hat. Sie haben nur an das viele Geld gedacht." Ohne Reue blickte sie zu Jared auf. „Ich gehöre hierher zu dir. Und das Gleiche gilt für Alicia. Sie liebt deine große Familie, Jared. Und mir geht es genauso."

Damit waren für Jared auch die letzten Zweifel endgültig ausgeräumt. Er deutete auf die Bucht hinaus. „Es fängt an."

Rasch wandte Christabel ihre Aufmerksamkeit dem einzigartigen Phänomen zu, für das Broome berühmt war. Es war besonders spektakulär zu den Iden des März und im September, wenn das Meer um zehn Meter steigen und fallen konnte. Zu Zeiten extrem niedriger Ebbe und wenn der Himmel klar war, spiegelten die Wasserpfützen, die in dem nassen Sand zurückblieben, das Licht des Mondes und ließen so die Illusion einer Treppe entstehen – einer magischen Treppe, die nun ihren Ausgang von dem großen, glühend roten Trabanten über dem Horizont nahm.

Schon erschienen die ersten roten Stufen.

Eine denkwürdige Nacht, dachte Christabel, aus so vielen, wundervollen Gründen. Und das, was sie nun beobachten konnte, kam ihr wie ein Spiegelbild dessen vor, was Jared getan hatte. Er hatte sie aus der Dunkelheit gerissen und auf einen Pfad mit ihm geführt, auf dem jeder Schritt eine magische Erfahrung war, von glühender Liebe erfüllt.

Der Mond leuchtete jetzt golden, als er höher am Himmel stieg, und schuf eine Flucht goldener Treppenstufen, die immer näher auf das Brautpaar zukamen. Sie ist für uns, dachte Christabel – die Treppe in eine goldene Zukunft. Glücklich lehnte sie den Kopf an Jareds Schulter.

„Ich liebe dich so sehr, Jared“, flüsterte sie. „Danke, dass du mich gerettet und das hier möglich gemacht hast. Das alles … du, ich, Alicia …“

„Oh, ich hatte dabei nur mein Vergnügen im Sinn“, antwortete er neckend. „Immerhin ist es mir eine Lust, dich zu lieben.“

Christabel lächelte und malte sich aus, wie sie in dieser Nacht mit ihrem Mann ins Bett gehen würde. Der Mond war wundervoll, aber nichts war so unbeschreiblich schön, wie von Jared King geliebt zu werden!

– ENDE –

Sharon Sala
Blutroter Schnee

3,95 € (D)
ISBN: 978-3-89941-529-2

Alex Kava
Das Böse

3,95 € (D)
ISBN: 978-3-89941-530-8

Nora Roberts
Wie Sommerregen in der Wüste

3,95 € (D)
ISBN: 978-3-89941-528-5

Nora Roberts
Liebesmärchen in New York
Band-Nr. 25248
7,95 € (D)
ISBN: 978-3-89941-407-3
304 Seiten

Nora Roberts
Wo mein Herz wohnt
Band-Nr. 25278
7,95 € (D)
ISBN: 978-3-89941-458-5
304 Seiten

Nora Roberts
Geheimrezept zum
Glücklichsein
Band-Nr. 25286
7,95 € (D)
ISBN: 978-3-89941-467-7
304 Seiten

Nora Roberts
Wie Sommerregen
in der Wüste
Band-Nr. 25301
7,95 € (D)
ISBN: 978-3-89941-486-8
304 Seiten

Linda Howard
Das Land der Mackenzies
Band-Nr. 25260
7,95 € (D)
ISBN: 978-3-89941-426-4
320 Seiten

Linda Howard
Das Geheimnis der Mackenzies
Band-Nr. 25269
7,95 € (D)
ISBN: 978-3-89941-437-0
304 Seiten

Linda Howard
Die Ehre der Mackenzies
Band-Nr. 25284
7,95 € (D)
ISBN: 978-3-89941-465-3
304 Seiten

Linda Howard
Der Traum & Das Spiel der Mackenzies
Band-Nr. 25300
7,95 € (D)
ISBN: 978-3-89941-485-1
384 Seiten